Catherine Snow

Die Akademie im Niemals

AKADEMIE IM NIEMALS

BOOKAPI
VERLAG

Bibliografische Information der Deutschen Nationalbibliothek:
Die Deutsche Nationalbibliothek verzeichnet diese Publikation in der Deutschen Nationalbibliografie; detaillierte bibliografische Daten sind im Internet über http://dnb.dnb.de abrufbar.

1. Auflage

Wallgrabenstraße 27, 89340 Leipheim

Coverdesign: Nina Hirschlehner
Lektorat & Korrektorat:
Jacqueline Luft – Lektorat Silbenglanz
Buchsatz: Stefanie Scheurich

Druck: booksfactory
ISBN: 978-3-9821-4837-3

Der Tag, an dem du dich wehrst,
ist der Tag, an dem du dich für dich entscheidest.

Dieses Buch widme ich mir selbst.
Es ist stets leicht, dem Strom zu folgen,
auch wenn das bedeutet,
einen wichtigen Teil seiner selbst aufzugeben.
Doch sich dagegenzustellen und dafür einzustehen,
was einem wichtig ist, ist schwer.
Dieses Buch ist aber auch für jeden von euch da draußen,
die gegen den Strom schwimmen,
weil ihr euch nicht der Masse beugen wollt.
Für uns alle, weil wir stärker sind,
als wir es uns je zugetraut haben.

Kann man die Zeit zurückdrehen und etwas ungeschehen machen, das nie passiert ist? Kann jemand leben, der nie geboren wurde? Auf so viele meiner Fragen habe ich immer noch keine Antwort und werde vielleicht auch niemals eine erhalten. Und doch wurden mir in den letzten Monaten so viele Fragen beantwortet, die ich nie gestellt hatte. Von denen ich nicht einmal wusste, dass ich sie hatte.

Doch sollte ich am Anfang beginnen. Am Anfang, als alles ein Ende nahm. Als mein Leben ein Ende nahm. Damals, als ich noch Mara war – nur Mara. Keine Schülerin im Niemals. Keine Numistorikerin der Akademie.

Man könnte mein Leben als langweilig bezeichnen. Ich ging in der Stadt, in der ich auch geboren worden war, zur Schule und hatte es wie die meisten recht eilig, nach dem Unterricht nach Hause zu kommen. Ich würde nicht sagen, dass ich besonders klug oder talentiert war oder sonst eine nennenswerte Eigenheit mitbrachte, die mich hervorgehoben oder bei anderen beliebt gemacht hätte.

Auch meine wenigen Freunde konnten mir nicht helfen, wenn Leander und seine Jungs es wieder auf mich abgezielt hatten, um den Mädchen zu imponieren. Ich hätte aber auch nicht verlangt, dass sie mir beistanden, schließlich hätte sie das genauso zu Opfern seiner Schikanen gemacht.

Aber mit der Zeit lernte man ja doch und so konnte ich Leander schon beinahe riechen, wenn er durch die Gänge der Schule stolzierte und seine Sportjacke der Schulmannschaft, der er angehörte, zur Schau stellte. Wie ich ihn hasste. Dafür, dass er es seit zwei Jahren auf mich abgesehen hatte. Dafür, dass er mich dazu verdonnert hatte, hinter der Sporthalle zu essen, weil ich nur dort in Ruhe gelassen wurde. Dafür, dass er mir das Leben, das in der Pubertät ohnehin die Hölle war, noch unerträglicher machte. Aber am allermeisten – und das wusste ich – hasste ich ihn dafür, dass er gar nicht so anders war als ich.

Endlich klingelte es. Ich hatte eine weitere Schulwoche erfolgreich hinter mich gebracht. In Windeseile warf ich meine Sachen in den Rucksack und stürmte als Erste aus dem Klassenzimmer, ohne auf die letzten paar Worte unseres Geschichtslehrers zu achten.

Meine Freundin Hannah holte mich erst ein, als ich schon längst draußen war und zum Bus hastete. Diesen Moment liebte ich: Die Sonne kitzelte meine Nase und würde mir vermutlich noch ein paar mehr Sommersprossen ins Gesicht tupfen. Ich lächelte, als mir der Duft von frisch gemähtem Gras entgegenwehte und ich wusste, dass zweieinhalb Tage vor mir lagen, in denen ich mich nicht verstecken musste.

»He, Freakauge!«, tönte es hinter Hannah und mir – und mein Herz sank.

Das war einer von Leanders Spitznamen für mich. Mich, mit meiner Heterochromie. Mir schien, als wäre ich eine Verbrecherin, zumindest gab er mir dieses Gefühl, nur weil ich zwei verschiedene Augenfarben hatte. Dass er sich, obwohl die meisten von uns nächstes Jahr auf die Universität wechselten, immer noch so kindisch verhielt, verstand ich nicht.

Für mich würde eine völlig neue Ära anbrechen, in der ich, fernab von Leanders Schikanen, endlich herausfinden könnte, wer ich wirklich war.

Ich versuchte, ihn nicht zu beachten. Hannah hakte sich bei mir unter und beschleunigte ihren Schritt.

»Komm schon, bleib doch stehen! Ich hab heute einen Stylingtipp für dich: Zu deinem blauen Auge würde ein umgedrehter Himmel ganz gut passen und zu deinem braunen Auge ein hübsches Schlammbad! Komm, lass uns beides verbinden, ich werf' dich in den Dreck, Freakauge!«

Im Bus würde vorerst Ruhe herrschen, das wussten Hannah und ich. Aber würde ich es auch bis dorthin schaffen? Immer noch zog Hannah mich weiter. Was waren schon wir zwei gegen einen Sportler wie Leander?

Der Bus kam in Sicht und der erlösende Schritt auf das Trittbrett brachte mir Erleichterung. Doch da packte mich jemand von hinten am Jackenkragen und zerrte mich wieder raus. Instinktiv hob ich mir die Hände vors Gesicht und schloss die Augen, aber nichts passierte.

»Zuerst lässt man die Älteren einsteigen, hat dir das denn niemand beigebracht, du Rüpel?«, fragte Leander abfällig und musterte mich von oben bis unten. Er verzog den Mund zu einer Grimasse, als einer seiner Freunde etwas von »Auf dem Bauernhof, von dem die da kommt, kennen die so was wie Manieren doch nicht, Mann« laberte.

Trotzdem hatte ich es geschafft. Für heute.

Hannah und ich setzten uns. Abgesehen von einigen zerknüllten Verpackungen und Bananenschalen, die in unsere Richtung flogen, passierte auf der Fahrt nichts weiter. Als sich der Bus meiner Station näherte, verabschiedete ich mich von Hannah und wollte gerade aufstehen.

Doch plötzlich konnte ich mich nicht mehr bewegen. Ich hätte gern den Kopf gedreht, um zu sehen, was hier vor sich ging, doch mein Körper rührte sich keinen Millimeter. Hatte ich einen Anfall? Würde meine Atmung gleich aussetzen? Oder schlimmer: Würde Leander es bemerken und meine Situation ausnutzen? Ich war den Tränen nahe und versuchte, die Panik zurückzukämpfen, sie hinunterzuschlucken.

Doch je mehr ich versuchte, mich zu beruhigen, desto schlimmer wurde es. Ich atmete schneller. Was zur Hölle war hier los? Niemand schien zu bemerken, dass bei mir etwas gewaltig schieflief. Alle Schüler, die in meinem Gesichtsfeld standen oder saßen, waren mit sich selbst beschäftigt. Bald würde mein Ausstieg kommen und ich würde ihn verpassen. Dann würde ich später aussteigen müssen und Leander erst recht Gelegenheit bieten, mich zu piesacken. Doch das Grübeln half nichts. Ich musste auf andere Gedanken kommen.

Nun versetzten mich schon zwei Dinge in helle Panik. Immer noch bemerkte niemand, dass ich mich nicht bewegen konnte. Nicht einmal Hannah, von der ich gedacht hatte, ich bedeute ihr etwas, weil wir Freunde waren. Nicht einmal – ich schämte mich für diesen Gedanken – Leander, der meine Situation noch immer nicht ausgenutzt hatte.

»Hi-Hi-Hil…«, wisperte ich, bevor ich meinen kleinen Erfolg realisierte. Nur meinen Körper konnte ich nicht bewegen, meine Stimme war noch vollständig intakt!

»HILFE!«, brüllte ich.

Es war mir egal, dass sich gleich alle zu mir drehen, mich vielleicht auslachen würden. Ich wusste nicht, was mit mir falsch war. Möglicherweise musste ich ins Krankenhaus! Auch wenn mein Leben oftmals schwer war, so hart es für eine Schülerin eben sein konnte, ich hing trotzdem daran. Ich wollte nicht draufgehen, nur weil ich zu eitel war, um nach Hilfe zu rufen. Auch wenn es in einem Bus voller Hornochsen war – Hannah ausgenommen –, die genau das wollten: mich hilflos zu sehen, hilfloser als ohnehin.

»Wer ruft hier?«, hörte ich jemanden ein paar Reihen vor mir fragen.

Ich kannte diese Stimme. Aber nicht so ängstlich. Leander. Kein Zweifel. Er musste es sein.

»Was geschieht hier?«, wollte ich wissen, ohne auf seine Frage zu antworten.

Warum krächzte er so? Ich hatte angenommen, er würde sich über meine elende Körperstarre freuen und seinen angekündigten Stylingtipp mit Sicherheit in die Tat umsetzen, solange ich bewegungslos verharrte. Doch nichts rührte sich. Dann hatte ich eine Eingebung!

»Sag bloß, du kannst dich auch nicht bewegen«, sagte ich versucht spöttisch, doch meine Angst ließ es eher verzweifelt klingen.

»Nein, kein Stück, was ist hier los?«

»Woher soll ich das wissen? Du bist doch schließlich der superschlaue Alleskönner von uns beiden.«

Vor meinem geistigen Auge sah ich, wie Leander mich nachäffte, doch er schwieg. Einige Sekunden vergingen, in denen sich nichts rührte.

»Freakauge?«

Ich atmete bewusst ein und aus. Es war Leander selbst in dieser Situation egal, dass es verletzend war, wenn er mich so nannte. Wahrscheinlich freute es ihn, dass ich ebenso hilflos war.

»Was?«, knurrte ich schließlich. Die Wut vermischte sich mit der Angst in meiner Stimme.

»Wieso passiert das nur uns beiden?«

»Selbe Antwort wie vorher.«

Ein bisschen freute ich mich, dass auch Leander betroffen war, doch es machte die Situation nicht besser, im Gegenteil. Einen Anfall zu haben, durch den man sich nicht bewegen konnte, war eine Sache. Aber dieses Schicksal ausgerechnet mit seinem Erzfeind zu teilen, war zu viel für eine Person. Zumindest war es das für mich.

»Glaub mir, wenn ich dir sage, dass ich das auch lieber mit jemand anderem erleben würde«, stichelte Leander.

»Die hübschen Mädchen hätten viel davon, wenn du dich nicht bewegen kannst, also spar's dir«, brummte ich und hätte am liebsten die Arme vor der Brust verschränkt oder zumindest eine verärgerte Miene aufgesetzt. Was bildete er sich überhaupt ein?

»Schau aus dem Fenster«, sagte Leander nach einiger Zeit und riss mich aus meinen Gedanken.

Ohne mich zu fragen, wieso ich das tun sollte, folgte ich seiner Aufforderung – so gut es eben ging. Wir fuhren zurück. Und damit meinte ich nicht, dass der Busfahrer gewendet hatte und uns wieder zur Schule brachte. Nein, wir fuhren im Rückwärtsgang. In dem Augenblick hätte ich am liebsten den Kopf geschüttelt. Was passierte hier?

»Was …?!«, stieß ich erschrocken aus.

Die Bananenschalen von vorhin flogen an mir vorbei. Doch nicht in unsere Richtung, sondern von mir weg; dorthin, von wo sie gekommen waren. Die anderen Schüler im Bus standen auf. Nach und nach gingen sie mit dem Rücken voran nach draußen, ohne auf Leander und mich zu achten, ohne uns überhaupt zu bemerken. Einige davon schienen durch mich hindurchzulaufen, als wären sie Geister. Auch Hannah stand auf und ging ohne ein Wort nach draußen. War ich …?

Doch nun lief alles schneller. Der Bus fuhr inzwischen rasant rückwärts.

»Ist das irgendein Spiel? Habt ihr mir irgendwas eingeflößt und wartet nur darauf, dass ich schreiend herumrenne und gegen irgendwas knalle, weil ich Dinge sehe?«, fragte ich aufgekratzt und spürte die Panik in meiner Kehle hochsteigen.

»Wenn, dann wäre ich sicherlich nicht so blöd, es auch selbst zu nehmen«, keifte Leander.

»Woher weiß ich, ob du du bist und nicht eine Illusion?«, erwiderte ich blitzschnell.

»Dann würdest du wohl kaum mich in einer Wahnvorstellung sehen.«

Und ob! Ich kämpfte die Tränen fort. Wenn er wüsste, wie oft er mir Albträume beschert hatte ... Ich war mir nicht sicher, ob er sich tatsächlich im Klaren darüber war, wie stark er mein Leben beeinflusste.

»Oder stehst du etwa auf mich?« In Leanders Stimme schwang ein Lächeln mit, von dem ich wusste, dass es sich einmal in seinem Leben nicht auf seinem Gesicht widerspiegelte.

»Auf dich? Du wärst bei Gott der letzte Mensch, auf den ich je stehen würde. Wieso sollte ich auch?«

»Da würde mir einiges einfallen.«

Während Leander seine Vorzüge aufzählte, verdrehte ich gedanklich die Augen. Draußen flog die Landschaft weiterhin an uns vorbei und dieser Typ hatte nichts anderes im Kopf als sich selbst! Da bemerkte ich auf einmal Schüler im Bus, die ich noch nie gesehen hatte. In seltsamer Kleidung. Seit wann waren die Achtziger und Neunziger wieder modern?

Schneller und schneller fuhr der Bus rückwärts, Schüler stiegen ein und aus. Ihre Haare wurden nun länger, bei Mädchen wie Jungen, die Muster auf ihrer Kleidung immer wilder.

Fiebertraum, Delirium, Wahnvorstellung. Man konnte es nennen, wie man wollte. Mein Kopf hatte schon lange aufgegeben, es verstehen zu wollen.

Als die Schüler ausstiegen, alle in hochgeschlossener Kleidung und mit adretten Frisuren, betrat ein merkwürdig gekleideter Mann den Bus. Er trug einen marineblauen Anzug, unter dem er anscheinend von recht muskulöser Statur war, und einen Fedora auf dem Kopf.

Der Unbekannte sah mich an. Und er blickte auch dorthin, wo ich vermutete, dass Leander saß. Aber er konnte doch nicht … Nein. Er konnte uns doch nicht sehen?

»Hallo, Mara Wright.«

Ich musste mich verhört haben, doch der Mann schaute wieder in meine Richtung: »Mara, hörst du mich? Dann antworte!«

Irgendetwas in seiner Stimme zwang mich zu antworten. »Ja.«

»Gut.« Der Fremde nickte, dann wandte er sich an meinen Mitschüler: »Leander Lanier.«

»Wer sind Sie?«, fragte er zurück, was ich versäumt hatte. Ich ärgerte mich darüber, dass ich nicht wirklich schlagfertig war. In diesem Moment fiel es mir stärker auf als sonst.

Der Mann nahm seinen Fedora ab, sodass ich seinen Kopf endlich richtig sehen konnte. Sein Haar war haselnussbraun und an den Seiten kurz geschoren, fiel aber in kleinen Locken über die Stirn. Eine einzelne Locke stach steingrau hervor. Draußen vor den Busfenstern flog weiterhin die Welt vorbei.

Der Unbekannte zog aus der Brusttasche seines Jacketts eine alte Taschenuhr, auf die er seufzend blickte. Ich war mir sicher, dass er das nur wegen des Effekts getan hatte. Weshalb auch sonst? Die Antwort lieferte er mir sofort.

Der Mann sah wieder auf und sagte: »Man nennt mich Gevatter Zeit.«

Stille.

»Aha«, machte Leander, der mir nun, da er wieder sprach, ungewöhnlich leise vorgekommen war. Vielleicht weil der seltsame Mann näher bei ihm stand als bei mir und ihm im Zweifelsfall deutlich gefährlicher werden konnte. Einen blöden Kommentar konnte er sich trotzdem nicht verkneifen.

»Ich bin hier, um euch auf die Akademie mitzunehmen«, erklärte der Mann, der sich als Gevatter Zeit vorgestellt hatte, und strich sich versonnen über seine glatt rasierte Wange.

»Die Akademie«, wiederholte ich langsam, verständnislos.

»Eine Schule für besondere Talente.«

Ich rollte mit den Augen. »Dein Ernst, Leander? Wie viel hast du dem Mann bezahlt?«

»Wieso ich? Der will mich doch auch mitnehmen! Ich fühl' mich genauso verarscht wie du!«, erwiderte er erbost.

»Während ihr euch in Diskussionen verliert, verpassen wir unseren Ausstieg. Kommt nun«, sagte der Mann und blickte erneut auf die Uhr.

»Guter Witz – wir können uns nicht bewegen!«, rief Leander und ich sah, wie er die Arme in die Luft warf.

Ich bewegte testweise meine Arme und Beine. Tatsächlich, ich konnte mich auch wieder rühren!

»Kommt jetzt endlich!«, forderte uns der Mann ungeduldig auf.

Ich schnappte nach meinem Rucksack, doch da war nichts mehr. Ich sah mich um.

»Ja, seht euch ruhig um. Dort draußen herrscht bald Krieg.«

Der Mann sprach in Rätseln und ging mir zusehends auf die Nerven.

»Welcher Krieg?«, fragte Leander.

»Der Zweite Weltkrieg«, antwortete Gevatter Zeit augenblicklich.

»Ist Ihnen klar, dass dieser Krieg siebzig Jahre her ist?«, wollte nun ich wissen.

»Nicht mehr. Ihr seid in der Zeit zurückgegangen. Doch für Erklärungen ist keine Zeit. Wir müssen aussteigen.«

»Nein! Ich will Antworten!«, rief ich und war selbst überrascht darüber, dass ich einem Erwachsenen widersprach. So hatten mich meine Eltern nicht erzogen.

Die eisblauen Augen des Mannes blitzten boshaft auf, bevor er auf mich zukam, mich packte, dann mit mir im Schlepptau zu Leander ging, auch ihn hochzog und uns beide aus dem Bus schleifte. Draußen sah ich mich um. Das war eindeutig die Gegend, in der ich wohnte. Doch alles wirkte so verändert. Kleiner, gemütlicher. Als wäre es … Nur der Bus sah immer noch so aus wie zuvor.

»Wir sind doch nicht wirklich …?«, stieß ich aus und drehte mich zu dem Mann um.

Er nickte bedächtig: »… in der Zeit zurückgereist. Jawohl.«

Unweit von uns spielten Kinder. Ihre Kleidung sah aus wie die der Schüler, die unseren Schulbus zuletzt verlassen hatten.

»Also, wo war ich vorhin?«, fragte der Mann mehr sich selbst.

»Akademie. Erklärung. Jetzt«, forderte Leander ungeduldig.

Ich stellte mich neben ihn. »Ja!«, sagte ich leiser als erwartet, aber zumindest klang ich bestimmt. Hatte ich Angst? Natürlich. Wollte ich wissen, wieso wir hier waren? Ja. War ich mir sicher? Nein, absolut nicht. Was für einen Fiebertraum ich da auch immer hatte, wieso sollte er mich ausgerechnet mit meinem Erzfeind und einem merkwürdigen Mann in die Vierzigerjahre verfrachten? Ich schüttelte den Kopf. Mir blieb wohl nichts anderes übrig, als mich auf diese Wahnvorstellung einzulassen. Dagegen anzukämpfen, erschien mir sinnlos.

»Die Akademie bildet seit jeher junge Schülerinnen und Schüler aus und fördert ihre ungewöhnlichen Talente. Die Zeit spielt dabei eine wichtige Rolle. Und doch ist sie gleichsam so unwichtig wie die Ameisen zu unseren Füßen«, kam der Mann Leanders Forderung nach.

»Weißt du, wovon er spricht?«, fragte ich an den Jungen gewandt, doch er schüttelte nur verwirrt den Kopf. Immer noch fiel es mir schwer zu begreifen, was hier vor sich ging.

»Dass Sie mich ins Boot holen wollen, verstehe ich ja, schließlich habe ich viele Vorzüge. Aber wozu brauchen Sie Freakauge?«

Fast schon hätte mich Leander vergessen lassen, dass wir uns eigentlich nicht leiden konnten. Fast.

Der Mann strich seinen Anzug glatt, bevor er antwortete: »Ihr beide mögt noch nicht sehr viel von euren Talenten wissen. Vielleicht, da ihr nur an die Talente glaubt, die eure Eltern euch eingetrichtert haben. Denn die müssen sie ja kennen. Zumindest sagen das die meisten Eltern von ihren Sprösslingen. Doch das, von dem ihr glaubt, es zu können, ist nicht von Wichtigkeit dort, wohin wir gehen.«

Während Gevatter Zeit mit uns gesprochen hatte, hatte er uns zu einem Haus geführt, vor dem er nun einen Schlüssel aus seiner Hosentasche holte und die Tür aufschloss.

Wir gingen hinein, doch anstatt von gemütlicher Einrichtung empfangen zu werden, standen wir plötzlich in einem Garten. Was für ein wahnsinniger Fiebertraum war es, der mich so in Atem hielt?

Ungläubig wandte ich den Kopf hin und her und drehte mich schließlich um, doch da war nichts. Buchstäblich nichts. Ich starrte in eine weiße Wolkenwand, wo vor einigen Sekunden noch die Eingangstür gewesen war. Undurchdringlich schien diese Wand zu sein.

Ich drehte mich zurück zu meinen beiden Begleitern, die im Gegensatz zu der Tür noch da waren, immerhin. »Herr … Äh … Gevatter Zeit?«, stammelte ich. War das die richtige Anrede? Oder war es sowieso egal, da der Fiebertraum wohl hoffentlich bald ein Ende finden würde?

Der Angesprochene brummte.

»Wo sind wir?«, fragte ich mit Nachdruck.

»Im Niemals.«

Würden diese kryptischen Antworten denn nie versiegen? Ich war kurz davor, mir mit der flachen Hand eine Ohrfeige zu geben, in der Hoffnung, endlich aufzuwachen.

»Im Niemals, na klar«, sagte Leander. Er verdrehte die Augen. »Ich will nach Hause.«

»So etwas existiert für euch nicht mehr«, erwiderte der Mann.

Ich wandte mich um. »Bitte?«

»Ihr seid mit mir gemeinsam in der Zeit zurückgereist. Lange über den Punkt hinaus, an dem ihr nie geboren wurdet. Für eure Eltern habt ihr nie existiert. Das, was ihr kanntet, ist nicht mehr. Eure Heimat ist nun die Akademie im Niemals«, erklärte Gevatter Zeit mit bedächtiger Stimme und zeigte auf den Garten hinter sich und die weißen Wolkenwände.

»Entschuldigung, aber das geht gar nicht, also hören Sie auf, uns solchen Bockmist zu erzählen«, meinte Leander.

Hätte ich nicht immer noch eine Stinkwut auf ihn gehabt, hätte ich ihm sogar recht gegeben und genickt.

»Ihr werdet noch früh genug einsehen, dass dies nun euer neues Leben ist. Kommt, ich werde euch eure künftige Heimat zeigen.« Gevatter Zeit ging vor, ganz in der Annahme, wir würden folgen.

Doch da hatte er die Rechnung ohne Leander gemacht. Ich hatte auch nicht vorgehabt mitzugehen, aber der Junge machte sich bereits auf den Weg zurück, und zwar direkt in die Wolkenwand hinein.

»Das würde ich nicht tun, junger Mann!«, ermahnte Gevatter Zeit und hielt mich an der Schulter fest, damit ich Leander nicht folgte.

»Und was wollen Sie tun, wenn ich es trotzdem mache?« Lachend ging er mit stolzgeschwellter Brust in Richtung Wolken. Er kicherte und balancierte auf einer unsichtbaren Linie immer weiter an den Rand.

»Wenn du dort hineingehst, wird *es* dich nehmen, und niemals wieder kannst du zurück.«

»Okay. Auf Wiedersehen dann, Meister!«, sagte Leander und winkte. »Freakauge… Was auch immer.«

Kurz hatte ich wirklich angenommen, er würde … Aber nein. Was dachte ich bloß? Ich schüttelte innerlich den Kopf über meine Flausen und spürte, wie sich der Griff des Mannes auf meiner Schulter verkrampfte.

»Aua!«, rief ich, doch da war Gevatter Zeit schon an mir vorbei und konnte Leander gerade noch am Kragen packen, als dieser bereits mit dem rechten Fuß voran bis zum Knie in den Wolken steckte.

»Ach, seien Sie nicht so …« Der Rest seines Satzes ging in einem qualvollen »AAAAAARGH!!!« unter. Leander schrie und ich schrie. Vielleicht schrie auch nur ich, als der Mann ihn zurückzog.

Es war, als wäre Leander in eine Säge gerannt. Dort, wo er seinen Fuß in die Wolken gesteckt hatte, war nur noch ein blutiger Stumpf zu sehen. Vom rechten Knie abwärts war nichts mehr von einem Fuß auszumachen, der Sekunden zuvor noch dran gewesen war.

Meine Ohren klingelten, doch noch immer konnte ich nicht aufhören zu brüllen, und merkte endlich, dass ich vor Panik weinte. Fiebertraum oder nicht, Leander in der Realität oder in einer Wahnvorstellung – das wünschte ich ihm nicht, nein. Niemals.

Ich sank zu Boden und konnte meinen Blick nicht von seinem blutüberströmten Bein lösen. Gevatter Zeit zog Leander von der Wand weg und stützte ihn. Mein Schulkamerad weinte, doch längst nicht so hysterisch wie ich. Sein Weinen klang kehlig und so, als würde er sich gleich übergeben müssen.

»Ich sagte doch, dass es dich nehmen wird«, brummte Gevatter Zeit verärgert. »Kommt jetzt. Wir müssen zur Akademie.«

Er stützte Leander, zerrte ihn aber dennoch bestimmt weg von der Wand. Ich wollte hier nicht allein stehen bleiben. Ich wandte mich noch einmal zu den Wolken um und ein Schauer lief mir den Rücken hinab.

Fassungslos über seine Kaltherzigkeit stand ich auf und folgte ihm zu der Burg, die sich vor uns türmte.

»Der spinnt doch. Niemals bleibe ich hier«, flüsterte Leander, als er sich versuchte, in dem Krankenbett aufzusetzen. Wir waren sofort ins Krankenzimmer gegangen, als wir die Burg, die sich als Akademie herausgestellt hatte, betreten hatten.

Niemals. Das Wort hatte ich in den letzten Stunden für meinen Geschmack zu oft gehört. Die Krankenschwester hatte uns kurz allein gelassen, nachdem sie meinen Begleiter verbunden hatte. Ich war zwar keine Ärztin, aber dass die Behandlung so noch nicht abgeschlossen sein konnte, wusste selbst ich. »Aber du hast doch gehört –«

Leander unterbrach mich: »Ja, und wir wissen beide, dass das kompletter Mist war. Wir sind nie geboren worden? Schön, dann wäre ich aber nicht hier. Lachhaft.« Er spuckte auf den makellosen weißen Fliesenboden. »Ich hätte dich wirklich für etwas intelligenter gehalten.«

Ich stutzte. Das war wohl das Netteste gewesen, das er je zu mir gesagt hatte. »Tut es sehr weh?«, versuchte ich, ein anderes Thema aufzubringen.

»Was denkst du denn? Mein halber Fuß ist dahin!«, knurrte Leander und biss sich auf die Lippen. »Ich nehme das mit der Intelligenz wieder zurück …«

»So, ich benötige nun ein wenig Zeit allein mit unserem Patienten. Milan«, die Krankenschwester wies auf einen Jungen mit dunkelbraunem, strubbeligem Haar, »wird dir dein Zimmer zeigen. Du kannst Leander später besuchen.«

Und bevor ich etwas sagen konnte, bugsierte mich der Junge namens Milan nach draußen und schloss die Tür hinter sich.

»Ziemlich hart, oder?«, fragte er und rieb sich verlegen den Nacken.

»Ich kann mir kaum vorstellen, welche Schmerzen er erleiden muss«, sagte ich leise und sah zu Boden. Alles in dieser Burg war alt und roch nach Jahrhunderten. Eigentlich hätte es mir hier gefallen müssen, doch nach den jüngsten Ereignissen machte mir jeder Schatten Angst. Und Schatten gab es viele. Zahlreiche düstere Ecken, eingerahmt von dunkler Holztäfelung an der Wand, Büsten starr blickender Männerköpfe, die einen durch die Gänge verfolgten, und hohe Bogenfenster, die mit schweren Vorhängen verhangen waren.

»Nein, das meinte ich nicht«, erwiderte Milan. »Ich meine die Nachricht, dass ihr nicht mehr zurückkönnt.«

»Ach so, das.« Ich winkte ab. »Ich wache ja sowieso bald aus diesem Fiebertraum auf. Einer von den Idioten hat mir vermutlich was untergejubelt und jetzt halluziniere ich von einer Akademie im Niemals.« Ich lachte hysterisch auf und verschluckte mich.

»Also … Aufwachen wirst du nicht. Ich weiß, das ist jetzt erst mal viel zu verdauen, aber du wirst niemals mehr zurückkehren. Das hier ist jetzt dein Leben«, sagte der Junge und legte seine rechte, warme Hand auf meinen Arm. »Wenn ich etwas für dich tun kann, dann sag Bescheid. Das ist dein Zimmer.« Milans freie Hand wies auf eine Tür mit der Ziffer Vier.

Gerade so, als hätte man einem Roboter den Saft abgedreht, stand ich da, ließ die Schultern hängen und war unfähig, auch nur einen Schritt zu gehen.

Wenn Milans Aussage wirklich stimmte, dann würde ich meine Familie nie wiedersehen. Nicht meine Mutter, die jedes Mal aufs Neue ein heiteres Wort für mich gehabt und mich zum Tanzen in der Küche animiert hatte, wenn mein Tag in der Schule übel verlaufen war.

Nicht meinen Vater, der mir immer wieder versichert hatte, er würde sich schon um die Sachen kümmern, wenn ich ihn nur ließe. Der mir die Hand auf die Schulter gelegt und gesagt hatte, es würde schon alles gut.

Nicht meine Großeltern, die so oft quer durchs Land gefahren waren, um uns zu besuchen.

Und auch nicht meine kleine Schwester Lexie, die mir ständig auf die Nerven gegangen war und über die ich in den letzten Jahren bis heute kein nettes Wort verloren hatte.

Milan öffnete die Tür von Zimmer vier und schob mich in den dunklen, kühlen Raum. Das also war mein neues Zuhause. Ein massiver Schrank neben der Tür, direkt daneben ein großes, kuschelig aussehendes Bett, gegenüber von mir ein Fenster und davor ein Schreibtisch aus dunklem Holz.

Unschlüssig stand ich in dem Zimmer. Was sollte ich hier? Alles schien mich abzustoßen; alles hier schien ich abzustoßen.

Ich wollte nicht hierbleiben, wollte zurück nach Hause.

Und dann hörte ich, wie der Schlüssel, ganz leise nur, von außen im Schloss gedreht wurde. Ich war eingesperrt. Seufzend setzte ich mich auf den Boden. Die Arme um die Knie geschlungen weinte ich so die halbe Nacht, bevor ich mich schließlich erhob, ins Bett legte und mit hämmerndem Kopf irgendwann einschlief.

»Guten Morgen!«

Jemand klopfte gut gelaunt an meine Tür.

Ich öffnete die Augen und mein Puls raste. Das war nicht mein Zimmer! Und dort draußen nicht meine Mutter! Wer…?

Dann fiel es mir wieder ein. Die Busfahrt, Gevatter Zeit, Leander, die Akademie und die fleischfressende Wolkenwand. Die Erinnerung war niederschmetternd und so war es mir unmöglich aufzustehen.

»Guten Morgen!«, tönte es noch einmal, doch immer noch konnte ich mich nicht bewegen.

Ich wollte nicht aufstehen und von der Gewissheit erschlagen werden, dass ich meine Familie nicht wiedersehen konnte. Ich wollte auch nicht aufstehen und erfahren, wie es Leander diese Nacht ergangen war. Tief seufzend schloss ich die Augen und wünschte mir, endlich aus diesem Albtraum zu erwachen.

»Ich komm jetzt rein«, hörte ich und gleich darauf einen Schlüssel, der sich im Schloss drehte.

Ich biss mir auf die Lippe und wartete, bis ich den metallischen Geschmack von Blut im Mund hatte, um nicht laut loszuschreien.

»Guten Morgen, Mara«, sagte Milan sanft. Er fasste sich verlegen in sein strubbeliges Haar und sah mich aus großen mintgrünen Augen an. In einer anderen Welt, in einer anderen Zeit wäre ich ihm vielleicht schon verfallen. Das kecke Lächeln, die kleine Narbe über seiner rechten Braue, die gutmütige Art, die er mir gegenüber zeigte.

Doch war das keine andere Welt und keine andere Zeit. Ich war hier im Niemals, gefangen auf einer Akademie, deren Zweck ich nicht kannte.

»Morgen«, murmelte ich. Ob er gut würde, würde sich noch zeigen. Ich lag mit den Klamotten im Bett, in denen ich hergereist war, und fühlte mich furchtbar dreckig. Meine Haare standen mir vermutlich in alle Richtungen ab und die Zähne hatte ich seit gestern früh auch nicht mehr geputzt.

»Ich bin hier, um dir ein paar Sachen zu bringen«, erklärte er und zeigte ein schiefes Lächeln. Milan ließ einen Stapel Kleider auf mein Bett fallen. »In einer Stunde wirst du zum Frühstück erwartet.« Er wies auf die Uhr über der Tür. »Dein Badezimmer ist hinter dem Wandteppich versteckt. Ich werde dich hier abholen. Danach beginnt der Unterricht.« Dann wandte sich der Junge um und ließ mich allein.

Ich stürmte sofort zum Wandteppich und inspizierte ihn. Er war mir gestern Abend nicht aufgefallen und mir wäre auch jetzt nicht in den Sinn gekommen, dahinter einen Raum zu suchen. Doch da war einer.

Ich schnappte mir meine Sachen und beschloss, erst einmal ausgiebig zu duschen. In meinem Bad, das kein Fenster besaß, aber dennoch lichtdurchflutet war, fand ich einen Kamm, eine Zahnbürste und sogar das Make-up vor, das ich zu Hause benutzte. Es war, als hätte die Akademie mich ausspioniert und all meine Sachen hierhergebracht. Ich schüttelte den Kopf über diese Gedanken.

Als ich endlich die ersten Tropfen heißen Wassers aus der Dusche spürte, verbot ich es mir, zu viel nachzudenken. Ich wollte die Ruhe genießen und mir erst dann einen Plan machen, wenn ich mehr über diese verfluchte Akademie wusste. Schließlich stapfte ich aus der dampfenden Dusche, um die neuen Kleider zu inspizieren. Der Boden unter meinen nackten Füßen war wunderbar kühl.

Milan hatte eine schwarze Hose gebracht, eine zweireihige kurze Bluse in derselben Farbe, die hochgeschlossen war sowie ausgestellte, lange Ärmel besaß, und Lederhandschuhe in – wer hätte sich das gedacht? – schwarz. Die Bluse war mit einem kunstvoll gestickten Wappen versehen. Als ich es mir genauer ansah, erkannte ich eine große weiße Ameise auf smaragdenem Grund. Das Wappen selbst war umrahmt von einem schlichten Streifen Gold.

Auch ein Gürtel lag bei, aber die Hose hatte keinerlei Schlaufen, in der man ihn befestigen könnte.

Da mir ohnehin nichts anderes übrig blieb, weil meine Klamotten dreckig waren, legte ich die neue Kleidung an und betrachtete mich im Spiegel auf der Innenseite des Schrankes. Gerade, als ich gedankenverloren über die Bluse strich, klopfte es und ich wusste, dass mich auf der anderen Seite der Tür Milan erwartete.

Er lächelte mich an, als er mich sah. »Du musst noch deinen Gürtel anlegen«, meinte er.

»Wo kommt der hin?«, fragte ich, bevor ich ihn musterte und erkannte, dass er um die Taille herum saß. Ich nickte und vollendete meine Garderobe, bevor er mir den Weg zum Speisesaal zeigte, in dem wir jeden Tag Frühstück, Mittag- und Abendessen gemeinsam zu uns nehmen würden, wie er erklärte.

»Und komm ja nicht zu spät, das wird gar nicht gern gesehen und kann dir schon mal eine saftige Strafe einhandeln.« Er lachte und öffnete die Tür aus dunklem Holz am Ende des Gangs. An langen Tischen standen Schüler neben ihren Plätzen und schauten zur Tür, durch die wir gerade gekommen waren.

Keiner rührte sich, niemand tuschelte.

»Pst! Milan«, flüsterte ich leise, weil ich die fast andächtige Stille nicht durchbrechen wollte, »wieso stehen die alle neben ihren Plätzen?«

»In unserer geschätzten, ehrwürdigen Akademie gilt der Leitspruch: ›Die Gemeinschaft ebnet den Weg zu wahrer Größe.‹ Was getan werden muss, wird getan, doch immer gemeinsam. Auch beim Essen. Es wird gewartet, bis alle da sind. Wenn jemand unentschuldigt fehlt …« Er schweifte kurz ab, wies über die Menge und wandte sich dann wieder an mich. »Nun, es gibt eine Geschichte, die besagt, dass vor hunderten von Jahren eine Schülerschaft drei Tage und Nächte so stehen musste, weil jemand vergessen hatte, sich abzumelden.«

Er lächelte, doch ich schluckte nur. Wir gingen weiter, ohne dass ich auf die Gesichter der anderen Schüler groß achtete, bis wir schließlich an unserem Platz ankamen. Ich stellte mich wie alle anderen neben meinen Stuhl und sah Richtung Tür. Ein Klingeln ertönte und plötzlich hörte man nur noch das Scharren von Stühlen und aufgeregtes Geplapper.

Ich wandte mich dem Tisch und meinem Gegenüber zu: Leander, der auf der anderen Seite stand und, obwohl er aschfahl war, siegessicher lächelte. Dort, wo sein Bein am Tag zuvor noch blutend geendet hatte, ging es nun in einen Fuß aus Metall über, der ebenso zu blitzen und zu lächeln schien wie sein Besitzer.

Mir wurde beim Anblick schwindelig und ich hatte es plötzlich sehr eilig, mich zu setzen. Erst dann konnte ich ihn fragen. »Was haben sie mit dir gemacht?« Meine Stimme klang schriller und aufgekratzter als gedacht. Es könnte mir völlig egal sein, was mit ihm passierte. Aber das war es nicht. Vielleicht deshalb, weil ich nicht wusste, ob mit mir nicht irgendwann das Gleiche geschehen würde.

»Das siehst du doch, Hohlbirne!«, erwiderte er grinsend und klopfte sich mit der Faust auf den Fuß. »Die haben mich wieder repariert!«

Ich atmete tief ein und aus.

»Kipp mir jetzt bloß nicht um.« Leander zeigte mit dem Finger auf mich und sah mich eindringlich an.

Ich schüttelte den Kopf, als könnte ich damit die Gedanken verbannen, und wandte mich dem Frühstück zu. Eier, Speck, Brötchen, Aufstriche, alles, was man sich wünschen konnte. Aber dennoch konnte ich das Gefühl nicht abschütteln, dass das alles nur Schein war.

Nach dem Frühstück führte uns Milan zu den Klassenräumen.

»Leander, das ist deine Klasse«, sagte er.

»Wir gehen nicht in denselben Kurs?«, fragte ich erleichtert und gleichzeitig betrübt.

So dumm die Angst auch klingen mochte, bei Leander wusste ich, was ich zu erwarten hatte. In einer neuen Klasse würde es wohl jemand anderes auf mich absehen. Ein kleiner Schauer überkam mich. War es nicht schon genug, dass ich meine Familie niemals wiedersehen würde? Ich schloss kurz die Augen, um mich zu beruhigen.

»Nein. Leander wird sich den Heuretikern anschließen.« Milan sah mich an. »Was das ist, erkläre ich dir später. Wir müssen uns beeilen.«

Und damit ließen wir einen verdutzten Leander stehen. Ich drehte mich ein paarmal zu ihm um, doch noch immer stand er unschlüssig vor der Klasse. Dann bogen wir um die Ecke und er war außer Sicht.

»Mach dir keine Sorgen«, sagte Milan und hielt inne. Er legte einen Arm um meine Schultern und sah mich eindringlich an. »Ich weiß, dass du dich fragst, wieso es ausgerechnet dich trifft. Diesen Gedanken hatte ich auch. Aber … glaub mir, in der Akademie können wir für die Welt und die Menschheit wirklich etwas bewirken!«

»Was denn? Ich weiß noch nicht mal, was wir hier machen«, antwortete ich aufgebracht und verschränkte die Arme vor der Brust.

»Denk an deine Schulzeit zurück. Kannst du dich noch daran erinnern, dass an verschiedenen Orten richtig schlimme Dinge passiert sind? Bomben, Zerstörung, Tod.«

Ich nickte, wusste aber nicht, worauf er hinauswollte.

»Es gab noch unzählige mehr. Viele davon haben wir gerettet.«

»Was willst du damit sagen?«, fragte ich.

»Dass es noch viele andere Orte gab wie zum Beispiel Hiroshima. Wir haben sie aus der Zeit hierher ins Niemals geholt und sie wiederhergestellt. Die Katastrophe, die dort passierte, wurde herausgefiltert, auch aus den Menschen. Und dann wurde der Ort irgendwann zurückgeschickt.«

»Das ist doch nicht wahr, du veräppelst mich«, erwiderte ich lachend, doch als ich seinen steinernen Gesichtsausdruck sah, wusste ich, dass er das nicht tat. »Also du willst mir erzählen, dass ihr Katastrophengebiete nehmt, die Katastrophen ›rausfiltert‹ und dann entlasst ihr den Ort wieder in die freie Wildbahn? Wie bei Tieren?«

Er nickte. »So könnte man das für Unwissende beschreiben. Aber es steckt noch viel mehr dahinter. Und einiges davon wirst du schon bald lernen und beherrschen.« Er lächelte aufmunternd. »Mara, du wurdest ausgewählt, weil du Fähigkeiten hast, die anderen weit überlegen sind. Die Akademie glaubt an dich. Und ich tu das auch.« Milan schenkte mir sein keckes Lächeln und wuschelte sich durchs Haar.

Ich spürte mein Herz ein wenig schneller klopfen.

»Komm, ich zeige dir dein Klassenzimmer.« Er legte freundschaftlich den Arm um mich und führte mich an den grimmigen Büsten vorbei den holzgetäfelten Gang hinunter. Immer noch fühlte es sich merkwürdig beklemmend an, durch die Hallen zu gehen. Nicht weil ich hier nicht wegkonnte. Gut, auch, aber vor allem, weil kein Fenster zu sehen war. Nur bedrückende dunkle

Ecken und ab und an Lampen, die ihr Bestes taten, um auch diese zu erhellen.

»Hier musst du rein.« Milan blieb stehen.

»Danke«, sagte ich und sah ihm kurz in die Augen, bevor ich in die Klasse ging und die Hitze in meinen Wangen fühlte.

Doch drinnen war die heitere Laune wie weggeblasen. Die anderen starrten mich unverhohlen an. Die Luft schien mir plötzlich wegzubleiben und ich war zur Salzsäule erstarrt.

Neben mir spürte ich eine Bewegung und ein warmer Körper schob sich dicht hinter mich. »Adepten, das ist Mara. Es ist ihr erster Tag und sie kennt hier niemanden.« Milan. Er drückte kurz meinen Arm, bevor er ging, und ich könnte schwören, er warf mir noch ein Lächeln zu, bevor sein strubbeliger Kopf außer Sichtweite verschwand.

Adepten. Was für ein seltsamer Ausdruck.

Die anderen kamen auf mich zu, stellten sich vor und schüttelten meine Hand. Alle schienen außerordentlich freundlich zu sein und hätte ich Leander nicht gekannt, hätte ich das vielleicht einfach so hingenommen und mich gefreut. Aber eine kleine Stimme in mir, die verdächtig nach ihm klang, betete mir während der ganzen Zeit vor, dass sie das nur tun würden, um sich mit Informationen über mich einzudecken und diese dann gegen mich zu verwenden. So verkorkst hatte mich Leander. So verkorkst war ich tatsächlich.

»Mara, komm auf den Platz neben mir«, schlug ein blond gelocktes Mädchen vor, das sich mir als Hannah vorgestellt hatte.

Ich musste unweigerlich grinsen, trug doch meine beste Freundin vor der Zeit in der Akademie auch diesen Namen. »Gern!«, erwiderte ich und versuchte, die lästige kleine Stimme aus meinem Kopf zu verbannen, die mir auch das madig reden wollte.

Wir stellten uns wie schon beim Frühstück hinter unseren

Stühlen auf und warteten. Mit dem Ertönen der Klingel trat eine Frau mittleren Alters ein, die keine Falten, dafür aber eisgraues Haar hatte, das streng nach hinten gekämmt und in einen Zopf gebunden war. Ihr forsches Auftreten wurde durch ihre Pilotenkleidung unterstrichen: Die dunkle Jacke mit dem Pelzkragen hängte sie an den Haken neben der Tür und zeigte darunter eine gestärkte beige Bluse, die sie zu ihrer olivfarbenen Hose trug. Jeden Schritt, den sie in militärischer Präzision tat, hörte man im Klassenzimmer widerhallen.

»Der Gevatter hat mich darüber informiert, dass wir eine neue Adeptin haben. Wright, treten Sie vor.«

Ich errötete, atmete tief und ging nach vorn.

»Adepten. Dies ist Mara Wright, unser Neuzugang. Wir werden ihr beistehen und ihr die Grundprinzipien unserer ehrwürdigen Institution näherbringen. Wir werden sie lehren und in unserer Gemeinschaft willkommen heißen.«

Schon wieder dieses Wort. *Adepten.*

Ich durfte mich setzen, während sie fortfuhr: »Mein Name ist Majorin Mercedes. Ich unterrichte die Numistoriker. Die Numistorik ist die hohe Kunst, die die Zukunftsvisionen und die Schönheit der Mathematik in sich vereint.«

So wie Majorin Mercedes dreinsah, hätte man meinen können, sie würde von einem Mann schwärmen. Ihr forsches Auftreten war zwar nicht gänzlich verschwunden, aber unter einem Schleier verborgen, der auch ihre Wangen beim Gedanken an die Numistorik rosig färbte.

Ich versuchte, mir vorzustellen, was die Numistorik nun wirklich war, wie man sie anwandte. Doch mein Kopf wollte mir platzen, so absurde Ideen kamen dabei heraus.

»Adepten, ich werde Wright nun in unser Archiv begleiten. Beginnt eure Übungen.« Majorin Mercedes klatschte energisch in ihre kleinen, ringlosen Hände und alle kramten augenblicklich in ihren Taschen.

Da fiel mir auf, dass ich die Einzige ohne eine Tasche war. Ich sah zu meiner Professorin und folgte ihr aus dem Klassenzimmer. Still gingen wir den Gang entlang. Viel zu viele Abzweigungen später fanden wir uns vor einer großen dunklen Flügeltür wieder, die die Majorin mit einem lauten Knarzen öffnete.

Archiv klang nach einem kleinen, fensterlosen Kabuff, in dem es nach abgestandener Luft und Staub roch. Doch nein. Ich war geradewegs in einen magischen Traum getreten.

Die hohen Wände des hell erleuchteten Raums waren voller Regale, in denen sich Bücher stapelten und sich kleine und größere Objekte unterschiedlichster Art gegenseitig die Schau zu stehlen versuchten.

»Nun … Nachdem Sie bereits gesehen haben, dass dies keine normale Institution ist, sondern *die Akademie*«, begann die Majorin und sah mich, erneut mit diesem Leuchten in den Augen, eindringlich an, »muss ich Ihnen auch sicherlich nicht erklären, dass wir hier anders lehren als in anderen Einrichtungen.«

Sie wies mit der Hand in den Raum und zeigte über die verschiedenen Regale. »So unterschiedlich unsere Adepten sind, so unterschiedlich müssen auch die Methoden sein, mit denen sie ihr Wissen erarbeiten können. Jeder der Adepten in meiner Klasse war mit mir hier und hat sich seine Unterrichtsmaterialien selbst zusammengestellt.«

Ich unterdrückte ein Lachen. Woher sollte ich wissen, was ich für eine absolut realitätsferne Fusion aus Mathematik und Hokuspokus benötigte? Sie musste mir meine Gedanken angesehen haben, denn plötzlich lächelte sie verständnisvoller, als ich es von ihr erwartet hätte.

»Auch ich war einst hier als Adeptin und hatte dieselben Gedanken wie Sie. Doch sind Sie weder grundlos an der Akademie noch in meiner Klasse, Wright. Ihre besonderen Fähigkeiten sind für Sie noch verborgen, doch zeichnen sie Sie aus. Und dafür sind Sie hier: Um sie zu ergründen und für die Menschheit zunutze zu machen«, erklärte sie mit sanfter Stimme. »Sie werden wissen, welche Methoden die richtigen sind.« Sie nickte, als würde sie ihren Worten mehr Druck verleihen, indem sie sich selbst bestätigte, und sah mich erwartungsvoll an.

Offensichtlich war es nun an mir, den Raum, der eigentlich mehr eine Bibliothek war, zu durchforsten.

Ich ging an den ersten Regalen vorbei und sog den Duft in mich auf. Ich wusste nicht, wie ich Materialien für ein Fach suchen sollte, das ich nicht kannte. Aber wenn das alle so gemacht hatten, würde ich mich gern anschließen und so eine Stunde schwänzen.

Ich ließ meine Hand über das Holz gleiten und versuchte zumindest, bei diesem Spiel mitzuspielen. In Gedanken öffnete ich meinen Geist für jegliches Gefühl und ging weiter. Ich grinste. Wenn mein stets korrekter Vater, der von Beruf Buchhalter war, das sehen könnte …

Das Lächeln gefror. Ich würde ihn wohl nie wieder treffen. Langsam sah ich zu Boden und spürte die heißen Tränen in mir aufwallen. Doch ich wollte nicht vor meiner Professorin weinen. Schon gar nicht vor einer, bei der ich nicht sicher war, ob sie nicht versuchen würde, mich mit ihrer schrägen militärischen und gleichzeitig doch einfühlsamen Art zu trösten.

Schnell wandte ich mich wieder den Regalen zu und verbannte den Gedanken an meine Familie nach ganz hinten. Nicht mal ein Bild hatte ich von ihnen. Nichts. Nur das, was in meinem Herzen und meiner Erinnerung von ihnen übrig bleiben würde.

Meine Schritte hallten laut wider, als ich weiterging. Der holzige Geruch wurde stärker und ich blieb stehen. Inmitten all der

Bücher, in deren Ordnung ich keinen Sinn erkannte, entdeckte ich ein Päckchen Karten. Schwarz-weiß und unscheinbar, doch bei näherer Betrachtung mit wunderschönen Bildern verziert. Tarotkarten.

Ich sah meine Professorin aus den Augenwinkeln an und fragte mich, ob sie mir das wohl beibringen würde, ob sie es könnte. Bei solchen Themen stellte man sich doch eher ältere, etwas mystische, vielleicht auch zum Teil verhüllte Frauen vor, die mit rauchiger Stimme Karten zogen, aus der Hand lasen und irgendwas über Zukunft und Vergangenheit faselten. Und nicht eine soldatische Erscheinung mit strenger Frisur!

Ich beschloss, die Karten mitzunehmen und ging weiter. Ungeduldig schob ich sie von der einen in die andere Hand und merkte, wie gut sie in meine Handflächen passten. Das Päckchen fühlte sich weder neu noch alt an, aber genau so, als wäre es für mich geschaffen.

Am Boden der Regale erspähte ich Taschen aus gegerbtem braunen Leder. Auch davon schnappte ich mir eine. Der Stoff, der das Innere der Tasche auskleidete, sah aus, als hätte man ihn direkt aus dem Nachthimmel geschnitten. Jedes Mal hatte er einen anderen schwarzblauen Ton und sich doch nicht verändert. Abermillionen Punkte funkelten darauf im Licht des Archivs um die Wette.

Je mehr ich mich umsah, umso eher war ich gewillt zu glauben, dass es so etwas wie Magie tatsächlich gab. Denn etwas anderes als Zauberei war das hier nicht.

Dann stach mir eine merkwürdig aussehende Brille ins Auge. Zumindest dachte ich, es sei eine solche. Dort, wo die Augen waren, saßen runde Aussparungen. Der Rest des Gestells war aus dickem Draht, der an einigen Punkten, wo sich zwei Drähte kreuzten, hell aufleuchtete. Wie magisch angezogen ging ich darauf zu. Was auch immer das sein mochte, ich brauchte es. Ich legte sie mir an, erkannte aber keine Veränderung. Außer dass sie sich wie von selbst an mein Gesicht schmiegte und wie zu einer zweiten Haut wurde, obwohl sie vorher noch neben den Wangenknochen abgestanden hatte. Sie tauchte die Welt in einen mystischen Blauton, aber das war auch schon das Einzige, was passierte. Dort, wo sie gelegen hatte, befanden sich Sternkarten, die ich vorsichtshalber mit einpackte. Man konnte ja nie wissen.

Ich zuckte die Schultern und schlich an einem Regal vorbei, das, nicht wie die anderen in diesem Raum, ausschließlich mit Büchern gefüllt war. Ich holte mir eine Leiter. Ich wollte nach oben, nein, ich *musste*. Ein unerklärlicher Drang zerrte mich beinahe dorthin. Der Duft alter Bücher wurde hier stärker und benebelte mich zusehends. Doch das machte mir nichts aus. Es fühlte sich plötzlich alles so leicht und wunderbar an. Für einen Moment vergaß ich, was in den letzten vierundzwanzig Stunden geschehen war.

Dort oben befand sich ein großer Band in altes Leder gehüllt mit metallenen Schließen, der so aussah, als würde er magische Geheimnisse der Menschheit vor den Augen Unwürdiger verbergen. Oder es war einfach ein mittelalterliches Buch, geschrieben von Mönchen, um der Bevölkerung das Fürchten zu lehren.

Bevor ich mich dafür entschied, den Band mitzunehmen – immerhin war er nicht unbedingt klein oder leicht –, wollte ich zumindest wissen, was er in sich trug. Ich öffnete die Schließen und machte mich auf Erstaunen gefasst. Doch nichts. Tabellen, Runen, Zeichnungen von Pflanzen und vermutlich auch ihre Wirkungsweisen. Keine Zaubersprüche oder Tränke, die man einsetzen konnte. Ich wollte den Band schon wieder zurückstellen, doch irgendetwas hinderte mich daran. Meine Hand ließ nicht los. Noch einmal besah ich mir den Inhalt des Folianten. Ich zuckte die Schultern und wollte schon wieder über die Leiter nach unten klettern, als mein Blick an einem Säckchen hängen blieb, das hinter dem Buch im Regal versteckt lag.

wenn du mein Geheimnis ergründest,
ergründest du die wahrheit der Akademie.
Fla

Ich öffnete den Beutel und hätte vor Schreck fast sowohl diesen samt Inhalt, aber auch den Folianten, den ich mir unter den Arm geklemmt hatte, fallen gelassen. Knochen. Darin befanden sich Knochen.

Ich war ein von Grund auf neugieriger Mensch, das war ich immer schon gewesen. So war die Entscheidung, die gruseligen Knochen aus dem Säckchen hierzulassen oder alles mitzunehmen und besagtes Geheimnis zu entdecken, sehr schwer für mich. Doch schlussendlich siegte meine Neugier. Auch wenn ich noch vermied, die Knochen zu berühren.

Sorgsam verstaute ich alles in meiner Tasche. Zu guter Letzt holte ich mir noch einige Landkarten und ging zurück zur Majorin.

Sie nickte mir zu und wir verließen das Archiv.

Neu ausgestattet gelangte ich gemeinsam mit der Majorin zurück ins Klassenzimmer. Die anderen saßen über Tabellen, ließen Würfel rollen und schrieben das, was sie offenbar daraus lasen, zu den weiteren Runen auf ihren Blättern. Die Majorin wies mich an, mich den Rest der Stunde mit meinen neuen Sachen vertraut zu machen. Was auch immer sie damit meinte.

Während ich nun stumm alles auf meinem Tisch ausbreitete, begleitete mich das emsige Rascheln von Blättern, das wilde Rollen von sechseckigen Würfeln und das stetige Kratzen von Stiften auf Papier. Je mehr ich dem Treiben Beachtung schenkte, desto schneller glitt ich in einen Tagtraum hinein. Ich bemerkte gar nicht, wie ich sanft mit dem Kopf auf den Tisch stieß.

Ich war zu Hause.

»Mama …« Überrascht trat ich ein.

Sie verstand nicht, was es mir bedeutete, sie zu sehen. Für sie war ich schließlich nie weg, nie auf der Akademie gewesen – wenn auch nur kurz.

»Es ist so schön, dich zu sehen.« Mir kamen die Tränen, als ich mich fest an sie drückte.

»Na, na, ist ja gut, mein Schätzchen. Ist denn alles in Ordnung mit dir?«, fragte sie und wollte mir den Kopf tätscheln, aber ich löste mich von ihr.

Ich fuhr mir mit dem Ärmel über die Nase. »Ja … ja. Es fühlt sich nur schon an wie eine Ewigkeit, seit wir uns das letzte Mal gesehen haben«, erwiderte ich lachend.

Sie schüttelte bloß den Kopf und widmete sich wieder den Kochtöpfen.

Als meine Mutter das Abendessen auftat, saßen wir da wie immer: jeder auf seinem Platz. Und trotzdem fühlte es sich an diesem Tag schöner an als je zuvor. Ich lächelte selig, als ich zu essen begann, doch dann war es, als löste sich alles auf. Wie Wachs, das vor dem Feuer schmolz.

Von einer auf die andere Sekunde sprang Dad wutentbrannt auf und starrte finster hinter mich. Meine Schwester kauerte sich leise wimmernd auf ihrem Stuhl zusammen und meine Mutter hielt sich am Tischtuch fest, wie immer, wenn sie darum rang, die Fassung nicht zu verlieren.

»Wer sind Sie? Was machen Sie in unserem Haus?«, brüllte mein Vater wie der Donner höchstselbst und seine Muskeln spannten sich an. Mit geballten Fäusten stand er da und mir wurde klar, dass da kein Fremder hinter mir war.

Er meinte mich.

Er kannte seine eigene Tochter nicht. Niemand von ihnen. Aber wie auch. Ich war nie geboren worden. Sie hatten immer nur ein Kind gehabt. Zumindest dachten sie das. Aber ich wusste es besser und erinnerte mich in dieser einen Sekunde, in der mich dieser Gedanke wie ein Schnellzug erwischte, an all die wundervollen Tage, die ich nie gewürdigt hatte.

Tränenüberströmt stellte ich fest, dass ich nicht länger Teil von ihnen war. Genauso wie Gevatter Zeit es gesagt hatte.

Ich versuchte, es zu erklären, schluchzend die richtigen Worte zu finden, aber wie sollte man jemandem etwas beibringen, das man selbst kaum verstand? Weinend stolperte ich ständig über die Worte und meine Stimme, verschluckte mich, begann von Neuem. Ich musste es ihnen erklären. Sie mussten mich einfach verstehen!

Vater tobte ohrenbetäubend und zum ersten Mal in meinem Leben hatte ich Angst vor ihm. Die Ader auf seiner Schläfe pochte wild, als seine Stimme durch das Esszimmer donnerte.

Das stand so sehr im Gegensatz zu seinem Pullover, den Oma ihm zum Geburtstag gestrickt hatte. Den mit den kleinen Sonnen drauf, weil sie ihn doch immer ihren Sonnenschein genannt hatte, als er noch klein gewesen war. Nein, jetzt erinnerte nichts mehr an diesen Sonnenschein. Nicht die wutverzerrte Fratze, die einst sein Gesicht gewesen war und die mich nun grimmig anstarrte. Er wusste nicht, dass er mich schon einmal anders angesehen hatte. Nein, er wusste nicht, dass er mein Vater war. Ich war bloß eine Fremde für ihn.

Jeder Laut, den ich von mir geben wollte, jedes Wort, das es ihm vielleicht erklärt hätte, blieb mir im Hals stecken. Ich wollte weinen. Aus Angst, Trauer oder Verzweiflung, das wusste ich nicht. Aber meine Kehle brannte und meine Augen waren so trocken wie Saharasand.

Ich musste raus hier, bevor mein Vater die Polizei holte. Oder mich eigenhändig erschlug.

»Ich denke, das war genug.«

Eine Hand legte sich mit vertrautem Druck auf meine Schulter. Auf einem Finger erkannte ich einen Ring mit einem goldenen, beschuppten Kreis darauf.

Die Akademie.

Ich blickte auf in das verständnisvolle Gesicht von Gevatter Zeit. Ebenso zerrissen, wie ich mich fühlte, versuchte er zu lächeln.

»Wir alle teilen dieses Schicksal. Wir alle verloren unsere Familien und fanden sie wieder in der Gemeinschaft der Akademie.«

Mein Puls schlug schneller, als ich einen letzten tränenverschleierten Blick auf meine Familie warf und das Herz mir endgültig brach. »Ich liebe euch. Auch wenn ihr es niemals wissen oder verstehen werdet. Ich werde euch immer lieben bis ans Ende meiner Tage!«, brachte ich erstickt hervor und senkte meinen Blick, als heiße Tränen über meine Wangen rollten und mich lähmten. Dass der Gevatter Zeuge meines emotionalen Ausbruchs war, war mir egal.

Soll er es doch hören, dachte ich verbittert. Meine Familie war mir wichtiger als das, was irgendjemand von mir hielt. Und das würde sie immer sein.

Als ich die Augen schließlich aufschlug, spürte ich noch immer eine Hand auf meiner Schulter, doch gehörte sie zur Majorin. War es ein Traum oder Wirklichkeit gewesen?

Die Tränen waren noch da, doch die Bilder zerflossen wie ein Traum und entglitten mir.

»Alles in Ordnung?«, fragte die Majorin.

Ich zwang mich dazu, stumm zu nicken. Keiner von ihnen sollte die Tränen sehen, die meine Schwäche offenbarten. Sie würden sie nur gegen mich verwenden. Ich fuhr mir mit dem Ärmel übers Gesicht. »Klar, alles gut.«

Die Majorin beäugte mich äußerst misstrauisch, drehte sich dann aber um. »Die Stunde ist für heute zu Ende.« Sie sah dabei Hannah und ein paar andere an, die eifrig nickten. Alle packten zusammen, doch ich, darauf gedrillt wie keine Zweite, stürmte schon mit all meinen Sachen bepackt nach draußen und hastete den düsteren Gang entlang.

Erst als ich mich, weit vom Klassenzimmer entfernt, zwischen zwei Büsten finster dreinblickender, bärtiger Männer mit Monokel am Boden niederließ, atmete ich durch und die Tränen überwältigten mich. Stumm weinte ich wegen meiner Familie, die ich verloren hatte, wegen meines Lebens mit ihnen und was noch wichtiger war, alles, was ich nicht mehr mit ihnen erleben würde, weil mir auch meine Zukunft gestohlen worden war.

»Weißt du, davon kommen sie auch nicht wieder«, hörte ich eine Stimme über mir. Hannah. Ich hatte sie nicht kommen gehört. Sie reichte mir ein Taschentuch, das ich trotzig entgegennahm.

»Was weißt du denn schon?«, fragte ich und versuchte, so viel Verachtung wie möglich in meine Worte zu legen. Ich wollte, dass nun jemand genauso litt wie ich gerade. Und da sie mich verfolgt hatte, sollte sie es sein.

»Bei Gott nicht alles und in mancherlei Hinsicht auch nicht viel, aber auch ich habe meine Familie so verloren und lange gehofft, ich würde eines Tages wieder zu ihnen zurückkehren können.« Sie sah mich aus großen Augen an. »Oder aus diesem Traum erwachen.« Ihre Stimme klang hohl und ich war mir nicht sicher, ob ein kleiner Teil von ihr das nicht immer noch hoffte.

Sie blickte mir unverstellt ins Gesicht und ich schaute auch sie zum ersten Mal richtig an. Weder ihre großen braunen Augen noch ihr traurig verkniffener Mund, alles eingerahmt durch ihre blond gelockte Mähne, machten den Eindruck, als würde sie mich

anlügen. Sie ging vor mir in die Hocke und fasste meine Hände. »Wenn du es zulässt, dann können wir Freundinnen sein. Wenn du es möchtest, bin ich für dich da. Ich wohne in Zimmer fünf. Ich werde für dich da sein, egal, wann du klopfst.« Hannah drückte kurz meine Hände und ging dann davon. Kein böses Wort. Kein Lachen. Nur Aufrichtigkeit. Und das war es, was ich fürchtete. Denn ich kannte es nicht. Mit meiner alten Freundin Hannah war es nicht anders gewesen.

Ich sah ihr nach, bis sie mit der Dunkelheit eins wurde, dann stemmte ich mich hoch, griff mir meine Sachen und nahm den langen Weg zurück ins Zimmer.

Schlösser würden von nun an nicht mehr notwendig sein. Es gab keinen Ort, an den ich zurückkonnte. Und als ich im Gang auf Leander stieß und sich unsere Blicke aus rot geweinten Augen kreuzten, erkannte ich, dass auch er das wusste. Stumm ging jeder von uns in sein Zimmer.

Dort wartete ich auf den nächsten Morgen. Ich tat die ganze Nacht kein Auge zu. Irgendwann, sehr spät, kramte ich einen Block hervor und schrieb Briefe an sie alle, die sie nie erhalten würden. Auch holte ich mein Telefon aus der Hosentasche meiner Jeans und wollte mir unsere Bilder angucken. Nur um festzustellen, dass es nicht funktionierte, als wäre es kaputt gegangen.

Die Tränen niederkämpfend versuchte ich, Zeichnungen von ihnen anzufertigen. In Erinnerung an mein Kaninchen Bobo wusste ich, dass die Bilder eines Tages aus meinem Hirn verschwinden oder zu einer grauen Pampe aus Bekanntem und Unbekanntem verschwimmen würden, die der Wirklichkeit nicht mehr gerecht wären.

Bei dem Gedanken verlor ich schlussendlich den Kampf gegen die Tränen. Als die ersten Sonnenstrahlen durch mein Fenster fielen und sich der Himmel langsam kitschig rosa färbte, als wollte er mich verspotten, schlief ich schließlich über der Zeichnung meiner Schwester ein und verschmierte ihre kleine Stupsnase, die sie von unserer Mutter hatte und die doch so anders war als der Zinken, der mir von Dad geblieben war.

Ein Klopfen riss mich aus dem Schlaf.

Bevor ich reagieren konnte, ging die Tür auf und anders als erwartet stand plötzlich Leander in meinem Zimmer. Er hatte die Türklinke noch nicht ganz losgelassen und verharrte unschlüssig, ja fast schon verloren im Raum.

»Komm doch rein«, nuschelte ich mit heiserer Stimme und sah vermutlich genauso elend aus, wie ich mich fühlte.

Er runzelte die Stirn, schloss dann aber die Tür und setzte sich kurzerhand auf mein Bett.

Es war mir egal, stellte ich fest. An jedem anderen Tag und zu jeder anderen Zeit hätte ich vermutlich lautstark protestiert. »Es ist kein Traum«, sagte ich schließlich, als sich keiner von uns für eine, wie es mir schien, Ewigkeit rührte.

Ich wollte, dass er dagegen aufbegehrte und mich eines Besseren belehrte, aber wir wussten beide, dass kein Weg zurückführen würde.

»Das stimmt wohl, Frea… Mara.«

Zum ersten Mal, seit wir uns kannten, hatte er meinen Namen gesagt und das musste bei ihm schon etwas heißen. Ich wagte es nicht aufzusehen. Ich wollte nicht in Augen blicken, die mir mehr als seine Worte bestätigten, was mir ohnehin schon gedämmert war, ich aber nicht hören wollte: kein Zurück. Fortan war die Akademie mein Zuhause.

»Wie spät ist es?«, fragte ich leise.

»Fünf Uhr dreißig«, kam es zurück.

»Was machen wir jetzt?« Ich wusste wirklich nicht, was ich machen sollte. Ich war in einem Albtraum mit meinem schlimmsten Albtraum gefangen. Konnte es noch schlimmer kommen? Ich schalt mich für den Gedanken und sandte ein Stoßgebet nach oben, dass dies keine Herausforderung war, alles nur noch grauenvoller zu machen.

Aus den Augenwinkeln sah ich, wie Leander die Achseln zuckte. »Wir kommen hier nicht weg. Aber ich hab nicht vor, deren Spiel mitzuspielen. Ich mach da nicht mit. Und du«, er starrte mich eindringlich an und kniff seine dunklen Brauen zusammen, »solltest das auch nicht. Wir sind nicht ihre Puppen, mit denen sie machen können, was sie wollen. Sie können uns alles wegnehmen, aber sie können uns nicht zwingen, hier in dieser verdammten Akademie mitzuarbeiten.« Er war aufgesprungen und ballte seine Faust.

Von der plötzlichen Bewegung überrascht taumelte er nach vorn, da sein neuer Fuß daran offenbar noch nicht gewöhnt war. Er hielt sich an meinem Stuhl fest und war mir vermutlich so nah wie noch nie. »Lass uns das gemeinsam durchziehen. Ich weiß, dass wir uns nie sonderlich nahestanden, aber hier sind wir einander alles, was wir haben.«

Ich unterbrach ihn nicht, um ihm zu sagen, dass ich vielleicht schon Freunde gefunden hatte. Denn ob das tatsächlich so war, wusste ich nicht. Und auch nicht, dass ich manche der Menschen hier an der Akademie nett fand.

Doch sie hatten mir Vergangenheit und Zukunft gestohlen. Ich war nur ein Partikel gefangen im Jetzt. Es gab kein »Was war« und »Was wird sein«, sondern nur den Moment.

»Und was schlägst du vor?«, wollte ich skeptisch wissen.

»Wir werden nicht zu den Mahlzeiten erscheinen.«

»Dann werden wir verhungern«, gab ich zurück.

»Nein. Die können uns nicht …«, begann er, doch er bemerkte, wie ich mit erhobener Braue auf seinen Fuß sah.

»Verhungern lassen? Aber verstümmeln ist okay?«, erwiderte ich tonlos und war kurz davor, ihm eine Ohrfeige zu verpassen. Natürlich würden sie uns nichts zu essen geben, wenn wir nicht zu den von ihnen vorgeschriebenen Zeiten erscheinen würden.

»Die Geschichte, wonach einmal alle Adepten drei Tage und Nächte vor ihren Plätzen im Speisesaal gestanden hatten, weil jemand vergessen hatte, sich abzumelden, kennst du, oder?«, fuhr ich fort.

»Geschichten, Legenden. Pah!« Doch etwas in seinem Blick sagte mir, dass er sich nicht sicher war, ob er recht hatte. »Gut, dann gehen wir zum Essen. Aber danach können sie uns hier auf dem Gelände suchen und werden uns nicht finden.«

»Was auch immer das für ein blödes Wort ist … Adepten«, nuschelte ich und kam mir unheimlich dumm vor.

Leander sah mich an, als wüsste er nicht, ob er lachen oder weinen sollte. »Du solltest wirklich manchmal das ein oder andere Buch lesen …«

Ich hob eine Braue. »Ich lese.«

Auch wenn er ein dummer Arsch war, der mir schon so oft das Leben schwer gemacht hatte, kam ich nicht umhin anzuerkennen, dass er neben seinen sportlichen Leistungen ein ganz guter Schüler gewesen war.

»Offenbar nichts Richtiges.«

»Wenn du so intelligent bist, dann erklär den Begriff doch«, zischte ich.

»Ein Adept ist eine Person, die in eine geheime Wissenschaft oder ein Mysterium eingeweiht ist«, erklärte er besserwisserisch. Es hätte gerade noch gefehlt, dass er den Zeigefinger oberlehrerhaft erhoben hätte. »Aber zurück zur Sache: Wir gehen zum Essen, zum Rest können sie uns nicht zwingen.«

Ich war mir zwar sicher, dass sie das tun würden. Schließlich kannten wir uns hier nicht aus und würden uns aller Wahrscheinlichkeit nach verlaufen, sodass wir schlussendlich heilfroh wären, wenn uns jemand finden würde, aber ich beschloss, seiner Idee eine Chance zu geben.

Was blieb mir denn sonst? Mich der Akademie zu ergeben und einzusehen, dass es fortan für mich nichts anderes mehr geben würde, als ihren Zielen zu Diensten zu sein?

Ich nickte. Leander stand wortlos auf und war zur Tür hinaus.

Ich war noch einmal im Sitzen eingeschlafen, denn als es ein weiteres Mal klopfte, schrak ich aus dem Schlummer empor. »Ja?«, fragte ich gähnend.

Da trat auch schon Milan ein. »Guten Morgen«, sagte er gut gelaunt und lächelte, bis er meine Gestalt sah. Das Lächeln gefror ihm, er biss sich auf die Lippe und kam näher. »Alles in Ordnung? Wir müssen in zehn Minuten beim Frühstück sein, bitte beeil dich.«

Ich nickte, war mir aber nicht sicher, ob ich diesen Weckservice nett oder anstrengend fand. Ich verschwand im Badezimmer und war in Windeseile fertig, weil es mir egal war, wie ich aussah. Als ich wieder ins Zimmer kam, verharrte er gebeugt über meinen Zeichnungen.

»Wer ist das?«, fragte er interessiert.

»Meine Familie«, grummelte ich verärgert und verstaute die Zeichnungen und die Briefe so schnell wie möglich. Das war meine Angelegenheit und er hatte kein Recht, in den Sachen zu schnüffeln. Ich war mir nicht sicher, ob ich wütend genug klang, doch er sagte kein Wort, bis wir im Speisesaal waren.

Leander war schon da und so warteten wir auf das Klingeln.

Doch es kam nicht.

Stattdessen vernahmen wir aus dem Lautsprecher ein Räuspern, gefolgt von einer glockenhellen Stimme, die sich, wie es mir erschien, mit allen Mitteln darum bemühte, freundlich und gefasst zu klingen: »Adepten, aufgepasst! Unsere Neuzugänge wissen dies vielleicht noch nicht oder sind sich dessen nicht bewusst: Zu den Mahlzeiten hat jeder Adept und jede Adeptin zu erscheinen. Erfolgt dies nicht, wird allen Anwesenden ihre Mahlzeit verweigert.«

Ich fühlte, wie mein Bauch vor Hunger und Scham brummte. Hatten die anderen meinetwegen am Abend zuvor nichts zu essen bekommen? Ich sah nach unten und vermied es, irgendwen anzublicken. In diesem Moment erschienen mir meine Schnürsenkel äußerst interessant.

Ein Lachen wie zerberstendes Glas erklang aus dem Lautsprecher. »Die Akademie zeigte sich gestern Abend jedoch gnädig, da unsere neuen Adepten dies noch nicht wussten und eine Ausnahmesituation vorlag. Doch das wird das letzte Mal sein, für beide von euch.« Nun lag etwas Bedrohliches in der Stimme, das mir die Haare im Nacken aufstellte.

Dann ertönte das erlösende Klingeln und das Scharren von Stuhlbeinen erstickte meine Gedanken. Erst als ich etwas gegessen hatte, wandte ich mich Milan zu, der genüsslich seinen Kaffee schlürfte und dabei zufrieden zur Decke starrte.

»Milan«, begann ich verschüchtert und räusperte mich dann, weil er immer noch wie in Trance zur Decke sah. »Milan.«

Er lächelte mir zu und stellte seine Tasse ab.

»Wenn die Stimme von einer Ausnahmesituation sprach … Heißt das, das kam noch nie vor? Dass jemand … an seinem ersten Tag … Nun, du weißt schon …«, stammelte ich und vermied einen Blick in sein strahlendes Gesicht.

»Das kommt öfter vor, mach dir keine Sorgen. Einige Adepten finden sich mit der neuen Situation schneller ab als andere. Doch viele von uns, auch ich, haben genauso reagiert wie du.« Er warf mir ein aufmunterndes Lächeln zu und widmete sich wieder seinem Brötchen.

Leander sagte derweil nichts. Vielleicht weil er keine Schuldgefühle spürte. Was nicht weiter verwunderlich war, hatte er diese auch mir gegenüber noch nie gezeigt, obwohl er mich lange Zeit mit seiner Art gequält hatte. Er rührte gelangweilt in seinem Kaffee und schaute sich um, bis sein Blick an mir hängen blieb.

»Wenn du nicht immer so belämmert dreinschauen würdest, könnte man ja fast denken, du wärst hübsch, Freakauge.« Er grinste überlegen und nahm einen Schluck.

Es war zu früh, um mich darüber aufzuregen. Ich hatte nicht gut, nicht mal richtig, geschlafen und war dafür nicht aufgelegt. Ich brummte genervt und sah weg. Eigentlich hatte ich gedacht, wir hätten uns zu einer Allianz zusammengeschlossen. Eine Allianz gegen die Akademie. Aber anscheinend würde er mich trotz unseres Bündnisses behandeln wie immer.

»Was soll eigentlich dieser schreckliche Name für sie?«, fragte Milan verärgert und stellte seine Tasse mit voller Wucht auf den Tisch. Der Kaffee darin schwappte über und tropfte über seine Hand, die immer noch zitternd den Henkel umklammerte, auf das Holz.

»Das is' so ein Ding zwischen uns, das verstehst du nicht«, erklärte Leander süffisant grinsend und lehnte sich überlegen zurück.

»Nein.« Milan beugte sich vor und schlug mit der freien, zur Faust geballten Hand auf den Tisch, sodass sich einige Köpfe nach uns umwandten. »Das ist ein Ding, das es dir unmöglich macht, dich normal zu verhalten. Keine Ahnung, was du für ein Problem mit dir selbst hast, aber ich werde es nicht schweigend mitansehen.«

»Das ist dein Problem, Kum-« Leander sah kurz aus, als müsste er nachdenken, und fuhr anschließend fort: »*Adept Novak*. Dein

Problem, nicht das meine. Wenn du nicht damit klarkommst, dann verpiss dich.«

Ich sah ungläubig zwischen den beiden hin und her. Noch nie hatte jemand Leander widersprochen und das schien ihm nicht zu schmecken, auch wenn er das vor Milan gut verbarg. Mir allerdings entging es nicht. Mehr noch verwunderte mich, dass ich zum ersten Mal vor Leander in Schutz genommen worden war.

Ich hatte gar nicht bemerkt, dass Hannah an unseren Tisch gekommen war. »Wir werden heute in einem anderen Raum den Unterricht bei der Majorin haben. Ich zeig dir den Weg, komm mit!« Ohne auf meine Antwort zu warten, zog mich das Mädchen hoch und fort von den beiden sich immer noch über den Tisch taxierenden Jungs.

»Wenn wir jeden Morgen den Unterricht in einem anderen Raum haben, werde ich mir nie merken, wohin ich gehen muss«, gestand ich überfordert, als wir durch die Flügeltüren in den kühlen Gang traten.

Sie lachte schallend und wandte sich zu mir um. »Tut mir leid, ich wollte dich da nur rausholen. Die beiden sahen nicht so aus, als ob sie ihren Streit gleich beilegen würden. Milan kann stur sein. Und anscheinend ist dieser Leander ein ziemlich gemeiner Widerling.«

Ich nickte. »Danke.«

Warum zur Hölle waren hier alle so nett zu mir? Irgendwas musste da doch faul sein. Also ... fauler, als der Rest der Situation an sich schon war. Ich atmete tief durch.

Hannah ging voran und ich folgte ihr. Was blieb mir denn anderes übrig? Für heute musste mein mit Leander gefasster Plan ruhen. Ich wollte mich mit ihm nicht für den Rest des Tages in dunklen Ecken herumtreiben und Verstecken vor der Akademie spielen. Ich würde ihm aus dem Weg gehen. Selbst wenn das hieß, dass ich mich am Unterrichtsgeschehen beteiligen musste und vorerst auf meine geschlossene Allianz verzichtete.

Morgen würde auch noch ein Tag sein, um eine Rebellion zu beginnen. Obwohl es mir unnatürlich vorkam, dass alle so nett zu mir waren, wollte ich sie dennoch nicht verprellen. Zumindest nicht, solange ich mir nicht sicher war, dass Leander anders sein konnte. Wie in der Nacht zuvor.

Wir hörten die Majorin schon von Weitem, wie sie mit ihren Armeestiefeln den Gang entlang marschierte. »Guten Morgen, Adepten!«, sagte sie mit fester Stimme und wehte zur Tür herein.

»Guten Morgen, Majorin Mercedes!«, schallte es ihr entgegen und sie wies uns an, uns zu setzen. Stuhlbeine scharrten.

»Adept Islington!«, rief die Majorin auf. Ein hoch gewachsener, hagerer Junge mit straßenköterblonden Locken, die ihm das Aussehen eines wandelnden Kugelbuschs gaben, schoss in die Höhe.

»Jawohl!«

Selbst wenn man es nicht schon geahnt hatte, aber die Akademie war mehr eine militärische Ausbildungsstätte als eine gewöhnliche Schule.

»Erstatten Sie Bericht über Ihre Fortschritte.« Die Majorin verschränkte die Arme hinter dem Rücken. Ihre Augen blitzten aufmerksam auf, als der Junge namens Islington zu sprechen begann.

»03. April 1977, Tscheljabinsk, Freisetzung radioaktiver Stoffe. Die Stadt würde jedoch im Jahr 2085 noch bedeutsam für die Menschheit sein, laut meinen Berechnungen und Voraussagen, sofern der Boden nicht kontaminiert ist, was zu diesem Zeitpunkt nicht gegeben ist. In Tscheljabinsk kann im Jahr 2085, wenn ein erneuter Krieg zwischen Russland und den westlichen Mächten ausbricht, ein Großteil der wichtigen Nahrungsmittel wie Kartoffeln und Getreide angebaut werden. Diese Nahrungsmittel versorgen in den Jahren danach den gesamten asiatischen Raum.«

»Was?«, japste ich, doch Hannah gebot mir mit einer Handbewegung, still zu sein.

»Gut so, Islington«, lobte die Majorin. »Wenn die Bevölkerung nicht genug zu essen hat, ist das Gleichgewicht zwischen den Großmächten nicht mehr gegeben. Können diese Nahrungsmittel woanders nicht angebaut werden?«

»Nein, Majorin. Aus klimatischen Gründen kann ein Großteil der Landesfläche nicht landwirtschaftlich genutzt werden. Die Stadt liegt im Agrardreieck und ist aufgrund ihrer Lage absolut wichtig für den bevorstehenden Krieg.«

»Danke, Islington. Kann diese Vorhersage noch jemand unterstützen?«, fragte Majorin Mercedes mit fester Stimme und der Junge durfte sich wieder setzen.

Hannahs Hand schoss in die Höhe und ihre blonden Locken wippten auf und nieder.

»Peters!« Das Mädchen sprang auf, bevor die Majorin ihren Namen zu Ende gesagt hatte.

»Ich bin mit meiner Berechnung noch nicht ganz so weit wie Islington, doch habe auch ich Tscheljabinsk in meinen Knochen gesehen. Sie weisen auf einen bevorstehenden Krieg hin, genaue Daten wollte ich mithilfe der Runenwürfel noch ermitteln. Doch auch ohne diese habe ich gesehen, dass es unumgänglich ist, die Atomkatastrophe rückgängig zu machen!«, ratterte Hannah ihren Bericht in einer Geschwindigkeit herunter, dass ich Schwierigkeiten hatte, sie richtig zu verstehen.

Ich war mir nicht mal sicher, ob ich sie verstanden hatte. Ob ich irgendwas, das hier in den letzten Minuten gesprochen worden war, begriffen hatte. Ich sah zwischen ihr und der Majorin, die zufrieden so etwas wie ein Lächeln auf den Lippen hatte, hin und her.

»Sehr gut, Peters. Setzen Sie sich an die Würfel. Der Rest wird sich mit dem Fall beschäftigen und so viele Informationen sammeln wie möglich. Ich möchte in einer Woche die Simulation starten. Ihre Berichte erwarte ich morgen früh!« Die Majorin klatschte in die Hände und schon begannen alle zu arbeiten.

»Hannah«, zischte ich, als sich das Mädchen setzte und sein Gesicht vor Stolz glühte. »Was ist das hier? *Was* machen wir?«

»Wir ermitteln mithilfe von mathematischen Berechnungen und verschiedensten Möglichkeiten der Zukunftsvorhersage, welche Orte man retten muss, in denen in der Vergangenheit oder Zukunft Katastrophen passiert sind, weil sie eines Tages für die Welt noch einmal wichtig sein werden«, erklärte sie mir, als würde sie mir erzählen, was eins plus eins ergab. Gerade so, als wäre dies das Einfachste der Welt.

»Du veräppelst mich«, stellte ich trocken fest.

»Wieso sollte ich das denn machen? Damit arbeitet die Akademie. Wir Numistoriker beginnen die Arbeit. Aufgrund unserer Forschungsergebnisse fertigen die Heuretiker Vorrichtungen an, mit deren Hilfe der Ort aus der Welt extrahiert werden und ins Nichts eingegliedert werden kann, ohne dass dieses kollabiert.«

»Ich höre deine Worte, aber ich verstehe nicht, was du mir damit sagen willst.« Mein Kopf rauchte.

»Wir sind die, die den anderen sagen, was getan werden muss. Die Heuretiker sind so was wie Ingenieure oder Mechaniker, die Maschinen bauen. Und dann gibt's da noch die Institutoren, die den Ort wiederherstellen, während er sich im Niemals befindet. Du kannst sie dir, vereinfacht gesagt, vorstellen wie Architekten und Landschaftsgärtner in einem.

Sobald der Ort im Niemals angekommen ist, beginnen die Heuretiker, ihre Maschinen zum Laufen zu bringen. Sie sorgen dafür, dass die Katastrophe, die passiert ist, ins Nichts eingeleitet wird.

Im Fall von Tscheljabinsk handelt es sich um einen Atomunfall. Jegliches Partikel dieser Katastrophe wird ins Nichts eingeleitet, welches alles unkontrolliert in sich aufnimmt. So wie Leanders Fuß.«

»Aaaaaha«, machte ich und versuchte, es so lang wie möglich zu ziehen, um herauszufinden, ob sie mich wirklich nicht veräppelte. »Nein, ich versteh es immer noch nicht.« Ich zuckte die Schultern und lehnte mich zu ihr.

»Das Nichts saugt alles in sich auf, unkontrolliert und unhaltbar, sofern man keine Vorrichtungen entwickelt, um das aufzuhalten oder es zu verlangsamen. Die Akademie umgibt so eine Vorrichtung, deshalb wird sie auch nicht ins Niemals gesaugt. Für die Orte, die ins Niemals geholt werden, müssen andere Maschinen gebaut werden. Aber Genaueres kann ich dir darüber auch nicht sagen, da müssten wir einen Heuretiker befragen.«

Gefühlt eine Ewigkeit hatte ich über dem, was sie mir erzählt hatte, gebrütet und endlich kam es mir vor, als hätte ich es verstanden. Doch dann kam mir etwas anderes in den Sinn: »Was passiert mit den Menschen, die sich in so einem Ort aufhalten?«

»Exzellente Frage, Adeptin Wright!«, schaltete sich die Majorin ein und sah mich schon fast mit Stolz in ihrem harten Gesicht an. »Peters! Können Sie Wright von unserer Exkursion nach Valparaíso erzählen?«

»Natürlich! Valparaíso war eine Simulation, die wir uns gemeinsam ansehen durften. Dort wurde eine biologische Waffe gezündet und die Auswirkungen waren verheerend. Die Menschen dort werden von den Medizinern behandelt«, antwortete mir Hannah und Tränen standen in ihren Augen.

»Doch da es sich ohnehin um eine Simulation handelt, müssen wir uns darüber keine Sorgen machen«, sagte die Majorin entschlossen.

»Also kann nichts passieren, wenn wir einen Fehler begehen?«, fragte ich ungläubig.

»Die Simulation wird dann geschlossen und an erfahrenere Adepten abgegeben«, erwiderte die Majorin und ihre Augen blitzten. Fast schon kam es mir vor, als hätte ich ihrer Ansicht nach zu viel gefragt. Einen Augenblick später jedoch wandte sie sich schon wieder jemand anderem zu, der Hilfe benötigte, und das Gefühl verflog.

»Welche Arten von Fehlern können uns denn unterlaufen?«, wollte ich von Hannah wissen.

»Jede Menge«, sagte sie leicht daher und zählte an den Fingern ab: »Die Berechnungen sind falsch zum Ausmaß der Katastrophe, sodass die Heuretiker eine zu schnelle oder zu langsame Maschine bauen. Es braucht mehrere Maschinen, weil verschiedene Katastrophen auf einmal eingetroffen sind und man es nicht bemerkt hat. Die Mediziner behandeln falsch. Die Einzigen, die kaum etwas falsch machen können, sind die Institutoren, aber deshalb machen sich auch viele der Heuretiker lustig über sie. Sie denken, sie wären etwas Besseres.«

Ich dachte an Leander, der den Heuretikern zugeteilt worden war, und wusste, dass er dort, sofern das stimmte, gut aufgehoben war. Immer noch verwirrt schüttelte ich den Kopf.

»Was ist?«, fragte Hannah und legte besorgt ihre Hand auf meine.

»Alles okay. Ist nur gerade ein bisschen viel. Ich glaube, ich muss die Gedanken erst mal ordnen«, antwortete ich und zog die Hand weg, um meine Sachen hervorzukramen. Als ich alles ausgepackt hatte, hörte ich von Hannah einen Freudenschrei und wandte mich ihr zu. »Was ist?«

»Du hast dir die Brille geholt!«, bemerkte sie aufgeregt und zeigte darauf.

»Ja. Ich hab nur keine Ahnung, was ich damit machen soll. Sie sah cool aus. Deshalb wollte ich sie«, gab ich lachend zu und rieb mir verlegen den Hinterkopf.

»Islington hat auch so eine, der kann dir bestimmt ein wenig darüber berichten. Wir setzen uns heute Nachmittag zum Lernkreis zusammen. Hast du Lust, auch zu kommen?«

»Lernkreis?«

»Jaaaah«, machte sie. »Wir sitzen ein wenig zusammen, reden über unsere Vorhersagen und helfen uns gegenseitig mit unseren Werkzeugen.«

Ich zuckte die Schultern, sagte aber schlussendlich zu. Es konnte nicht schaden zu wissen, was in der Akademie vor sich ging. Und je mehr ich wusste, desto besser war es für mich. Auch wenn ich mir furchtbar vorkam, jemanden auszuspionieren, der mir offenbar nichts Böses wollte. Zumindest schien es noch so.

»Wo bist du heute hin?«, schallte es mir entgegen, als ich nach dem Unterricht mein Zimmer aufsuchte, um vor dem Essen noch etwas zu ruhen. Leander hatte sich doch tatsächlich Zugang zu meinem Refugium verschafft und dort auf mich gewartet, um mir eine Standpauke zu halten!

»Zum Unterricht«, gab ich trocken zurück.

»Ich dachte, wir hätten einen Pakt geschlossen«, meckerte er und verschränkte die Arme.

Ich tat es ihm gleich und sagte nichts dazu, dass er schon wieder auf meinem Bett saß. »*Ich* dachte, du würdest dich aufgrund der Umstände mir gegenüber nicht mehr wie ein Arschloch verhalten«, erwiderte ich und kam mir ausgesprochen schlagfertig vor.

»Ich bin halt, wie ich bin«, erklärte er und breitete die Arme aus, als wäre die Sache damit erledigt.

»Das Schöne an Allianzen ist, dass man sich aussuchen kann,

mit wem man paktiert. Ich habe nichts davon, alle gegen mich aufzubringen, nur um dann mit jemandem wie dir allein sein zu müssen. Entweder wir einigen uns auf einen guten Umgang miteinander oder du kannst es vergessen. Zu meiner Familie werde ich nie wieder zurückkehren können. Aber ich werde sicherlich nicht die Ewigkeit mit einem Ekelpaket wie dir verbringen«, schleuderte ich ihm entgegen und war zum Ende hin lauter geworden.

»Okay.«

»Okay was?«, fragte ich mit Nachdruck.

»Ich werd' mich zusammenreißen.«

»Gut. Ich möchte dir aber noch einen anderen Vorschlag unterbreiten«, sagte ich verschwörerisch und setzte mich. Als er sich vorlehnte, erzählte ich ihm davon, dass ich es für besser hielt, zuerst die Augen offen zu halten, Informationen über die Akademie zu sammeln und erst dann aktiv zu werden.

»Weißt du, ich glaube, es ist besser, wenn wir wissen, worauf sie hinauswollen. Wenn wir wissen, womit wir es zu tun haben, können wir reagieren. Wenn wir einfach nicht mitmachen, sind wir wie bockige Kleinkinder. Aber wir sind beide alt und intelligent genug, dass wir mit genügend Wissen einen Gegenschlag landen können. Ich will nicht auf mir sitzen lassen, dass mir diese verdammte Akademie mein Leben gestohlen hat!«

Er nickte.

»Keine Ahnung, wie viel sie dir bereits über die Arbeit der Akademie erzählt haben. Aber soweit ich nun Bescheid weiß, werden Orte, in denen etwas Schreckliches passiert ist, hier ins Nichts geholt, um sie aufzupäppeln. Sowohl der Ort als auch die Menschen werden hier behandelt«, sagte ich das auf, was ich gelernt hatte.

»Wissen wir, was danach passiert?«, fragte er und rieb sich das Kinn mit der kleinen Narbe.

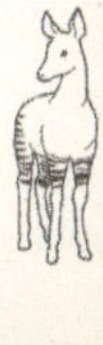

»Nein. Aber ich kann mir vorstellen, dass man den Ort dann wieder dorthin zurückbringt, wo er hingehört. Hannah hat mir erzählt, dass manche Orte in der Zukunft wichtig sein werden und dass wir Numistoriker das herausfinden müssen.«

»Wir werden jedenfalls noch viel herausfinden müssen, um der Akademie das Handwerk zu legen.« Er schlug sich mit der zur Faust geballten Hand in die flache und sah bestimmter aus denn je.

»Also müssen wir zum Unterricht gehen«, schlussfolgerte ich.

»Und uns einbringen, ja.« Er nickte. »Sie sollen keinen Verdacht schöpfen. Aber wir werden dem hier ein Ende bereiten, wenn wir schon nicht wegkönnen.« Er kaute nachdenklich auf seiner Lippe. »Glaubst du, wir schaffen es?«

»Ich kann nur für mich sprechen, aber ich werde alles daransetzen, um die Akademie dafür büßen zu lassen, dass sie mir meine Familie genommen hat.« Ich dachte an die Bilder von ihnen und die Briefe, die ich an sie geschrieben hatte. Bevor ich es verhindern konnte, spürte ich heiße Tränen auf meinen Wangen. Hastig drehte ich mich weg und versuchte, sie fortzuwischen, bevor er es sah. Dann spürte ich, wie er meine Hände nahm und sanfter drückte, als ich es von ihm erwartet hätte.

»Es wird vielleicht nicht mehr alles gut werden, das kann ich dir einfach nicht versprechen. Aber wir werden uns rächen. Und das nicht zu knapp«, sagte er. Beinahe hätte er mich darüber hinweggetäuscht, dass es nicht immer so friedlich zwischen uns war. »Und nun hör auf zu weinen, das sieht blöd aus.« Er grinste spöttisch und wandte sich ab. »Komm schon, das Mittagessen wartet.«

Milan sah mich überrascht und gleichzeitig entsetzt an, als ich gemeinsam mit Leander den Speisesaal betrat. Wir stellten uns auf der anderen Seite des Tisches auf und sprachen kein Wort.

»Benimmt er sich nun dir gegenüber?«, fragte Milan kalt.

Ich war mir nicht sicher, ob sein Tonfall mir oder Leander galt. Hatte ich etwas falsch gemacht? »Ja ...«, erwiderte ich unsicher und trat von einem Fuß auf den anderen.

»Na dann ist ja alles gut!«, rief Milan fröhlich aus und sah zu den Lautsprechern, aus denen es prompt klingelte.

Das Gulasch duftete verführerisch und ich tat mir mehr auf, als ich sonst herunterbekommen würde. Immer noch verwirrt von seiner Reaktion sah ich zu Milan, der sich mit glänzenden Augen über sein Mahl hermachte, als hätte er seit Tagen nichts zu essen bekommen. Dann wanderte mein Blick zu Leander, der lustlos darin herumstocherte und immer wieder das Brot, das neben dem Teller lag, drückte, bis sein Platz voller Brösel war.

»Leander ...«, flüsterte ich und holte ihn aus seiner Trance.

Er nickte bloß schnell und begann, sein Essen hastig hinunterzuschlingen.

»Hast du heute Nachmittag schon was vor, Mara?«, fragte Milan dann und lehnte sich näher zu mir.

Mir fiel auf, dass ich seine Vertraulichkeit genoss. »Ja, Hannah hat mich zu einem Lernkreis überredet«, erklärte ich und versuchte, die in mir aufsteigende Röte zu unterdrücken. Unter dem Tisch stach ich mir mit meinen Fingernägeln in die Handfläche, um mich zu beruhigen.

»Schade, ich hätte dich hier gern ein wenig herumgeführt«, erklärte er und lächelte mich an, als würde es ihm nicht auffallen, dass mein Gesicht puterrot war.

Leander hingegen, dem das, seinem Blick nach zu urteilen, sehr wohl aufgefallen war, sagte zu meiner Verwunderung nur: »Du könntest mir die Akademie gern ein wenig zeigen.« Dabei lachte er bellend und wartete, den Augenaufschlag einer Jungfrau in Nöten zeigend.

»Nein danke, lass mal. Da findet sich sicherlich jemand b... anderer«, meinte Milan knapp und wandte sich wieder seinem Essen zu.

»Mir machst du nichts vor, du bist ein aufgeblasener Wicht, der sich an sie ranmachen und ihren Status als verlorene Neue ausnutzen will. Ich hab dich im Auge, Loverboy«, grantelte Leander, warf den Löffel klappernd in die Schüssel, dass das restliche Gulasch nur so spritzte, und lehnte sich mit verschränkten Armen zurück.

»Vielleicht kann ich dich ja ein andermal herumführen«, sagte Milan dann, ohne auf sein Gegenüber zu achten, das ihn immer noch aus dunklen Augen anstarrte.

Leander hatte nicht einmal geblinzelt.

Wie zwei hungrige Löwen saßen sich die beiden gegenüber und ließen sich nicht aus den Augen.

»Wir sollten dann langsam zu unserem Lernkreis, die anderen warten sicherlich schon«, hörte ich die erlösende Stimme von Hannah, die sich uns näherte.

Ich nickte schnell und war ihr zum zweiten Mal an diesem Tag dankbar, den Jungs zu entkommen. Hastig sprang ich auf und hätte dabei beinahe den Stuhl umgeworfen.

»Bis später«, rief ich und winkte den beiden, bevor ich Hannah nach draußen folgte.

Im kühlen, dunklen Gang angekommen wandte sich das Mädchen um. »Du solltest das mit den beiden echt in den Griff bekommen, es ist nicht immer jemand zur Stelle, um dich zu retten«, erklärte sie kopfschüttelnd und schritt weiter den Korridor entlang. »Oder stehst du etwa drauf?«

Gern hätte ich erwidert, dass es nicht ihre Aufgabe war und niemand sie darum gebeten hatte, aber eigentlich war ich froh, dass sie es getan hatte, und verprellen wollte ich sie nicht. So schüttelte ich nur stumm den Kopf.

Auch wenn die kleine Stimme in mir immer noch säuselte, dass ich mich nicht in trügerischer Sicherheit wiegen solle, schob ich den Gedanken beiseite.

Ich folgte Hannahs hüpfendem blonden Lockenschopf durch den düsteren Gang zu einer doppelflügeligen, pompös verzierten Tür, die sie mit einem lauten Krieken öffnete.

Dahinter flutete helles goldenes Licht durch hohe Fenster auf der einen Seite und erleuchtete damit die von Büchern gesäumten Regalreihen im gegenüberliegenden Teil des Raumes. Staub glitzerte romantisch weiter oben im Licht. Ich ließ meinen Blick schweifen, denn ich liebte Bibliotheken und das war mit Abstand die schönste, in der ich je gewesen war.

»Wow«, hauchte ich und atmete den Duft der Abertausend Bücher ein. Nun erst fielen mir die gemütlichen Sitzecken auf, die entlang der Fenster verteilt waren, ebenso wie die mächtigen Tische aus dunklem Holz, auf denen bereits einige Studenten ihre dicken Wälzer aufgeschlagen hatten und über ihnen brüteten.

»Schön, nicht?«, fragte Hannah mit glänzenden Augen und führte mich weiter. »Hier zu deiner Rechten findest du ausführliche Berichte über die Arbeit der Akademie und was sie bereits vollbracht hat, weiter vorn«, wir gingen ein paar Schritte, die Hannah mit einer Handbewegung begleitete, »findest du Aufzeichnungen der einzelnen Abteilungen und Berechnungen zu den Ereignissen. Ach, das hätte ich ja fast vergessen! Am Anfang gleich neben der Tür dahinten gibt es eine chronologische Auflistung aller Ereignisse und Informationen, wo du in der Bibliothek mehr dazu findest.«

Na, das hörte sich doch schon einmal gut an, wenn ich weitere Nachforschungen über die Akademie anstellen wollte. Und auch diese rätselhafte Nachricht, die ich bei den Knochen gefunden hatte, fiel mir wieder ein. Fia, wer um alles in der Welt war Fia? Vielleicht würde ich ja hier Antworten finden …

»Wir leisten hier offenbar ja echt 'ne Menge«, sagte ich, um nicht verdächtig still zu sein, denn Hannah beobachtete mich

schon mit einem seltsamen Seitenblick. Da nickte und lächelte sie und wir bummelten weiter.

»Ab hier bis zum hinteren Ende der Bibliothek findest du Bücher von erfahrenen Ehemaligen, die ihre Tipps und Tricks zu Papier gebracht haben. Solltest du also mehr Informationen benötigen über deine Hilfsmittel, die du dir ausgesucht hast, dann wirst du hier sicher fündig.« Hannah lachte glockenhell und hüpfte ein paar Schritte voraus.

»Wie lange bist du denn schon hier?«, wollte ich nun wissen. Die Frage hatte mir bereits unter den Fingern gebrannt.

»Ein Jahr!«, erwiderte sie lachend. »Es verging so schnell und nun kenne ich mich wirklich sehr gut auf meinem Gebiet aus. Ich habe sogar schon ein paar der Simulationen fast im Alleingang berechnet, auch wenn es nicht leicht ist, unsere Klassenbeste King einzuholen.« So wie sie das sagte, klang es beinahe, als würden die beiden in einem ewigen Wettstreit darum eifern, wer die Bessere sei. Doch das würde mir nur zugutekommen, wenn ich mit einer der Klassenbesten befreundet war.

»Hat es dir nie etwas ausgemacht, dass du von daheim weg musstest?«, fragte ich nun leise und hätte mich im nächsten Moment für die dumme Frage ohrfeigen können.

»Doch, natürlich, auch wenn es mittlerweile nicht mehr den Anschein macht. Aber ich habe mich eben damit abgefunden. Ich kann nicht mehr zurück ebenso wie jeder andere hier. Also mache ich das Beste daraus und die Arbeit in der Akademie ist wirklich aufregend!«, antwortete sie und schien mir nicht böse zu sein. »Schau, ich weiß, wie du dich fühlst und das ist vollkommen normal. Eines Tages wirst du daran mit einem Lächeln zurückdenken und wissen, dass du vielleicht deiner Familie ein grausames Schicksal erspart hast, nur, weil du deine Arbeit hier richtig gut gemacht hast. Denn wer weiß, vielleicht trifft es ja auch einmal deinen Heimatort.«

Ich nickte.

»Hierher ihr beiden!«, hörten wir Islington rufen, der freudig winkte und dabei immer wieder seine Kugelbuschfrisur streifte. Um ihn herum saßen einige unserer Mitschüler, deren Namen ich mir noch nicht gemerkt hatte: ein Mädchen mit feuerrotem Haar, das zu Cornrows geflochten war, eine Schwarzhaarige mit einer großen grünen Schleife im langen, wallenden Haar und neben Islington noch ein fast weißblonder Junge mit stechend blauen Augen.

Als wir uns zu ihnen setzten und den Inhalt der Taschen auf dem Tisch ausbreiteten, begann Islington zu sprechen: »Ich denke, da du einen turbulenten Start hier hattest, sollten wir uns alle noch mal vorstellen. Ich bin Edward Islington, der da heißt Sam Huxley, das Mädchen mit der Schleife hört auf den Namen Kyla King und der Feuerschopf ist Merle, ihren vollen Namen hat sie uns nie verraten.«

Jeder von ihnen nickte in der Reihenfolge, in der sie vorgestellt wurden, und lächelte mich an.

»Willkommen, Adeptin«, sagten sie im Chor und schüttelten mir nacheinander die Hände.

»Wie du bereits erfahren hast, ist es hier an der Akademie wichtig, sich in die Gemeinschaft einzufügen. Deshalb setzen wir uns so gut wie jeden Tag nach dem Unterricht zusammen und unterstützen uns. Huxley ist verdammt gut mit den Runen, King kennt die Kristallkugel wie keine Zweite und hat damit bislang immer die besten Ergebnisse erzielt, Peters befragt zumeist ihr Knochenorakel und die Runenwürfel. Merle, unser mathematisches Ass, sieht zusätzlich ins Feuer und ich bin bekannt für meine mathematischen Kenntnisse und die Arbeit mit der Sternenbrille«, erklärte Islington schnell. Er sah aus, als hätte er auch als Informatiker eine glänzende Karriere hinlegen können.

»Um ehrlich zu sein, sitzen wir oft einfach nur rum und machen Blödsinn. Lass dir nicht von dem da einreden, dass wir eine üble

Strebergruppe sind«, sagte der Junge namens Huxley und lächelte breit.

»Womit arbeitest du, Wright?«, fragte Merle und offenbarte ihre dunkle, kratzige Stimme, die so gar nicht zu ihrer kleinen Statur und dem brav wirkenden Gesicht mit den fast unsichtbaren Sommersprossen auf ihrem dunklen Teint passte.

»Ich hab mir die Tarotkarten ausgesucht, eine Brille wie Islington sie hat«, erwiderte ich und deutete auf meine Sachen am Tisch, »dieses Buch hier mit den Runen und die Landkarten.« Die Knochen mit der Notiz waren gut versteckt in meiner Tasche geblieben. Davon musste keiner wissen.

»Wundervoll!«, rief King aus und stupste Islington an. »Dann kannst du dich mit ihm zusammentun und dir die Anwendung der Brille ein wenig zeigen lassen.«

Islington fuhr sich verlegen durch sein Haar und lächelte.

»Mit den Karten kann ich dir helfen, die hab ich einige Zeit studiert, bevor ich gesehen habe, dass ich nicht so gern mit ihnen arbeite«, erklärte Merle und zuckte die Achseln.

Zum ersten Mal überhaupt fühlte es sich an, als würde ich Teil einer Gruppe sein. Das war auf der einen Seite schön, andererseits machte es mir unheimlich Angst. Ich wusste, wie Leander drauf war, und er hatte mir den letzten Rest Glauben an die Menschen genommen. Vielleicht waren sie wirklich nett, möglicherweise bildete ich es mir nur ein. Doch ich wusste in jedem Fall, dass ich seinetwegen ein gestörtes Verhältnis zu anderen hatte: Von jedem erwartete ich stets das Schlimmste. Aber wollte ich so sein? Wollte ich so jemand sein, der einem anderen nicht einmal die Chance gab zu beweisen, dass es auch anders sein konnte?

Ich hatte Angst, aber ich beschloss, dass ich es zumindest versuchen würde. Ich wollte sie alle zu meinen Freunden zählen. Ich wollte es so sehr.

Der Nachmittag verflog in Windeseile und bald schon wurde es vor den Fenstern rosa und schließlich dunkelblau. Die Lampen in der Bibliothek waren angegangen und tauchten unsere Bücher und Tabellen in ihr warmes Licht. Meine Glieder waren mittlerweile schon steif, denn ich saß seit Stunden in derselben Position und hörte den anderen zu.

Islington erzählte von seinen Berechnungen, die Merle immer wieder lächelnd ergänzte. Jedes Mal, wenn sie sprach, warf er ihr glühende Blicke zu und ich war mir sicher, dass zwischen den beiden was lief.

King brütete währenddessen über ihrer Kugel und ich versuchte angestrengt, auch etwas darin zu erkennen, bis mir die Augen tränten. Ich rieb mir mit dem Ärmel darüber und blinzelte heftig.

Sie lachte. »Die Kugel verrät nicht jedem was, die meisten können tagelang davor verbringen und sehen dennoch nichts darin. Das ist die einzige Methode, die man nicht erlernen kann. Mach dir nichts draus, ich bin dafür unfassbar schlecht in Berechnungen«, sagte sie und legte freundschaftlich den Arm um meine Schultern.

»Und wie schlecht! Die Majorin hatte am Anfang große Hoffnungen in sie auf dem Gebiet, musste die aber schnell begraben. Einmal hat sich Majorin Mercedes so sehr darüber aufgeregt, dass King vor Schreck in Ohnmacht gefallen ist!« Huxley, dessen tiefe Stimme nicht so sehr zu seinem hellen Äußeren passte, brach in dröhnendes Gelächter aus.

»Halt die Klappe, Huxley«, knurrte King, aber man hörte ihr an, dass sie wusste, dass er es nicht böse meinte. Trotzdem boxte sie ihn mit ihrer freien Hand.

Er rieb sich den Arm und grinste sie schief an.

»Merle, sag mal, wie machst du das eigentlich mit deinem Feuer? Ich meine, du kannst ja schließlich nicht überall was anzünden, oder?«, wollte ich wissen und sah sie mit großen Augen an.

Die anderen lehnten sich zurück, als erwarteten sie eine längere Geschichte.

»Nun, als ich die Karten aufgegeben hatte, brauchte ich was Neues und wandte mich an die Majorin«, begann sie zu erzählen. »Und eigentlich hatte ich erwartet, dass ich danach zurück ins Archiv gehen würde und mir etwas anderes aussuchen dürfte. Aber schiefgewickelt, sie holte mich nach dem Unterricht in ihr Büro. Gruselig, das sag ich euch –«

»Gruselig?«, unterbrach ich sie.

»Ja, immerhin wohnen unsere Professoren ja auch hier. Ihr Büro befindet sich in ihrer Wohnung. Und wer will schon zu einem Professor nach Hause? Na, aber egal, dort angekommen bot sie mir zuerst Tee an. Hinter ihr flackerte ein nettes kleines Feuerchen im Kamin und verlieh sogar dem militärisch ordentlichen Büro etwas Heimeliges. Jedenfalls sagte sie mir, sie würde gern was probieren«, erzählte sie weiter. »Puh, das hat mich ganz schön nervös gemacht. Aber das war gar nicht notwendig! Sie meinte, sie möchte das Feuer ausprobieren. Ich dachte, sie veräppelt mich wegen meiner Haare. Na ja, jedenfalls hat sie mir dann ein bisschen von ihrem Feuer in ein Einmachglas gefüllt.«

»Klar, ich hab ja schließlich auch den Mond in meiner Tasche, nachdem ich mir die Sternkarten geschnappt hab.« Ich sah sie verständnislos an und schüttelte den Kopf.

»Nein, nein, ganz ehrlich!«, erwiderte sie und zog etwas aus ihrer Tasche. »So was bekommen in einem Jahrhundert nur eine Handvoll Leute, erklärte sie mir. Das Feuer wird erst ausgegeben, wenn man den Schüler schon eine Zeit lang beobachtet hat und sein Potenzial kennt. Mann, bin ich froh, dass ich keinen Bock mehr auf die Karten hatte.« Sie strahlte mit ihren Haaren um die Wette, als sie das Glas auf den Tisch stellte und das Feuer munter darin flackerte.

»Ich werde mich wohl daran gewöhnen müssen, dass das hier normal ist«, sagte ich leise zu mir, woraufhin alle laut loslachten.

Die Lampen brannten noch eine Zeit munter vor sich hin, bevor Hannah erschrocken aufsprang und rief: »Verdammt, wir müssen los! Das Abendessen beginnt jede Minute!«

Wir packten hastig unseren Kram in die Taschen und liefen durch die Tür in den kühlen Gang hinaus. Offenbar war es niemandem von uns aufgefallen, dass sich die Bibliothek nach und nach geleert hatte und wir die Letzten waren. Polternd liefen wir den Gang entlang, doch als wir um die letzte Ecke bogen und noch einige Meter vor uns hatten, hörten wir ein Klingeln und wieder diese Stimme: »Wir sind uns durchaus bewusst, dass nicht alle anwesend sind …«

Wir rasten durch die Tür und verteilten uns heftig atmend auf die übrigen Stühle. Ich bekam kaum Luft und auch das Rauschen in meinen Ohren machte es mir schwer, die Worte der Stimme zu verstehen.

»Jene Schüler, die zu spät gekommen sind, bleiben nach dem Abendmahl noch hier im Raum und erhalten ihre Strafe.«

O nein, das klang gar nicht gut. So unnormal die Akademie war, so unnormal würde vermutlich auch die Strafe ausfallen. Ich schluckte schwer und vermied es aufzusehen. Die anderen Schüler rings um mich herum begannen zu tuscheln und ich hätte zu gern gewusst, worüber sie redeten. Vielleicht wussten sie ja mehr über diese Strafen.

Vor lauter Angst bekam ich kaum etwas herunter und kaute gefühlt zehn Minuten an ein und demselben Bissen, bis ich es aufgab und mein Besteck senkte. »Wisst ihr etwas über diese Strafe?«, fragte ich dann mein Gegenüber, ein Mädchen mit nussbraunem Haar und einer großen Zahnlücke in der Mitte. Sie hatte nichts gegessen, ihr Teller war noch unberührt und leer. Und auch wenn mich das wunderte, kam ich nicht dazu, weiter darüber nachzudenken.

»Du bist die Neue, oder?«, wollte sie daraufhin wissen und ich nickte. »Ich musste noch nie bestraft werden, aber diejenigen, die ich kenne, sagen, sie dürfen nicht darüber reden …«

Irgendwie klang es, als würde sie das amüsieren, vielleicht weil sie sich für etwas Besseres hielt, aber möglicherweise hörte es sich für mich nur so an. Jedenfalls wuchs der Kloß, den ich zuvor schon im Hals hatte, noch einmal um ein Vielfaches. Ich schluckte, dann ertönte das Klingeln und alle erhoben sich.

Verängstigt zu den anderen sehend erkannte ich, dass auch sie nicht viel mutiger dreinschauten. Ich versuchte, meine Panik zu unterdrücken, kaute nervös auf meiner Unterlippe herum und wäre fast hochgefahren, als ich eine warme Hand auf meiner Schulter fühlte.

Milan. »Mach dir keine Sorgen. Wenn du mich brauchen solltest, ich bin in Zimmer eins im dritten Stock.« Er versuchte ein Lächeln, das ihm kaum gelang. Selbst wenn ich ihn danach hätte sehen wollen, würde ich vermutlich nicht hinfinden. Ich nickte und versuchte, mich zu beruhigen, als er gemeinsam mit Leander den Speisesaal verließ.

Gerade, als ich mich räuspern wollte, trat eine Frau mit platinblonder Föhnfrisur und einem schlichten marineblauen, hochgeschlossenen Kleid ein, das ihr bis zu den Unterschenkeln reichte. Um ihre Taille schlang sich ein Gürtel mit floralem Muster, das sich oben am Kragen wiederholte. »Warum das passierte, interessiert die Führungsriege der Akademie nicht. Dass das nie wieder passiert, steht außer Frage. Steht auf und folgt mir!« Nun also kannte ich das Gesicht zu der Stimme aus dem Lautsprecher.

Ich erschauderte.

Vom Gang her hörte ich ein lautes Klatschen und wir alle sprangen gleichzeitig auf, um uns der Frau anzuschließen. Keiner von uns getraute sich, auch nur ein Geräusch von sich zu geben, als wir ihren klackernden Schritten folgten. Irgendwann, was mir vorkam wie eine Ewigkeit, erreichten wir ein großes Tor, das ein paar Steinstufen tiefer lag als der Gang mit dem Holzboden.

Die Frau zog das Portal auf. Dunkelheit schien von dem Raum dahinter in Schwaden heraus zu wabern. Mittlerweile war die Angst in mir größer als je zuvor. So große Furcht hatte ich nicht einmal vor Leander und seinen Freunden gehabt und das mochte was heißen!

Unfähig, mich zu bewegen, sah ich, wie alle anderen der Frau in die Dunkelheit folgten. Hannah ging als Letzte an mir vorbei, griff nach meiner Hand und zog mich mit sich. Und wieder einmal war ich ihr für ihr Handeln dankbar.

Wir hasteten der Frau nach, die, mit einer Fackel bewaffnet, auf ihren Pfennigabsätzen wie der Teufel den Gang entlang rannte. Ich hatte Mühe nachzukommen.

Erst als wir an einer alten eisenbeschlagenen Holztür hielten, holte ich auf. Ich traute mich kaum zu atmen.

»Hinter dieser Tür erwartet euch Gevatter Zeit und wird euch alles Weitere erklären. Geht jetzt.« Sie öffnete die Tür, die erstaunlich leise aufging. Das Weiß dahinter brannte sich in meine Augen, die ich erschrocken schloss. Jemand tippte mich an und mir wurde bewusst, wie sehr mein Puls raste. Ich atmete noch einmal tief ein und aus, öffnete die Lider und folgte ihnen durch die Tür, vorbei an der Frau, die mich von oben bis unten durch ihre Katzenaugenbrille musterte und dabei den perfekt rot geschminkten Mund verzog.

Die letzten Schritte nahm ich rennend und schon flog sie hinter mir zu. Dann waren wir umgeben von Weiß, brennend heiß auf unseren Netzhäuten.

»Guten Abend.« Verschwunden war die Wärme in seiner Stimme.

Wir standen auf einem mit Pflastersteinen ausgelegten Weg, der von dem Weiß der Niemalswolken umringt war. Der Gevatter hatte seinen Hut nicht abgenommen und seine Augen glommen aus dem Schatten der Krempe bedrohlich hervor. »Heute Abend werden wir gemeinsam einen der realen Orte besuchen. Ihr werdet den Ärzten helfen, sich um ihre Patienten zu kümmern.«

Jedem von uns brannten mit Sicherheit ein Dutzend Fragen auf der Zunge, doch keiner vermochte, auch nur ein Wort zu sagen. Stattdessen schwiegen wir uns ängstlich dreinblickend an und folgten dem Gevatter zu einer Tür, die sich gerade in der Wolkenwand auftat.

»Es ist 1987 in Seattle. Ein Attentäter hat ein Kernkraftwerk gestürmt und es hochgehen lassen. Wir haben Seattle direkt danach extrahiert und hierhergebracht.«

»Warum verhindern wir denn nicht eigentlich das Ereignis an sich, sondern behandeln nur die Auswirkungen davon?« Ich konnte mein Mundwerk dann doch nicht zügeln.

Der Gevatter warf mir einen Blick zu, der halb belustigt und halb genervt wirkte und antwortete: »Es muss geschehen, was geschehen muss. Andernfalls wird der Zeitstrom zu sehr aus dem Gleichgewicht gebracht, die Folgen davon wären fatal.«

»Also gehen wir jetzt in eine Stadt, die so dermaßen von Strahlung verseucht ist, um den Menschen dort, die vermutlich ebenso radioaktiv verstrahlt sind, zu helfen?«, fragte ich, bevor ich mir auf die Lippen beißen konnte. Hannah sah mich erbost an, Merle stieß mir in die Seite. »Wäre es da nicht einfacher, uns gleich von einem Turm zu schubsen?«

Islington und Huxley sahen aus, als würden sie jeden Moment vor Lachen laut losprusten, King drehte sich weg und die beiden anderen blickten mich alarmiert an.

Doch der Gevatter blieb ruhig und meinte nur: »Wäre es wirklich so unsicher für unsere Adepten, würden wir das Risiko nicht eingehen. Unsere Schutzmaßnahmen sind ausgezeichnet, der Ort ist mittlerweile dank der außerordentlichen Arbeit unserer Heuretiker und Numistoriker strahlungsfrei. Nun liegt es an den Medizinern, in enger Zusammenarbeit mit den Heuretikern natürlich, sich auch um die Menschen dort zu kümmern. Ihr werdet beim Eintreten mit von der Akademie entwickelten Schutzanzügen ausgestattet, die sich über euren Körper legen wie eine zweite Haut. Im Anschluss werdet ihr auf die einzelnen Mitarbeiter aufgeteilt und tut alles, was euch gesagt wird. Haben wir uns verstanden?«

Oh, und wie wir uns verstanden hatten! Keiner von uns traute sich, nur einen Mucks zu machen. Zu große Angst hatte ich vor dem Gevatter, aber auch davor, was uns dort erwarten würde. Ich hatte Dokumentationen über Atomunfälle gesehen, daher wusste ich zumindest zum Teil, was uns blühen würde. Panisch versuchte ich, die Tränen niederzukämpfen. Darauf war ich nicht vorbereitet. Schon gar nicht, weil mein einziges Vergehen war, zu spät zum Essen gekommen zu sein! Was für eine Hölle war diese Akademie?

Wo waren die Leichtigkeit und Freude des Nachmittags hin, die ich wenige Stunden zuvor noch ausgekostet hatte? Mit einem Mal stand ich vor dieser vermaledeiten Tür, umringt vom Weiß der Niemalswolken, und es fröstelte mich. Mir war nicht kalt, nein, aber ich hatte Todesangst.

Und ohne ein weiteres Wort zu verlieren, schritt der Gevatter voran.

Wir befanden uns in einem Krankenhaus. Draußen vor den Fenstern erhob sich wie ein drohender Zeigefinger die Space

Needle vor einem grellorangen Sonnenuntergang, der lange Schatten auf den Gang vor uns warf.

»Fasst nichts an, bevor ihr eure Anzüge nicht tragt.« Das musste er kein zweites Mal sagen. Es roch hier nicht anders als in Krankenhäusern, die ich kannte, es fühlte sich alles so normal an. Aber aus den Dokus wusste ich, dass dies das Grausame an Atomunfällen war. Man bemerkte sie meist dann, wenn es zu spät war.

Mit einem beklommenen Gefühl folgte ich dem Gevatter gemeinsam mit den anderen durch die menschenleeren Gänge. Alles um uns herum war grabesstill, als würde niemand hier sein. Als ich bereits aufgegeben und gedacht hatte, es würde sich hierbei um einen grausamen Scherz handeln, der uns daran hindern würde, noch einmal zu spät zu kommen, entdeckte ich einen Arzt.

Er stand da, genau wie man es erwartete. Zwei Pfleger und er beugten sich über ein Klemmbrett und sie redeten aufgeregt aufeinander ein. Eine Ärztin kam hinzu und es wurde lauter.

Dann räusperte sich der Gevatter. »Guten Abend. Wie versprochen darf ich die Adepten in eure Hände geben. Ich hole sie morgen früh.« Damit hob er seinen Hut zum Gruße, machte auf dem Absatz kehrt und verschwand mit wehendem Mantel und, ohne ein weiteres Wort zu verlieren.

»Hallo! Ihr müsst die Zuspätkommer sein!«, sagte der eine Arzt lächelnd und kam, dicht gefolgt von den anderen dreien, auf uns zu.

»Keine Angst, wir lotsen euch hier durch, euch passiert heute Nacht schon nichts«, erklärte die Ärztin und legte eine Hand auf Merles Schulter. »Die beiden hier werden euch zu euren Anzügen bringen.«

Die Pfleger hoben daraufhin die Hand. Sollte man die Angst und Panik, die in mir rumorten, noch steigern können, dann war das jetzt der Moment. Mit schlotternden Knien und rasendem Puls folgte ich ihnen in eine Kammer, in der sich zahllose Kästen befanden.

»Sucht euch einen freien Spind und legt eure Sachen ab. Ein frischer Anzug sollte in jedem Schließfach zu finden sein. Zieht ihn an und sorgt dafür, dass ihr nichts darunter tragt. Er muss absoluten Körperkontakt haben. Diejenigen mit langen Haaren tragen außerdem eine Mütze, die die Haare in Schach hält. Darüber zieht ihr dann Pflegerkleidung, die ihr ebenfalls in eurem Spind finden solltet. Sobald ihr fertig seid, kommt vor die Tür.«

Damit ließen sie uns allein und wir sahen uns verwirrt an.

»Ich … Wir sollen uns wirklich hier voreinander ausziehen?«, fragte Hannah zögerlich.

King hatte schon wenig zimperlich begonnen, ihre Bluse aufzuknöpfen, sehr zur Freude von Huxley und Islington, die den Blick nicht von ihr abwenden wollten.

»Holla, Jungs, ihr geht mal schön auf die andere Seite der Spinde! Aber dalli!«, rief Merle und scheuchte die beiden mit den Armen fuchtelnd weg, während sich King immer noch ungeniert auszog.

Auch wir entledigten uns langsam unserer Kleidung, zogen die hautfarbenen Mützen über und schlüpften dann in die gleichfarbigen Anzüge. Eng anliegend wie eine Ganzkörperseidenstrumpfhose mit einem durchsichtigen Reißverschluss vom Schritt bis zum Scheitel passte er sich tatsächlich wie eine zweite Haut an. Trotzdem kam ich mir idiotisch vor. Das sollte jegliche Strahlung abhalten? Da war ich mir nicht sicher und auch die anderen sahen nicht unbedingt aus, als würden sie dieser Technologie, wenn man dies denn so nennen konnte, vertrauen.

»Seid ihr fertig?«, rief Islington uns zu und wir beeilten uns, die Hosen, Oberteile und Mützchen über den Strahlenschutz zu ziehen.

»Jahaaa, ihr könnt kommen!«, rief Hannah gestresst, da tauchten die beiden schon auf.

»Na, das sieht ja mal richtig heiß aus!« Huxley lachte und schlug Islington die flache Hand auf den Rücken, dass dieser unkontrolliert zu husten begann.

»Wir werden gleich andere Probleme als das haben«, kündigte ich düster an und wir verließen daraufhin den Raum.

Draußen warteten die beiden Pfleger schon auf uns und schritten stumm voran die Gänge entlang. Überall roch es nach Desinfektionsmittel und Krankheit.

Die aufwallende Übelkeit niederkämpfend starrte ich den vorausgehenden Pflegern auf die Füße und wäre fast in sie hineingelaufen, als sie vor einem Zimmer hielten.

»Du und du«, einer der beiden zeigte auf Merle und Islington. »Geht hier rein und meldet euch bei Dr. Woods.« Schon liefen wir den Gang weiter, bis wir abermals an einer Tür stehen blieben.

»Ihr zwei«, er deutete auf mich und Huxley, »das ist euer Stopp. Fragt nach Dr. Anderson.« Erneut hatten es die Pfleger recht eilig und waren längst um die nächste Ecke gebogen, bevor auch nur einer von uns beiden zum Türknauf greifen konnte. Ich sah Huxley an und mir blickte meine eigene Angst aus seinem Gesicht entgegen.

Er fasste nach meiner Hand und drückte sie behutsam, nickte mir zu und öffnete die Tür. Bereits als wir eintraten, presste sich der beißend heiße Geruch nach Tod und Krankheit gegen unsere Gesichter wie ein in Öl getränktes Tuch.

In dem Zimmer, in dem acht Patienten behandelt wurden, befanden sich noch zwei Ärztinnen und vier Pflegerinnen, die von Bett zu Bett gingen, diskutierten und ab und an etwas auf ein Klemmbrett schrieben.

»Dr. Anderson?«, fragte Huxley leise und es erstaunte mich, dass ihn tatsächlich jemand hörte.

Eine Ärztin drehte sich um, musterte uns mit gerunzelter Stirn und kam auf uns zu. »Hallo, ich bin Dr. Anderson, aber nennt mich Lia. Ich bin die leitende Oberärztin. Macht euch keine Sorgen, wir schaffen das gemeinsam. Aber hört mir und dem restlichen Krankenhauspersonal aufmerksam zu. Ein Fehler könnte Leben kosten«, erklärte die Ärztin freundlich. »Nehmt euch eine der Atemmasken. Die Patienten hier wissen nichts von der Arbeit der Akademie und das soll auch so bleiben. Für sie sind wir Krankenhauspersonal im Virginia Mason. Und ihr natürlich auch.«

Als wir die Masken angelegt hatten, folgten wir ihr an das nächste Bett. Die ersten zwei waren von einem Mann und einer Frau belegt. Beide hatten massive Verbrennungen am Körper, die bereits schwarz und verkrustet waren. Die Frau weinte und bat nach weiteren Schmerzmitteln, der Mann hatte sich gerade geräuschvoll rötlich gelb über sein Laken übergeben und begann zu beten. Ihm waren die Haare ausgefallen.

Schnell blickte ich weg. Ich wollte ihnen helfen, ich wollte, dass es ihnen besser ging. Doch nach allem, was ich in den Dokumentationen gesehen hatte, gab es für solche Schäden keine Hoffnung mehr. Und schließlich, die Erkenntnis kam später als gedacht, hätte ich ihnen ja ohnehin nicht helfen können. Ich war doch nur eine Numistorikerin und wusste noch nicht viel über das, was ich später einmal lernen sollte und würde. Keinem von ihnen hätte ich das Leid nehmen können. Dass sie an ihren Schmerzen und dem unsichtbaren Tod dahinsiechen würden, war mir klar. Es würde keine Erlösung oder ein Wunder geben.

Aber andererseits war auch die Akademie so etwas wie ein Wunder. Vielleicht, vielleicht …

Irgendwo im Hintergrund hörte ich einen Geigerzähler, der aufgeregt knackte und nichts Gutes verhieß. So klang der leise, heimtückische Tod der Strahlung. Es war eine Sache, eine Doku zu sehen, aber eine völlig andere, mit diesen armen Menschen in einem Zimmer zu sein. Ich versuchte, die Tränen niederzukämpfen.

Wir erreichten das dritte Bett. Darin lag ein junger Mann, vielleicht zehn Jahre älter als ich. Das, was man von seiner Haut sah, war wulstig und blutig rot, der Rest von dicken Verbänden bedeckt. Er wimmerte, als eine Pflegerin seine Hand drehte, um nachzusehen, ob die Kanüle noch richtig drinsteckte. Auch auf seinem Bett sah man die Spuren seiner geschundenen Haut. Er musste Höllenqualen leiden. Die Tränen unterdrückend klammerte ich mich an Huxley, dessen Gesicht noch farbloser geworden war.

»Mr Mandler wird nun von euch für die heutige Bluttransfusion vorbereitet. Ihr werdet helfen, ihn zu waschen und anzukleiden. Esther hilft euch dabei.«

Ich begann, am ganzen Körper zu zittern. Aus Panik möglicherweise, denn ich wusste schließlich nicht, wie ich mit so einem Patienten umzugehen hatte. Vielleicht aus Angst, weil ich ihm nicht noch mehr Leid zufügen wollte, indem ich ihn an den falschen Stellen packte. Doch ich wusste, dass der wahre Grund der war, dass ich mich davor fürchtete, vor Ekel zusammenzubrechen. Er war an seiner Misere nicht selbst schuld und dass sein Körper so aussah, dafür konnte er erst recht nichts, aber dennoch …

»Wir schaffen das, Mara«, sagte Huxley dann und lächelte, wie er es immer tat, indem er einen Mundwinkel nach oben zog. »Mein Vater war Arzt, da hab ich mich öfter mit ihm über solche Dinge unterhalten und da ich in seine Fußstapfen treten wollte, habe ich einiges davon mitbekommen. Mein Studium der Medizin hab ich auch bereits begonnen, bevor mich die Akademie rekrutiert hat. Das hier«, er wies mit der Hand durchs Zimmer, »ist zwar noch mal eine Nummer größer, aber ich bin mir sicher, wir schaffen das. Ich bin da, keine Sorge.«

Obwohl uns vorhin Ärzte, und damit meinte ich richtige Ärzte, versichert hatten, dass sie uns durch die Nacht lotsen würden, war es Huxley, der mir die Angst nahm.

Er straffte die breiten Schultern und wir gingen ein paar Schritte auf das Bett zu.

Eine Schwester mit großen blauen Augen, die sich bereits im Zimmer befunden hatte, kam mit einem Krankenbett auf Rollen daher. »Mr Mandler, wir werden Sie nun auf dieses Bett legen und in den OP bringen. Sie kennen das ja bereits, aber unsere jungen Pflegekräfte haben das noch nicht so oft gemacht. Wenn Sie ein wenig mithelfen, sind wir zügiger fertig.« Die Pflegerin namens Esther lächelte uns aufmunternd zu und wir schafften es erstaunlich schnell, den Patienten auf das Krankenbett zu hieven. Mr Mandler wimmerte leise, aber ließ es über sich ergehen.

Dann schoben wir ihn an und lotsten den Wagen in Richtung OP, wobei Huxley und ich bloß ein wenig mithalfen, schließlich wussten wir ja nicht, wohin es ging.

Hier sah alles den Krankenhäusern unserer Stadt verdammt ähnlich. Es roch wie dort und erinnerte mich an den Tag, an dem mein Vater mit mir ins Krankenhaus gerast war, nachdem ich bereits beim Aufwachen fürchterliche Bauchschmerzen gehabt und mich augenblicklich übergeben hatte. Sogar Lexie hatte kurz vor der Blinddarmoperation an meinem Krankenbett gesessen und fürchterlich geweint, während meine Mutter versucht hatte, alle zu beruhigen, während sie in Ermangelung eines Tischtuchs einfach das Bettlaken festhielt. Und doch war es nicht dasselbe hier. Nach dieser schrecklichen Nacht, wenn wir es denn schaffen würden, würden wir zurück an die Akademie gehen.

Wie bereits an seinem Bett legten wir Mr Mandler auf den OP-Tisch, der an ein Planschbecken erinnerte.

»Wir werden Mr Mandler nun mit einem basischen Mittel

waschen und dann wieder verbinden«, erklärte sie uns und an ihn gewandt: »Sie schaffen das.«

Huxley drückte meine Hand und nickte mir aufmunternd zu. Behutsam nahmen wir dem Patienten seine Verbände ab und legten seine Haut Stück für Stück frei. Auch wenn der Anblick dem glich, was wir von seinem Gesicht bereits gesehen hatten, war es dennoch um ein Vielfaches schlimmer, das ganze Ausmaß der Zerstörung bloßzulegen. Dazu kam noch der Geruch, dieser furchtbare, beißende Geruch nach Tod.

»Das machen Sie sehr gut, Mr Mandler«, sagte Esther freundlich und entsorgte die alten Verbände. Die liebevolle Art, die sie in ihre Stimme legte, zeigte sich auch in ihren Augen. Ich war mir sicher, dass Esther eine außerordentliche Person war.

Als sie wieder zum Tisch trat, hatte sie das Mittel dabei, mit dem wir ihn waschen würden. Wenig zimperlich goss sie große Mengen über den Mann und tupfte ihn anschließend vorsichtig ab. »Jetzt habt ihr das ja gesehen. Seid behutsam, wenn ihr ihn abtupft, und, Mr Mandler: Sollte es unangenehmer sein als sonst, melden Sie sich bitte gleich.« Esther reichte uns beiden das Material.

Mit pochendem Herzen näherte ich mich dem Patienten, der die Augen geschlossen hatte, und begann, es Huxley nachzutun. Selbst ein rohes Ei hätte ich härter angepackt als Mr Mandler, der alles schweigend über sich ergehen ließ.

Das Verbinden übernahm dann wieder Esther. Uns beiden stand die Erleichterung darüber groß im Gesicht.

Ich getraute mich erst aufzuatmen, als wir den Patienten zurück ins Krankenzimmer gebracht hatten. Doch fertig waren wir noch lange nicht.

»Wir werden jetzt eine Patientin in Zimmer sieben besuchen. Diese ist in ihrer Genesung noch nicht so weit fortgeschritten wie Mr Mandler hier«, erklärte Esther.

Ich war mir nicht sicher, ob das ein Scherz war. Beinahe hätte ich trocken gelacht, hielt mich aber zurück.

»Das wird kein schöner Anblick«, fuhr sie fort und führte uns wieder auf den Gang hinaus, nachdem wir uns von Mr Mandler verabschiedet hatten. Ich sah noch einmal zurück, bevor die Tür zuflog. Bandagiert, mit hängenden Schultern saß der Mann auf seinem Bett. Er wimmerte nicht mehr.

Zimmer sieben lag in der Nähe und als wir eintraten, war es dunkel. Auch hier roch es nach Krankheit und Tod, der Geigerzähler in einem Eck knackte munter vor sich hin.

»Guten Abend, Ms Hanks«, hörte ich Esther neben mir sagen.

Meine Augen hatten sich langsam an die Dunkelheit gewöhnt und ich machte die Umrisse eines Krankenbettes neben dem Fenster aus. Die Vorhänge waren zugezogen. Von dort aus hörte ich eine schwache Stimme etwas sagen, doch verstand ich nicht was.

Wir traten an ihr Bett und das, was ich von ihr sehen konnte, war mir schon genug. Wie die anderen Patienten im vorherigen Zimmer war der Großteil ihrer Haut schwarz verkrustet.

Esther schaltete das Licht neben ihrem Bett an.

»Heute beginnen wir mit Ihrer Behandlung, wie fühlen Sie sich?«, fragte Esther.

»Wie man sich eben so fühlt …«, antwortete sie krächzend und ich sah beinahe ein Lächeln auf ihrem geschundenen, nässenden Gesicht. Sie war noch jung und augenscheinlich sehr hübsch unter all der dunkel verfärbten, getrockneten Hautmasse. Ihre hellblauen Augen waren blutunterlaufen, das rötliche Haar hing traurig nach unten.

»Ist es Ihnen möglich, sich in den Rollstuhl zu setzen oder sollen wir Sie mit dem Bett in den Behandlungsraum schieben?«, wollte Esther dann wissen.

Ohne eine Antwort zu geben, stemmte sich die Patientin hoch

und setzte sich in den Rollstuhl, der neben ihrem Bett stand. Sie unterdrückte ihre Schmerzenslaute, doch war ich mir sicher, dass auch sie Höllenqualen litt. Aber vielleicht war die kurze Pein, die ihr widerfuhr, wenn sie sich bewegte, nichts im Vergleich zu dem, was sie sonst so ertragen musste, nachdem …

»Dann mal los«, sagte sie wenig hoffnungsvoll und riss mich damit aus meinen düsteren Gedanken. Die Frau ließ die Schultern ebenso hängen wie Mr Mandler.

»Wie ich Ms Hanks bereits erklärt habe, gibt es neue Behandlungsmethoden für Strahlungsunfälle«, erzählte Esther, während wir die Patientin zügig durch die Gänge schoben. »Dabei handelt es sich um eine absolute Neuheit aus Japan.« Sie legte der Frau eine Hand auf die Schulter, wenn auch nur leicht, trotzdem zuckte sie zusammen.

Dann endlich gingen wir durch eine massive Tür, die sich hinter uns automatisch zuschob.

»Was wird jetzt passieren?«, fragte die Patientin das, was auch mir die ganze Zeit unter den Fingern gebrannt hatte.

»Wir werden Sie auf den Behandlungstisch legen und Elektroden anschließen. Diese dienen nur zur Überprüfung Ihrer Vitalwerte. Bitte erschrecken Sie nicht, wenn Sie durch unsere Strahlungsmagnete in die Schwebe kommen. Das ist Teil dieser neuen Technik. Durch das vorher verabreichte Medikament treten die in Ihrem Körper festhängenden Strahlungen an die Hautoberfläche und werden von den Strahlungsmagneten absorbiert. Das sorgt für diesen Zustand der Schwebe, passieren kann Ihnen dabei nichts. Wie Sie bereits wissen, gibt es noch keine Forschungsergebnisse, warum es bei manchen Menschen schmerzhafter ist als bei anderen.«

Selbst mir war mulmig zumute, als die Patientin vorsichtig aufstand und an den metallenen Behandlungstisch trat. Esther nahm ihr die Oberbekleidung ab, die sie von dem Krankenhaus bekommen hatte. Sie legte sich, nun nur noch in Unterwäsche gekleidet, in die Mitte und ließ sich die Elektroden anbringen, die sie mit einem Gerät verbanden. Es war nicht sehr leicht, diese anzubringen, da der Rest ihres Körpers ebenso schwarz verkrustet war wie ihr Gesicht.

»Ist die Messung der Werte nicht von den Magneten beeinflusst?«, fragte sie Esther langsam und setzte sich noch einmal auf.

»Nein, die Magneten bedienen sich einer anderen Antriebsquelle als die Elektroden«, erklärte Esther und gab ihr ein durchsichtiges Gefäß mit einer rötlichen Flüssigkeit darin. »Trinken Sie das, dann warten wir ein paar Minuten und im Anschluss beginnen wir mit der Behandlung.«

Misstrauisch beäugte Ms Hanks die Flüssigkeit, kippte sie dann aber in einem Zug in ihre Kehle. »Schmeckt nach nichts …«, stellte sie erstaunt fest.

Esther nahm ihr das Gefäß ab. »Möchten Sie ein wenig Musik hören?«, fragte sie und die Patientin nickte. Sie bedeutete uns, ihr ins Nebenzimmer zu folgen, wo sie das Plastikgefäß abstellte und das kleine Radio anschaltete.

»Ist das eine angenehme Lautstärke für Sie?«, wollte sie durch das Mikrofon sprechend wissen und erneut nickte die Patientin.

»Wir beginnen nun gleich mit der Behandlung, sobald Sie die Geräte arbeiten hören, kann die Schwebe einsetzen.«

Das Misstrauen stand ihr noch immer im Gesicht, dennoch nickte sie bestimmt und legte den Kopf auf dem Tisch ab. »Meine Haut beginnt zu kribbeln und wird ganz warm, ist das normal?«, hörten wir sie dann verängstigt aus den kleinen Lautsprechern hier im dunklen, kühlen Nebenzimmer sagen.

Ich sah durch das Glas auf die andere Seite und stellte mir vor, wie ich mich an ihrer Stelle fühlen würde. Ein beklommenes Gefühl machte sich in mir breit. Huxley neben mir drückte mir wieder behutsam die Hand.

»Ja, das signalisiert uns, dass das Mittel nun wirkt. Ich stelle die Maschinen an. Wenn Sie Angst verspüren sollten, zögern Sie nicht, uns Bescheid zu sagen. Wir können die Behandlung jederzeit abbrechen, sollten die Schmerzen zu groß sein. Dennoch raten wir, diese auszuhalten, um einen Behandlungserfolg zu garantieren.« Esthers Stimme beruhigte auch mich und das Zittern in meinem Körper, das vor einer Minute eingesetzt hatte, legte sich.

Esther drückte zwei Hebel nach oben und drei Knöpfe auf dem Schaltpult. Dann fuhren die Maschinen hoch, die wie Hochleistungsventilatoren klangen. Die Musik hörte man kaum noch, aber das war egal, als ich sah, wie Ms Hanks in die Höhe schwebte.

Genau zwischen dem Tisch und der Decke, an der ich eine Metallfläche entdeckte, die ebenso groß war wie der Tisch, hielt sie in der Luft inne. Das also war ebenfalls Teil der Arbeit der Akademie. So sah die Zusammenarbeit von Medizinern und Heuretikern aus. Auch wenn ich es nicht wollte, war ich plötzlich entzückt davon. Hin- und hergerissen zwischen Abscheu und Begeisterung wippte ich mit dem Fuß, wie es mir immer passierte, wenn ich aufgeregt war.

»Hier.« Esther reichte uns zwei Brillen, die wie 3-D-Brillen aus dem Kino wirkten. Auch sie setzte ihre auf und wandte den Blick zurück auf die Patientin hinter der Glasscheibe.

Als ich wieder zu ihr schaute, sah ich, dass durchscheinender weißlicher Rauch aus Ms Hanks strömte und in den Magneten verschwand. Ich dachte an meine Thermoskanne, die ich einmal gegen das Licht haltend geöffnet hatte.

»Wie fühlen Sie sich, Ms Hanks?«, fragte Esther durch das Mikrofon und besah sich die Linien, die offenbar für die Vitalwerte standen, auf einem separaten Monitor.

»Mir ist zum ersten Mal nicht mehr schlecht«, erwiderte die Patientin. »Aber das Gefühl zu schweben ist gewöhnungsbedürftig.« Sie lachte schüchtern auf und hing dann weiter in der Luft wie eine Marionette.

Auch Esther entfuhr ein helles Lachen. »Nicht mehr lange, sie machen das gut«, sagte diese und schaltete das Radio noch ein wenig lauter.

Urplötzlich begann die Patientin zu schreien. Sie musste unglaubliche Schmerzen erleiden. Das war kein Schrei, den man ausstieß, wenn man sich Hilfe von anderen erwartete. Solch ein krächzendes Kreischen stieß man aus, wenn man wusste, dass niemand hier war, um einem zu helfen. Als wäre man tatsächlich allein auf der Welt und würde dieser Leere zuerst seine Verzweiflung und seinen Schmerz hören lassen wollen.

Ich begann zu weinen. Ihre Pein drang tief in mich vor und durchstieß mich unbarmherzig. Auch wenn ich wusste, dass ich ihr nicht helfen konnte, wollte ich es so sehr.

»Sie schaffen das, Ms Hanks! Kämpfen Sie noch ein bisschen«, hörte ich da plötzlich Huxley durch das Mikrofon mit einer sanften, sonoren Stimme, die man seinem massiven Körper nicht zugetraut hätte, sagen.

Ich sah, wie sich seine Hand verkrampfte und er offensichtlich mit sich zu kämpfen hatte. Nun war es an mir, die seine behutsam zu drücken, selbst wenn auch ich um Fassung rang.

Nach ein paar Minuten fuhr Esther die Geräte langsam herunter und sagte: »Das wäre geschafft. Das haben Sie ausgezeichnet gemacht, Ms Hanks!« Die Erleichterung hörte man ihr an. Dann wandte sie sich an uns. »Ihr zwei auch.«

Die Patientin schwebte wieder zurück auf den Tisch. Wir eilten zu ihr und nahmen ihr die Elektroden ab. Als wir sie auf ihrem Rollstuhl nach draußen brachten, warteten schon zwei mit Putzutensilien bewaffnete Mitarbeiter des Krankenhauses, um den Raum zu reinigen. Was genau sie taten, konnten wir nicht mehr sehen, die Tür ging zu und wir befanden uns wieder auf dem Gang, der ebenso leer war wie vorhin, als wir ankamen.

Draußen vor den Fenstern stand der Mond hoch am Himmel und warf sein gespenstisches Licht durch das Glas.

»Morgen werden wir noch zwei kurze Intervalle derselben Behandlung durchführen. Das Schlimmste haben Sie hinter sich«, erklärte Esther der Patientin. Kaum im Zimmer angekommen verabschiedeten wir uns von ihr. Die Frau lächelte sanft und winkte uns erschöpft. Ich war froh zu sehen, dass sie offenbar nicht mehr solche Schmerzen hatte.

»Ich werde jetzt mit euch zurück in die Behandlungsräume gehen, ihr werdet dem Personal noch helfen, diese zu reinigen. Danach sollte euer Dienst für diese Nacht erledigt sein.«

Abgesehen vom Ekel, der mich befallen hatte, und auch die Traurigkeit, die mich beim Anblick dieser Menschen erfüllt hatte, war die Nacht schneller vorangeschritten, als ich gedacht hatte.

Wir entdeckten die anderen, bevor wir in den Zweiergruppen, in die wir eingeteilt waren, in je einem der Behandlungsräume verschwanden. Mitarbeiter erwarteten uns bereits bewaffnet mit Schwämmen und Eimern, welche ein Mittel enthielten, das penetrant nach Chemie roch.

»Auf Wiedersehen ... Nein, besser wir sehen uns nicht mehr. Stellt nichts mehr an, Kinder«, sagte Esther freundlich, winkte uns und eilte davon, bevor wir ein Wort des Grußes entrichten konnten.

Die beiden Mitarbeiter drückten uns Schwämme und Schutzhandschuhe in die Hände und ermahnten uns, jeden Zentimeter der Oberfläche zu reinigen. Zuerst den Tisch, später dann den Boden mit einem frisch aufgefüllten Eimer der beißenden Flüssigkeit.

»Und passt auf, dass ihr das Zeug nicht berührt«, sagte einer der beiden mit einem starken Akzent. »Ist ziemlich ätzend. Na ja, eure Sache.« Er zuckte die Schultern und nahm eine Wanne voller Elektroden und Gegenstände mit, die offenbar Kontakt mit dem letzten Patienten hatten. Der andere sah uns zu, während er die Wände mit etwas bearbeitete, was einem gewöhnlichen Hausstaubsauger glich.

»Was ist denn das?« Ich konnte nicht an mich halten und zeigte auf das Gerät.

»Das ist ein Dampfer. Dasselbe Mittel, das ihr in euren Eimern habt, befindet sich in meinem Gerät. In diesem sind zwei Kammern, eine davon beinhaltet das Mittel, die andere das gebrauchte mit all den abgesaugten Bakterien«, erklärte er mit einer für seine schmächtige Statur viel zu tiefen Stimme.

»Hm«, machte ich und nickte, bevor ich mich meinem Eimer zuwandte. Mit etwas, das wie ein Schöpflöffel aussah, leerten wir die stinkende Flüssigkeit über den Metalltisch und begannen, wie wild zu schrubben.

Als er mit seinem Dampfer an den Wänden fertig war, verschwand er kurz. Nachdem er den Raum wieder betreten hatte, dampfte er auch alles ab, was wir bereits geschrubbt hatten.

»Wir sind hier fertig. Geht durch die Tür links. Dann kommt ihr wieder zurück in die Umkleide und könnt eure Schutzanzüge loswerden. Werft sie in den großen Eimer unter dem Fenster, bevor ihr geht.«

Wir nickten und verabschiedeten uns, doch von ihm kam nichts mehr. Wie schon vorhin verschwand Huxley auf die andere Seite der Spinde.

»Was meinst du, sollen wir hier auf die anderen warten?«, fragte ich Huxley.

»Klar, die sind sicherlich gleich fertig.« Er grinste und wir beide wussten, dass wir es endlich geschafft hatten. Auch wenn wir hundemüde waren und abwechselnd gähnten.

Doch wir warteten noch eine ganze Weile auf die anderen. Irgendwann setzten wir uns auf den Boden, denn Stühle oder Bänke waren hier nirgends zu sehen, und schliefen aneinander gelehnt augenblicklich ein.

»He!«, tönte da eine laute Stimme und riss mich aus dem wunderbaren Sommertag am Strand mit meiner Familie.

Ich öffnete langsam die Augen und unterdrückte die Wut, während sich der Blick auf Islingtons Kugelbuschfrisur Stück für Stück klärte.

»Schon mal was von sanftem Wecken gehört, du Arsch?«, fragte Huxley erbost und sprang auf. Nachdem er seinem Kumpel auf die Schulter geboxt hatte, drehte er sich zu mir um und half mir auf.

»Die dadrin haben uns gesagt, wir sollen hier warten, bis der Gevatter uns holt.« Merle zuckte die Achseln und lehnte sich an eine Säule.

Noch bevor wir uns austauschen konnten, was wir in dieser Nacht erlebt hatten, hörten wir ein Räuspern hinter uns.

Der Gevatter. »Kommt.«

Ohne ein weiteres Wort folgten wir ihm hinaus auf den Gang durch eine große Flügeltür und standen dann wieder in dem Korridor, umringt von den Niemalswolken.

»Ich hoffe, das war euch eine Lehre. Kommt nun, es bleibt noch etwas Zeit, um den verpassten Schlaf ein wenig aufzuholen. Denkt nicht, dass ihr heute vom Unterricht freigestellt seid. Ihr werdet teilnehmen wie jeder andere.«

Die gesamte Anstrengung der Nacht brach sofort über mir herein und ich war sicher, im Stehen einzunicken, wenn wir nicht bald weitergehen würden. Wie ich den Weg zurück in mein Bett bewältigte, war mir nicht klar, doch ich schlief vollständig bekleidet ein.

Das Klopfen von Milan kam viel zu früh, aber das hatte ich bereits vorher gewusst. Gerade so, als hätte ich nicht geschlafen, schrak ich mit dröhnendem Schädel hoch.

»Wie war es gestern?«, fragte er vorsichtig, nachdem er eingetreten war. Er drückte die Handschuhe, die er ausgezogen hatte, verlegen zwischen seinen Fingern und wagte es nicht, mir direkt in die Augen zu sehen.

»Frag lieber nicht«, antwortete ich ihm, woraufhin er gekränkt dreinsah. »Strahlungsunfall in einem Atomkraftwerk. Reden wir nicht drüber. Ich putze mir nur schnell die Zähne. Ich bin gleich fertig.«

Als ich zurück ins Zimmer kam, stand er immer noch am selben Fleck und fuhr sich durch die strubbeligen Haare. »Du siehst schön aus.«

»Müde, Milan, das nennt sich müde«, erklärte ich, begleitet von einem tiefen Gähnen. »Lass uns gehen.« Ich lächelte.

»Ich bleibe dabei. Schön«, erwiderte er, hielt mir die Tür auf und der vertraute Duft nach dem alten Holz der Wandtäfelung schlug mir entgegen. Nach dem Krankenhaus war das ein willkommener Geruch, den ich aufsog wie Lebenssaft.

»War es wirklich so schlimm?«, fragte er dann.

Ich wusste, er würde mir weitere Fragen stellen, wenn ich ihm nicht antwortete. Niemand hatte mir verboten, darüber zu sprechen, also … »Der knackende Geigerzähler und der Geruch von Tod ist wohl etwas, das ich niemals vergessen werde. Nicht bis ans Ende meines Lebens. Es war grauenhaft.« Ich blieb stehen und sah ihn eindringlich an. »Bitte frag mich nicht mehr danach. Ich möchte niemals mehr an diesen Ort zurückkehren. Weder körperlich noch gedanklich. Ich bin froh, dass ich nicht zu den Medizinern gekommen bin. Ich würde es nicht schaffen.«

»Tut mir leid«, sagte er und bevor ich mich versah, hatte er mich in eine Umarmung gezogen. »Meine erste Strafarbeit war ein großes Feuer, das ganze Landmassen verschlungen hat. Ich träume heute noch manchmal davon. Ich weiß genau, wie du dich fühlst. Wenn du reden willst … Na, du weißt schon.« Er zog einen Mundwinkel zu einem schiefen Lächeln hoch.

An diesem Morgen war es an den Tischen still. Diejenigen, welche die Nacht im Krankenhaus verbracht hatten, kannte man heraus. Dunkelviolette Augenringe, die gefühlt bis zum Kinn reichten, kündeten davon ebenso wie ständiges Gähnen. Wie ich den Unterricht schaffen sollte, war mir schleierhaft.

»Bevor du fragst, ja, es war ebenso furchtbar wie ich heute aussehe«, sagte ich, als Leander den Mund öffnete, nachdem wir an unseren Tisch gegenüber von ihm getreten waren.

»Okay«, sagte er nur und verhielt sich auffällig ruhig.

Nach dem dritten Kaffee, der mich auch nicht wirklich munter machte, beschloss ich, mein Herz nicht weiter zu strapazieren und zu akzeptieren, dass ich den Rest des Tages wohl oder übel in der Schwebe zwischen Wachen und Schlafen verbringen würde.

Ich schloss mich Hannah und den anderen an und gemeinsam trotteten wir wie geschlagene Hunde in unser Klassenzimmer, ohne mich noch einmal nach den beiden Jungs umzudrehen.

»Guten Morgen, Klasse!«, tönte die Stimme der Majorin laut durch den Raum und die Tür flog geräuschvoll hinter ihr zu. »Wie ihr euch bereits gedacht haben könnt, werden wir die Berechnungen zu Tscheljabinsk heute vertiefen. Dazu bilden wir zwei Gruppen. Jene, die bei der Tür sitzen, werden das Ausmaß der Strahlungsbelastung genauer analysieren. Jene am Fenster den Radius beziehungsweise die Fläche. Huxley und Islington, ihr greift unserem Neuzugang unter die Arme!«

Die zwei lächelten, als sie sich rund um meinen Tisch setzten und ihre Materialien auspackten. Auch sie sahen müde aus, aber lange nicht so furchtbar, wie ich mich fühlte.

»Ich zeig dir die Runen und den Umgang mit der Tabelle, das hast du ganz schnell raus. Und Islington wird dir dann die Brille näherbringen«, erklärte Huxley und lehnte sich zum Gähnen weit zurück. Islington stand auf und ging von unserem Tisch weg.

Ich packte den Inhalt meiner Tasche aus und legte ihn vor mir auf.

»Sieh her, in diesem Buch ist jegliche Kombination aus den Seiten der Würfel aufgeführt. Du musst darauf achten, dass du pro Legung jeden Würfel nur einmal verwendest und von einem fiktiven Zeitpunkt ausgehst, am besten von der Zeit, in der du noch zu Hause gelebt hast. Aber bitte denk dran: Bei Ereignissen, die sich mehr als fünf Jahre in der Vergangenheit befinden, werden vier Würfel verwendet, bei Ereignissen jetzt sowie fünf Jahre vor und nach heute fünf Würfel und bei allem, was danach passiert, sechs oder sieben. Da wirst du dann mit der Tabelle arbeiten und dahingehend abgleichen müssen, ob die Legung bereits vollständig ist oder dir noch etwas fehlt, um es genau beurteilen zu können.«

»Klingt ja eigentlich ganz einfach, aber das ist es sicherlich nicht …« Gähnend nahm ich die Würfel in die Hand.

»Damit du dich besser in der Tabelle zurechtfindest, erkläre ich dir nun etwas zu den Seiten. Jeder der sieben Würfel hat unterschiedliche Runen eingearbeitet. Insgesamt hast du also vierundzwanzig Runen, die du zurate ziehen kannst.«

Ich nickte, konnte mir aber beim besten Willen nicht vorstellen, wie ich daraus lesen sollte.

»Du nimmst die Würfel in der Reihenfolge zur Hand, wie es dir richtig vorkommt. Dazu musst du dich in Meditation üben, sonst wird das nichts. Andernfalls kannst du den richtigen Moment nicht abschätzen, in welchem sich die Würfel richtig anfühlen.

Sobald du das dann geklärt hast, kommt es darauf an, an welcher Stelle welche Rune geworfen wird.«

Selbst das klang alles relativ logisch.

»Damit du besser weißt, was ich meine, zeige ich dir meine letzte Legung. Hier habe ich Fehu, Thurisaz, Hagalaz und Ingwaz. Fehu kann für Hoffnung stehen, aber auch für den Verlust von Eigentum. Thurisaz steht vor allem für zerstörende Macht, kann aber auch Veränderungen andeuten, was nicht heißt, dass nicht beides zugleich geht. Hagalaz ist ein Vorbote für Klärung, ebenso für Katastrophen. Ingwaz, als letzte Rune, steht für Wachstum.

Gut, all das klingt nun mal nicht nach dem, was Islington herausgefunden hat, aber dafür müssen wir tiefer gehen. Dafür gibt es die Kombination, die du im Buch nachschlagen kannst. Bis du dich darin zurechtfindest, dauert es natürlich eine Weile und du wirst sicherlich nicht sofort die Namen aller vierundzwanzig Runen kennen. Aber es ist bei Gott einfacher für dich, wenn du sie verinnerlichst, denn so kannst du auch danach fragen. Wird dir eine große Hilfe sein.« Er lächelte mich mit dieser aufmunternden Art an und reckte einen Daumen in die Höhe.

»Sieh hier, auf der Seite findest du eine Beschreibung zu dieser Kombination.« Er schlug das Buch auf und zeigte mir eine Seite voller Zeichen und eng gedruckter Schrift. »Eine zerstörende Macht wird kommen, Veränderungen. In dieser Region wird jedoch Wachstum einmal wichtig sein für zukünftige Ereignisse.«

»Und woher soll ich wissen, wann das Ganze stattfinden soll?«, fragte ich und seufzte schwer.

»Dafür musst du ein anderes Medium als die Runen befragen, sie sind zum Teil zur ersten Orientierung, manche nutzen sie für die weitere Vertiefung, sobald einige Eckdaten bereits stehen. Aber da kann dir Islington mehr erzählen. Immerhin hast du ja auch die Sternenbrille, mit der er schon seit einiger Zeit arbeitet.«

»Ah, verdammt, das war mein Stichwort, oder?« Islington lachte und setzte sich wieder zu uns.

»Wie immer ist dein Timing echt be...«, erwiderte Huxley und lehnte sich genüsslich gähnend nach hinten.

»Adept Huxley! Wenn Sie nichts zu tun haben, dann gehen Sie gefälligst zurück an die Arbeit!«, bellte die wütende Stimme der Majorin quer durch den Raum und hätte den armen Huxley fast vom Stuhl fallen lassen.

»Aaaalso«, sagte Islington lang gezogen, »was habt ihr denn jetzt mit den Runen rausgefunden?« Er lehnte sich vor und sah mich verschwörerisch an.

»Die Runen sagen, eine zerstörende Macht werde kommen. Und Veränderung. Aber irgendwann werde Wachstum dort mal wichtig sein«, rezitierte ich Huxley, so gut ich konnte.

»Wunderbar!«, rief Islington erfreut aus, klatschte in die Hände und war dann ganz erschrocken darüber, dass sich einige überrascht umgewandt hatten.

»Wenn du meinst«, gab ich nicht wirklich überzeugt von mir und runzelte die Stirn. Ich konnte mir beim besten Willen nicht vorstellen, inwieweit mir das weiterhelfen sollte.

»Hier kommen jetzt die Sterne hinzu. Gerade bei den Sternenbrillen gibt es nur eine Handvoll möglicher und sinnvoller Materialkombinationen, um richtige Ergebnisse zu erzielen. Mit der Mathematik zum Beispiel kommst du bereits recht weit, auch die Runen sind hilfreich. Die Kugel oder Tarotkarten wären hier weniger gewinnbringend«, erklärte er und faltete die Hände. »Aber was ich damit eigentlich sagen will. In der Mathematik nimmt man die Zahlen und überträgt sie auf die Sternenbrille. Du mit deinen Runen machst so etwas Ähnliches. Sieh sie dir an.

Wenn du mit deiner Sternenbrille den Nachthimmel beobachtest, kannst du mit ihrer Hilfe Sternbilder sehen. Sobald sie erscheinen, zeigt dir die Brille diese an. Mit ihren Punkten, mit dem Namen und all den relevanten Daten. Klingt so noch nicht unbedingt einleuchtend, aber ich zeig dir das morgen Abend. Dann weißt du, was ich meine.

Du musst unbedingt darauf achten, dass du die Reihenfolge der Runen einhältst. Das ist sehr wichtig! Sobald du mit den eingegebenen Daten und der Brille auf der Nase in den Himmel siehst, rechnet sie selbst zurück. Sie vergleicht deine Runen mit den Sternbildern und ihren Positionen in der Vergangenheit oder Zukunft. Und so findest du das Datum und, wenn du dich besser auskennst, auch den Ort.«

»Wow«, brachte ich bloß heraus und wusste nicht, ob ich begeistert oder überfordert war. Oder beides. Mein Kopf rauchte nicht nur aufgrund der letzten Nacht, vor allem wegen seiner Ausführungen noch mehr.

»Das wird schon, glaub mir«, erklärte Islington ruhig, verschränkte die Arme und lächelte breit. »Für den Anfang klingt das Ganze echt kompliziert, ich weiß das, war ich doch schließlich auch mal ein Neuling wie du. Aber glaub mir, wenn ich dir sage, dass du das mit Sicherheit schaffen wirst. Das ist immerhin keine Raketenwissenschaft.«

»Aber fast, Adept Islington! Na, na, wer wird denn hier die Arbeit der Akademie herabsetzen?«, hörte ich Majorin Mercedes auf einmal sagen. Sie war wie aus dem Nichts hinter ihm aufgetaucht und hielt, militärisch steif dastehend, eine Gerte in der Hand und linste ihn streng an.

»Entschuldigen Sie vielmals, Majorin, ich muss mich wohl falsch ausgedrückt haben! Nie und nimmer würde ich so etwas Anmaßendes sagen oder denken!«, schoss es aus Islington hervor, der mindestens ebenso schnell aufstand und in schlimmster Erwartung die Augen schloss.

In dem Moment wusste ich, dass ich alles herausfinden musste, was es über die Akademie zu finden gab. So wundervoll es war, zum ersten Mal in meinem Leben mehr als nur eine Freundin zu haben, so überwältigend die Entdeckungen über die Arbeit der Akademie waren, so furchtbar schien alles, was dahinterstand.

Als wir endlich aus dem Unterricht entlassen wurden und ich mein Mittagessen heruntergeschlungen hatte, gab ich Leander ein Zeichen, mir zu folgen. Nun würde sich entscheiden, ob ich ihm von dem Knochenfund erzählen würde oder nicht.

»Wie geht's dir im Unterricht?«, fragte ich ihn, als er die Zimmertür hinter sich geschlossen hatte.

»Und dafür musste ich das Mittagessen vorzeitig beenden?«, fragte er enttäuscht und setzte sich auf mein Bett.

»Nein, du Blödmann, dazu komme ich erst. Also?«, erwiderte ich genervt und baute mich vor ihm auf. Es gab mir ein gutes Gefühl, endlich einmal auf ihn herabsehen zu können. Wenn auch nicht in der Art, die ich von ihm gewohnt war.

»Ich glaube, ich bin gar nicht schlecht. Wir haben ein paar Berechnungen aus eurer Abteilung bekommen, ich glaube von deinem Kumpel Huxley, wenn ich mich nicht irre …«, antwortete er nach kurzem Schweigen. »Bislang konnte ich noch nicht viel zeigen, mir wurden nur einige der Maschinen vorgestellt. Für jegliche Art von Katastrophe, die passieren kann, haben die ein Grundgerüst, in das die Informationen von euch Numistorikern eingepflegt werden. Und so entstehen dann die Maschinen, die wir bauen. Doch wie gesagt, bis jetzt haben sie mir nur die Grundgerüste gezeigt und ein paar Ausführungen. Heute hab ich die Maschine für den Atomunfall in Seattle gesehen.«

Seine letzten Worte gingen in einem Schaudern meinerseits über.

»Was ist?«, fragte er, stand auf und legte mir eine Hand auf die Schulter.

»Die Strafarbeit. Ich war in Seattle. Ich hab die Maschine, die sie auf die Menschen anwenden, gesehen.« Beim Gedanken an die Gerüche und die Patienten konnte ich ein Würgen gerade noch so unterdrücken.

»Hey, alles in Ordnung mit dir? Was war in Seattle? Warum haben sie euch verdammt noch mal dorthin geschickt?«, wollte er wissen und es klang tatsächlich so, als wäre er besorgt.

»Weil sie wollen, dass es nicht … Dass wir uns nicht noch einmal den Regeln der Akademie widersetzen …«, sagte ich dann und mein Hals fühlte sich an, als hätte ich mich wirklich übergeben. Die Worte schabten nur so über die Schleimhaut und hinterließen einen brennenden Schmerz, der sich festkrallte.

»Was hast du dort gesehen, Mara?«, fragte er.

Jetzt war ich mir nicht mehr so sicher, ob es nicht doch reine Neugierde war, die ihn dazu zwang, sich so zu verhalten, als würde er sich um mich sorgen. Ich schüttelte den Gedanken ab, denn so wollte ich nicht mehr denken. Er konnte sich verhalten, wie er wollte, ich würde dem Geheimnis auf die Spur kommen. Ob mit oder ohne ihn würde er selbst in den nächsten Minuten entscheiden.

Ich biss mir auf die Lippe, denn ich wusste nicht, wie ich ihm von der Nacht im Hospital erzählen sollte. Würde er das denn überhaupt glauben? »Hör zu, wir waren in dem Krankenhaus. Dort halfen wir den Ärzten und Pflegern, die Leute zu behandeln. Waschen, irgendwohin bringen und solche Sachen. Sie alle waren verstrahlt. Ich werde wohl das Geräusch des Geigerzählers nie vergessen …«, sagte ich und es schüttelte mich. »Es war grauenhaft. Aber die Mittel der Akademie sind der Wahnsinn. Je länger wir hier sind, desto mehr werden wir herausfinden und umso mehr werden wir können. Aber ich sag dir eins, das sind zum Teil ganz schön herzlose Bastarde, die die Leitung hier überhaben.«

Er sah mich an und wirkte, als wollte er lachen, doch ich musste wohl ziemlich erbleicht sein bei der Erinnerung an Seattle, sodass er nur sagte: »Was schlägst du vor? Ich kenne die anderen noch nicht so gut wie du deine Leute, als dass ich nachfragen könnte.«

Jetzt erst fiel mir auf, was an seinem Verhalten so grundlegend anders war als zuvor. Er fragte doch tatsächlich mich um meine Meinung. Leander wollte wissen, was ich dachte und was ich tun würde.

»So gut kenne ich sie nun auch wieder nicht –«, begann ich.

Doch er unterbrach mich: »Ihr seid deshalb in Seattle gewesen, weil ihr einen lustigen Nachmittag in der Bibliothek verbracht habt … Also erzähl mir doch bitte nichts. Das ist zumindest das, was man so davon hört.«

Ich hob die Brauen. Täuschte ich mich oder schwang ein klein wenig Neid in seinen Worten mit? Erfuhr der beliebte, charismatische Leander zum ersten Mal in seinem Leben, wie es war, wenn man nicht er war? Nein, schalt ich mich für meine dummen, unnötigen Gedanken, ich sollte der Person, mit der ich eine Rebellion anzettelte, wohl mehr vertrauen.

»Das mag schon sein, aber deshalb würde ich mich trotzdem nicht trauen, sie über die Akademie auszuhorchen. Nach allem, was ich so mitbekommen habe, sind die meisten hier der Leitung hörig«, sagte ich dann und sah ihm fest in die Augen. »Aber es gibt noch eine andere Möglichkeit. Wir könnten die Bibliothek durchforsten.«

»Klasse, dicke Wälzer und staubige Seiten!« Er verdrehte die Augen.

»Es sei denn, dir fällt etwas Besseres ein …«, antwortete ich lachend und wir wussten beide, dass das nicht der Fall war.

»Du hast ja recht.« Damit ließ er die Schultern hängen und ich wusste, dass ich mich ihm nun anvertrauen würde. Er hatte mir in all der Zeit, in der ich ihn kannte, noch nie zugestimmt. Oder auch nur ansatzweise das Gefühl gegeben, dass ich jemand war, auf dessen Meinung man etwas geben konnte.

Ich holte tief Luft.

Klopf, klopf.

Das durfte doch nicht wahr sein!

Milan streckte den Kopf zur Tür herein und grinste schief.

»Sag mal, Mann, kannst du denn nicht warten, bis man dich hereinbittet? Was hättest du gemacht, wenn wir … es getan hätten?«, fragte Leander und grinste anzüglich, auch wenn Zorn in seiner Stimme mitschwang.

»Oh. Du bist auch hier«, antwortete Milan knapp und sah enttäuscht aus. Er ließ die Schultern ebenso hängen wie Leander zuvor und trat ein. »Mara, eigentlich wollte ich dich nur fragen, ob du Zeit … oder Lust … Na ja, du weißt schon, halt …« Er sah von Leander zu mir und wieder zurück, bevor er seine Füße anstarrte, die Hände zu Fäusten geballt. »Ich wollte einen Spaziergang mit dir machen.«

»Kann es denn so schwer sein, ein Mädel anzumachen? Sag ihr doch einfach, was du denkst, Loverboy!«, entfuhr es Leander, der sich genervt zurück in die Kissen fallen ließ.

Doch Milan war dadurch nicht aus der Fassung zu bringen.

»Wir haben gerade ein wenig unsere neuen Erfahrungen hier besprochen und uns darüber ausgetauscht, was wir so machen«, sagte ich dann schnell, denn auch wenn ich Milans Angebot nett fand, so wollte ich doch, dass er schleunigst verschwand. Ich wollte den Moment nicht verstreichen lassen, in dem ich Leander von der Notiz erzählen konnte. »Weißt du, Leander und ich hatten zu Hause bereits ein schwieriges Verhältnis und nach allem, was mir Hannah und die anderen gesagt haben, gibt es unter den Abteilungen ziemliche Machtkämpfe …« Er musste ja schließlich nicht wissen, worüber wir wirklich sprachen. Es reichte, wenn ich ihm eine kleine Entfremdung der Wahrheit anvertraute.

»Ja, ich weiß. Schließlich muss ich mich den ganzen Tag mit den Blödmännern befassen, die sich für was Besseres halten«, erwiderte Milan und sah dabei auffällig lange Leander an.

»Was meinst du damit?«, fragte ich und runzelte die Stirn.

»Er meint damit, dass er es satthat, den ganzen Tag mit mir im Unterricht zu sitzen«, sagte Leander an Milans statt, verschränkte die Arme hinter dem Kopf und grinste in die Luft.

»Wie? Ich dachte, du seist ein Mediziner oder bei den Institutoren dabei?«, wollte ich überrascht wissen und sprang auf.

»Nein, ich bin ein Heuretiker«, meinte Milan dann, strubbelte sich durchs Haar und grinste. »Ich weiß, was die anderen Abteilungen über uns sagen und … sie haben recht. Der Großteil von uns ist … arrogant und blickt auf andere hinab.« Und wieder sah er dabei verdächtig lange Leander an, bevor er sich mit einem freundlichen Lächeln zurück an mich wandte. »Wenn ihr über eure Erfahrungen sprecht, lasst euch nicht von euren negativen Gefühlen am Anfang leiten. Die hatten wir alle, doch besinnen sich die meisten schon bald nach ihrer Ankunft auf die wunderbare Arbeit der Akademie und wie weit diese sie vorangebracht hat. Zu Hause hätten sie sich so ein Leben nie träumen lassen. Denkt drüber nach!« Und damit verschwand er.

Verdutzt verharrten wir in der Bewegung und vernahmen seine Schritte, die leise von uns wegführten.

»Was bildet der sich eigentlich ein?«, fragte Leander nach einer Weile und öffnete die Augen, die er geschlossen hatte, als er den Schritten gelauscht hatte.

»Ich wusste nicht mal, dass er mit dir in die Klasse geht!«, meinte ich, ohne auf ihn zu achten. »Immerhin hat er dich damals zuerst bei deiner Abteilung abgeladen. Ich hatte nicht gewusst, dass er dann noch mal zurück ist.«

»Ach, du kleines Naivchen, der wollte noch ein wenig Zeit mit dir verbringen, deshalb ist er extra einen Umweg gegangen. Ich musste ziemlich lachen, als er an dem Tag wieder zurückkam.« Leander hatte sich aufgesetzt, um mir sein breitestes Grinsen zu zeigen.

Da wusste ich, dass der Moment vorbei war. Ich würde ihm vorerst nichts von der Nachricht erzählen. Da war wieder der alte Leander. »Selbst wenn, es ist mir egal. Ich möchte mit alldem hier nichts zu tun haben. Und wenn ich nicht zurück zu meiner Familie kann, dann will ich zumindest so richtig Radau machen.«

Über die Konsequenzen, die uns erwarten könnten, machte ich mir keine Gedanken. Eine Institution, die nicht davor zurückschreckte, Jugendliche in ein strahlenverseuchtes Krankenhaus zu schicken, um sich mit Ärzten gemeinsam um die Patienten zu kümmern, machte vermutlich vor ein paar halbstarken Rebellen auch nicht halt oder würde zimperlich sein.

Unterbewusst war mir das klar. Und hätte ich mich auch nur eine Sekunde getraut, daran zu denken, hätte ich mich vielleicht gefügt. Dann hätte ich mich ebenso wie alle anderen damit angefreundet, dass die Akademie doch nur wunderbare Arbeit leistete und wir eigentlich davon profitierten, dass sie uns und unsere Talente so förderten. Schließlich hätte ich mich einer perfekten Welt hingegeben, in der kein Platz für Rebellion oder ungehorsame Gedanken war.

Aber ich würde meinen Hass nicht aufgeben.

Ich würde lernen, aufmerksam sein und im richtigen Moment zustechen. Wie ein giftiger Skorpion würde ich meinen Stachel tief im Herz der Akademie versenken und darauf hoffen, dass ich ihr den Todesstoß gegeben hatte.

Denn eines war gewiss: Ich wollte die Akademie brennen sehen.

Wenig später hatten wir in der Bibliothek Platz genommen.

»Wie war das eigentlich bei dir?«, fragte ich Leander, der sich in den Ohrensessel fläzte, als würde er zu Hause sein. Zuhause. Das Wort stach in meinem Herzen. »Was hast du dir im Archiv ausgesucht?«

»Archiv?«, wollte er voller Neugier wissen.

Ich schwieg und sah ihn an. »Na, wir Numistoriker bekommen dort unsere Arbeitsmittel. Karten, Runentabellen und so was.« Um ihm zu zeigen, was ich meinte, entleerte ich meine Tasche auf dem Tisch zwischen uns. Nun … Fast alles ließ ich herausfallen. Das Säckchen mit den Knochen und Fias Notiz blieben vorerst, wo sie waren.

»Ich dachte, ihr rechnet dort«, murmelte Leander und ließ die Gegenstände durch seine Finger gleiten. »Dass ihr Hokuspokus betreibt, hätte ich nicht gedacht.«

»Na ja, einige von uns rechnen, andere begeben sich auf den Pfad des, wie du es nennst, Hokuspokus. Aber nach allem, was ich bislang so gesehen habe, kommt man auf beiden Wegen zum Ziel.« Ich sah ihn eindringlich an, doch auch wenn seine Worte etwas anderes vermuten ließen, war kein Spott in seinem Gesicht zu erkennen.

»Wie ich dir vorher erzählt habe, bekommen wir nur Grundgerüste der Maschinen zu sehen und setzen uns viel mit Elektronik auseinander. Klar ist auch ein wenig Hokuspokus aus unserer

Abteilung dabei, aber in den haben sie mich noch nicht eingeweiht. Sie meinten, zuerst lerne man die Grundlagen der Mechanik und Elektronik, danach komme das komplizierte Zeug.« Er lachte und seine Zähne blitzten dabei auf. Er lehnte sich nach vorn und sah mir verschwörerisch in die Augen. »Aber nach allem, was ich bislang erfahren hab, arbeiten wir mit dem Nichts zusammen, das sich meinen Fuß geholt hat.« Er klopfte sich, wie um seine Aussage zu verdeutlichen, darauf und ein metallisches *Klonk* ertönte.

Ich legte den Kopf schief und runzelte die Stirn. Mir war nicht klar, wovon er sprach, doch bevor ich ihn danach fragen konnte, fuhr er bereits fort:

»Das Nichts frisst unkontrolliert alles, womit es in Kontakt gerät. So wie meinen Fuß«, sagte er.

»Wie kommt es, dass die Akademie noch steht?«, fragte ich und lehnte mich nun meinerseits vor. Ich hatte zwar schon vage Ausführungen darüber gehört, aber ich konnte mir vorstellen, dass ein Heuretiker eine treffendere Antwort liefern konnte als ein Numistoriker.

Er lachte und kostete meinen Moment der Unwissenheit noch ein wenig länger aus, bevor er wieder zum Sprechen anhob. »Auch um die Akademie herum gibt es Vorrichtungen, die verhindern, dass wir alle vom Nichts gefressen werden mitsamt dem Gemäuer, das uns umgibt.«

»Wie sieht so was aus?«

»Stell es dir wie ein Gerüst oder ein Netz vor. So werden auch die extrahierten Orte davor bewahrt, zerstört zu werden. So kann langsam, aber in sicherem Rahmen das, was dort passiert ist, herausgezogen werden. Dafür brauchen wir eure Berechnungen.«

»Dann weißt du jetzt auch, was unser Hebel sein wird.« Die erste Antwort hatte ich nun. Die Frage nach dem Wie war zumindest im Ansatz geklärt.

»Was meinst du?«, wollte er wissen.

»Wie wir die Akademie zu Fall bringen.« Ich kam mir unheimlich brillant vor und mein Gesicht fühlte sich an, als würde es leuchten.

»Wovon zur Hölle sprichst du?«, fragte er weiter.

»Wir zerstören einfach das Gerüst.« Verschwörerisch flüsternd lehnte ich mich noch weiter vor. Ich wusste, dass wir damit auch unser Schicksal besiegeln würden. Aber alles fühlte sich so unwirklich an, weil die Akademie unsere Leben in ihre Hände genommen hatte. Ich wollte mir meine Unabhängigkeit zurück erkämpfen, selbst wenn es dann so enden würde.

»Und du meinst, darauf ist noch niemand gekommen? Die werden das entweder bewachen oder so konstruiert haben, dass es nahezu unzerstörbar ist«, erwiderte er genervt. »Oder beides.«

»Du bist ein Spielverderber und solange wir keinen besseren Plan haben, werden wir uns an diesen halten. Aber du kannst dir gern was überlegen, das dir passender erscheint«, knurrte ich. Da war er wieder. Leander, der sich über mich lustig machte. Der alte Leander. Von damals. Der, dem ich das Geheimnis von Fia niemals anvertrauen würde. Niemals.

»Kein Grund, gleich so böse zu werden«, verteidigte er sich sofort und hob abwehrend die Hände.

»Doch. Denn du machst mich immer klein. Das hast du schon immer. Ich habe mich jahrelang deinetwegen wie Scheiße gefühlt. Und das hört hier auf. Ich habe meine Familie verloren, werde in mein altes Leben nicht mehr zurückkehren können. Doch nicht nur das! Ausgerechnet mit dem Menschen, der mich mein Leben hassen ließ, alles daran, bin ich hier gefangen.

Kannst du dir vorstellen, wie mein Leben war, als wir noch zu Hause waren? Als wir noch nicht hier an der Akademie waren? Es war furchtbar. Jeden Tag habe ich in Angst gelebt, dir über den

Weg zu laufen. Ich war jede Minute an der Schule in Alarmbereitschaft. Ich bin gelaufen, wenn ich dich gesehen habe, bevor du mich siehst. Ich habe mich ständig umgewandt wie ein Krimineller, weil ich mich davor fürchtete, dich plötzlich hinter mir zu sehen.

Ich muss mir das nicht länger bieten lassen. Ich hätte es von Anfang an nicht müssen. Und doch habe ich mich nicht getraut aufzustehen. Aber weißt du was? Genau das tue ich jetzt.«

Und damit ließ ich ihn sitzen. Es fühlte sich gut an, ihn verdutzt in der Bibliothek zurückzulassen. Endlich hatte ich meinem Ärger, der Angst vor ihm Luft gemacht. Es war, als hätte ich alles, was mich jahrelang vergiftet hatte, letztendlich aus mir hinausbewegt. Als wäre ich untergetaucht und könnte nach langem Anhalten ausatmen. Und es fühlte sich phänomenal an. Gerade so, als hätte ich noch nie in meinem Leben geatmet.

Selbst die Akademie erschien mir heute freundlicher.

Erst als der Ärger soweit verraucht war, dass ich wieder klar denken konnte, fiel mir Milan ein. Und bevor ich mich versah, hatte ich die Treppen hinauf in sein Stockwerk genommen und hämmerte an seine Tür. »Willst du ein bisschen spazieren gehen?«, fragte ich aufgeregt, außer Atem und, wie mir an seinem irritierten Ausdruck auffiel, offenbar viel zu laut.

»Klar, gern«, sagte er, nachdem er mich kurz verwirrt angesehen hatte, und lächelte dann. Ich kam gar nicht dazu, mich genau in seinem Zimmer umzusehen, aber als er die Tür schloss, konnte ich einen Blick hineinwerfen. Es sah genauso aus wie das meine. Ein Schreibtisch vor dem Fenster, ein Bett daneben, ein kleiner Schrank. Und der wie immer versteckte Zugang zum Badezimmer. Oder zumindest dachte ich das, denn auch an seiner Wand hing ein überdimensionaler Teppich.

»Belastet dich etwas?«, fragte er, als wir den Gang entlanggingen.

»Ja, eigentlich schon«, gab ich zu und vermied es aufzusehen. »Ich … glaube, dass Leander nun nicht mehr mit mir sprechen wird.« Und ich erkannte, dass ich mir gewünscht hatte, dass es mir egal wäre, aber das war es nicht. Er schien mein einziger wahrer Verbündeter hier zu sein und den wollte ich nicht verlieren. Dennoch war ich froh, ihm gesagt zu haben, was ich davon hielt. Er war ja auch nicht gerade zimperlich gewesen, wenn es darum ging, mich zu piesacken.

»Willst du darüber sprechen?«, wollte er wissen, doch zu meiner Überraschung bohrte er nicht weiter nach, als ich kurz still war.

Ich überlegte, was ich ihm sagen konnte, ohne zu vergessen, wie meine Halbwahrheit gelautet hatte, falls er zu einem späteren Zeitpunkt nochmals fragen sollte. »Ich hab Leander meine Meinung gegeigt. Immerhin war er es, der mir mein Leben an unserer Schule damals zur Hölle gemacht hat. Und ich will mir das hier nicht mehr länger bieten lassen.« An der Stelle bremste ich mich, denn ich spürte, wie mein Zorn wieder aufwallte. Er schlug in Wellen über mir zusammen. Ich ballte die Fäuste und wusste, dass ich nun erst recht loslegen würde, wenn ich mich nicht stoppte.

Er legte mir eine Hand auf die Schulter und sagte nichts.

Wir hatten das Erdgeschoss erreicht und gingen durch das Portal nach draußen, wo uns strahlender Sonnenschein und die immer weiße Wolkenwand erwarteten.

»Er wird seinen Fehler einsehen und wenn nicht, dann ist er es nicht wert, auch nur weiter darüber nachzudenken.« Er lächelte schief und für einen Moment war mir, als würden seine Augen aufleuchten.

»Danke«, hauchte ich und die nächsten Minuten flanierten wir schweigend über den Rasen, der unter unseren Schuhen leise raschelte. Ich versuchte, auf die Geräusche meiner Umgebung zu hören, doch da war nichts. Kein Gezwitscher von Vögeln, keine vorbeifahrenden Autos. Nur Stille und unsere Schritte auf dem Gras. Ich sah nach oben, um die Sonne zu erblicken, doch auch da war nur eine Wolkenwand, die sich wie eine Decke über uns und die Akademie legte. Das Weiß schien zu leuchten, doch immer noch machte ich keine Sonne aus.

»Milan«, sagte ich dann, als meine Augen schon langsam schmerzten und ich den Blick endlich vom *Himmel* abwandte. Vor mir tanzten Punkte in allen Farben und Größen, bis sich meine Sicht schließlich wieder klärte. »Wie kommt es, dass wir hier keine Sonne haben, aber es dennoch so hell ist, als wäre sie direkt über uns? Also … na, du weißt schon, was ich meine.«

»Ah«, erwiderte er, lächelte erneut und wies nach oben. »Wir existieren hier außerhalb von Zeit und Raum. Wie das genau funktioniert, wird für uns Adepten vorerst noch ein Rätsel sein. Auch ich bin noch nicht ganz dahintergekommen. Aber soweit weiß ich Bescheid: Da uns das Niemals umgibt, musste eine Lichtquelle künstlich hergestellt werden. Diese hängt an dem Gerüst, das uns davor bewahrt, vom Niemals verschlungen zu werden.«

»Wie kommt es dann, dass Leanders Fuß gefressen wurde?«, wollte ich wissen.

»Das Gerüst ist genauso aufgebaut, wie du es dir vorstellst. An manchen Stellen laufen horizontale und vertikale Teile davon zu einem Knotenpunkt zusammen. Und wenn du dazwischen durchfährst, tja …« Er sah nicht so aus, als würde es ihm leidtun.

In dem Moment gab ich mich meiner Wut hin und es tat mir auch nicht leid. In dem Moment hatte ich mir gewünscht, die Schmerzen, die Leander erlitten hatte, mehr ausgekostet zu haben.

»Aber wie kommt es dann, dass ich nur die Wolkenwand sehe?«, bohrte ich weiter.

»Weil sich das Niemals trotzdem durchzuzwängen versucht.

Aber das Gerüst ist so konstruiert, dass es nicht weiter kommt als bis hierhin. Als würdest du eine große Menge Knetmasse durch einen Maschendrahtzaun drücken. Auf der anderen Seite quillt zwar ein bisschen was hervor, aber durch kommt es in den meisten Fällen nicht. Und so ist es hier. Hier kommt nichts durch.«

Eines Tages vielleicht schon. Ich lachte in Gedanken auf wie ein übler Bösewicht, der seinen Plan ausheckte.

»Man munkelt, es gebe einen Kontrollraum, der durchgehend besetzt sei. In diesem werden die Funktionen des Gerüsts permanent überwacht«, sagte er.

Ich sah ihn an und versuchte, nicht rot zu werden. War er dahintergekommen, was ich vorhatte? »Aber es kann doch nichts passieren, oder?«, erwiderte ich mit hoher, hohler Stimme und hätte mich in diesem Moment verhauen können. So klang ich, wenn ich aufgeregt war und Angst hatte, dass man mir hinter ein Geheimnis gekommen war. So oft hatte mich Mom nur deshalb enttarnt! Mein verräterischer Fuß begann einmal mehr zu wippen.

»Nein, nein, keine Angst, da kann nichts passieren«, meinte er schnell und legte den linken Arm um mich, um mir dann meinen rechten zu tätscheln. Gott sei Dank hatte er meine Lügenstimme als Angst missverstanden. »Wir sind sicher hier.«

Sicher.

Das Gefühl hatte ich seit meinem Ausflug nach Seattle nicht mehr und auch davor war mir nicht unbedingt danach gewesen, mich zu entspannen. Eine Institution, die mir meine Vergangenheit und Zukunft genommen hatte und mich einzig mit dem Jetzt zurückgelassen hatte, konnte mir keine Sicherheit geben. Niemals. So sehr ich es mir vielleicht auch in den Tiefen meines Herzens gewünscht hätte.

»Woran denkst du?«, fragte Milan in meine Gedanken hinein und beendete abrupt dieses Szenario. Ich musste ihn nicht ansehen, um zu wissen, dass er lächelte.

»Nichts …«, log ich und verzog den Mund zu einem leichten Lächeln.

»Denk nicht an deinen Streit mit Leander, du hattest recht. Es war längst an der Zeit, dass du ihm die Meinung sagst. Ich weiß nicht, wie er war, als ihr noch nicht an der Akademie wart, aber ich kann mir vorstellen, dass so einer, umringt von Freunden und Bewunderern, noch schlimmer war als das Ekelpaket, als das er sich hier zum Teil zeigt.«

Ich war überrascht, solche Worte von Milan zu hören, war er doch bislang immer sanft gewesen und hatte sich zwar gegen Leanders harsche Art gewehrt, aber war nie verbal gegen ihn vorgegangen. Mit großen Augen sah ich ihn an und wusste erst einmal nicht, was ich dazu sagen sollte.

»Was? Ich hab gesehen, wie er dich behandelt hat. Ich kenne solche Menschen wie ihn doch nur zu gut. Und ich hoffe für ihn, dass er sich zukünftig benimmt. So etwas wird hier an der Akademie nicht geduldet. Egal, was du in Seattle erleben musstest, wenn Professoren mitbekommen, wie er sich aufführt, dann wird Seattle wie ein netter Sonntagnachmittagsspaziergang wirken, glaub mir.«

Ich wollte ihm erwidern, dass er ja gar nicht wusste, wie es in Seattle gewesen war. Dass er keine Ahnung hatte, welch furchtbare Dinge wir dort erlebt hatten, aber ich schwieg. Außerdem wollte ich mich nicht schon wieder wie ein zorniges Kleinkind verhalten und drauflos brüllen. Schließlich hatte ich gerade einen Verbündeten verloren. Auch wenn Leander ein Arsch war und ich im echten Leben nie mit ihm gemeinsame Sache gemacht hätte. Mittlerweile war das hier meine Realität, ich konnte nicht zurück. Aber vorerst wollte ich ihn nicht mehr als Allianz für mich und meine Sache gewinnen. Ich brauchte ihn nicht. Na ja … wenn ich ehrlich war vielleicht schon, aber aufrichtig zu sein war schmerzhaft und diesen Schmerz wollte ich mir jetzt nicht zufügen.

Ich war stolz darauf, dass ich ihm endlich die Meinung gegeigt hatte. Und eigentlich hoffte ich auch darauf, dass er es endlich einsehen und mich verstehen würde. Ich erwartete nicht einmal eine Entschuldigung. Aber Verständnis. Wenn er damit ankommen würde, dann gäbe es vielleicht einen Weg zurück.

Milan und ich spazierten noch eine Weile schweigend nebeneinanderher, bis ich schließlich sagte: »Du hast ja recht.«

Abends war Leander allein, Milan und ich hatten uns zu Hannah und den anderen gesetzt. Sie alle lachten, scherzten miteinander, doch vieles davon ging an mir vorbei. Immer noch war ich in Gedanken bei dem Gespräch. Hatte ich ihm alles an den Kopf geworfen, das schon so lange in mir gebrodelt hatte? War ich wirklich alles losgeworden?

»…ra, Mara, hey, Wright! WRIGHT!«, hörte ich plötzlich jemanden, der mich aus den Gedanken riss.

»Hm?« Ich wandte mich an Huxley, der wild mit den Armen fuchtelte und der Übeltäter war. Er sah dabei aus wie ein großer blonder Gorilla. Fast hätte ich deshalb laut losgeprustet.

»Ich hab gehört, du und dein Liebster habt euch heute gestritten«, sagte er knapp. Bei ihm musste man offensichtlich nicht darauf warten, bis er auf den Punkt kam. Er schien niemand zu sein, der um den heißen Brei herumredete.

»Ich weiß zwar, wovon du sprichst, aber nein, mein Liebster ist er nicht, war er nie und wird er auch nie sein.« So ganz sicher, ob ich verärgert oder belustigt darüber sein sollte, war ich mir nicht. »Aber eins muss man dir lassen, Huxley. Du kommst gleich auf den Punkt.«

Er lachte röhrend auf und schlug auf den Tisch, sodass sich sogar einige Leute zu uns umdrehten, darunter auch Leander. »Sieh an, sieh an.« Huxley lachte und ließ es sich nicht nehmen, offenkundig auf Leander zu zeigen. »Find ich gut.«

»Halt die Klappe«, brummte Hannah nur und boxte ihm in die Seite.

Als ich nach dem Essen in meinem Zimmer erschöpft aufs Bett fiel, drohte der Schlaf, mich augenblicklich zu übermannen, doch da klopfte es. Ich erwartete Milan, Hannah, vielleicht sogar Huxley, aber niemals hätte ich Leanders zerknirschtes Gesicht vermutet, das sich im Türspalt zeigte. »Kann ich reinkommen?«, fragte er.

»Von mir aus.«

Ich hörte, wie er hinter sich die Tür leise zuzog, und wartete, ohne mich umzudrehen. Ein kleines bisschen genoss ich es, ihn zappeln zu lassen. Die Ohren gespitzt hörte ich ihn langsam ein- und ausatmen, eine kurze Pause und dann: »Du hast recht. Ich hab mich aufgeführt wie ein Arsch. Und das sage ich nicht, weil ich hier sonst niemanden habe, auch nicht, weil ich das Gefühl hab, ich würde dich als Verbündete gegen die Akademie brauchen. Du hast recht und wenn ich mir früher bereits einmal Gedanken dazu gemacht hätte, dann hätte ich mich vielleicht nie so aufgeführt.« Das alles kam in unglaublicher Geschwindigkeit aus ihm heraus und überrollte mich wie eine Welle.

»Ich –«

»Nein, sag nichts. Du hast recht. Trotzdem soll sich dein großer blonder Freund zusammennehmen. Wenn er noch einmal –«

»Er hat nichts gemacht. Er dachte, du und ich wären … huh, das ist schwer auszusprechen –« Ich seufzte tief und war froh, als er mir ins Wort fiel.

»Das denkt er? So ein Trottel.«

»Hey! Das ist so nicht … Ist ja auch egal«, sagte ich schnell. »Ich bin froh, dass du gekommen bist. Danke.«

Er ging um mich herum und setzte sich wie immer auf mein Bett. »Nicht dafür. Du sollst mir nicht dafür danken, dass ich eingesehen hab, wie ich mich verhalten habe. Ich wusste nicht, dass es dir dabei so –«

Gerade noch hatte ich geglaubt, dass er sich wirklich gebessert hatte und dann so etwas. Ich brüllte los: »Du hast nicht geglaubt, dass deine tagtägliche Schikane Spuren in mir hinterlassen würde? Du hast nicht gedacht, dass es mir wehtun würde, wenn du und deine dummen Freunde mir jeden Tag zur Hölle macht? Die Pubertät allein reicht schon, da braucht man keinen Idioten wie dich, der einen ständig daran erinnert, dass man anders ist!«

Ich wollte es nicht, aber die Tränen flossen mir bereits in Strömen über die Wangen. Ich hasste mich dafür, dass ich weinte, wenn ich wütend war, was meinen Ärger nur noch weiter befeuerte. »Du hast ja keine Ahnung, wie es ist! Und dann kommst du hier an, gibst zu, dass dein Verhalten scheiße war und gleichzeitig sagst du mir aber, dass du nicht wusstest, wie ich mich dabei fühlte! Bist du eigentlich blöd? Nein, das ist einfach falsch! Du wusstest ganz genau, was es aus mir macht! Ständig habe ich mich umgedreht aus Angst, dass du irgendwo hinter mir auftauchst! Ich hab mich zum Essen hinter die Sporthalle verkrümelt! Wenn die Schulglocke ertönte, bin ich sofort nach draußen gestürmt, um dir bloß nicht zu begegnen! Also erzähl mir nicht, dass du meine Angst nicht meilenweit gerochen hast!«

Ich wollte etwas werfen, etwas zerstören. Die Wut übermannte mich mit all ihrer geballten Kraft. Nun wusste ich zumindest, dass ich meinen Ärger noch nicht losgeworden war, nur weil ich ihm einmal die Meinung gesagt hatte. Und ich gab mich nun auch nicht der Illusion hin, dass es bei einem zweiten Gespräch aus der Welt geschafft würde. Es würde Zeit brauchen, wenn ich mich denn überhaupt je darauf einlassen konnte.

»Es tut mir leid, okay? Ich weiß nicht, was ich tun kann, dass du vielleicht beginnst, mir zu verzeihen.«

Ich hielt inne. »Was?«

»Ich kann mich mit meinen Jungs unterhalten, ich kann Weiber aufreißen und ich kann mich aufführen wie … dir gegenüber. Damals. Aber ich weiß nicht wirklich, wie man mit einem Mädchen befreundet ist. Oder gemeinsam mit einer Freundin eine Rebellion anzettelt, die die Akademie niederreißt.« Er biss sich auf die Lippe.

»Ich –«, begann ich.

»Sag nichts dazu. Ich wollte kommen, um mich zu entschuldigen. Es tut mir wirklich leid. All das. In den letzten Tagen habe ich erfahren, wie es sein kann, wenn man sich allein gelassen fühlt. Und dabei hatte ich niemanden in meinem Nacken, der mich drangsalierte. Bitte denk darüber nach, ob du nach wie vor die Sache gemeinsam mit mir durchziehen willst. Du weißt, wo du mich findest. Und wenn nicht … dann versteh ich das auch.« Damit ließ er mich stehen. Er erhob sich und verließ das Zimmer so schnell, wie er gekommen war.

Lange Zeit stand ich bloß so herum, unfähig, auch nur einen Finger zu rühren. Ich war wie gelähmt. Er hatte sich doch tatsächlich entschuldigt und das nach so kurzer Zeit. Um ehrlich zu sein, hatte ich es nicht erwartet. Und ich hätte auch nicht gedacht, dass er so entspannt auf meinen Ausbruch reagieren würde. Doch das hatte er und mich dann mit den Gedanken allein gelassen.

Obwohl ich wusste, dass der Schlaf nicht kommen würde, legte ich mich hin, nachdem ich geduscht hatte. Ich starrte an die Decke und hing den Gedanken nach, spielte Situationen durch, wie mein Leben verlaufen wäre, wenn alles anders gekommen wäre. Wenn er seinen Fehler schon früher eingesehen hätte.

Doch gerade, als ich mir bewusst wurde, dass ich all diese Szenarien nicht brauchte, weil das Einzige, was zählte, das Jetzt war, schlief ich ein.

Als ich aufwachte und mich die ersten Strahlen der künstlichen Sonne kitzelten, die durch das Fenster hereinfielen, blinzelte ich und erblickte eine verschwommene Gestalt auf meiner Matratze sitzen.

»Aaaah!«, schrie ich und wäre fast aus dem Bett gefallen.

Gott sei Dank war die Gestalt vor Schreck zu Boden gestürzt. Ich sprang sofort auf und wollte mich schon auf sie werfen, als ich Leander erkannte. »Sag mal, spinnst du? Ich dachte, du wolltest mir Zeit geben?! Und überhaupt … Ich hätte an einem Herzanfall sterben können!«, rief ich erschrocken und bewarf ihn mit meinem Kissen.

»Ja, die Zeit will ich dir schon lassen. Ich hatte nicht gewusst, dass du dabei allein sein willst.« Er warf die Arme in die Luft und sah tatsächlich so aus, als wäre ihm das nicht klar gewesen.

»Du bist unmöglich«, sagte ich, meinte es aber nicht böse. Irgendwie war er anders. Immer noch er selbst, immer noch überheblich und aufdringlich, aber zum ersten Mal schien es mir, als würde es mir weniger ausmachen. »Ich bin gleich fertig.«

»Leg dir endlich mal einen Wecker zu! Kann doch nicht wahr sein, dass ich immer vor dir auf bin«, brummte er mir nach, als ich ins Badezimmer ging.

»Du kannst ruhig warten, das tut dir schon mal ganz gut!«, rief ich lachend. Immerhin hatte ich einen großartigen Weckservice, warum sollte ich mich selbst darum kümmern?

Als wir zum Frühstück kamen, löcherten die anderen mich mit verwirrten Blicken. Huxley und King tuschelten, Merle stieß Islington in die Seite und Hannah schüttelte bloß den Kopf. Offenbar hatten alle anderen schon mitbekommen, was vorgefallen war. So gesehen war ich auch nicht unbedingt leise oder unauffällig gewesen.

Milan war schon da und starrte grantig vor sich hin.

»Auch wenn ihr jetzt sicher alle einen großen Haufen Fragen vor euch herschiebt. Wir haben das geklärt. Alles wieder gut«, sagte ich, ohne sie zu begrüßen.

»Na, wenn du meinst …«, erwiderte Hannah glockenhell und für sie schien das damit geklärt. King und Huxley flüsterten immer noch angeregt. Ich war mir nicht sicher, ob sie überhaupt mitbekommen hatten, dass ich etwas gesagt hatte.

»Für mich ist die Sache damit nicht erledigt.« Milan sah nicht mich an, sondern Leander. Und dem schaute er eindringlich in die Augen. »Du meinst ja wohl wirklich, dass eine halbherzige Entschuldigung ausreicht.«

»Ob es das tut, ist nicht an dir zu entscheiden. Also halt dich ja zurück«, antwortete Leander nicht minder böse blickend. Er atmete scharf ein.

»Auch wenn ich es nicht gern sage, aber da hat er recht. Wenn Mara ihm verzeiht, dann sollten wir ihrem Urteil vertrauen.« Hannah.

So sehr wie an dem Tag hatte ich sie noch nie gemocht. Nicht nur, dass sie Streit schlichtete wie keine Zweite, sondern meine Meinung vertrat, wenn ich wie vom Donner gerührt unfähig war, auch nur die Lippen zu bewegen.

»Und ihr nehmt ihn jetzt alle wieder mit offenen Armen auf, als wäre nichts passiert?«, fragte Milan verärgert.

Zu meiner Überraschung nickten die anderen.

»Niemand redet hier von Vertrauen, Mann. Aber wenn Wright ihm verzeiht und vertraut, dann stell ich das nicht infrage.« Huxley zuckte die Achseln. Er sah von mir zu Milan und wieder zurück.

»Macht doch, was ihr wollt. Solange der da bei euch sitzt, werde ich es nicht tun«, sagte er dann, stand auf und setzte sich ans Ende des Raums, um so weit weg wie möglich von uns zu sitzen.

»So hatte ich mir das nicht vorgestellt«, gab ich zu und starrte meine Füße an.

»Er wird sich schon beruhigen«, sagte Hannah und tätschelte mir den Arm. »Er ist einfach sauer. Vielleicht weil er es nicht ver-

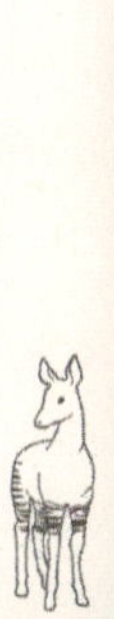

stehen kann, dass du jetzt wieder mit dem da abhängst, nachdem er sich dir gegenüber so aufgeführt hat.« Sie nickte Richtung Leander, der betroffen seufzte.

»Hört zu, ich weiß, dass mein Verhalten idiotisch war, okay? Ich will mich bessern. Und ich bin froh, wenigstens von euch die Chance dazu zu bekommen.« Leander sah dabei jedem von ihnen nacheinander fest in die Augen. Es war, als würde ein anderer Mensch dasitzen. Seine komplette Ausstrahlung wirkte plötzlich so verändert.

»In Ordnung. Aber eins lass dir gesagt sein: Wenn du in alte Verhaltensmuster zurückfällst, dann spielt's Granada, da kannst du dir sicher sein!«, knurrte Huxley und knackte mit den Knöcheln.

Ich war mir nicht im Klaren darüber, ob das nur gefährlich aussehen sollte oder ob er wirklich so bedrohlich war. In Anbetracht seiner Größe und den muskelbepackten Armen konnte ich es mir jedoch durchaus vorstellen. Ich schluckte und sah zu Leander, der das Gesicht verzog.

»Jaja«, sagte er dennoch zu locker daher und machte eine wegwerfende Handbewegung. »Mara und ich haben das geklärt.«

»Trotzdem passt es mir nicht, dass sich Milan nicht mehr blicken lässt, solange Leander bei uns ist«, meinte ich und ballte die Faust. Warum brachten mich die beiden Streithähne nur in solch eine Lage? Kurz fragte ich mich, ob es nicht doch besser gewesen wäre, niemals so viele wundervolle Freunde zu haben. Ich kannte so etwas nicht und wusste schon gar nicht, wie ich damit umgehen sollte, wenn zwei davon meinetwegen stritten.

»Er beruhigt sich schon, da bin ich mir sicher«, sagte Merle mit ihrer beruhigend kratzigen Stimme und versuchte sich an einem breiten Lächeln.

»Denk jetzt am besten nicht mehr darüber nach, du wirst dein Hirn heute noch genug im Unterricht anstrengen.« King lachte gackernd. »Ich hab Majorin Mercedes heute bereits gesehen und sie sieht nicht unbedingt gut gelaunt aus.«

»Wie lange bist du jetzt schon in der Akademie, King? Das sieht sie doch nie!«, sagte Islington dann schnell und schlug sich auf den Schenkel. »Mara, du vergisst unseren kleinen Ausflug heute Abend nicht, richtig?«

»Würde ich nie. Ich freu mich schon darauf, die Brille auszuprobieren!«, sagte ich und meinte es ernst. Auch wenn die Akademie mir sehr viel genommen hatte, so musste ich Milan in einem doch recht geben: Sie hatte mir einiges eröffnet, von dem ich nie geträumt hätte. Nicht nur hatte ich hier plötzlich Freunde, nein, ich konnte auch Talente anwenden, von denen ich vorher nichts gewusst hatte.

»Guten Morgen, Adepten!«, bellte die Majorin beim Eintreten in die Klasse.

»Guten Morgen, Majorin Mercedes!«, schallte es ihr von uns entgegen, gefolgt von emsigem Stuhlrücken.

»Zurück an eure Berechnungen, in zwei Stunden werden wir uns noch einmal über Tscheljabinsk unterhalten«, sagte sie. »Wright, Sie kommen zu mir nach vorn.«

Ich hatte das Gefühl, etwas ausgefressen zu haben und ging mit einer mulmigen Empfindung zum Lehrerpult. Mein Magen überschlug sich dabei ein paarmal.

»Setzen Sie sich hier neben mich und packen Sie Ihre Karten aus.«

Etwas verwirrt sah ich sie an, folgte aber dennoch brav ihren Anweisungen und vermied es, den restlichen Inhalt der Tasche zu lange offen zu zeigen, aus Angst, dass sie das Säckchen entdecken könnte.

»Ich nehme an, bislang haben Sie in Ihrem Leben noch nicht viel Erfahrungen sammeln können mit Tarotkarten, nicht wahr?«, meinte sie.

Ich war mir nicht sicher, ob ich ein aufmunterndes Lächeln sah, und schüttelte den Kopf.

»Gut, dann werden wir die Karten nun ein wenig durchgehen. Außerdem gibt es verschiedene Legemuster, die mal mehr, mal weniger erfolgreich für gewisse Dinge sein können.« Gekonnt nahm sie mein Kartenpäckchen in die Hand, schüttelte den Inhalt heraus und begann, wie ein Croupier in Las Vegas die Karten zu mischen. Meine Augen kamen gar nicht nach, so schnell wie sich das Päckchen zwischen ihren Händen hin und her bewegte. Als sie die Karten mit dem Bild nach unten vor uns auffächerte, hielt ich, ohne zu wissen warum, den Atem an.

»Am besten wäre es, wenn Sie mitschreiben.« Sie öffnete ihr Pult, zog ein Heft heraus und reichte es mir samt Stift. »Da ich mir nicht sicher bin, wie viel Sie bereits wissen, werde ich am Anfang beginnen. Jede Karte kann positiv oder negativ ausgelegt werden, je nachdem, ob sie richtig oder verkehrt herum liegt. Beginnen wir einmal mit einer davon. Decken Sie eine auf.«

Zögerlich griff ich nach den Karten und deckte eine auf. XVI. Der Turm. Darauf ein durch einen Blitz oder ein Feuer zerstörter Turm. Erwartungsvoll sah ich sie an.

»Ah. Der Turm.« Wieder lächelte sie. »Liegt er richtig herum, dann steht er für das Loslösen von Zwängen und festgefahrenen Strukturen. Liegt er verkehrt so wie in unserem Fall, dann steht er für Zwang, Zerstörung und Zusammenbruch.«

Ich musste ein Grinsen unterdrücken. Wäre das eine Legung für die Zukunft der Akademie, würden unsere Karten gar nicht schlecht stehen. Ich schrieb die Nummern I-XVI in meinem Heft nieder und machte mir Notizen dazu.

»Natürlich kommt es auf das System an«, fuhr sie fort. »Aber da, wo es liegt, steht es für etwas ganz Bestimmtes.«

In der nächsten halben Stunde erklärte sie mir die restlichen der zweiundzwanzig großen Arkana, wie man diese Karten nannte. Als ich mir diese notiert hatte, begann sie mit den Systemen.

»Viele, die ihr Geld damit verdienen, nutzen bekannte Systeme wie das ›Keltische Kreuz‹ oder ›Der Weg‹. Wir hier an der Akademie verwenden natürlich andere. Wie Sie sicherlich bereits bemerkt haben, gibt es hier an der Akademie einiges, das anders gemacht wird. Wie auch in diesem Bereich. Ich werde Ihnen nun die Systeme ›Weg der Sterne‹ und ›Die Sicht des Schamanen‹ zeigen.

Ersteres kommt vor allem in Verbindung mit der hohen Kunst der Mathematik oder mit der von Ihnen verwendeten Sternenbrille zum Einsatz. ›Die Sicht des Schamanen‹ ist für die etwas okkulteren Praktiken anzuwenden.«

Ich nickte und notierte mir auch das.

Als sie dann begann, beides zu legen und mir zu zeigen, wofür welche Position stand, verging noch einmal eine halbe Stunde.

»Nun haben wir noch eine Stunde Zeit, um zu üben«, sagte sie und mischte schon wieder die Karten in Rekordtempo durch. Als sie mir das Päckchen reichte, fügte sie noch hinzu: »Bevor man beginnt, hebt man einen Stapel mit der linken Hand ab. Dann wird das System mit dem anderen Stapel gelegt. Und denken Sie daran: Es ist zwar gut, die Bedeutungen der Karten zu kennen, doch sollten Sie sich auch auf Ihre Intuition verlassen, was die Deutung anbelangt.«

Ich folgte ihrer Anweisung und legte den »Weg der Sterne«. Zehn Karten. 1 und 2 kreuzförmig übereinander, die 3 direkt darunter, 4 und 5 jeweils rechts und links von 3, 6 und 7 neben dem Kreuz, 8 und 9 darüber und die letzte Karte unterhalb der 3.

»Die Karten 1 und 2 stehen für die beiden ausschlaggebenden Impulse, die das Ereignis behindern oder bestärken können. Die Nummer 3 darunter zeigt, was passiert, 4 und 5 das Wie und Warum. 6 und 7 stehen für das, was passieren würde, wenn es verhin-

dert wird, jeweils das Positive und Negative. 8 und 9 für die Zukunft, wenn es genauso passiert, ebenfalls im Guten und Schlechten. Und die 10 schließlich für die Auswirkungen auf die Welt, wenn wir es verhindern.«

Mein Kopf rauchte, als ich alles niedergeschrieben hatte.

»Nun, versuchen Sie sich daran.«

Ich hatte keine Ahnung, worauf sie hinauswollte, schließlich konnte ich mir immer noch keinen Reim darauf machen, wie ich damit zu einem Ort oder Zeitpunkt kommen sollte. »Die ausschlaggebenden Impulse zeigen sich mir als verkehrt liegende Welt und die Herrscherin. Der eine Impuls ist die Schwierigkeit, seinen Platz einzunehmen, der andere das Wachstum. Auf 3, 4 und 5 liegen der verkehrte Turm, der verkehrte Magier und der Teufel. Ich denke, hier liegt eine Zerstörung, die durch Betrug hervorgerufen wird. Es wurden Fehler gemacht, vielleicht auch etwas verdrängt.

6 und 7 zeigen die Welt und den verkehrten Mond. Die beiden stehen für Ganzheit und Vergessen. Es könnte bedeuten, dass wenn es verhindert würde, einerseits die beiden Nationen, in denen ein Konflikt durch Betrug hervorgerufen wird, zu einem Ganzen werden, andererseits aber auch die Gefahr lauern könnte, dass etwas in Vergessenheit geriete.

Die Gerechtigkeit und der Gehängte stehen für die Karten 8 und 9, hier möglicherweise für einen Reifungsprozess und eine Prüfung, vor die die Menschen gestellt werden. Ich bin mir nicht sicher, ob ich hier weiter hineininterpretieren darf oder soll ...« Ich sah sie an und sie nickte. »... aber in diesem Fall würde ich sagen, es kann einerseits zu einer Prüfung kommen, an der die Menschheit wächst und reift oder aber scheitert. Und die letzte Karte, der Tod, könnte für eine mögliche Auflösung alter Strukturen weltweit stehen.

Im Gesamten kann man also darauf schließen, dass es zu einem Wachstum kommt, aber der Ort oder das Land unfähig ist, den dadurch erwirtschafteten Platz einzunehmen. Es ist möglich, dass ein anderes, vielleicht sogar verbündetes Land neidisch darauf ist und sich diese Unfähigkeit zunutze macht und einen Hinterhalt oder Betrug einfädelt, indem es dem anderen Land einen Fehler unterschiebt. Wird es nun verhindert, könnte dies dazu führen, dass beide Nationen zu einer vereint werden oder aber, im schlimmsten Fall, etwas in Vergessenheit gerät. Was genau, kann ich jedoch noch nicht sagen. Vielleicht die Kultur. Wird es so passieren, wie es vorgesehen ist, könnte das zu einer massiven Krise führen oder aber die Menschheit reifen lassen. Und zuletzt eben die bereits erwähnte mögliche Auflösung alter Strukturen weltweit.« Noch einmal sah ich sie erwartungsvoll an und wartete.

Sie schwieg, während sie sich die Schläfen knetete und auf die Karten starrte, die nun alle aufgedeckt vor uns auf dem Tisch lagen. »Wright, das war für den Anfang ausgezeichnet! Nein, mehr als das! Sie werden schneller auf dem Niveau sein, mit den anderen Berechnungen durchzuführen, als Sie denken!« Ihr Gesicht glühte beinahe und es fühlte sich fast wie Stolz an. »Wir werden in der nächsten Einheit mit den kleinen Arkana fortfahren. Üben Sie in der Zwischenzeit den ›Weg der Sterne‹ und die großen Arkana. Eine Sache noch, Wright. Nehmen Sie die heutige Legung mit auf Ihren nächtlichen Ausflug mit Islington. Auf den einzelnen Karten befinden sich Punkte, die sich mithilfe der Sternenbrille zu einem Bild verbinden lassen.

Wenn Sie heute Abend in die Sterne sehen, tragen Sie die Karten in Ihrer Reihenfolge ein. Die Brille wird selbstständig das Sternbild erstellen, nach dem gesucht werden muss. So finden Sie Zeitpunkt und Ort heraus.« Sie zwinkerte mir zu und es wirkte, als hätte sie das noch nicht sehr oft gemacht.

Ich verbiss mir ein Grinsen und ging zurück an meinen Platz, wo Islington schon breit lächelnd wartete.

»Sieht aus, als wäre unser Neuzugang ein echter Glückstreffer«, sagte er und erntete Zustimmung von Huxley, der sich neben mir auf den Stuhl fallen ließ. Islingtons Kugelbuschfrisur wackelte, als er donnernd lachte.

»Adept Islington!«, mahnte ihn Majorin Mercedes zur Ordnung, der er umgehend Folge leistete.

Er verstummte und zog sich wieder in seine Berechnungen zurück, auch wenn er es nicht lassen konnte, ab und an auf meine weiteren Legeversuche zu starren.

»Ich glaub, ich hab die Majorin noch nie so stolz gesehen«, raunte mir Huxley plötzlich ins Ohr.

Ich ließ vor Schreck alles fallen. Meine Karten verteilten sich auf dem Boden und ich vermied es aufzusehen. Schnell bückte ich mich, um sie mithilfe von Huxley aufzuheben.

»Spinnst du? Du kannst mich doch nicht so erschrecken«, flüsterte ich erboster, als ich es wollte, und linste ihn von der Seite an.

»'tschuldigung«, murmelte er und unsere Hände berührten sich beim Aufheben der Zwei der Kelche. Beide schreckten wir wie von der Tarantel gestochen zurück. Er half mir, die restlichen Karten einzusammeln, und machte sich schnell aus dem Staub.

Bald danach war der Unterricht für heute beendet.

Nach dem Mittagessen, an dem Milan es erneut vorzog, nicht bei uns zu sitzen, verkrümelten wir uns wieder in die Bibliothek, um an unseren Methoden zu arbeiten. Ich konnte es gar nicht leugnen, es machte mir Spaß. Das Zusammensitzen mit Leuten, die ich mittlerweile meine Freunde nannte, aber auch die Gespräche über unsere unterschiedlichen Praktiken.

»Wieso hab ich eigentlich so viele Methoden und ihr nur recht wenige?«, fragte ich dann und war mir nicht sicher, ob ich übereifrig beim Aussuchen gewesen war oder die anderen nur etwas minimalistischer.

»Am Anfang hat man immer mehr Methoden zur Verfügung, da man sich zuerst ausprobieren muss«, erklärte Huxley und breitete die Arme aus, wobei sein Bizeps ungefähr die Ausmaße meines Kopfs hatte. »Wie du ja weißt, arbeite ich mit Runen. Anfangs hab ich mich auch an den Karten versucht, aber ich war lange nicht so gut wie du.« Er grinste breit.

»Wenn du dir nicht sicher bist, gibt's einige gute Bücher hier, die du mal zur nächtlichen Lektüre ausleihen kannst.« Merle wies in eine bestimmte Ecke des Raums. »Die meisten Bücher hier umfassen Technisches und Medizinisches, die vor allem in den beiden Abteilungen gebraucht werden. Da hinten stehen unsere Bücher, sind zwar nicht so viele, aber du findest darin alles, was du brauchst.« Beim Lachen schüttelte sie ihre Haare und verpasste dabei den glühenden Blick, den Islington ihr zuwarf.

»Wo ist denn hier die Bibliothekarin, um die Bücher auszuleihen?«, fragte ich dann und sah mich um.

»So etwas gibt es hier nicht. Wenn du die Bücher nicht mehr brauchst und genug Wissen daraus gezogen hast, bringst du sie wieder zurück, damit der nächste davon profitieren kann. So einfach ist das. Komm mit, ich zeig dir einige der Werke, die mir damals empfohlen wurden«, erklärte Huxley und zog mich hoch.

Im hinteren Teil der Bibliothek, in dem unsere Bücher standen, holte er aus einem der oberen Regale ein paar Bände heraus.

»›In die Tiefe I, II und III‹ hilft dir, die Bedeutungen und Verbindungen der Karten besser zu verstehen. Da hast du wie in deinem Runenbuch viele Kombinationen der Karten. ›In Wege des Schicksals‹ findest du weitere Legesysteme, die gängigsten lernst du aber im Unterricht. Ist dennoch ganz interessant zu lesen, auch wenn die Bücher zum Teil wie schlechte Fernsehtelenovelas klingen.«

»Gibt es hier eigentlich auch Unterhaltungsliteratur?«

Er lachte röhrend auf. »Nein, so was gibt's hier nicht … Tut mir leid, wenn du auf epische Abenteuer und kitschige Liebesdreiecke verzichten musst.«

Er trug mir die Bücher zurück zu meinem Platz und handelte sich dabei einen nicht ganz eindeutigen Blick von Islington ein, der Merle in die Seite stieß. Diese war so überrascht, dass sie lautstark japste.

»Is-li-ngt-on«, schnaufte sie und boxte ihm ihrerseits in die Rippen, doch ihm schien das nicht sonderlich viel auszumachen.

»Zeig mir noch mal deine Legung von heute«, sagte Huxley und schlug die Bücher auf. Er überflog meine Notizen und ich wünschte, ich hätte schöner geschrieben. Ich war mir sicher, dass er nichts davon lesen konnte. »Gerade die im ›Weg der Sterne‹ zusammenhängenden Karten wie 3, 4 und 5 oder 6 und 7, 8 und 9 kannst du durch diese Kombinationen in einen besseren Zusammenhang bringen. In diesen Büchern findest du auch Notizen zu der Deutung, je nachdem, wo sie im System liegen. Hier.« Er zeigte auf den Turm auf der 3 und die auf den folgenden Seiten beschriebenen Kombinationen. »Wenn du willst, kann ich da gern einmal in Ruhe mit dir drüber sehen.«

Islington und Merle tuschelten und ich musste nicht fragen weshalb. Aber mir war klar, dass es so nicht gemeint war. »Gern«, sagte ich deshalb lächelnd und vertiefte mich dann in die Verbindungen der Karten.

Die anderen standen nach und nach ebenfalls auf und holten sich Literatur, um sich mit ihren Methoden zu beschäftigen. Eine Zeit lang hörte man nur das Rascheln von Blättern, das Kratzen von Bleistiften auf Papier und das warme Flackern von Merles Feuer.

»Oh, hey, Wright! Nimm doch deine Notizen und die Brille zum Abendessen mit, dann können wir danach sofort los«, sagte Islington schließlich in die Stille hinein, bevor er wieder in Schweigen verfiel und sich erneut auf seine Berechnungen stürzte.

Leander war beim Abendessen erstaunlich still gewesen und hatte sich weitestgehend an keiner der Unterhaltungen beteiligt. Mehrmals hatte ich ihn beobachten können, wie er Milan verstohlene Blicke zugeworfen hatte, die dieser natürlich prompt aufgefangen hatte. Fast war mir, als würde er sich schlecht fühlen, weil wir ohne unseren Freund versammelt waren. Im nächsten Moment schalt ich mich für meinen dummen Gedanken. Wir sprachen hier immerhin von Leander, auch wenn er seit unserem Gespräch viel friedlicher schien.

»Lass uns gehen«, sagte Islington dann, als einige um uns herum bereits aufstanden. »Hast du alles, was du brauchst?«

Ich nickte, warf aber dennoch einen letzten Blick in meine Tasche unter dem Tisch, bevor ich mich ebenfalls erhob.

»Viel Spaß«, sagte Huxley noch und reckte einen Daumen in die Höhe.

Islington führte mich durch die Gänge weiter nach oben. Wir passierten endlos viele Büsten immer grimmiger dreinschauender Männer, deren Blicke ich den Korridor entlang in meinem Rücken spürte. Wir würden wohl bald im obersten Stockwerk ankommen. Und endlich traten wir durch eine unscheinbare Tür, die im Vergleich zu den massiven Portalen, die sonst überall in der Akademie verstreut waren, beinahe verschwand. Islington – Gentleman, der er nun einmal war – öffnete mir die Tür und ließ mich eintreten. Drinnen erwartete uns ein runder Raum, an dessen Wänden Bücher über Bücher zu finden waren. In der Raummitte stand unübersehbar ein riesiges Teleskop, das durch die Öffnung in der Decke ragte.

»Wow«, sagte ich leise zu mir selbst und hörte Islington hinter mir kichern.

»Wunderbar, nicht? Hier arbeiten vor allem die älteren Numistoriker, aber wir Numistorik-Adepten haben ebenfalls jederzeit Zugang zu diesem Raum«, erklärte er und führte mich um das Teleskop herum. Dahinter erkannte ich eine breite Treppe, die auf ein ausladendes Rosettenfenster zulief, das fast die Größe des ganzen Stockwerks einnahm. Von draußen flutete das silbrige Mondlicht herein und brach sich in den vielfältigen Farben.

»Lass uns nach draußen gehen, dort sehen wir die Sterne am besten.«

Nur schwer konnte ich mich von den Farbtönen lösen, die sich ständig bewegten. Es wirkte wie ein Korallenriff, das sich mir in all seiner Pracht zeigte. Als ich mich zu Islington umwandte, verschwand dieser schon durch die Tür rechts von mir nach draußen.

Hastig folgte ich ihm und fand mich auf einem Balkon wieder, der offenbar rund um das Observatorium führte. Das sich hinter dem wolkenverhangenen Nachthimmel befindliche Mondlicht tauchte uns in sein mystisches Licht und langsam gewöhnten sich meine Augen daran.

Ich erkannte die drohenden Umrisse von Wolken unter, um und über uns. Auch wenn ich wusste, dass sich hinter ihnen nichts als noch mehr von ihnen befanden, starrte ich länger, als mir bewusst war, an ihnen vorbei und versuchte, das Dahinter auszumachen. Doch da war nichts. Weder zuvor noch danach.

Islington tippte mir auf die Schulter und lachte, dass seine Kugelbuschfrisur vibrierte. »Mir ging es beim ersten Mal nicht anders«, sagte er sichtlich erheitert und führte mich weiter. Erst als wir an einem großen, aus dunklem Holz gehauenen Tisch ankamen, hielten wir inne. »Hier kannst du dein Zeug auspacken, wir fangen gleich an.«

Erwartungsvoll sah ich ihn an, als meine Brille und die Notizen vor mir lagen. »Was kommt nun als Erstes? Ich meine … Wir sind umgeben von Wolken, wie soll ich denn da die Sterne sehen?«, fragte ich und beugte mich nach vorn.

»Licht.« Er betätigte einen Schalter neben sich und plötzlich tauchte uns ein warmes Licht in seinen Glanz. »Das davor war nun doch ein wenig zu romantisch für meinen Geschmack. Nichts für ungut, Wright, aber …«

»… du wärst viel lieber mit Merle hier, versteh schon«, beendete ich seinen Satz und lachte über seinen verdutzten Gesichtsausdruck. »Glaubst du ernsthaft, das wäre mir nicht aufgefallen?«

Er schwieg und ich lachte erneut auf.

»Ich … hab bisher noch nicht mit ihr …«, begann er und seine Wangen erröteten.

»Keine Sorge, ich werde meinen Mund halten. Aber an deiner Stelle würde ich mit ihr darüber reden. Ich glaube, sie mag dich auch«, ermutigte ich ihn und lächelte breit.

»M-Meinst du?«, fragte er und rieb sich verlegen den Nacken. Islington vermied es, mich anzusehen, woraufhin ich in schallendes Gelächter ausbrach.

»Was hast du schon zu verlieren?«, fragte ich.

»Unsere Freundschaft.«

»Da ist was dran. Aber wie sagt man so schön? Wer nicht wagt, der nicht gewinnt. Und ich spüre da ganz heftige Vibes von Merle, die in deine Richtung gehen.« Ich zwinkerte ihm zu.

»Ooooh, ich … also …«, stotterte er. »Ich glaube, wir fangen mal mit der Brille an, was meinst du?«

Ich nickte. »Dein Geheimnis ist bei mir sicher.«

»Danke«, hauchte er und nahm meine Sternenbrille. »Zu deiner Frage kommen wir gleich. Zuerst legst du deine Karten auf, genauso wie sie heute früh gelegen haben.«

Seiner Anweisung folgend teilte ich die Karten nochmals aus und sah ihn dann an. »Und was jetzt?«

»An der Seite der Brille, hier«, er zeigte mir zwei kleine Knöpfe, »betätigst du die untere Taste, wenn du sie aufgesetzt hast und den Blick Richtung der Karten wirfst. Pass auf, dass du das Gesamtbild betrachtest, nicht nur eine oder zwei Karten für sich. So kann die Brille die Legung aufnehmen und die Punkte, von denen wir heute früh gesprochen haben, entsprechend verbinden.«

Ich nahm die Brille entgegen und folgte abermals seiner Anweisung. Die Gläser leuchteten nun kurz in einem mystischen bläulichen Licht auf, die Punkte verbanden sich vor meinen Augen und verschwanden auch nicht, als ich mich Islington zuwandte. Die Linien legten sich wie ein eigenartiges Netz über meine Sicht.

»Und jetzt: Sieh nach oben.« Er zeigte in den Himmel.

Ich sah in die Wolken, doch plötzlich waren da keine mehr, nur der klare Himmel, in den sich nun die Punkte und Linien, die sie verbanden, hineinbrannten.

»Drück nun den oberen Knopf.«

Ich drückte. Die Sterne, die zuvor noch am Nachthimmel prangten, verschoben sich wie in einem Zeitraffervideo und blieben dann nach kurzer Zeit stehen.

»Ist die Brille mit der Berechnung schon fertig?«, fragte er.

»Was meinst du damit?«, wollte ich wissen, konnte den Blick aber nicht von den Sternen abwenden. Es fühlte sich an, als hätte ich sie schon seit einer Ewigkeit nicht mehr gesehen und irgendwie gab mir der Anblick ein Gefühl von Sicherheit, auch wenn ich nicht wusste warum.

»Sind die Sterne bereits stehen geblieben oder bewegen sie sich noch?«

»Sie stehen.«

»Gut. Dann drück jetzt noch mal den oberen Knopf«, wies er mich an.

Als ich ihn betätigte, sah ich plötzlich am unteren Rand einen Cursor, der wie von Geisterhand zu schreiben begann.

»Tauranga City, Australien. 25. März 2021«, las ich ihm vor.

Er japste und zog meine Notizen zu sich, die er hastig überflog. »Das deckt sich mit einer Vorhersage, die Merle vor ein paar Wochen gemacht hat.«

»Also … stimmt das, was ich hier gelegt habe, wirklich?«, fragte ich.

»Aber sicher doch. Und ich bin mir sicher, dass die Majorin heute bereits eine Ahnung davon hatte. So ein Lob spricht sie nicht jedem aus und schon gar nicht so überschwänglich.«

»Ist das dein –«

»HEY! Wir sind gleich bei euch! Falls ihr am Knutschen seid, lasst es bitte sein, das will echt keiner sehen!«, hörte ich plötzlich Huxleys tiefe Stimme brüllen, dem ein dumpfes Geräusch folgte und ein undefinierbares Japsen.

»Halt die Klappe, Huxley«, knurrte Merle und schon kam ihr feuerroter Schopf in Sicht.

Huxley, der sich den Arm rieb, stand das Lachen immer noch ins Gesicht geschrieben.

»Ja, Huxley, halt die Klappe«, pflichtete Islington ihr bei. »Was macht ihr überhaupt hier?«

»Wir wollten euch Gesellschaft leisten. Irgendwie ist der Abend zu schön, um ihn gelangweilt auf dem Zimmer zu verbringen«, sagte King und kicherte hinter vorgehaltener Hand.

»Außerdem haben wir Wein und Snacks mitgebracht«, fügte Huxley hinzu und stellte einen großen Rucksack auf den Tisch, bevor er sich, wenig elegant, auf die Bank neben mir fallen ließ.

»Jetzt weiß ich auch, was du meintest, als du sagtest, du könntest mir das nur am Nachthimmel zeigen«, sagte ich an Islington gewandt.

»Ignoriere mich nicht, Wein und Snacks!«, wiederholte Huxley und legte seinen Arm um mich.

Ich erschrak und mein Herz machte einen Hüpfer. »Aaaaah! Du weißt doch mittlerweile, wie schreckhaft ich bin!«, rief ich aus.

»Ja, das macht es ja gerade so lustig.« Er grinste mich breit an und drückte mich ein wenig enger an sich. Dann machte er sich daran, den Inhalt des Rucksacks auszuräumen, während der Rest von ihnen ebenfalls Platz nahm. Anschließend goss er jedem von uns einen großzügigen Becher Wein ein und öffnete die Snacktüten.

»Woher zur Hölle habt ihr die?«, fragte ich. Hier an der Akademie gab es das Essen nur zu den Mahlzeiten und auch da nur das, was uns die Leitung zugestand. Woher selbst das kam, war mir schleierhaft.

»Ich hab so meine Kontakte«, antwortete er und wackelte mit seinen Augenbrauen.

»Das meinst du nicht ernst. Hier an der Akademie wird mit Snacks und Wein gehandelt?«, wollte ich ungläubig wissen und lehnte mich näher zu ihm.

»Womit denn sonst?« Er lachte und als er meinen ernsten Gesichtsausdruck sah, fügte er schnell an: »Oh! Nein, nein also nein. Aber die meisten hier vermissen die ein oder andere Annehmlichkeit, die sie aus ihrem Leben vor der Akademie kennen. Und da es doch ein paar von uns gibt, die regelmäßigen Kontakt zur alten Welt haben, ohne dass sie ständig beobachtet werden, sorgen sie ein wenig für ihre Freunde.«

»Krass«, hauchte ich und fühlte mich zum ersten Mal etwas rebellisch.

»Auf uns, Adepten«, sagte Merle dann und hob ihren Becher.

»Und auf unseren schreckhaften Neuzugang!«, ergänzte Huxley und tat es ihr gleich.

»Was habt ihr eigentlich mit der Brille gefunden?«, fragte King irgendwann und zupfte nervös an ihren Haaren herum.

»Wright hat Tauranga City gesehen«, antwortete ihr Islington und es klang dabei fast, als würde Stolz in seiner Stimme mitschwingen. »In etwa das Gleiche, das unsere Merle vor ein paar Wochen gefunden hat.«

»Für den Anfang nicht schlecht, wirklich nicht schlecht«, sagte dann Hannah, die bisher etwas still gewesen war, und lächelte mich an.

»Danke«, sagte ich verlegen, als mich alle für meine Legung beglückwünschten.

»Die Karten scheinen dir zu liegen«, meinte King dann und die anderen nickten eifrig.

Ich konnte ein Gähnen nicht unterdrücken.

»Unser Küken ist wohl müde«, neckte mich Huxley.

»Ich bin diese nächtlichen Ausflüge, egal ob zur Strafe oder zum Vergnügen, noch nicht so sehr gewohnt wie ihr«, gab ich zu. »Aber dennoch muss ich sagen, dass ich wirklich gern Zeit mit euch verbringe.«

»Oh!«, sagte Hannah und umarmte mich stürmisch.

»Sie liebt uns«, flötete Merle überschwänglich und ich war mir nicht sicher, ob die Freude oder der Wein aus ihr sprach.

»Darauf noch einen Becher«, rief Huxley und machte sich eilig daran, uns allen nachzuschenken.

Mir war bewusst, dass ich am darauffolgenden Morgen vermutlich den Kater des Todes haben oder einfach nur unfassbar müde sein würde. Aber in dem Moment war mir das egal. Ich war hier mit meinen Freunden und genoss das Leben, das ich nun führte, in vollen Zügen. Für Rache war später noch genug Zeit. Ich würde ja schließlich nie von hier fortkommen. Außer ich konnte Informationen von Huxley beschaffen, der offenbar Leute kannte, die zwischen der Akademie und der Welt hin und her reisten.

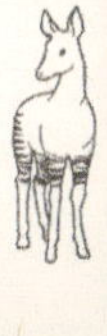

»Kannst du mir das mit der Brille mal zeigen? Ich wollte das schon immer mal sehen«, fragte Merle Islington dann leise.

Doch an seiner statt antwortete Huxley: »Das ist doch ganz einfach, das –«

Ich legte ihm beherzt die Hand über den Mund und hinderte ihn so am Sprechen. »Pssst, lass das Islington machen«, zischte ich und sah ihm dabei tief in die Augen.

Er nickte und ich nahm meine Hand weg. »Mir ist noch nie aufgefallen, dass beide deiner Augenfarben wirklich faszinierend sind.« Er strich mir eine Haarsträhne aus dem Gesicht und kam mir näher. »Wunderschön.«

Ich erstarrte und wusste nicht, was ich sagen und ob ich mich bewegen sollte. Nicht einmal zu atmen getraute ich mich. War das einer der Momente, von denen sich andere Mädchen tuschelnd und kichernd erzählten? Zwischen all den Gefühlen, die sich hier seit meinem Eintreten in die Akademie in mir sammelten, verwirrte mich dieses am meisten. War es, weil er mir ein Kompliment zu etwas gemacht hatte, das ich seit Anbeginn meiner Tage an mir ablehnte? Oder war es, weil ich ihn gut fand, dass mein Bauch flatterte, als hätte ich einen Sack voll Raupen gegessen, die gerade zu Schmetterlingen geworden waren?

Plötzlich blinzelte er, der Moment war fort und er atmete erschrocken auf.

»Was ist denn mit euch beiden los?«, fragte Merle, als sie und Islington zurück zu uns schlenderten, Arm in Arm.

Ich war mir nicht sicher, aber ich vermutete, dass sie da drüben am Geländer nicht über die Sternenbrille gesprochen hatten. Und als Islington mir ein irres Lächeln und einen Daumen nach oben zeigte, hatte ich Gewissheit.

»Ni-Nichts«, sagte Huxley und schenkte uns allen noch einmal nach.

Mir schwamm jetzt schon der Kopf und ich glaubte nicht, dass es mit noch mehr Wein besser würde. Aber der Abend war wundervoll und ich genoss die Gesellschaft der anderen. Warum also nicht?

»Erzähl mal, Wright. Wie war dein Leben so vor der Akademie?«, wollte Huxley wissen und drückte mir einen übervollen Becher in die Hand, an dem ich nippte, bevor ich antwortete.

»Ich ... möchte nicht so gern darüber sprechen«, flüsterte ich und nahm noch einen großen Schluck, bevor ich meine Füße anstarrte.

»Musst du ja auch nicht. Wenn du willst, erzählen wir ein wenig von uns und dann kannst du immer noch entscheiden, ob du deine Geschichte zum Besten geben willst.« Er lächelte mich an und da war er wieder, der Blick, den er mir zuvor zugeworfen hatte. Nur für einen Moment, aber ich erhaschte ihn.

Ich nickte.

»Ich komme aus einem ziemlich langweiligen Vorort von London«, begann Islington. »Ich denke nicht, dass du je von Stamford Hill gehört hast. Dort gibt es nicht sehr viel außer Schule und Arbeit. Ich hab eher bescheiden mit meinen fünf Geschwistern und meinen Eltern dort gelebt. Aber für uns hats gereicht, auch wenn wir an manchen Tagen enger zusammenrücken mussten, um Essen für alle zu haben.« Er zuckte die Achseln und versuchte sich an einem Lächeln. »Für meine Geschwister war es sicher besser, dass ich nicht mehr dort bin. Einer weniger heißt mehr Essen für die anderen. Auch wenn sie mir immer noch sehr fehlen.«

Tränen verschleierten auf einmal mein Sichtfeld und ich sah schnell nach unten. Ich fühlte eine warme, große Hand auf meinem Rücken und war mir sicher, dass es Huxley war. Er drückte meine Schulter und ließ seine Hand dort ruhen.

»Ich bin aus Louisiana und wuchs ebenfalls mit vielen Geschwistern auf. Wir halfen bei unserer Tante im Laden aus, die allerlei okkult wirkende Gegenstände und so'n Zeug an Touristen verscherbelte. Am meisten half aber ich aus, denn ich wusste, dass sie das, was die Reisenden eigentlich kaufen wollten, wirklich konnte. Aber so etwas verkauft man einfach nicht einem zwanzigjährigen Backpacker auf seiner Weltreise, der eigentlich nicht daran glaubt, sondern nur eine tolle Story erzählen will. Die Leute wollen nur gesehen werden, glauben aber kein bisschen an … na ja, ihr wisst schon«, sagte Merle und zupfte an dem Nasenring, den sie trug. Bis jetzt war er mir nie so wirklich aufgefallen, aber im Mondlicht glitzerte er fast gespenstisch.

»Vermisst du das nicht manchmal?«, fragte ich und meine Stimme klang brüchig. Wieder war da dieses beruhigende Streichen über meinen Rücken.

»Ich vermisse meine Familie, aber nicht die Vorurteile, denen wir ausgesetzt waren«, antwortete Merle und ballte ihre Hand zur Faust.

»Was für Vorurteile?«, wollte ich wissen.

»Die Sechziger waren für eine schwarze Familie nicht das, was sie für eine weiße Familie waren …«, sagte sie und ihre Stimme verlor sich im Nichts wie ihr Blick.

»Was meinst du denn mit den Sechzigern?«, bohrte ich nach.

»Na, das, was ich sage. Ach!« Sie klopfte sich lachend auf die Stirn, dass es klatschte. »Wir kommen nicht alle aus derselben Zeit. Das hat dir aber offenbar noch niemand gesagt. Jedenfalls lebte auch meine Familie nicht gerade auf großem Fuß. Auch wenn ich weiß, dass es für sie alle vermutlich besser ist, wenn sie einen Mund weniger zu füttern haben, vermisse ich sie dennoch jeden Tag. Aber hier habe ich wundervolle Freunde gefunden, die es mir ein wenig leichter machen.« Sie blickte sich um und sah auch mir fest in die Augen.

Ich lächelte sie aufmunternd an, bevor sie sich zurücklehnte und verstummte.

»Mein Vater war ein bekannter deutscher Forscher und Entdecker Mitte des neunzehnten Jahrhunderts –«, begann Hannah und wollte gerade weitererzählen.

»Waaaas?! Das ist jetzt nicht dein Ernst?«, entfuhr es mir und mein Herz klopfte wie wild.

»Dass Merle in den Sechzigern in Louisiana aufgewachsen ist, glaubst du, aber das nicht?«, fragte Hannah lachend.

»Hast ja recht, tut mir leid, erzähl doch weiter.« Ich grinste sie an und rieb mir verlegen den Nacken.

»Bevor ich auf die Welt gekommen bin, hat er viele Forschungsreisen, vor allem nach Afrika, unternommen. Später dann war er als Direktor eines Museums tätig. Auch wenn er, nachdem er meine Mutter geheiratet hatte, nicht mehr ins Ausland reiste, so wussten wir alle, dass er immer dorthin zurückwollte. So blieb ihm nichts anderes, als sich in die Arbeit zu stürzen. Versteh mich nicht falsch, wir hatten ein gutes Leben, denn er verdiente sehr gut. Aber ich wäre mit weniger und dafür einem Vater, der sich liebevoll um uns kümmert, auch zufrieden gewesen.

Das erste Mal, dass er sich wieder mehr für mich interessierte, war der Zeitpunkt, an dem ich volljährig wurde und es für ihn wichtig erschien, mir einen guten Ehemann zu suchen. Gott sei Dank hat mich da die Akademie geholt, auch wenn es am Anfang ein Schock war.« Sie zog einen Mundwinkel zu einem halbherzigen Lächeln nach oben und legte die Hände in den Schoß, gerade so, als wollte sie andeuten, dass ihre Geschichte nun zu Ende war.

»Ich kann mir kaum vorstellen, was das für ein Horror sein muss, an einen fremden Mann verscherbelt zu werden«, japste ich und wandte mich ihr noch einmal zu. »Nichts für ungut.«

Sie winkte ab und lächelte.

King räusperte sich und zog damit aller Augen auf sich. »Ich bin in etwa zweihundert Jahre nach Hannah in Busan geboren. Ich bin

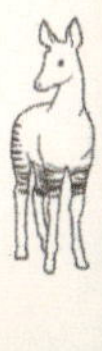

ein Einzelkind. Also, das war ich. Ich weiß nicht, ob meine Eltern doch noch ein weiteres Kind bekommen haben, nachdem es mich nie gegeben hat. Da meine Familie durch eine Erfindung sehr reich geworden war, hat es mir nie an etwas gefehlt. Und gerade, als ich in Amerika zu studieren begonnen hatte, hat mich der Gevatter geholt.« Sie lächelte, doch mir lief wegen ihrer Wortwahl ein Schauer über den Rücken. »Ich denke sehr oft an meine Eltern. Wären sie nicht gewesen, wäre ich nie zu so einer guten Studentin geworden. Vielleicht wäre ich dann aber auch niemals an der Akademie angenommen worden.« Sie zuckte die Schultern und kicherte erneut hinter vorgehaltener Hand.

»Dann bleibe wohl noch ich«, sagte Huxley und breitete die Arme aus. »Ich bin Mitte des einundzwanzigsten Jahrhunderts geboren und habe … Hatte einen kleineren Bruder. Meine Familie und ich wohnten an der Küste in einem kleinen Haus. Wenn ich an damals denke, habe ich nur die unbeschwerten Tage vor Augen, die wir mit unseren Nachbarn verbrachten. Mein Vater war Meeresbiologe und so zog es auch uns recht früh aufs Wasser. Jede freie Minute verbrachten wir in unserem Boot.« Er sah schwermütig drein und ballte die Hände zu Fäusten.

»Dann bist du wohl doch jünger als ich«, flüsterte ich und hoffte, ihn damit etwas zum Lachen zu bringen.

Er sah auf und grinste. »Wie bitte?«

»Na, ich bin Ende des zwanzigsten Jahrhunderts geboren und du erst später. Also bin ich älter.« Ich legte den Kopf schief und er lachte röhrend auf.

»So läuft das hier nicht, junges Fräulein. Hier wird gezählt bis zum Eintritt in die Akademie. Ich war zweiundzwanzig, als der Gevatter mich rekrutiert hat«, sagte er und rückte ein wenig näher, den Arm erneut um mich legend.

»Wenn man danach geht …«, sagte ich.

»Daaaann?«, meinte er lang gezogen.

»Bist du älter als ich«, wisperte ich beinahe lautlos und hoffte, er würde es nicht hören, aber da er eine Sekunde später schon vor Lachen brüllte, war diese Hoffnung wohl umsonst.

»Na, willst du uns nun doch ein wenig von dir erzählen?«, fragte Huxley und schenkte mir nach. Mir war gar nicht aufgefallen, dass mein Becher schon wieder leer war.

»Hm …«, sagte ich, nickte dann aber doch. »Wie ihr bereits wisst, hab ich ja ab und an Probleme mit Leander. Nun, wir sind aus derselben amerikanischen Kleinstadt und gingen auch auf dieselbe Schule. Dort hat er mich tagtäglich gepiesackt. Nein … treffender wäre: Er hat mir das Leben zur Hölle gemacht. Ich sage das nicht aus einer Übertreibung heraus. Für mich hat es sich genauso angefühlt. Jeder Tag war schlimmer als der vorangegangene. Deshalb wollte ich nicht darüber sprechen. Ihr sollt nicht denken, er sei ein schlechter Mensch.«

»Aber das ist er, wenn er so etwas macht«, meinte Islington und erhielt gemurmelte Zustimmung von den anderen.

»Mittlerweile ist er ja nicht mehr so«, sagte ich.

»Wir wissen beide, dass es so noch lange nicht ist. Er ist auf dem Weg der Besserung, weil ihm nichts anderes übrig bleibt. Und eins kannst du mir glauben, wenn er so eine Scheiße noch mal abzieht, dann lernt er mich kennen. Du gehörst jetzt zu uns«, knurrte Huxley.

Erleichtert und voller Freude warf ich mich ihm in die Arme. »Danke«, hauchte ich ihm ins Ohr und verharrte länger in der Umarmung, als ich es wollte. Ich fühlte seine starken Arme, die sich um mich geschlungen hatten und mich an ihn drückten. Fast war mir, als könnte mir hier nichts passieren. Niemals.

Der Moment, aus dieser Umarmung herauszukommen, ohne peinlich berührt zu sein, war vergangen und als wir uns schließlich voneinander lösten, starrten wir beide zu Boden und wussten nicht, was wir sagen sollten. Ich war heilfroh, dass die anderen nichts kommentierten.

»Hattest du Geschwister, Wright?«, fragte King leise.

»Ja, eine Schwester. Lexie. Und auch wenn wir uns in der Zeit, in der ich zu Hause war, nicht immer so gut verstanden haben, vermisse ich sie jeden Tag ein bisschen mehr.« Bei dem Gedanken an meine Familie brannten meine Augen erneut vor lauter Tränen, doch diesmal verdrängte ich sie nicht. Sie verdienten diese Tränen. So wusste ich, dass ich sie nicht vergessen hatte. Dass ich immer noch an sie dachte und mir die Akademie trotz wundervoller Freunde nicht die Erinnerung an sie nahm.

King und Merle bedeuteten Huxley, dass er etwas tun sollte. Mir war klar, dass sie alle bereits an diesem Punkt gewesen sein mussten. Huxley, der zuvor gewusst hatte, wie er sich zu verhalten hatte, tätschelte mir nun scheu und ein wenig mechanisch den Rücken.

»Alles in Ordnung, Leute. Macht euch keinen Kopf. Der Gedanke an meine Familie schmerzt manchmal noch.«

Und das wird er immer, solange ich hier in der Akademie lebe, dachte ich. *Doch eines Tages werde ich all dem hier ein Ende bereiten. Wenn ich mit der Akademie untergehe, dann war es das wert.*

Immerhin glaubte ich nicht wirklich, dass ich je in mein altes Leben zurückkehren könnte. Wie der Gevatter gesagt hatte: Vergangenheit und Zukunft waren dahin, es gab nur das Jetzt.

Das Streicheln auf meinem Rücken wurde wieder beherzter.

»Schhh«, machte Hannah plötzlich alarmiert und presste den Zeigefinger auf die Lippen. »Ich glaube, da kommt wer!«

In Windeseile verfrachteten Islington und Huxley die Überreste unseres Festes in den Rucksack und wir huschten in die andere Richtung davon. Auch wenn Islington und ich die Genehmigung hatten, hier zu sein, war ich mir nicht sicher, ob es gern gesehen war, dass wir nach Wein rochen. Und auf noch eine Strafarbeit hatte ich wirklich keine Lust.

Als ich endlich die Tür hinter mir schloss und mich die Stille meines Zimmers empfing, spürte ich die Müdigkeit mit einem Mal über mir hereinbrechen. Ich schaffte es gerade noch, mir einen Wecker zu stellen, bevor ich einschlief.

Der Wecker klingelte viel zu früh, aber ich brauchte Zeit, um mich ausgiebig zu duschen. Es fühlte sich herrlich an, die Müdigkeit von mir zu brausen. Gerade, als ich frisch angezogen zurück ins Zimmer kam, klopfte es an der Tür.

»Guten Morgen«, sagte Leander fröhlich und schenkte mir ein Lächeln, bevor er ans Fenster ging und es weit aufstieß. »Wenn du dich abends zum Saufen mit deinen Freunden triffst, solltest du zumindest das Fenster aufmachen. Wenn das jemand von der Leitung mitbekommt, hast du deine nächste Strafarbeit am Hals. Lass mich mal an dir riechen.« Er kam näher.

»Nein, warum solltest du?«, wehrte ich ihn ab, doch er war schneller und auch stärker.

Er sog die Luft tief ein. »Du riechst nicht nach einer durchzechten Nacht. So kannst du auf jeden Fall zum Unterricht gehen.« Erneut lächelte er.

»Was ist bloß los mit dir?«, fragte ich verwirrt und war mir nicht sicher, ob der Junge, den ich seit jeher kannte, vor mir stand.

Er schüttelte den Kopf und murmelte irgendetwas, das nach »Weiß nicht, was du meinst« klang. Der Junge öffnete mir die Tür und ließ mich hinaus auf den Gang treten. Nun fragte ich mich umso mehr, ob ich nicht vollends verrückt geworden war. Vielleicht war Huxleys Wein schuld daran.

Am Tisch bei den anderen angekommen sah King zum allerersten Mal fertig aus und auch Hannah wirkte nicht vollständig auf der Höhe. Merle schien zwar nicht an den Folgen des gestrigen Abends zu leiden, aber dennoch lehnte sie an Islington und hatte die Augen geschlossen.

»Morgen«, murmelte ich.

»Für einen guten reicht es wohl heute nicht! Sag bloß, du fühlst dich genauso mies wie die beiden da.« Huxley lachte und zeigte auf King und Hannah, deren violette Ringe unter den Augen merkwürdig gut mit dem Schwarz unserer Uniform harmonierten. Hannah sah aus, als hätte sie sich nicht wirklich die Mühe gemacht, ihre Haare zu kämmen, denn sie standen recht wild von ihrem Kopf ab. Kings aschfahles Gesicht sprach ebenfalls Bände und ich hoffte inständig, dass die beiden vor dem Unterricht noch etwas unternehmen würden, die Spuren unseres nächtlichen Stelldicheins zu verbergen.

»Nein. Ich war gerade duschen und es geht mir jetzt echt besser«, sagte ich und stellte mich neben ihn. In solchen Momenten fiel mir immer wieder auf, wie viel größer er doch war. Mir war fast schon so, als müsste ich meinen Hals unangenehm verrenken, um ihm aus dieser Entfernung ins Gesicht sehen zu können.

»O ja, das riecht man«, erwiderte er mit einem Grinsen und schnupperte an mir.

»Was habt ihr heute nur alle?«, fragte ich und war froh, dass das Klingeln und das darauffolgende Stuhlrücken dieses Gespräch vorerst beendeten. Gerade, als ich mich setzen wollte, fing ich Leanders Blick auf, der mir gegenüber neben King saß und mich unverhohlen angrinste.

Nach dem Frühstück machten wir uns auf den Weg zum Klassenzimmer, nur King und Hannah wollten noch mal kurz auf ihre Zimmer. Merle hatte ihnen geraten, nachdem sie sich nun etwas gestärkt hatten, doch noch einmal zu versuchen, die Auswirkungen der letzten Nacht zu beseitigen.

So schlenderten Islington und Merle voran und ließen mich und Huxley nach dackeln, während sie miteinander kicherten.

»Glaubst du, da läuft was?«, wisperte Huxley in mein Ohr.

»Aber so was von. Ich würde drauf wetten.«

»Um was wetten wir?«, fragte er und grinste breit.

»Ich ... weiß nicht«, begann ich und dachte wirklich ernsthaft darüber nach. Geld kam nicht infrage, schließlich hatten wir hier keines. Außer dem Unterricht und den Nachmittagen des Selbststudiums gab es für uns in der Akademie ja nichts.

»Okay, ich mach dir einen Vorschlag. Wenn du gewinnst und zwischen den beiden innerhalb der nächsten Wochen so richtig was läuft, dann werde ich mich um ein Abendessen für uns beide kümmern.«

»Was meinst du mit einem Abendessen?«, bohrte ich nach.

»Lass dich überraschen, ich hab da so –«

»Deine Kontakte, ich versteh schon«, neckte ich ihn. »Und wenn du gewinnst?«

»Dann wünsche ich mir eine ausgiebige Massage.« Er grinste breiter als zuvor und nahm meine Hand. »Auch wenn du echt kleine Hände hast, die sicherlich schlechter kneten können als die meinen, freue ich mich schon auf meinen Sieg.«

»Pah! Wer's glaubt. Die beiden sind ja so gut wie zusammen«, erklärte ich und schüttelte ihm die Hand. »Und in wie vielen Wochen beenden wir unsere Wette?« Ich würde nachhelfen, egal wie. Die beiden würden zueinanderfinden. Ich machte das ja schließlich nicht nur wegen der Wette. Islington und Merle mochten sich, aber keiner der beiden traute sich, etwas zu unternehmen.

»Sagen wir drei, du bist dir deiner Sache ja ganz schön sicher.«

»Na warte ...«, sagte ich dann doch etwas zu laut, denn nun drehten sich Islington und Merle zu uns um.

»Habt ihr was gesagt?«, fragte sie.

»Nein, nein«, antworteten wir schnell im Chor und versuchten, so unschuldig wie möglich dreinzusehen.

»Aber eins sei dir gesagt: Keiner von uns darf eingreifen«, raunte Huxley.

Hinter uns hörten wir plötzlich hastiges Fußgetrampel. Wir wandten uns um und konnten gerade noch aus dem Weg springen, denn Hannah und King wären beinahe in uns gerast.

»Was ist denn mit euch los?«, wollte Islington wissen.

»Mi-Mi-Milan«, keuchte Hannah schwer und röchelte.

»Was ist mit ihm? Geht's ihm gut?«, fragte ich aufgeregt und spürte, wie mir das Herz zum Hals schlug.

»Nein, alles in Ordnung bei ihm«, rasselte Hannah weiter.

»Na ja«, meinte King und drehte sich mit verschränkten Armen weg.

»Jetzt sagt schon, verdammt! Was ist los mit ihm?«, entfuhr es mir ungehalten und ich konnte mich gerade noch bremsen, nicht aufzustampfen.

»Er war es, der unsere Feier gestern vorzeitig beendet hat«, sagte Hannah, bevor sie schnurstracks zur nächsten Toilette stürmte.

»Was will sie damit sagen?«, wandte sich Islington an King.

»Milan hat sie auf dem Weg zu ihrem Zimmer abgepasst. Er hat dort auf sie gewartet und ihr gesagt, dass er es nicht in Ordnung findet, was wir machen. Seiner Meinung nach nehmen wir uns derzeit zu viel Freiheiten der Akademie gegenüber heraus und das würde keinen guten Eindruck auf Mara machen. Er meinte, wir sollten wieder mehr zu den Werten der Akademie zurückfinden, dann würden wir vielleicht auch verstehen, warum es nicht in Ordnung ist, Leander ihm vorzuziehen.« King schüttelte genervt den Kopf.

»Niemand zieht Leander ihm vor«, warf ich erbost ein.

»Ich weiß, das wollte ich ihm auch sagen, aber das hat ihn nicht interessiert«, hörte ich Hannah hinter mir sagen. Ihr Gesicht war grünlich angelaufen und so, wie es aussah, hatte sie sich gerade übergeben.

»O nein, Hannah«, meinte ich und strich ihr über den Arm. »Meinst du, du kannst heute vielleicht auf deinem Zimmer bleiben? Ich denke nicht, dass du den Unterricht so schaffst.«

»Mal sehen, was die Majorin dazu sagt.« Sie zuckte die Achseln und sah nicht sehr hoffnungsvoll aus. »Ich habe Milan jedenfalls gesagt, dass keiner von uns ihn daran hindert, sich zu uns zu setzen oder Zeit mit uns zu verbringen. Das ist nur sein Ego, das es ihm verbietet. Dann ist er wütend davongestürmt.«

»Meint ihr, er wird uns verraten?«, fragte Merle ungewöhnlich ängstlich und griff nach Islingtons Hand, die sie fest drückte.

»Wir sind seine Freunde, das würde er doch nicht …«, erwiderte Huxley, aber ganz überzeugt schien auch er nicht zu sein.

Von weiter vorn hörten wir jemanden schnellen Schrittes herannahen.

»Majorin Mercedes!«, zischte King. Wir schlüpften zur Tür hinein und beeilten uns auf unsere Plätze.

»Guten Morgen, Adepten!«, bellte die Majorin.

»Guten Morgen, Majorin Mercedes!«, schallte es ihr entgegen.

»Los an die Arbeit, Islington und Wright zu mir!«, rief sie in strengem Ton und klatschte in die Hände.

Islington und ich trotteten zu ihr und auch wenn wir wussten, dass es nur um die Arbeit mit der Sternenbrille ging, die wir ja nachweislich gemacht hatten, konnte ich die Angst dennoch nicht gänzlich abschütteln.

»Na, wie verlief die gestrige Aufgabe, Adepten?«, fragte sie ungewöhnlich freundlich.

»Wright hat mit ihren Karten und der Brille ein ähnliches Szenario gesehen wie Adeptin Merle vor ein paar Wochen. Tauranga

City, falls Sie sich erinnern, Majorin Mercedes!«, berichtete Islington stolz.

»Lassen Sie mich die Aufzeichnungen sehen, Wright«, befahl sie und ich kramte sofort nach dem Notizbuch.

Gerade, als mir das Herz in die Hose rutschte, weil ich es nicht ertasten konnte, fühlte ich es doch. »Hier«, sagte ich und überreichte es ihr mit immer noch hämmerndem Herzen.

Die Majorin blätterte ein wenig in meinen Notizen, zumindest auf den paar Seiten, auf denen ich gekritzelt hatte. Mit jeder Zeile, die sie las, schien sie ein wenig versonnener zu lächeln. »Das haben Sie schön gelöst, Wright. Heute ist es an der Zeit für die kleinen Arkana. Da ich ein paar unserer Adepten bei ihren Berechnungen unterstützen muss, wird sich jemand anderer um Sie kümmern.« Sie reichte mir meine Notizen zurück und bedankte sich bei Islington dafür, dass er mir unter die Arme gegriffen hatte.

»Adepten Merle und Huxley!«, bellte die Majorin durch das Klassenzimmer und sofort verstummten die getuschelten Gespräche. »Ans Pult bitte!«

Ihnen war das Unbehagen anzusehen, aber als ich sie anlächelte, schienen sie sich zumindest etwas zu entspannen.

»Sie beide werden sich heute Ihrer Freundin Wright annehmen und mit ihr gemeinsam die kleinen Arkana studieren. Mir ist bewusst, dass Sie, Huxley, bereits seit einiger Zeit nicht mehr damit arbeiten und dass Ihre Arbeit dabei nicht immer sonderlich gut war. Dennoch beweisen Sie unvergleichliches Geschick, sich die Karten zu merken. Vielleicht können Sie Wright dabei helfen. Adeptin Merle – Herrgott, Mädchen, wann verraten Sie uns endlich Ihren vollen Namen?«

Merle grinste nur verlegen, sagte aber nicht mehr dazu.

»Nun, auch Sie haben Ihre Vorteile und kennen sich bestens mit den Karten aus. Ich bitte Sie also, Wright ein wenig mit den Bedeutungen zu helfen.«

Wir setzten uns etwas abseits hin und sie begannen, wie es am Tag zuvor die Majorin getan hatte, mir die einzelnen Karten zu erklären.

»Ihr beiden, ich hab da nur eine Frage …«, unterbrach ich sie, als wir ungefähr zur Hälfte durch waren. Sie sahen auf. »Ich dachte immer, Tarotkarten sind nicht so faktenbasiert. Dass man hier eher intuitiv legt.«

»Da hast du wohl recht und genau das war es, wieso ich so schlecht damit war. Aber bevor du intuitiv legen kannst, musst du deine Karten kennen. Mit den Würfeln ist man weniger an das Intuitive gebunden«, erklärte Huxley und lächelte. Ich erwiderte sein Lächeln und wir fuhren fort.

So verging der Vormittag wie im Flug.

Zurück im Speisesaal stürmte ich auf Milan zu. »Was soll das alles eigentlich?«, zischte ich und sah ihn erbost an. »Warum kommst du damit zu Hannah und nicht zu mir?«

»Du bist nicht die Einzige, die das betrifft«, sagte er tonlos und blickte mich aus seinen großen mintgrünen Augen an.

Ich wollte nicht böse auf ihn sein, ich wollte auch nicht, dass er böse auf mich war. Wie war es nur so weit gekommen? »Du bist mein Freund, Milan, und ich möchte mich nicht zwischen dir und anderen entscheiden müssen«, meinte ich versöhnlich und fasste an seinen Arm.

Die Glocke erklang und wir setzten uns. Er bedeutete mir, dass wir das Gespräch danach fortführen würden, und so verbrachten wir das Essen in Schweigen nebeneinander. Milan rührte seinen Teller nicht an. Zu gern hätte ich ihn gefragt, ob ihm der Streit den Appetit genommen hatte, aber ich traute mich nicht.

Als wir schließlich fertig waren, gingen wir nach draußen und den Gang entlang – in die entgegengesetzte Richtung der anderen, die offenbar zur Bibliothek oder zu den Klassenräumen pilgerten.

»Hör zu, ich habe gesehen, wie er sich dir gegenüber verhält und ich lehne es ab. Ich respektiere dich genug, als dass ich nicht möchte, dass jemand so mit dir umspringt. Und du solltest dich ebenfalls genug respektieren, um das zu verstehen. Deshalb verhalte ich mich so«, erklärte er und trat einen Schritt näher. Das Mintgrün seiner Augen verschwand im Schatten und zum ersten Mal wirkte er bedrohlich.

Ich spürte, wie mein Atem schneller wurde. »Ob ich ihm verzeihe oder nicht, ist immer noch meine Entscheidung.« Ich klang atemlos und ängstlich und nahm meiner Aussage damit jegliche Bestimmtheit.

Er machte eine rasche, wegwerfende Handbewegung und legte seine Hand dann hinter mir an die Holztäfelung. Nun hatte ich die Wand im Rücken und ihn direkt vor mir. Der Raum zwischen uns schien von Sekunde zu Sekunde kleiner zu werden.

»Adept Novak«, hörte ich zu meiner Erleichterung die sonore Stimme von Huxley hinter Milan. »Ich denke, wir haben etwas zu besprechen oder irre ich mich?«

Ich spürte, wie sich Milan verkrampfte und sein Mundwinkel nervös zuckte. »Die Einzige, mit der ich etwas zu besprechen hätte, steht vor mir. Misch dich nicht ein, Adept Huxley.«

»Mann, du schneidest uns gerade alle. Das gefällt keinem von uns, am allerwenigsten dir selbst. Lass uns das ausreden.« Huxley legte eine seiner riesigen Hände auf Milans Schulter ab und nun konnte ich sein aufmunterndes Lächeln sehen.

»Wie ich bereits sagte, misch dich nicht ein.«

»Hannah war heute früh sehr aufgelöst deinetwegen. Das muss doch nicht sein«, sagte Huxley dann.

Nun drehte sich Milan zu ihm um. »Deshalb bespreche ich die Angelegenheit mit Mara.« Milan lächelte kalt und für ihn war das Gespräch so erledigt. Er wandte sich wieder an mich, als wären die anderen, die ich nun im Gang hinter ihm erkannte, gar nicht da. »Ich habe nicht verlangt, dass du dich entscheidest, Mara. Aber er war nie dein Freund und wird es auch nie sein.«

Ich sah meine Füße an, denn ich wusste, dass er zum Teil recht hatte. Aber Leander war mein Verbündeter und jemand wie Milan würde nie gemeinsam mit mir die Akademie stürmen wollen. Leander musste dafür nicht mein Freund sein. Doch das konnte ich Milan nie sagen. Es würde unsere ganze Mission gefährden, bevor sie gestartet hatte. Und das Geheimnis um Fia würde ich wohl auch nie lüften. »Er hat sich entschuldigt und in seiner Welt ist das so, als hätte er sein Leben in meine Hand gelegt und sich für seine Sünden auspeitschen lassen. Glaub mir, wenn ich dir sage, dass das sehr wohl einiges bei ihm zu bedeuten hat.« Das war die beste und einzige Erklärung, die ich ihm geben konnte.

»Ich kann ohnehin nichts daran ändern, wie du darüber denkst. Ich habe gehofft, ich könnte es. Aber unter diesen Umständen kann ich mir das nicht weiter mit ansehen. Denk an diese Unterhaltung, wenn er sich das nächste Mal benimmt wie immer.« Wieder diese wegwerfende Handbewegung und der Schatten in seinen Augen schien größer zu werden.

»Kannst du es nicht einfach gut sein lassen, Mann?«, unterbrach Huxley und ich war heilfroh, dass sich Milan erneut zu ihm umwandte. So langsam machte er mir Angst.

»Nein, kann ich nicht, weil mir etwas an ihr liegt.«

»Willst du damit etwa andeuten, mir … Uns würde nichts an ihr liegen?« Huxley wurde ungehaltener und irgendwie schien er ebenso wie die Schatten in Milans Augen zu wachsen.

»Nicht genug offenbar. Du wirst schon anderweitig an ihr interessiert sein.«

»Das reicht!«, brüllte Huxley und eine Ader pulsierte auf seiner Stirn, bevor er ausholte und Milan eine verpasste. »Sie liegt mir …

Uns ebenso am Herzen wie dir, also reiß dich zusammen! Du bist nicht der Einzige, der sich um sie sorgt.«

Milan wandte sich zu mir um und ich sah, wie seine Schläfe langsam anschwoll. Und schneller, als irgendjemand von uns hätte reagieren können, schlug auch er zu. Die beiden hauten aufeinander ein wie Straßenkämpfer und Islington, der gerade hinzukam, versuchte vergeblich, sie auseinanderzuzerren, während er selbst einiges einstecken musste.

Hannah hatte ihr Gesicht an Kings Schlüsselbein vergraben und Merle hüpfte aufgeregt hin und her, wusste aber selbst, dass sie nichts tun konnte.

Und dann war da noch ich. Ich war erstarrt und konnte mich keinen Millimeter bewegen.

Zu allem Überfluss kam nun auch Leander daher, dessen metallischer Fuß immer wieder ein dumpfes *Klonk* erschallen ließ. Die letzten paar Meter war er gerannt. »Was zur …?!«, stieß er aus.

Das Menschenknäuel verharrte in der Bewegung. Milans wutverzerrte Fratze drehte sich zu Leander. »Ausgerechnet du auch noch! Duuuuu!«, schrie er. Es war Huxley zu verdanken, der ihn sofort um die Mitte packte, dass er nicht auf Leander losstürzen konnte.

»Hört … Hört auf«, brachte ich da endlich heraus. »Bitte.«

Doch keiner von ihnen hörte mich. Weder Milan, der sich verzweifelt gegen Huxleys Griff wehrte, noch Islington, der immer noch versuchte, die beiden auseinanderzuziehen. Auch nicht Leander, der mit geweiteten Augen unfähig war, etwas zu tun.

»Aufhören!« Es klatschte und der Widerhall erklang in meinen Ohren. Ich befürchtete Schlimmes. »AUFHÖREN hab ich gesagt!« Ihre Schuhe klackerten den Gang entlang und verhießen nichts Gutes.

Die Jungs erstarrten und spähten in den Korridor, aus dem die

Majorin schnellen Schrittes auf uns zu raste. »Was fällt Ihnen eigentlich ein? Und dann auch noch so viele Beteiligte aus meiner Abteilung!« Ihr Gesicht versteinerte kurz, bevor sie sich wieder fasste. »Jene, die nicht an dieser Angelegenheit beteiligt waren«, sie sah uns Mädchen eindringlich an, »gehen nun sofort auf ihre Zimmer oder werden sich zum Selbststudium in die Bibliothek begeben. Was Sie anbelangt …« Dabei blickte sie Huxley, Islington, Milan und Leander streng an. »Folgen Sie mir ohne ein weiteres Wort. Wehe, ich höre etwas von Ihnen!«

Die vier folgten ihr stumm, wie sie es angeordnet hatte, und ließen die Schultern hängen.

Ich fühlte mich hundeelend. Das alles war nur passiert, weil ich mit Milan darüber reden wollte. Und genau das sagte ich auch den anderen, als wir in der Bibliothek Platz nahmen.

»Damit hast du nichts zu tun. Du wolltest dich mit ihm aussprechen, aber sie mussten es ja unbedingt wie Männer regeln«, sagte King und zupfte an ihren Haaren herum.

»Ja. Huxley hätte nicht ausholen müssen«, stimmte ihr Hannah zu und vergrub das Gesicht in ihren Händen.

»Huxley ist ja wohl der Letzte, dem man hier die Schuld zuschieben kann. Na gut, mit Ausnahme von Islington«, erklärte Merle und verschränkte die Arme.

»Da hast du wohl recht«, flüsterte ich, wusste aber tief in mir, dass ich die Einzige war, die wirklich Schuld daran trug.

»Hör auf, dich selbst so fertigzumachen, jetzt können wir sowieso nichts mehr daran ändern.«

Wir verfielen in Schweigen und langsam packten wir nacheinander unsere Sachen aus, doch keiner konnte sich so richtig konzentrieren. Als dann eine Stunde später Huxley dicht gefolgt von Islington und – zu meiner Überraschung – Leander auftauchte, schreckten wir auf.

»Ist es übel? Was erwartet euch?«, fragte Merle freiheraus, während sie sich setzten.

»Die Strafarbeit, deren genauen Inhalt wir noch nicht kennen, wird erst morgen über uns verhängt. Die Majorin hat getobt. So habe ich sie noch nie gesehen. Sie meinte, wir seien eine Schande für unsere Abteilung«, antwortete ihr Islington.

Huxley unterdrückte ein Stöhnen, als er einen Sessel zu sich heranzog und Platz nahm.

»Schmerzt es sehr?«, wollte ich wissen und rückte mit dem Sessel zu ihm hin. Mir war, als würde mein Körper von allein die Nähe des blonden Jungen suchen.

»Von allen Stellen, die der verdammte Hund treffen konnte, hat er ausgerechnet auf eine nie verheilte Verletzung geschlagen. Aber das wird schon«, sagte er und versuchte ein Grinsen, doch sein schmerzverzerrtes Gesicht mit dem dicken Bluterguss über dem linken Auge sprach von etwas anderem.

»Du solltest das kühlen«, sagte ich nur knapp und verfluchte ihn immer noch dafür, dass er sich meinetwegen geprügelt hatte.

»Und du solltest aufhören, Männer so zu verzaubern, dass sie sich freiwillig in einen Kampf mit so jemandem wie mir begeben.« Er zwinkerte.

»Halt die Klappe, Huxley.« Lachend boxte ich ihm auf den Oberarm.

»Als hätte ich nicht schon genug gelitten«, sagte er theatralisch und sank in seinem Ohrensessel zusammen.

»Ja, halt die Klappe, Huxley!«, wiederholte Merle kichernd.

Als die anderen begannen, wild durcheinander zu plappern, lehnte ich mich in seine Richtung und zischte: »Pssst, Huxley. Tut es sehr weh?«

Er wandte sich mir zu, grinste und sagte: »Nichts, was eine Massage nicht wieder hinbiegen kann, nicht, Wright?«

»Du bist so ein Idiot«, murmelte ich. »Dich wegen mir zu prügeln.«

»Er hat es verdient. Wer ist er, dir seinen Willen aufzwingen zu wollen?«, wollte Huxley wissen.

»Hast du nicht Angst, dass er uns verraten wird?«

»Was soll denn passieren? Eine Strafe haben wir bereits kassiert«, antwortete er lässig.

»Da wäre ich mir nicht so sicher. Falls ihr euch erinnert, diese Geschichte, die immer wieder erzählt wird ...«, unterbrach King und setzte sich gerade hin.

»Wovon sprichst du?« Leanders Interesse an den Unterhaltungen schien nun ebenfalls geweckt zu sein und auch er lehnte sich vor.

»Immer wieder geistern Geschichten zu einem Fall durch die Akademie, der wohl schon einige Zeit her ist. Einst gab es eine junge Numistorikerin, die sich mit einem Heuretiker eingelassen hat. Das Ganze lief eine ganze Weile gut, auch wenn es die Akademie nicht gern sieht, wenn wir uns vor unserem Abschluss ... Na, ihr wisst schon. Jedenfalls entstand aus dieser Verbindung ein Kind, noch bevor einer der beiden seine Ausbildung abgeschlossen hatte.

Sie wurden von einem Freund verraten, der dann innerhalb der Akademie sehr schnell aufgestiegen ist. Die Leute erzählen sich, dass das Mädchen flüchten wollte, aber – wie könnte es denn anders sein? – nicht davongekommen ist. Bevor sie jedoch eine Strafe einstecken konnte, soll sie zuerst das Kind ertränkt und dann sich selbst umgebracht haben. Und manch einer munkelt, ihr Geist wandelt immer noch durch die Gänge der Akademie.«

Ich verfiel in ein so ungestümes Lachen, dass es mich fast von meinem Sessel geworfen hätte. »Das kann doch nicht euer Ernst sein?«

»Nachdem ich diese Geschichte zigmal gehört habe, finde ich sie nicht mehr so erheiternd wie du, aber ich stimme dir zu. So etwas kann nur jemandem eingefallen sein, der vor Langeweile fast gestorben sein muss«, sagte Merle und schüttelte den Kopf.

»Habt ihr denn keine Angst davor, einem Geist auf den Gängen zu begegnen?«, wollte Islington mit verstellter Stimme wissen.

»Das Einzige, was mich hier je erschreckt hat, war der Hausmeister«, gab Hannah zu und vergrub das Gesicht in den Händen. »Das war furchtbar!«

»Es gibt hier einen Hausmeister?«, fragten Leander und ich überrascht im Chor. Bislang hatten wir weder Kantinenpersonal gesehen noch jemanden, der sauber machte. Vielleicht war es komisch, aber erst in dem Moment fiel mir auf, dass auch mein Zimmer immer blank geputzt war, wenn ich vom Unterricht zurückkam. Bislang war mir das, vermutlich wegen des turbulenten Starts in der Akademie, nie in den Sinn gekommen, doch jetzt …

»Aber sicher doch«, antwortete Islington wieder mit seiner übertriebenen Stimme, von der er offenbar meinte, sie wäre gruselig. »Man sieht ihn nur nachts, denn er ist … ein Ameisenroboter!«

»Du willst mich doch verscheißern«, erwiderte Leander und drehte sich weg. »Ich hätte echt was Besseres erwartet.«

»Nein, ernsthaft. Unser Hausmeister ist eine dampfbetriebene Robo-Ameise. Ab und an steht sie still wegen eines Defektes. Ich hab mich einmal so erschreckt, als ich zu später Stunde zurück in mein Zimmer wollte und dieses Riesending völlig bewegungslos im Raum stand. Und erst recht, als ich mir gerade ein Herz gefasst hab und daran vorbeischleichen wollte. Plötzlich begann es, sich wieder zu bewegen. Es zischte und dampfte. Ich für meinen Teil hab meine Beine in die Hand genommen und bin gelaufen, ohne mich noch einmal umzudrehen«, warf nun auch Huxley ein. Bei seiner Größe kam es mir tatsächlich seltsam vor anzunehmen, dass er sich vor etwas fürchtete.

»Sicher …« Ich glaubte nicht wirklich daran, dass auch nur ein Funken Wahrheit in der Erzählung steckte. »Zuerst die Geschichte mit dem Mädchen und dem Baby und jetzt eine Robo-Ameise?«

»Klar. Geht einfach mal abends raus, aber lasst euch nicht erwischen. Normalerweise dürfen wir abends nur mit Erlaubnis raus. So wie letztens …«, erklärte Huxley.

»… als eigentlich nur Wright und ich eine Genehmigung dafür hatten, meinst du?«, fragte Islington und lachte, dass seine Kugelbuschfrisur wackelte.

»Man muss nehmen, was man kriegen kann«, erwiderte Huxley und breitete die Arme aus, um sich zu recken. Dabei rutschte sein Hemd ein wenig nach oben und entblößte einen Teil von seinem Oberkörper, der offenbar noch durchtrainierter war, als es durch seine Kleidung erschien.

»Ich bin echt verdammt müüüüüüüüüüüüde«, gähnte Merle und streckte sich so weit, dass sie Islingtons Frisur streifte.

»Vielleicht sollten wir uns wirklich ein wenig aufs Ohr legen«, meinte Islington.

Gerade, als ich mein Zimmer betreten wollte, hörte ich ein »Warte!« hinter mir und eifrige Schritte, die sich mir über den Holzboden näherten.

Ich wandte mich um und erkannte Huxley. Als er vor mir hielt, standen wir unschlüssig da und wussten nicht, was wir sagen sollten. Er strich sich durch die weißblonde Mähne und sah mich mit einem Lächeln an, das ich nicht deuten konnte.

»Ich wollte dir eigentlich nur sagen, dass ich heute früh auch mit Leander gesprochen habe. Ich, äh, wollte nur, dass du das weißt«, erzählte er und wartete.

»Danke.«

»Ich meine, ich weiß, dass du nicht willst, dass wir uns zu sehr einmischen oder deine Entscheidungen infrage stellen. Aber ich wollte ihm noch einmal eindringlich klarmachen, dass –«

Doch ich unterbrach ihn und legte meine Hand auf seinen Arm. »Danke, Hu… Sam. Ich finde es wirklich lieb, dass du dich so um mich kümmerst.« Ich lächelte ihn an. Wieder kam ich mir vor wie ein Zwerg, der zu einem Riesen aufblickte.

»Gern geschehen. Hast du Lust, noch ein wenig in die Bücher zu schauen, die wir letztens aus der Bibliothek mitgenommen haben?«

Ich nickte und wandte mich um. »Komm rein«, sagte ich lachend und öffnete meine Tür. Er folgte mir nach drinnen und blieb zögerlich in der Mitte des Raums stehen, während ich zu meinem Schreibtisch ging, um die Bücher zu holen. »Setz dich doch«, forderte ich ihn auf und wies aufs Bett.

»Nur, dass du's weißt, so einer bin ich nicht«, erklärte er, bevor er sich auf meinen Schlafplatz fallen ließ.

»Klar«, sagte ich mit einem verschmitzten Lächeln im Gesicht, setzte mich neben ihn und lehnte mich ans Bettende.

Ich klappte meine Notizen und die drei Bände mit den Kombinationen vor uns auf.

»Hier siehst du die 6 und 7 sowie 8 und 9 je einzeln zueinander, sodass dir diese Deutung schon einmal um ein Vielfaches leichter fällt. Die Autoren haben es abgelehnt, komplette Legungen darzustellen, da es in jedem Fall etwas anderes heißen kann und sie nicht wollten, dass man stur ein Buch auswendig lernt. Sie wollten nur einen Anhaltspunkt geben zu…«

Doch da war ich schon, vermutlich wegen des Schlafmangels der letzten Nächte, eingeschlafen.

Als ich wieder erwachte, spürte ich einen schweren Arm um mich und ein viel zu hartes Kissen unter mir.

»Ah! Ich bin… O nein!«, rief ich und schrak hoch. Das war kein Polster. Das war Huxleys Brust gewesen.

Er grinste mich schief an und hatte offenbar keine Minute geschlafen.

»Tut mir leid! Du nimmst dir für mich Zeit, um mir ein paar Dinge beizubringen und ich schlafe einfach ein!«, entschuldigte ich mich. »Und geschnarcht hab ich sicher auch!« Ich vergrub mein Gesicht in den Händen und hoffte, es möge doch nur ein Traum gewesen sein. Doch als ich sein röhrendes Lachen hörte, wusste ich, dass ich wach war. Mit Huxley. In meinem Zimmer.

»Entspann dich, Wr... Mara«, sagte er und bereits in seiner Stimme konnte ich das Grinsen nicht überhören. »Wir sind doch alle müde von gestern Nacht. Aber ja, geschnarcht hast du. Wie ein Bär. Wie ein großer, fetter, Brummb-«

»O Mann, ist mir das peinlich«, fiel ich ihm ins Wort und stand auf, das Gesicht noch immer in meinen Händen verborgen.

»Halb so wild.« Er lachte, lehnte sich nach vorn und zog mich zurück aufs Bett, wo er mir die Haare verwuschelte. »Entspann dich doch mal, bin ja nur ich.«

Ja eben. Genau das war ja mein Problem. Hier, in seinen Armen liegend, wurde mir bewusst, was ich die letzten Tage bereits vermutet hatte. Sam Huxley, der mich durch meine erste und hoffentlich einzige Strafarbeit gebracht hatte, mir zur Seite gestanden und mir meine Ängste genommen hatte, hatte mir auch noch etwas gestohlen, das weitaus bedeutender war: mein Herz.

Jetzt klopfte es wie verrückt vor sich hin und konnte es wahrscheinlich nicht fassen, dass er hier war. Und gleichzeitig hatte es große Furcht davor, ob er denn dasselbe für mich empfand. Was, wenn es nicht so war? Es gab schönere Mädchen hier. Klügere Mädchen. Mädchen, deren Selbstbild nicht ganz so kaputt war wie das meine.

Oder bildete ich mir das nur ein? Hatte vielleicht jede von ihnen so große Selbstzweifel, nur dass sie sich bei ihnen anders zeigten?

Ich verwarf den Gedanken. Und unwillkürlich schüttelte ich meinen Kopf.

»Was ist?«, fragte er.

»Ni-Nichts«, stammelte ich. Ich wusste nicht, wie ich mich verhalten sollte. Sollte ich es ihm sagen? Oder abwarten, was passierte?

»Bist du dir sicher, dass es dir gut geht? Du bist plötzlich so blass geworden …«, meinte er und befühlte meine Stirn. Mit seiner großen Hand, die locker zweimal über mein ganzes Gesicht passte.

Steigerte ich mich in etwas hinein, weil sich einmal ein Junge anders verhielt als Leander? All das verwirrte mich zu sehr, als dass ich einen geraden Satz herausbringen hätte können.

Plötzlich klopfte es und die Tür ging ohne Vorwarnung auf. »Wir sollten nicht zu spä… Oh«, sagte Leander und konnte sich ein Grinsen nicht verkneifen. »Du und Huxley, ha?! Deshalb warst du heute früh so erpicht auf ein Gespräch mit mir …«

»Ich denke, selbst wenn es so ist, geht es dich nichts an.« Huxley ließ mich los und stand auf. Er ging auf Leander zu und blieb knapp vor ihm stehen. Selbst Leander, der nicht gerade klein war, wirkte neben ihm winzig; seine athletische, aber drahtige Figur neben Huxley schmächtig. »Hast du denn ein Problem damit?«

Leander schüttelte heftig den Kopf und sah aus, als würde er es nicht auf eine direkte Konfrontation mit Sam abgesehen haben. »Schon gut, Mann.« Offenbar versuchte er doch, Huxley zu besänftigen. »Wie du bereits sagtest … Geht mich nichts an.«

»Lasst uns essen gehen«, schlug ich vor und sprang zwischen die beiden, die sich keinen Millimeter bewegt hatten. Wie heilfroh ich doch war, als sie nickten und wir das Zimmer verließen.

Immer noch in Gedanken gefangen achtete ich nicht einmal darauf, was ich aß. Stumm und in mich gekehrt führte ich Bissen für Bissen in meinen Mund und dachte über Sam nach. Sam, den ich bis vor Kurzem noch Huxley genannt hatte, weil er mein

Kumpel war. Der Kumpel, der auf mich achtgab. Einer der Freunde, bei dem man wusste, dass nichts passieren könnte, solange er nur da war. Der, der Späße mit einem trieb und sich auch mal zum Affen machte.

Doch nun war er Sam und daran ließ sich nichts mehr ändern. Der große blonde Junge mit den stahlblauen Augen, von dem ich mir wünschte, er würde seine Arme wieder …

»Mara, ist alles in Ordnung mit dir?«, fragte Hannah besorgt und legte ihr Besteck beiseite. »Du bist heute ungewöhnlich still.«

»Wenn es wegen der Strafarbeit ist und du dir immer noch Sorgen machst …«, begann Merle, doch ich schüttelte den Kopf und sah auf.

Ich wollte nicht, dass irgendjemand von ihnen Bescheid wusste. So musste ich meine Zweifel wegsperren, bis ich allein war. Erst dann wäre es sicher, darüber nachzusinnen, mich in Tagträumen zu verlieren und nachzudenken, was das denn nun für mich und meine Rebellion bedeutete, die noch in den Kinderschuhen steckte. »Alles gut, ganz ehrlich«, erwiderte ich.

»Wenn jemand ›ganz ehrlich‹ anfügt, ist das davor Gesagte meistens Bockmist«, warf King ein und in dem Moment hasste ich sie dafür.

»Fragt doch mal Huxley, was er dazu sagt«, mischte sich nun auch Leander ein, der süffisant grinste und Sam zunickte, der mich ebenfalls besorgt ansah.

»Was willst du hören? Dass wir vorhin noch ein wenig Zeit mit ihren Büchern verbracht haben?« Sam breitete seine Arme aus und blickte Leander erbost an. Ich hörte Knöchel knacken und war mir sicher, dass das Geräusch von Huxley kam.

»Vielleicht versuchst du es mal mit der Wahrheit und erzählst den anderen, was zwischen euch beiden so läuft. Pah, Bücher. Klar«, erwiderte sein Gegenüber. »Aber ganz ehrlich, ich find's gut.«

Gerade, als sich Huxley schon aufplusterte, um zum Gegenangriff zu blasen, sagte ich bloß: »Wenn du meinst, Leander. Nachdem jetzt alle darüber informiert sind, was mich und Sa… Huxley betrifft … Oder auch nicht, können wir uns jetzt wieder etwas anderem zuwenden?« Ich versuchte dabei, so viel Gleichgültigkeit wie möglich in meine Stimme zu legen und krönte die Ansprache mit einer wegwerfenden Handbewegung. Außerdem schaffte ich es sogar, nicht einmal rot zu werden. Um ehrlich zu sein, war ich mächtig stolz auf mich selbst.

Aber die Rechnung hatte ich nicht mit den anderen gemacht. »Selbst wenn was zwischen ihnen laufen sollte, geht es dich wohl am allerwenigsten etwas an«, sagte Hannah zähneknirschend.

Merle und King murmelten zustimmend und Islington nickte.

»Hey, Wright. Wollen wir uns danach zum Knutschen treffen?«, fragte Sam dann plötzlich und grinste herausfordernd in meine Richtung.

»Klar, da, wo wir uns bisher immer getroffen haben, um den anderen aus dem Weg zu gehen?«, erwiderte ich und spielte sein Spiel mit. Dann wandten wir uns beide wieder unserem Essen zu und verstummten, während unsere Freunde wild durcheinander tuschelten und uns mit Fragen bombardierten, die wir unbeantwortet ließen.

Leander sah aus, als wüsste er nicht, was er sagen sollte.

Und ich erst recht nicht. Mein Herz klopfte wie wild über die Vorstellung, von Sam geküsst zu werden.

Zurück in der Stille meines Zimmers konnte ich endlich den Gedanken freien Lauf lassen. Sie brachen über mich herein und ich fühlte einen plötzlichen Schwindel. Alles drehte sich, sodass ich mich wenig galant auf mein Bett fallen ließ, auf dem immer noch die Bücher lagen. Drei dicke Wälzer, die in meinem Rücken schmerzten. Aber ich war unfähig, mich noch einmal aufzusetzen.

Sam, der mich so herausfordernd angesehen hatte. Wenn wir allein waren, dann fühlte es sich mehr so an, als würde er ebenso empfinden wie ich. Und doch traute ich mich nicht, diesen Gedanken vollends zuzulassen, aus Angst, dass er mich noch mehr ins Unglück reiten würde als ohnehin schon.

»Verdammt, Mara, hör auf mit dem Blödsinn. Du willst eine Rebellion anzetteln. Liebe kannst du da nicht brauchen«, flüsterte ich mir verärgert zu und kam mir im selben Moment unheimlich dumm vor. Selbst wenn es so war, ließ es sich nicht durch ein paar Worte aufhalten. Wenn es sich überhaupt aufhalten ließ. Liebe war eine Krankheit und ich hatte mich offenbar damit infiziert.

Es klopfte. »Kann ich reinkommen?«, hörte ich von draußen.

»Jup.« Ich setzte mich schwungvoll auf und bereute es augenblicklich, denn alles drehte sich erneut. »Was willst du, Leander?« Schnell setzte ich mich auf meinen Schreibtischstuhl.

»Ich bin hier wegen unserer … Unserer Rebellion«, antwortete er und nahm, wie immer, auf meinem Bett Platz, ohne zu fragen. Er schob die Bücher von sich fort und richtete sich auf.

»Was ist damit?«, wollte ich wissen. Bevor er antwortete, schossen mir tausend Gedanken durch den Kopf, aber die Wahrheit traf keine von ihnen.

»Unser Ziel ist es doch, die Akademie für das brennen zu sehen, was sie uns angetan hat«, begann er und durchbrach damit mein wildes Gedankenkarussell.

»Ja?«, machte ich. Mir war nicht wirklich klar, worauf er hinauswollte. Sonst ließ er sich nie so lange Zeit, um auf den Punkt zu kommen.

»Na, wenn du und Huxley … Liegt es denn da noch in deinem Interesse, dem allem hier ein Ende zu setzen?« Er sah mir mit einem harten Blick in die Augen.

Ich erkannte, dass es ihm leidtäte, wenn ich seine Bedenken bestätigen würde. »Das mit mir und Sa… Huxley, das hast du falsch verstanden. Wir sind Freunde«, sagte ich und ignorierte das stechende Gefühl in mir, das diesen Gedanken so sehr verabscheute. Ich wollte nicht nur mit ihm befreundet sein. Das wusste ich jetzt.

»Ich merke doch, wie ihr euch anseht«, hob er wieder an. »Aber das ist eigentlich nicht das Thema, ob und wie ihr zwei ... Na egal! Trotzdem mache ich mir Sorgen, dass ich den Sturm auf die Akademie allein durchführen muss.«

Ich lachte auf und verschluckte mich. »Bist du noch ganz dicht? Natürlich bin ich noch dabei. Ich will die Akademie brennen sehen. Nach allem, was wir jetzt wissen, werden wir nicht von hier fortkommen, wenn wir versuchen, dem hier ein Ende zu setzen. Das ist dir doch klar, oder?« Auch ich sah ihn nun eindringlich an. Zu gern hätte ich ihn danach gefragt, welcherlei Blicke er denn von Sam auf mich erhaschte, die mir offenbar entgangen waren. Zu gern hätte ich ihm all die Fragen gestellt, die mir auf der Zunge brannten.

»Ja, das ist es. Auch wenn ich mich davor fürchte, das geb' ich schon offen zu, werden wir nicht drum herumkommen. Trotzdem weiß ich nicht, wie wir starten sollen. Außerdem wirst du dich damit anfreunden müssen, dass wir mit unserem Kamikazeunternehmen nicht nur die Akademie zerstören werden – gesetzt den Fall, dass wir Erfolg haben –, sondern auch all die Bewohner der Akademie mit uns reißen werden.«

Und da war er. Der Moment, in dem ich ihm die Wahrheit über das Säckchen offenbaren wollte, das ich, seit ich es gefunden hatte, mit mir herumtrug und hütete wie meinen größten Schatz. Er hatte mir mit dieser Aussage gezeigt, dass sich tatsächlich etwas in ihm geändert hatte, dass er sich verändert hatte.

Ich räusperte mich und merkte, dass ich nervös war. Erst da fiel mir auf, dass ich wollte, dass dieser Augenblick etwas Besonderes war. Er würde vielleicht unser Bündnis besiegeln. »Leander, ich muss dir da was sagen.« Ich stand auf, ging zu meiner Tasche und kramte darin herum.

Im Zimmer war es totenstill geworden. Ich hatte einen dummen Witz erwartet, vielleicht Gelächter über meine zitternde Stimme. Aber nicht die Stille, die zum Zerreißen gespannt war. Mein Atem wurde schneller, als ich das Säckchen zu fassen bekam und aus der Tasche herausfischte.

Bevor ich zu sprechen begann, hörte ich deutlich meinen Herzschlag, der sich nur langsam beruhigte. »Leander, ich möchte, dass du dir das ansiehst. Das habe ich aus dem Archiv geholt, an dem Tag, an dem ich meine Materialien bekam.«

Ich reichte ihm das Säckchen, das er mit spitzen Fingern entgegennahm. Fast schien es, als könnte er spüren, dass es für mich einen großen Wert hatte. Vielleicht aber bildete ich mir das auch nur ein.

»Was ist das?«, rief er erschrocken aus und ließ es auf das Bett fallen.

»Pass doch auf!« Ich sprang auf, schnappte nach dem Säckchen und sammelte alles, was sich auf dem Bett verstreut hatte, wieder ein.

»Wieso zeigst du mir einen Beutel voller Knochen? Bist du irgendwie gestört? Was zur Hölle macht ihr denn in eurer Abteilung? Ihr seid doch krank!«, brüllte er weiter und ich bemühte mich, dass er sich beruhigte.

»Ich hätte dir mehr dazu sagen sollen, bevor ich dir den Beutel in die Hand drücke«, sagte ich und setzte mich neben ihn. »Hast du die Nachricht darin noch gesehen?«

»Welche Nachricht?«, entgegnete er.

Noch einmal räusperte ich mich und las vor.

»Wenn du mein Geheimnis ergründest, ergründest du die Wahrheit der Akademie. Fia.«

Ich sah ihn erwartungsvoll an, doch er rührte sich nicht. Er starrte mich lange an, blickte immer wieder nach unten auf meine Hände, in denen der Beutel ruhte.

»Was heißt das jetzt für uns?«, fragte er dann, nachdem er lange geschwiegen hatte.

»Das ist nun die Frage. Ich denke, es könnte uns auf unserer Mission eine große Hilfe sein, wenn wir das Geheimnis ergründen.«

»*Wenn* wir es ergründen, ja. Aber ich denke, wenn jemand so weit geht und Knochen versteckt, wird das Geheimnis wohl nicht so einfach zu lüften sein«, erklärte er dann und zuckte die Achseln. »Oder hier befinden sich mehr kranke Bastarde als angenommen und das ist nur ein Scherz. Schon mal darüber nachgedacht?«

»Ich denke, wir sollten uns morgen in der Bibliothek treffen. Vielleicht kann ich herausfinden, ob wir auch abends dorthin dürfen. Dann hätten wir mehr Ruhe«, sagte ich, seine letzte Aussage völlig ignorierend.

»Ruhe vor wem? Vor deinen Freunden?«, fragte er. Er sah sich offenbar nicht als Teil der Gruppe an. Auch wenn er das war. Und ich wusste nicht, ob mir das gefiel oder nicht.

»Du weißt, was ich meine. Ich kenne das Ausmaß ihrer Loyalität der Akademie gegenüber nicht und um ehrlich zu sein, will ich das auch gar nicht. Das würde nur viele unangenehme Fragen und Gespräche mit sich ziehen, die allesamt nur unnötig viel Aufmerksamkeit auf das, was wir zu tun gedenken, lenken würden.«

»Das hast du schön gesagt«, erwiderte er feixend. »Also willst du deine Freunde nicht mit in unser kleines Bündnis nehmen? Keinen von ihnen?« Die Stille, die sich über uns gelegt hatte, war noch immer nicht vollends verschwunden. Es fühlte sich an, als würden wir sie mit unserem Gespräch nur stören.

»Falls du auf Huxley anspielen willst. Nein, auch ihn nicht.« Ich dachte, damit sei die Sache erledigt, aber wie so oft hatte ich da die Variable x namens Leander nicht mit einberechnet.

»Ganz ehrlich, es ist echt toll, dass da was läuft, nein wirklich«, meinte er.

»Bitte, lass uns über irgendwas anderes sprechen. Selbst wenn, wärst du vermutlich der Allerletzte, dem ich mich anvertrauen würde. Davor würde ich die Robo-Ameise aufsuchen und sie volllabern. Also bitte, bitte, hör auf damit und wende dich den wichtigen Dingen zu, die auch in der Realität existieren.« Ich hoffte inständig, dass er nun aufhörte.

»Okay. Wie gehen wir vor? Wir werden in der Bibliothek nach Fia suchen? Glaubst du denn, die haben da für alle sichtbar ein Register, in dem sie Namen und so weiter auflisten? Die werden doch wohl nicht so blöd sein, oder?«, führte er aus und kratzte sich am Kinn. Dann lehnte er sich zurück und sah mich mit hochgezogener Augenbraue an, als hätte er seinen Zug erfolgreich beendet und nun wäre ich an der Reihe.

»Tja. Wenn wir es nicht versuchen, werden wir es niemals wissen. Lass uns die Bibliothek nach Hinweisen durchforsten. Vielleicht finden wir ja wirklich etwas. Ich weiß es doch auch nicht, aber irgendwo müssen wir anfangen und wo, wenn nicht in der Bibliothek?«

»Du bist so ein Nerd«, antwortete er gelangweilt und strich sich lässig eine Haarsträhne aus der Stirn.

»Sagst ausgerechnet du! Soweit ich mich erinnere, warst du meist an der Spitze mit deinen Noten«, meinte ich.

Er öffnete den Mund und schloss ihn sofort wieder. Ich war mir sicher, ihm war eine schlagfertige Antwort eingefallen, die mich vermutlich ein- oder zweimal beleidigt hätte, aber er hatte es offenbar vorgezogen, den Mund zu halten. Und das beeindruckte mich dann wirklich. Er blieb stumm.

»Danach können wir immer noch sehen, ob wir im Haus etwas finden. Irgendwelche Hinweise oder so«, schlug ich vor.

»Das ist der beste und einzige Weg, der uns bleibt«, sagte er. »Ich werde in der Zwischenzeit ein wenig recherchieren, welche Maschinen eingesetzt werden, um die Akademie vor dem Niemals zu schützen.«

»Ich zähle auf dich«, erklärte ich dann. »Vielleicht finde ich über die anderen auch noch mehr über die Geschichte der Akademie heraus.«

»Machst du dich deshalb an ihn heran?«, fragte er dann vorsichtig.

»Man sieht, wie wenig du mich kennst. Ich mache mich nicht an Sam heran und ich würde es schon gar nicht aus diesen Gründen machen. Das wäre einfach unfair, jemandem vorzugaukeln, man hätte Gefühle für ihn. Was für ein Mensch wäre ich, wenn ich so etwas … Das widert mich an.«

»Hm«, machte er und wir wussten beide, dass er es vermutlich getan hätte, wenn die Möglichkeit bestünde.

Für diesen Abend beließen wir es dabei. Leander ging bald wieder und ließ mich in der Stille meines Zimmers allein. Jetzt fühlte sie sich entspannt an – wie weich gespült – und empfing mich mit ihren sanften Armen.

»Warum muss ich mich ausgerechnet hier verlieben?«, seufzte ich.

Es folgte der erste Morgen überhaupt, an dem mich niemand abholte. Fast hätte ich den Start des Frühstücks verpasst und mir so vermutlich eine weitere Strafarbeit eingefangen, obwohl ich schon lange wach war.

»Wo sind die anderen?«, fragte ich an Hannah gewandt. Sie, Merle und King standen stumm nebeneinander und sahen zu Boden, während alle übrigen Schüler rund um sie herum quasselten. Von Milan, Islington, Leander und Huxley fehlte jede Spur.

»Sie werden doch nicht zu spät kommen!«, rief ich plötzlich aus und dachte an die Strafarbeit, die wir hinter uns gebracht hatten. »Die Strafarbeit!« Ich begriff und hob meine Hände. Vermutlich hatte sie bereits begonnen.

Hannah nickte und ihre Unterlippe zuckte.

»O nein, nein, Hannah«, sagte ich und nahm sie in den Arm. »Das wird schon, da bin ich mir sicher!«

Sie schluchzte, das Gesicht in meiner Schulter vergraben.

»Es wird alles gut.«

Doch sie schüttelte nur den Kopf. »N-Nein, w-wird es n-n-n-nicht«, wimmerte sie und begann herzzerreißend zu weinen.

Gedankenverloren tätschelte ich ihren Hinterkopf und versuchte, mir nicht vorzustellen, was die vier wohl erwarten würde. Ich hatte Angst um jeden von ihnen. Wenn die Akademie uns in ein strahlenverseuchtes Krankenhaus schicken konnte, so war ich mir sicher, dass es auch noch Schlimmeres geben würde.

»Ich bin heute etwas früher auf, um vorher noch in die Bibliothek zu gehen, und da hab ich gesehen, dass die Majorin mit den Jungs im Schlepptau Richtung Keller gegangen ist«, sagte King tonlos und machte sich einmal mehr an ihren Haaren zu schaffen.

»Ich hoffe, sie überstehen das Ganze gut. Innerhalb so kurzer Zeit zwei Strafarbeiten … Das kann doch nicht gut sein«, sagte Merle und ballte die Fäuste.

Es klingelte und wir setzten uns.

»Hey, King.« Ich nickte ihr über den Tisch zu. »Ich wusste gar nicht, dass es erlaubt ist, so früh in die Bibliothek zu gehen.« Die erste Recherche über die Öffnungszeiten konnte ich somit schon einmal abhaken. Dann musste ich nur noch zu einer unchristlichen Zeit dorthin. Sollte Leander den ganzen Tag bei seiner Strafe zubringen, würde ich mir einen Plan zurechtlegen können.

»Die Majorin sieht es gern, wenn man sie vorab informiert, tut man es aber nicht, ist das auch kein Problem. Es dient ja der Allgemeinheit im weitesten Sinne, wenn man sich dort weiterbildet. Man sollte nur nicht nachts hin. Aber niemand hat etwas dagegen, wenn man sich nach dem Abendessen noch dorthin begibt oder vor dem Frühstück. Nur machen das viel zu wenig Schüler.« Sie zwinkerte mir zu.

So würde ich noch am selben Abend in die Bibliothek und damit auf die Suche nach Fia gehen.

Als ich mich gerade in Richtung Klassenzimmer aufmachte, fragten mich die anderen perplex, was ich denn da wolle.

»Sollten wir nicht langsam, aber sicher zum Unterricht?«, fragte ich und konnte die Verwirrung nicht aus meiner Miene verbannen. Ich zog eine Braue hoch und sah die drei Mädchen an.

»Es ist Wochenende, meine Liebe!«, erklärte Merle und es hätte zu ihrer feierlichen Laune bloß noch ein Cocktail in der Hand gefehlt. Sie schüttelte sogar ein wenig ihre Hüften, was King ein heiteres Lachen abrang.

»Und was passiert hier am Wochenende?«, fragte ich und dachte an die Nachmittage in der Bibliothek. Hier gab es nicht sehr viele Freizeitmöglichkeiten, was schien so verlockend daran zu sein?

»Komm einfach mal mit«, sagte Hannah und selbst sie schien nun ein bisschen ausgelassener zu sein, als sie meine Hand ergriff und mich mit sich zog.

Ich war den Mädchen die Korridore entlang gefolgt und hätte vermutlich niemals wieder zurückgefunden ohne sie. An einem bereits offen stehenden Portal, hinter dem eine Treppe in die vollständig ausgeleuchtete Tiefe führte, überkam mich eine Übelkeit, die mit Sicherheit von der Strafarbeit herrührte. Augenblicklich versagten meine Beine mir den Dienst und ich erstarrte.

Hannah wandte sich zu mir um und sah mir besorgt in die Augen. »Was ist los?«

»Müssen wir wirklich in den Keller?« Meine Stimme klang erstickt und der Gedanke an unsere vier Freunde, die den Tag mit einer Strafarbeit verbrachten, lähmte mich.

»Eigentlich wollten wir dich damit überraschen, aber dort unten haben sie uns eine Menge Freizeitmöglichkeiten fürs Wochenende eingerichtet, die nichts mit Lernen oder Büchern zu tun haben.« Hannah kicherte und trat einen Schritt näher.

»Was?«

»Komm einfach mit und sieh es dir selbst an!«, warf nun Merle ein, ergriff meine andere Hand und wartete gar nicht auf eine Zustimmung meinerseits, sondern zog mich – und damit auch Hannah – die Treppen nach unten.

Am Treppenende angekommen starrte ich einen langen, breiten Gang entlang, von dem eine Vielzahl von Türen in weitere Räume führte. Neben den Türen waren Schilder an den Wänden angebracht, die vermutlich verrieten, was sich dahinter befand.

»Simulation«, las ich auf dem ersten Schild, als ich näher trat.

»Da würde ich nicht reingehen«, erklärte Hannah mit einem angewiderten Blick. Sie zog die Nase kraus und sah mich dann herausfordernd an. »Da gehen viele der älteren Adepten rein, wenn sie ein wenig Spaß haben wollen.«

Den Kopf schief legend wollte ich sie gerade darauf ansprechen und nachfragen, als mir Merle zuvorkam.

»Sie möchte damit sagen, dass man in dieser Simulation alles machen darf, was man will. Viele der älteren Adepten besuchen dort drin Freudenhäuser und eigentlich erinnert es mehr an Sodom und Gomorrha als an eine Stadt, in der man was erleben könnte.« Auch sie verzog angeekelt das Gesicht und ging weiter.

Einen Augenblick starrte ich noch auf das Schild, bevor ich den Mädchen folgte.

»Ich geh dort drin gern reiten«, erklärte King. »Aber Hannah findet das nicht so prickelnd.«

»Pferde machen mir Angst«, gab sie zu und schob die Unterlippe vor. »Ich setze mich lieber an ein Instrument oder gehe schwimmen.«

»Hier kann man schwimmen?«, fragte ich aufgeregt und dachte an die unzähligen Stunden im Wasser unseres städtischen Hallenbads, die mir so viel Ruhe und Gelassenheit zurückgebracht hatten.

Das blond gelockte Mädchen nickte und lächelte breit.

»Eigentlich wollten wir für heute gemeinsam eines der Angebote wahrnehmen, aber ich glaube, du und Hannah seid am besten dort hinten aufgehoben«, erklärte Merle und zog einen Mundwinkel hoch. Sie und King nickten sich zu und ließen uns dann einfach stehen.

»Komm!« Hannah grinste und ergriff einmal mehr meine Hand, um mich aufgeregt kichernd weiter zu zerren.

Als wir durch die Tür traten, hatte ich erwartet, dass mir sofort der beißende Geruch von Chlorwasser entgegenströmen würde. Doch stattdessen roch ich den warmen Duft von Salz und Algen und hörte das melodische Rauschen der Wellen, die gegen große Felsen prallten.

Es war, als hätte diese Tür ein Tor zu einer anderen Welt geöffnet. Ich spürte, wie meine Schuhe wegrutschten und senkte den Blick. Schleunigst befreite ich meine Zehen und steckte sie in den feinen hellbraunen Sand unter mir, dessen Kühle mich augenblicklich umfing. »Was ist das für ein Ort?«, fragte ich.

»Das hier ist eine Insel in der Südsee, die unbewohnt ist. Die Akademie hat sie hierhergeholt und einen Teil des Ozeans mit dazu«, erklärte das Mädchen lächelnd und entledigte sich bereits seiner Jacke.

Hier war es wirklich viel zu heiß für unsere Kleidung und auch ich knöpfte sie auf. »Springen wir da jetzt einfach in Unterwäsche rein?«, fragte ich.

»Nein, auch dafür ist gesorgt. Komm mit.« Sie führte mich an ein aus dunklem Holz gefertigtes Regal, in dem Badebekleidung lag, und schnappte sich schon einen der schwarzen Badeanzüge. Damit verschwand sie in der Umkleide und ich beeilte mich, es ihr nachzutun.

Der Vormittag in der atemberaubend schönen Lagune verging schnell. Das Wasser war warm und schimmerte türkis im Sonnenlicht. All das schien so unwirklich, dass ich mich jedes Mal, wenn ich die Augen schloss, fragte, ob es nicht doch ein Traum gewesen war. So verstrich die Zeit unglaublich rasant, ohne dass ich auch nur einmal an die Strafarbeit der anderen gedacht hatte.

Erst als wir uns zum Mittagessen aufmachten, fielen sie mir wieder ein und ein niederschmetterndes Gefühl in meiner Magengrube blieb, das mich daran hinderte, auch nur einen Bissen zu essen.

Die Mädchen schienen sich ebenso schuldig zu fühlen, denn sie zogen es an diesem Tag zum ersten Mal vor, nach dem Mittagessen sofort auf ihre Zimmer zu gehen.

Mir erging es genauso, hätte ich mich doch am liebsten dort vergraben und darauf gewartet, dass einer der Jungs an die Tür klopfte und mir mitteilte, dass es ihnen gut ging. Aber meine Mission war wichtig und würde mich davon ablenken, zu sehr über sie nachzugrübeln.

So packte ich nach dem Essen meine Sachen zusammen und ging Richtung Bibliothek. Die anderen Adepten schienen ihr Wochenende anderweitig zu verbringen. Ich spürte, wie eine Welle der Erleichterung mich überrollte und mit ihr die Entspannung kam. Meine Schultern sackten nach unten, der Kopf wurde mir leicht.

Vom warmen Licht beflügelt schlenderte ich durch die Regalreihen. Vielleicht würde ich ja etwas finden. Ob hier oder in den oberen Regalen, die man nur durch eine schmiedeeiserne Wendeltreppe erreichte, von der aus in alle Richtungen schmale, mit gedrechselten Geländern versehene Stege abgingen, würde ich wohl hoffentlich bald herausfinden.

Ich begann meine Suche bei den Regalen nahe der Tür.

Hier konnte ich nichts Zweckdienliches, sondern nur technischen Kauderwelsch lesen. »Technische Grundlagen«, »Heuretik – damals & heute«, »Geschichte der Heuretik«, »heuretische Filtersysteme«, »Vorfluter ins Niemals« und ein Haufen dicker Wälzer voll mit Bauplänen und Zeichnungen. Hier würde ich eher nichts finden.

Ich strich mit meinen Fingern über die Regale und kam mir beinahe wie in einem Film vor. Ich hatte die ganze Bibliothek für mich allein.

Ein weiteres Regal widmete sich bekannten Heuretikern und

ihren Lebenswerken, Werdegängen und sonstigem Blabla, das man darüber verlieren konnte, was sie in ihrem Leben erreicht hatten. Das war zwar alles schön und gut und mit Sicherheit zu einem Teil hilfreich für Heuretiker, doch je mehr Bücher ich hier fand, desto sicherer war ich, dass Leander in der richtigen Abteilung gelandet war. Viele dort schienen sich liebend gern ein Denkmal setzen zu wollen. Ich konnte es mir nicht anders erklären, denn die Regalreihe der Numistoriker war bei Weitem nicht so überdimensional groß.

Ich ging zum nächsten Regal. Dort erwarteten mich die ersten Bücher rund um medizinische Belange. Die Reihen abgehend las ich alle möglichen Begriffe, die ich nicht einordnen konnte, und war froh, dass ich sie nicht lernen musste. So wie es aussah, musste man da sogar noch mehr können als bei einem normalen Medizinstudium. Offenbar waren unsere Mediziner eine Mischung aus Ärzten und Magiern. Zumindest ließen das die Titel in der Bibliothek erahnen. Gerade, als ich gedanklich abtauchen wollte, riss ich mich wieder heraus.

»Du bist wegen etwas anderem hier, Wright. Konzentriere dich«, brummte ich vor mich hin und suchte weiter die Regale ab.

Ich passierte auch den Teil der Numistoriker, doch den überflog ich nur kurz. Ich hatte ja bereits einige Bereiche davon beäugt und wusste, dass ich dort nichts finden würde.

Schließlich erreichte ich eine Wand, die mir auf den ersten Blick nicht näher aufgefallen war. Bis ich genauer hinsah und einen kleinen Spalt erspähte. Mit dem Finger pulte ich darin herum, bis sich die ganze Wand bewegte und ich erschrocken zurücksprang.

Ein geheimer Raum. Mein Herz pochte wie wild. Ich zwängte mich durch den Spalt und stand plötzlich in einem sehr kleinen Zimmer, dessen Regale ebenso bis nach oben hin gefüllt waren, sowohl mit Büchern als auch mit Schriftrollen. Erhellt wurde er nur durch Lampen, die an den Wänden angebracht waren, deren warmer Schein aber trotzdem nicht in die dunklen Ecken vordrang.

Ich spähte noch einmal nach draußen und machte einen Stein in der Wand aus, der anders aussah als die umliegenden.

»Aufzeichnungen über die Adepten der Akademie.«

Ich zog den Band heran, der mir am nächsten war. Er stand in einem Regal, das nicht einmal bis zur Hälfte gefüllt war. Interessiert, was wohl darin stehen könnte, öffnete ich es und blätterte gedankenlos bis zu den letzten beschriebenen Seiten.

Name: Wright, Mara.
Alter: 18
Blutgruppe: 0-

Vor Schreck schlug ich das Buch wieder zu. Da stand mein Name drin. Ich war noch nicht lange hier, aber offenbar hatte man mir schon eine halbe Seite in diesem Buch gewidmet. Handgeschrieben. Wie in alten Zeiten. Das irritierte mich. Noch einmal schlug ich es auf und las die Seite zu Ende. Es waren kurze Randnotizen zu meinen Familienverhältnissen und sogar die Materialien, mit denen ich hier in der Akademie arbeitete, standen bereits darin. Überdies noch ein mit Bleistift angefügtes Wort. *Tränke*. Was es damit auf sich hatte, wusste ich nicht. Außerdem war daneben noch eine Spirale gezeichnet, die in diesem Licht Ähnlichkeit mit einem G hatte.

Ich blätterte gespannt weiter nach vorn und las mir den Absatz über Leander durch.

Name: Lanier, Leander
Alter: 19
Blutgruppe: A+

Es fanden sich ebenfalls Notizen zu seiner Familie. Er hatte allein mit seiner Mutter gelebt, sein Vater hatte sie verlassen, als Leander noch sehr jung gewesen war. Hier stand nichts zu seinen sportlichen Errungenschaften geschrieben, doch zu seinem Verhalten interessanterweise schon.

Ordnet sich nicht gern ein,
könnte Disziplinierungsmaßnahmen erfordern.

An dieser Stelle war ich mir sicher, dass dieses Archiv nicht für die Augen von Adepten gemacht war und dass ich eigentlich gar nicht hier sein dürfte. Auch die jeweiligen Eintrittsdaten, wenn man es denn so nennen konnte, waren vermerkt.

18.05.2010 / Tag 77 im Jahr 526 seit Gründung der Akademie.

Verstohlen sah ich mich um, auch wenn mir klar war, dass hier niemand war. Ich wollte mehr über Milan herausfinden. So blätterte ich in dem Wälzer auf der Suche nach ihm und fand ihn schon nach einigen Minuten.

Novak, Milan.
Schuld am Tod seiner Eltern Aleksandar und Mira.
Erfordert möglicherweise eingehende psychische Betreuung.
Bei Erfolg vorgesehen für G.

Ich hatte nicht bemerkt, dass ich zu weinen begonnen hatte. Schnell legte ich das Buch weg und wischte mir die Tränen aus dem Gesicht. Deshalb war er also so loyal der Akademie gegenüber. Sie hatten ihm sicherlich versprochen, dass er andere vor diesem Schicksal bewahren konnte, auch wenn ich nicht wusste, was »G« bedeuten sollte. Noch ein Geheimnis, das es zu ergründen galt.

»Milan«, schluchzte ich und dachte an den sanften Jungen mit den mintgrünen, freundlichen Augen.

Meine Mission! Ich durfte mich nicht zu sehr ablenken lassen. Ich würde alle Wälzer durchforsten müssen, immerhin war in der Notiz nicht erwähnt, wann Fia hier an der Akademie war.

Gerade, als ich mir die ersten paar Bücher mit nach draußen nehmen wollte, hörte ich, wie das Portal zur Bibliothek aufging. Ohne das muntere Geplapper und Rascheln der Seiten war es totenstill, fiel mir in ebendiesem Moment auf.

»Mara, bist du hier?«, hörte ich eine Stimme.

Eilig legte ich die Bücher zurück und lief in den Hauptraum der Bibliothek, doch nicht, ohne mich noch einmal umzudrehen und mir genau einzuprägen, wo die Mauer lag. »J-Ja, hier«, sagte ich etwas außer Atem und bog um eine Ecke. Fast hätte ich Sam überrannt. Er hatte mich gerade noch gepackt, sonst wäre ich wohl auf den polierten Boden geknallt. »Danke.«

Ich sah an ihm hoch. Irgendetwas war anders als sonst. »Was haben sie gesagt?«, wollte ich wissen. »Wo wart ihr heute?«

Er schüttelte unwirsch den Kopf. »Lass uns nicht darüber sprechen. Du kennst unsere erste gemeinsame Strafarbeit nur zu gut. Wenn ich dir sage, dass sie der in nichts nachstand, können wir das Thema dann bitte fallen lassen?«

Ich zuckte die Schultern. So würde ich ohnehin keine Chance haben, etwas aus ihm herauszubekommen. »Wenn du drüber reden willst, dann ...« Ich drückte seine Hand.

»... weiß ich, dass du da sein wirst, natürlich.« Er lächelte beinahe zu lieb. Dann verzog er einen Mundwinkel nach oben. »Was machst du überhaupt schon wieder hier? Hast du nicht mal genug vom vielen Lernen?«

Nun war es an mir, den Kopf zu schütteln. »Je mehr ich weiß, desto besser werde ich.« Ich lachte gackernd auf. Als ich bemerkte, wie er mich ansah, presste ich die Lippen zusammen und wollte im Boden versinken. Dieses gackernde Lachen hatte schon lang niemand mehr von mir gehört. Vielleicht auch deshalb, weil in der Vergangenheit einige Male Witze darüber gemacht wurden.

»Was ist los?«, fragte er und kratzte sich am Hinterkopf.

»Ich ... das war gerade mein peinliches Lachen.« Ich sah meine Schuhe an und hoffte, er würde nichts erwidern. Aber es wäre nicht Sam gewesen, hätte er einfach geschwiegen.

»Nein. Das war dein ehrliches Lachen. Und ich mag es. Kein Grund, sich jetzt zu schämen«, sagte er und mir wurde erst da bewusst, dass mein Kopf puterrot angelaufen war.

Immer noch vermied ich es, ihn anzusehen.

»Komm, lass uns was Schönes machen«, schlug er dann aus dem Nichts heraus vor und packte mich an der Hand.

»Was denn?«, wollte ich wissen und sah auf.

»Im Sonnenschein spazieren! Und danach zeig ich dir die Ameise.« Er lachte.

»Aber du meintest doch, die kommt erst nachts raus ...«, gab ich zu bedenken.

»Na und?«

Ich zuckte noch einmal die Achseln und ließ mich von ihm aus der Bibliothek zerren. Ohnehin hätte ich nun keine weiteren Bücher mehr ansehen können. Aber die Zeit würde kommen. Und Leander konnte dann seinen Teil dazu beitragen, damit wir fündig wurden.

In den Gängen war es auffallend kühl und ich wünschte, ich hätte eine Jacke mitgenommen. Mit der freien Hand rubbelte ich über meinen Oberarm in der Hoffnung, dass mir warm würde.

Sam drehte sich zu mir um. Im trüben Licht des schmalen

Gangs wirkte er noch hünenhafter als sonst. Die Lampe hinter ihm zauberte ihm einen Kranz auf den Kopf, der mir in den Augen brannte, als ich versuchte, sein Gesicht im Gegenlicht zu erkennen.

Er ließ meine Hand los. Als er sich aus seinem schwarzen Mantel, auf dem das Schulwappen ebenso prangte wie auf dem Rest unserer Kleidung, befreite, rutschte ihm das darunterliegende Hemd weiter nach oben und entblößte seine Bauchmuskeln.

Schnell schüttelte ich den Kopf und schloss die Augen. Andernfalls hätte er gemerkt, wie ich ihn anstarrte.

»Was ist?«, fragte er.

Ich hatte nicht bemerkt, dass ich noch immer den Kopf schüttelte. »N-Nichts«, nuschelte ich und fügte unverständliches Gebrabbel an.

Er legte mir seinen Mantel um die Schultern. »Zieh das an, bevor du dich erkältest«, sagte er freundlich.

Sein Geruch war überall an mir, um mich. Holzig-süß war das Erste, das mir einfiel. Die Wärme haftete noch in dem Mantel und schwappte nun auf mich über, als ich ihn mir überzog. Unschlüssig stand ich in seinen Geruch gehüllt da. Mir wackelten die Knie.

Er lachte donnernd, kam auf mich zu und legte den Arm um mich. »Die Sonne erwartet uns.« Der Geruch wurde nochmals stärker und hätte er mich nicht so eng bei sich gehalten, hätte ich wohl keine Chance gehabt, auch nur ein paar Schritte eigenständig zu gehen.

Verstohlen sah ich ihn von der Seite an und musste mir selbst für meine Wahl gratulieren. Groß, breit gebaut und humorvoll. Doch da wurde mir bewusst, dass es mehr bedurfte als nur meiner Wahl, die auf ihn fiel. Nach allem konnte ich annehmen, dass er mich auch mochte. Aber so verquer wie meine Sicht auf die Welt dank Menschen wie Leander war, war ich mir nicht sicher, bevor er es nicht von sich aus sagte.

Er lächelte versonnen und lotste mich durch die düsteren Gänge vorbei an unzähligen Männerbüsten, die mit jedem Mal, da ich an ihnen vorbeilief, noch finsterer zu blicken schienen.

Durch das Eingangsportal rannten wir fast nach draußen und schon erwarteten uns die ersten Sonnenstrahlen, die sich wärmend auf meine Haut ergossen.

»Das ist das Einzige, das ich hier noch mehr vermisse als meine Familie.« Kurz sah er aus, als hätte man ihn ins Gesicht geschlagen.

»Was meinst du?«, fragte ich und legte den Kopf schief.

»Ist dir noch nie aufgefallen, dass es hier immer dieselbe Temperatur hat? Wir können zwar Orte vor Katastrophen bewahren, aber es ist unmöglich, etwas anderes als Sonnenschein und achtzehn Grad Außentemperatur zur Verfügung zu stellen.«

Ich sah nach oben in die dichte Wolkenwand, deren Weiß mir in den Augen brannte, als würde die Sonne direkt dahinter auf uns scheinen. Dann wandte ich mich an ihn. »Stimmt das wirklich?«

»Was, dass wir immer dasselbe Wetter haben?«, fragte er an mich gewandt und als ich nickte, fügte er an: »Ja.«

Als wir uns unweit des Portals ins Gras setzten, kam mir mein neues Leben fast normal vor. Vielleicht weil ich es vorzog, statt der Wolkenwand Sam anzusehen, der sich auf seine Knie gestützt hatte und mich angrinste.

»Woran denkst du gerade?«, fragte ich und legte mich der Länge nach hin.

»Dass es echt schön ist, zwischen all diesem Wahnsinn auch gute Momente zu erleben.« Er rückte näher an mich heran und warf einen Schatten über mich.

Ich kniff die Augen zusammen. »Wie lange hast du gebraucht, um zu akzeptieren, dass das hier nun deine Wirklichkeit ist?«, wollte ich dann wissen. Es tat gut, mit jemandem wie ihm darüber zu sprechen.

»Zum Teil habe ich es immer noch nicht ganz verarbeitet.« Er schluckte und ich merkte, wie er seine Hände zu Fäusten ballte. »Es ist … schwer, es einfach zu akzeptieren. Ich komme damit weniger gut klar als Milan.« Ich sah, wie er seine Kiefer aufeinanderpresste und sich sein Ausdruck für eine Sekunde verhärtete. Doch dann war da plötzlich wieder der lächelnde Sam, der sich über mich beugte.

Mein Herz klopfte lauter, fast schon ohrenbetäubend.

Ich wagte kaum zu atmen. Mein Blick wanderte von seinen markanten Wangenknochen über seine Nase, die aussah, als wäre sie bereits einmal gebrochen worden, hin zu seinen Lippen. Erst jetzt fiel mir auf, dass sie doch recht voll für einen Mann waren.

Mein Blick schwenkte zurück zu seinen stahlblauen Augen, die mir immer noch weiche Knie machten. Ich war dankbar dafür, dass ich gerade nicht stand.

Was wohl in seinem Kopf vorging?, fragte ich mich und merkte gar nicht, wie er mir noch näher kam. Zu sehr war ich abgelenkt von den wirbelnden Gedanken und meinem hämmernden Herzen, als dass ich hätte verarbeiten können, was direkt vor mir passierte.

Ich biss mir auf die Unterlippe, als ich spürte, wie seine Arme mich etwas anhoben. Da fühlte ich plötzlich seine weichen Lippen auf den meinen und schloss die Augen, um mich dem Moment vollends hinzugeben.

Ob ich nun eingeschlafen war und all das nur träumte oder es tatsächlich passierte, war mir in dem Augenblick egal. Ich wollte ihn nur spüren, schmecken und riechen.

Verdammt, wie konnte jemand so eine Anziehung auf mich haben? Ich schlang die Arme um seinen Nacken und zog mich näher heran. Verzweifelt wünschte ich mir, dieser Moment möge ewig andauern.

Seine Zunge schob sich fordernd an meinen Zähnen vorbei und ich ließ ihn einfach machen. Außer ein paar schüchternen Küssen in den Ferien hatte ich noch nicht viel Erfahrung gesammelt und so war ich froh, dass wenigstens er wusste, was er tat.

Als er sich schließlich von mir löste, sah er mich eine Weile mit einem zufriedenen Ausdruck in den Augen an. Erst dann legte er den Arm um meine Schultern und drückte mich an seine Seite.

Ich wusste nicht recht, was ich sagen sollte. Mein pochendes Herz wollte vor Glück zerspringen. Doch nachdem ich von vielen Mädchen in meiner alten Schule mitbekommen hatte, wie schmerzvoll so eine erste große Liebe sein konnte, war ich mir nicht sicher, wie es weitergehen würde. So beschloss ich abzuwarten.

»Weißt du, als du letztens so auf den Scherz mit dem Knutschen eingestiegen bist, hab ich mir ein Herz gefasst und dachte ›Warum nicht?‹«, erklärte er so aus dem Nichts heraus und es klang, als würde er dabei lächeln.

Mit einem Mal erschien mir mein neues Glück nicht mehr ganz so sicher zu sein wie noch einige Augenblicke zuvor. Ich erstarrte und vermied es, ihn anzusehen. »Wie meinst du das?«, fragte ich und malte unsichtbare Kreise mit dem Zeigefinger vor mir ins Gras.

»Ich weiß nicht … Du hast was, was mich fasziniert.«

Bingo!, dachte ich erfreut, bemühte mich aber, mir das nicht ansehen zu lassen. »Kannst du das näher beschreiben?«, hakte ich nach. »Du musst wissen, solcherlei Komplimente bekomme ich nicht sehr oft zu hören.« Ich verzog den Mund zu einem halbherzigen Lächeln und zuckte die Achseln, sah aber immer noch nicht auf.

»Ich kann es nicht benennen. Manch einer würde vielleicht sagen, deine Ausstrahlung, deine Aura. Ach was weiß ich. Ich fühle mich in deiner Nähe einfach wohl.«

Ich hatte vergessen, dass nur Männer in Liebesfilmen gern über ihre Gefühle sprachen. Jene Arten von Filmen, bei denen man Frauen weismachte, dass sich Kerle auch im echten Leben so verhalten würden. Und dann waren Scharen des weiblichen

Geschlechts so enttäuscht von der Realität, dass sie erst einmal Unmengen an Schokolade, Wein und noch mehr von diesen kitschigen, filmischen Wunschvorstellungen brauchten, um das zu verdauen.

»Mir geht es ebenso, wenn du da bist«, war das Einzige, das ich erwiderte. Ich hatte bislang nicht viel über meine Gefühle gesprochen, schließlich hatte es nicht viel Anlass dazu gegeben. Doch jetzt wünschte ich mir, ich hätte schon mehr Übung darin und könnte ihm so klarmachen, was ich wollte, ohne dumm oder anhänglich zu wirken.

»Dann sind wir uns ja einig.«

Das erklärte mir immer noch nicht, was das zwischen uns war.

Abwarten, Mara, abwarten, sagte ich mir in Gedanken, während wir auf das Gras hinaussahen und den mit Kies ausgelegten Weg entlangblickten, der menschenleer sogar noch verlorener wirkte.

Gedankenversunken ging ich dann an seiner Seite zum Abendessen und hätte mich vermutlich dreimal verlaufen, wenn er mich nicht in die richtige Richtung gezogen hätte. Immer noch hielt er meine Hand und ich musste zugeben, ich hatte nicht bemerkt, wie still ich gewesen war, bis er sagte:

»Ist irgendwas? Du bist so schweigsam.« Er war stehen geblieben und sah mich eindringlich an. »Ich hoffe, diese Sache ändert nun nicht zu viel zwischen uns.«

Was sollte es denn ändern? Ich wusste ja nicht einmal, was diese Sache war! Das Küssen? Oder meinte er mit ›dieser Sache‹ vielleicht etwas Größeres?

»Es ist alles gut.«

Doch so ganz glaubte er mir doch noch nicht. »Ich weiß, ich hab dich heute Nachmittag überfallen mit –«

Ich unterbrach ihn: »Sam, es ist alles gut. Ich bin nur nicht ganz so vertraut mit … so was.« Ich wollte die Sache ebenso wenig beim Namen nennen wie er.

»Dann lass es uns einfach noch eine Zeit lang für uns genießen.« Er lächelte verschmitzt und ließ meine Hand los.

Ich erwiderte sein Lächeln. »In Ordnung.«

Als wir schließlich den Saal betraten, waren die anderen schon an ihren Plätzen. Leander, der neben Islington stand, verfolgte jeden unserer Schritte, doch sah er diesmal nicht herausfordernd drein, sondern einfach nur mitgenommen. Bei näherer Betrachtung wurde mir bewusst, dass auch Islington und, ein Seitenblick auf ihn genügte, Milan aschfahl waren.

Das Abendessen über verhielten wir uns wie immer. Oder zumindest dachten wir das.

»Jetzt also wirklich, oder?«, fragte Leander, als er mein Zimmer betrat.

»Was meinst du?«, erwiderte ich gelassen und kramte in den Büchern herum. Mir war bewusst, wovon er sprach, und da er die etwas bessere Menschenkenntnis hatte als ich, war mir ebenso klar, dass er mich durchschaut hatte.

»Tu doch nicht so«, säuselte er und bestätigte meinen Verdacht. »Das war ja wohl nicht zu übersehen, wie ihr euch bemüht habt, es euch nicht anmerken zu lassen.« Er lachte so donnernd auf, dass er sich prompt verschluckte. Während er versuchte, wieder zu Atem zu kommen, ordnete ich meine Gedanken, doch so wirklich wollte es mir nicht gelingen.

»Weiß nicht, was du meinst«, nuschelte ich und war noch immer mit den Büchern beschäftigt und damit, nicht zu erröten. Ich konnte ja ohnehin schon nicht herausragend lügen, aber dass ich mich immer wieder verriet, fand ich nicht gut.

»Jetzt hör doch schon auf, Mara«, forderte er und packte mich an den Schultern. »Es ist doch nichts dabei, wie ich schon sagte, ich freue mich, ganz ehrlich.«

Ich wusste, dass es keinen Sinn hatte, es abzustreiten, er würde nicht aufhören. »Okay, schön. Wir haben uns geküsst, mehr nicht«, sagte ich schließlich und wandte mich zu ihm um.

Leander grinste mich unverhohlen an. »Wusst' ich's doch!«, erklärte er triumphierend. »Aber … unauffällig seid ihr ja nicht gerade.«

»Was willst du damit sagen?« Meine Miene verfinsterte sich. Ich wollte nichts davon hören. Gleichzeitig interessierte es mich brennend, wie er die Sache sah.

»Du hast noch immer seinen Mantel an.«

Ich spürte, wie sich mein Körper mit einem Mal versteifte. Weder mir noch Sam war es aufgefallen. So viel dazu, dass wir es für uns behalten würden, was auch immer das zwischen uns war. »Hm«, machte ich. »Aber eigentlich wollte ich über etwas anderes mit dir sprechen.« Ich wandte mich zu ihm um, stemmte die Hände in die Hüften und atmete tief aus. Inständig hoffte ich, dass die Sache nun endlich erledigt sei.

Leander setzte sich auf und sah mich erwartungsvoll an.

»Ich hab heute was in der Bibliothek gefunden.«

Er lehnte sich weiter vor, offenbar war sein Interesse nun geweckt. »Schieß los.« Obwohl es im Zimmer allmählich dunkel wurde, nahm ich das Lodern in seinen Augen deutlich wahr.

»Es gibt einen Bereich in der Bibliothek, in dem die Aufzeichnungen über die Schüler der Akademie verwahrt werden.« Ich grinste triumphierend.

»Und das haben sie einfach so rumstehen für jedermann einsehbar?«, wollte er nachdenklich wissen und rieb sich das Kinn. »Sind die irgendwie blöd?«

»Das ist ein geheimer Raum. Ich hab den Eingang zufällig gefunden. Darin finden sich wirklich eine Menge Aufzeichnungen,

bis man die alle durchhat …« Meine Stimme krächzte gegen Ende hin. »Ich denke, wir sollten uns die ansehen, um etwas über Fia herauszufinden.«

»In Ordnung. Aber denkst du wirklich, dass wir da fündig werden?«, fragte er skeptisch und zog eine Braue hoch. »Ich finde es wunderbar, dass du die Entdeckung gemacht hast, aber ich befürchte, wir werden wohl nichts finden, wenn von dieser Fia nichts als eine kryptische Notiz und ein paar Knochen übrig geblieben sind.«

Zugegeben, er hatte sicherlich einen Punkt, aber ich wollte mich noch nicht geschlagen geben. »Mag sein, aber wir müssen es versuchen. Oder hast du eine bessere Idee?«

Er zuckte die Achseln. »Nein. Wann starten wir?«

»Ich kann heute Abend nicht, aber ich würde sagen morgen Nacht.«

Leander nickte. »Gut.« Plötzlich stahl sich ein anzügliches Grinsen auf sein Gesicht. »Hast du heute Abend ein Date?« Donnernd lachte er auf und zeigte seine perfekten weißen Zähne dabei.

»Wenn es so wäre, wärst du der Letzte, mit dem ich darüber reden würde.«

»Wie du meinst«, sagte er unbekümmert und stand auf. »Wir seh'n uns morgen früh, Wright.« Er winkte mir lässig zu und verließ das Zimmer. Wie gern hätte ich ihn über die Strafarbeit befragt. Ich war mir nicht sicher, ob er mit mir darüber gesprochen hätte, aber einen Versuch wäre es wert gewesen.

Lange war ich nicht allein, da klopfte es erneut an meine Tür. Ich trat aus dem Bad und öffnete sie.

»Können wir los?«, fragte Sam und grinste mich breit an.

»Mhm«, sagte ich nicht minder lächelnd und reichte ihm seinen Mantel. Dann folgte ich ihm den Korridor entlang.

»Merle hat bei der Majorin angemeldet, dass wir dir heute noch mal eine Unterweisung geben. Falls uns jemand erwischt, meinte sie, es ginge ihr heute Abend nicht sehr gut.« Er wackelte verschwörerisch mit den Augenbrauen.

»Falls es dir lieber ist, die ganze Sache nach eurer Strafarbeit ruhiger anzugehen, dann mü-«, begann ich.

»Nein, nein.« Er fuchtelte mit den Armen. »Das will ich gar nicht hören. Ich gab dir ein Versprechen. Außerdem brauche ich die Ablenkung sowieso.« Sam zwinkerte mir zu.

Bald schon waren wir wieder im Observatorium, dieses Mal jedoch allein. Wie immer hatte ich meine Tasche dabei, denn das Geheimnis, das sich darin befand, wollte ich nicht im Zimmer zurücklassen. Ich hatte mich sogar dabei ertappt, wie ich sie mit ins Badezimmer schleppte und vor der Duschkabine abstellte, um sie immer im Auge zu haben.

Als wir am selben Platz ankamen, an dem wir schon letztens unser Lager aufgeschlagen hatten, erwartete uns ein unter der Sitzbank versteckter Rucksack. Sam zog ihn hervor.

»Du sollst morgen keinen Kater haben, daher hab ich mich auf Tonic und Früchte beschränkt«, verkündete er.

»Ach«, schwärmte ich und übertrieb dabei maßlos. »Du weißt einfach, wie du eine Frau glücklich machen kannst.« Ich blinzelte dabei so heftig mit den Wimpern, dass man meinen könnte, ich hätte einen Anfall.

»Halt die Klappe, Wright.« Er lachte.

»Sind wir wieder bei unseren Nachnamen angelangt? Diese Romanze währte nur zu kurz, o weh!«, scherzte ich und tat, als würde ich in Ohnmacht fallen.

»Du bist unmöglich«, sagte er.

»Ich weiß. Deshalb magst du mich.« Darauf hatte er nichts mehr zu sagen und ich lachte gackernd. »Haben die anderen eigentlich was zu dir gesagt?«

»Was meinst du?«, wollte Sam wissen.

»Leander hat mich vorhin darauf hingewiesen, dass ich beim Essen deinen Mantel getragen habe und …«, erzählte ich ihm und presste dann schuldbewusst meine Lippen aufeinander.

»Tja. So viel dazu, dass wir es noch eine Weile genießen.« Er lachte. »Dann können wir die Heimlichtuerei wohl gleich lassen. Merle hat auch was angedeutet. Deshalb war sie auch so schnell bereit, sich heute Abend zurückzuziehen. Lange konnten wir das ja nicht für uns behalten.« Wieder lachte er donnernd auf. Er stellte den Rucksack ab und wandte sich an mich. »Weißt du, irgendwie bin ich froh darum, dass es die anderen wissen. So erspare ich mir Heimlichkeiten und Küsse an abgelegenen Orten.«

Ich schaute zu ihm auf und erkannte im Halbdunkel das breite Grinsen, das er mir zuwarf. Sofort spürte ich wieder mein verräterisches Herz, das immer schneller auf und ab hüpfte und mir im Befehlston zurief, mich doch in seine Arme zu werfen.

»So kann ich dich nun küssen, wo auch immer ich will, ohne mich fragen zu müssen, ob uns jemand beobachtet hat.« Er schlang die Arme um meine Hüften und zog mich zu sich.

»Als ob du heute Nachmittag Angst hattest, dass uns jemand sehen könnte. Wenn ich es nicht besser wüsste, würde ich meinen, du hast es darauf angelegt, gesehen zu werden«, stichelte ich und schenkte ihm ein keckes Lächeln.

Doch bevor er etwas erwidern konnte, hatte ich ihm einen Kuss auf die Lippen gehaucht.

»Ich …«, begann er, aber plötzlich sah er mir mit wilder Entschlossenheit in die Augen und ich erkannte, wie er jeglichen Gedanken in seinem Kopf verwarf. Bevor ich auch nur blinzeln konnte, schmeckte ich seine Lippen auf den meinen und vergaß alles um mich herum.

Die Akademie.

Die Strafarbeiten.

Unsere Freunde, meine Familie.

Nichts war in dem Moment so präsent wie Sam, dessen Zunge sich ihren Weg durch meine Lippen bahnte und fordernd nach der meinen suchte. Fahrig strich er mir mit seiner rechten Hand über den Rücken und zog mich noch enger zu sich, als ich fühlte, wie meine Knie unter mir nachzugeben drohten.

Irgendwann lösten wir uns, er sah mir in die Augen und strich mir eine Haarsträhne aus dem Gesicht.

Ich wusste nicht, was ich sagen sollte, und ertappte mich dabei, wie ich schüchtern kicherte.

Dann drehte er sich um und nestelte am Verschluss der metallenen Vorratsdose, in der die Früchte eingepackt waren. »Ich wusste nicht, was du magst, also hab ich mir von allem was bringen lassen.« Sam wandte sich zu mir und ein verlegenes Lächeln huschte über seine Züge, das aussah, als wüsste es nicht, was es dort eigentlich sollte.

»Es ist wunderbar«, sagte ich, als ich mir besah, was er alles mitgebracht hatte. »Ich fühle mich jetzt fast ein wenig schlecht, weil ich nichts –«

»Der Mann mit den Kontakten bin ja schließlich ich. So lange bist du noch nicht an der Akademie, um die Leute zu kennen.« Er lachte. »Und immerhin war ich es, der dich eingeladen hat.«

»Wie recht du hast.« Ich zwinkerte. »Und ich meine, mich recht zu erinnern, dass du mir später dann einen gewissen Hausmeister vorstellen wolltest.« Ich ließ es zu, dass er mir eine Erdbeere in den Mund schob, und kaute glücklich darauf herum.

»Wir müssen nur aufpassen, dass wir nicht erwischt werden.« Er blickte mir eindringlich in die Augen. »Wenn jemand kommt, will ich, dass du dich versteckst und danach sofort zurück in dein Zimmer läufst. Man soll dich nicht erwischen.«

»Dich genauso wenig!«, protestierte ich und konnte mich gerade so abhalten, nicht vor Ärger auf die Tischplatte zu hauen.

»Es ist egal, wenn sie mich erwischen, aber du sollst nicht ...« Er brach ab und ich war mir in dem Licht nicht ganz sicher, ob er grün angelaufen war.

»Sam, was ist los?«, fragte ich besorgt und legte die Hand auf seinen Unterarm.

»Nichts.« Er sah mir starr aus seinen stahlblauen Augen in die meinen. »Aber bitte halte dich daran. Wenn ich dir sage, dass du dich verstecken sollst, dann tu das. Ich will dich nicht einer weiteren Strafarbeit aussetzen.«

»Aber du kassierst gern eine für mich?«, fragte ich erbost.

»Wenn es dir dadurch eine erspart, ja«, antwortete er und kam näher. Er hätte beinahe bedrohlich gewirkt, wenn er nicht im nächsten Augenblick gelächelt hätte. »Ich sage ja nicht, dass etwas passiert, aber für den Fall ...«

»Ich hab da aber auch noch ein Wörtchen mitzureden. Du hast gerade erst eine Strafarbeit hinter dich gebracht. Ich lasse nicht zu, dass das schon wieder meinetwegen passiert. Wir sind einfach leise und passen auf.« Ich war zuversichtlich, dass es so funktionieren würde.

»So läuft das hier aber nicht. Milan hat nun ein Auge auf uns, nachdem, was passiert ist«, sagte er nachdenklich und rieb sich das Kinn. »Ich bin mir sicher, dass auch er umherstromert, um uns nachzuspionieren.«

»Mach dir nicht so viele Sorgen«, erwiderte ich sanft.

Doch er schüttelte nur den Kopf. »Ich mache mir keine Sorgen um mich. Mehr um dich und deine Familie.«

»Was meinst du damit?«, fragte ich, doch da hörten wir weiter hinten etwas poltern. Alarmiert stopften wir alles in den Rucksack und machten uns so schnell wie möglich aus dem Staub.

Erst einige Korridore weiter vom Eingang des Observatoriums entfernt erlaubten wir uns durchzuatmen. Mein Herzschlag pochte ohrenbetäubend vor sich hin und ich war froh, Sam dabeizuhaben, denn ich hätte vermutlich nicht gehört, ob uns jemand gefolgt war.

»So viel zu einem romantischen Abend«, erklärte er und warf sich den Rucksack über die Schulter. »Ich glaube, für heute ist es sicherer, wenn ich dich in dein Zimmer bringe. Lass uns das ein anderes Mal zu Ende führen.« Er legte den Arm um mich und ging zügigen Schrittes voran, sodass ich Mühe hatte, ihm zu folgen. Vor meiner Tür blieb er stehen.

Keiner von uns beiden wusste recht, ob wir nun etwas sagen sollten.

»Gute Nacht«, flüsterte er und zog mich noch einmal zu sich, um mich zu küssen. Ich wollte nicht, dass der Abend vorbei war. Ich wollte nicht, dass er ging. Doch da löste er sich bereits von mir, ließ ein draufgängerisches Lächeln aufblitzen und trat ein paar Schritte rückwärts. »Schlaf gut.«

»Gute Nacht«, wisperte ich und unterdrückte meine Enttäuschung. Es war ein schöner Abend gewesen, der noch viel schöner gewesen wäre, wenn wir nicht so eilig hätten aufbrechen müssen. Ich war mir sicher, dass Milan dahintersteckte, und hasste ihn in dem Moment sogar ein wenig dafür. Doch wenn ich ehrlich und fair zu ihm, aber auch zu mir war, wusste ich, dass er nichts dafürkonnte. Er meinte, Leander habe ihm seine Freunde abspenstig gemacht und nun hätten sich alle gegen ihn gewandt. Und auch wenn das in keiner Weise der Wahrheit entsprach, konnte ich nachempfinden, wieso er so einen Hass in sich fühlte.

Sein Hass auf das, was ihm widerfahren war, sein Hass auf Leander musste so groß sein wie der meine einstmals auf den schwarzhaarigen Jungen, vielleicht aber auch so groß wie mein Hass auf die Akademie.

Eigentlich hätte ich mich bremsen müssen, gerade jetzt, da mir

Sam immer mehr ans Herz wuchs. Denn eines Tages würde ich mich entscheiden müssen. An dem Tag, an dem ich die Akademie zerstören würde. Mit ihr würde auch Sam brennen. Und ich hoffte inständig, dass ich dann bereit wäre, all das aufzugeben, um künftige Generationen von jungen Menschen davor zu bewahren, das gleiche Schicksal zu erleiden wie wir alle.

Zwei Monate später.

Sam und ich waren nun schon seit einiger Zeit zusammen. Uns waren nicht nur gemütliche Abende in der Gruppe vergönnt, sondern auch genügend Stunden, die ich allein mit ihm verbringen konnte.

Noch immer lag Milan mit uns im Streit. Nun … besser gesagt, es war seither nur unangenehmer geworden. Nicht nur, dass er den Jungs die Prügelei immer noch nachtrug, verachtete er auch uns Mädchen mehr denn je. Er war mir zwar nicht noch einmal bedrohlich nahe gekommen, doch fühlte ich jedes Mal, wenn er an mir vorbeiging, ein wenig Angst in mir aufwallen und war meistens froh, dass sich Sam in meiner Nähe befand.

Leander und ich hatten beinahe alle Bände in der versteckten Abteilung über die Aufzeichnungen der Schüler der Akademie durchgeackert. Nacht für Nacht, zum Teil noch, nachdem ich mich mit Sam getroffen und dann so getan hatte, als wäre ich todmüde. Manchmal hatte ich ihm gegenüber ein schlechtes Gewissen. Er hatte keinerlei Geheimnisse vor mir und ich doch so viele vor ihm.

Nicht nur, dass er nichts von unserer geheimen Rebellion gegen die Akademie wusste – nun, das würde er wahrscheinlich auch nie –, er fühlte sich auch noch verantwortlich für meine Müdigkeit, die sich seit Beginn der nächtlichen Stürme auf die Bibliothek zeigte.

Ich gähnte, als ich mit meinen Freunden das Klassenzimmer der Majorin betrat.

»Huxley, du solltest echt mal zusehen, dass deine Freundin früher ins Bett kommt«, sagte Islington und klopfte Sam freundschaftlich auf den Rücken.

»Du hast gut reden. Du hast ja keine Freundin, die …«, begann Sam, doch dann erhellte sich sein Gesicht. Er wandte sich zu mir um und ließ den verdutzten Islington stehen. »Du schuldest mir eine Massage, Wright!«

O verdammt! Das hatte ich ja total vergessen … Ich grinste ihn schelmisch an. Weil wir selbst so einen turbulenten Start hingelegt hatten, hatten wir im weiteren Verlauf der Wochen unsere Wette vergessen. Auch wenn ich mir bei Sam nicht sicher war, ob er tatsächlich nicht mehr daran gedacht hatte.

»Und was hat das mit mir zu tun? Hey, Huxley!«, hörte ich Islington hinter Sams breitem Rücken rufen. Ich sah einen wütend aufspringenden Kugelbusch.

»Nichts, nichts. Mir ist nur vorhin wieder was eingefallen«, erwiderte Sam wenig glaubhaft, doch damit gab sich Islington zufrieden.

Energische Schritte. »Guten Morgen, Adepten!«

»Guten Morgen, Majorin Mercedes!«

»Startet eure Berechnungen, Wright, zu mir!«, bellte die Professorin.

Mir lief es kalt den Rücken hinunter. Ich war mir nicht sicher, ob man den letzten unserer nächtlichen Ausflüge in die Bibliothek nicht doch bemerkt hatte. Gerade, als wir den vorletzten Band zugeschlagen hatten, hatten wir Lärm draußen am Gang gehört. Gesehen hatten wir niemanden und auf dem übereilten Rückweg zu unseren Zimmern waren wir auch keiner Menschenseele begegnet.

Mit rasendem Herzen ging ich an den anderen vorbei, die mir besorgte Blicke zuwarfen. Ich versuchte, langsamer zu gehen, aber selbst das hätte das Unausweichliche nicht aufgehalten. Also beschleunigte ich meinen Schritt.

Doch egal wie, ich kam mir dämlich vor, während mich die Angst vor dem, was mich vorn am Pult der Majorin erwarten würde, immer mehr zerfraß.

»Folgen Sie mir.« Die Kälte in ihrer Stimme war nicht zu überhören. Ohne ein weiteres Wort stand sie auf, marschierte nach draußen und verschränkte die Arme hinter dem Rücken. So schritt sie schweigend den Gang entlang. Rechts, links, geradeaus, wieder links, die Treppe hoch. Da dämmerte mir, wohin sie mit mir wollte: in ihr Büro. Mit einem Schlüssel, der lächerlich groß und alt wirkte, sperrte sie die Tür auf, umrundete den dunklen Schreibtisch und nahm dahinter Platz.

Wie Merle es mir schon beschrieben hatte, flackerte hinter der Majorin ein Feuer vor sich hin.

Ich schloss die Tür so geräuschlos, wie es mir nur möglich war, und stand unschlüssig vor dem Schreibtisch.

»Setzen Sie sich, Wright. Sie haben in den letzten Monaten wundervolle Fortschritte mit den Karten und der Sternenbrille gemacht. Die Runen, wie Sie ja selbst wissen, waren nicht unbedingt das Wahre für Sie.«

Ich folgte ihrer Aufforderung und bemühte mich, so zu sitzen, dass ich im Falle einer Flucht sofort aufspringen konnte. Auch wenn ihre Worte anderes vermuten ließen, war ich mir dennoch nicht gänzlich sicher. So wie mit allem, was hier in der Akademie geschah.

»Ihre Kameradin Merle hat Ihnen sicherlich bereits vom Wirken ihres Feuers erzählt«, führte sie weiter aus und wartete, bis ich nickte, bevor sie mit einem unheimlichen Glimmen in ihren dunklen Augen fortfuhr: »Ich denke, Sie sind nun bereit dazu, etwas Neues auszuprobieren.«

Ich saß schon ganz vorn auf dem Stuhl, dennoch lehnte ich mich, so weit es möglich war, über ihren Schreibtisch.

Ja, auch nach mehr als zwei Monaten hasste ich die Akademie für das, was sie mir angetan hatte, auch wenn ich nun Freunde hatte, die ich mir in meinem alten Leben niemals erlaubt hätte zu erträumen. Doch trotzdem konnte ich mich der Faszination für die Arbeit der Akademie – so schrecklich ich die Hintergründe auch finden mochte – nicht gänzlich entziehen.

»Ich möchte vorausschicken, dass Sie, wenn Sie annehmen, umziehen werden müssen. Doch dazu später mehr.« Sie drückte sich äußerst kryptisch aus und hätte mein Interesse, wenn ich nicht bereits zum Bersten gespannt wäre, spätestens an diesem Punkt geweckt. »Sind Sie vertraut mit der Pflanzenkunde?«

»Vermutlich nicht mehr oder weniger als viele andere. Ich kenne einige der heimischen Pflanzen und ihre geläufigen Wirkungsweisen«, erwiderte ich wahrheitsgetreu und fragte mich, ob ich mir in diesem Moment diese neue Gelegenheit vertan hatte.

»Ich möchte Ihnen die Möglichkeit bieten, sich mit den an der Akademie heimischen Pflanzen auseinanderzusetzen, Wright. Jene, die wir hier angebaut haben, sind seit Jahrhunderten für die Zwecke der Akademie im Einsatz.« Sie lächelte mich herausfordernd an.

»Wie werden sie eingesetzt?«, hakte ich nach.

Da griff die Majorin unter ihren Schreibtisch und hob eine eisenbeschlagene Truhe hoch, die sie zwischen uns abstellte. Als sie die Kiste umdrehte, sodass das Schloss zu mir zeigte, reichte sie mir einen Schlüssel darüber hinweg, der nicht minder alt und groß war wie der zu ihrem Büro und meinte: »Öffnen Sie sie.«

Mit bebenden Fingern ergriff ich das kühle Metall des Schlüssels. Es fühlte sich tatsächlich so an, als würde das, was in der Truhe verborgen lag, das Richtige für mich sein.

Gewissheit durchströmte mich, als ich den Schlüssel im Schloss herumdrehte und den Deckel aufstieß. Im Inneren befand sich ein kompakter kupferner Kessel, ein Mörser mitsamt Stößel aus tiefschwarzem Stein, eine kleine Waage und ein dickes Buch, das mehr wog als die Kiste und die anderen Gegenstände zusammen.

Erwartungsvoll sah ich auf, auch wenn ich bereits verstanden hatte. Das, was ich schon vor zwei Monaten neben meinem Namen im Verzeichnis gefunden hatte, dröhnte mir klingelnd wie eine Warnung in den Ohren und übertönte dabei beinahe das, was die Majorin nun sagte:

»Sie werden Tränke brauen, mit denen Sie die Geschehnisse sehen können. Durch die Ausbildung in den letzten beiden Monaten wurden Sie darauf vorbereitet, denn dieses Wissen benötigen Sie zusätzlich, um Voraussagen zu machen. Doch kann ich mit gutem Gewissen behaupten, dass Sie seit einigen Jahren die beste Schülerin sind, die mir untergekommen ist.« Schwang da ein großer Hauch Stolz mit? Die Majorin sah mich aus harten Augen an, doch irgendwie schob sich ein Lächeln dazwischen. Gerade so, als würde man in zwei übereinander geschobene, identische Gesichter blicken, das eine lachend, das andere voll mit grimmigem Stolz.

»Vielen Dank, Majorin. Ihre Worte ehren mich.« Das tat es, wirklich.

»Wollen Sie es versuchen?«, fragte sie mich dann und wartete.

»Gern. Doch was hat es mit dem Umzug auf sich, von dem Sie vorhin sprachen?«, wollte ich wissen.

»Ihnen obliegt dann nicht nur das Brauen der Tränke, sondern auch das Pflegen der Kräuter und Pflanzen. Doch dazu finden Sie mehr im Buch. Nicht nur Anleitungen zum Mischen und Brauen der Tränke, sondern auch zur Pflege Ihrer Zutaten.«

Wäre sie einer meiner Freunde gewesen, hätte ich sie wohl darauf hingewiesen, dass dies in keiner Weise die Frage beantwortete, doch als sie zum Weitersprechen anhob, verwarf ich meinen Gedanken.

»Damit Sie sich auch gründlich darum kümmern können, werden Sie daher ein Zimmer mit Zugang zum Garten benötigen. Daher der Umzug. Außerdem ist es geräumiger und verfügt über eine Kochstelle.«

So, wie ich mir das Zimmer vorstellte, könnte es ja fast heimelig werden. Auch wenn ich mir immer noch vormachte, ich würde mich nicht zu eng an die Akademie als Heimat binden, so hatte ich das doch schon lange zum Teil mit Sam getan.

Das, was zwischen uns war, erfüllte mich mit zu großer Freude, als dass ich hätte leugnen können, dass die Akademie doch etwas Gutes hatte. Ich wollte sie immer noch brennen sehen. Aber der bittere Nachgeschmack meiner Gedanken war lang nicht mehr so widerwärtig wie davor. Ob mich das beunruhigen sollte oder die Rebellion in Gefahr bringen würde, wusste ich nicht. Doch je weniger Gedanken ich mir darum machte, desto besser.

»Ich würde es gern versuchen.« Dafür faszinierte mich der Inhalt dieser Truhe zu sehr und ich wollte das Geheimnis um die Tränke auf jeden Fall ergründen.

»Ich werde Ihren Umzug noch heute veranlassen.« Sie nickte.

Mit stolzgeschwellter Brust folgte ich ihr zurück ins Klassenzimmer, in dem es in dem Moment, als wir eintraten, augenblicklich still wurde.

Besorgt sahen mich meine Freunde an, ihre Mienen erhellten sich aber, als ich breit grinsend eintrat und aufgeregt auf die Truhe zeigte, die ich mir unter den Arm geklemmt hatte.

Wir wussten, dass wir während des Unterrichts nicht über den Inhalt reden durften, und so konnte ich kaum an mich halten, als wir endlich entlassen wurden und zum Essen stürmten.

»Was zur Hölle befindet sich in dieser verdammten Kiste?«, fragte Merle und sprang aufgeregt auf und ab. »Ich sterbe, wenn ich es nicht sofort erfahre!«

»Merle!«, rief Islington sie zur Ordnung, aber ausnahmsweise hörte sie nicht auf ihn.

»Ich denke seit einer gefühlten Ewigkeit – jaaaa, das ist so! – darüber nach, was da wohl drin sein könnte. Jetzt mach sie doch endlich auf!«, quengelte sie weiter und warf Islington ihre Zöpfe um die Ohren, der sie beruhigen wollte.

»Ist ja schon gut, schon gut!«, erwiderte ich lachend und stellte sie mitten im Gang ab, wohl wissend, dass ich anderen Schülern den Durchgang so versperren würde. »Tadaaaa!«

Mit einem unspektakulären *Klonk* stieß ich die Truhe auf und die Köpfe aller beeilten sich, einen Blick ins Innere zu erhaschen.

»Ein Kessel!«, schrie Merle erfreut.

»Mörser und Stößel!«, stieß auch Hannah aus und juchzte.

»Eine … Waage?«, hörte ich Islington nachdenklich brummen.

»Und ein dickes, fettes Buch …«, schloss Sam. »Ehrlich, Wright, das sieht mehr nach den Küchenutensilien meiner Oma aus. Deshalb so einen Wind machen, na, ich weiß ja nicht …«

»Halt die Klappe, Huxley.« Lachend schloss ich den Deckel und klemmte mir die Truhe wieder unter den Arm. »Wenn deine Oma auch weissagende Tränke brauen kann …«

Für einen Moment erstarrte er, vielleicht weil er nach einer passenden Antwort suchte und keine fand. »Eventuell kann sie das, ja.«

»Der war mies, Huxley«, meinte Islington und die Gruppe setzte sich wieder in Bewegung.

»Und wenn du dir das von Islington sagen lassen musst …«, mischte sich nun auch King in die Unterhaltung ein, die bislang recht still gewesen war, und kicherte hinter vorgehaltener Hand.

»Deshalb muss ich auch umziehen.«

»Wie bitte?« Sam sah mich überrascht an.

»Ich muss mich um die Pflanzen kümmern, die ich für meine

Tränke brauche. Mehr weiß ich noch nicht. Aber es soll sich offenbar um ein Zimmer mit Gartenzugang handeln.«

»Wright steigt in die Oberklasse auf, meine Lieben«, verkündete Merle gackernd.

»Was hab ich verpasst?«, fragte nun auch Leander, der um die Ecke bog. Das Geräusch seines metallischen Fußes hatte ihn schon von Weitem verraten.

»Wright hat neue Utensilien und zieht in eine Einzimmerwohnung mit eigenem Garten«, erklärte ihm Merle auf die Schnelle und konnte sich das Gackern immer noch nicht verkneifen. »Offenbar gehört sie nun zu den Günstlingen der Akademie!«

Leander warf mir einen bitterbösen Blick zu – nur für einen Moment –, aber ich wusste, was er dachte. Er hatte Angst, dass ich unsere Mission verraten würde. Und wer konnte es ihm verübeln? Ich hätte vermutlich dasselbe angenommen. »Ich erzähl dir das Ganze später im Detail«, flüsterte ich ihm zu und versuchte, so unauffällig wie möglich zu sein.

Doch wir mussten gar nicht bis nach dem Essen warten, die anderen bestürmten mich mit so vielen Fragen, dass Leander die Informationen aus dem Zusammenhang erahnte. Es war kaum verwunderlich, dass ich die Letzte war, die mit dem Essen fertig wurde.

Zum ersten Mal seit Langem verbrachten wir den Nachmittag wieder einmal in der Bibliothek. Als dann – zu unser aller Verwunderung – Milan auftauchte und mich bat, ihm auf Anweisung der Majorin zu folgen, änderte sich die Stimmung schlagartig.

Huxley setzte eine finstere Miene auf und verschränkte die Arme. Er verachtete ihn immer noch, nicht nur wegen des Vorfalls, der ihm eine Strafarbeit eingebrockt hatte, sondern auch wegen all der kleinen Sticheleien und Verfolgungen unserer nächtlichen Aktivitäten seither.

Auch Leander und Islington versteiften sich, Merle hatte Hannahs Hand ergriffen.

»In Ordnung. Bis später«, sagte ich daher schnell, um eine mögliche Auseinandersetzung zu vermeiden.

»Pass auf, wo du deine Hände lässt, Novak«, rief uns Sam nach.

Draußen im menschenleeren, kühlen Gang, der wie immer düster vor uns lag, räusperte ich mich. »Er –«

»Du musst jetzt nichts sagen. Mir ist bewusst, warum Huxley so einen Aufstand macht. Auch wenn ich nichts mehr mit euch zu tun habe, war und bin ich nicht blind. Ich hab das schon lange kommen sehen. Und es ist gut so, ganz ehrlich.«

An dieser Stelle hätte man ein aufmunterndes Lächeln vermuten können, doch da war keines. Nur eine wächserne, halb zu einem Grinsen verzogene Grimasse, die mal das Gesicht eines Freundes war.

»Ich denke, ich sollte sehr wohl etwas sagen, nun, da wir die Gelegenheit dazu haben«, begann ich. »Mir tut die ganze Sache einfach leid, hörst du? Es war nie geplant, dass Leander deinen Platz einnimmt, er sollte einfach nur dazugehören. Ich weiß nicht, an welcher Stelle es schiefgegangen ist, aber könnte ich es ändern, dann würde ich in der Zeit zurückgehen und es tun. Doch das geht nicht.«

Er lachte trocken. »Nach allem, was wir hier an der Akademie so tun, ist es wirklich Ironie des Schicksals, dass das nicht möglich ist. Ich verstehe deine Gedanken, das hab ich immer schon, Wright, aber es lässt sich nichts daran ändern. Ich bin nicht mehr Teil eurer kleinen Kameradschaft, das hat sich gezeigt. Wer weiß, wozu es gut ist?«

»Ich sag dir, wozu es gut ist: zu nichts. Wir sollten das Kriegsbeil ein für alle Mal begraben.« Mein Ärger wuchs von Minute zu Minute. Ich hatte mir die letzten beiden Monate vermutlich mehr

Gedanken über den Streit gemacht, als ich sollte, und nachdem, wie gleichgültig er sich gab, hatte er offenbar nichts dergleichen getan. Es schien mir fast, als wäre ihm unsere einstige Freundschaft egal.

»Nein.«

Wie ich es hasste, wenn das Gegenüber nur ein einziges Wort erwiderte. Ich ballte meine Hände zu Fäusten und unterdrückte einen wütenden Schrei. Auf gar keinen Fall wollte ich mich verhalten wie eine Irre, aber er trieb mich dazu. »Ich will einfach meinen Freund Milan zurück.«

»Das wird nicht möglich sein, nach allem, was vorgefallen ist. Ich werde sicherlich nicht bei irgendwem zu Kreuze kriechen, um wieder Teil eurer kleinen Truppe sein zu können. Ich weiß, dass ich im Recht bin.«

Doch so einfach war das alles nicht. Er würde sich nicht entschuldigen, Leander ohnehin nicht und Sam nach der ganzen Sache schon gar nicht. Allein meinetwegen, auch wenn ich Milan bereits lange vergeben hatte. Aber nach allem, was ich bislang über Sam erfahren hatte, konnte er es nicht sehr gut leiden, wenn mich jemand wie Dreck behandelte. Leander hatte er das schon klargemacht, der sich dementsprechend freundlicher verhielt. Milan jedoch war davon ungerührt geblieben. »Ich vermisse dich.«

Zum ersten Mal sah er mir in die Augen und es schien, als wäre er sich nicht im Klaren darüber, was er mir antworten sollte. Doch dann verhärtete sich sein Ausdruck. »Es lässt sich nichts mehr daran ändern, Wright. Es ist nun mal so. So, wie ihr eure Abende gestaltet, würde ich ohnehin keinen Platz in eurer Gruppe finden. Ich lehne so ein Verhalten ab. Die Akademie steht für eine Arbeit am Wohl der Menschheit und ihr …« Es wirkte fast so, als wäre die Luft im Korridor kühler geworden, doch war es bloß der Stimmung geschuldet.

»Also du willst mir damit sagen, dass es nicht in Ordnung ist, dass wir abends manchmal zum Observatorium gehen, aber dass es akzeptabel ist, uns nachzuspionieren? Wozu das alles?«, fragte ich und unterdrückte die Wut in meinem Bauch nun nicht mehr.

»Ich kam nur, um dich auf Geheiß der Majorin abzuholen, nicht, um von dir verurteilt oder verhört zu werden. Belassen wir es einfach dabei. Ich bin nicht mehr dein Freund. Aber du hast ja mittlerweile genügend andere.« Er war stehen geblieben. Milan blickte mich mit seinen mintgrünen Augen an und für einen Moment sah es so aus, als würde die Narbe über seiner Braue aufleuchten.

»Ich versteh dich einfach nicht.«

»Vielleicht hast du das noch nie. Vielleicht ist genau das unser Problem.« Seine Stimme brach. Fast war es, als würde er noch etwas sagen wollen.

Auch ich fühlte mich, als wäre alles gesagt und wären jegliche Worte aus meinem Kopf gerieselt. Zurück blieb nichts als weiße Wolken wie draußen vor der Akademie.

Schweigend marschierten wir nebeneinanderher, bis wir an meiner Zimmertür angelangt waren, neben der ein paar Kartons standen.

»Die Majorin meinte, du solltest alles zusammenpacken, dein Umzug würde noch heute vonstattengehen. Jemand kommt dich in einer Stunde holen, bis dahin solltest du alles beisammenhaben«, sagte er und biss sich auf die Unterlippe. Er winkte mir halbherzig und drehte sich zum Gehen um, doch da hielt er in der Bewegung inne. Ohne sich noch einmal mir zuzuwenden, erklärte er: »Ich will nur, dass du weißt, dass ich dir und den anderen nie etwas Böses wollte. Auch wenn wir keine Freunde mehr sind, wollte ich nicht, dass Huxley das widerfährt, was vor zwei Monaten passiert ist. Mir ist klar, dass du mich deshalb verachtest. Auch ich habe mich in dem Moment selbst gehasst, doch der Hass ist langsam verflogen. Haltet euch zukünftig einfach an die Regeln der Akademie.«

Ich wollte etwas erwidern, wusste allerdings nicht was. Ich hatte Sam nie gefragt, wo sie für ihre Strafarbeit hingeschickt worden waren, schließlich hatte er mir zu verstehen gegeben, dass er nicht darüber reden wollte. Es hatte mir unter den Nägeln gebrannt, doch aus Respekt hatte ich nichts mehr gesagt. Nun aber verunsicherte mich Milans Aussage. Unschlüssig stand ich da und wollte noch etwas sagen, aber da war er schon hinter der nächsten Biegung verschwunden. Der Moment war vorbei.

Es klopfte.

»Herein«, sagte ich über einen der Kartons gebeugt und hatte gerade meine letzten Sachen verstaut. Selbst wenn ich nicht sehr viel hier besaß, war es dennoch genug, um eine Stunde damit zu verbringen, alles in die Schachteln zu packen. Na gut, ich hatte mehrmals inmitten der Kartons auf dem Boden Platz genommen, um mein neues Buch zu inspizieren.

»Adeptin Wright, haben Sie fertig gepackt?«, fragte die Majorin und schritt in den Raum.

Ich nickte und wandte mich um. Hinter ihr standen Huxley und Leander.

»Adepten, helfen Sie Wright, ihre Habseligkeiten in das neue Zimmer zu bringen. Sie wissen ja bereits, wo sich dieses befindet.« Majorin Mercedes klatschte in die Hände, versprach, später noch einmal in der neuen Bleibe vorbeizusehen, und war dann schon wieder verschwunden.

Die beiden beluden sich mit meinen Habseligkeiten und Sam nahm mir den Karton, den ich hochhob, ab. »Wo kommen wir denn hin, dass ich meine Freundin was Schweres tragen lasse?«, fragte er und Leander sah aus, als ob er kotzen wollte. Ich war froh, dass Sam das nicht mitbekam. Doch da hatte er sich schon wieder gefasst.

Ich hielt ihnen die Tür auf und wandte mich ein letztes Mal zu meinem alten Zimmer um. Es fühlte sich an, als hätte ich hier eine Ewigkeit verbracht. Eine Ewigkeit seit dem Eintritt in die Akademie. Mir war, als würde ich einen Teil von mir zurücklassen.

Auf dem Weg zu meiner neuen Bleibe durchquerten wir beinahe die gesamte Akademie. Wir passierten einen langen Korridor, der gesäumt war von hohen Bogenfenstern, durch die wärmendes Licht einfiel. Am Ende des Gangs machte ich eine Reihe Türen aus, die eine Stufe tiefer als der Korridor lagen. Die beiden wiesen auf die erste, in der ein Schlüssel steckte.

Ich drehte ihn im Schloss herum und drückte mit klopfendem Herzen die Klinke. Ein paar Stufen führten nach unten in den Hauptraum des Zimmers, das nicht wie die im anderen Teil des Gebäudes aussah. Es wirkte älter, vielleicht wegen des mit großen Steinen gepflasterten Bodens, der nach mittelalterlicher Hexenküche schrie.

Als ich mich umsah, erkannte ich einen großen geknüpften Teppich, der den Wohnbereich zur linken Hand etwas gemütlicher gestaltete. Rechts machte ich neben der Tür hinaus in den Garten eine Feuerstelle aus, auf der eine Aufhängung für meinen Kessel angebracht war. Daneben befand sich ein massiver Arbeitstisch aus dunklem Holz.

Es hätte düster gewirkt, hätten sich nicht ebenfalls große Bogenfenster hier drinnen befunden. Während die beiden die Kartons abstellten, beeilte ich mich, nach draußen zu kommen. Ich öffnete die Tür und wurde vom Duft der Kräuter in Empfang genommen. Hätten sich nicht im Hintergrund weiße Wolken aufgebauscht und den nicht vorhandenen Horizont versperrt, so hätte man beinahe denken können, ich wäre nicht an der Akademie.

»Das ist echt ein schönes Zimmer«, merkte Sam an, der lautlos hinter mich getreten war. Sein Arm legte sich um meine Mitte, mit dem er mich weiter zu sich zog.

Ich fühlte die Wärme seines Körpers und allmählich fiel die Anspannung, die ich wegen meines Gesprächs mit Milan immer noch verspürte, von mir ab.

»Ihr braucht mich hier ja dann nicht mehr«, hörte ich von drinnen Leander sagen, dessen Schritte sich bereits Richtung Tür bewegten.

»Vielen Dank für deine Hilfe«, rief ich, machte mich von Sam los und ging zurück ins Zimmer.

»Kein Thema. Wir seh'n uns später.« Er winkte und verschwand.

»Jetzt, wo wir allein sind …« Sam grinste unverhohlen. Doch als er mich ansah, merkte er, dass etwas nicht stimmte. »Was hat Novak zu dir gesagt?«

»Nichts«, log ich. »Na ja, eigentlich nicht nichts. Er … hat etwas von eurer gemeinsamen Strafarbeit von vor zwei Monaten angedeutet.«

Man hätte selbst im Dunkeln erkennen können, dass sich sein ganzer Körper anspannte. »Was hat er gesagt?« Seine Worte schwebten bedrohlich zwischen uns.

Einen Moment lang verfluchte ich mich, dass ich überhaupt etwas gesagt hatte, aber in den beiden Monaten hatte ich viel darüber nachgedacht. »Er meinte bloß, er habe nicht gewollt, dass dir das widerfährt. Milan hatte nie etwas Böses im Sinn, er wollte einfach nur, dass wir uns an die Regeln der Akademie halten.«

»Und deshalb stellt er uns nach, in der Hoffnung, uns wieder verpfeifen zu können«, brüllte Huxley.

Ich hatte das Gefühl, in Deckung gehen zu müssen, als sein Zorn wie eine Welle über mir zusammenbrach. »Ich weiß, ich weiß, Sam. Das hab ich ihm auch gesagt. Aber …« Meine Stimme brach und ich konnte mich gerade noch so bremsen, als ich spürte, wie mir Tränen in die Augen schossen. Der Verlust meiner Freundschaft mit Milan und die Strafarbeit, die Sam mehr zu belasten schien, selbst wenn er nie ein Wort darüber verloren hatte, machten auch mich nun endgültig fertig. »All das ist nur meinetwegen passiert.«

»Nein, das ist es nicht.«

»Willst du denn nicht endlich darüber reden, was ihr gesehen habt?«, fragte ich leise. Ich fürchtete die Antwort. War es so schlimm, dass er nicht darüber sprechen konnte?

Er seufzte und nahm auf meinem neuen Bett Platz, das mächtig quietschte. »Setz dich, das kann länger dauern.« Sein Ärger war etwas anderem gewichen. Er wirkte beinahe gebrochen, als er die Stirn in seine Handfläche legte und für eine gefühlte Ewigkeit zu Boden starrte. »Wenn ich dir das jetzt erzähle, dann möchte ich nicht, dass du mich bedauerst oder es irgendwas zwischen uns ändert.«

Ich sah ihn an und bemerkte, dass er ganz fahl geworden war. »Sam, was hast du gesehen?«, flüsterte ich mit heiserer Stimme und einem fetten Kloß im Hals.

Immer noch schaute er nicht auf, sondern blickte stur zu Boden. »Wir waren in meiner alten Heimat. Ich weiß nicht, ob die Akademie das angeordnet hat, um sich für mein Verhalten zu rächen und mich in ihren Augen angemessen zu bestrafen …« Mit jedem Wort schien er blasser zu werden. »Es fühlt sich an wie ein Albtraum, der dich nicht loslässt.« Er ballte die Hände zu Fäusten.

»Was ist passiert?«, fragte ich und das Grauen nahm überhand. Mir war nicht klar, was ich tun sollte. Er war immer so ehern und unbeugsam, doch hier saß er, verwundbar und viel zu massig für diese Verletzlichkeit.

»Zuerst ein Erdbeben, das viele Leben gefordert, Häuser und ganze Landstriche zerstört hat. Und dann diese furchtbare Flutwelle, die vom Meer hereindrängte und das, was noch heil geblieben war, mit sich riss.«

»Oh, Sam«, wisperte ich und versuchte, ihn in den Arm zu nehmen. Doch seine Schultern waren viel zu breit, sodass ich meine Arme um seine Mitte schlang und ihn näher an mich heranzog. »Es tut mir so leid.«

»Aber weißt du, was das mit Abstand Schlimmste dabei war?«, fragte er.

Ich schüttelte den Kopf, wusste aber nicht, ob ich es denn wirklich hören wollte. Doch vielleicht musste ich heute für meinen Freund stark sein.

Seine Stimme schien langsam zu versagen. »Der Gevatter war die ganze Zeit über dabei. Er hat uns erklärt, dass wir in diesem Fall nicht eingreifen würden. Der einzige Grund, warum dieser Ort bislang immer verschont geblieben war, war, weil man auf meine Geburt gewartet hatte. Ich war laut ihm das einzige Hindernis, warum meine Heimat nicht schon viel früher in Schutt und Asche gelegt geworden war. Und nun, da ich hier bin, gibt es keinen Grund, eine Rettungsmaßnahme einzuleiten. Mara, ich habe meine Familie gesehen.«

Ich spürte einen Stich im Herzen und hatte Angst, dass er weitersprach. Das konnte nichts Gutes verheißen. Die Tränen unterdrückend wartete ich. Doch statt Worten fühlte ich, wie sich sein Brustkorb immer schneller hob und senkte. Seine Faust krachte mehrmals ohrenbetäubend laut gegen den Bettpfosten und ich war mir sicher, dass eines von beiden kaputt gegangen war. Mit seiner freien Hand klammerte er sich an mich.

»Sie haben mich zusehen lassen, wie ihre leblosen Körper landeinwärts geschwemmt wurden. Erst als ich das halbe Dach des

Hauses, auf dem wir gestanden hatten, auseinandergenommen hatte, war es für den Gevatter genug. Wir sind durch eine Tür gegangen und damit offenbar ein paar Tage in die Zukunft.

Nachdem ich hilflos dabei zusehen musste, wie sie weggespült wurden, halfen wir bei den Aufräumarbeiten. Wir mussten beim Auspumpen der zerstörten und halb zerfallenen Gebäude helfen, schaufelten Schlamm hinaus und bargen …«

Er musste nicht weitersprechen, mir war klar, was er gesehen hatte. Aufgedunsene Körper, die vielleicht schon gar nicht mehr erkennbar waren als die Personen, die sie ein paar Tage zuvor noch gewesen waren. Die Angst, mit jeder Schaufel jemanden aus seiner Familie auszugraben.

»Es tut mir so leid, Sam«, sagte ich leise und schluchzte. »So unendlich leid.«

»Ich weiß. Und das ist auch der Grund, warum ich nicht darüber gesprochen habe. Selbst ich kam nicht damit klar, wieso sollte ich dir die Bürde dieses Wissens darüber auferlegen?«

Einige Zeit sagte niemand von uns auch nur ein Wort.

»Weißt du jetzt, warum ich es dir nicht erzählt habe?«, wollte er dann wissen.

Ich nickte. »Ich bin trotzdem froh, dass du es endlich getan hast.«

Lange saßen wir einfach nur so da und schwiegen uns an. Sam wusste, dass ich für ihn da war, selbst wenn das hieß, dass wir seinem Wunsch entsprachen und nicht darüber redeten. Und in mir entfachte von Neuem die Wut auf die Akademie, die nun heißer brannte als je zuvor.

Wieder klopfte es. Das Klopfen an dieser Tür hörte sich anders an. Dumpfer, düsterer. Vielleicht war es die Stimmung, die sich über uns gesenkt hatte, aber irgendetwas sagte mir, dass ich in meinen neuen Räumlichkeiten auf die Geheimnisse stoßen würde, nach denen ich seit dem Eintritt in die Akademie suchte.

»Herein.« Sam war rasch aufgesprungen und hatte sich lässig auf den Stuhl gesetzt. Und darüber war ich im nächsten Moment mehr als heilfroh.

Schnellen Schrittes kam die Majorin ins Zimmer. »Huxley, was machen Sie denn noch hier? Ich denke, Wright benötigt Ihre Hilfe beim Auspacken wohl eher weniger. Machen Sie sich vom Acker!«

Wie von der Tarantel gestochen sprang er auf, nuschelte mir eine halbherzige Verabschiedung zu und machte sich schleunigst aus dem Staub.

»Sehr schön. Wright, wie gefällt Ihnen Ihr neues Zimmer?«, fragte die Majorin nach, ohne sich zu setzen, auch wenn ich ihr einen Stuhl angeboten hatte.

»Ausgezeichnet. Ich fühle mich sehr wohl, danke«, antwortete ich schnell.

»Ihre Unterweisungen mit den neuen Materialien werden morgen früh starten. Ich möchte, dass Sie sich bis dahin einlesen. Ich war so frei, Ihnen die relevanten Seiten entsprechend zu markieren. In den Schränken neben der Feuerstelle finden Sie außerdem noch alles, was Sie sonst noch brauchen können, um Tränke zu brauen.«

»Vielen Dank.«

Sie wandte sich zum Gehen ab, hielt aber doch noch inne. »Ach, noch eins, Wright… Wenn Sie Ihre ersten Tränke brauen, sollten Sie sich die Hinweise zur Wirkungsweise noch einmal genau durchlesen.« Und damit ließ sie mich stehen.

Sobald die Tür hinter ihr zugefallen war, stürmte ich los und öffnete die Truhe erneut. Das Buch schon beim Herausheben halb aufschlagend suchte ich mir die von ihr markierten Seiten heraus und begann zu lesen:

Vorwort

In der Geschichte der Akademie wurde die Numistorik stets weiterentwickelt. So war es nicht weiter verwunderlich, dass aus dieser ehrwürdigen Kunst die Knospe der Herstellung von allerlei wundersamen Tränken erwuchs. Beginnend mit dem Jahr 13 nach Gründung der Akademie war es Adeptin Rhiannon O'Brien, die ihre bereits zuvor erlernte Heilkunst in den Forschungslaboren der Akademie weiterentwickelte …

Also gab es tatsächlich Forschungslabore und diese nicht nur für die Heuretiker. Im Vorwort standen einige der Begründer und welche Neuerungen sie für die Tränke gebracht hatten. Von Mischverfahren über Vorbereitungen einzelner Ingredienzien fand man da beinahe alles.

Weiter hinten begannen die ersten Seiten mit Rezepturen. Wenn man es nüchtern betrachtete, waren es Kochbücher. Mit Rezepten, die speziell wirkten, wie man am Ende jeder Seite lesen konnte.

Dem Anwender dieses Trankes sei eine Warnung ausgesprochen: Das Einnehmen solcherlei Tränke kann überwältigende Halluzinationen hervorrufen, die es im Anschluss zu ordnen gilt. Des Weiteren können Irrbilder und geistiges Unwohlsein den ungeübten Anwender über Tage hinweg beeinträchtigen.

Ich verfiel in einen heftigen Lachanfall, den ich nur kurz unterbrach, um ein »Herein« hervorzubringen, als es klopfte.

»Was ist denn mit dir los?«, fragte Sam, blieb an der Tür stehen und kratzte sich den Kopf. »Ich hab extra hinter der nächsten Biegung gewartet, bis die Majorin verschwunden war.«

»Du wolltest noch ein wenig knutschen, hm?«, sagte ich atemlos und rappelte mich hoch.

»Wie gut du mich kennst«, schwärmte er und ließ sich aufs Bett fallen. Er zog mich in eine stürmische Umarmung und hauchte mir einen Kuss auf die Lippen. »Im Ernst, was hat dich so zum Lachen gebracht, dass du wie ein Seehund klingst?«

»Meine neuen Utensilien.« Ich reichte ihm das Buch und zeigte ihm die Rezeptur, die ich gerade gelesen hatte. »Die geben mir eine Anleitung darüber, mich selbst unter Drogen zu setzen und zu fantasieren. Erscheint mir nicht besonders pädagogisch wertvoll …«

Ungläubig beugte er sich noch weiter über die Seite und begann augenblicklich ohrenbetäubend zu lachen. »Ich weiß, ich sollte das nicht lustig finden, weil dich das vielleicht in Gefahr bringt, aber … ich kann mir nicht helfen …« Sam legte das Buch weg und sah mich ernst an. »Willst du es denn probieren?«

»Wäre es so gefährlich, hätte mir die Majorin …«, begann ich, doch sein Gesichtsausdruck sprach Bände.

»Uns aus unseren Familien zu rauben, aus dem Angesicht der Welt zu tilgen und hier aufzuziehen, damit wir für sie die Arbeit erledigen, passt also nicht ins selbe Schema, wie? Darüber hinaus dann noch diverse Strafarbeiten, die nicht nur körperlichen, sondern auch psychischen Schaden bei den Adepten anrichten können …«, warf er ein und kam näher. »Wenn du wirklich vorhast, das durchzuziehen, dann will ich dabei sein. Ich will währenddessen auf dich achtgeben.« Entschlossen ergriff er meine Hand.

»Ich … Ich denke schon, dass ich es probieren will. Ihre Maßnahmen, um den Betrieb der Akademie am Laufen zu halten und uns daran zu hindern, auf falsche Gedanken zu kommen, sind sicher über alle Maßen extrem, aber vergiss nicht, dass wir die Zukunft der Akademie sind. Da werden sie es wohl kaum riskieren, dass wir während der Arbeit für die Akademie kaputt gehen und sie sich neues Spielzeug holen müssen«, erwiderte ich und legte meine Hand auf die seine. »Mach dir keine Sorgen. Aber ich wäre dir wirklich dankbar, wenn du auf mich aufpassen könntest, wenn ich es versuche.«

»Mir ist nicht wohl dabei.«

»Ich weiß …«

»Als Wiedergutmachung für meine Sorge um dich will ich heute meinen Wetteinsatz einlösen«, sagte er dann plötzlich und grinste breit. Da war er wieder. Sam Huxley, der mit seiner Kraft vermutlich ein kleines Rennboot quer durch den Korridor werfen könnte.

Ich seufzte. »Trotz aller Bemühungen habe ich meine Wette verloren.«

»Eigentlich müsste ich einen zweiten Gewinn einfahren, weil du versucht hast zu mogeln.« Er beugte sich vor und zuckte, immer noch Zähne blitzend, die Achseln.

»Du hast genauso versucht, dich einzumischen, also erzähl mir nichts, Sam.« Ich bohrte ihm den Finger in die Brust.

»Trotzdem hast du verloren.« Er zwinkerte. »Lass uns zum Essen gehen und wir führen das Gespräch später fort.« Er stand auf und reichte mir die Hand.

Irgendwie fürchtete ich mich ein wenig vor dem, was am Abend folgen würde. Uns musste doch beiden klar sein, wohin das führen würde. Ich dachte mir bereits, dass er mehr Erfahrung hatte als ich, war er doch schließlich drei Jahre älter. Trotzdem machte es mir zu schaffen. Aber vorerst wollte ich mir nichts anmerken lassen.

Nach dem Essen, das dieses Mal gefühlt nicht halb so lange dauerte wie sonst, stiegen wir die Treppen hoch in den dritten Stock, in dem neben Huxleys Zimmer auch die der anderen Jungs lagen. Galant öffnete er mir die Tür und ließ mich eintreten.

»Wenn ich es nicht besser wüsste, würde ich meinen, du verhältst dich seit dem Abendessen etwas«, er suchte nach dem richtigen Wort, »zurückhaltend.«

Ich schüttelte den Kopf.

»Wenn dich etwas bedrückt, dann rede mit mir. Ich kann nicht hellsehen, weißt du. Also … zumindest nicht so.« Er lachte verlegen. Offenbar wusste auch er nicht so recht, was er mit seinen Händen anstellen sollte und wuschelte sich durchs Haar.

Ich hingegen vergrub sie in meinen Hosentaschen.

Sam gebot mir, mich schon einmal zu setzen, während er zu seinem Schrank ging und nach etwas suchte, das am Boden davon lag.

»Nur, dass du es weißt: So eine bin ich nicht«, erinnerte ich mich an seine Worte und versuchte, etwas lockerer zu werden.

Als er sich zu mir setzte, holte er hinter seinem Rücken zwei Kerzen und Streichhölzer hervor. »Klar.«

Mein Herz fiel mir in den Magen und drehte sich verwirrt im Kreis. Er zündete die Kerzen an und stellte sie auf dem etwas entfernten Schreibtisch ab, bevor er das Licht gänzlich löschte.

Meine Augen, die sich erst an die Dunkelheit gewöhnen mussten, konnten nicht sehen, was er tat. Dann hörte ich seine Kleidung verdächtig rascheln. Mein Puls wurde schneller, allmählich hatte ich das Gefühl zu ersticken.

Während ich mich mit meinen rasenden Gedanken beschäftigte und versuchte, ruhig zu werden, bemerkte ich, wie er sich neben mir ausstreckte.

»Ich bin jetzt bereit.«

»Wie?«, keuchte ich erstickt. Beinahe hätte ich einen Satz vom Bett herunter gemacht.

»Schreckhaft wie immer.« Er lachte. »Der Wetteinsatz, du weißt doch noch. Dafür wäre ich jetzt bereit.«

Ach ja. Langsam machte ich schemenhafte Umrisse aus. Der Schreibtisch mit den Kerzen, sein Schrank und seine Silhouette, die es sich bereits gemütlich gemacht hatte.

»Mhm«, machte ich. Da es mir blöd vorkam, mich neben ihm

am Bett hinzuknien, setzte ich mich auf ihn drauf. Sanft legte ich meine Hände in seinen Nacken und begann zu kneten. Nach einer Weile hatte ich das Gefühl, viel zu sachte zu sein, und legte mehr Kraft in meine Bewegungen. Aber wieder eine Zeit später kam es mir vor, dass ich ihn nun zu fest bearbeitete. Schließlich war er kein gefühlloser Teig, den man durch die Gegend werfen konnte. So beschloss ich also, ein klein wenig sanfter zu sein, und da seufzte er.

»Jetzt ist es genau richtig«, brummte er in die Matratze hinein.

Ich erinnerte mich, dass in Filmen meist leise Musik im Hintergrund lief, während man massiert wurde, aber ob das auch im echten Leben so gemacht wurde, wusste ich nicht. Kurz kam mir in den Sinn, etwas zu summen, aber bereits im nächsten Moment kam mir die Idee so absurd vor, dass ich fast laut losgeprustet hätte.

Allmählich begannen meine Hände zu schmerzen. Es war die eine Sache, zu Weihnachten Kekse zu backen und den Teig für meine Mutter vorzubereiten, eine andere, einem muskulösen Mann den Rücken zu kneten für eine, wie es mir erschien, halbe Ewigkeit.

Ich stoppte und drückte an meinen Fingern und Handgelenken herum, in der Hoffnung, den wuchtigen Schmerz wieder loszuwerden. Aber dadurch schien ich es nur zu verschlimmern.

»Was ist los?«, fragte Sam, hörbar entspannt.

»Krampf«, murmelte ich und kümmerte mich weiterhin um meine Hände.

»Lass mich mal sehen.«

Ich nahm neben ihm Platz und wartete, bis er sich aufgesetzt hatte.

Behutsam legte er meine Hände in die seinen. »Gut so?« Er massierte nun meine Hände unerwartet liebevoll und lächelte dabei.

»Ja.« Ich nickte.

»Wenn ich mich unwohl fühlen würde, würdest du doch wollen, dass ich mit dir darüber spreche, nicht wahr?«, fragte er dann und sah mir dabei eindringlich in die Augen.

Wieder nickte ich.

»Ich weiß, dass du dir nicht sicher bist, was du von dem heutigen Abend halten sollst. Und dabei möchte ich dir nur eines sagen: Ich will Zeit mit dir verbringen, Mara Wright. Wenn du dich nicht bereit fühlst oder Bedenken hast, dann rede mit mir.«

Ertappt sah ich zu Boden. Nervös kaute ich auf meiner Unterlippe und meinte schließlich: »Ich ... hab noch nie ...«

»Oh!«, entfuhr es ihm. »Ich unsanfter Trottel! Hätte ich das mal –«

»Schon gut. Mir ... war es nur peinlich«, gab ich zu.

»Das muss es nicht. Ich finde es ehrlich gesagt sehr schön«, sagte er und drückte weiterhin meine Hände. »Wir geben uns die Zeit, die du brauchst, in Ordnung?«

»Es ist ja nicht so, dass ich nicht will«, meinte ich dann und dachte an all die Abende, an denen ich in seinen Armen gelegen und seinen Körper angeschmachtet hatte. Ich fühlte die Anziehung zwischen uns. Manchmal tat es sogar richtig weh, meinem Verlangen nicht nachzugeben. Aber ich war nicht King, die in einen Blick mehr Verführungskraft legen konnte, als ich in einem Jahr erwirken würde. »Ich bin mir nur sicher, einfach alles falsch zu machen.« Ich lachte verlegen auf. Diese Gedanken hatten mich doch länger beschäftigt als gedacht.

Er hatte gewartet, bis ich zu Ende gesprochen hatte, bevor er erwiderte: »Falsch machen kann man in dem Fall nur eines: Wenn ich dich zu etwas zwingen würde, zu dem du noch nicht bereit bist.« Sam zog mich in eine Umarmung.

Ich genoss es, seinen warmen Körper in meinem Rücken zu spüren. Wie immer, wenn ich bei ihm war, wusste ich, dass mich nichts und niemand auf der Welt verletzen konnte.

»Lass es uns versuchen«, hauchte ich nach einer Weile schüchtern und war froh, dass das Licht aus war. Meine Ohren fühlten sich brütend heiß an. Eine Tomate würde gegen mein Gesicht sicherlich blass wirken.

»Wenn du dich auch nur einen Augenblick lang unwohl fühlst, dann gib mir Bescheid und wir hören sofort auf.«

Ich nickte und ließ mich aufs Bett gleiten. Eigentlich hätte ich erwartet, dass er sofort beginnen würde, mir die Kleider vom Leib zu reißen. Doch stattdessen nahm er mein Gesicht in seine Hände und küsste mich. Als er sich von mir löste, sah er mir tief in die Augen und sagte: »Leg dich auf den Bauch.«

Nicht ganz sicher, was er nun wollte, folgte ich seiner Aufforderung und spürte sogleich seine warmen Finger, die mir sanft meinen Rücken kneteten. »Du bist viel zu angespannt. Lass dich einfach fallen«, hauchte er mir mit seiner tiefen Stimme ins Ohr und löste einen Schauer in mir aus, der mir durch den ganzen Körper fuhr.

Langsam schob er meine Bluse hoch und ich merkte mit einem warmen Empfinden im Bauch, dass es mir gefiel, seine starken Hände auf mir zu spüren, während sie sich so gefühlvoll um mich kümmerten. Stück für Stück glitt ich ab in eine tiefe Entspannung.

Als ich am nächsten Tag aufwachte, fühlte ich mich glücklich. Aber nicht wie sonst, wenn ich fröhlich war. Ausgelaugt und voller freudiger Gefühle, ja, so konnte man das nennen.

Ich wandte den Kopf zu einem noch immer schnarchenden Huxley und grinste vor mich hin. Zu gern hätte ich mich selbst beglückwünscht, dass ich damit auf ihn gewartet hatte und auf niemanden sonst.

Ich stand auf, um auf dem Wecker auf seinem Schreibtisch die Uhr abzulesen und wäre vor Schreck fast umgefallen. »Huxley!

Steh auf!«, schrie ich panisch und stürzte zu ihm, der immer noch in entspannter Bauchlage auf den Laken fläzte und glückselig vor sich hin sägte. »Huxley!«

Die Decke verrutschte und legte seinen nackten Körper frei, als er sich schließlich regte. »M... Was?«

»Wir müssen in einer halben Stunde beim Frühstück sein!«, rief ich aufgeregt und zog mich in Windeseile an.

»Dann kann ich ja noch zwanzig Minuten schlafen ...« Er packte halbherzig ein Kissen und warf es aus dem Bett. Das war wohl der klägliche Versuch dieses Morgenmuffels, mich zum Schweigen zu bringen.

»Ich muss los, ich muss duschen und mich umziehen. Verdammt! Wir sehen uns gleich unten«, sagte ich schnell, bevor ich so leise wie möglich aus dem Zimmer verschwand und betete, dass mich niemand sah. Mit rasendem Herzen hetzte ich zu meiner Tür, bis ich bemerkte, dass ich vor meinem alten Zimmer stand.

»Verdammt!«, fluchte ich und musste mich nun wirklich beeilen.

Ich schlug die Tür hinter mir zu und stellte erschrocken fest, dass ich nur mehr fünfzehn Minuten hatte, in denen ich unbedingt duschen wollte. Es stellte sich heraus, dass das Wasser hier offenbar etwas länger benötigte, um warm zu werden, und da ich keine Zeit hatte, duschte ich kalt.

»Den Kaffee kann ich mir wohl heute schenken«, grummelte ich, trocknete mich ab und sah zu, dass ich mich umzog, während ich mir gleichzeitig die Haare bürstete und die Zähne putzte.

Ich konnte nicht sagen, wie ich es geschafft hatte, aber es war mir tatsächlich gelungen, rechtzeitig anzukommen, ohne danach auszusehen, dass ich die Nacht nicht in meinem Zimmer verbracht hatte.

Nach Atem ringend hatte ich mich neben Leander gestellt und war zunächst nicht fähig, auch nur ein Wort zu sagen.

»Da ich dich abholen wollte, aber niemand geantwortet hat, gibt es zwei Möglichkeiten: Du hast verschlafen und mich nicht gehört oder aber du warst die ganze Nacht gar nicht in deinem Zimmer«, raunte mir Leander zu und konnte sich das Grinsen dabei nicht verkneifen. »Und dem nach zu urteilen, wie glücklich unser lieber Huxley heute aussieht, tippe ich auf meine zweite Vermutung.«

Sam schaffte es, eine Sekunde, bevor das Klingeln ertönte, hinter seinem Stuhl zu stehen, und setzte sich sodann mit einem breiten Grinsen. »Guten Morgen allerseits!«

Merle sah augenzwinkernd von mir zu ihm und mir war klar, dass sie es ebenfalls wusste. King nahm mit einer gelangweilten Miene Platz und spielte mit ihren Haaren. Hannah zog sofort etwas zu essen zu sich heran und reagierte auf das laute Grummeln ihres Magens mit einem entschuldigenden Lächeln.

Islington wollte Sam zu seiner blendenden Laune befragen, doch dieser gab sich plötzlich äußerst wortkarg.

»Und, wie schläft es sich im neuen Bett, Adeptin Wright?«, fragte Merle feixend und biss in ihren Toast.

»A-Ausgezeichnet«, log ich und versuchte, nicht rot zu werden. »Bin gespannt, was die neuen Utensilien so mit sich bringen.« Ich schmierte mir schnell ein Brot, um sie nicht ansehen zu müssen.

»Mhm«, machte Sam, der ebenso auf einem Brötchen herumkaute und in die Luft starrte.

Als wir nach dem Frühstück in Richtung des Klassenraums gingen, zischte Merle mir zu: »Hey, hey, Wright!«

Ich wandte mich ihr zu.

»Du und Huxley, ha?!«

Mein Gesicht, das sich augenblicklich puterrot verfärbte, war Antwort genug.

Seltsamerweise schienen alle zu wissen, was passiert war. Ich ließ mich zurückfallen und es dauerte nicht lange, bis es Sam auffiel, der es mir nachtat.

»Was ist los?«

»Ich glaube, die wissen alle Bescheid.«

»Selbst wenn, was ist schon dabei? Die wissen doch, dass wir zusammen sind. Und jeder normal denkende Mensch weiß doch wohl, dass man sich in unserem Alter nicht mit schüchternem Händchenhalten und verbotenen Küssen hinter der Sporthalle zufriedengibt.« Er lächelte und nahm mich in den Arm. »Wenn dich trotzdem jemand – und ich denke, ich muss nicht spezifizieren, wen ich damit meine – blöd deshalb anquatscht, dann sag es mir. Ich werde mich dann darum kümmern …«

Ihm ein Lächeln schenkend betraten wir die Klasse.

»Guten Morgen, Adepten!«, schallte es auch schon durch den Raum.

»Guten Morgen, Majorin!«, hallte es wie immer zurück.

»Alle an die Arbeit, Wright zu mir!«, bellte sie gewohnt scharf und setzte sich mit einer strengen Miene.

Schnell sprang ich nach vorn, mein neues Buch wissbegierig unter den Arm geklemmt. Ja, ich musste es dann doch zugeben, so sehr mir die Art, wie ich hierhergekommen war, missfiel, so faszinierte mich die Arbeit im gleichen Maße. Und das mochte schon was heißen bei meinem Hass auf die Akademie.

»Haben Sie sich, wie besprochen, eingelesen?«, fragte die Majorin und schenkte mir einen Blick, den ich nicht deuten konnte. Ich war mir nicht sicher, ob sie nicht etwa doch von meiner nächtlichen Abwesenheit wusste.

»Ja«, erwiderte ich und war heilfroh, dass mir vor dem Unterricht noch fünf Minuten geblieben waren, in denen ich ein paar der Seiten hatte durchblättern können.

»Ich möchte, dass Sie sich nun eine Woche lang die Hälfte des täglichen Unterrichts mit Ihren Karten beschäftigen. Im Anschluss daran werden Sie sich weiter in das Buch einlesen und Ihren ersten Trank aufgrund der Legung auswählen. Falls Sie Hilfe benötigen, wenden Sie sich an mich. Ich freue mich bereits auf Ihren ersten Bericht!« Sie grinste mich breit an und es erschien mir dermaßen unnatürlich, sie so zu sehen, dass ich mich schnell aus dem Staub machte.

Zurück auf meinem Platz packte ich die Karten aus und begann eine Legung. Ich konnte mich nicht wirklich konzentrieren und nahm das Rascheln der Bücher um mich herum stärker wahr als sonst.

Bereits jetzt raste mein Puls, wenn ich daran dachte, dass ich in einer Woche den ersten Trank einnehmen würde. Nicht nur, dass einige der Ingredienzien aus dem Buch und damit auch aus meinem Garten bei falscher Zubereitung völlig anders wirken konnten. Manche davon waren leicht giftig und mussten in der exakten Dosis verwendet werden.

Als die Hälfte des Unterrichts vorbei war, gab die Majorin mir ein Zeichen, mich dem Buch zuzuwenden und ich begann, mir Notizen zu machen. Doch noch immer kreisten meine Gedanken um den Versuch in einer Woche.

»Das war's für heute, Adepten!«, rief die Majorin und wir standen auf. »Wright, kommen Sie noch mal kurz her.«

Ich trottete zu ihrem Pult und sah sie an.

»Mir ist durchaus bewusst, dass Sie einen flauen Magen haben, wenn Sie an den ersten Versuch denken. Aber ich kann Ihnen versichern, wir würden Sie nie einer Gefahr aussetzen …«

Außer wir verhalten uns dumm und müssen eine Strafarbeit kassieren, beendete ich den Satz in meinen Gedanken.

»Nehmen Sie sich ruhig mehr Zeit, um sich mit Ihren Kräutern und dem Buch vertraut zu machen. Auch außerhalb meines Unterrichts. Sie werden sehen, es ist nicht viel mehr dabei, als wenn Sie Ihre Sternenbrille oder die Karten verwenden.«

Außer dass ich mich bewusst unter Drogen setze und nicht weiß, was auf mich zukommt, ergänzte ich und konnte mich gerade noch bremsen, um nicht ein grimmiges Lächeln aufzusetzen. Ich nickte und bedankte mich, auch wenn ich nicht wirklich wusste wofür, und folgte meinen Freunden hinaus auf den Gang.

»Du siehst beunruhigt aus«, stellte Hannah fest und legte mir eine Hand auf die Schulter.

»Ja. Die ganze Sache mit den Kräutern ist mir noch nicht geheuer, muss ich zugeben«, erwiderte ich.

Hannahs Augen wurden tellergroß. »Ist es wirklich so schlimm?«

»Ich habe weniger Angst vor den Kräutern an sich, sondern vor den Dingen, die ich sehen und hören werde.« Der Kloß in meinem Hals war mehr als spürbar.

Hannah drückte meine Hand und lächelte mich sanft an.

»Ich pass auf dich auf«, sagte Huxley. »Ich bin die ganze Zeit über da, das werde ich dir auch währenddessen immer wieder sagen. Ich bin mir sicher, dass es dir dann besser geht.« Er legte den Arm um mich.

»Danke«, hauchte ich und schmiegte mich an ihn.

Der Rest der Woche verflog schneller als gedacht. Leander und ich hatten inzwischen den letzten Band durchgeackert. Es war die Nacht vor meinem ersten Versuch.

»Ich wusste doch, dass das nichts bringen wird«, raunte Leander und ließ sich zurück gegen das Regal sinken.

»Einen besseren Plan hatten wir nicht«, erwiderte ich verärgert und schlug den Deckel des Buches zu. »Kannst du dich noch an die eine Seite erinnern irgendwo am Anfang unserer Suche? Die, die so komisch aussah? Vielleicht stand genau da das drauf, wonach wir suchen …«

»Du meinst den Kaffeefleck? Wir werden es wohl nie erfahren …«, sagte er desinteressiert und seufzte. »All das für nichts.«

»Sag das nicht. Ich habe gesehen, dass es einige Bücher über die Pflanzen hier gibt. Vielleicht finde ich durch sie einen Weg, den Fleck zu entfernen, ohne das Papier und die Schrift zu zerstören.«

»Viel Glück damit. Ich denke nicht, dass das zum Erfolg führen wird.« Er stemmte sich hoch und kam mir näher. »Es wäre besser, wenn wir uns wieder mehr auf unsere eigentliche Mission konzentrieren würden. Durch die Suche und … andere Dinge, die in unserer unmittelbaren Vergangenheit liegen, haben wir den Blick aufs Wesentliche verloren.«

»Wenn du damit auf Huxley anspielen willst, dann lass es. Der hat mit dem, was wir hier machen, überhaupt nichts zu tun«, antwortete ich und spürte den Ärger in mir hochwallen.

»Also willst du mir damit nicht sagen, dass er dich ablenkt.« Eine Feststellung, keine Frage.

»Ich bin genauso konzentriert wie du. Aber ich wollte wissen, ob Fia vielleicht eine ähnliche Mission wie wir verfolgt hat«, erklärte ich, vielleicht um auch mich selbst davon zu überzeugen, dass es so war. Selbst wenn ich tief in meinem Inneren wusste, dass ich die Zeit mit meinen Freunden ein wenig zu sehr genossen hatte. Sobald Leander und ich unseren letzten Schritt täten, würde all das ein Ende finden. Entweder, weil wir erfolgreich wären und die Akademie ein für alle Mal zerstören würden. Oder, weil wir scheitern und mit Sicherheit trotzdem sterben würden. Das, was wir vorhatten, würden sie niemals tolerieren. »Außerdem haben wir Zeit. Mehr als genug. Nach dem hier wartet nichts auf uns. In beiden Fällen der Tod. Wir werden niemals mehr zurückkehren.«

Der Gedanke an meine Familie schmerzte noch immer. Trotzdem verbot ich mir, zu sehr daran zu denken. Es zerriss mich innerlich und machte mich weich. Genau das wollte ich aber nicht sein. Nicht, wenn mein Gegner die Leitung dieser Institution war.

»Nur, weil wir Zeit haben, müssen wir sie uns nicht auch nehmen.« Leander war mir nun sehr nahe und ich sah dunkle Schatten in seinen Augen. Fast so wie damals bei Milan.

»Du hast gut reden«, sagte ich mit heiserer Stimme und spürte, wie mir die Tränen kamen. »Ich erfahre hier zum ersten Mal, wie es ist, eine Gruppe von Freunden zu haben. Freunde, die zu mir stehen und gern Zeit mit mir verbringen.« Ich wusste, dass das gemein gegenüber meiner alten Freundin Hannah war. Sie hatte immer zu mir gestanden. Aber das hier an der Akademie war etwas anderes.

Leander schwieg.

»Ich weiß, dass es selbstsüchtig ist, aber ich möchte die Zeit, die mir noch bleibt, genießen und mein Leben noch ein wenig leben. Wenn das alles hier vorbei ist, dann werde ich mich vielleicht nicht fragen, ob ich mein Leben mehr genießen hätte können und sollen«, sagte ich. »Es tut mir leid.«

»Das muss es nicht«, erwiderte er. »Bis wir Hinweise darauf finden, wie wir das Gerüst zerstören können, dauert es ohnehin noch. Denkst du, du kannst mit deinen Kräutern vielleicht auch einen Test starten und mir bei der Suche nach Informationen unter die Arme greifen?« Er fasste meine Hände.

Es fühlte sich falsch an, doch ich beschloss, für den Moment nichts dagegen zu unternehmen. Vielleicht brauchte es in solchen Augenblicken genau so etwas. »In den Büchern steht, solange man sich vorher richtig fokussiert, könnte man alles sehen. Deshalb braucht es im Vorfeld auch die Arbeit mit den anderen Materialien.«

Er nickte. Ich hatte ihm in den letzten beiden Monaten so viel über die Numistorik erzählt, dass es mich nicht verwundern sollte, dass er wusste, wovon ich sprach. Das, was mich tatsächlich überraschte, war, dass er sich offenbar alles davon gemerkt hatte. »In dem Fall hast du zwar keine Karten oder Runenwürfel, auch nicht deine Sternenbrille genutzt, aber wir haben uns über die letzten Monate intensiv mit der Suche nach Fia, aber auch den Maschinen hier an der Akademie beschäftigt. Denkst du, das reicht aus, um es zu versuchen?«

»Ich weiß es nicht, aber ich werde es wagen. Nur nicht morgen. Morgen ist Huxley dabei und wird mir zur Seite stehen.«

»Wenn es dann um unsere Suche geht, willst du dann, dass ich dabei bin?«, fragte er.

»Das wird sich morgen zeigen. Ob es notwendig ist oder ob ich mich von meiner Angst bereits jetzt schon so sehr vereinnahmen lasse, selbst wenn diese gänzlich unangebracht ist«, erklärte ich. Endlich ließ ich seine Hand los.

»In Ordnung«, erwiderte er. »Ich denke, für heute können wir schlafen gehen.«

»Mhm«, machte ich.

Wir standen auf und wollten schon nach draußen gehen, als wir etwas rumpeln hörten. Mit rasendem Herzen erstarrte ich und fürchtete mich davor, entdeckt zu werden. War es Milan, der uns, wie schon so oft, nachspionierte?

Leander schob sich vor mich und sah um die Ecke in den Hauptraum der Bibliothek.

Den Atem anhaltend stand ich da und wünschte, wir wären früher gegangen. Ich hatte keine Lust auf eine weitere Strafarbeit. Und Leander mit Sicherheit auch nicht.

Wieder rumpelte es. Und da war noch ein Geräusch, das ich nicht deuten konnte. Es klang wie Wasser, das sich in unfassbarer Geschwindigkeit durch ein kleines Rohr zwängte.

»Das ist nicht deren Ernst«, hörte ich plötzlich Leander murmeln, bevor er sich grinsend zu mir umwandte. »Der Hausmeister.«

»Was?«, wisperte ich und versuchte, an ihm vorbei in den Hauptraum zu lugen.

»Die dampfbetriebene Robo-Ameise. Offenbar macht sie gerade ihre Runde.«

Ich streckte meinen Kopf noch ein wenig weiter vor und da sah ich sie. Ihre bronzene Außenhaut glänzte fahl im Mondlicht, während sie ihre sechs Beine eins nach dem anderen nach vorn schob. Beinahe hypnotisierend wirkte ihr Gang auf mich.

»Hey«, zischte Leander kaum hörbar, doch ich ignorierte ihn.

An ihrem Hinterteil hing etwas, das aussah wie ein langer Kehrbesen aus Eisen, aus dem es dampfte wie aus einem Dampfbügeleisen. Offenbar reinigte sie so die Böden der Akademie.

»Sobald sie ihre Runde im hinteren Teil dreht, sollten wir abhauen«, sagte Leander dann und ich nickte zustimmend. So warteten wir und beobachteten die Ameise, wie sie ihren Weg durch die Bibliothek nahm. Ich war erstaunt, dass bei all den Möglichkeiten, die die Akademie hatte, jemand auf die Idee kam, so eine Maschine zu bauen, um aufzuräumen.

Wir schlüpften schnell nach draußen, als wir das Gefühl hatten, dass die Luft rein war. Gerade, als ich, nachdem wir uns aufgeteilt hatten, meine Zimmertür öffnen wollte, kam Milan um die Ecke.

»Mal wieder auf nächtlicher Erkundungstour?«, fragte er.

»Weiß nicht, was du meinst«, murmelte ich. Die Hand an der Klinke haltend merkte ich, wie ich langsam zu schwitzen begann.

Milan kam näher und war nicht mehr weit von mir entfernt. »Tu nicht so, wir wissen beide, wovon ich spreche.« Da waren sie wieder, die Schatten in seinen Augen, die mit der Dunkelheit um uns herum konkurrieren wollten.

Ich drückte die Klinke nach unten und packte ihn mit der anderen Hand am Kragen, um ihn in mein Zimmer zu zerren. Das überraschte ihn offenbar so sehr, dass er keinen Widerstand leistete. Als ich die Tür hinter mir geschlossen hatte, atmete ich durch. »Was willst du von mir hören, Milan?«

»Dass du dich in Zukunft an das hältst, was die Akademie vorschreibt. Es ist zu deinem eigenen Schutz«, erklärte er und sah sich um. »Sieh dir nur an, was sie dir gegeben haben. Du stehst nun über deinen Freunden, denn die Akademie schätzt es, wenn wir unsere Talente zu nutzen wissen. Wenn du es richtig machst, wird die Akademie das auch in Zukunft honorieren.« Er wies mit der freien Hand durch mein neues Zimmer.

Ich wusste nicht recht, was ich sagen sollte. Zu groß war die Angst, dass er mich an die Majorin verraten würde. »Ich –«

»Ich denke, wir wissen beide, dass dir deine nächtlichen Streifzüge eine Strafarbeit einhandeln sollten.« Er trat einen großen Schritt auf mich zu.

»Was heißt ›sollte‹?«, fragte ich und trat meinerseits zurück, nur um die unbarmherzige Härte der hölzernen Tür im Rücken zu spüren. Die Klinke bohrte sich kalt in mein Kreuz und wenn ich gekonnt hätte, hätte ich mich vermutlich durch die Tür gedrückt. Ich wollte Milan nicht so nahe sein. Nicht mehr. Er hatte deutlich gemacht, dass er nicht mehr mein Freund war. Und in dem Moment erkannte ich, wie dumm ich gehandelt hatte, als ich ihn hier reingezerrt hatte.

»Dass ich dich nicht verraten werde. Ein letztes Mal. Um alter Zeiten willen. Aber noch einmal werde ich nicht für dich lügen. Merk dir das.« Er griff an mir vorbei an die Klinke und war mir nun so nah wie noch nie. »Es hätte alles anders kommen können und das weißt du.« Er verharrte kurz dort, wo er war, und sah mich von der Seite an. Es wirkte, als wären wir an den Anfang zurückgekehrt. Keine Schatten. Nur seine hellen mintgrünen Augen, die im Mondschein zu leuchten schienen.

Ich schluckte. Darauf wollte ich nichts sagen. Konnte es nicht.

Auch er schwieg, als er sich schließlich an mir vorbei drängte und nach draußen schlüpfte, ohne sich noch einmal umzudrehen. Man konnte von ihm halten, was man wollte. Aber offenbar war er mir immer noch ein Freund, auch wenn wir alle, einschließlich mir und ihm, dachten, er sei es nicht.

Am nächsten Morgen erwachte ich mit einem flauen Gefühl im Magen. Ich sah zum Kessel über der kalten Feuerstelle und wusste, dass es nicht von meinem Gespräch mit Milan rührte. Alles, was ich machte, schien ich endlos in die Länge zu ziehen, nur um den Tag nicht endgültig starten zu lassen.

Und dabei wäre ich beinahe zu spät zum Frühstück gekommen. Ich raste den Gang entlang und wäre an der letzten Biegung fast in Sam und Leander gelaufen, die offenbar ebenfalls spät dran waren.

»Schnell«, keuchte ich und wünschte mir in dem Augenblick, doch nur halb so sportlich zu sein wie die beiden.

Wir standen gerade vor unseren Stühlen, als es klingelte. Puh, Glück gehabt.

Aus den Augenwinkeln beobachtete ich Milan, der uns drei mit finsterer Miene bedachte. Wie gern hätte ich den anderen von unserem Gespräch erzählt. Doch ich wusste, dass ich es nicht tun sollte. Es würde nur für noch mehr Spannungen zwischen uns und ihm sorgen.

»Bist du bereit für den heutigen Tag, Wright?«, fragte Sam und grinste. Er reckte einen Daumen in die Höhe und ich war mir nicht sicher, ob er dachte, es würde mich aufmuntern.

Mir war nicht nach Grinsen zumute, schon gar nicht zum Lachen, so antwortete ich nur schmal: »Ich denke schon.« Die Achseln zuckend setzte ich mich und goss mir Kaffee ein. Dann erst sah ich wieder auf und dabei in Sams besorgtes Gesicht.

Er rührte sich nicht. »Lass dich zu nichts zwingen, zu dem du nicht bereit bist. Von niemandem. Nicht von mir, den anderen oder der Akademie. Wenn du nicht willst, dann rede ich gern mit der Majorin und –«

Da schnitt ich ihm das Wort ab. »Alles gut, Huxley. Ich denke, es wäre seltsam, hätte ich nicht etwas Angst.« Ich versuchte ein Lächeln, aber spürte sofort, dass mein Gesicht heute zu so etwas nicht bereit war. Es fühlte sich unnatürlich starr an, als hätte ich eine Peel-Off-Maske zu lange einwirken lassen und würde nun versuchen zu sprechen.

»Was ist das eigentlich zwischen euch, dass ihr euch immer mit euren Nachnamen ansprecht?«, fragte Merle und stemmte ihre Ellbogen demonstrativ auf den Tisch.

»Das hat einfach was Verbotenes«, hauchte ich und zwinkerte ihr zu.

Leander rollte mit den Augen und ich konnte es ihm nicht verdenken. Ich wusste ja schließlich selbst nicht, warum wir das taten. Irgendwie hatte es sich eingebürgert, dass wir uns vor unseren Freunden mit dem Nachnamen ansprachen und die Momente, in denen wir unsere Vornamen benutzten, nur uns gehörten.

Sam fand es offenbar ähnlich witzig wie ich und wäre vor Lachen fast vom Stuhl gefallen, während Merle und Islington eifrig ihre Köpfe zusammensteckten und tuschelten.

Hannah hatte von alldem nicht viel mitbekommen, King hingegen schien sich nicht großartig dafür zu interessieren. Ihr Blick wanderte rastlos umher.

Für den Rest des Frühstücks wurden wir in Ruhe gelassen und ich war froh darum. So konnte ich meine Gedanken ordnen und mich darauf einstellen, was nun passieren würde. Als mich die Majorin dann schließlich zu ihrem Pult vorrief, wackelten meine Knie nicht mehr ganz so stark.

»Adept Huxley hat mir bereits mitgeteilt, dass er Sie heute begleiten wird. Sie beide werden sich nun an einen Ort begeben, an dem Sie sich wohlfühlen. Ich denke, mit einem Freund sind Sie da sicherlich in einer besseren Position als in Begleitung einer Lehrperson, nicht? Ich weiß, dass Sie das können, Wright. Setzen Sie sich nicht zu sehr unter Druck, manches Mal benötigt man ein paar Anläufe.« Die Majorin sah in keiner Weise beunruhigt aus. Na, wie denn auch? Sie war es schließlich nicht, die sich mit Kräutern in einen Zustand versetzte, um Visionen von Ereignissen zu haben.

Doch trotzdem beschloss ich, artig zu nicken, das Notizbuch etwas enger an die Brust zu drücken und lächelnd aus dem Klassenzimmer zu marschieren, Huxley an meiner Seite.

»Wie fühlst du dich?«, fragte er, als uns die gewohnte Kühle des Korridors in die Arme nahm.

Ich zuckte die Achseln. »Es geht. Im Buch ist beschrieben, dass ich vorher meditieren sollte. Ich hab das zwar noch nie gemacht, aber …« In dem Moment wünschte ich mir, dass ich mich besser vorbereitet hätte.

»Aber ich. Ich helf dir dabei.« Er nahm meine Hand und drückte sie.

Schneller als erwartet hatten wir das Zimmer erreicht.

Irgendetwas in mir wollte und musste es versuchen. Dennoch konnte ich die kleine Stimme, die über meine Angst davor sprach, nicht gänzlich ausblenden.

Wir betraten den Raum. Nichts hatte sich verändert, seit ich am Morgen überstürzt los geeilt war, trotzdem fühlte es sich so an.

»Mara, ich weiß, dass du angespannt bist. Soll ich vielleicht …?« Huxley kam näher und grinste anzüglich.

»Hör schon auf, wir haben Unterricht!« Lachend ließ ich zu, dass er mich in seine Arme schloss. »Wir sollten …«

»Klar«, erwiderte er ernst, konnte sich aber ein letztes unanständiges Lächeln nicht verkneifen. »Vielleicht danach.«

»Willst du einen Tee?«, fragte ich.

»Willst du es denn noch ein wenig weiter hinauszögern?«, wollte er stattdessen wissen. Wir waren uns beide im Klaren darüber, dass er recht hatte.

»Ich weiß nicht, wie lange es dauern wird. Bis ich anfangen kann, bis es wirkt, bis es vorbei ist. Dir gegenüber wollte ich lediglich ein guter Gastgeber sein.« Auf halbem Weg zu meinem Waschbecken und dem Kessel drehte ich mich zu ihm um. »Also?«

»Wasser reicht mir, danke.« Er war mir gefolgt und stand nun dicht hinter mir. »Komm schon, Mara, ich merke doch, wie angespannt du bist. Wenn ich etwas zu trinken will, hole ich es mir. Bereite in Ruhe alles vor und setz dich dann mit mir auf deinen Teppich.«

Wie, um mir zu zeigen, dass er es ernst meinte, drückte er mich kurz an sich und nahm dann auf dem Vorleger Platz.

Während ich mein Buch hervorzog und einen halben Kessel voll Wasser aufsetzte, hatte Sam begonnen, leise vor sich hin zu summen. Es war angenehm, ihm zuzuhören und meine Nervosität für einen Moment zu vergessen.

Den Auszug der Blätter der Heimia salicifolia, den ich die Woche über vorbereitet hatte, holte ich aus dem Schrank hervor und stellte ihn auf die Arbeitsfläche. Über diese Zutat für meinen Trank stand nicht nur, dass sie vor allem für akustische Halluzinationen eingesetzt wurde, sondern auch, dass es als nicht sehr angenehm empfunden wurde. Zumindest hatte das die Person, die das Buch vor mir genutzt hatte, dazu gekritzelt. Vielleicht aber handelte es sich dabei um einen Hinweis von Majorin Mercedes. Wissen konnte ich es nicht.

Ein weiterer Bestandteil war Salvia Divinorum, von dem ich herausgefunden hatte, dass man es auch Zaubersalbei nannte. Ich war froh, nicht mehr darüber zu wissen, als in dem Buch stand, denn selbst das wirkte auf mich besorgniserregend.

Ich wandte mich zu Sam um, der immer noch summend auf dem Teppich saß und die Augen geschlossen hatte. Am Bett hinter ihm lag mein Lavendelkissen, das mir die Majorin gemeinsam mit einem Beutel voll Engelwurz im Laufe der Woche überreicht hatte. Sie hatte erwähnt, dass es mir möglicherweise helfen würde, Ruhe zu bewahren.

Als das Wasser endlich kochte, schöpfte ich mir mit der Kelle ein wenig davon in eine Tasse und fragte noch einmal: »Ich mache mir jetzt Tee, willst du auch was davon?«

Sam grinste mich an, nickte dann aber. Ich stellte beide Tassen am Boden vor ihm ab und wanderte noch einmal in meinen Garten, um ein paar frische Kräuter zu ernten.

»Was ist denn das für ein ekliges Gebräu?«, rief Sam. Mir war, als hörte ich ihn würgen und gleich darauf die Tasse abstellen.

Gemütlich schnitt ich noch die Kräuter, die ich brauchte, und ging wieder nach drinnen, die Tür hinter mir schließend. »Das ist Baldriantee. Der soll mir ebenso wie das Kissen da helfen, falls ich …« Na, was denn eigentlich? Ich fühlte, wie es in mir zu brodeln begann und die Aufregung drohte überhandzunehmen.

»Eklig. Sag ich doch.« Lachend klopfte Sam mit der flachen Hand auf den Teppich neben sich.

Bevor ich seiner Bitte Folge leistete, fügte ich dem Gebräu im Kessel, in dem sich die anderen Zutaten bereits befanden, die frischen Kräuter hinzu, schnappte mir das Kissen und legte es vorsorglich neben uns.

»Du sagtest, du könntest mir beim Meditieren helfen …«, begann ich und schaute ihn mit großen Augen an.

Er nickte. »Gib mir deine Hände.«

Ich folgte seiner Aufforderung und legte sie auf die seinen, die

sich warm um die meinen schmiegten. »Wird mir das Summen helfen?«, fragte ich.

Er sah auf. »Konzentriere dich darauf und mach deine Gedanken frei. Du hast dich während der letzten Woche genug mit dem Thema beschäftigt, in das du gleich eintauchen wirst. Hör auf das Summen und entspann dich.« Sein Blick traf den meinen und er lächelte. »Ich pass' auf dich auf. Was wird passieren, sobald du in einen entspannten Zustand gekommen bist?«

»Da sollte ich das Gebräu dann trinken. Im Buch steht, es reicht eine Tasse voll, aber ich befürchte, dass es ziemlich eklig schmeckt«, erwiderte ich.

»Dann gib mir ein Zeichen, ich hol dir dann dein Getränk.« Er lächelte aufmunternd. Der tiefe Bass seiner Stimme schien durch den ganzen Raum zu vibrieren, als er wieder zu summen begann.

Um mich besser konzentrieren zu können, folgte ich seinem Beispiel und schloss meine Augen. Da schien die Vibration auch mich zu erreichen und es war, als würde sie aus mir heraus schwingen.

Ich wusste nicht so recht, wie ich es anstellen sollte, nicht mehr zu denken. Denn das war es doch, was wir erreichen wollten. Vollkommene Leere in mir, in meinem Kopf, um das, was kommen würde, aufnehmen zu können.

Leere. Denk an nichts. Nichts.

Was für ein komisches Wort ... Nichts. Nichts, nichts, nichts, nichts, nichts, nichts ... Toll. Jetzt klingt es seltsam. Nichts. Mit Betonung auf das ch und einem zu einem z zusammengefügten ts. Nichts.

Konzentrier dich!

Wenn das nur so einfach wäre ... Schließlich würde das im Erfolgsfall vielleicht zu etwas Großem führen. Und im weiteren Verlauf zur Zerstörung der Akademie.

Bei dem Gedanken spürte ich, wie ich zu lächeln begann.

Was wird wohl Sam denken, wenn er mich ansieht?

Nichts, er hat die Augen zu. Jetzt still!

Hm ...

Ich zwang mein Gesicht dazu, eine neutrale Miene aufzusetzen, auch wenn es mir schwerfiel. Der Gedanke an die brennende, zerstörte Akademie verlieh mir ein Hochgefühl. Ein wohliger Schauer breitete sich in mir aus.

Endlich konzentrierte ich mich wieder auf Sams Summen. Wobei es bei ihm eher wie ein Brummen klang ...

Wie bei einem Bären. Hm, Bären sind schon recht gruselig. Und groß. Warum macht man Teddybären so süß, wenn das Original doch so ...

»Ich glaube, so funktioniert das nicht ...«, sagte ich dann schließlich und schlug verärgert die Augen auf.

»Vielleicht hast du recht. Stör ich dich mit meinem Summen?«, fragte er.

Ich lachte auf. »Nein. Ich weiß, es sollte mir helfen, aber mir fällt es so schwer, meine Gedanken loszulassen«, erwiderte ich dann beschämt.

»Steht in deinem Buch irgendwas davon, dass der Trank weniger wirkt, wenn er nicht mehr ganz heiß ist?«, wollte er wissen, doch ich schüttelte nur den Kopf. »Gut. Dann hol ich ihn jetzt mal und wir versuchen es noch einmal. Ich hab da eine Idee.« Sam lächelte versonnen.

Als er sich wieder setzte, hielt er eine dampfende Tasse in den Händen. Der Gedanke daran ließ meinen Magen unangenehm hüpfen. Gleich würde es so weit sein. Ich fühlte mich wie damals, als ich mir von Hannah hatte einreden lassen, im Freizeitpark mit dem Free-Fall-Tower zu fahren. Danach hatte ich mich zwar für einige Wochen gefühlt, als könnte mich nichts und niemand umbringen, aber davor wäre ich vor Angst tatsächlich fast gestorben.

Sam saß im Schneidersitz und sah mich an. »Wie fühlst du dich?«

»Als ob ich die einzige Person auf der Welt wäre, die es nicht schafft, sich zu konzentrieren.« Ich lachte.

»So was benötigt Zeit. Ich konnte das auch nicht sofort. Auch wenn ich es mir damals genauso gewünscht hatte wie du. Mein Vater hat mich auf eine Geschäftsreise nach Japan mitgenommen. Während er auf Konferenzen war, hat er mich zu Meditationen und Teezeremonien geschickt.«

»Klingt nicht so, als hättest du großen Spaß daran gehabt«, sagte ich.

»Ich hatte damals oft Streit mit anderen. Du weißt doch, wie das so ist. Sich den Rang in der Gruppe erkämpfen ...« Er sah mich an und blickte in mein versteinertes Gesicht. »Na gut, vielleicht weißt du nicht, wie das so ist. Jedenfalls wollte er, dass ich mein Temperament zügle. Das war seine Umschreibung dafür, dass ich meine Aggressionen in den Griff kriegen sollte.«

Ich konnte mir schlichtweg nicht vorstellen, wie er gewesen sein musste. Sam aggressiv? Wenn ich in sein sanftes Gesicht sah, konnte ich es nicht glauben.

»Anfangs habe ich nur sehr widerwillig daran teilgenommen. Etwas anderes blieb mir nicht übrig. Ich war fünfzehn, hatte kein Geld und war den ganzen Tag dort gefangen. Irgendwie musste ich die Zeit ja rumbringen. Und schließlich hab ich es sportlich gesehen. Ich wollte es lernen.« Er verzog das Gesicht zu einem halbherzigen Lächeln. »Es ist vielleicht nicht der beste Grund, um es zu erlernen, aber ich bin dennoch froh darum.«

»Ich kann mir beim besten Willen nicht vorstellen, wie du mit fünfzehn warst«, sagte ich kopfschüttelnd.

»Hab mich ständig geprügelt und war wütend ...«, erwiderte er und es wirkte, als wäre es ihm peinlich. »Komm her und setz dich mit dem Rücken an meine Brust.«

Den Kopf schief legend sah ich ihn an, folgte seiner Aufforderung aber dann doch.

Sam schloss mich in seine Arme und das Summen ertönte wieder. Die Vibration erfasste mich und dieses Mal war ich mir sicher, dass ich es schaffen würde. Ich fühlte seine Hände, die die meinen ergriffen hatten.

Die Wärme, die er ausstrahlte, schwappte nun ebenso auf mich über wie die Schwingungen, die er durch seine Stimme verursachte. Schon bald war alles, was meine Welt ausmachte, das, was von ihm ausging.

Mein Kopf war wunderbar leer, keine störenden Gedanken. Selbst das Beurteilen dieser fehlenden Denkfetzen erschien und ging als Gewissheit, ohne sie bildlich oder verbal festgehalten zu haben. Alles, was ich fühlte, war Frieden. Tiefer, innerer Frieden.

Ich drückte seine Hand, um ihm zu signalisieren, dass ich bereit war.

Sam ließ eine meiner Hände los und langte nach der Tasse, die er mir sogleich überreichte. Dann legte er seine Arme um meine Hüften und summte noch immer.

Etwa auf der Höhe meines Solarplexus überrollte mich nun für eine Sekunde eine panische Unsicherheit. Doch so schnell sie gekommen war, so rasch war sie verschwunden und ich trank die Tasse in einem Zug aus. Und ich war froh darum, denn es schmeckte fürchterlich.

Ich würgte, konnte mich aber gerade noch davon abhalten, mich zu übergeben. Ein ungutes Gefühl in meiner Magengegend blieb.

»Geht's?«, wollte Sam wissen.

»Mhm«, antwortete ich und griff nach meinem Baldriantee, den ich in kleinen Schlucken meine Kehle hinunterrinnen ließ. »Es passiert noch nicht wirklich was. Im Buch steht, dass es bis zu einer halben Stunde dauern kann. Was machen wir denn bis dahin?«

»Ich denke nicht, dass es so lange dauern wird, um ehrlich zu sein. Außerdem wissen wir nicht, wie es wirkt. Es wäre sicherlich nicht das Beste, nun einfach irgendwas anderes zu machen«, meinte Sam und ich musste ihm recht geben. »Lehn dich einfach wieder ein wenig an mich und erzähl mir, was du in den Karten gesehen hast.« In seiner Stimme hörte ich ein Lächeln heraus und lehnte mich dann, ebenso lächelnd, an ihn.

Es fiel mir plötzlich sehr schwer, mich zu konzentrieren, viel schwerer noch als zuvor, als ich versuchte, nichts zu denken. Jeglicher Gedanke schien, mir zu entgleiten. »In den Karten las ich von fürchterlicher Zerstörungskraft. So wie es dalag, musste es eine elementare Kraft sein wie Wasser oder … Fe-Feuer.« Auch das Sprechen fiel mir schwer. Meine Zunge war mit einem Mal wie gelähmt. Ich fühlte, wie mein Herz schneller zu schlagen begann. »Sollte es verhindert werden, dann würde dies Großes für die Kunst bedeuten.«

Eine große Kuppel erschien vor meinem inneren Auge. Nein … Hier im Zimmer. Terrakottafarben, durchbrochen von zum Himmel emporzeigenden weißen Streben. Oben schloss die Kuppel in Gold ab. Ich hörte Menschen jubeln und Glocken aus einem Turm schlagen. Als würde ich in der Luft schweben, sah ich von oben auf die Kuppel. Das Zimmer, in dem ich mich befunden hatte, war verschwunden.

Die Kuppel ging in einen gotischen Kathedralenbau über, auf der anderen Seite ragte der Turm empor, aus dem ich den melodischen Glockenschlag nun deutlicher wahrnahm. Weit hinter der Stadt mit ihren ebenfalls terrakottafarbenen Dächern machte ich Hügel aus, die in verträumtem Graublau und Grüngrau einen malerischen Kontrast zu dieser märchenhaften Stadt bildeten.

Ich wusste, wo ich war.

Florenz.

Mir war nur nicht klar, wann ich war, als ich zusah, wie Menschenmassen, die gerade noch jubelnd der Eröffnung des Doms beigewohnt hatten, nun durch die Gassen huschten und es langsam dunkel wurde.

»Ich sollte nachforschen, wann der Florentiner Dom eröffnet wurde«, hörte ich meine Stimme dröhnend über die Dächer hallen. Ich sagte das nicht für mich, sondern mehr für Sam, von dem ich hoffte, dass er sich das alles für mich merken würde, mich hörte.

Ich badete im Mondschein und erfreute mich der Architektur der pittoresken italienischen Stadt in der Toskana, für die ich immer schon was übrighatte.

Die Sonne ging auf und plötzlich flogen die Tage schneller an mir vorbei. Ich bemerkte dabei nicht sofort, dass die Kuppel immer mehr an Substanz verlor. Irgendwann war sie gänzlich verschwunden und auch die Kathedrale blieb von diesem Abbau nicht verschont.

Ich sah die Zeit, wie schon bei meinem Eintritt in die Akademie, rückwärts laufen. Die Kathedrale wurde kleiner, bis nur mehr eine im Vergleich zum späteren Dom von Florenz winzige Basilika mit drei Schiffen und einer halbkreisförmigen Apsis übrig war.

Meine Füße berührten den Boden. Ich stand vor der Basilika in der Sonne, die sich langsam, aber sicher hinter die Hügel schob.

Menschen drängten sich an mir vorbei und schrien, klammerten ihre Kinder an sich und nahmen keine große Rücksicht aufeinander.

Bevor ich es sah, roch ich es. Feuer.

Schreie und panische Menschen. Sie rempelten mich an, manche wollten mich sogar zu Boden stoßen. Eng an die kühle Fassade der Kathedrale gedrückt ließ ich sie alle vorbeiziehen, während der beißende Geruch des Feuers stärker wurde.

Warum war ich hier? Ich wusste doch jetzt, was passiert war! Feuer hier in Florenz.

Nein ... Mir war klar, was und wo, aber nicht wann. Und warum.

Da war die Menschenmasse an mir vorüber. Das Feuer baute sich wie eine Wand vor mir auf und griff mit seinen tanzenden Fingern nach mir.

Ich spürte die Hitze und gleichzeitig den Mangel an Sauerstoff, der in diesem Inferno herrschte.

Und da war ich eingekesselt von Flammen. Ich hatte keine Ahnung, warum ich stehen geblieben war oder ob mir das Feuer etwas anhaben konnte. Schließlich war das eine Illusion. Oder?

Ein Schrei löste sich von meinen Lippen, der in ein Brüllen überging, als sich die ersten Flammen über meine Haut ergossen und ein nicht zu löschendes Brennen hinterließen.

»Was passiert hier? Nein, nein! Das ist nicht wahr, nicht echt! Mach, dass es aufhört!«, brüllte meine Stimme über die Dächer hinweg, die, vollends gefangen in dem Inferno der Flammen, zu bröckeln begannen und auf die Straße regneten.

Während ich brannte und immer noch nicht weglief – wohin denn auch? – spürte ich, wie mich Brocken der Dächer an der Schulter trafen. Weitere zersprangen am Boden und stachen in meine Beine, als sie vom Aufprall zurück in die Luft geworfen wurden.

»Hilfe! Sam! Hol mich hier raus!«, schrie ich, erkannte aber, dass es nichts bringen würde. Wie sollte er mich denn aus meiner eigenen Halluzination holen? Keiner von uns hatte Erfahrung damit. Und er sogar noch weniger als ich.

Über den brechreizerregenden Duft von verbrennender Haut und den alles zerstörenden Flammen nahm ich den Geruch von Lavendel wahr.

Sam.

Während ich gierig den Duft des Lavendels einatmete, in der Hoffnung, dass er mich beruhigen würde, fühlte ich, wie die Schleimhaut in meinem Mund Bläschen aufwarf und sich auch meine Speiseröhre anfühlte, als würde sie bereits in Flammen stehen.

Ich wusste nicht, was dann passierte. Der Schmerz wurde unerträglich und mir war, als würde mein Kopf explodieren. Vor mir verschwand Florenz, die Flammen und die herabstürzenden Dächer in einer Wand aus Weiß.

Das Niemals.

Die Gewissheit, wieder zurück in meinem Zimmer zu sein, wenn ich die Augen öffnete, wurde größer.

Um mich herum war es plötzlich sehr eng.

Wo war ich?

Wer?

Vergessen.

Der neblige Schleier aus Weiß brach auseinander und gab mir die Sicht frei.

»Il suo nome dovrebbe essere Dante. Dante Alighieri.«

Es war, als würde ich zum ersten Mal richtig atmen. Und da schrie ich. Schrie aus voller Seele. Statt der Augen der Menschen, die gerade noch auf mich hinabgeblickt hatten, war da plötzlich ein blonder, großer Mann, der erschrocken aufhörte zu summen.

»Mara, alles in Ordnung?«, fragte er, doch ich verstand nicht, was er damit meinte. Was für eine Sprache war das?

Ich konnte nur den Kopf schütteln. In meinen Gedanken ergaben meine Worte so viel Sinn. Doch ich erkannte, dass ich nicht wusste, wie ich sie aussprechen sollte.

Ich wollte sprechen. So viel war klar. Aber ich hatte keine Ahnung wie. In einem früheren Leben hatte ich das einmal gekonnt. Bevor ich Dante war.

Dante Alighieri.

Was für ein seltsamer Name. Mein Name. Und doch fühlte es sich an, als würde er nicht zu mir gehören.

Ich schüttelte den Kopf, vielleicht in der Hoffnung, dass doch noch Worte aus mir hervorpurzeln würden, je heftiger ich ihn umher warf.

»Komm schon, sprich mit mir!«, sagte der blonde Mann wieder, doch was meinte er damit? Er fasste mir an die Schulter und ließ seine Hand dort liegen. Aus stahlblauen Augen sah er mich an und mir war, als würde er sich Sorgen machen. Ich kannte ihn nicht.

»Lass uns zur Majorin gehen.« Er sah nun ernsthaft besorgt aus. Was wollte er von mir?

Doch da zerrte er mich schon hoch und warf mich über die Schulter wie einen nassen Sandsack.

Wie gern hätte ich protestiert, aber ich wusste ja nicht wie. Und dann war da noch die Sprachbarriere.

Wer war dieser Nordmann?

»Es ist alles in Ordnung«, hörte ich da eine zweite Stimme, offenbar die einer Frau. Doch weit und breit war keine zu sehen.

Durch dunkle Gänge, gesäumt von Büsten finster blickender Männer, trug er mich. Ich musste zugeben, so langsam wurde mir übel. So eine Behandlung war ich nicht gewohnt, aber wer wusste schon um die rauen Sitten dieser Nordmänner?

Als er einen Raum voller junger Menschen erreichte, setzte er mich endlich ab.

»Majorin Mercedes, was ist los mit ihr? Sie spricht nicht und …«, schrie der blonde Mann eine ergraute Frau in merkwürdig anmutender Männerkleidung an.

»Was hat sie gesagt, als sie in diesem Zustand war?«, fragte die Frau.

Worüber die beiden sprachen, war mir schleierhaft und ihre Worte klangen eigenartig und fremd. Doch eines war mir klar: Sie mussten wohl über mich reden.

»Irgendetwas über den Florentiner Dom«, erklärte nun wieder der Nordmann.

»Ah«, machte die Frau. Sie stand auf und blieb genau vor mir stehen. »Come si chiama?«

Ich war ganz aus dem Häuschen. Diese Frau verstand mich! Sie schien wissen zu wollen, wer ich war. »Mi chiamo Dante. Dante Alighieri! Ma dové sono finito?«

»Eccellente! Adesso si trova sulla academica. Andrà tutto bene. Si sentirà magnificamente bene in un po‘ di giorni.« Sie sah mir überzeugt in die Augen und ich glaubte ihr. Was auch immer mit mir los war, offenbar würde es mir in ein paar Tagen wieder besser gehen.

Warum ich dieser wildfremden Frau jedoch vertraute, war mir nicht klar. Aber diese Akademie klang vielversprechend. Und sicher.

Sie geleitete mich zurück in das Zimmer, in dem ich zuvor mit dem Nordmann gewesen war, und erklärte mir, dass ich hierbleiben könne, bis es mir besser gehe. Ich dürfte hier bleiben und die Annehmlichkeiten des Zimmers nutzen.

Zuvor hatte ich mich nicht groß um meine Umgebung gekümmert, war ich doch wie aus einem Traum erwacht und wusste nicht, wo sich diese Akademie befand oder wie ich hierhergekommen war. Endlich beruhigte ich mich.

Als mich die Frau in Männerkleidung allein ließ, begann ich, mir das Zimmer genauer anzusehen. Vor der Tür, die in den Garten führte, war es sonnig, obwohl eine dichte Wolkenwand über mir aufragte. Vielleicht würde ich ja später mehr vom Horizont sehen, der ebenfalls wolkenverhangen war.

Ich ging wieder hinein und nahm den leichten Duft von Baldrian und Lavendel wahr, der von einer Tasse und einem Kissen ausging.

Doch besonders überrascht war ich von dem Waschraum, der sich hinter einem Wandvorhang befand. In dem Moment, da ich es entdeckte, fühlte ich die Begeisterung in mir aufwallen.

Als ich zur Seite sah und mein Spiegelbild erblickte, setzte mein Herz für eine Sekunde aus. Ich starrte mich an und wusste, dass dies mein Gesicht sein musste, doch war mir, als wäre es ein fremdes. Je länger ich diese Züge studierte, desto merkwürdiger war mir. Ein blaues und ein braunes Auge starrten mich durch die Dunkelheit an. War das wirklich ich?

Dann übergab ich mich auch noch geräuschvoll und äußerst

ekelhaft ins Waschbecken, sodass ich beschloss, dass es besser war, mich für heute schlafen zu legen.

Mitten in der Nacht erwachte ich schweißgebadet und wusste, was passiert war.

»Sam, Sam!«, rief ich, als ich die Tür zu seinem Zimmer aufriss und ihn unsanft aus dem Schlaf weckte.

»Mhm … was?«, grummelte er und wollte sich schon wieder umdrehen, um weiterzuschlafen.

»Ich war Dante! Er würde gar nicht erst geboren werden! Vor meiner … seiner Geburt brach ein großes Feuer aus. Oder wird ausbrechen. Nenn es, wie du es willst! Jedenfalls müssen wir es verhindern!«

»Aber nicht mehr heute«, flüsterte er in sein Kissen, machte mir aber Platz, damit ich mich zu ihm legen konnte. »Schlaf noch ein wenig. Das war anstrengend genug für dich.«

Ich ließ es zu, dass er mich zudeckte und nah zu sich zog. Gierig sog ich seinen Duft ein, der mich augenblicklich beruhigte. In seiner Nähe würde mir nie etwas geschehen. Da waren mir die Augen schon zugefallen.

Am nächsten Morgen erwachte ich und fühlte etwas Schweres auf meiner Schulter. Ich wandte mich um und wäre fast aus dem Bett gefallen!

Der Nordmann!

Ich schrie ihn an und wollte wissen, was er in meinem Bett tat, bevor ich mich umsah und realisierte, dass ich wohl nicht mehr in dem Zimmer war.

Wie von der Tarantel gestochen sprang ich auf und rannte zur Tür hinaus, bevor er auch nur reagieren konnte.

Ich wusste nicht genau, wo ich war, aber vermutlich immer

noch in dieser Akademie. Während ich durch die Gänge lief und mir nicht darüber im Klaren war, wohin ich überhaupt wollte, begegneten mir einige junge Menschen, die mich stirnrunzelnd ansahen. Erst nach einer Weile fiel mir auf, dass es sich bei allen um Jungen handelte.

Schließlich entdeckte ich eine Treppe und beschloss, ihr in die Tiefe zu folgen. Doch auch in diesem Stockwerk erschien mir nichts, das mir den Weg in mein Zimmer weisen würde.

Der Nordmann hätte mir mit Sicherheit helfen können, aber erneut war mir nicht klar, wie ich in seine Nähe gekommen war und warum.

»Mara! Mara, warte!«, hörte ich da hinter mir und erkannte die Stimme des blonden Mannes. Mir war, als hätte er ähnliche Worte am Vortag auch schon benutzt.

»Was ist los mit dir? Gestern warst du Mara und nun sprichst du wieder italienisch!«, sagte er. Was wollte er?

Ich fragte ihn, doch er sah mich mit demselben verwirrten Gesichtsausdruck an, den ich ihm zugeworfen hatte.

»Ich weiß, dass du mich nicht verstehst, jetzt zumindest nicht, aber bitte vertrau mir. Wir gehen zur Majorin. Auch wenn sie sagte, dass alles gut würde. Ich mache mir Sorgen, Mara.«

Irgendetwas in mir sagte mir, dass ich ihm vertrauen sollte, was auch immer er vorhatte. Also ließ ich ihn gewähren, als er mir sanft den Arm um die Schulter legte und mich wieder nach oben geleitete. Dort ging er mit mir erneut die Gänge entlang, vorbei an den grimmigen Büsten, zu einem Zimmer.

Er klopfte und als wir eintraten, flackerte ein Kaminfeuer munter vor sich hin. Die Frau in Männerhosen saß an einem Schreibtisch und sah aus, als hätte sie bereits auf uns gewartet.

»Majorin Mercedes, es tut mir leid, dass ich Sie zu so früher Stunde stören muss, aber mit Mara stimmt etwas nicht. Gestern war sie Dante. Heute Nacht kam sie in mein Zimmer gestürmt, weil sie wieder normal war, und heute früh konnte sie sich an nichts mehr erinnern. Jetzt spricht sie wieder italienisch und ich weiß nicht, wie ich ihr helfen soll!«

»Ich erledige das. Keine Sorge.« Die Dame sah den blonden Mann in die Augen und wandte sich an mich.

»Si! Mi chiamo Dante!«, sagte ich dann schnell und versuchte mich an einem Lächeln, das ich den beiden zuwarf. Doch es wurde nur von der Frau erwidert. Der blonde Nordmann blieb versteinert und bedachte mich mit einem besorgten Blick.

»Si fida di me. Questo è Samuel, lui baderà a Lei stesso. Rimane nella sua prossimità.«

Aha. Samuel also. Klang nicht unbedingt nach einem Nordmann. Aber offenbar würde er auf mich aufpassen.

Sie sagte mir zwar auch, dass ich mich mit dem blonden Mann nicht verständigen könne, aber sie meinte, man werde das Beste versuchen, um mir zu helfen. Was auch immer sie tun wollten.

Er begleitete mich zurück in das Zimmer, in dem ich aufgewacht war und das für die Zeit, in der ich nicht wusste, was passieren würde, meine Bleibe wäre.

»Ich weiß, du hast keine Ahnung, was ich eigentlich sage, aber ich hoffe, du verstehst, dass ich dir nur helfen will. Ich mache mir Sorgen, Mara.« Er schloss die Tür und wartete, bis ich mir einen Platz gesucht hatte.

Irgendwie fühlte sich nichts richtig an außer dem Teppich, der vor dem Bett lag. Als ich darauf Platz nahm, schien ein Lächeln über seine Züge zu huschen, bevor sein Blick wieder steinern wurde.

Aus welchem Grund auch immer war mir, als würde ich ihn kennen. Aus einem früheren Leben vielleicht. Aber der Moment, in dem er mir vertraut vorkam, war genauso schnell vergangen, wie er gekommen war.

Die nächsten Tage waren, selbst wenn man es positiv zu sehen versuchte, ziemlich furchtbar. Ständig musste man die Frau holen, die übersetzte, und wenn man das nicht tat, verbrachte ich meine Zeit in Stille. Das Zimmer, in dem ich mich aufhielt, war schön und der Garten duftete verführerisch, doch fühlte ich mich hier dennoch wie ein Fremdkörper.

Außerdem war mir aufgefallen, dass ich Gedächtnisausfälle von mehreren Stunden hatte.

Manchmal wusste ich nicht einmal, was ich während der letzten Stunden getrieben hatte, und plötzlich erwachte ich und fand mich in einem Gang wieder, obwohl ich keine Erinnerung daran hatte, dorthin gegangen zu sein.

Und manches Mal hatte ich sogar vergessen, was ich überhaupt dort tat. Das war am schlimmsten. Wenn ich die Verzweiflung und Panik in mir hochwallen fühlte. Als ich mich umblickte und nicht wusste, wer diese fremden Gesichter waren, die mich besorgt ansahen und mich zu der Frau brachten, die offenbar als Einzige meine Sprache zu beherrschen schien.

Gerade, als ich beim Mittagessen saß und auf einem Stück Rindfleisch mit Gemüse herumkaute, fiel es mir wieder ein. »Ich bin Mara!«

Die anderen sahen von ihren Tellern auf.

»Willkommen zurück«, erklärte Islington und grinste.

»Ich hab mir echt Sorgen gemacht«, sagte Hannah und vergrub das Gesicht in ihren Händen.

»Wenigstens ist meine Freundin jetzt kein mittelalterlicher italienischer Dichter mehr.« Huxley lachte bellend auf.

»Glaub mir, für mich war das weitaus schlimmer«, erwiderte ich düster. »Nicht zu wissen, wo man ist, wer die ganzen Leute um einen herum sind ... Das macht einen auf Dauer echt fertig.«

»Dann kannst du dir vorstellen, wie es mir erging. Immerhin

hab ich mir echt Sorgen gemacht, dass du nie wieder du selbst sein wirst.« Huxley sah mich eindringlich an.

»Hey, du bist ja wieder du!«, sagte nun auch Merle und schob ihren Teller beiseite. »Wie war es so, Dante zu sein?«

»Verwirrend. Ich hatte ja keine Ahnung, wo sich die Akademie befindet, geschweige denn was ich hier sollte. Und irgendwie kam mir alles falsch vor. So als würde man ein Puzzleteil irgendwo reinquetschen, wo es gar nicht hingehört.«

»Das hast du aber schön gesagt.« Islington zwinkerte und lachte.

»Poetisch«, fügte Merle hinzu.

»Vielleicht ist doch ein Stück Dante in ihr hängen geblieben«, sagte Huxley.

»Ich bin jedenfalls froh, wieder hier zu sein.«

Huxley lehnte sich zu mir und flüsterte mir ins Ohr, sodass nur ich ihn hören konnte. »Ich auch.«

Nach dem Essen wollte ich etwas allein sein, um meine Gedanken zu ordnen und mich wieder zu erden. So ging ich schnurstracks aufs Zimmer, einen letzten entschuldigenden Blick auf Sam werfend. Aber ich wusste, dass er mich verstand.

Doch aus meiner Zeit, um zu entspannen, wurde nichts, denn da wurde schon an die Tür geklopft und diese geöffnet, ohne dass ich die Chance hatte zu antworten. So dreist war nur eine einzige Person.

Leander. »Hab gehört, du bist wieder normal.«

»Danke, es ist auch schön, dich wiederzusehen«, brummte ich und drehte mich zu meinem Teekessel um.

»Sei doch nicht so grantig«, erwiderte er und trat näher.

»Hm«, machte ich bloß und zuckte die Achseln.

Der schwarzhaarige Junge stand neben mir und sah über meine Schulter. »Was machst du da?«, wollte er wissen.

»Tee«, antwortete ich knapp und als ich merkte, wie unsympathisch ich mich gerade aufführte, fügte ich an: »Möchtest du auch einen?«

Ich war wirklich nicht darauf vorbereitet, Gesellschaft zu haben. So gern ich die anderen mochte und sosehr ich mich auch mittlerweile an Leanders Anwesenheit gewöhnt hatte, lechzte ich danach, für eine Weile allein zu sein. Es war schön zu wissen, wer ich war, wo ich war und was ich dort machte.

»Ja, gern.« Es überraschte mich, dennoch schöpfte ich ihm eine Tasse voll ab und folgte ihm mit meiner eigenen dann an den Tisch.

»Ich wusste nicht, was ich machen sollte. Ich hätte ja mit dir geredet, aber ... die sprachliche Barriere hat es mir erschwert und die anderen haben nicht viel darüber gesprochen, was los war.«

»War vielleicht auch besser so«, sagte ich dann nach einigen Sekunden des Schweigens, die mir endlos vorgekommen waren.

»Also ...« Auch er gönnte sich eine lange Pause, bevor er weitersprach. »Ich habe mir schon Sorgen um dich gemacht.« Er senkte den Kopf, als müsste er sich dafür schämen.

»Wirklich?«, fragte ich und befürchtete, dass meine Augen so tellergroß wurden, wie sie sich anfühlten.

»Ja.«

»Um ehrlich zu sein, überrascht mich das schon.« Ich senkte nun meinerseits den Kopf.

»Hm«, machte er. »Ich war eigentlich doch der Meinung, dass wir langsam, aber sicher Freunde sind. Natürlich mache ich mir Sorgen.«

Ich nahm mir einen Moment Zeit, um über meine Antwort nachzudenken, bevor ich sagte: »Weißt du, der Leander, den ich hier an der Akademie kennengelernt habe, ist ein anderer als der, der du einst warst. Trotzdem kann sich ein Teil von mir noch nicht gänzlich von meinem Hass auf dein früheres Ich lösen. Vielleicht werde ich das nie können. Irgendetwas in mir hält noch immer daran fest, dass du eines Tages vielleicht in alte Verhaltensmuster zurückfällst. Davor habe ich Angst.«

Leander biss sich mit einem grüblerischen Gesichtsausdruck auf die Lippen, sah dann aber zu mir auf. Erkannte ich in seinen Zügen aufrichtiges Bedauern? »Auch wenn es keine Entschuldigung für mein Verhalten damals sein soll, aber ich habe lange und gründlich darüber nachgedacht, warum ich mich so verhalten habe. Hier an der Akademie habe ich zum ersten Mal das Gefühl, dass ich mein geistiges Potenzial ausschöpfen kann. Früher war ich bloß gelangweilt und das hab ich an dir ausgelassen. Du weißt, wie ich mittlerweile darüber denke. Aber hier ist es anders … Ich bin anders. Ich hab mich wirklich bemüht, dir zu zeigen, dass ich mich geändert habe. Es tut schon ein wenig weh zu sehen, dass du an meinem alten Ich festhältst. Denk einfach darüber nach.« Damit stellte er die immer noch dampfende Tasse ab, stand auf und ging.

Erst als der Tee schon lange kalt war, bemerkte ich, dass ich weinte. Nun hätte ich mir Gesellschaft gewünscht, um nicht mit meinen Gedanken allein sein zu müssen. Auch wenn mir bewusst war, dass er sich hier an der Akademie verändert hatte und wir oft genug darüber gesprochen hatten, so hatte ich sein neues Ich trotzdem noch immer nicht als das angenommen. Deshalb war er enttäuscht, traurig, verärgert. Und ich konnte es ihm nicht einmal verübeln.

Schließlich stand ich auf und machte mich auf den Weg.

Ich klopfte mit pochendem Herzen. Als ich schon wieder umdrehen wollte, weil ich dachte, dass er doch nicht da sei, öffnete sich die Tür einen Spalt.

»Oh.« Die Öffnung wurde ein wenig breiter. Unschlüssig standen wir beide da und ich wusste, dass ich nun etwas sagen musste. »Kann ich … reinkommen?«

Er nickte und trat zur Seite, um mich einzulassen.

Ich hatte mich schon so sehr an mein neues Zimmer gewöhnt, dass ich vergessen hatte, wie die anderen aussahen. Sie alle waren gleich eingerichtet mit einem Bett, einem Schrank, einem verborgenen Zugang zum Badezimmer – wobei mir immer noch schleierhaft war, warum das so war – und einem Fenster, unter dem ein Schreibtisch stand.

»Ich glaube, ich hab einfach …«, begann ich, wusste aber dennoch nicht so recht, was ich sagen sollte und verfiel in Schweigen.

»Setz dich doch erst mal. Ich kann dir zwar kein Getränk anbieten, aber dafür meinen Schreibtischstuhl.« Er schob ihn mir heran, doch ich marschierte mit einem breiten Grinsen daran vorbei, um mich aufs Bett zu setzen. Leander war schon immer jemand, der seine Gedanken ungefiltert aussprach und kein Blatt vor den Mund nahm. Vielleicht sollte ich das auch mal versuchen. Ich verhielt mich zum ersten Mal in meinem Leben wie er, um dieses Gefühl aus mir herauszukitzeln.

»Hör zu, es tut mir leid. Nachdem ich jahrelang von dir gepiesackt wurde, war ich der Ansicht, dass du mir etwas schuldest. Dabei sollte es in einer Freundschaft nicht darum gehen. Auch in einer Allianz nicht, als die wir zwei ja gestartet sind. Ich werde vielleicht den Teil in mir, der Angst davor hat, dass du so wirst wie früher, nie gänzlich abschütteln können, aber ich werde daran arbeiten. So wie du daran gearbeitet hast, freundlicher zu mir zu werden. Bitte sei nachsichtiger mit mir, als ich es manchmal mit dir war.« Ich sah erst auf, als ich geendet hatte, und erhaschte einen Blick auf sein breites Lächeln.

»Alles ist gut. Auch wenn du mir das alles wirklich mal früher hättest sagen können, Mann.« Er rieb sich den Hinterkopf und sah mich an. »Aber ich bin vorhin eigentlich zu dir gekommen, um etwas anderes mit dir zu besprechen.«

Erwartungsvoll blickte ich ihn weiterhin an und musste über seine verschwörerisch wackelnden Augenbrauen donnernd lachen. »Jetzt spuck's schon aus!«

Er legte noch eine kleine Pause ein, in der er bedeutungsschwanger sein Hemd mit der flachen Hand glattbügelte, bevor er antwortete: »Ich habe vielleicht einen Weg gefunden, wie wir mehr über die Akademie herausfinden können.«

»Welchen?«, fragte ich atemlos und hatte die Geheimniskrämerei satt. Ich war schon immer ungeduldig gewesen, nicht unbedingt eine meiner besten Eigenschaften, aber was sollte man machen?

»Die Robo-Ameise«, erklärte er, als würde sich der Sinn seiner Antwort damit für mich erschließen. Doch als er sah, dass mein Gesicht weiterhin vor Fragezeichen nur so strotzte, lächelte er leise in sich hinein und lehnte sich weiter vor. »Ich glaube, ich kann sie hacken oder ihr zumindest einen Peilsender einbauen, damit wir durch sie mehr erfahren.«

»Glaubst du nicht, dass sich das schon einige gedacht haben und auf die Schnauze gefallen sind?«, fragte ich freiheraus und war mir der erschreckenden Art, es zu sagen, durchaus bewusst.

»Der Gedanke ist mir, auch wenn du es kaum glauben magst, auch schon gekommen. Überhaupt auf die Idee gekommen bin ich ja nur deshalb, weil meine Klassenkameraden mir ein wenig mehr zu unserem Hausmeister und der Art, wie er sich bewegt, erklärt haben.«

»Irgendetwas, das ich wissen sollte oder verstehen würde? Du weißt, mit der Technik habe ich es nicht so. Solange es funktioniert, stelle ich nicht sehr viele Fragen.« Ich lachte und war mir des Stereotyps, dass Frauen von Technik keine Ahnung hatten, sehr wohl bewusst. Bei mir mochte das zutreffen. Doch nachdem ich

Merle und King besser kennengelernt hatte, wusste ich, dass es auch anders sein konnte. King hatte mir einmal erzählt, dass sie das Studium der Planetenwissenschaften begonnen hatte, bevor die Akademie sie geholt hatte. Manchmal, wenn sie davon sprach, klang es so, als würde sie es vermissen. Obwohl sie danach immer wieder betonte, wie sehr sie die Arbeit an der Akademie liebte.

»Bist du noch da?«, wollte Leander wissen.

»Mhm«, murmelte ich und schloss gedanklich die Schublade zu Kings Vergangenheit.

»Manchmal sind deine mentalen Ausflüge echt nervig. Man kann reden und reden und reden und du hörst einem ja doch nicht zu«, sagte er und er hatte recht.

»'tschuldigung«, nuschelte ich und war mir plötzlich schmerzlich bewusst, dass auch ich mich sehr oft falsch in seiner Gegenwart verhielt. »Also, zurück zu der Robo-Ameise. Wie wirst du den Sender anbringen und wie überwachst du sie?«

»Ich hatte während deiner Dante-Phase Zeit, etwas darüber nachzudenken. Sie hat einen genauen Putzplan, von dem sie nicht abweicht. Nie. Nachts befindet sich kaum jemand in der Bibliothek –«

Abgesehen von uns, dachte ich so bei mir und grinste in mich hinein.

»– daher werde ich den Sender einbauen, sobald er fertig ist.«

»Dauert das nicht echt lange?«, hakte ich nach.

»Nein. Stell's dir einfach wie einen Boxenstopp beim Autorennen vor.«

Verstohlen grinste ich. »Das klingt gut. Ich hab nur Angst, dass sie uns erwischen.«

»Nicht ›dass‹. Falls.« Er schüttelte kaum merklich den Kopf und warf mir ebenfalls ein Lächeln zu.

»Mir ist übrigens auch ein Gedanke gekommen.« Wenn wir schon endlich einen Plan hatten, dann konnte ich ja auch meinen Teil dazu beitragen.

Nun war es an ihm, sich vorzulehnen und große Augen zu machen.

Die Pause nutzte ich aus, um mich gerade hinzusetzen und die schwarze Bluse etwas glatt zu streichen. »Ich denke, es könnte von Vorteil sein, meine Utensilien zu befragen, um mehr über Fia herauszubekommen.« Ich hätte mit vielem gerechnet, nur nicht mit dieser Reaktion.

»Hast du sie noch alle? Du warst tagelang ein toter italienischer Dichter! Was ist, wenn dir etwas passiert, während du deine Tränke dazu befragst, was mit Fia passiert ist?«, brüllte er.

»Schhhhh«, machte ich, doch da war er schon aufgesprungen.

»Das kannst du nicht machen! Das ist verdammt noch mal gefährlich!«, rief er und es schien, als wäre er wirklich besorgt um mich.

»Aber genau deshalb muss ich es ja machen. Die Akademie ist gefährlich. Alles hier. Auch wenn man uns weismachen will, dass das alles einem guten Zweck dient. In Wahrheit sind es skrupellose Arschgeigen, die Jugendliche aus ihren Leben holen, nur um sie für ihre Zwecke auszubilden. Und dann wird ihnen noch eingetrichtert, dass das alles doch nur dem Wohl der Menschheit dient. Das kann ich mir beim besten Willen nicht vorstellen. Nicht nachdem, was sie …«, meine Stimme stockte. Zuvor hatte ich mich in Rage geredet, aber beim Gedanken an Sam hatte ich plötzlich einen riesigen Kloß im Hals.

»Huxley. Ich weiß«, hauchte Leander und sah zu Boden. Wortlos setzte er sich und wir schwiegen uns ein paar Minuten an.

»Ich will, dass das alles hier ein Ende hat. So toll es ist, all die Wunder zu sehen, die die Akademie vollbringt. So schön es ist, Freunde zu haben, so furchtbar finde ich das, was …« Meine Hände zu Fäusten geballt sah ich nun meinerseits zu Boden und verfiel erneut in Schweigen, während ich versuchte, den dicken Kloß in meinem Hals zu schlucken.

»Bist du dir sicher, dass du das tun willst?«, fragte Leander nach einer Weile heiser.

»Ja«, sagte ich und auch meine Stimme fühlte sich merkwürdig belegt an.

»Gut. Aber ich werde bei dir sein. Ich lass dich dabei nicht allein.«

Und dafür war ich ihm unendlich dankbar. Sam hätte ich schließlich nicht fragen können. All das war schon kompliziert genug, auch ohne, dass ich ihm etwas verraten hatte. Ich seufzte.

»Ich weiß, dass du lieber Huxley dabei hättest«, erklärte Leander dann, als hätte er meine Gedanken gelesen.

Doch ich schüttelte nur den Kopf. »Das ist unser Krieg. Es ist so schon gefährlich genug. Ich vertraue ihm. Aber ich weiß nicht, wie er das hier finden würde.«

Leander nickte.

»Ich möchte es so bald wie möglich probieren«, meinte ich dann.

»Gib dir zumindest eine Woche. Die Dante-Phase war, glaube ich, anstrengend genug.« Er runzelte die Stirn und sah mich überzeugt an.

»Hast ja recht. Auch wenn das so klingt, als wäre ich Picasso oder so.« Ich lachte. »Eine Woche dann also. Wann starten wir Aktion Peilsender?«

»Heute Nacht, wenn alles gut geht.«

Leander hatte mich nicht dabeihaben wollen. So saß ich in meinem Zimmer wie auf Kohlen und wartete, dass er sich endlich blicken ließ.

»Hast ja ganz schön lange gebraucht«, sagte ich verärgert, als sich die Tür zu guter Letzt – wie immer ohne ein vorangegangenes Klopfen – öffnete.

»Das kam dir nur so vor«, flüsterte er, bevor er sich räusperte und in einer normalen Lautstärke fortfuhr: »Wir haben nur ein einziges Problem, von dem ich dir bislang nichts erzählt hab.«

Mein Herz blieb gefühlt kurz stehen und ich war mir nicht sicher, ob ich ihm den Kopf abreißen sollte. »Wie bitte?«, rief ich erstickt, schlug mir aber sofort die Hände vor den Mund. Immerhin war es beinahe Mitternacht. Wenn man sich nach den Uhrzeiten der Akademie richtete.

»Nun ähm … ich bin wohl einer, dem sie nicht trauen, weshalb des Öfteren mal jemand in meinem Zimmer vorbeikommt, um nach dem Rechten zu sehen, wenn du weißt, was ich meine.« Er kratzte sich nervös am Kopf.

»Sie filzen dich?«, fragte ich überrascht. Aber da fiel mir wieder die Notiz neben seinem Namen in dem Buch ein, das ich in der Bibliothek gefunden hatte.

»Tja.« Er zuckte die Schultern. »Deshalb würde ich das Gerät zur Überwachung gern bei dir aufbewahren.«

»Du meinst also, es wäre zu gefährlich, dass ich beim Setzen des Peilsenders dabei sein darf, aber ein verbotenes Messinstrument, mit dem wir unseren Hausmeister überwachen können, bei mir zu haben, das ist völlig in Ordnung?«, fragte ich belustigt und war nicht im Geringsten sauer.

»Äh ... so in etwa.« Erneut zuckte er die Schultern. Ganz durchdacht hatte er es wohl nicht. Aber das war mir egal. So war Leander nun mal. »Wo können wir ihn denn verstecken, ohne dass es auffällt?«, wollte er dann wissen.

»Unterm Bett?« Ich hatte noch nie etwas verbergen müssen, weshalb es mir schwerfiel, mir ein geeignetes Versteck zu überlegen.

»Zu auffällig und es hat sicherlich auch nicht die beste Auswirkung auf deinen Schlaf.«

»Nett, dass du daran denkst«, neckte ich ihn und bohrte ihm meinen Zeigefinger in den Oberarm.

»Hör auf damit«, sagte er und verscheuchte mich und meine spitzen Finger. »Wo könnten wir ihn sonst noch deponieren?« Er ließ seinen Blick durch das Zimmer schweifen.

Auch ich versuchte mein Glück und unterdrückte nur mit Mühe einen erfreuten Aufschrei, als mir etwas einfiel.

»Was war denn das? Ein verunglücktes Schweinchen?«, wollte er lachend wissen und zeigte auf mich.

»Halt die Klappe, Leander«, erwiderte ich und wandte mich der Küche zu. Unter meinem Backofen, für den ich immer noch keine sinnvolle Verwendung gefunden hatte, war eine Lade, die man nicht sofort sah. »Da. Lass ihn uns da reintun.«

Anerkennend nickte Leander und holte ein Gerät hervor, das mir viel zu klein vorkam, als dass man damit hätte etwas überprüfen können. Aber schließlich war ja er der Spezialist von uns beiden auf dem Gebiet. Ich war diejenige, die sich unbekannte Substanzen in den Rachen kippte, um etwas durch Halluzinationen herauszufinden. Wenn das meine Großmutter wüsste!

Das Lachen gefror, als ich an meine Familie denken musste und sie mehr vermisste als die Tage zuvor.

»Was ist?«, fragte Leander dann.

»Hab nur gerade an meine Familie denken müssen«, antwortete ich erstickt und drehte mich weg, um nicht vor ihm zu weinen. Doch die Tränen ließen sich nicht aufhalten und mir war, als hätte ich mir seit langer Zeit zum ersten Mal einen Gedanken an sie gewährt. Und der Damm war dadurch gebrochen. Ich wusste, ich konnte sie nun nicht mehr aufhalten und als mir die ersten Tränen wie Sturzbäche die Wangen hinunterrannen, hatte ich aufgegeben. Ich wehrte mich nicht dagegen, dass Leander um mich herumgelaufen war und in mein tränenüberströmtes Gesicht sah. Es war mir egal, dass er meine Hände nahm und drückte, bevor er mich in eine sanfte Umarmung zog, die ich ihm nicht zugetraut hätte. Was ich jedoch am allerwenigsten erwartet hätte, war, dass er die ganze Zeit über nichts sagte. Nicht, als mich eine zweite Welle der Traurigkeit überrollte, nicht, als meine Atmung langsam flacher wurde und keine Tränen mehr kamen.

»Ich werde sie nie wieder sehen.« Ich biss mir auf die Lippen, als ich ein weiteres Mal erschauderte. Meinen heißen Atem auf den Lippen zu spüren, während ich unaufhaltsam in sein Hemd hinein schluchzte, gab mir ein Gefühl der Hilflosigkeit.

»Vielleicht. Aber vielleicht gibt es doch noch einen Weg«, erklärte er.

Atemlos schluckte ich. »Wie?«

»Ich hab von einem der älteren Studenten in meiner Klasse gehört, dass man möglicherweise ein Ereignis gefunden hat, das bei uns in der Gegend stattfindet. Ein paar Jahre in der Zukunft. Vielleicht kannst du mit Huxley reden. Der hat doch in der ganzen Akademie seine Kontakte sitzen. Möglicherweise könnte er uns dort hinbringen.«

Ich sah zu ihm auf. »Du würdest mitkommen?«

»Für was für ein herzloses Arschloch hältst du mich eigentlich? Ich vermisse doch meine Mutter genauso wie du deine Familie.« Er lachte auf und da erst bemerkte ich, dass auch er ein wenig geweint haben musste. Doch ich schwieg.

»Ich sollte langsam ins Bett. Lass uns das morgen besprechen«, meinte er dann und machte sich nach einer, wie es sich für mich anfühlte, Ewigkeit von mir los.

»Gute Nacht.«

»Lass dich nicht von den Bettwanzen beißen«, erwiderte er und schlüpfte zur Tür hinaus.

»Wie bereits angekündigt – leider konnten wir es Ihnen aufgrund Ihres Zustandes nicht früher sagen, Kameradin Wright – werden wir heute eine Exkursion in eine Simulation starten!«, erklärte die Majorin. »Da wir hierbei auch auf alle anderen Abteilungen treffen, fordere ich Ihr bestes Benehmen!«

Ihr Blick ruhte dabei verdächtig lange auf Huxley und Islington, die sich mit Milan geprügelt hatten. Vielleicht bildete ich mir das aber auch nur ein.

»Folgen Sie mir!«

Artig standen wir auf und folgten ihr – manche sogar recht löblich und vorbildlich in Zweierreihe – den Gang entlang.

Ich ließ mich etwas zurückfallen.

»Warum habt ihr mir nichts gesagt?«, flüsterte ich den anderen zu.

»Irgendwie dachten wir, es wäre eine coole Überraschung«, sagte Merle und zuckte die Achseln.

»Irgendwie fanden wir es aber auch saukomisch«, fügte Huxley hinzu, was ihm, der zwischen mir und Merle ging, von uns beiden eine Faust auf seine massiven Oberarme einbrachte. »Entspannt euch doch mal, war doch nur ein Scherz.«

Wir konnten nichts weiter erwidern, da die Majorin uns bitterböse ansah und wir nicht schon wieder eine Strafe riskieren wollten. Augenblicklich verstummten wir.

Ungewohnt schmerzhaft zog sich mein Magen zusammen, als wir den bekannten Weg Richtung Keller nahmen. Der Gedanke an die Strafarbeit in Seattle ließ mich erschaudern.

»Was ist?«, flüsterte Huxley und fuhr mit einem nachdenklichen Blick über meinen Unterarm, auf dem sich eine Gänsehaut gebildet hatte.

»Ich musste nur gerade an unsere Nacht in Seattle denken«, erwiderte ich ebenso wispernd.

»Wenn du das so sagst, klingt es fast ein wenig frivol.« Er lachte, so leise es ging. »Aber mir geht es genauso, jedes Mal, wenn ich auch nur in die Nähe des Kellers komme.« Sam nahm meine Hand, die er zärtlich drückte, dann fixierte er den streng gekämmten Hinterkopf der Majorin und verlor kein weiteres Wort mehr.

Wir nahmen, unten angekommen, einen mir unbekannten Weg und hielten schließlich in einem breiten Gang, in dem sich, sorgsam aufgereiht, andere Adepten befanden, darunter auch Milan und Leander.

Die Stille, die sich über uns alle gelegt hatte, war fast unangenehm. Unheimlich.

Majorin Mercedes und drei andere, ebenso uniformiert, stellten sich, die Arme hinter dem Rücken verschränkt, vorn auf und sahen uns mit ernsten Mienen entgegen.

»Auch wenn es sich bei dem Ziel unserer Exkursion um eine Simulation handelt, möchten wir Sie dennoch dazu auffordern, äußerste Sorgfalt walten zu lassen. Halten Sie sich an die Vorgaben der Teams vor Ort. Wandern Sie nicht ziellos umher und verlassen Sie bei Gott nicht die vorgegebenen Wege! Sollten Sie in der Simulation verloren gehen, können wir nichts mehr für Sie tun!«

Ich schluckte.

»Die Berechnungen, die dort vorgenommen worden sind, beziehen sich auf ein reales Ereignis, welches in Bälde bearbeitet wird«, erklärte ein Mann, etwa im Alter der Majorin, dessen mausbraunes Haar von ein paar grauen Strähnen an den Seiten durchzogen war. »Diese Simulation dient nicht nur dazu, einen Testlauf durchführen zu können, gerade bei schwerwiegenden Ereignissen, sondern auch, um Sie als unsere Zukunft zu schulen! Halten Sie sich also daher daran, was Majorin Mercedes von Ihnen gefordert hat!«

»Jawohl, Major Knox!«, schallte es von rechts und einige der Studenten salutierten sogar.

Die Armbinden mit dem roten Kreuz darauf verrieten mir, dass es Mediziner waren. Schließlich sollte die zu behandelnde Bevölkerung nicht wissen, dass hier Adepten einer Schule agierten, die sich außerhalb von Raum und Zeit befand und auf magische sowie technische Hilfsmittel zurückgreifen konnte, die die Menschheit noch nicht gesehen hatte.

»Auch von meiner Abteilung erwarte ich absoluten Gehorsam«, brummte da die bekannte Stimme des Gevatters, gefolgt von einem »Ja, Sir« der linken Flanke, in der ich Leander und Milan entdeckte. Er war also nicht nur dazu da, um Studenten zu holen – rekrutieren wäre da wohl unangebracht zu sagen –, sondern auch als Vorstand der Heuretiker.

Während ich so die Runde sah und die anderen Abteilungen begutachtete, fiel mir auf, wie wenig streng die Majorin mit uns war.

»Sie werden nun in Vierergruppen eingeteilt. Eine Gruppe besteht aus vier Adepten, einer aus jeder Abteilung. Da manche der Adepten länger hier sind als andere und bereits an Simulationen teilgenommen haben, werden Sie diese führen. Halten Sie sich an die dienstälteren Adepten und stellen Sie gern Fragen! In der Gemeinschaft lernen Sie, in der Gemeinschaft wachsen Sie und die Gemeinschaft durch Sie! Denken Sie daran, Adepten.«

Jaja, dachte ich so bei mir und unterdrückte nur mit Mühe ein Augenrollen.

Während der Gevatter mit lauter Stimme Namen verlas, begaben sich die ersten Grüppchen bereits durch die Tür hinter den Majoren und enthüllten das Weiß des Niemals, das sich wie immer versuchte, strahlend in die Netzhaut zu brennen.

»Und ich hatte schon gehofft, ich könnte ein wenig mit dir rummachen«, sagte Huxley etwas enttäuscht, als sein Name verlesen wurde und er mit Leander und zwei weiteren Studenten in eine Gruppe eingeteilt wurde.

Langsam, aber sicher leerte sich der Raum zusehends. Huxley folgten Merle, King und schließlich Islington, bis Hannah und ich gemeinsam mit einer Handvoll anderen im Gang herumlungerten.

»Wright!«

Ich winkte Hannah aufmunternd lächelnd zu und hörte gerade noch, wie auch Milan aufgerufen wurde und war mir nicht im Klaren darüber, wie dieser Tag wohl für uns beide verlaufen würde.

Als ich den Gevatter und die Majore erreichte, starrte mir ausdruckslos das Gesicht meines früheren Freundes entgegen. Während wir auf die zwei Jungen warteten, vermied er es, mich anzusehen.

»Novak, Sie werden Ihre Gruppe durch die Simulation führen«, erklärte der Gevatter und klopfte ihm aufmunternd auf die Schulter.

Milan führte uns durch die Tür hinaus auf einen gepflasterten Weg, der dem ähnelte, den ich bereits einmal gesehen hatte. Mir schauderte bei der Erinnerung an die Strafarbeit, doch ich sagte nichts. Auch nicht, als mich die beiden Jungen mitleidig ansahen.

»Achtet darauf, dass ihr bei mir bleibt, Adepten, dann können wir auch nicht verloren gehen. Ich werde es einmal sagen und mich nicht wiederholen: Solltet ihr vom Weg abkommen, werde ich euch nicht suchen gehen.«

Mir war klar, dass Milan meinetwegen so schroff war. Vermutlich wäre der Tag auch für ihn besser gelaufen, hätte er jemand anderen an seiner Seite gehabt als mich. Kurz überlegte ich, ob ich das Bevorstehende wortlos und still über mich ergehen lassen sollte ebenso wie seine Launen, doch ich entschied mich dagegen.

Dieser Tag war auch dazu da, um mehr über die Akademie zu erfahren. Zügig schloss ich zu ihm auf, während die beiden anderen tuschelten und sich vermutlich fragten, wieso er so abweisend war.

»Hey, Milan. Ich weiß, dass du absolut keinen Bock auf einen Tag mit mir in deiner Gruppe hast, und das respektiere ich. Doch ich möchte heute viel über die gute Arbeit, die die Akademie leistet, erfahren. Ich möchte lernen. Das kann ich jedoch nur, wenn wir unsere Differenzen beiseiteschieben. Und sei es für einen Tag. Bitte gewähre mir diese Möglichkeit zu lernen.«

Ich hatte mich nicht großartig darauf vorbereitet, was ich zu sagen hatte, war es nicht – wie sonst üblich bei mir – noch ein paarmal in Rekordgeschwindigkeit durchgegangen, bevor ich zu ihm aufgeschlossen hatte, sondern hatte geradeheraus gesagt, was ich wollte. Nicht einmal Luft geholt hatte ich während meiner Ansprache.

Perplex sah er mich an. Dann schüttelte er den Kopf, als würde er einen lästigen Gedanken auf seinen Platz verweisen. »Gern, Wr… Mara.«

Es war das erste Mal, dass er meinen Vornamen seit einer, wie es mir erschien, Ewigkeit benutzte. Ich lächelte. Mir war klar, dass er dies nur tat, weil ich ihm das Gefühl gab, dass mir die Arbeit der

Akademie wichtig war. Vielleicht dachte er auch, dass mich die Akademie endlich von meinem sündigen Pfad geholt habe. Die Wahrheit jedoch könnte weiter entfernt nicht sein. Doch für dieses eine Mal musste ich meine Gewissensbisse im Zaum halten, die sich bereits einzuschleichen versuchten, weil ich ihn benutzte, um an Informationen zu kommen. Ohne ihn würde ich es aber nicht schaffen.

»Haltet euch an mich«, sagte Milan versöhnlicher, auch in Richtung der beiden anderen, die uns erreicht hatten.

Ich hoffte, dass wir nun neu starten, dass wir unsere Freundschaft noch einmal aufblühen lassen könnten. So zumindest dachte ich, als er mit einem lauten Krieken die Tür öffnete und wir das kalte, undurchdringliche Weiß des Niemals hinter uns ließen.

Mir wurde schlecht.

»Milan, in welchem Jahr sind wir?«, fragte ich leise und zupfte an seinem Ärmel.

»2019.«

Mein Herzschlag beschleunigte sich rasant, doch je mehr ich die Angst niederzukämpfen versuchte, desto schlimmer wurde es.

»Was ist los?«, fragte er nun, als er sich umdrehte und mich ansah. Er war, trotz all unserer Differenzen, doch aufrichtig besorgt.

»N-Nichts. Ich glaube nur, dass ich gerade den Klimawechsel nicht ganz schaffe, körperlich gesehen.« War ich froh, dass es unendlich heiß und meine Lüge dadurch nicht ganz so offensichtlich war.

»Wir werden gleich sehen, ob es hier in der Nähe Wasser gibt«, erklärte er und ging auf eine kleine Blockhütte zu, die ich zuvor nicht gesehen hatte.

Wir befanden uns auf einer Lichtung, auf der ich früher mit Hannah oft gewesen war. Mit meiner alten Hannah. Zu Hause.

Und meine Schwester hatte uns immer hierher verfolgt. Lexie. Der Gedanke an sie schmerzte.

»Warum ist es hier eigentlich so heiß?«, hörte ich einen der beiden Jungen fragen, während mir die Sicht verschwamm und ich nur sehr langsam Milan nach wankte.

»Die Bewohner der Orte sollen ja nicht merken, dass sie woanders sind«, erklärte der andere belehrend. »Deshalb haben die Heuretiker Maschinen gebaut, um das Klima nachzustellen.«

»Und warum zur Hölle haben wir dann jeden Tag dasselbe Wetter und dieselbe Temperatur?«, wollte der eine wieder wissen, der sich nun bei näherem Hinschauen als ein Mediziner herausstellte.

»Kommt mal alle her«, sagte da Milan und unterbrach damit forsch die Unterhaltung zwischen den beiden anderen. Er reichte mir die Hand und zog mich zu sich. Für einen Moment war ich ihm sehr nahe. So nahe, dass es mir unangenehm war. Dann ließ er mich los und drückte ein paar Knöpfe auf einer unscheinbaren Armbanduhr.

»Seht her. Jede Gruppe besitzt eine interaktive Hologramm-Karte. Auf der Karte erkennt man die eingezeichneten Gebäude, Wasser, Einrichtungen, in denen wir Personal der Akademie und das Epizentrum des Ereignisses finden. Die Punkte, die mit kleinen blauen Häusern markiert sind, dienen dazu, falls man sich aufteilen sollte, dass man vor Ort versteckte Karten findet. Diese besitzen aber nur einen Radius von etwa zwei Meilen.«

Ich sah auf das Hologramm, das sich zwischen uns erhob und eine dreidimensionale Karte der Gegend bildete. Über der Blockhütte, bei der wir standen, war ein blaues Häuschen eingezeichnet. »Und wie aktiviere ich diese Karte hier?«, fragte ich neugierig und zeigte auf die Blockhütte.

»Hier«, erklärte Milan, ging auf die Tür zu und klopfte einen

Rhythmus aufs Holz. »Das Klopfen ist bei jeder Karte dasselbe. Prägt es euch ein.« Er machte es noch einmal vor und wir nickten.

In diesem Moment hatte ich beschlossen, dass ich fliehen würde. Ich musste sehen, ob in dieser Simulation meine Familie existierte. Auch wenn uns eingebläut worden war, dass es sich hierbei nicht um die Realität handelte, so war die Versuchung zu groß. Egal, welche Strafarbeit mich erwarten würde, ich musste sie sehen.

»… Wasser. Lasst uns nach Osten gehen, dabei kommen wir an der Stelle vorbei und gehen danach auf direktem Weg weiter Richtung Epizentrum.« Milan zeigte die Strecke auf dem Hologramm und schloss es.

Zurück blieb nur der Wald, der genauso dalag wie vor fast zehn Jahren, als Lexie uns nachgelaufen war und sich die Knie aufgeschlagen hatte.

»Was ist hier eigentlich passiert?«, fragte ich dann, als wir hielten und Wasser aus der Quelle tranken. Ganz sicher war ich mir nicht, ob ich die Antwort auf meine Frage hören wollte.

»Ein bislang unbekanntes Virus brach aus. Die Stadt wurde komplett abgeriegelt, damit sich das Virus nicht in der Gegend verbreitet. Und da sind wir dann eingeschritten.«

Ich würgte Wasser hinunter, um mich zu beruhigen oder zumindest davon abzulenken, dass meine Familie betroffen sein könnte. Milan sollte nicht sehen, wie heftig es mir zusetzte. Dabei würde er nur auf falsche Gedanken kommen und beginnen, Fragen zu stellen.

Während wir weitergingen, um zum Zentrum zu gelangen, suchte ich fieberhaft nach einer Möglichkeit, die drei loszuwerden. Wie ich es auch durchspielte, mir fiel nichts ein, das nur den Hauch einer Chance hätte. Ich würde einen geeigneten Moment abwarten müssen, um abzuhauen. Anders würde es nicht gehen.

»Ist es denn noch weit?«, klagte einer der beiden, deren Namen ich bereits wieder vergessen hatte.

»Nein«, gab ich genervt, zeitgleich mit Milan, zurück und erschrak selbst über meine Antwort.

Der Junge sah mich verdutzt an und runzelte die Stirn.

»Na, zumindest sah das auf der Karte so aus«, murmelte ich. »Bin nicht so gut mit Entfernungen. Könnte auch noch ein Stückchen weiter sein.«

Ich war heilfroh, dass er sich damit zufriedengab, und atmete in Gedanken erleichtert auf. So übervorsichtig wie Milan sonst war, war seine Aufmerksamkeit nun sicherlich geweckt. Noch so einen Schnitzer durfte ich mir nicht leisten, andernfalls würde ich meine Familie nicht sehen.

»Da hast du wohl recht«, sagte Milan langsam und der nachdenkliche Gesichtsausdruck wich noch immer nicht.

»Hmpf«, machte der Junge und kickte lustlos einen Stein aus seinem Weg.

Als wir am Stadtrand ankamen, sah alles aus wie immer. Dieselben Häuser, dieselben Straßen. Nur eben neun Jahre später. Zumindest für die Bewohner meiner Heimatstadt. Für mich waren gerade einmal ein paar Monate vergangen.

Menschenleer lagen die Gärten der Häuser und die Gehsteige vor uns. Es schien gerade so, als wäre die Stadt ausgestorben. Bei dem Gedanken daran zog sich mein Magen schmerzhaft zusammen.

Um zum Haus meiner Eltern zu gelangen, müssten wir das Zentrum passieren. Doch ich würde schon vorher eine Gelegenheit nutzen, um mich aus dem Staub zu machen. Und endlich kam mir eine Idee. »Milan …«, druckste ich herum und unsere Gruppe hielt.

»Was gibt's?«, fragte er bestens gelaunt.

»Ich hab vorhin, glaube ich, zu viel Wasser getrunken. Wie macht man das denn in so einer Simulation, wenn man … Na ja, mal muss?«

Er errötete leicht und ich merkte, dass es ihm unangenehm war.

Perfekt!, dachte ich bei mir. Das würde ihn davon ablenken, zu viel darüber nachzudenken.

»Es gibt ausgewiesene Punkte auf den Karten. Manchmal sind es verlassene und von uns besetzte Häuser, manchmal sind es öffentliche Klos.« Er drückte auf seiner Uhr herum und die holografische Karte erschien zwischen uns. »Hier in unmittelbarer Nähe gibt es nichts, aber kurz vor dem Zentrum können wir in einem leer stehenden Haus einkehren.«

Ich nickte dankbar und machte mich bereit zur Flucht.

Das Haus, von dem er gesprochen hatte, hatte den Eltern eines Schulkameraden gehört. Milan öffnete mir die Tür, bedeutete mir aber, dass sie draußen auf mich warten würden.

»Ist darin jemand, der mir sagen kann, wo ich die Toilette finde?«, fragte ich langsam.

»Nein. Oh, das hätte ich fast vergessen! Wenn ihr solche Karten selbst einmal tragen werdet, aktualisiert sich diese, sobald man Gebäude betritt.« Milan folgte mir und blieb in der Tür stehen, drückte erneut auf der Uhr herum und zeigte mir, dass sich die Karte verändert hatte.

»Danke«, hauchte ich und machte mich auf den Weg in den ersten Stock und verfluchte das Haus jetzt schon dafür, dass ich wohl aus dem Fenster klettern musste.

Ich hörte, wie sich unten die Tür schloss, als ich gerade um die Ecke im Obergeschoss bog. Neugierig linste ich zurück in die Diele des Erdgeschosses und stellte erleichtert fest, dass sich dort keiner befand. Also schlich ich auf leisen Sohlen wieder nach unten. Ich sah es gar nicht ein, noch mehr auf mich zu nehmen, als ich in den letzten Monaten bereits wegen der Akademie gemusst hatte. Klettern würde also nicht infrage kommen, wenn es denn einfacher gehen würde. Und tatsächlich, den Gang entlang erblickte ich die Küche, aus der sogar eine Tür in den Garten führte.

Vorsichtig sah ich mich um, als ich diese öffnete und endlich hinaus ins Grüne trat. Ich hörte Milan und die anderen auf der Vorderseite des Hauses über Belangloses quatschen und wusste: jetzt oder nie!

Und damit durchquerte ich mit wenigen langen Schritten den gesamten Garten, hangelte mich am Baum hoch, kletterte über den größten Ast Richtung Zaun und sprang, mich am Gehsteig der nächsten Seitenstraße abrollend.

Den anderen würde bald auffallen, dass ich ungewöhnlich lange brauchte, also blieb mir nicht viel Zeit. So schnell wie möglich musste ich zum Haus meiner Eltern. Durch das Stadtzentrum würde ich wohl nicht laufen, immerhin würde es dort von Leuten aus der Akademie nur so wimmeln.

Gehetzt rannte ich die Gassen entlang, stoppte immer mal wieder, um mich umzusehen, doch da war nichts. Die Stadt lag wie ausgestorben vor mir. Hier und da sah ich Vorhänge, die sich zur Seite bewegten und neugierige Kinderaugen, die mir nach starrten, bis ich um die nächste Ecke bog. Doch sonst nichts weiter.

Bis ich in meine Straße kam.

Erst da blieb ich für eine kurze Zeit stehen und war überwältigt von dem Gefühl, das mich platt zu drücken versuchte. Es roch wie immer: nach den Apfelbäumen unserer Nachbarn, frisch gemähtem Gras und der Sonne, die auf den Asphalt knallte und diesen wunderbar warmen Duft von geteerter Straße verströmte. Vielleicht mochte es riechen wie überall anders im Land, doch für mich roch es nach zu Hause.

Wackelig auf den Beinen ging ich wie ein neugeborenes Kitz

die Straße herunter, bis ich vor unserem Haus zum Stehen kam. Unschlüssig, was ich als Nächstes tun sollte, wartete ich.

Ich besah mir das Haus. Dieselben Möbel, die auf der Terrasse standen und einen einluden, sich doch zu setzen. Immer noch dieselben Blumenkästen an den Fenstern, nun mit feuerroten Blüten bestückt, die mir wie ein Meer aus Flammen entgegen leuchteten. Und da erhaschte ich einen Blick auf meine Mutter, die ans Fenster kam. Sie sah nicht nach draußen. Doch merkte ich, dass sie älter geworden war. Fältchen rund um die Augen waren dazugekommen ebenso wie ein paar Kilos, die ihr gut standen. Doch das Lächeln, das sie dann zeigte, war unverkennbar dasselbe wie noch vor ein paar Monaten. Oder in ihrem Fall Jahren.

Bei dem Gedanken daran stach mein Herz fürchterlich. Sie wussten nicht, dass es mich gab. Und würde ich zu ihnen gehen, würde es vielleicht enden wie in dem Traum, den ich in meinen ersten Tagen an der Akademie hatte. Wut und Angst mischten sich in die zuvor noch so positiven Gefühle der Wiedersehensfreude. Langsam, aber sicher durchzogen negative Gedanken all das Schöne, das ich gespürt hatte, wie Gift.

Was, wenn sie ihnen was antun?, kam mir dann endlich der Gedanke, der vermutlich schon seit meiner Flucht in mir spukte. *Was, wenn es endet wie bei Huxleys Familie?*

Doch der egoistische Wunsch, sie zu sehen, war größer. Ich hasste mich für diesen Gedanken, denn ich stellte meine Bedürfnisse über die ihren. Sie haben viele Jahre ohne mich verbracht. Glückliche Jahre. Ich hoffte einfach darauf, dass alles gut würde.

»Guten Tag.« Etwas Besseres war mir beim besten Willen nicht eingefallen, nachdem ich die Gunst der Stunde genutzt und gleich angeklopft hatte, aus Angst, ich würde es mir anders überlegen. Dass mich die Akademie finden würde, war mir klar. Dass noch niemand beim Haus meiner Eltern auf mich gewartet hatte, hatte mich, um ehrlich zu sein, überrascht. Offenbar vertrauten sie mir mehr, als ich gedacht hätte, aber die Strafarbeit, die mich erwarten würde, würde mit Sicherheit saftig werden. Doch die Angst, mich für immer zu verachten, wenn ich diese Chance nicht nutzen würde, auch wenn es sich hierbei bloß um eine Simulation handelte, war größer als die Furcht vor der Strafe, die ich mir dadurch einbrockte.

»Wie kann ich Ihnen helfen?«, fragte meine Mutter freundlich und lächelte.

»Ich …«, begann ich und, ohne es zu wollen, brachte ich die Lüge des Jahrhunderts hervor. »Ich komme im Auftrag der Seuchenschutzbehörde und möchte Ihnen nur kurz ein paar Fragen stellen.«

Dass ich kein Klemmbrett, keinen Aktenkoffer oder sonstige Utensilien dabeihatte, die mir bei meiner vorgetäuschten Arbeit helfen würden, schien sie überhaupt nicht zu stören. Sie öffnete die Tür und bat mich herein.

Es war später Nachmittag und mein Vater war zu Hause. Oben hörte ich einen Fernseher und jemanden laut lachen. Das konnte nur Lexie sein. Auch wenn ihre Stimme mittlerweile nicht mehr kindlich klang, sondern wie die einer erwachsenen Frau. Sie war jetzt so alt wie ich.

»Guten Tag, Mr Wright«, adressierte ich an meinen Vater, der von seiner Zeitung hochsah. Mittlerweile war sein Haaransatz deutlich zurückgegangen und sein Bäuchlein ein wenig gewachsen. Die Brille, die er nun zum Lesen trug, schob er von der Nase und ließ sie an einer Kette um den Hals baumeln.

»Ob der Tag noch gut wird, wird sich noch zeigen«, brummte er und stemmte sich aus seinem Sessel hoch, um mir die Hand zu reichen, entschied sich dann aber um. »Aaah, das sollte man ja in solchen Zeiten unterlassen. Entschuldigen Sie.«

Ich nickte, er tat es mir gleich und wir schwiegen.

»Wollen Sie sich nicht setzen und uns erzählen, weshalb Sie hier sind?«, fragte dann meine Mutter nervös und bot an, uns Kaffee zu machen, was ich dankend annahm.

Als die Tassen vor uns standen, nachdem wir auf dem Sofa Platz genommen hatten, begann ich zu sprechen. »Ist Ihre Familie denn vollständig versammelt?«, fragte ich und linste noch einmal zur Decke, als ein weiteres lautstarkes Lachen zu vernehmen war.

»Ich ... Nein.« Mutter stand auf und ging nach oben, kam dann wieder, dicht gefolgt von einer mies gelaunten und sehr stark geschminkten Lexie. Auf der Straße hätte ich sie wohl nicht erkannt. Die runden Bäckchen waren scharfkantigen Wangenknochen gewichen. Sie wirkte wie der Schulschwarm aller Querdenker, die sich an das hübsche Mädchen ranmachen wollten, das den Nasenring als Ausdruck der Rebellion trug.

Die beiden setzten sich gegenüber von mir hin und mir war, als wiederholte sich mein Traum in der ein oder anderen Art. Bevor ich jedoch zu schwitzen beginnen würde, weil die Panik langsam in mir hochkroch, setzte ich zum Sprechen an: »Die Behörde schickt mich, um kurz nach Ihnen zu sehen. Ich werde nicht viel Ihrer Zeit in Anspruch nehmen, jedoch wollte ich Sie nach Ihrem aktuellen Gesundheitszustand befragen. Wie fühlen Sie sich?«

Ob das wirklich so vonstattenging, wenn man die Bevölkerung befragte, bezweifelte ich, jedoch wollte ich so lange wie möglich glaubhaft bleiben, um Zeit mit ihnen zu verbringen und mich zu versichern, dass es ihnen gut erging.

»Sind Sie nicht etwas jung, um für die Behörde zu arbeiten?«, fragte dann meine Mutter und bedachte mich mit einem mitleidigen Blick.

»Sie nehmen derzeit jeden, den sie kriegen können, um diese Notsituation zu stemmen. Wir müssen alle zusammenhelfen«, erklärte ich und hoffte, dass sie mir glauben würden.

Lexie und meine Mutter lehnten sich überzeugt zurück, nur mein Vater runzelte skeptisch die Stirn. »Wie wir Ihrem Kollegen vor ein paar Tagen bereits mitgeteilt haben, geht es uns ausgezeichnet und wir hatten keinerlei Kontakt zu anderen Personen. Unsere Einkäufe wurden, wie bei allen hier in der Nachbarschaft, von den dafür vorgesehenen Mitarbeitern erledigt und ohne Kontakt zu den Familien vor den Häusern abgestellt.« Mein Vater räusperte sich, als wäre das Gespräch für ihn abgeschlossen.

Ich griff nach meiner Tasse und nippte an dem Kaffee, während ich überlegte, was ich sagen sollte. »Entschuldigen Sie die Unannehmlichkeiten, die Intervalle, in denen gefragt wird, wurden seitens der Regierung erhöht, um etwaige weitere Seuchenherde zu vermeiden«, erzählte ich und war unheimlich stolz auf mich, wie offiziell das klang.

»Natürlich, das verstehen wir.« Und damit schien auch mein Vater endlich besänftigt zu sein.

Doch was nun? Ich konnte ja schließlich nicht danach fragen, was in ihren Leben in den letzten neun Jahren so los war. Auch konnte ich kaum dasitzen und mich daran erfreuen, dass ich für eine kurze Zeit ihre Gesellschaft genießen konnte, bevor ich sie niemals wiedersehen würde. Erneut stach mein Herz fürchterlich.

Bald schon würden die Leute der Akademie vor dem Haus stehen und mich mitnehmen, davon war ich überzeugt.

»Wäre es möglich, wenn Sie mir das Haus zeigen würden?«, fragte ich und stellte meine Tasse wieder ab.

»Wozu? Befürchten Sie, wir würden hier irgendwelche Menschen beherbergen?«, donnerte mein Vater und ließ seine Kaffeetasse auf den Untersetzer krachen.

Mutter seufzte erschrocken auf, nur Lexie schien ungerührt zu sein.

»N-Nein«, stammelte ich und wusste bereits da, dass ich verloren hatte. Dieses Verhalten hatte ich einige wenige Male bei ihm gesehen. Als wir damals unser erstes größeres Auto gekauft hatten, kurz nachdem Lexie geboren worden war. Der Händler hatte gedacht, er könne uns übers Ohr hauen. Am Ende hatte mein Vater jedoch ein weiteres Paar Sommer- und Winterreifen herausgehandelt ebenso wie die ersten zwei Fahrzeugüberprüfungen auf Sicherheit bei einer der Vertragswerkstätten. An diesem Abend war er sehr zufrieden zu Bett gegangen, denn an seinen Gesichtsausdruck erinnerte ich mich noch zu gut.

Anders als jetzt, da er mich wutentbrannt anstarrte und die Erinnerung an meinen Traum wieder hochkam. Beinahe erwartete ich, dass mir der Gevatter die Hand auf die Schulter legte und mich rausholte.

»Warum sagen Sie nichts? Sind wir Ihrem eigentlichen Plan auf die Schliche gekommen?«, fragte er und setzte ein triumphierendes Lächeln auf sein bereits vor Zornesröte strahlendes Gesicht.

»Nein, das war nicht der Hintergrund meiner Frage, Da… Mr Wright«, erklärte ich und war überrascht, dass er mich hatte ausreden lassen. »Ich wollte mir nur einen Überblick verschaffen, ob Sie alles haben, was Sie brauchen.« Puh, gerettet!

»Wie Sie meinen. Ich behalte Sie im Auge. Meine Frau wird Ihnen das Haus zeigen«, sagte er dann und das Lächeln verschwand. Er setzte seine Brille wieder auf und starrte mir Löcher in den Rücken, als ich mich mit meiner Mutter erhob und sie mir eine Tour durchs Haus gab.

»Nehmen Sie es ihm nicht übel. Da wir das Haus nicht verlassen dürfen und das schon seit ein paar Wochen, ist die Stimmung etwas angespannt. Das schlägt auch aufs Gemüt.«

»Ich kann dich hören, Marie«, grummelte mein Vater und ich hörte, wie er wütend die Zeitung aufschlug, während wir die Treppe zum Keller nahmen.

Auch hier sah vieles aus wie immer. Spielzeuge aus längst vergangenen Tagen stapelten sich hinter der Waschmaschine. Meine Puppe, die kleine Küche, auf der ich meiner Mutter immer imaginäre Pancakes gebacken hatte. Nein. Lexies Puppe. Lexies kleine Küche. Das war nicht mehr mein Leben.

Ich hatte Tränen in den Augen und war dankbar, dass es dunkel war. Ich fuhr mir mit dem Ärmel darüber, doch hätte ich wissen können, dass dem wachsamen Blick meiner Mutter nichts entging.

»Was bedrückt Sie denn, Liebes?«, wollte sie wissen.

»Ich glaube, ich reagiere nur allergisch auf etwas«, erwiderte ich und versuchte, meine Stimme ein wenig kratzig klingen zu lassen, als würde das die Behauptung untermauern.

»Er kann manchmal ganz schön garstig sein, wenn er sich oder seine Familie bedroht sieht. Nehmen Sie es sich nicht zu Herzen.« Sie tätschelte meinen Arm. Ungeachtet der – vermutlich sicherlich bereits vor Wochen in Kraft getretenen – Regelungen, dass man niemanden berühren durfte.

Und da brach der Damm. Ich hatte es nicht aufhalten können. Nicht einmal, wenn ich es gewollt hätte. »Es ist nur ... Ihre Familie zu sehen, erinnert mich an meine eigene. Ich habe sie vor langer Zeit verloren, sie wissen nicht einmal, dass ich noch am Leben bin.«

»Oh, Schätzchen, haben Sie denn nie den Versuch gewagt, sie zu finden?« Sie zog mich in ihre Arme und ich genoss es, meine Mutter so nah bei mir zu spüren. Ihre Wärme, den blumigen Duft, den sie immer verströmte, und ihre liebevolle Art, die ich mehr als alles andere vermisste. Wie eine Ertrinkende schlang ich meine Arme um sie und wollte, dass dieser Moment niemals endete.

»Es würde nichts bringen, denn ihnen wurde mitgeteilt, ich sei gestorben. Sie würden mich höchstens für eine Hochstaplerin halten«, erklärte ich unter Tränen, die ich nun nicht mehr zurückhalten konnte.

Sie zog mich enger an sich und ihr Duft umfing mich gänzlich. Mochte es auf der Straße schon nach zu Hause gerochen haben, doch das hier war der Duft, bei dem sich mein Herz vollends daheim fühlte. »Danke, Mo... Mrs Wright.«

Länger als gedacht befanden wir uns in dieser Umarmung, bevor sich meine Mutter von mir löste und mich nachdenklich ansah. »Ich habe das Gefühl, Sie von irgendwoher zu kennen«, erklärte sie und strich sich eine Strähne aus dem Gesicht.

»Mir geht es genauso«, erwiderte ich.

»Vielleicht weil sie mich ein wenig an Lexie erinnern. Zumindest würde ich mir manchmal wünschen, sie wäre etwas mehr wie Sie«, meinte meine Mutter dann.

Wieder ein Stich ins Herz. Wie gern hätte ich ihr erzählt, dass sie noch eine Tochter hatte, von der sie nichts wusste. Doch das würde bloß für Verwirrung sorgen. Und das wollte ich meiner Familie beim besten Willen nicht zumuten.

»Ich denke, Ihre Tochter Lexie fühlt sich im Moment nur etwas missverstanden. Doch im Grunde i-ihres Herzens ist sie«, mir war egal, dass ich die Tränen nun nicht länger zurückhalten konnte und so senkte ich bloß den Kopf, um zu Ende zu sprechen, »zu einer wundervollen Persönlichkeit herangewachsen. Nicht zuletzt wegen des liebevollen Umfelds, das Sie ihr geboten haben.«

Ja, das hatte ich meiner Mutter schon lange sagen wollen. Ich war ihr und Dad so dankbar und hatte es dennoch nie der Mühe wert gefunden, ihnen das zu sagen. Nun, da mir diese Chance auf immer verwehrt bleiben würde, müsste ich es ihr zumindest auf einem anderen Wege klarmachen, bevor mich die Akademie wieder in ihren Fängen hätte.

»Sie wissen gar nicht, wie viel mir das bedeutet«, hauchte sie und blinzelte sich eine Träne aus den Augen, bevor sie meine Hand nahm und sie sanft drückte.

Es klopfte. Oben an der Tür. Das dürfte wohl das Zeichen sein, dass die Zeit mit meiner Familie zu Ende war.

Verwirrt sah sich meine Mutter um und bedeutete mir dann, ihr nach oben zu folgen.

Mein Vater hatte die Tür geöffnet und starrte Milan entgegen.

»Mr und Mrs Wright, meine Kollegin –«, er machte wohl eine Pause, um zu überlegen, ob er mich mit meinem Nachnamen vorstellen sollte, »– hat doch wohl nicht zu viel Ihrer Zeit in Anspruch genommen? Wir haben noch einen straffen Zeitplan und wenn Sie keine offenen Fragen mehr haben, so würde ich mein Team gern zusammensammeln, um weiterzuziehen.«

Dass ihm kein anderer Name als ausgerechnet Leanders eingefallen war, belustigte mich, doch ich ließ mir nichts anmerken.

»Vielen Dank für Ihre Zeit, Mr Wright, Mrs Wright«, erklärte ich, sah sie noch ein letztes Mal an und folgte dann Milan und den anderen beiden den Weg durch den Vorgarten zurück auf die Straße. Als ich hörte, wie hinter uns die Tür geschlossen wurde, wusste ich, dass es für immer war.

Für eine Simulation hatte es sich so real angefühlt. Viel greifbarer als der Traum, den ich damals hatte. Doch nun würde sich einiges ändern, davon war auszugehen. Und gerade in dem Moment fiel mir wieder Sams Familie ein und ich fragte mich, ob ich mit meinem egoistischen Verhalten das Leben meiner Familie, ja vielleicht sogar der ganzen Stadt, beendet hatte.

»Hör zu.« Milan nahm mich beiseite und flüsterte, sodass die anderen es nicht hören konnten. »Mir ist klar, warum du das gemacht hast. Ich sollte es berichten, aber irgendwas hindert mich daran. Ich möchte nicht, dass dir dasselbe widerfährt wie Huxley. Auch wenn ich dein Verhalten zutiefst verabscheue.«

Ich sah auf und erkannte für einen Augenblick meinen Freund Milan wieder. Hoffnung keimte in mir auf. Doch einen Herzschlag später war da nur noch Adept Novak, der mich streng anlinste.

»Ich will das Schicksal deiner Familie nicht der Akademie ausliefern, aber das, was du getan hast, kann ich nicht so einfach beiseiteschieben. Nicht zuletzt deshalb, weil die beiden das auch gesehen haben.« Er deutete auf die zwei Jungen, die sich umsahen und offenbar nicht das geringste Interesse an unserer Unterhaltung zu haben schienen.

»Ich verstehe«, sagte ich langsam und atmete aus. »Ich hoffe, das wird es wert sein.«

»Was soll das heißen?«, fragte er, nun offensichtlich erbost. »Du bist schließlich diejenige, die das alles hier in Gefahr gebracht hat!«

»Das hier ist doch nur eine Simulation, was soll denn schon passieren? Falls was schiefgeht, ist es halt so!«, erinnerte ich mich daran, was mir vor einer Ewigkeit erzählt wurde.

»Das hier ist keine Simulation, verdammt«, erwiderte Milan zornig. »Das sagen sie uns nur, damit wir unser volles Potenzial und unsere Kreativität ausschöpfen können, ohne einen Gedanken daran zu verschwenden, was mit den Menschen passiert. Wachstum kann nun mal nur ohne Furcht passieren, Wright!«

Das traf mich wie ein Schlag. Augenblicklich wurde mir schwindlig. Das war also meine Familie dort drin. Hier in der Stadt, in der ich aufgewachsen war. Und nun befand sie sich im Niemals. Genau wie ich.

Meine Atmung ging schneller und ich merkte, wie ich die Kontrolle über meinen Körper verlor. Mit schlotternden Knien suchte ich nach etwas, an dem ich mich festhalten konnte, doch da war nur Milan. Also setzte ich mich auf den Asphalt, der immer noch nach zu Hause roch, aber nun einen bittersüßen Beigeschmack von Schuld trug.

Seine Worte klangen mir laut dröhnend in den Ohren und mir fiel es unheimlich schwer, diese Stimme zum Schweigen zu bringen. Wie Glockenschläge, die immer wieder auf mich einprasselten, hörte ich seine Worte und sie schmerzten so sehr.

»Mara, reiß dich zusammen«, sagte nun Milan und wollte mir aufhelfen, doch ich schlug seinen Arm weg, bevor ich mich geräuschvoll auf die Straße übergab.

Es war mir egal, dass er oder die anderen dabei zusahen. Es war mir egal, dass ich mich benahm, als wäre ich verrückt.

»Sie werden meinetwegen sterben, ich weiß es«, weinte ich und erbrach mich erneut. Tränen, Erbrochenes und Rotz mussten mich aussehen lassen wie eine wild gewordene Vierjährige, doch auch das war mir egal. »Ich will nicht mehr. Lass mich einfach hier. Wenn sie sterben müssen, weil ich ein Egoistenschwein war, dann will ich nicht mehr sein.«

»Was redest du denn da? Niemand weiß, was die Akademie unternehmen wird oder ob sie etwas unternehmen wird!«, meinte Milan und tätschelte mir wenig überzeugend den Arm.

»Was ist mit Huxleys Familie, hä? Was ist mit all den Leben, die sie für ihre Zwecke aus der Zeit gerissen haben? Sie können alles nehmen, aber zurückgeben können sie einem nichts.« Gegen Ende hin war ich laut geworden und meine Stimme hörte sich merkwürdig verzerrt und kratzig an. Wütend stand ich auf.

»Nicht so laut! Wenn sie dich nicht hören können, dann kann ich dich wenigstens beschützen!«, versuchte Milan, mich zu beschwichtigen.

»Mich beschützen? Mein ganzes Leben lang habe ich immer nur für mich selbst gekämpft. Ich brauche niemanden, der mich beschützt. Ich brauche nur jemanden, der mich versteht. Und den habe ich nicht in einer Person, sondern gleich in mehreren gefunden, an einem Ort, an dem ich es nie erwartet hätte. Ich dachte lange Zeit, dass du dazugehören würdest. Aber das hast du nicht«, sagte ich und kam ein paar Schritte näher. Auch wenn ich zu ihm aufsehen musste, so war es diesmal nicht so, dass ich mich bedroht fühlte. Mir war, als würde er zum ersten Mal einsehen, dass ich für mich selbst einstehen konnte, als bräuchte ich tatsächlich niemanden, der sich schützend vor mich stellte. »Es tut mir leid, wenn ich dich in Schwierigkeiten gebracht haben sollte.«

Er nickte. »Lass uns zurückgehen.«

Ich wischte mir mit dem Ärmel meiner Jacke über das Gesicht und mit meinen Zeigefingern unter den Augen, damit ich die verlaufene Schminke zumindest etwas in den Griff bekam und nicht aussah wie kürzlich einem Horrorfilm entsprungen.

Kurz wirkte es so, als würde er etwas erwidern wollen, doch dann ließ er es zu meiner Erleichterung bleiben.

»Wir gehen zurück ins Zentrum«, sagte er tonlos zu den beiden anderen und winkte sie zu uns. Dann packte er mich am Oberarm.

Verwirrt sahen sie zuerst ihn an, dann mich, entschieden sich jedoch, wortlos zu nicken und seiner Anweisung zu folgen.

Vielleicht waren sie schon länger an der Akademie als ich und wussten, dass man an manchen Tagen keine Fragen stellte.

Das Zentrum hatte ich nur kurz gesehen. Rund um das Krankenhaus hielten sich mehr Menschen auf, sonst aber waren die Straßen genauso leer wie jene, in der das Haus meiner Eltern stand.

Milan hatte uns dort hindurchgeführt, weil es der kürzeste Weg war, um wieder zurück in die Akademie zu gelangen. Ich hatte uns allen den Ausflug in diese Simulation, die keine war, gehörig versaut.

Aber ich hatte ein wenig mehr über die Akademie erfahren. Und das war so einiges wert.

Die anderen beiden Jungs sahen mich nicht an, als wir durch die Tür im Wald die Akademie erreichten. Auch sagten sie nichts, als sich Milan knapp von ihnen verabschiedete. Und keiner der beiden drehte sich um, als Milan mich am Arm packte und mir bedeutete, dass das für mich noch nicht zu Ende sei.

»Nun, Kamerad Novak, ich vermute, dass Ihre frühzeitige Rückkehr mit Kameradin Wright zu tun hat?«, fragte die Majorin und sah uns streng an.

Milan nickte und flüsterte mir zu, dass ich hier stehen bleiben solle.

Dann folgte er der Majorin zu den anderen drei Leitern der Abteilungen und sie besprachen sich für ein paar Minuten leise.

Das Gewisper endete und Majorin Mercedes schritt erneut auf mich zu. Milan blieb bei den anderen dreien stehen und fing sich einen bitterbösen Blick des Gevatters ein.

»Wright.« Sie seufzte und es schien, als würde ihr nicht gefallen, was sie mir zu sagen hatte. »Das war ein schweres Vergehen und ich bin mir sicher, dass Ihnen das klar ist. Mir bleibt nichts anderes übrig, als mit Ihnen zur Magnifizenz zu gehen. Das übersteigt meinen Zuständigkeitsbereich.« Sie nickte mir zu und bedeutete mir, ihr zu folgen.

Endlos erschien mir der Gang nach Canossa. Ich achtete nicht darauf, wo es lang ging. Wir verließen zwar den Keller und folgten dann keiner Treppe mehr nach oben, aber das war auch schon alles, was ich mir von dem Weg merkte. Meine Gedanken kreisten zu sehr um das Schicksal meiner Familie. Was mit mir passieren würde, war mir in dem Moment egal. Auch das würde sich noch ändern, so viel war mir klar, aber während ich dem schnellen Schritt der Majorin nachzukommen versuchte, dachte ich nur an meine Familie.

»Treten Sie ein, Sie werden bereits erwartet«, erklärte sie.

Ich fragte mich, woher sie von meinem Vergehen wussten. Dann aber fiel mir ein, dass an der Akademie vieles mit dem einfachen Verstand nicht zu erklären war. Also nickte ich und drückte die Klinke, die sich in meiner schweißnassen Hand so viel schwerer anfühlte als erwartet.

»Ah, Wright.« Die Frau mit der platinblonden Föhnfrisur. Ihre Stimme ließ mich erschaudern. Sie trug einen eng anliegenden Rock, der dieselbe graubraune Farbe hatte wie der Blazer, den sie darüber anhatte. Die schwarzen Verzierungen darauf fanden sich in ihrem Barett wieder, das schief auf ihrem Kopf saß. Auch wenn sie sehr feminin gekleidet war, wirkte ihr Aufzug hart und wurde bloß von der gigantischen gelben Seidenmasche aufgelockert, die über ihrer Brust angebracht war.

Ich schloss die Tür hinter mir und blieb stehen. Vielleicht war es sicherer, den Ausgang direkt in meinem Rücken zu wissen.

Auch wenn das völliger Blödsinn war, schließlich gab es kein Entkommen aus der Akademie.

»Setzen Sie sich.« Etwas in ihrer Stimme sagte mir, dass sie nichts anderes dulden würde, als dass man ihrer Aufforderung folgte.

Erst als ich saß, nahm auch sie Platz und zog mit spitzen Fingern eine Tasse dampfenden Kaffees zu sich. Sie zuckte nicht einmal mit der Wimper, als sie sich das Getränk in den Rachen kippte. Dann sah sie mich an. »Sie wissen, warum Sie hier sind, und Sie wissen, dass wir mit Ihrem Handeln nicht einverstanden sind.«

Ich nickte. Was blieb mir auch anderes übrig?

»Wright, verstehen Sie denn nicht, dass Sie noch Großes hier an der Akademie erwartet? Sie dürfen Ihr Potenzial doch nicht so verschwenden!«, meinte sie dann und klang beinahe flehend, was so gar nicht zu ihr passte. Doch schon im nächsten Moment sah sie mich wieder äußerst streng an und wartete.

Immer noch sagte ich nichts, aus Angst, das Schicksal meiner Familie damit zu besiegeln.

»Wright, in Ihrer Zukunft werden Sie noch viele großartige Dinge tun und nur die Akademie kann Ihnen dabei helfen.«

Dass sie nicht mal gefragt hatte, ob ich das wollte, traute ich mich nicht zu sagen. Langsam wurde ich nervös. Wann kam endlich der Teil, in dem sie mich bestrafte?

Übelkeit stieg in mir auf, die ich verzweifelt versuchte niederzukämpfen. Mein Puls ging im gleichen Maße hoch wie meine Nervosität.

»Es gibt einen Grund, warum Sie für Ihre neuen Unterrichtsmaterialien auserwählt wurden.«

Ach ja?

Ich sah auf und blickte in ihr triumphierendes Gesicht. Fast schien es mir, als wartete sie auf eine Reaktion meinerseits.

Sie lächelte, schob mir eine Dose Kekse zu, aus der ich einen nahm, weil es mir vorkam, dass sie auch hier keine Widerworte zulassen würde, und hielt ihn unschlüssig in der Hand.

»Majorin Mercedes hat mich seit Ihrer Ankunft täglich über Ihre Fortschritte in Kenntnis gesetzt. Und auch wenn ich während meiner Laufbahn als Magnifizenz bereits einige außergewöhnliche Adepten miterleben durfte, so gehören Sie dennoch zu den herausragendsten.«

Ich war es nicht gewohnt, solch ein Lob zu bekommen, da ich in meiner Schulzeit zumeist ohnehin untergegangen und nicht über die Maßen ehrgeizig gewesen war.

»Ich habe der Majorin schließlich vorgeschlagen, man könnte Ihnen doch Ihre neuen Materialien zur Hand geben, denn ich habe in Ihrer Zukunft Großes gesehen.«

Und da dämmerte es mir. An der Akademie fand man nicht nur einiges über die Welt und ihre Ereignisse heraus. Nein, man bespitzelte mit all den Möglichkeiten, die sich einem boten, auch seine Adepten. Sie hatten nicht nur meine Vergangenheit ausspioniert und mich als ihr Opfer auserkoren. Nein. Natürlich hatte man auch meine Zukunft unter die Lupe genommen. Mir wurde schlecht. Wenn sie wirklich alles gesehen hatten, dann würde ihnen klar sein, was Leander und ich vorhatten.

»Was meinen Sie damit?«, fragte ich vorsichtig und merkte da erst, dass sich meine Stimme heiser und kratzig anhörte.

»Sie werden noch so viele Ereignisse für uns finden und Ihre Fähigkeiten weiter ausbauen. Verschwenden Sie diese glorreiche Zukunft nicht«, erklärte sie dann und sah mich erneut eiskalt lächelnd an. Anscheinend war sie sich der frostigen Wirkung ihrer selbst nicht gewahr. Hätte ich einen passenden Vergleich suchen müssen, so wäre sie wohl wie der erste Frost an einem klaren Morgen. Wunderschön anzusehen, aber tödlich für jene, die sich nicht in Acht nahmen.

»Wright, Sie haben so viel Potenzial!« Sie griff nach meiner Hand und drückte sie beinahe mütterlich, wäre da nicht dieses wölfische Grinsen gewesen, das sich auf ihr Gesicht geschlichen hatte. Sie war mir nun unglaublich nahe.

Es ängstigte mich. Ihre bloße Anwesenheit ließ meinen Puls rasen. Unter ihrer Hand wurde die meine plötzlich schweißnass, doch ich konnte mich ihr nicht entziehen.

»Ich möchte das Beste für Sie. Wir alle wollen das. Deshalb wird Sie in diesem Fall auch keine Bestrafung treffen. Sie sollen schließlich weiter, ohne Ablenkungen, an Ihren Materialien arbeiten können.«

Ich blinzelte. Hatte sie gerade das gesagt, was ich verstanden hatte? Keine Bestrafung? Machte sie mir da gerade etwa den Cornelius Fudge?

»Es … Wie?«, stotterte ich und sah sie verdattert an.

Ihr wölfisches Grinsen wurde noch etwas breiter, doch es wirkte dadurch nicht etwa freundlicher oder wärmer. »Keine Bestrafung. Weder für Sie noch für Ihre Familie. Wir wissen, dass Kamerad Novak Ihnen bereits mitgeteilt hat, was es mit der Simulation auf sich hat.« Endlich nahm sie ihre Hand von der meinen, nur um ihr Namensschild, das auf dem Tisch stand und sie als Magnifizenz auswies, zurechtzurücken.

»*Nora D. Samjatin.*«

Fast schien es, als wollte sie, dass ich wusste, wie sie hieß. Und dass es an mir war zu entscheiden, ob sie meine Freundin oder aber meine erbittertste Feindin sein würde.

»Ich danke Ihnen für Ihre Großzügigkeit«, sagte ich knapp und senkte den Kopf, mir auf die Lippen beißend. Sie sollte denken, dass ich kooperierte. Zeit war etwas, das fließend war. Sie konnte sich von der einen auf die andere Minute verändern. Und damit auch die Zukunft. Vielleicht würde das meine und Leanders Pläne retten.

»Gewiss. Die Akademie steht schließlich dafür, Ereignisse geschehen oder nicht geschehen zu lassen im Dienste eines größeren Wohls.«

Ich sah auf.

Das Lächeln war verschwunden. Nora D. Samjatin stützte den Kopf auf ihre Hände und sah mich aufmerksam an. »Denken Sie immer daran. Ihr Handeln wird Wellen schlagen. Das tut es immer. Jedoch ist es manches Mal weiser, ein Gewässer in Beton zu ertränken, als darauf zu warten, dass seine Wellen Zerstörung bringen.«

Zurück in meinem Zimmer dachte ich darüber nach, was geschehen war. Nicht nur, dass mir einige kostbare Momente mit meiner Familie vergönnt waren. Auch hatte ich dafür keinerlei Bestrafung erhalten, was mir so unwahrscheinlich erschien wie … Ich fand keinen Vergleich. Meine Zeit an der Akademie hatte mich verändert. Nun war alles möglich. Alles wahrscheinlich, wenn man es nur aus dem richtigen Blickwinkel betrachtete.

Es klopfte.

Leander öffnete wortlos die Tür, setzte sich vor mich hin und betrachtete mich eine Weile, bevor er endlich sprach: »Was haben Sie dir für eine Strafe auferlegt?«

Ich schüttelte den Kopf. »Was meinst du?«

»Du bist doch auch ausgebüxt. So wie ich. Huxley und die anderen, die in meiner Gruppe dabei waren, werden ebenfalls eine Bestrafung erhalten, weil ich mich davongeschlichen habe, um die Simulation meiner Mutter zu sehen. Aber sie haben mich gefunden, bevor ich dorthin gekommen bin.«

Die Bestürztheit darüber, dass man sie alle bestrafte, traf mich wie ein Blitz. Ich biss mir auf die Unterlippe und schüttelte den Kopf erneut. »Sie …«, begann ich.

»So schlimm?«, sagte er aufrichtig besorgt.

»Nein, eben nicht!«, barst es aus mir hervor. »Ich weiß nicht, was sie vorhaben, aber sie haben mich zu keinerlei Strafe verdonnert.«

Leanders Miene verfinsterte sich.

»Hör zu, bevor du mir einen Vorwurf machst. Ich hatte mich darauf eingestellt, das Schlimmste zu erfahren. Die ganze Zeit über hatte ich gebangt, dass sie es an meiner Familie auslassen würden. Aber die Magnifizenz faselte dann etwas von glorreicher Zukunft und dass man mir keine Strafe auferlegen würde. Ich versteh es nicht, okay? Ich versteh es ganz und gar nicht und mir wäre es verdammt noch mal lieber, man würde mich – nicht meine Familie, nur mich – bestrafen! Ich will nicht anders sein als ihr. Ich will keine Sonderbehandlung. Ich weiß verdammt noch mal nicht einmal, was die in mir sehen!«

Er senkte den Kopf. »Hier scheint dir ja wirklich alles zuzufliegen.« Ich sah, dass er die Fäuste geballt hatte. Der verbissene Ausdruck in seinem Gesicht machte mir Angst.

»Ich hab nicht darum gebeten! Um nichts hiervon!«

»Ist ja einfach zu sagen.« Er seufzte tief.

»Es ist aber so. Ich weiß nicht, warum sie das machen, aber nachdem ich in den letzten Monaten das Wirken der Akademie kennenlernen durfte, bin ich mir sicher, dass sie etwas Finsteres vorhaben, auch wenn es jetzt noch nicht so erscheint.«

»Wie überaus schrecklich von ihnen, dich für ein Vergehen nicht zu bestrafen. Das tut mir wirklich leid, dass du solche Hürden zu überwinden hast.« Er stand auf und bedachte mich mit einem abfälligen Blick. Leander wandte sich zum Gehen ab.

»Jetzt«, ich legte so viel Betonung in dieses erste Wort, dass er sich noch einmal umdrehte, während ich aufstand, »weißt du wirklich, wie es sich für mich angefühlt hat. Damals.«

»Lass endlich los. Das Leben damals zählt nicht mehr. Es ist ohne uns weitergegangen. Das hast du doch heute gesehen. Aber vielleicht hatte Merle recht. Du gehörst nun zu den Günstlingen der Akademie, für die viele Sachen nichts mehr wert sind.« Leander zuckte die Schultern und verschwand.

Unschlüssig stand ich eine lange Zeit da. Schatten krochen in mein Zimmer und ich wusste, dass es bald Zeit wäre für das Abendessen. Widerwillig machte ich mich auf zum Speisesaal, in dem mich meine Freunde erwarteten.

Ihren Blicken nach zu urteilen, wussten sie bereits, was vorgefallen war. Ich senkte den Kopf und stellte mich gegenüber von Sam, der mich mit einem schwer zu deutenden Blick bedachte.

King, die neben mir stand, nahm meine Hand und drückte sie sanft.

Als wir uns schließlich setzten, legte sich eine eisige Stille über unseren Tisch, während die anderen rund um uns herum eifrig plauderten und von ihren Erlebnissen in der Simulation sprachen. Über einen Tag in einer Simulation, die gar keine war. Sondern die echte Welt. Nun ja, einem Teil davon. Und niemand von ihnen wusste es.

»Können wir den Elefanten im Raum denn nicht einfach ansprechen?«, sagte ich nach einer Weile und schluckte.

Stille.

»Was meinst du, wie das alles auf uns wirkt?«, fragte Leander eiskalt und sogar Islington, den ich immer für mitfühlend empfunden hatte, nickte beflissen.

»Ich weiß, wie es wirkt«, begann ich. »Ich war selbst überrascht, als ich keine –«

»Tu doch nicht so. Seit du in das neue Zimmer gezogen bist, genießt du die Vorzüge der Akademie!«, schnitt Leander mir das Wort ab.

Dass plötzlich er als Sprecher für alle agierte, war mir nicht nur neu, sondern auch suspekt.

»Seht ihr das denn alle so?«, fragte ich dann.

Hannah kaute auf ihrer Lippe und starrte stumm auf ihre Füße.

Merle hatte die Arme vor der Brust verschränkt und ließ Hannah nicht aus den Augen.

Islingtons Frisur bewegte sich zum ersten Mal, seit ich ihn kannte, keinen Millimeter.

Und dann war da noch Sam. In seinem Gesicht sah ich nichts als Traurigkeit. Er wirkte trotz seiner massiven Statur an diesem Abend klein.

Nur King schien meine Hand noch immer zu drücken.

»Ich hoffe, ihr werdet eines Tages sehen, dass ich daran keine Schuld trage.« Nun war es an mir, meinen Kopf zu senken. Ich wollte keinem von ihnen meine Tränen zeigen, die sich ankündigten. Doch nur wenige von ihnen überwältigten meinen eisernen Willen und tropften in den Teller unter mir. Der Appetit war mir vergangen. Hatte sich Milan damals genauso gefühlt?

Als wir fertig waren und endlich gehen konnten, stand ich lautlos auf und verschwand, ohne noch einmal zurückzublicken.

Mir war bewusst, dass das alles schien, als hätte ich mich mit der Leitung verbrüdert und würde nunmehr einen höheren Status unter den Adepten innehaben als sie. Als könnte ich mir alles erlauben. So hätte es auf mich gewirkt. Nur hatte ich gedacht, dass sie mich mittlerweile besser kannten.

Erst als die Tür hinter mir ins Schloss fiel, gewährte ich den Tränen ihren Willen. Innerhalb eines Tages hatte ich alles verloren. Meine Familie hatte ich ein allerletztes Mal gesehen. Meine Freunde hatten sich von mir abgewandt und alles, was mir blieb, war eine Mission, die wohl unvollendet bleiben würde.

Und das, obwohl wir endlich Fortschritte gemacht hatten.

Ich heulte und schnodderte in meine Bettdecke hinein, als gäbe es kein Morgen. Schlafen würde ich vermutlich ohnehin nicht können, also war es egal, ob mein Kissen nass war oder nicht. Und zumindest dämpfte es das klagende Weinen, in das ich mittlerweile verfallen war.

Warum zum Teufel mussten sie mir alles nehmen? Mein Leben, meine Familie und, nachdem ich zum ersten Mal welche hatte, meine Freunde?

Es klopfte. So zaghaft, dass ich mir zuerst nicht sicher war, ob ich mich nicht verhört hatte. Aber als es ein zweites Mal ertönte, wischte ich mit dem Ärmel über mein rot geweintes, aufgequollenes Gesicht und murmelte ein »Herein«.

King schwebte in den Raum. Da wir uns immer in der Gruppe befanden, waren mir ihre katzenhaften Bewegungen noch nie aufgefallen. Doch ihre Eleganz war nun, isoliert von allen anderen Eindrücken, nicht von der Hand zu weisen. »Wie siehst du denn aus?«, fragte King und nahm mich in den Arm.

Kyla hüllte mich in ihren Duft nach Jasmin und Bergamotte, der mich kurz vergessen ließ, warum ich weinte. Irgendetwas – und ich konnte beim besten Willen meinen Finger nicht darauf halten, was es war – an ihr schien so vertraut und gleichzeitig so neu und unbekannt.

»Sie werden sich bald wieder beruhigen, das versichere ich dir.« Sie wischte mir die Tränen aus dem Gesicht und lächelte mich an.

Doch sosehr ich mich auch anstrengte, etwas war seltsam an dem Lächeln. Ich konnte es nicht erwidern. »Danke«, hauchte ich dennoch und nickte. »Verstehst du mich denn wenigstens?«

»Natürlich«, erwiderte sie. »Ich glaube, mehr als du dir vorstellen kannst. Aber gib ihnen Zeit.«

Gerade Sam würde sie brauchen. Immerhin hatte er mitansehen

müssen, wie seine Familie für sein Vergehen bezahlt hatte, während meine einer Bestrafung entgangen war.

Trotzdem tat es weh, dass er mich mied.

Mein Kopf begann, unaufhaltsam zu pochen und schon nach kürzester Zeit stellte sich eine Übelkeit ein. Je mehr ich darüber nachdachte, umso unbarmherziger schmerzte mir der Schädel. Doch ich hatte das Gefühl, so könnte ich zumindest einen Teil meiner Schuld tilgen. Indem ich litt, auch wenn die anderen davon nichts wussten und vermutlich auch nie erfahren würden.

Ein weiterer Schwall Tränen ergoss sich über meine Wangen und ließ mich zitternd zurück.

»Es wird alles gut, das verspreche ich dir.« Kings Stimme hatte einen wohligen Klang. Auf jeden anderen hätte sie an diesem Tag vermutlich aufmunternd gewirkt. Doch mir trieb sie eine Gänsehaut über den Rücken.

»Woher weißt du so viel darüber?«, fragte ich.

»Die Akademie hat das Gleiche bei mir auch schon gemacht.« Sie hatte zu Boden gesehen, als sie die Worte ausgesprochen hatte. Nun aber sah sie auf und schenkte mir einen ihrer wundervollen Augenaufschläge. Der dichte Wimpernkranz umrahmte ihre dunklen Augen nur noch mehr und verlieh ihren Worten eine weitere geheimnisvolle Note. »Auch mir haben sie bessere Materialien angeboten, die ich nur zu gern angenommen habe. Ich hätte dich warnen können, aber sei ehrlich, hättest du mir geglaubt?«

Ich schüttelte den Kopf und massierte mir die Schläfen. Endlich legte sich das Pochen ein wenig. Meine nassen Wangen trockneten langsam und ich spürte, wie sich der klebrige Tränenfilm wie eine zweite Haut darüber spannte.

»Na«, King lehnte sich zu mir und hob ihren kleinen Finger hoch, dem ein ganzes Glied fehlte, »versprich mir, dass du nie mit jemandem darüber sprichst, was ich dir gleich erzähle.«

Ich musste ihren Finger wohl etwas zu auffällig angesehen haben, denn als ihr Blick dem meinen folgte, umspielte ein Lächeln ihren Mund. »Ich wünschte, ich könnte dir eine abenteuerliche Geschichte dazu erzählen wie das Yubitsume der Yakuza. Ich hab ihn mir leider bloß in der Küchentür eingeklemmt und war dann stundenlang allein, und wusste nicht, was ich machen sollte. Mein Dad ist glatt umgekippt, als er nach Hause gekommen ist, und Mom war es, die mich und meinen Finger ins Krankenhaus gebracht hat. Aber da konnte man dann schon nichts mehr machen ...«

Ohne zu wissen, was ich darauf antworten sollte, hakte ich meinen Finger geschockt starrend unter.

Seltsam, das war mir nie aufgefallen. Aber wer besah sich auch die Finger seiner Freunde, solange sie noch alle dran waren.

King hatte mir flüsternd erzählt, dass sie die Kristallkugel schon recht bald, nachdem sie an die Akademie gekommen war, von der Majorin erhalten hatte. Anfangs hatte sie sich sehr gefreut und schnell Fortschritte gemacht. Es war auffallend, dass ihre Geschichte so sehr der meinen glich.

Die anderen hatten wohl vergessen, dass auch King einmal von der Akademie aufgrund ihrer Talente bevorzugt worden war. Irgendwann, so hatte sie gesagt, war aber auch das abgeklungen. Doch die Ablehnung mir gegenüber war ungleich größer als die, die sie erfahren hatte.

Niemals wäre mir in den Sinn gekommen, dass King mir einmal notwendige Informationen verraten würde. Neuigkeiten wie jene, dass die Magnifizenz für die Gewogenen, wie King sie nannte, immer wieder Veranstaltungen abhielt, um sie mit dem Wirken vertrauter zu machen.

Am liebsten wäre ich, als sie gegangen war, zu Leander gelaufen, um ihm mehr zu erzählen. Doch er würde mich nicht anhö-

ren. Und just in dem Moment wurde mir klar, dass ich, wenn ich etwas über Fia herausfinden wollte, es allein tun müsste. Leander würde mir derzeit nicht beistehen. Und auch wenn ich mir über die Intensität der Loyalität meiner Freundin der Akademie gegenüber nicht im Klaren war, hätte ich mich nie getraut, sie darum zu bitten.

So sammelte ich alles zusammen, was ich brauchte. Wenn es sich so verhalten würde wie beim letzten Mal, würde man merken, was ich getan hatte. Aber vielleicht hätte ich ja einmal Glück. Irgendwie, so dachte ich bei mir, war mir das Universum das zumindest schuldig, wenn man bedachte, wie mein Leben den Bach runtergegangen war.

Ein wenig von dem Auszug, den ich damals für den ersten Versuch verwendet hatte, mischte ich auch dieses Mal in mein Gebräu. Geistesabwesend wog ich den Salvia Divinorum ab und fügte ihn hinzu, ebenso wie einen Teil Donnerkraut, das ich getrocknet in den Küchenschränken gefunden hatte. Laut meinem Buch sollte es hellsichtig machen.

Schließlich ergänzte ich den Trank noch um Samen des Bilsenkrauts, das ich im Garten entdeckt hatte. Mir war bewusst, dass es, sollte es falsch dosiert sein, tödlich wäre. Und auch wenn es richtig dosiert war, konnte noch allerhand schiefgehen. Aber ohne weitere Informationen zu Fia wollte ich nicht zu Leander. Nur so würde er mich anhören. Nur so würde er wissen, dass es mir mit meiner Rebellion gegen die Akademie ernst war. Nur so würden wir hoffentlich wieder Freunde werden.

Mir war klar, dass ich es ohne meine Freunde nicht lange aushalten würde, bevor ich verrückt und mich vom Observatorium stürzen würde. Es war nicht wie damals in der Schule, als ich keine Freunde hatte. Denn dieses Mal hatte ich nicht einmal eine Familie, die hinter mir stand.

Ich unterdrückte die Tränen, die in mir hochkamen, und biss mir auf die Lippe. Nun dürfte ich nicht weich werden. Oder Schwäche zeigen. Es war an der Zeit, stark zu sein und die Rebellion in meine kleinen Hände zu nehmen, über die Sam schon so einige Male liebevoll gelacht hatte. Es war an der Zeit, der Akademie zu zeigen, dass sie nicht machen konnten, was sie wollten. Es war an der Zeit, endlich mehr über Fia herauszufinden, obwohl ich mich dabei einem Risiko aussetzte, dessen Auswirkungen ich noch nicht vollständig erfasst hatte.

Während das Gebräu vor sich hin blubberte und ich mir bereits vorkam wie ein weltbekannter junger Zauberer mit Brille, ging ich noch mal alles durch, was passieren würde. Oder könnte.

Ich holte mir das Säckchen, das ich vor allen verborgen hielt, und betrachtete es, während der Trank seinen stark müffelnden Duft im Zimmer verbreitete.

Die Knochen fielen auf meine Hand, als ich den Beutel darüber ausschüttelte. Endlich würde ich mehr über sie erfahren, über mein gut gehütetes Geheimnis, das ich nur mit Leander geteilt hatte. Fia. Wer sie wohl gewesen war?

Gedankenverloren rollte ich die Knochen zwischen meinen Fingern, als wäre es vollkommen normal und nicht etwa makaber. Schließlich wusste ich immer noch nicht, ob diese von einem Tier oder einem – ich schluckte, um mich zu beruhigen – Menschen stammten. Der Einzige, den ich hätte fragen können, war Sam und an den hätte ich mich weder zuvor noch jetzt damit gewandt.

Endlich würde ich mehr herausfinden, obwohl mich die Angst vor dem, was kommen würde, schier an den Rand der Verzweiflung brachte.

Versunken in meine Gedanken hätte ich fast das Gebräu überkochen lassen. Ich war mir sicher, dass es – auch wenn es kaum vorstellbar war – dann noch übler gerochen hätte. Schnell nahm ich den Kessel vom Feuer und rührte um. Es sah mindestens genauso eklig aus, wie es roch, und das machte es nicht unbedingt besser.

Bewaffnet mit einer gefüllten Tasse schnappte ich mir mein

Lavendelkissen und setzte mich auf den Teppich. Dieser wirkte so verloren ohne die massive Gestalt Sams.

Ohne sein Summen fehlte etwas, aber ich versuchte, so gut es ging, zu meditieren. Dieses Mal hatte ich mir keinen Baldriantee gemacht, aber dafür eine große Karaffe voll Wasser bereitgestellt.

Einatmen.

Ausatmen.

Konzentriere dich auf deinen Atem.

Einatmen.

Kurz halten. Ach, wäre doch nur Leander hier, wie er es versprochen hatte.

Ausatmen.

Ein. Nun bin ich der Krieger von uns beiden, der die Rebellion am Leben erhält.

Halten.

Aus. Ich würde mich rächen, dafür, dass sie mir jetzt auch noch das Letzte genommen hatten, das von Bedeutung für mich war.

Ein. Büßen würden sie.

Halten. Die Akademie wird brennen.

Aus.

Ich klemmte mir mein Lavendelkissen in den BH und sofort verströmte es einen angenehmen Duft, der mich einnebelte.

Mit zitternden Händen griff ich nach dem Becher, der noch ein bisschen dampfte, und sah die bräunlich-graue Flüssigkeit darin hin und her schwappen.

Augen zu und durch.

Ich fühlte mich bereit. Bereit, meinem Sturm auf die Akademie endlich mehr Feuer zu geben.

In einem Zug kippte ich das scheußliche Gebräu hinunter und musste an mich halten, es nicht sofort wieder zu erbrechen. Ich goss einen Schwall kühlen Wassers hinterher und fühlte mich langsam besser.

Auch wenn die Hitze in mir aufgestiegen war und es mir vorkam, als wäre ich krank geworden, versuchte ich mich, so gut es eben ging, zu entspannen.

Ich begann wieder mit meinen Atemübungen, doch nach kurzer Zeit spürte ich meinen Speichel heiß werden. Alarmiert sprang ich auf und konnte gerade noch den Wandvorhang zur Seite reißen, bevor ich mich geräuschvoll ins Waschbecken übergab.

Ich fühlte mich elend, während ich mir den Mund ausspülte und die Reste meines Erbrochenen von der Keramikoberfläche wusch.

Zurück in meinem Zimmer bemerkte ich, dass es immer noch stickig und heiß war und beschloss, die Tür zum Garten zu öffnen. Kühle Nachtluft strömte herein und umfing mich. Erneut begann ich mit meinen Atemübungen und genoss die frische Luft wie eine Ertrinkende.

Ich lehnte mich an die Tür und spürte erleichtert, dass die kalten Glasscheiben mein erhitztes Gesicht kühlten.

Ich wartete einige Zeit, in der ich nach draußen sah und nichts ausmachen konnte als die weiße Wolkenwand, die sich drohend in der Ferne aufbaute. Selbst jetzt in der finsteren Nacht sah ich sie noch.

Irgendwann werde ich dem hier ein Ende setzen. Ein zufriedenes Lächeln stahl sich auf meine Lippen. *Irgendwann, vielleicht schon bald, wird das hier brennen.*

Es fühlte sich nicht richtig an, wenn ich daran dachte, dass mit der Akademie auch meine Freunde brennen würden. Wenn ich verhindern wollte, dass zukünftig Menschen aus ihren Leben gerissen wurden, musste ich es wagen. Und ich durfte nicht scheitern. Denn wenn ich scheiterte, würde niemand, der mir etwas bedeutete, vor der Magnifizenz sicher sein.

Eine weitere Welle der Übelkeit überkam mich, doch ich konnte sie mit ein paar Schlucken Wasser niederkämpfen.

Wie spät es wohl war? Wie viel Zeit war vergangen, seit ich den Trank genommen hatte? Mein Zeitgefühl war mir völlig entglitten.

Mir kamen Zweifel, ob ich es richtig gebraut hatte, und damit auch die Angst. Was, wenn ich mich vergiftet hatte? Wenn ich zu voreilig begonnen hatte? Was, wenn die getrockneten Blätter des Donnerkrauts ihre Wirkung verloren hatten oder diese sich verändert hatte?

Panik überrollte mich und ich konnte nichts dagegen tun. Ich begann zu zittern wie Espenlaub und mein Atem ging plötzlich ebenso rasend wie mein Puls. War es die Aufregung oder wirkte es schon? Wirkte es falsch?

Mit einem Mal fühlte ich mich unglaublich klein in dieser großen, großen Welt. Auch wenn diese, zumindest hier an der Akademie, für mich nicht mehr allzu groß war. Der Raum, der mir begrenzt zur Verfügung stand, war zu meiner Wirklichkeit geworden. Und doch schien er mir in diesem Moment so überwältigend groß wie das gesamte Universum. Dehnte sich der Raum aus oder wurde ich nur kleiner? Sekunden verstrichen und gaben mir mehr und mehr das Gefühl von Hoffnungslosigkeit.

Ich besann mich auf meine Atemübungen und langsam beruhigte ich mich. Endlich.

Ich nahm wieder auf dem Teppich Platz, auf dem diesmal niemand auf mich wartete. Der Abwesenheit Sams wurde ich mir in diesem Augenblick erst bewusst. Immer noch fühlte ich mich klein und verloren.

Ein weiteres Mal zog ich die Knochen zu mir und rollte sie zwischen den Fingern hin und her. Nun jedoch wirkte es beruhigend auf mich.

Einatmen. Würde denn noch etwas passieren? Würde ich etwas über Fia erfahren?

Halten. Es ist schon so viel Zeit verstrichen.

Ausatmen. Vielleicht sollte ich doch ins Bett gehen.

Und da warf es mich beinahe um. Als wäre ich von einer Welle erfasst und von den Füßen gerissen worden, drangen die Eindrücke alle auf einmal auf mich ein. Ich sah sie noch nicht, aber ich war mir sicher, dass es Fia war. Gerade so, als wollte man ein Bild vergrößern, das sich gleichzeitig immer weiter entfernte und kleiner wurde. Keinen genauen Blick konnte ich auf sie werfen. Schon nach kurzer Zeit war ich es leid und gab auf, Details ausmachen zu wollen.

Vielleicht war das nicht das Ziel der Sache. Zumindest umsehen konnte ich mich. Die Straße erinnerte mich an die unsere. Gesäumt von gestutzten Vorgärten, doch wirkten die Häuser eher englisch denn amerikanisch. Eine Reihe bräunlich-roter Backsteinhäuser mit weißen Fenstern und Simsen, die nur durch die gusseisernen Hausnummern zu unterscheiden waren.

Eine Frau hatte Fia geholt. Es war also nicht der Gevatter gewesen. Doch auch diese Frau sah streng aus. Militärisch. So wie alle hier.

Fia hatte geweint, hatte sich gewehrt, aber schlussendlich eingesehen, dass sie nichts daran ändern konnte. Wie bei mir und Leander hatte sich schon bald eine unbändige Wut gezeigt. Nicht nur wir wollten untätig sitzen und zusehen. Es wunderte mich nicht, dass wir nicht die Ersten gewesen waren. Doch ich fürchtete den Ausgang dieser Geschichte. Denn vielleicht war das auch das Ende, das uns erwartete.

»Sofia«, sagte ein Junge sanft und nahm sie in den Arm. Seine Worte hallten nach, gerade so, als hätte er sie in meinen Kopf geschrien.

Sofia. Wie konnten wir nur so dumm sein? Warum waren wir nicht auf die Idee gekommen? Ich drängte meine weiteren Gedanken zurück, um mich wieder darauf zu konzentrieren, was sich vor mir abspielte.

Als würde man einen Film schnell vorspulen, entwickelte sich vor meinen Augen in rasanter Geschwindigkeit die Liebesgeschichte zwischen Fia und dem sanften Jungen.

Ich dachte an Sam und spürte einen schmerzhaften Stich in meiner Brust, der mich wieder daran erinnerte, dass ich mich lieber darauf fokussieren sollte, was Fia widerfuhr.

Der Film wurde langsamer. Der Junge strich ihr eine Strähne aus dem Gesicht, als sie etwas flüsterte und dabei bitterlich weinte. Sie hatte Angst. Doch er redete beruhigend auf sie ein. Worum es ging, war mir nicht klar. Noch nicht. Denn als ihre Geschichte wieder Fahrt aufnahm, sah ich, dass ihr Bauch wuchs, und da wusste ich, was sie ihm gesagt haben musste: Sie war schwanger.

Die Erinnerungen flogen an mir vorbei, als würde ich sie aus einem fahrenden Zug beobachten. Auf vieles konnte ich mich nicht konzentrieren, aber was ich so aufschnappte, machte mir Angst. So wie es Fia ängstigte.

Ich fühlte ihre Furcht, als wäre es meine eigene. Spürte ihre Tränen auf meinen Wangen, als wären es die meinen. Und ihr Kind in meinem Bauch treten.

Erschrocken über das Gefühl in mir sah ich an mir herunter. Das hätte eine einfache Gewichtszunahme sein können, doch ich wusste es besser. Meine Hand legte sich auf den Bauch. Ihre Hand war die meine. Wie auch schon bei Dante erfuhr ich Erinnerungen aus erster Hand. Ich war sie. Ich sah nicht mehr aus der Ferne zu.

Gerade, als ich mich fragte, was denn die Akademie, die es sicherlich bemerkt hatte, dass eine ihrer Adeptinnen in anderen Umständen war, dazu sagte, veränderte sich die Szene.

Der sanfte Junge stand neben mir und sprach behutsame Worte, die ich nicht hörte, weil ich zu sehr auf mein pochendes Herz achtete und die aufwallende Angst.

Die Frau, die Fia an die Akademie geholt hatte, kam schnellen Schrittes näher. »Bradbury, Adept Camus hat uns über Ihre Situation informiert. Wir können helfen.«

In dem Moment wusste ich, dass sich Fia betrogen fühlte, und mir war klar warum. Sie hatte sich dem sanften Jungen, der Camus hieß, anvertraut, weil er der Vater des Kindes war. Und der hatte – vielleicht mit den besten Absichten – Meldung an die Akademie erstattet.

Meine Schritte trugen mich schnell weg von dieser ernsten Frau und dem Jungen, der mich nicht hätte verraten sollen. Schon gar nicht an die Akademie.

Schwer hallten meine Tritte an den Wänden wider und gaben mir umso mehr das Gefühl, dass ich ganz allein auf der Welt war.

Ein Tritt.

Nein. Nicht völlig allein.

Fia wusste – und damit auch ich –, dass sie leben musste. Dass sie dieses Kind beschützen musste. Egal, welchen Preis es haben würde.

In einem Versteck angekommen wagte ich es das erste Mal durchzuatmen. Meine Hand legte sich wie selbstverständlich auf meinen Bauch und ich beruhigte mich. *Sie würden uns nicht finden. Das würde ich nicht zulassen.*

Die Zeit machte erneut einen Satz vorwärts und flog rasant an mir vorbei. Ich beobachtete sie jetzt wieder aus der Ferne.

Schnell merkte ich, dass Fia in ihrem Versteck immer hungriger wurde und es nicht mehr lange dauern würde, bis sie gezwungen war, daraus hervorzukriechen, um ihr eigenes Überleben und das ihres Kindes zu sichern. Doch sie kam nicht bis zu dem Moment, an dem sie eine Entscheidung hätte fällen müssen: Man hatte sie gefunden.

Nicht nur der sanfte Junge Camus, sondern auch einige der Professoren standen plötzlich vor ihr und redeten auf sie ein. Die Zeit lief immer noch zu schnell, als dass ich wirklich verstanden hätte, was sie sprachen, doch konnte ich es mir vorstellen.

Ihr Körper erschlaffte und es schien, als hätte sie sich geschlagen gegeben. Camus legte seinen Arm um ihre Schultern und lotste sie fort von ihrem Versteck. Doch ihr Weg führte nicht zurück in ihr Zimmer, sondern in eine Richtung, in die auch ich schon gegangen war: zum Büro der Magnifizenz.

Mir wurde übel und ich wollte ihr helfen. Ja, ich schrie sogar, aber es änderte ja doch nichts. Ich konnte ihr nicht helfen, schließlich war das alles schon passiert. Oder konnte ich vielleicht noch eingreifen? Könnte man die Akademie, die sich außerhalb der Zeit befand, ein zweites Mal ins Niemals holen und den Lauf der Zeit verändern? Hätte ich die Chance, Fia und ihr Kind zu retten?

Innerlich hoffte ich inständig, ich würde mich nach all dem hier noch daran erinnern. Ich musste mit Leander darüber reden.

Noch ein Stich in meinem Herz. Auch er hatte sich abgewandt, aber die kleine Hoffnung in mir blieb, dass er mich, nachdem ich mich und meinen Verstand für unsere Rebellion in Gefahr gebracht hatte, wieder als Freundin akzeptieren würde. Niemals hätte ich zu träumen gewagt, dass mir Leander nicht nur als Freund, sondern auch als Verbündeter so wichtig werden könnte. Ich seufzte.

Wir waren im Büro angekommen.

»Adeptin Bradbury, wir wollen Ihnen helfen. Daher haben wir uns die Freiheit genommen, Ihnen neue Räumlichkeiten zur Verfügung zu stellen.«

Diese Worte kamen mir seltsam bekannt vor, wenn sie auch in einem anderen Zusammenhang verwendet worden waren. Und obwohl die Magnifizenz eine andere war, war die Wirkung, die sie auf mich hatte, dieselbe.

Ich sah auf. Wieder war ich sie. »Was wird nun weiter geschehen?« Eine Hand auf meinem Bauch, die andere zu einer Faust verkrampft versuchte ich, der Magnifizenz in die Augen zu sehen.

Sie sollte meine Furcht nicht spüren. Ich wollte stark sein. Für uns beide.

»Wir stellen Ihnen ein Zimmer zur Verfügung, das groß genug ist und alle Notwendigkeiten beinhaltet, die ein Kind benötigt.«

»Was wird passieren, sobald das Kind geboren ist?« Meine Stimme zitterte ein wenig, doch das war mir egal. Ich fürchtete ihre nächsten Worte und dennoch musste ich sie hören.

»Sie werden bis auf Weiteres vom Unterricht abgezogen und können Ihre Studien hier fortführen.« Sie blickte mich an und fast hätte ich mich durch den sanften Ausdruck in ihren Augen davon überzeugen lassen, dass die Akademie keine gewissenlose Institution war, die es einen Dreck scherte, was aus uns wurde. »Das beantwortet meine Frage nicht.« Niemals hätte ich mich getraut, so mit einem der Professoren zu sprechen, doch jetzt war alles anders. Ich war anders. Schließlich musste ich mich jetzt nicht mehr nur um mich selbst kümmern.

»Natürlich werden Sie die Möglichkeit haben, Ihr Kind aufzuziehen, jedoch sollten Sie Ihre Studien nicht zu arg vernachlässigen, denn eines Tages werden Sie selbstverständlich zurück in die Arbeitsweise der Akademie kommen.« Es schien, als würde sie mir nicht die ganze Wahrheit sagen. Doch war mir klar, dass ich die nie aus ihr herausbekommen würde. Nicht mit den Mitteln, die mir zur Verfügung standen. Vielleicht sollte ich meine Arbeitsmaterialien dazu befragen. Schaden könnte es nicht.

Daher beschloss ich, vorerst einfach zu nicken und so zu tun, als würde ich mich fügen.

Die Zeit verlief nun schneller und ich konnte erneut nicht hören, was Fia und der sanfte Junge sprachen, doch sie schickte ihn weg und es dauerte lange, bis er sich wieder blicken ließ. Ihr Bauch war viel größer und sie sah müde aus. Ich hatte gesehen, wie sie mit ihren Materialien ihre Zukunft und die ihres Kindes durchsucht hatte, doch egal, was sie anwandte, es führte schlussendlich immer dazu, dass sie in Tränen ausbrach. Es sah also nicht gut aus. Für keinen der beiden.

Sie spürte, dass die Geburt unmittelbar bevorstand, und wollte sich davonstehlen, doch – wie nicht anders zu erwarten – standen Wachposten vor ihrem Zimmer.

Wenig sanft bugsierten sie sie zurück in den Raum, aus dem sie gekommen war, und verschlossen die Tür.

Fia öffnete die Fenster. Doch auch davor standen nun Männer und Frauen der Akademie, die dafür sorgten, dass sie dort blieb, wo sie ihrer Meinung nach hingehörte.

Sie war allein und ich war mir nicht sicher, ob der sanfte Junge, der sie verraten hatte, noch auftauchen würde. In ihre Aufregung vor der Geburt mischte sich nun auch die Angst. Angst, das alles allein durchstehen zu müssen. Angst, was danach passieren würde. Denn sie hatte es gesehen. Natürlich war das, was sie gesehen hatte, nur die möglichste Version ihrer Zukunft. Das konnte sich jederzeit ändern, so viel wusste ich bereits. Doch es war unwahrscheinlich.

Jemand trat ein und dann ging plötzlich alles sehr schnell. Vom Moment der ersten Wehen zur Geburt hatte sich die Zeit nun rasant beschleunigt und es dauerte nicht lange, bis sie ihre kleine Tochter in den Händen hielt.

Doch ihre Freude hielt nicht lange. Schon traten die Magnifizenz und einige Mitglieder des Kollegiums ein und redeten auf sie ein. Ich sah, dass sie einen heftigen Wutausbruch unterdrückte,

nicht zuletzt wegen ihres Kindes, das sanft in ihren Armen schlief. Sie schüttelte den Kopf.

»Das Kind wird gemäß den Lehren der Akademie aufgezogen. Händigen Sie es aus«, tönte es da und der Satz, da war ich mir sicher, würde noch lange in meinen Ohren dröhnen.

Erschöpft, wie sie war, stand sie auf, das Kind fest an ihren Körper pressend. Sie war wackelig auf den Beinen, als sie wankend auf das Kollegium zuging. Ich bemerkte, dass die beiden Wachposten ebenfalls dabei waren, und das schien auch sie gesehen zu haben.

Denn, ohne dass jemand nur einen Finger rühren konnte, war sie plötzlich an ihnen vorbei auf den Korridor gerannt. Sie hetzte nach links, dann nach rechts, doch immer weiter Richtung Keller.

Ich wusste, was sie vorhatte. Oder konnte es mir zumindest vorstellen.

Sie hielt ihr Kind an ihre Brust gedrückt und lief mittlerweile schwer atmend durch die Gänge, ihre Verfolger schlossen langsam auf. Ihr schien das schmerzlich bewusst zu sein, denn sie versuchte, auch wenn sie nach der anstrengenden Geburt kaum noch körperliche Reserven übrig hatte, ein wenig schneller zu laufen.

Ein Schuss ertönte und ich sah, wie sie fiel. Aus ihrem Arm spritzte Blut und da lag das Kind schon auf dem Boden.

Ihre Verfolger holten sie ein, doch war sie schon von einer dunklen Blutlache umgeben. Fia zitterte. Sie hatte überlebt.

Nun war ich wieder ein Teil von ihr und sah auf ihr Baby hinunter, das aufgehört hatte zu atmen. Der Schuss hatte Fia verletzt, aber nicht lebensgefährlich. Nein, es war ein glatter Durchschuss gewesen, der ihr Kind getroffen hatte.

Der Schrei, der dann über meine Lippen kam, zerriss mich innerlich. Er schabte über meine Stimmbänder und mir war, als könnte ich niemals wieder sprechen. Mein Herz zog sich zusammen, entbrannte zu einem lodernden Feuer, das alle Gefühle in mir auslöschte und nur noch einen kalten Aschehaufen hinterließ, der irgendwo in meiner Magengegend in sich zusammenfiel.

Der sanfte Junge brach aus den Reihen der Verfolger hervor und kam auf mich zu.

»Fass mich nicht an«, knurrte ich mit tiefer Stimme und beugte mich schützend über mein Kind. Ich hielt sie noch enger an meine Brust gedrückt und vernahm den metallischen Duft des Blutes, das an mir, an ihr und dem Boden klebte.

»Lily«, wisperte ich unter Tränen und wünschte, ich könnte etwas daran ändern. »Lily. Ich habe mir doch geschworen, dich zu beschützen …«

»Sie Idiot!«, hörte ich die Magnifizenz verärgert ausrufen, gefolgt von einem undefinierbaren Laut und einem schmerzerfüllten Seufzen. Offenbar hatte sie ihm seine Waffe in die Magengrube gestoßen und kam nun, mit klackernden Schritten, immer näher.

»Bleiben Sie, wo Sie sind!«, brüllte ich sie an und stand auf.

»Mädchen, Sie haben nun keinerlei Druckmittel mehr.« Sie schloss mit dem Grinsen einer Bestie zu mir auf und zeigte mir dabei ihre strahlend weißen Zähne. Nun war keine Sanftheit mehr in ihrer Stimme zu vernehmen. Sie zeigte sich als das, was die gesamte Leitung der Akademie im Grunde genommen war: ein Monster.

Ich wich zurück, doch da war schon eine Wand, die meiner Flucht ein Ende bereitete.

»Bringt sie zurück in ihr altes Zimmer. Wir sind hier fertig.« Sie wandte sich an die anderen, die noch immer unschlüssig dastanden, und ruckte unwirsch mit dem Kopf in meine Richtung. »Wir hätten eine neue Führungskraft durchaus gebrauchen können. Camus, warum sind Sie auch so dumm und schwängern das falsche Mädchen?«

»Entschuldigen Sie, das wird nicht mehr vorkommen! Die nächste Zielperson wird mit mehr Bedacht ausgewählt.«

Dieser …

Doch der Schrei, den ich ausstoßen wollte, um meinen Gefühlen Luft zu machen, kam nicht. Ich war nicht fähig, auch nur irgendetwas zu sagen.

Unfähig, mich zu rühren, verharrte ich in meiner Starre und sah ihn an. Ich hatte mir gewünscht, ihn hasserfüllt anblicken zu können, um ihm zu zeigen, dass ich ihn für das, was er getan hatte, verabscheute. Aber nichts könnte die Zerrissenheit, die sich in mir aufgetan hatte, je wieder flicken. Nicht einmal der Hass auf ihn würde mich darüber hinwegtäuschen können, was soeben passiert war.

Camus, der offenbar keinerlei Gefühle für mich hegte, sah mit ausdruckslosem Gesicht durch mich hindurch.

Ich presste Lily an meine Brust, als könnte ihr kleiner, zerbrechlicher Körper mich davor bewahren, in die Dunkelheit abzugleiten. Sie war während all dieser dunklen Tage, an denen ich Angst hatte, mein Leuchtfeuer gewesen. Angst um sie, Angst um ihre Zukunft, die sie hier an der Akademie nie gehabt hätte.

Ich wollte fliehen, hatte schon einiges vorbereitet. Doch nun würde ich nirgendwohin gehen. Denn an keinem Ort der Welt erwartete mich etwas, das mich aus diesem Albtraum erwachen lassen würde.

Die Hoffnung in mir wollte nicht schwinden, dass das alles nur ein böser Traum war, aus dem ich gleich erwachen würde.

»Wach auf, bitte, bitte, wach auf«, flüsterte ich in ihr Haar und verteilte tränennasse Küsse darauf.

»Es ist vorbei«, beendete eine Stimme, die mir einst so sanft vorgekommen war, jeglichen noch so hoffnungsvollen, naiven Gedanken. Camus kam auf mich zu und stellte sich neben die Magnifizenz, die mich immer noch gierig anlinste. Nun lag nichts als Kälte in seiner Stimme und ein Hauch von Desinteresse, der mich mehr als alles andere traf. Schließlich war das tote Kind in meinen Armen nicht nur das meine. Ich hatte erwartet, dass er ihren Tod zumindest ein bisschen betrauern würde. Dass in ihm dieselben Schuldgefühle brannten wie in mir.

Und dabei wollte ich meinen kleinen Engel doch nur beschützen. Vor der Akademie und ihren Machenschaften. Vor allem aber vor der Grausamkeit, die sie ganz offen zeigten.

Die Magnifizenz entriss mir Lily mit Gewalt und plötzlich fühlte ich mich so nackt. So überwältigt davon, dass ich rein gar nichts hatte tun können.

»Bitte … lassen Sie mich mein Kind wenigstens begraben«, flehte ich mit stockender Stimme. »Bitte. Ich tue alles, was Sie sagen. Aber lassen Sie …«

Zu meiner Überraschung nickte sie und händigte mir Lily wieder aus.

Die Zeit machte wieder einen Satz vorwärts und riss mich mit sich in einen Strudel aus Bildern, die ich nicht zuordnen konnte. Vorbeischießende Fetzen der Gänge in der Akademie, Fias tränenüberströmtes Gesicht und immer wieder Camus, der teilnahmslos dreinblickte.

Die Flut an Bildern kam erst zum Stillstand, als ich Fia in der Bibliothek sah, in der ich damals ihre Notiz gefunden hatte.

Es war still und die Abenddämmerung legte sich gerade über das Niemals. Das goldene Licht wurde von den unzähligen Glasscheiben vor einigen der wertvolleren Bücher zurückgeworfen und tauchte den Raum in seinen mystischen Glanz.

Als zöge mich etwas wie magisch zu ihr, sauste mein über den Gängen schwebendes, körperloses Ich auf sie zu. Und dann war ich wieder sie. Wieder Fia. Überwältigt von den Gefühlen, die sie einst gequält hatten.

Ich wollte ihre Geschichte zu Ende hören, doch war ich mir nicht sicher, ob ich es könnte. Oder ob ich den Verstand verlieren würde, bevor ich zurück in meine eigene Wirklichkeit reiste.

Ich wischte mir mit dem Ärmel über das Gesicht, das von Tränen verklebt und rot geweint war. Dass ich scheußlich aussah mit meinem aufgequollenen Gesicht und den schmerzenden, geäderten Augen, war mir herzlich egal. Wenn dies das Aussehen von jemandem war, der sein Kind und somit den Willen zum Leben verloren hatte, dann sollte man mich auch genauso finden.

Ich dachte an meine Eltern und fragte mich, an welchem Punkt in meinem alten Leben mich die Akademie ausgesucht hatte. Hätte ich irgendetwas tun können, um nicht auserwählt zu werden? Hätte irgendeine Entscheidung in meinem Leben dazu geführt, dass ich dies meiner kleinen Lily hätte ersparen können?

Ich drückte meine Tasche enger an mich, um zumindest meinen Körper davon zu überzeugen, dass sie noch da war und ich sie an mich klammern konnte. Auch wenn sich das Leder kühl und hart anfühlte, so beruhigte es mich dennoch ein wenig.

Jetzt zitterte ich. Vielleicht weil ich wusste, was kommen würde. Immerhin hatte ich mich dazu entschlossen. Ein tiefer Seufzer entwich mir, der nichts mit meinem stoßweisen Atem oder meinem rasenden Puls zu tun hatte. Ich wollte nicht mehr weinen, sondern stark sein. Für Lily. Und für mich.

Ich mochte meine Rache nicht mehr bekommen, aber ich konnte wenigstens mich selbst ihrem Einfluss entziehen. Niemals mehr würde die Akademie ihre grausamen Machtspielchen mit mir spielen können.

Ich ging schnellen Schrittes auf die Regalreihen zu und fand schon bald mein Ziel: die Materialien für neue Numistoriker.

Würde auch ich nichts mehr erreichen können, weil mein Wille gebrochen war, so würde ich zumindest denen, die nach mir kamen, einen Hinweis geben. Vielleicht würde jemand anderes einst das Ziel erreichen, an das ich vermutlich nie herangekommen wäre.

Ich legte die Notiz in ein Säckchen. Man sollte es nicht sofort finden. Man sollte auch nicht sofort wissen, was passiert war. Aber jeder Numistoriker, der hier eine Ausbildung erhielt, würde eines Tages mein Geheimnis ergründen können.

Auch wenn ich niemand war, der einen dramatischen Abgang schätzte, so wusste ich, ich musste meiner Botschaft etwas anfügen, das verdeutlichte, wie grausam die Akademie tatsächlich war. Zitternd öffnete ich mit spitzen Fingern die Schnallen meiner Tasche und zog ein Messer hervor.

Dort, wo ich hinging, würde ich meinen Ringfinger wohl nicht mehr brauchen. Ich schnitt, doch der Schmerz kam nicht. All das war zu viel gewesen, als dass mein Körper noch reagieren könnte.

Die Botschaft hatte ich so platziert, dass sie nicht vom Blut durchtränkt sein würde. Auch sah ich zu, dass meine mittlerweile heftig blutende Hand nirgendwo Flecken hinterließ und so schneller zum Fund meiner Hinterlassenschaft beitragen würde.

Irgendwann, und mochte es noch so lange dauern, würde sie jemand finden. Und dann würde die Akademie hoffentlich brennen.

Ich spürte einen Stich im Herzen, denn es waren meine Worte, die durch Fias Körper dröhnten und mich mit einem noch größeren, brennenderen Hass auf die Akademie erfüllten. Sie erfüllten.

Ich stieg von den Regalen herab, meine Hand in ein Tuch pressend, und machte mich, so leise ich gekommen war, davon, um zum Observatorium zu gehen.

Der Weg dorthin, so kurz er auch normalerweise war, kam mir an diesem Abend so unfassbar lang vor.

Jegliches Gefühl war aus meinem Körper gewaschen. Selbst der Hass auf Camus war verschwunden. Ich würde Lily wiedersehen und das schon bald.

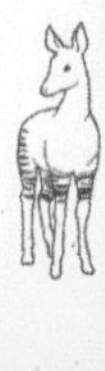

Vorbei an den boshaft grinsenden Büsten, auf deren Gesichtern lange Schatten den Abend verkündeten. Vorbei an Holztäfelungen, die noch mehr Dunkelheit in dieses Gemäuer brachten, und vorbei an muffigen Vorhängen, die traurig vor den Fenstern hingen und denen ich mich im Moment näher fühlte als jeglichem Lebewesen auf dieser Welt.

Dieses Mal bewunderte ich nicht die wundersamen Gegenstände, die den Eingangsbereich des Observatoriums bereicherten. Ich hörte nicht auf die klackernden Geräusche unzähliger Vorrichtungen, die Heuretiker für unsere Abteilung gebaut hatten.

Auch nicht die wundervollen Lichtreflexe, die sich überall an den metallischen Geräten brachen und goldenes Licht im Raum hin und her warfen, als würden sie damit Tennis spielen.

Erschöpft von meinem Geisteszustand nahm ich die letzten Stufen hinauf und begrüßte die Abendluft, die genauso warm war wie am Tag, mit einem tiefen Atemzug.

Es würde das letzte Mal sein, dass ich hier meine Lungen füllte. In dieser künstlich erschaffenen Welt, an diesem grausamen Ort.

Ich stieg auf die Brüstung, so wie es meine Finger eben erlaubten. Ächzend zog ich mich hoch und schaute auf den Horizont. Weiße Wolkenwand. Das Niemals.

Niemals mehr.

Die Augen schließend ließ ich mich nach vorn fallen. Es war vorbei.

Ich fühlte die Aufregung in meinem Magen, das Flattern, das einen begleitete, wenn man im Traum fiel. Doch ich fiel nicht im Traum. Ich war immer noch im Körper von Fia gefangen, der die Augen nicht öffnen wollte. Sie hatte ihren Frieden mit der Welt geschlossen, doch ich wollte nicht sterben. Und schon gar nicht in ihrer Erinnerung, die ich mir nur wie ein parasitärer Fernsehzuschauer angesehen hatte.

Ich wollte wissen, wie weit wir schon gefallen waren, gleichzeitig fürchtete ich mich auch davor.

Mir wurde übel und nur mit Mühe kämpfte ich das Erbrechen nieder. Vorerst. Mein Magen machte einen Satz nach vorn und noch immer öffneten sich die Augen nicht.

Und da war der Aufprall.

Ich spürte Knochen brechen, spürte Organe, die von ihnen durchstoßen wurden, aber irgendwie, so schien es mir, waren diese Schmerzen in Watte verpackt. Als gehörten sie nicht zu mir.

Ein Schrei ertönte.

Als ich wieder zu mir kam, lag ich mit dem Gesicht in meinem eigenen Erbrochenen. Der Gestank war kaum auszuhalten. Ich wollte aufstehen und stützte mich dabei mit den Händen ab, als ein siedender Schmerz durch mein Handgelenk fuhr. Mein Unterarm hatte knapp unter der Hand einen heftigen Knick und sah einfach falsch aus.

Ein weiterer Schwall Magensaft ergoss sich vor mir und spülte die Hitze auch in meinen Mund. Wankend stand ich auf und holte einen Lappen, um den Boden aufzuwischen, bevor ich mich unter die Dusche stellte.

Fia. Ich konnte mich noch an alles erinnern und war ich selbst geblieben. Dieses Mal hatte ich wirklich Erfolg gehabt.

Oder?

Ich musste zu Leander, bevor sich das veränderte. Egal, was er sagen würde, egal, was er mir an den Kopf werfen würde, ich musste ihm erzählen, was ich herausgefunden hatte. Musste ihm zeigen, dass mir unsere Rebellion mehr wert war als alles andere.

Und ich sah es als meine Pflicht an, nicht nur in meinem, sondern nun auch in Fias Namen die Akademie zu zerstören.

Es war bereits dunkel geworden und ich schlich durch die Gänge. Die Angst, erwischt zu werden, war groß, doch der Wunsch, Leander zu sehen, noch größer. Mein Weg zu seinem Zimmer erinnerte ein wenig an Fias Flucht, ständig drehte ich mich um, in der Erwartung, einen Professor hinter mir zu erblicken. Doch ich sandte ein Stoßgebet an den Himmel, nachdem ich endlich seine Tür erreicht hatte.

Erst in diesem Moment kamen mir Zweifel. Würde er mich ausreden lassen? Würde er die Tür überhaupt öffnen?

Ich klopfte mit pochendem Herzen und war mir sicher, man hörte es selbst am anderen Ende der Akademie, so laut rauschte es in meinen Ohren.

Ich wartete.

Nichts.

Ich hob noch einmal die Hand, doch dann entschied ich mich anders und ergriff mit lodernder Entschlossenheit die Klinke.

Drinnen im Zimmer war es dunkel, wie ich bereits erwartet hatte. Doch als ich die Tür hinter mir geschlossen hatte, ertönte eine heisere Stimme:

»Wenn ich dich hier drin hätte haben wollen, hätte ich dich hereingebeten.« Der Ärger, der in seiner Stimme mitschwang, war nicht zu überhören und ich konnte es ihm nicht verübeln. Schließlich hatte ich das Verhalten an ihm auch nicht leiden können.

Und trotzdem stand ich in seinem Zimmer, mitten in der Nacht und das auch noch nach unserem Streit. »Ich weiß nun, wer Fia ist.«

Stille.

»Hör zu, mir ist klar, dass du mich hasst. Und ich kann es dir nicht verübeln. Ich würde genauso denken. Doch das, was passiert ist, wollte ich nicht. Ich habe nie um diese Sonderbehandlung gebeten. Niemals will ich Teil dieser Scheiße hier sein, die die Akademie abzieht. Und jetzt erzähl ich dir auch warum. Mach mal Licht!« Ich stieß mit dem Fuß, als wollte er meine Forderung nur untermauern, gegen einen Stuhl.

Ein höllischer Schmerz fuhr mir durch den Zeh und hätte mich fast davon abgelenkt, dass eine andere Pein in meinem Handgelenk saß und pulsierte. Fluchend versuchte ich, das Gleichgewicht zu halten.

Ich hörte, wie das Bett knarzte und der Lichtschalter daneben betätigt wurde.

Das mürrische Gesicht Leanders tauchte aus der Dunkelheit auf. Doch der Ausdruck darauf änderte sich schlagartig, als er mich erblickte.

»Was ist denn mit dir passiert?«, fragte er.

»Sag ich doch, ich hab herausgefunden, wer Fia ist.« Ich trat näher und setzte mich auf den einzigen Stuhl im Zimmer und sah ihn mit ernster Miene an. »Hör dir an, was ich zu sagen hab. Bitte. Danach kannst du mich immer noch rauswerfen.«

Er knirschte mit den Zähnen und schien mit sich selbst zu ringen, doch dann seufzte er und ich wusste, dass ich zumindest einen kleinen Sieg errungen hatte.

»Aber zuerst erzählst du mir mal, was zur Hölle mit deinem Handgelenk passiert ist!«, forderte er.

»Das kommt noch. Lass mich am Anfang der Geschichte beginnen.« Und ich erzählte ihm all das, was ich gerade gesehen hatte.

Meine Stimme überschlug sich ein paarmal, als ich vor Aufregung, aber vielleicht auch aus Angst, ich könnte schon bald alles vergessen wie zuvor bei Dante, die Ereignisse wiedergab.

Leander hörte mir aufmerksam zu und nickte an den richtigen Stellen, während er an anderen die Stirn runzelte. Als ich davon sprach, was Camus eigentlich im Sinn hatte, atmete er schwer.

»D-Das heißt, die …« Seine Augen wanderten unruhig hin und her und ein zerstreuter Ausdruck trat auf sein Gesicht. Er wischte fahrig mit der Hand in der Luft herum. Ich begann schon, mir Sorgen zu machen, doch da erhob er wieder die Stimme. »Sie haben sich ein Opfer gesucht, das ihnen nicht nur ihre Arbeit macht, sondern dieses auch noch kontrolliert geschwängert? Wir sind also nur Spielsteine auf ihrem Brett?«

»Sieht so aus, ja.«

»Das lassen wir uns nicht gefallen!«, donnerte er und hob drohend seine Faust in die Luft.

»Schhh«, machte ich und wandte mich ängstlich um. Hatte ich gerade Schritte gehört? Ich drehte mich wieder zu ihm und nun war er es, der besorgt zurückblickte. »Keine Sorge, ich glaube, man hat dich nicht gehört«, versicherte ich ihm.

»Das beunruhigt mich nicht«, erwiderte er, »sondern mehr der Umstand, dass du nun offenbar zu ihren Günstlingen gehörst. Meinst du, die haben dasselbe mit dir vor wie mit Fia?«, fragte er und seine Stimme kam mir zum ersten Mal, seit ich ihn kannte, erstickt und angsterfüllt vor.

»Ich weiß es nicht«, gab ich zurück und fühlte mich plötzlich so allein wie schon lange nicht mehr. »Ich wollte nie dazugehören. Auch schon nicht, bevor ich das über Fia herausgefunden habe. Doch nun, da ich ihre ganze Geschichte kenne, macht es mir noch mehr Angst. Und ich weiß einfach, dass wir die Akademie zerstören müssen. Wir dürfen es nicht zulassen, dass so etwas noch einmal passiert.«

Leander nickte, sah dabei jedoch aus, als würde er nicht ganz bei der Sache sein.

»Woran denkst du?«, fragte ich dann.

»Meinst du, Sam ist …?«, wollte er wissen und nährte somit die Angst, die auch in meiner Magengrube brodelte.

»Ich kann es dir nicht mit Sicherheit sagen. Camus sah auch aus, als ob er sie lieben würde. Hörte ich auf mein Gefühl, würde ich sagen nein. Aber hier an der Akademie kann ja alles sein. Oder nichts.« Bedrückt sah ich zu Boden.

»Mach dir keine Sorgen. Wir schaffen das schon«, erklärte er aufmunternd. »Ich werde auf dich aufpassen. Aber nun erzähl mir die Geschichte zu Ende!«

Ich nickte schwach und merkte, welchen Tribut die letzten Stunden von mir gefordert hatten. Als ich geendet hatte, saß Leander da und sah mich eine Zeit lang bloß an.

»Und du meinst echt, dass du dich aufgestützt hast, als sie gesprungen ist, und du nach vorn gefallen bist?«, fragte er dann.

»Anders kann ich mir das nicht erklären. Ich meine …« Ich hob wie zur Bestätigung die Hand und betrachtete den Knick, der mir immer noch so unwirklich vorkam, auch wenn mir mittlerweile siedende Schmerzen Schweißperlen auf die Stirn trieben.

»Du solltest dir das ansehen lassen«, sagte er.

»Klar, dann kann ich ihnen auch gleich erzählen, was ich weiß!«, erwiderte ich zorniger als beabsichtigt. Eigentlich wollte ich ihn nicht wieder verprellen.

»Was du brauchst, ist eine gute Geschichte«, meinte er.

Ich zog eine Braue hoch und war schon kurz davor, mit einer bissigen Antwort zu quittieren, als er sagte: »Sag ihnen einfach, dass du Albträume hattest und aus dem Bett gefallen bist.«

»Ich kann nur nicht wirklich gut lügen«, gab ich flüsternd zurück und schämte mich ein wenig, dass ich dieses Talent, in unguten Situationen die Unwahrheit zu sagen, nicht erlernt hatte.

»Du – was?«, gluckste er belustigt.

Seufzend zuckte ich die Achseln. »Ich musste nie lügen.«

»In Ordnung. Dann tu es für mich. Für uns-«, er sah mich ernst an, »-ere Rebellion. Die willst du doch nicht in Gefahr bringen, oder?«

Überrascht schüttelte ich den Kopf. »Nein.«

»Dann denk daran. Wenn sie dich etwas fragen, denk an unsere Rebellion. Und denk daran, dass du die nicht gefährden willst. Du magst vielleicht nicht lügen können, aber vielleicht klappt es, wenn du einen Grund hast, wofür es sich zu lügen lohnt. Und jetzt lass mal sehen.« Er inspizierte mein Handgelenk. »Geh zur Krankenschwester. Am besten gleich.«

»Ich kann nicht.«

»Natürlich kannst du! Dass du Schmerzen hast, kann ich von hier sehen.«

»Nicht, bevor wir nicht noch eine Sache geklärt haben«, sagte ich und blickte ihn mit großen Augen an. Eine bis zu dem Zeitpunkt nicht da gewesene Niedergeschlagenheit erfasste mich mit einem Mal. Nun würde ich sehen, ob er durch meinen Einsatz wieder mein Freund war oder nicht. »Was ist nun mit unserer Rebellion?«

Er seufzte. »Es tut mir leid«, mein Herz setzte aus, »dass ich mich so aufgeführt hab. Nach allem, was passiert ist, hätte ich es besser wissen sollen. Ich hätte wissen sollen, dass nicht du es warst, die darum gebeten hat, keine Strafe zu bekommen. Dass nicht du es warst, die besser behandelt werden wollte.«

Erleichtert atmete ich auf. »Das heißt, zwischen uns ist alles wieder in Ordnung?«

Leander nickte.

»Dennoch müssen wir weiterhin so tun, als ob wir uns hassen«, kam mir dann der Einfall.

»Warum?« Er sah mich entsetzt an. Die Muskeln in seinem Körper spannten sich fast unmerklich an.

»Weil sie denken sollen, dass sie mich auf ihrer Seite haben. Wir wollen mehr herausfinden? Mehr als Fia damals herausgefunden hat? Jetzt bietet sich die beste und einzige Möglichkeit für uns! Und das ist sie. Solange sie denken, ich sei von euch isoliert, habe ich vielleicht eher eine Chance darauf, mehr zu erfahren. Auch wenn das bedeutet –«

»– dass du dich von Sam fernhalten musst«, beendete Leander den Satz für mich. »Das kann ich nicht verantworten.«

»Du musst. Und ich muss es auch. Sosehr ich ihn vermisse, aber wir müssen dem hier ein Ende setzen.«

»Wirst du es schaffen? Wenn wir eines Tages die Akademie zerstören können, wirst du es dann tun können? Auch wenn du damit über Sams Leben entscheiden wirst?«

Seine Worte versetzten mir einen Stich ins Herz, doch zuversichtlich antwortete ich: »Du warst dabei, als seine Familie … Alles, was er jetzt noch hat, ist sein Dasein an der Akademie. Auch wenn ich die Entscheidung nicht fällen will, ist es besser, das alles hier zu beenden. Ich kann es nun, da ich mehr weiß, nicht verantworten, dass die Akademie weiterhin über das Schicksal von so vielen verfügt.«

Er nickte. »Das heißt, ich hab für die nächste Zeit einen Freifahrtschein und kann dich piesacken?«, fragte er mit schelmischem Gesichtsausdruck.

»Wag es ja nicht!«, war es nun an mir zu donnern, und beinahe war mir, als würden die Schatten in meinem Rücken noch ein wenig dichter werden.

»Schon gut, schon gut«, sagte er beschwichtigend, doch ich begann einfach zu lachen. »Du müsstest dein verdutztes Gesicht sehen.«

Seine Augen waren geweitet, die Brauen bis zum Haaransatz nach oben gezogen. Den Mund hatte er leicht geöffnet, als hätte er etwas sagen wollen und dann schlicht vergessen.

»Ein gewisses Maß an Gemeinheiten wirst du dir und mir nicht ersparen können. Andernfalls wäre es zu auffällig. Aber übertreib es nicht. Unsere Treffen finden dann nachts statt. Sodass uns niemand auf die Schliche kommt«, erklärte ich meinen Plan. »Bis dahin verhalte ich mich ruhig und tue so, als wäre ich nun wirklich eine willenlose Gewogene der Akademie.« Ich lächelte, auch wenn mir gar nicht danach war.

»In ein paar Tagen kann ich die Informationen auswerten, die mir die Ameise liefert. Dann werden wir vielleicht auch schon mehr wissen.«

»Wie wertest du die aus?«, fragte ich. »Falls wir hier Computer haben, auf die ihr zugreifen könnt, glaube ich kaum, dass du das ohne Überwachung machen kannst.« Es war das erste Mal, dass ich darüber nachdachte, und ich fragte mich wirklich, wie zum Henker er das anstellen wollte.

»Der Unterschied zwischen mir und dem gewöhnlichen Fußvolk ist der, dass ich mir aus einzelnen Teilen einen funktionierenden Computer zusammenstellen kann.« Leander erhob sich und sah mich an. Er nickte in Richtung seines massiven Schreibtischs, der an der Wand stand. »Ich hab dahinter ein Loch in die Wand gemacht, um meinen Computer zu verstecken. Ich würde dich ja bitten, mir zu helfen, ihn vorzuschieben, aber …« Er bedachte meine Hand mit einem mitleidigen Blick.

»Verstehe.«

Leander ging vor mir auf und ab. Gedankenverloren fuhr er sich durch sein schwarzes Haar. »Ich fasse also nochmals zusammen: Du infiltrierst die Akademie als Gewogene. Und ich werte die Daten der Ameise aus. Wir tun weiterhin so, als würde ich über die Tatsache verärgert sein, dass die Akademie dich vorzieht, und wir treffen uns nachts, sodass uns niemand auf die Schliche kommt.«

»Korrekt«, bestätigte ich.

»Das ist Wahnsinn.«

»Das ist das Endspiel«, widersprach ich. »Entweder wir gewinnen die Sache für uns und sterben oder wir verlieren und sterben trotzdem. Nur ohne das gute Gefühl, etwas Sinnvolles geleistet zu haben.«

Von der Perspektive aus gesehen war unser Vorhaben eigentlich ein trauriges. Und ich fragte mich, ob er ebenso seinen Frieden mit sich gemacht hatte wie ich.

Nachdem ich meine Familie gesehen hatte, wusste ich, dass ich das nicht weiter verantworten konnte. Niemals wieder sollten sie für meine Taten bestraft werden. Niemals wieder wollte ich Angst um sie haben müssen.

»Weißt du, wie man die Orte im Keller wieder zurück an ihren Ursprung bringt?«, fragte ich.

Leander schüttelte den Kopf und das Herz sank mir in die Hose. Bleiern erinnerte es mich an meine Hilflosigkeit.

»Das heißt, ein paar der Orte müssen wir opfern, wenn wir die Akademie zerstören«, gab ich tonlos zurück. Wollte ich denn wirklich jemand sein, der über Leben und Tod entschied? Wollte ich dem Leben vieler Menschen ein Ende bereiten, nur weil sie sich gerade im Niemals befanden?

»Ich weiß, worüber du nachdenkst.«

»Weißt du nicht«, gab ich zurück.

»Ach nein? Du denkst also nicht gerade daran, dass du es nicht verantworten kannst, dass die Menschen in den Orten, die sich zum Zeitpunkt unseres Sturms auf die Akademie hier unten befinden, auch sterben werden?« Sein Gesicht kam dem meinen etwas näher und zum ersten Mal, so war mir, glühten seine grauen Augen wie Kohlen.

»Ich … Ja«, gab ich zu.

»Dann habe ich Neuigkeiten für dich. All deine Freunde werden es auch nicht überleben. Ebenso wenig wie wir beide. Oder unsere Familien, sofern sich unsere Stadt noch hier befindet.«

Ich wollte ihm schon antworten, dass es mir um uns beide nicht ging, aber das wäre gelogen gewesen. Mittlerweile war er mir ans Herz gewachsen und es hatte wirklich geschmerzt, als er mich gemieden hatte. Ich mochte ihn als Freund. Doch trotzdem war mir klar, dass wir all das beenden müssten, selbst wenn das hieße, dass wir und alle hier sterben würden.

»Wenn wir uns nicht in der Lage fühlen, diese Entscheidung zu treffen, dann sollten wir unsere Rebellion besser abblasen«, erklärte er und neigte den Kopf betrübt zu Boden.

»Nein!«, sagte ich etwas lauter und erschrak über meinen Ausbruch. »Es ist nur … Ich bin es nicht gewohnt, solche Entscheidungen treffen zu müssen.«

»Ich weiß«, hauchte er. »Wir stehen das gemeinsam durch. Und wenn es zu Ende geht, werde ich da sein und deine Hand halten. Ich will … am Ende nicht allein sein.«

Derart gefühlvolle Gedanken, ängstlich und intim, hätte ich ihm nie zugetraut und schon gar nicht, dass er sie mit mir teilte.

Ich sah uns beide vor einer riesigen Kontrolleinheit stehen, uns an den Händen haltend, während wir in die Explosion starrten. Denn spätestens an dem Punkt wäre es sowieso egal, in welche Richtung wir uns wenden würden.

»Und nun geh in die Krankenstation! Ich würd dich ja begleiten, aber es sieht doch ein wenig auffällig aus, wenn ich dich mitten in der Nacht durch die Akademie begleite«, sagte er dann. »Und ich möchte ungern in eine Schlägerei mit Huxley geraten.« Er zwinkerte mir zu.

Huxley.

Ich sah zu Boden. »Ich glaub, das hat sich ohnehin erledigt«, erklärte ich mit belegter Stimme. »Er meidet mich und ich sehe auch keinen Grund, warum sich das ändern sollte. Vor allem jetzt nicht, wenn wir unseren Plan durchziehen, der größer ist als wir beide. Größer als Wünsche oder Träume.« Meine Stimme brach und ich bohrte mir die Fingernägel so tief in die Handfläche, dass ich scharf einatmete. Der Schmerz führte wenigstens dazu, dass ich kurzzeitig vergaß, wie weh es tat, dass Sam mich mied.

»Und wenn wir ihn mit ins Boot holen?«, fragte Leander dann und unterbrach meine düsteren Gedanken, die mich immer weiter in eine Abwärtsspirale zogen.

»Was?«, entfuhr es mir.

»Seine ganze Familie ist tot. Und das nicht zuletzt deshalb, weil in der Leitung nur herzlose Arschgeigen sitzen, die ihn leiden sehen wollten, dass er niemals wieder etwas Derartiges macht. Glaubst du nicht, dass er sich auch rächen will? Und sich vielleicht genauso wenig traut, mit jemandem darüber zu reden wie wir?«

Das gab mir wirklich zu denken. Der Vorschlag könnte ein Gewinn für uns sein. Oder das Vorhaben aufs Spiel setzen. »Meinst du?«

»Traust du ihm?«, wollte Leander wissen, ohne auf die Frage einzugehen, und seine sturmgrauen Augen blitzten auf.

Ich musste nicht einmal darüber nachdenken, so schnell kam meine Antwort herausgeschossen. »Ja. Ich würde ihm mein Leben anvertrauen.«

»Ich vertraue deinem Urteil. Da er mit dir nicht sprechen wird, werde ich ihn morgen Abend um ein Gespräch bitten, am besten hier.« Er erläuterte mir seinen Plan und ich nickte.

»Und jetzt geh endlich in die verdammte Krankenstation, sonst richte ich dir dein Handgelenk und glaub mir, das willst du nicht!«, rief er und warf die Arme in die Luft.

»Danke«, hauchte ich, bevor er das Licht löschte und ich nach draußen auf den Gang schlüpfte.

Es war Wochenende und für mich gab es kaum einen Grund, mein Zimmer außerhalb der Essenszeiten zu verlassen. Da mich die anderen ohnehin nicht sehen wollten, war es also nicht weiter auffällig, dass ich dortblieb und las. Zumindest versuchte ich es, um mich davon abzulenken, dass ich später noch auf Sam treffen würde. Die Zeit, in der ich nicht gewusst hatte, was er von mir hielt, als alles noch so neu und mit einem riesigen Schwarm Schmetterlingen in meinem Bauch verbunden war, war nichts im Vergleich zu dem Nachmittag, an dem ich ständig von einer Ecke in die nächste schlenderte, in der Hoffnung, es könnte mich doch auf andere Gedanken bringen. Wie ein eingesperrtes Tier im Käfig drehte ich unablässig meine Runden und verzweifelte stetig ein wenig mehr.

Als es dann endlich so weit war, stand ich erleichtert auf. Es würde kein einfaches Gespräch, aber zumindest war ich nicht mehr mit meinen Versagensängsten und deprimierenden Gedanken allein, die mich daran hinderten, mich anders zu beschäftigen.

Verstohlen sah ich um die Ecke und war mir sicher, dass die beiden bereits in Leanders Zimmer waren. Also legte ich, als ich die Tür erreicht hatte, meinen Kopf an das Holz und versuchte zu lauschen. Doch keine Stimmen drangen zu mir. War das Holz wirklich –

O nein!

»… mich nicht daran erinnern, dir jemals ein Buch geliehen zu haben«, hörte ich Sams sonore Stimme und spürte die Schmetterlinge einmal mehr in meinem Bauch Loopings fliegen.

Schnell machte ich mich davon, um hinter der Ecke und der Büste eines besonders grimmig dreinblickenden Mannes in Deckung zu gehen.

»Doch, doch, sicher! Wenn du es siehst, wirst du wissen, welches ich gemeint hab«, sagte Leander fröhlich. »Aber du weißt doch, ich bin ein wenig vergesslich und Buchtitel kann ich mir sowieso kaum merken.« Ein aufgesetztes Lachen ertönte. Sam sah offenbar keinerlei Grund, ihm zu misstrauen.

Ich hörte, wie die Tür leise ins Schloss fiel. Aus meinem Versteck hervorflitzend wäre ich fast über eine Welle im Teppich gefallen und der Länge nach hingeknallt. Ich hielt mich im letzten Moment noch an der Holztäfelung fest, die ich mit meiner gesunden Hand erwischt hatte.

Erleichtert ausatmend fasste ich mich kurz, um dann die paar Meter zwischen mir und der Tür im Eilschritt zu überwinden. Ich öffnete und schloss sie hinter mir, bevor auch nur einer der Jungen, die mir den Rücken zugewandt hatten, es bemerkt hatten.

Doch nun räusperte ich mich.

Beide fuhren augenblicklich herum. Ich konnte Leanders Blick nicht sehen, denn meine Augen ruhten allein auf Sam. Sein süßlich-holziger Duft lag in der Luft und ich hatte das Gefühl, ich würde darin ertrinken.

»Ich … hab dir was zu sagen.« Ich war sehr froh darüber, dass er es sich sparte, Leander zu tadeln. Aber vielleicht würde das ja noch kommen.

»In Ordnung.« Er sah mir mit seinen stahlblauen Augen nicht direkt in die meinen, er wandte sich immer wieder ab und doch fand sein Blick fortwährend zurück zu mir. Als würde er sehen wollen, dass ich für unsere Situation nichts konnte, aber sich gleichzeitig davor fürchten, dass es nicht so war.

»Ich denke, es ist besser, wenn wir uns alle setzen.«

Leander und ich nahmen daraufhin Platz, doch Sam blieb weiterhin stehen. Er schüttelte leicht den Kopf.

Hilfesuchend sah ich Leander an, doch auch der schien nicht zu wissen, was er machen sollte. Und solange Sam mir zuhörte, war es mir egal, ob er dabei einen Kopfstand machte, wenn er nur nicht wieder ging. »Leander und ich planen den Sturm auf die Akademie.« Ich wusste, dass Sam es schätzte, wenn man nicht um den heißen Brei herumredete.

»Das … kommt jetzt überraschend«, sagte dieser und konnte sich ein Glucksen nicht verhalten.

»Ich weiß, dass du es lieber hast, wenn man direkt ist.« Ich sah ihm in die Augen und war froh, dass er den Blickkontakt dieses Mal hielt. »Die Akademie hat uns einiges genommen und dir noch um ein Vielfaches mehr. Deshalb wollen wir dich miteinbeziehen, wenn du es möchtest.«

»Warum der plötzliche Sinneswandel? Als Günstling hättest du ein leichtes Leben an der Akademie«, sagte er und tippte mit seinen Fingern auf seinen verschränkten Armen herum. »Warum willst du all das hier zerstören?«

»Das wollte ich schon immer«, gab ich zu und seufzte. »Schon von Anfang an planten Leander und ich, dem hier ein Ende zu setzen. Und nun reift unser Plan langsam aus.«

»Warum wollt ihr dann mich dabeihaben, wenn ihr es ohne mich auch ganz gut schaffen könntet?«, fragte er nachdenklich und sah nun Leander an.

»Sieh nicht mich an, Mann, sie ist diejenige, die dich vermisst!«, sagte dieser und zeigte panisch auf mich. »Ich sehe deinen blonden Dickschädel schließlich in jeder Pause.«

»Ich wollte nie von der Akademie bevorzugt werden. Ich war mir sicher, dass mich eine saftige Strafe erwarten würde. Ich fü-fü-fürchtete …« Der bloße Gedanke ließ Tränen in meine Augen steigen und ich konnte mich gerade noch so davon abhalten, laut los zu flennen. »Ich fürchtete, dass auch meine Familie –« Ich biss mir auf die Lippe und schmeckte den ekligen, metallischen Geschmack von Blut.

»Du musst es nicht aussprechen, ich weiß, worauf du hinauswillst«, sagte er, durchmaß den Abstand zwischen uns beiden mit zwei Schritten und zog mich in seine starken Arme.

Die Schmetterlinge in meinem Bauch flatterten noch einmal auf, als wollten sie ihn begrüßen, und setzten sich dann, um seinen Duft zu genießen, den ich mit tiefen Atemzügen einsog. »Ich habe den Gedanken nicht ertragen, diese letzte Zeit, sollten wir erfolgreich sein, von dir getrennt zu sein«, erklärte ich, den Kopf an seine muskulöse Brust gedrückt.

»Ich verstehe«, sagte er. »Du hast mich also so richtig vermisst.« Ein donnerndes Lachen ertönte.

Ich spürte es durch meinen gesamten Körper vibrieren. »Natürlich hab ich das, du Affe!«, entfuhr es mir.

»Das ist meine Kleine«, raunte er, sodass nur ich es hören konnte.

Mein Herz schlug für ein paar Takte lauter. Beinahe hatte ich das Gefühl, dass es das nur tat, damit er es hörte.

»Untersteht euch, hier auch nur zu knutschen. Das ist mein Zimmer!«, rief Leander aus und ich hörte, wie er aufstand.

Sam ließ mich los und bedachte mich mit einem langen, traurigen Blick.

Ich hatte den ganzen Nachmittag überlegt, ob ich Sam in das Geheimnis um Fia einweihen sollte. Doch wenn ich mich getäuscht hatte und er uns verraten würde, dann war es einerlei, ob er dieses Detail kannte oder nicht.

Also erzählte ich ihm ihre Geschichte.

Er war ein weitaus schlechterer Zuhörer als Leander. Die ganze Zeit über rührte er sich nicht und auch sein Gesichtsausdruck veränderte sich nicht. Nicht einmal, als ich ihm erzählte, wie Fia über den Leichnam ihres Babys gebeugt war, auch nicht, als Camus sein wahres Gesicht zeigte.

Erst als ich geendet hatte, verhärteten sich seine Gesichtsmuskeln. »Das darf doch nicht wahr sein«, hauchte er mehr zu sich selbst und starrte grimmig in die Luft.

Mir war bewusst, wie er sich fühlte, und mir erging es genauso. Die Wut, die sich in meiner Magengrube sammelte, brodelte gefährlich.

»Also?«, fragte dann Leander und wir beide sahen ihn verwirrt an. Als er bemerkte, dass offenbar keiner von uns wusste, worauf er hinauswollte, fügte er noch hinzu: »Bist du dabei?«

Er hielt Sam seine Hand hin und schaute ihm mit einem harten Blick in die Augen.

Dieser sah zwischen mir und Leander hin und her, bevor er uns beide in eine etwas seltsame Umarmung zog. Ich kam mir vor wie ein Fußballspieler, der mit seiner Mannschaft samt Trainer im Kreis stand und die Taktik besprach. »Lasst uns ein Höllenspektakel veranstalten, bevor wir in Beifall untergehen.« Sams Augen schienen zu glühen und für einen Moment machte mir der Ausdruck darin höllische Angst. Da war dieses martialische Glimmen, das tief aus seiner Seele zu kommen schien, all der Hass, der sich aufgestaut hatte, und etwas, das mir falsch darin vorkam. Weil es so tückisch wirkte. So vollkommen fehl am Platz. Dieser Teil war nicht er. Er war geschaffen durch die Akademie und gehörte dort nicht hin.

»Ich hoffe, dir ist klar, dass wir uns weiterhin nicht gemeinsam zeigen dürfen«, sagte ich nach einer Weile zu Sam.

Dieser sah von dem kleinen Computer auf, den uns Leander nun doch gezeigt hatte. »Das hab ich mir bereits gedacht«, brummte er verstimmt und wandte sich mir gänzlich zu.

»Ich muss der Akademie klarmachen, dass ich gern ihre kriecherische Gewogene bin, weil ich von meinen Freunden nun komplett abgeschnitten bin. Sie müssen es glauben. Wir dürfen kein Risiko eingehen«, erklärte ich und auch wenn mir klar war, dass er verstand, sah ich ihn lange an. Der traurige Ausdruck auf meinem Gesicht fühlte sich glühend heiß an wie Wachs, das schon bald vom Kinn tropfen würde. Von jetzt an würde ich eine Maske tragen. Dabei kam ich mir vor wie ein Superheld. Nur, dass ich die Maske am Tag trug und nachts mein wahres Ich zeigte. Und bald schon würde die Akademie fallen.

Bei dem Gedanken lächelte ich grimmig und bemerkte es erst, als mich Sam darauf ansprach: »Was ist denn jetzt los?«, fragte er und ein besorgter Blick traf mich. »Alles in Ordnung?« Er rückte ein wenig näher und ergriff meine Hand.

»Alles gut. Ich stelle mir nur gerade vor, dass wir erfolgreich sind«, erklärte ich und dasselbe Lächeln erschien auch auf seinem Gesicht.

»Hört auf, da drüben Luftschlösser zu bauen. Wir haben immer noch nicht herausgefunden, wie wir die Kontrolleinheit zerstören können. Es gibt keinerlei Aufzeichnungen von früheren Versuchen«, murmelte Leander grantig.

»Ich könnte –«

»NEIN!«, riefen beide wie aus einem Mund. Leander hatte die Augen aufgerissen, während Sam bereits aufgesprungen war und die Fäuste geballt hatte.

»Es … ist nur … Es könnte sein, dass es Nebenwirkungen hat, wenn du das zu oft in so kurzer Zeit machst«, meinte Leander dann. Sam nickte.

»Habt ihr denn einen besseren Plan? Hm? Einer von euch? Los, ich höre!«, forderte ich. Ich für meinen Teil konnte es nicht verantworten, noch viel länger zuzusehen, während die Akademie weiterhin junge Menschen rekrutierte.

»Ich könnte Sprengstoff besorgen«, sagte Sam dann.

»Wa-?«, machte Leander und verhielt sich bereits im nächsten Moment das Lachen.

»Was ist so lustig daran?«, wollte Sam wissen.

»Na, die werden sicherlich Vorkehrungen haben, wie sie die Maschinen schützen und wir spazieren da fröhlich mit Sprengstoff rein. Weil noch niemand auf die Idee gekommen ist, nicht um drei Ecken zu denken. Ich mag das«, sagte Leander und klopfte ihm anerkennend auf die Schulter.

Die beiden grinsten sich an.

»Woher bekommst du«, ich sah mich um, als könnte uns jederzeit jemand hören, da mir einfach nicht wohl dabei war, »Sprengstoff?«

»Ich hab dir vor langer Zeit mal erklärt, dass ich der Mann mit Kontakten bin. Das hat sich nicht geändert.« Er zwinkerte mir verschwörerisch zu.

»Woher weißt du, was du alles benötigst?«, fragte ich und zog eine Braue hoch.

»Ich kenne mich mit vielerlei Dingen aus«, antwortete er geheimnisvoll.

»Was denkst du, wird dein Kontakt sagen, wenn du ihn darum bittest, Sprengstoff für ihn zu besorgen?«, flüsterte ich und sah mich erneut um. Irgendwie machte mir das Wort Schwierigkeiten. Am liebsten hätte ich mich in einer Ecke verkrochen und wäre dort eine Zeit lang geblieben.

»Natürlich werde ich die einzelnen Bestandteile von unterschiedlichen Lieferanten besorgen lassen. Damit es nicht auffällt.« Sam zwinkerte mir zu.

Darauf hätte ich auch kommen können! Ich wünschte, ich hätte das nicht gefragt. Ein wenig dämlich kam ich mir schon vor …

»Na, dann hätten wir ja alles Weitere besprochen, nicht?«, durchbrach Leander schließlich meine Gedanken.

Sam und ich sahen auf und blickten in ein lächelndes Gesicht.

»Also wenn ihr mich fragt, dann kann das so nur Erfolg haben!«, meinte er und breitete die Arme aus.

Mochte man es Aberglauben nennen oder nicht, ich wollte lieber auf Nummer sicher gehen und klopfte auf das dumpf klingende Holz seines Schreibtischs. Als sich die beiden überrascht umwandten, fühlte ich mich unsäglich einfältig.

»Ich bin so froh, dass du das gemacht hast, ich fürchtete schon, ich müsste mein Image als großer, unabhängiger Mann abgeben und zeigen, wie verletzlich ich wirklich bin«, sagte Sam augenzwinkernd, der offenbar genau gemerkt hatte, wie es mir erging, von ihnen so angesehen zu werden.

Innerlich dankte ich ihm dafür.

»In Ordnung«, unterbrach Leander uns und mir war, als würde er sich unseretwegen einmal mehr unwohl fühlen. »Ich halte euch auf dem Laufenden, was den Hausmeister angeht. Huxley, du wirst deine Kontakte spielen lassen und, Wright …« Ihm schien im ersten Moment nichts einzufallen.

»Ich werde mich akademiegetreu verhalten und hoffen, dass sie mich als oberste Gewogene einsetzen«, sagte ich mit verstellt hoher Stimme und sah verträumt in die Luft. Das Lachen brach aus mir hervor und auch Sam schien das unheimlich witzig zu finden.

Nur Leander setzte eine versteinerte Miene auf. »Ich mein's ernst!«

»Ich auch«, versicherte ich ihm. »Immerhin will ich ja, dass sie denken, sie hätten gewonnen. Der Fall von einem hohen Ross ist viel schmerzhafter, weißt du.«

»Ich will damit nur sagen«, ein gequälter Ausdruck trat auf sein Gesicht, »dass du auf dich achtgeben sollst.« Er warf Sam einen Blick zu, der mich ebenfalls mit einer besorgten Miene ansah und so eifrig nickte, dass er Leander gar nicht bemerkte.

»Er hat recht.«

Ich seufzte. »Mit reiner Vorsicht werden wir der Lage nicht Herr. Nur wer wagt, gewinnt«, sagte ich und setzte ein verschmitztes Lächeln auf. Die Zeit der Besonnenheit war vorbei. Die Devise lautete Angriff und zu diesem würde ich rufen.

»Ich will dennoch nicht, dass dich dasselbe Schicksal ereilt wie Fia«, erklärte Sam dann.

Ihm einen Seitenblick zuwerfend meinte ich nur: »Solange wir aufpassen, wird das wohl nicht passieren.«

Stille.

»O Gott, Wright! Nein!«, entfuhr es Leander und auch Sam schien nun endlich zu erkennen, worauf ich hinauswollte.

Er lachte donnernd auf. Doch so plötzlich sein Lachen gekommen war, erstarb es auch. Sam sah sich gehetzt um.

»Ich denke, wir lassen es für heute gut sein«, erklärte Leander, als er merkte, warum sich Huxley so unwohl fühlte.

Auch mir war, als hätten die Wände auf einmal Augen und Ohren bekommen. Die Stille, die sich zwischen uns ausbreitete, als wir lauschten, ob sich jemand näherte, schien lauter zu sein als jedes Geräusch, das wir zu hören erwarteten.

Mit einem Mal war mir, als könnte ich nicht mehr richtig atmen. »Ich werde jetzt zurück in mein Zimmer gehen«, sagte ich dann.

»Nicht, bevor ich nicht nachgesehen habe, ob der Weg frei ist. Sie sollen uns nicht jetzt schon entdecken«, erwiderte Sam. »Nur eins noch: Was hast du mit deiner Hand angestellt?«

Offenbar hatte ihm die Frage bereits die ganze Zeit unter den Nägeln gebrannt, doch es hatte Dringenderes zu besprechen gegeben. Nun, da wir das endlich abgeschlossen hatten, war es an der Zeit für ihn, seine Neugier zu befriedigen. Und wer konnte es ihm verübeln? Ich hätte vermutlich keinen Kopf für irgendeine

Verschwörung gehabt, wenn ich ihn so dermaßen zugerichtet gesehen hätte. Schließlich wusste ich ja, dass ich immer noch leichenblass war.

»Als ich mehr über Fia herausfinden wollte, bin ich wohl in dem Moment, als sie sprang, selbst nach vorn gefallen und hab mir die Speiche gebrochen.« Erst da fiel mir auf, dass die Nacherzählung des Teils der Geschichte auch auf mich so wirkte, als wäre sie gar nicht mir passiert. Als wäre es immer noch Teil dessen, was Fia widerfahren war.

Ich musste zwar, dass der Gedanke unbegründet war, dennoch versetzte es mir einen Stich ins Herz, als Leander und Sam mir mit feindseliger Miene gegenübersaßen und mich anschwiegen. Jeden Tag schmerzten ihre Blicke ein wenig mehr und ich fragte mich, wie lange ich das wohl aushalten würde.

Das musste man ihnen lassen: schauspielern konnten sie. So war es für mich nicht schwierig, meinen Part beizutragen. Denn ob ich es wollte oder nicht, ihre Ablehnung ließ mich dasitzen wie ein Häufchen Elend. Inständig hoffte ich, dass sie dachten, auch ich würde bloß so tun.

Doch ein Blick, den mir Sam zwischendurch zuwarf, strafte mich Lügen. Ihm war bewusst, dass es mir etwas ausmachte. Aber ich musste stark sein. Für mich, für uns und unsere Rebellion.

Es war erneut King, die mir unter dem Tisch die Hand drückte, und in diesem Moment fragte ich mich, wie tief sie bereits in den Fängen der Akademie war. Gedanklich notierte ich mir, dass ich den beiden von ihr erzählen musste. Das hatte ich in der Aufregung total vergessen.

»Hier«, flüsterte King. »Sieh dir die Information in Ruhe an, aber ich denke, du solltest dabei sein.« Sie lächelte mich an und zeigte eine Reihe strahlend weißer Zähne. Doch ihre Augen schien es nicht zu erreichen.

»Danke«, hauchte ich und wusste, dass es sich dabei um eine Nachricht der Akademie handeln musste. Vielleicht beinhaltete sie eine Einladung zu einer dieser Veranstaltungen, von denen King gesprochen hatte.

Ich hatte mich aufs Klo verdrückt, um die Nachricht noch vor dem Unterricht lesen zu können.

Gerade, als ich wieder aus der Kabine kam, ging die Tür auf. Hannah und Merle erschienen giggelnd, doch verstummten, als sie mich erblickten.

»Hallo«, sagte ich mit hohler Stimme. Aber wie ich bereits erwartet hatte, kam natürlich kein Gruß zurück.

Ihre Mienen versteinerten sich augenblicklich. Zu wissen, dass Sam wieder auf meiner Seite war, machte das hier nicht weniger schlimm. Ich sah sie alle als Freunde an und vermisste jeden Einzelnen von ihnen.

»Ich –«, begann ich, doch Merle schnitt mir das Wort ab.

»Spar's dir, Günstling. Ich hab schon immer gewusst, dass mit dir etwas nicht stimmt.« Sie zog Hannah mit sich, die mich ansah, als wollte sie nicht gemein sein. Als wollte sie nicht, dass man mir solche Worte an den Kopf warf, als würde sie bedauern …

Ich besah noch einmal den Zettel in meiner rechten Hand, den ich während des Gesprächs, wenn man es so nennen konnte, immer mehr zusammengeknüllt hatte. Darauf stand in geschwungener Schrift und mit kornblumenblauer Tinte geschrieben:

Antiker Salon,
Sonntag, 8 Uhr abends

Dass sie auf meine Verschwiegenheit den anderen Adepten gegenüber setzten, war mir ebenso klar wie die Tatsache, dass es sich hierbei um eine dieser Veranstaltungen handelte.

An diesem Vormittag griff ich sehr häufig in meine Tasche und drückte die Nachricht. Vor allem dann, wenn es mir schwerfiel, die Maske aufrechtzuerhalten. Wie gern hätte ich meine Tarnung fallen gelassen, doch wäre unser ganzes Vorhaben damit den Bach runtergegangen.

Immer wieder sah ich zu Merle und Hannah, die die Köpfe zusammensteckten. Merle, die offenbar dachte, ich sei blöd oder könne ohnehin nichts machen, versuchte auch, King in ihre Hetze gegen mich einzubeziehen, nur diese hielt sich vornehm wie immer zurück. Hannah biss sich ständig auf die Lippen und ließ Merles Worte über sich ergehen, doch sagte selbst nicht viel dazu. Dafür war ich ihr unendlich dankbar. Auch wenn ich mir wünschte, sie wäre etwas mutiger.

Und ich war froh darum, denn ich erkannte genau, dass es Merle einen gewaltigen Dämpfer versetzte. Dass sie mich so sehr verabscheute, war mir nicht klar gewesen.

Ich schielte zu Islington, dessen Kugelbusch wackelte, als Huxley ihm seine Berechnungen zeigte. So, wie es aussah, war ihm ein Fehler unterlaufen, den Islington sofort korrigierte.

Auch Sam schien an dem Tag nicht unbedingt bei der Sache zu sein.

»Vom Löcher-in-die-Luft-Starren ist noch niemandem eine Berechnung vor die Füße gefallen, Wright! Ich will, dass Sie sich anstrengen«, hörte ich da die bellende Stimme der Majorin, die mich aus meinen Gedanken riss.

Merle kicherte noch ein wenig lauter und es schien ihr egal zu sein, denn die Majorin hatte mich in der Mangel und würde mich wohl nicht so schnell freigeben.

»Jawohl!«, antwortete ich wie aus der Pistole geschossen, und beugte mich wieder über meine Karten. Doch konzentrieren konnte ich mich ohnehin nicht mehr.

Ich schob sie herum, tat so, als würde ich mir etwas notieren und zog dann Bücher zurate, nur um dieselbe Textstelle wieder und wieder zu überfliegen, ohne auch nur ein Wort verstanden zu haben.

Ich wollte, dass es Abend wurde und ich den beiden endlich von der Einladung erzählen konnte. Doch bis dahin würde es noch lange dauern.

Nachmittags, als der Unterricht aus war, wollte ich mich nicht länger in meinem Zimmer verkriechen. Ich schlich in die Bibliothek, um mich abzulenken, und wie nicht anders zu erwarten, saßen die anderen bereits dort und amüsierten sich köstlich. Islington, der gerade einen Witz zum Besten gegeben hatte, lachte am lautesten.

Als ich sie so sah, vermisste ich es, unter ihnen zu sitzen. Jede Faser meines Körpers schrie danach, mich zu ihnen zu gesellen. Aber das wäre ohnehin nicht möglich gewesen.

So versuchte ich, mich ungesehen an ihnen vorbeizubewegen und im hinteren Teil der Bibliothek Platz zu nehmen. Aber die Rechnung hatte ich nicht mit Merle gemacht, die mich augenblicklich entdeckt hatte.

Ihre dunkle Stimme gellte durch den Raum. »Du gehörst nicht mehr zu uns! Hör auf, uns zu verfolgen!«

Die anderen schienen sie beschwichtigen zu wollen und redeten im Flüsterton auf sie ein, sodass sie klangen wie ein wütender Bienenstock. Aber all das schien den Feuerkopf des Mädchens noch mehr anzustacheln.

Gerade, als sie wieder ansetzte, um mir eine neue Beleidigung entgegenzuschleudern – und an ihrem wutverzerrten Gesicht sah ich, dass es etwas besonders Hässliches war –, stand King dramatisch auf. »Es reicht jetzt.«

Merle verzog den Mund zu einem spöttischen Lächeln, doch es gefror.

Ich wusste nicht, was King getan hatte, immerhin stand sie mit dem Rücken zu mir, doch es hatte seine Wirkung gezeigt. Wütend schmiss sie ihre Sachen wahllos in ihre Tasche, dass die Schleife auf ihrem Kopf nur so wackelte, und stampfte dann auf mich zu. »Lass uns gehen. Ich halte das nicht mehr aus.«

Einen letzten Blick auf die anderen werfend folgte ich ihr hinaus aus der Bibliothek und die Gänge entlang in einen Teil des Hauses, den ich nicht kannte.

King hatte den Zugang dazu geöffnet, ohne dass ich bemerkt hatte wie. Denn zuvor war er noch verschlossen gewesen.

Bevor ich das hier gesehen hatte, war ich der Ansicht gewesen, die Bibliothek an der Akademie sei das Prunkvollste, das ich je in meinem Leben erblickt hatte.

Den Eingang bildeten zwei goldene Statuen, die ägyptisch anmuteten. Beide kreuzten die Arme vor der Brust, doch was sie in ihren Händen hielten, konnte ich nicht sehen, so schnell hatte mich King weitergelotst. Dass beide jedoch einen Tierkopf trugen, der eine einen Falken, der andere einen Schakal, hatte ich gerade noch erkennen können.

Dann stieß sie das reich mit Gold verzierte Portal auf.

Mir stockte der Atem. Nicht weil ich erschrak, doch hatte ich keine Worte für das, was der Anblick in mir rührte.

Die Decken waren bemalt wie die schönsten Palazzi in Italien, geschmückt mit den prachtvollsten Fresken, die man sich vorstellen konnte. Ich entdeckte elegant geführte Kämpfe mit Schwertern und Degen, Szenen, in denen einer pompös gekleideten Dame der Hof gemacht wurde, und Jagdgetümmel. All das auf einem Hintergrund aus dem sattesten Azurton, den der Künstler aufgetragen hatte, ohne dass man einen Pinselstrich sah. Es wirkte, als wäre die Decke auf natürliche Art und Weise so.

Überall, wo man hinsah, blitzten die in Gold getauchten Einbände. Tausende und Abertausende von Büchern, die vermutlich mehr wert waren als unsere ganze Straße. Selbst die Regale, allesamt in makellosem Weiß gehalten, waren mit goldenem Stuck verziert.

Der einzige Kontrast, der sich meinem Auge auf den ersten Blick bot, war der Mahagoniboden, der wie ein alles verschlingender Schlund zu meinen Füßen lag und einen fast dazu herausforderte, sich in der weitläufigen Bibliothek zu verlieren.

»Kommst du?«, fragte King.

»G-Gleich«, stotterte ich, denn noch immer konnte ich mich von dem Anblick nicht lösen. Ich war weiterhin gefangen von dem Azurblau, das mich so sehr an Sams Augen erinnerte.

»Komm jetzt endlich«, drängte King und zog mich am Ärmel weiter.

Während ich, vermutlich offenen Mundes, durch die Bibliothek spazierte, begegnete uns Gott sei Dank niemand, der mich in diesem geistesabwesenden Zustand zu Gesicht bekommen konnte.

Weit hinten bugsierte sie mich in einen ultramarinfarbenen Ohrensessel, in dem ich erst einmal tief einsank, um nach wie vor an die Decke zu starren.

Ich spürte bereits, wie mein Nacken zu schmerzen begann, doch war es mir ob des prächtigen Anblicks völlig egal.

»Wright, bist du noch da?« Das makellose Antlitz von King schob sich in mein Gesichtsfeld. Ernstlich besorgt blickte sie mir mit gerunzelter Stirn entgegen und wedelte mir mit ihrer bleichen Hand vor den Augen herum.

»Ja«, antwortete ich hohl und wandte meinen Blick endgültig von der Decke ab. »Entschuldige, aber … Wow, das ist mal ein Anblick.«

Ihr Mund verzog sich zu einem breiten Grinsen und schenkte ihr damit etwas Raubtierhaftes. Doch immer noch war sie perfekt.

Passend in dieser Umgebung, dachte ich so bei mir. »Tut mir leid, ich –«

»Schon gut, mir erging es beim ersten Mal nicht anders, auch wenn ich nicht so ein Faible für Architektur habe wie du.« Sie zwinkerte mir zu.

Erneut sah ich mich um. Hatte ich die andere Bibliothek schon für lichtdurchflutet gehalten, so wirkte es hier, als wäre der Raum aus Licht gebaut. Alles schien zu strahlen wie die Sonne selbst.

»Wo sind wir hier eigentlich?«, fragte ich.

»Das hier ist die Bibliothek der Gewogenen«, antwortete sie und blickte mich verschwörerisch an. »Hier kommt nicht jeder rein.«

Was du nicht sagst. »Gibt es hier denn andere Bücher?«, fragte ich und drehte den Kopf hin und her. Ja, es waren goldene Einbände, aber möglicherweise war es derselbe Inhalt wie in der anderen Bibliothek, nur schöner verpackt. Auch wenn ich das kaum annahm, schließlich waren die Gewogenen wie der geheime Adel der Akademie. So zumindest erschien es mir.

»Sobald du in den Kreis des Vertrauens aufgenommen wurdest, stehen dir andere Möglichkeiten zur Verfügung als den normalen Adepten. Du bist nun keine von ihnen mehr.«

Und ob. Doch das würde von dieser aristokratischen Etepetete-Gesellschaft niemand herausfinden. Zumindest nicht, bis es zu spät war.

»Du meinst, hier gibt es Bücher, die meinem Studium zu einem größeren Erfolg verhelfen werden als jene in der anderen Bibliothek?«, fragte ich zum Teil gespielt, zum Teil ehrlich aufgeregt.

»Natürlich. Hier wirst du geheimere Praktiken finden«, erklärte sie. »Auch wenn du nicht immer alle davon ausprobieren solltest.«

»Warum?«, wollte ich wissen.

»Sagen wir so.« Sie rückte ein wenig näher und verdeckte mir nun vollends den Blick auf das Bücherzimmer hinter ihr. »Manche davon gefährden nicht nur dein physisches Ich.«

»Das hab ich schon hinter mir«, meinte ich und winkte ab. »Meine Dante-Phase ist ja immerhin noch nicht so lange her.« Ich lachte auf, um die ernste Stimmung aufzulockern, doch sie sah mich nach wie vor mit einer düsteren Miene an.

»Dante war ein Kindergeburtstag dagegen. Es ist mir ernst.«

Ich schluckte und wusste, ich würde meine Nachforschungen hier weiterführen. Wenn ich die Quellen des Feindes nutzte, würde ich mehr herausfinden können.

Für den restlichen Nachmittag genossen wir die gemütlichen Ohrensessel, die sich an unsere Körper schmiegten wie nichts, in dem ich zuvor gesessen hatte, und des anderen Gesellschaft. Ich hatte nicht gewusst, dass die sonst so zurückhaltende King tatsächlich lustig sein konnte, und bog mich mehr als einmal wegen eines Scherzes, den sie gemacht hatte.

So frei und ungezwungen hatte ich sie noch nie erlebt.

»Wo warst du heute?«, fragten Leander und Sam im Chor, als ich die Tür hinter mir schloss.

»King hat mich in die geheime Bibliothek der Gewogenen mitgenommen«, antwortete ich mysteriös. Der Gedanke daran ließ mein Herz höherschlagen. Einen Raum von solcher Schönheit hatte ich noch nie gesehen, geschweige denn ihn betreten.

»Was zur Hölle soll das sein?«, fragte Sam und gebot mir, Platz zu nehmen. »Davon hat sie nie etwas erwähnt oder es auch nur angedeutet … Selbst dann nicht, als wir uns nach unserem Streit damals vertragen haben. Gott, waren wir dumm … Natürlich hat sie uns nichts davon erzählt, nachdem wir uns so verhalten haben!«

Doch ich schüttelte den Kopf. Ich war zu aufgeregt, um mich hinzusetzen, und ging völlig aufgekratzt durchs Zimmer. »Dort haben sie Unmengen an Büchern, die Nicht-Gewogene niemals zu sehen bekommen werden. Bände voller Wissen, die imstande sind, jedermanns Arbeit an der Akademie nach vorn zu katapultieren.«

»Und natürlich haben Normalos wie wir keinen Zutritt dazu. Wo kämen wir denn hin, wenn der Pöbel Wissen erlangen würde?«, sagte Leander lachend und tat so, als müsste er weinen.

»Hey, mir gefällt das genauso wenig wie dir«, erklärte ich.

»So siehst du aber verdammt noch mal nicht aus«, erwiderte er.

»Willst du damit etwa sagen, dass ich unsere Mission wegen ein paar Bücher gefährden würde?«, wollte ich wissen.

Er lachte bellend auf. »Nein. Aber ich weiß, wie sehr du für Architektur schwärmst. Und Bücher waren ja schon immer dein Ding.«

Mir war gar nicht bewusst gewesen, dass er über derlei Dinge über mich im Bilde war. Umso erstaunlicher fand ich jedoch, dass ich so etwas über ihn nicht wusste.

»Falls es jemanden interessiert, ich habe meine Kontakte heute losgeschickt. Wir werden wohl demnächst eine Lieferung erhalten«, mischte sich dann Sam ein.

Endlich setzte ich mich, was Huxley mit einem dankenden Gesichtsausdruck quittierte. »Meinst du, sie haben einen Verdacht, was du damit vorhaben könntest?«

»Ich habe schon des Öfteren etwas besorgen lassen, das fragwürdig war. Doch bislang hat niemand nachgehakt und sie halten es auch nach wie vor so. Außerdem habe ich sie ja einzeln beauftragt. Niemand weiß vom anderen und wusste auch nie davon«, erzählte Sam, als wäre es das Normalste auf der Welt, Teile für eine Bombe zu bestellen, um die Akademie in die Luft gehen zu lassen.

Bei all der Aufregung hätte ich beinahe etwas vergessen. »Ich habe eine Einladung erhalten!« Ich nestelte so aufgeregt am Verschluss meiner Tasche herum, dass Sam mir helfen musste, sie zu öffnen. Eilig zog ich das Blatt Papier daraus hervor, das ich den ganzen Tag über immer wieder mit meiner Faust umklammert hatte.

»Von einem Typen?«, fragte Sam mit einem Anflug von Ärger und runzelte die Stirn.

»Mach dich nicht lächerlich«, erwiderte ich und wurde mir just in dem Moment gewahr, dass das wirklich fies von mir war. »Tut mir leid, ich bin nur so aufgeregt. Es ist eine Einladung der Akademie. Für Gewogene.« Das letzte Wort hatte ich geflüstert, als wäre es etwas Verbotenes. Und tatsächlich, es vibrierte auf meinen Lippen und hinterließ ein Gefühl, das ich nicht beschreiben konnte. War es nun Faszination oder Geheimnis, ich wollte es ergründen.

»Nicht dein Ernst? Ihr habt sogar eigene Veranstaltungen?«, hörte ich da wieder Leander, der nun näher rückte, als hätte er Sorge, dass er nicht alles mitbekommen würde.

»Mehr weiß ich auch noch nicht dazu. Sie ist am Sonntag«, sagte ich, ohne auf ihn einzugehen, auch wenn ich wusste, dass er nur scherzte.

»Das ist ja schon übermorgen!«, meinte Sam.

Ich nickte. Auch wenn ich mich darauf freute, weil ich so mehr über die Akademie herausfinden würde, so sehr fürchtete ich mich davor. Erstens weil ich endlich sehen würde, wer außer King und mir noch in den erlauchten Kreis der Gewogenen aufgenommen worden war. Zweitens weil ich Angst hatte, mich und unsere Mission zu entlarven.

»Mach doch nicht so ein Gesicht, das wird sicherlich formidabel!«, flötete Leander. Dann jedoch sah er auf und der Schalk schwand gänzlich. »Tut mir leid. Es wird sicherlich nicht so schlimm, wie du annimmst. Vielleicht kannst du dich ja ein wenig betrinken und hoffen, dass der Abend schnell vorbei ist.«

»Ich denke nicht, dass ihr das Sorgen bereitet«, meinte Sam mit tiefer Stimme. Ich wandte mich zu ihm um. »Hast du Angst, Milan über den Weg zu laufen?«

Den hatte ich ja völlig vergessen!

»Jetzt schon«, gab ich zu. »Ich hab einfach Angst, all das, was wir hier auf die Beine stellen, zu gefährden. Ich bin in solchen Situationen lange nicht so erfahren wie ihr beiden. Ich bin seltsam, aber das ist in Ordnung für mich. Nur … an solchen Anlässen fällt mir der Unterschied zwischen mir und anderen besonders auf.« Ich sah zu Boden und erinnerte mich nur zu gut an den letzten Schulball, der damit geendet hatte, dass ich aus der Halle lief, davongejagt von Leander, der mir irgendetwas Gemeines nachrief. Ja, daran erinnerte ich mich noch lebhaft.

Leander, der offenbar wusste, woran ich dachte, hob abwehrend die Hände. »Bitte denk nicht daran«, erklärte er. »Du weißt, dass ich nicht mehr –«

»Ja, ich weiß. Aber trotzdem ändert es nichts daran, dass ich immer noch nicht gelernt habe, wie ich mich verhalten soll, wenn ich in Gesellschaft anderer bin.«

»Wenn du dich so anstellst wie an unserem ersten Abend im Observatorium, dann kann es nur gut laufen«, versuchte es Sam und schaffte es tatsächlich, mich ein wenig aufzumuntern.

Ich lächelte ihn dankbar an.

»Mach dir keine Sorgen«, lenkte Leander ein. Es schien ihm ernst zu sein. Auch er versuchte sich an einem aufbauenden Lächeln.

»Und sonst ist King ja auch noch da.«

»Ja, King«, sagte ich langsam. Mein Blick schweifte in die Ferne, denn mir war immer noch nicht klar, wie loyal sie der Akademie gegenüber in Wirklichkeit war. Fand sie es genauso bescheuert wie ich und spielte bloß mit, um die Sonderbehandlung zu genießen, oder war sie Milan doch ähnlicher, als ich angenommen hatte? Wenn Letzteres der Fall war, dann konnte sie es besser verbergen als ich.

»Was hast du?«, wollte Leander wissen.

»Ich bin mir bei ihr einfach nicht im Klaren darüber, wie treu sie der Akademie tatsächlich ist«, fasste ich meine Bedenken in Worte.

»Ich bin mir sicher, du wirst die Antwort auf diese Frage schneller finden, als dir lieb ist«, brummte Sam und richtete sich auf. Dann fügte er an Leander gewandt hinzu: »Bist du mit deinen Auswertungen schon ein wenig vorangekommen?«

Der hingegen schüttelte den Kopf und meinte: »Wir werden die Ergebnisse wohl morgen früh erhalten. Leider geht es nicht schneller, da die Teile, die ich für das Gerät verwendet habe, allesamt nicht wirklich passend sind für den Zweck, für den ich sie verwendet hab.«

Da Sam und ich beide keinerlei Ahnung von Computern hatten, beließen wir es dabei. So würde Sam wohl auf seine Lieferung warten, Leander auf seine Ergebnisse und ich auf den Beginn dieser vermaledeiten Veranstaltung, vor der mir mehr graute als zuvor schon.

Die folgenden Tage flogen nur so an mir vorbei. Nur vage wusste ich noch, dass ich, in einem Anfall panischer Besorgtheit, King zur Seite genommen und sie gefragt hatte, was man zu so einer Veranstaltung denn anziehen würde.

Sie hatte dann mit hoher Stimme gelacht, als hätte ich gerade etwas unglaublich Witziges gesagt. Das war Merle und Hannah nicht entgangen, die mit versteinerten Mienen zu uns herübersahen.

»Du wirst, wenn du heute in dein Zimmer zurückkehrst, eine Maske finden. Die Veranstaltungen der Gewogenen werden immer als Maskenbälle abgehalten. Die wenigsten wissen, wer sich darunter verbirgt«, erklärte sie.

»Ich trage also meine Uniform und eine Maske?«, fragte ich.

Sie nickte lächelnd und mir wurde erst da klar, dass das offenbar nur ich lächerlich fand.

Abends jedoch, als ich mich langsam fertig machte, begann sich mein Gedankenkarussell von Neuem zu drehen. Was, wenn ich mich falsch verhielt oder uns verriet? Übelkeit stieg in mir hoch.

Doch einmal mehr war ich froh um meinen Garten. Dort fand ich nicht nur Kräuter, um Vorhersagen zu unterstützen, sondern auch jene, um mich zu beruhigen. Und darum war ich gerade unsäglich froh. Ich ging nach draußen und die ewig gleiche Luft umfing mich. Nun wusste ich, was Sam gemeint hatte. Es war zwar schön, immer von Wärme und Sonnenschein umgeben zu sein, doch schon nach kürzester Zeit konnte man auch das nicht mehr genießen.

Schließlich entschied ich mich für eine Mischung aus Pfefferminze und Kamille mit etwas Zitronengras. Sofort verströmten die Kräuter nicht nur ihren wohligen Duft im Zimmer, sondern schienen in jeden Winkel von mir vorzudringen. Meine Muskeln entspannten und mein Gesicht lockerte sich.

Gerade, als ich den letzten lauwarmen Schluck aus meiner Tasse nahm, klopfte es leise an. King.

Ich erhob mich, stellte den Becher in die Spüle und ging zur Tür. Als ich sie öffnete, stand mir eine breit grinsende Kyla gegenüber, die ihre Schleife ausnahmsweise nicht trug. Sie wollte mit Sicherheit nicht erkannt werden.

Mir jedoch würde das nicht so leichtfallen, schließlich konnte ich mein Erkennungsmerkmal nicht abnehmen wie sie ihren Haarschmuck.

»Bist du fertig?«, fragte sie.

Nach der Maske langend nickte ich und schloss die Tür hinter mir. »Lass uns gehen.«

Ich war froh, nicht mit dem Teil durch die Gänge rennen zu müssen. Der Weg, den mich Kyla entlangführte, war mir bekannt, immerhin hatten wir ihn am Tag zuvor erst in die Bibliothek der Gewogenen genommen.

Kurz davor aber bogen wir links ab und folgten einem endlos langen Korridor, an dessen Seiten das Licht des aufgegangenen Mondes durch große Bogenfenster hereinflutete. In diesem Bereich des Hauses, wie mir aufgefallen war, ging man über Marmorböden, nicht über den schnöden Holzboden, der zum Teil von muffig riechenden Teppichen verdeckt wurde. Hier schien alles viel heller, offener und weiter zu sein, als wollte man jenen, denen es erlaubt war zu verweilen, mitteilen, dass sie auch in ihrem Denken so sein sollten.

Unsere Schritte hallten von der Decke wider, während wir den menschenleeren Gang entlang huschten. Kurz bevor wir an seinem Ende das einzige Portal erreichten, fischte King mit spitzen Fingern ihre Maske hervor. Ich tat es ihr nach, wenn auch längst nicht so elegant wie sie.

Innerlich lachte ich auf. Warum zum Teufel hatte ich mich noch einmal vor diesem Abend gefürchtet? Solange Kyla in meiner Nähe wäre, würde von mir ohnehin niemand Notiz nehmen und das war auch gut so! Sofort legte sich meine Nervosität, die sich trotz des Tees nicht wirklich vermindern hatte lassen, ein wenig mehr.

Wir setzten die Masken auf und schlüpften durch das sich öffnende Portal.

Dahinter wartete ein Anblick, der mich beinahe ebenso beeindruckte wie die Bibliothek. Ich konnte mich nicht entscheiden, wohin ich mich zuerst wenden sollte. Der Marmorboden war von orientalischen Mosaikmustern durchzogen und verlor sich hinter einer schier endlos erscheinenden Arkadenreihe, die den Raum in mehrere Schiffe teilte.

Die paar Leute, die schon hier waren, hatten sich in die Seitenschiffe zum Gespräch zurückgezogen. Schon am Eingang wurden uns Gläser überreicht, deren Flüssigkeit sich nach einem Nippen als fruchtiger Wein herausstellte.

Kyla und ich entschlossen uns ebenfalls, in eines der Seitenschiffe zu schlendern, während wir uns über Belangloses unterhielten. Recht bald gesellten sich zwei kichernde Mädchen zu uns, die offenbar schon etwas länger hier waren und den Geschmack des prickelnden Getränks genossen hatten.

Die beiden waren wohl auch zum ersten Mal da. Ich nahm an, dass die zwei keine Numistorikerinnen waren. Nun, da ich so drüber nachdachte, fiel mir auf, dass mir die anderen Abteilungen generell nicht bekannt waren.

Weder die Mediziner noch die Institutoren und selbst von den Heuretikern kannte ich nur Leander und Milan.

Milan.

War er ebenfalls hier? Irgendetwas sagte mir, dass es so war, und ich nahm mir vor, nach ihm Ausschau zu halten.

Der melodisch feine Klang eines Streichquartetts ertönte hinter den Arkaden. Als ich mich gerade fragte, ob die Veranstaltung wohl noch prätentiöser werden könnte, ergriff eine mir bekannte Stimme das Wort und zwang die Musiker dazu, ihr Spiel zu unterbrechen.

»Guten Abend«, hörte ich die Magnifizenz sagen.

Kyla und ich traten aus den Arkaden hervor ins Mittelschiff. Es hatte sich bereits ein kleiner Kreis gebildet, in dem wir unsere Plätze einnahmen.

Als die Magnifizenz weitersprach, erkannte ich, dass sie sich nicht erst die Mühe gemacht hatte, sich hinter einer Maske zu verbergen wie wir.

An einigen der Arkadenwände waren Räucherschalen angebracht, aus denen es ätherisch duftete.

»Es freut mich zu sehen, dass unser erlauchter Kreis um vier weitere Mitglieder gewachsen ist. Eines für jede der vier Abteilungen.« Sie hielt sich die Hand vor den Mund, um ein glockenhelles Lachen erklingen zu lassen, das mir durch Mark und Bein ging. Diese Frau war das pure Böse. Selbst wenn sie sich bemühte, freundlich zu wirken, konnte man das fürchterliche Gefühl, das sich in der Magengrube bildete, nicht abschütteln, ebenso wenig wie die Haare, die sich im Nacken aufstellten, sobald sie ihren Mund öffnete.

Dennoch versuchte ich, mir meine Angst nicht anmerken zu lassen. Ich wollte ihr an diesem Abend nach Möglichkeit aus dem Weg gehen.

»Ich fürchte, ich werde unsere vier Neuzugänge in einer halben Stunde von dieser wundervollen Feierlichkeit entbehren müssen. Sie alle wissen ja bereits, was sie erwartet, Adepten«, machte sie mir meine Hoffnung endgültig zunichte.

Eine halbe Stunde später stand ich mit schweißnassen Händen neben den anderen dreien. Ich hatte mich nicht geirrt, was die beiden kichernden Mädchen anbelangte.

»Es ist schön, wieder einmal vielversprechende Neuzugänge aus den Abteilungen zu haben«, ertönte es glockenhell wie immer aus dem schön geschminkten blutroten Mund, der sich, wie so oft, zu einem wölfischen Grinsen verzog. Nora D. Samjatin sah uns an, als würde sie uns lieber verspeisen, als uns in den Kreis des Vertrauens aufzunehmen.

Sie strich sich durch das platinblonde Haar, das sie heute als tief sitzender Knoten im Nacken trug, nur um sich dann die Katzenaugenbrille zurechtzurücken. »Folgen Sie mir in den Raum nebenan. Alles Weitere erkläre ich Ihnen sodann«, sagte sie knapp, machte mit einer fließenden Bewegung auf dem Absatz kehrt und schritt ans andere Ende des Salons, an dem ich ein weiteres, ebenso kunstvoll geschmücktes Portal entdeckte.

Bevor sie es erreichte, schwang es auf und gab einen Raum dahinter preis. Doch, um ehrlich zu sein, konnte ich nicht sehr viel davon sehen. Schwere dunkelblaue Stoffvorhänge dunkelten ihn ab.

Als sich meine Augen daran gewöhnt hatten, machte ich dunkle Möbel aus, die zu einer Sitzgruppe im Eck vor einem erloschenen Kamin zusammengestellt worden waren. Die Türen schlossen sich und abermals sah ich nichts.

»Wenn ihr es denn möchtet, so könnt ihr jederzeit gehen. Doch wird euch daraufhin für immer der Zutritt in diesen Teil der Akademie verweigert werden. Solltet ihr aber euer altes Leben abwerfen wollen, seid ihr herzlich willkommen in den Hallen der Gewogenen«, verkündete Nora D. Samjatin feierlich und breitete die Arme aus.

Keiner von uns rührte sich. Ein ehrfurchtsvolles Raunen erklang, in das ich nur zu gern einstimmte. Wenn man es genau betrachtete, bot sich einem so eine Möglichkeit nur einmal im Leben.

»Schön. Ihr werdet nun in der Abteilungsreihenfolge aufgerufen. Wright, Sie kommen gleich mit!«, schlug sie nun einen ganz und gar nicht sanften Ton an.

Eigentlich war ich froh darüber, nicht warten zu müssen, denn die kleine Stimme in meinem Kopf hätte mir sicher versucht einzureden, was auf mich zukommen würde. Dadurch wäre ich viel zu nervös gewesen, um mir alles zu merken.

Doch als ich ihr nun durch den düsteren Raum folgte, wallte die Nervosität erneut auf und nahm mir beinahe die Luft zum Atmen.

»Sind Sie angespannt?«, fragte sie und meine Nackenhaare standen mir zu Berge. Natürlich war ihr das nicht entgangen, selbst in der Dunkelheit, mir den Rücken zuwendend, hatte sie meine Anspannung bemerkt. Raubtier.

»Mhm«, machte ich bloß. »Das ist eine große Ehre für mich und diese möchte ich mit all meinem Herzen wahrnehmen.«

Das schien sie zumindest zu besänftigen oder auf andere Gedanken zu bringen, denn daraufhin schwieg sie.

Ich wäre fast in sie hineingelaufen, als wir das Ende des Raums abrupt erreichten. Eine weitere Tür öffnete sich und es überraschte mich, dass uns dahinter ein Raum erwartete, in dem man überhaupt nichts mehr sehen konnte. Stockfinster war vermutlich noch eine Untertreibung zu der undurchdringlichen Finsternis, die mich hier umgab.

Ich blieb hinter ihr stehen, während sie links an etwas nestelte. Dann ertönte ein zischendes Geräusch und der angenehm warme Duft eines Streichholzes erfüllte meine Nase.

Sie entzündete die großen blauen Kerzen links und rechts von ihr. Beide ruhten auf massiven Steinsockeln, in die florale Muster gehauen waren und mich unangenehm an ihre Kleidung erinnerten, als wir zu unserer ersten Strafarbeit hatten antreten müssen.

Mir war fast, als wäre das in einem anderen Leben passiert, so lange lag es zurück.

»Warten Sie hier, bis Sie gerufen werden.« Nora D. Samjatin verschwand hinter den schweren Vorhängen, die den Rest des Raums verbargen.

Ich nickte knapp und wartete. Meine Gedanken schweiften ständig ab und ich versuchte, nicht an Sam, Leander oder unsere Rebellion zu denken. Ich wollte mich nicht ablenken, sondern vollends bei der Sache bleiben. Dennoch fiel es mir von Minute zu Minute schwerer. Als ich mich bereits fragte, ob ich noch gerufen würde, ertönte eine ätherische Stimme.

Ich trat hinter den Vorhang und mir blieb der Atem weg. Umgeben vom blendenden Weiß des Niemals, das sich wie schon beim ersten Mal auf die Netzhaut zu brennen versuchte, suchte ich zuerst nach Orientierung. Geblendet war ich und konnte nichts sehen, einzig den Schmerz wahrnehmen, der mir durch die Augäpfel ins Hirn schoss. Ich hielt mir die Hände vors Gesicht, aber das änderte auch nichts.

Langsam öffnete ich die Augen, ließ die Hände sinken und erkannte dabei, dass wir im Freien waren. Ich stand auf einem perfekt getrimmten Rasen und blickte nach vorn zu Nora D. Samjatin, die in eine weiße Robe gehüllt war und mich gütig anlächelte. Von der Wölfin war keine Spur. Sie sah mich an, wie eine liebende Mutter es tun würde. Doch von diesem Anblick würde ich mich wohl kaum täuschen lassen, zu gut wusste ich, wozu sie fähig war.

Im Näherkommen erkannte ich, dass sie von vier Personen flankiert war, jeweils zwei davon standen links und rechts. Ich vermutete, dass es sich dabei um die Abteilungsleiter handelte, und ich sollte recht behalten. Sie waren ebenfalls in Roben gekleidet, doch keine davon hatte die feinen bläulichen Linien aufgestickt wie die der Magnifizenz.

Es gab also auch unter ihnen klare Verhältnisse.

Nora wies auf Majorin Mercedes, die vortrat. »Es ist mir eine große Freude, Sie heute hier begrüßen zu dürfen, Wright. Wenn Sie diese Veranstaltung heute verlassen, werden Sie nicht länger nur eine Adeptin an der Akademie sein. Ihnen werden Türen offenstehen, von denen Sie nicht einmal wussten, dass es sie gibt. Bevor Sie jedoch aufgenommen werden, gibt es Dinge, die Sie tun müssen. Sind Sie bereit dazu, alles zu tun, was Ihnen gesagt wird?« Die Majorin sah mir mit einem harten Blick in die Augen.

»Jawohl.« Ich erwiderte ihn und erkannte, dass es sie mit Stolz erfüllte.

»Der erste Teil des Ritus erfolgt durch die Waschung.« Sie wies hinter sich und – auch wenn man es sich kaum vorstellen konnte –, ich registrierte erst da, dass die fünf vor einem riesigen Wasserfall Stellung bezogen hatten.

Die anderen lächelten mich an, doch verzogen sie dabei nur ihre Mundwinkel. Ihre Augen erreichte ihr Lächeln nicht.

»Steigen Sie in das Becken hinab und empfangen Sie offenen Geistes die Gaben der Natur. Seien Sie unverschlossen für das Wissen, das in den alten Plätzen ruht. Dies ist der Shōmyō-Wasserfall, der für die Initiationsriten unserer Gewogenen aus Tateyama in Japan ins Niemals geholt wird.«

Ich war mir sicher, dass sie mir das nur erzählte, um mich noch mehr in Staunen zu versetzen. Der Wasserfall war gut und gern über hundert Meter hoch, vermutlich mehr, aber ich war ziemlich schlecht im Schätzen. Dennoch stand ich da und hatte alle Mühe, meinen Mund geschlossen zu halten.

»Entledigen Sie sich Ihrer Kleider, sodass das Wasser Sie bedecken kann. Wann dieser Teil des Ritus endet, entscheiden Sie selbst, denn niemand von uns kann Ihnen sagen, wann Sie all das erhalten haben, was Ihnen gebührt. Die Robe des Übertritts wartet im Anschluss neben dem Becken darauf, von Ihnen getragen zu werden.«

Ich fühlte mich nicht sehr erhaben, aber bewegt von all dem, was mich hier erwartete. Mit allem hatte ich gerechnet, aber nicht damit, dass man einen Wasserfall aus Japan herholen würde, um uns in einem geheimen Ritus in die Riege der Gewogenen aufzunehmen.

Und auch wenn ich das nicht gewollt hatte, kam ich nicht umhin, mich auf eine merkwürdige Art und Weise wie etwas Besonderes zu fühlen.

Ich umrundete sie und ging dann auf den Wasserfall zu, der tosend in die Tiefe stürzte. Wollte ich mich wirklich darunter stellen? Etwas ängstlich schluckte ich und trat näher.

Noch einmal blickte ich zurück, um zu sehen, ob sie mich beobachteten. Doch ich stellte fest, dass sie völlig aus meinem Gesichtsfeld verschwunden waren, und ich hoffentlich auch aus ihrem. Erleichtert seufzte ich und begann, meine Schuluniform abzulegen. Sorgsam platzierte ich die Maske daneben, auch wenn ich beinahe vergessen hatte, dass ich sie trug.

Dann stieg ich in das Wasser und wäre am liebsten wieder rausgesprungen. Es war eiskalt!

Ich schüttelte mich, sagte mir, ich solle kein Weichei sein, und drang tiefer ins Nass vor. Rechts von mir sah ich ein paar Meter oberhalb einen Vorsprung, auf dem sich das Wasser an einem Fels brach. Ich beschloss, dass dort der beste Ort war, um mich unter den Wasserfall zu stellen und darauf zu warten, dass etwas passierte.

All das Gerede über einen geöffneten Geist klang zwar hochinteressant, aber mir war nicht klar, wofür ich den benötigte.

Ich atmete tief ein, trat vor und wurde vom Schwall erfasst, der meinen Kopf unter die Oberfläche drückte. Dagegen ankämpfend merkte ich recht schnell, dass ich damit nur eines erreichte: Ich blieb länger unter Wasser, als mir lieb war.

Als ich das verstanden hatte, ließ ich mich treiben und tauchte auf. Der erste Atemzug tat so unendlich gut, auch wenn meine Lungen dadurch noch mehr brannten als ohnehin schon.

Ich warf den Kopf zurück und blickte in das gleißende Licht des Niemals, das von nirgendwo und überall her zu kommen schien.

Auf ein Neues wollte ich es versuchen, aber mit einem, wie es die Majorin genannt hatte, freien Geist.

Erneut atmete ich, um mich zu beruhigen und zu erden. Ich merkte, dass es mir hier im Wasser bedeutend leichter fiel, meine Mitte zu finden. Das wollte ich mir für später vermerken, schließlich könnte das mit meinen Materialien noch einmal wichtig werden.

Ich tauchte unter und schwamm zum Wasserfall, der mich erneut von sich zu drücken versuchte. Doch dieses Mal kämpfte ich nicht dagegen an und wurde wie ein vollgesogener Korken durchs Wasser getrieben. Mein Kopf war wunderbar leer und ich fühlte, wie eine seltsame Glückseligkeit von mir Besitz ergriff.

Ich schaffe das. Was auch immer kommen mag, dies ist meine Bestimmung.

Nichts als Leere spürte ich, keinerlei störende Gedanken, keine kleine Stimme, die mich piesackte. Nichts, rein gar nichts.

Da wusste ich, dass ich nun bereit war für das, was kommen würde. Ich tauchte auf. Die Luft hier war merklich wärmer geworden und hüllte meinen eiskalten Körper in ihren Mantel. Mein sonst dunkelblondes, welliges Haar klebte mir am Rücken.

Schnell stieg ich aus dem Becken und trocknete mich ab, bevor ich die Robe über die Uniform warf. Sie war zwar gleich geschnitten wie jene der Professoren, doch war sie in einem langweiligen gräulichen Ton gehalten. Auch die Maske setzte ich an ihren Platz.

Meine Haare, die noch immer klatschnass waren und nun an der Robe klebten, wickelte ich in einen Handtuchturban hoch und marschierte, merkwürdig erfrischt und munter, zurück nach oben.

»Ihnen werden die Augen verbunden, um zum nächsten Teil zu gelangen«, erklärte Majorin Mercedes und holte eine Augenbinde hervor, die denselben Ton wie meine Robe hatte.

Ich ließ es zu, dass mir die Majorin so nahe kam wie noch nie. Meine Nackenhaare stellten sich auf, als ich ihren Atem spürte, der gar nicht warm war, wie ich vermutet hatte, sondern sich eisig kalt auf meiner Haut anfühlte. Nur mit Mühe unterdrückte ich ein Schaudern, dann war der Moment vorbei.

Sie umrundete mich und grapschte nicht gerade zimperlich nach meiner Hand. Dann ging es über den Rasen und auch wenn ich mir fest vorgenommen hatte, mir den Weg zu merken, war es schon nach kürzester Zeit unmöglich zu sagen, in welche Richtung wir liefen. Irgendwann trat ich vom Rasen aus über eine Türschwelle und fand mich in einem kühlen Raum wieder.

Ich fröstelte, wollte mir aber nichts anmerken lassen. Sie ließ meine Hand los und bezog vor mir Stellung. Beinpaare marschierten in militärischer Perfektion an mir vorüber.

»Eine Anwärterin erbittet Aufnahme in die Riege der Gewogenen. Doch dreierlei Fragen müssen vorher zur Beantwortung gelangen«, erklärte die glockenhelle Stimme von Nora D. Samjatin von vorn.

Die Augenbinde hatte man mir immer noch nicht abgenommen und ich fühlte mich merkwürdig hilflos. Ich wusste weder wo ich war noch mit wem. Natürlich waren die fünf hier, aber ich konnte nicht wissen, ob nicht einige mehr im Kreis um mich herumstanden.

Ich wagte nicht, den Kopf hin und her zu wenden, um möglicherweise verräterische Geräusche aufzunehmen. Da erklang erneut die Stimme der Majorin.

»Antworten Sie wahrheitsgemäß.«

Nickend hoffte ich, dass die Fragen nicht allzu schwer waren, immerhin lag die letzte Prüfung, die ich geschrieben hatte, bereits einige Zeit zurück. Mein Atem ging schneller.

»Was erwarten Sie sich von einer Aufnahme in die Riege der Gewogenen?«, fragte Samjatin plötzlich streng.

Ich konnte mir vorstellen, welche Antwort sie erwartete. Und die wollte ich ihr auch geben. »Da ich mittlerweile weiß, dass in der Bibliothek der Gewogenen wundervolle Bücher stehen, die nur darauf warten, gelesen zu werden, erwarte ich mir von der Aufnahme, dass ich dadurch meine Arbeit für die Akademie verbessern kann.

Aber natürlich ist nicht von der Hand zu weisen, dass es auch sonst einige Vorteile gibt, die ich noch nicht zu erfassen wage. Doch erwarte ich mir einen intellektuellen Austausch und einen Zusammenhalt, der über den derer hinausgeht, die für diese Möglichkeit nicht infrage kommen.« Ich schluckte. War das die richtige Antwort?

»Welchen Nutzen werden Sie für die Gewogenen haben?«, fragte die Stimme der Majorin mindestens ebenso kalt und knapp.

»Ich werde unter Aufwendung aller mir zur Verfügung stehenden Ressourcen darauf achten, den anderen Gewogenen zur Seite zu stehen und sie zu unterstützen, sofern es den Leitlinien der Akademie entspricht.«

Stille. Hatte ich etwas Falsches gesagt?

Jemand links von mir räusperte sich. »Denken Sie, dass man jegliches Schicksal abwenden kann, wenn man es nur voraussieht?«, fragte eine weitere Stimme, die ich erst zuordnen konnte, als sie geendet hatte: Es war der Gevatter.

Kurz dachte ich darüber nach. Gab es auf so eine Frage überhaupt eine richtige Antwort? Mir schien, als könnte es auch keine falsche Erwiderung geben, also versuchte ich mein Glück: »Ja und nein. Mit den richtigen Mitteln und dem nötigen Aufwand ja. Doch gleichsam auch nein, wenn jemand bessere Mittel verwendet, um mich daran zu hindern oder mehr Aufwand hineinsteckt.«

Ich hatte nicht gehört, wie jemand hinter mich getreten war. Als mir die Augenbinde abgenommen wurde, bemerkte ich, dass ich wieder zurück im Antiken Salon war, in dem die Feierlichkeit stattfand.

Im Mittelschiff hatten sich die Adepten zu beiden Seiten aufgereiht und sahen mich durch ihre Masken hindurch an. Ich erspähte King, die freundlich lächelte.

Und dann kreuzte mein Blick den von jemandem, mit dem ich gerechnet hatte.

Milan.

Seine mintgrünen Augen hätte ich wohl überall erkannt. So wie er die meinen. Die seinen weiteten sich, er schien überrascht. Aber es wirkte auch, als würde er sich in einem entfernten Teil seiner selbst darüber freuen, mich hier zu sehen.

»Der Anwärterin wird die Aufnahme in die Riege der Gewogenen gewährt. Sie hat sich den wichtigsten Fragen gestellt und zur Zufriedenheit der Obersten beantwortet«, erklärte der Gevatter und lächelte.

Sie wandten sich um und ließen mich unter all den maskierten Adepten stehen, die mich beglückwünschten. King stand die ganze Zeit neben mir und lächelte breit. Sie war es auch, die mir erklärte, dass auf die anderen drei dasselbe zukam.

Ich war dabei! Selbst wenn mich noch zwei Punkte erwarteten, wie sie mir mitteilte, aber das seien nur noch Formalitäten.

Auf meinem Gesicht breitete sich ein Lächeln aus, denn ich hatte es geschafft, ohne mich zu verraten. Ich war drin.

Als sich die Menge etwas lichtete und sich erneut im Raum verteilte, bis der nächste Anwärter ihn betreten würde, erblickte ich Milan, der mich direkt ansah und wartete.

King, die das beobachtet hatte, verdrückte sich unter einem äußerst fadenscheinigen Vorwand, aber ich war froh darum.

Der Junge mit dem dunkelbraunen, strubbeligen Haar kam langsam auf mich zu und drehte das Glas in seiner Hand nervös hin und her.

»Hallo«, sagte ich mit hohler Stimme und es fühlte sich an, als hätte ich seit Jahren kein Gespräch mehr geführt. Und dabei war es nur die Tatsache, dass er endlich wieder mit mir sprach und sich offenbar zu freuen schien, mich zu sehen.

»Hi«, erwiderte er sanft und es fühlte sich an, als hätte ich meinen Freund Milan wieder.

Wir sahen uns an und lächelten betreten. Offenbar wusste auch er nicht, was er sagen sollte.

»Es freut mich, dass du hier bist«, meinte er dann. Mit seiner freien Hand ergriff er die meine und drückte sie. »Wollen wir das mit einem Drink feiern?« Milan wartete gar nicht darauf, dass ich zustimmte, sondern entnahm meinem Lächeln, dass es so war. Wir erreichten einen derer, die unablässig durch die Menge marschierten und Getränke verteilten.

Vorher war ich zu nervös gewesen, um es zu bemerken, aber jetzt erkannte ich, dass es sich dabei um Maschinen handelte. Sie bewegten sich um einiges fließender als der Hausmeister, dennoch hätte ich es sehen müssen.

Mir war klar, dass wir früher oder später darauf zu sprechen kommen würden, was zwischen uns stand, aber trotzdem genoss ich nun den Waffenstillstand. »Wie geht es dir?«, fragte ich.

»Nun auf jeden Fall besser«, erwiderte er.

Ich wusste nicht, ob seine Antwort deshalb so ausfiel, weil er sich nun sicher war, dass ich auf seiner Seite stand. Doch ich würde ihm diese Freude nicht nehmen. Ich realisierte erst da, wie sehr er mir gefehlt hatte. Es machte mich traurig, so viel Zeit verloren zu haben, die ich nie wieder einholen könnte. Vor allem nicht, wenn man bedachte, was wir planten.

Doch nahm ich mir vor, den Kontakt mit ihm nicht auszunutzen. Wenn ich an Informationen kam, dann nur durch andere. Ich wollte ihm nicht noch mehr Schmerz zufügen als ohnehin schon.

»Wie geht es dir?«, erwiderte er die Frage.

»Ich erhole mich gerade von meiner Nervosität.« Lachend prostete ich ihm zu. Ich nahm einen Schluck von dem Getränk und fühlte, wie es meine Kehle hinunter prickelte.

»Mir ging es damals genauso«, hauchte er und nahm auch seinerseits einen Schluck. »Ich kannte niemanden, der dabei war, niemanden, der mir möglicherweise meine Furcht hätte nehmen können wie in deinem Fall King.«

Oh, dass sie meine Angst nicht wirklich vermindert hatte,

musste ich ihm ja nicht auf die Nase binden. Dass ich im Geheimen den Sturm auf die Akademie plante, hatte im Vorfeld nicht unbedingt geholfen, meiner Nervosität Herr zu werden. Aber auch das ging ihn nichts an. So erwiderte ich sein Lächeln verhalten, was er hoffentlich als Schüchternheit auslegte.

»Ich bin froh, dass es dir gelungen ist, dein volles Potenzial zu erkennen und es endlich auszuschöpfen«, erklärte er.

Ich wusste, worauf er abzielte. Im Grunde genommen war er froh, dass ich meine Freunde endlich losgeworden war, um der Akademie bestmöglich dienlich zu sein. Doch früher oder später würde er erkennen, dass er einem Irrglauben aufgesessen war, und dann würde es zu spät sein.

Ich versuchte, den Ärger, den er in mir schürte, so gut es ging zu unterdrücken und ballte unauffällig die Faust.

Doch das war ihm nicht entgangen. »Was ist los?«, fragte er und sah besorgt an mir herunter.

»Mir ist bloß kalt«, antwortete ich. Es entsprach zumindest etwas der Wahrheit. Auch wenn sich mein Haar in einem Turban befand, so war die Robe kaum wärmend, vor allem nicht hier in dieser weitläufigen Halle. Der kühle Marmorboden tat sein Übriges.

»Das habe ich ja total vergessen! Entschuldige bitte«, rief er so abrupt aus, dass sich sogar einige zu uns umwandten, und führte mich in eines der Seitenschiffe, in dem kaum jemand war. Dort wartete eine der menschenähnlichen Maschinen und überreichte mir einen Umhang in derselben Farbe wie die Robe, die ich anhatte. Milan legte ihn mir um die Schultern und verschloss ihn mit der goldenen Fibel, die einen großen blauen Stein in der Mitte trug.

Etwas länger, als er vermutlich sollte, verharrte er in dieser Position und sah mich erwartungsvoll an.

Erst da wurde mir klar, warum er damals so verärgert gewesen war. Erst da wurde mir klar, dass an den Scherzen über seine Gefühle mir gegenüber doch etwas dran gewesen sein musste. Und erst da wurde mir klar, dass sie offenbar noch nicht vergangen waren.

Selbst nun, da ich aussah wie ein Tempelgelehrter mit meinem Umhang und dem Turban auf dem Kopf, schien er für nichts anderes Augen zu haben.

Und genau das machte mir Angst.

Denn irgendetwas an seinem Verhalten sagte mir, dass er sich so leicht nicht abschütteln lassen würde, nun, da er sich sicher war, dass ich in mein altes Leben an der Akademie nicht mehr zurückkonnte. Nun, da ich mich selbstständig von den anderen gelöst hatte und mich, wie er es vermutlich sah, vom Pfad der Sünde losgesagt hatte, hatte er freie Bahn.

Ach, wenn er wüsste!

Als er bemerkte, dass mir sein lüsterner, gieriger Blick nicht entgangen war, senkte er den Kopf. »Ich würde mich jedenfalls freuen, wenn wir uns nun wieder öfter sehen könnten«, gab er mit heiserer Stimme zu. Da war er wieder. Mein Freund Milan.

Nicht dieses schrecklich verzerrte Abbild von ihm, das nicht dem entsprach, wie ich ihn kennengelernt hatte.

Ich legte den Kopf schief und strich über seine Schulter. »Ich würde mich auch darüber freuen.«

»Lass uns zurückgehen, die Nächsten kommen sicher gleich durch die Tür«, erklärte er und bot mir seinen Arm an.

Ich hakte mich unter und fragte mich, ob der Gedanke, Milans Anwesenheit als Freund zu genießen, auch schon dazugehörte, Sam zu hintergehen.

War es denn falsch, sich daran zu erfreuen, dass man einen verloren geglaubten Freund wieder an seiner Seite sah und dies zuließ, selbst wenn man wusste, dass dieser jemand vielleicht mehr wollte?

All das verwirrte mich zu sehr und ich war froh, als der nächste

Anwärter, dieses Mal ein Junge, der sich als Heuretiker herausstellte, erschien.

Milan und King, die sich gerade zu uns gesellt hatte, bedeuteten mir beide, still zu sein. Ich nickte stumm und wandte mich dem Geschehen vor mir zu.

Wie bei mir bezogen die Professoren Stellung und begannen mit ihrer Befragung. Der Kandidat schien mindestens ebenso nervös zu sein wie ich, doch er fummelte sich zu allem Überfluss noch in den nassen Haaren rum, was nicht unbedingt dazu beitrug, dass er sich beruhigte.

Seine Antworten waren zittrig, aber das konnte auch davon kommen, dass ihm noch immer kalt war. Als er dann ebenfalls als neuer Gewogener in den Reihen akzeptiert wurde, verschwanden die Professoren erneut.

»Sag mal, Milan«, wandte ich mich an ihn, als wir drei dem Neuen ebenfalls gratuliert hatten, »was passiert eigentlich, wenn man nach der Befragung nicht aufgenommen wird?«

Er überlegte kurz und setzte dann zum Sprechen an. »Also, eigentlich ist das noch nie –«

Da unterbrach ihn King: »Und ob das schon vorgekommen ist. Jetzt kannst du es ihr ja erzählen!« Sie lachte hinter vorgehaltener Hand und sah mich mit ihren grünen Augen an. Als sie die Hand, an der mir der fehlende Finger nun, da ich es wusste, eher auffiel, senkte, verzog sie ihren schmalen Mund zu einem Grinsen, das sie aussehen ließ wie eine grimmige Katze auf Beutezug.

»Mhm«, machte Milan. »Anscheinend ist es bereits ein- oder zweimal vorgekommen, ich kenne jedoch niemanden.« Er sah mich ernst an, als ob er mir damit sagen wollte, dass ich mir keine Sorgen zu machen brauchte. »Offenbar wird man dann ins Niemals gestoßen. Schließlich sollen andere Adepten nichts hiervon erfahren.« Er wies mit der freien Hand hinter sich.

Es wunderte mich kaum, dass man all das geheim halten wollte. Schließlich war das ein Geheimnis in einem Geheimnis verpackt. Die Welt durfte nichts von der Akademie wissen, so wie ein Großteil der Adepten keine Kenntnis über die Gewogenen erhalten sollte.

Ein Gerücht über Günstlinge konnte es ruhig geben, solange nicht zu viele daran glaubten. Das konnte ich mir zumindest selbst zusammenreimen.

»Also ich hab ja gehört, dass denen die Erinnerungen gelöscht werden und sie in die Simulation im Keller kommen, um den Adepten dienlich zu sein, wenn ihr wisst …«, sagte King langsam und sah sich verstohlen um.

Doch Milan schüttelte nur barsch den Kopf.

»Kannst du dich noch an den Namen des Adepten erinnern, der ins Niemals gestoßen wurde?«, fragte ich neugierig, erwartete aber kaum, dass er eine Antwort parat haben würde.

Doch Milan überraschte mich. »Soweit ich weiß, hieß er Cam…« Er dachte kurz nach. »Ach ja! Nick Camus.«

Konnte das ein Zufall sein? Ich zog erschrocken die Augenbrauen hoch.

»Was ist?«, fragte er.

»Ach nichts, ich dachte nur gerade daran, dass ein Camus in meiner Straße gewohnt hat. Aber das ist er wohl nicht gewesen«, redete ich mich heraus und hoffte darauf, dass sie es schluckten.

Ich war mir sicher, dass Camus nicht deshalb ins Niemals gestoßen worden war, weil er sich nicht für die Aufnahme qualifiziert hatte. Vielmehr war das seinem Versagen bei Fia geschuldet. Und das, obwohl er sich akademiegetreu verhalten hatte.

Augenblicklich fühlte ich, wie Galle in mir hochstieg, und hatte Mühe, den Würgereflex zurückzukämpfen.

»Alles in Ordnung?« King klang ernstlich besorgt und stieß Milan weg, um genauer sehen zu können, was mit mir los war.

»Ich … Ja, alles gut. Ich glaube, mich erwischen gerade die Nachwirkungen der Nervosität. Mir ist ein wenig schwindelig«, erklärte ich und hoffte erneut, dass man mir Glauben schenken würde. Doch, wie es schien, hatten sie keinerlei Grund, mir zu misstrauen, weshalb sie mich an den Rand auf einen der wenigen Stühle bugsierten.

»Ich hol dir was anderes zu trinken«, entschuldigte sich Milan und machte sich davon.

»Ist wirklich alles gut?«, fragte King, als der Junge außer Hörweite war, und sah ihm mit gerunzelter Stirn nach.

»Ja«, erwiderte ich knapp und war bloß froh, dass sie nicht weiter nachhakte.

Als Milan mit einem Getränk um die Ecke bog, tauchten die Professoren mit der dritten Anwärterin auf: einem der kichernden Mädchen.

Doch zu diesem Zeitpunkt registrierte ich weder ihre Antworten noch die der letzten Anwärterin. Meine Gedanken kreisten um Camus. Den verlogenen Verräter Camus.

Beinahe hätte ich verpasst, dass man das Wort erneut an uns Neue gerichtet hatte, doch zu beiden Seiten stießen mir meine Freunde mit dem Ellbogen in die Rippen. Gerade noch konnte ich mich davon abhalten, laut in die Stille zu japsen.

»Nun folgt ein Tag des Fastens. Am morgigen Abend werden wir erneut hier zur selben Zeit zusammentreffen, um die Feierlichkeiten zur Initiation unserer neuen Schwestern und unseres neuen Bruders abzuschließen. Bis zum morgigen Abend wird keiner von uns etwas essen und auch nichts trinken. Auch kein Wasser«, erklärte Nora D. Samjatin und erneut erschallte ihr Lachen, das wie zerberstendes Glas klang.

Ich erschauderte und war froh, weiter hinten zu stehen, auch wenn ich mir sicher war, dass sie mich genau im Auge hatten.

Ich getraute mich an diesem Abend nicht, in Leanders oder Sams Zimmer zu platzen. Die Angst, beobachtet zu werden, war zu präsent.

Am darauffolgenden Morgen war die Verwirrung für die beiden daher groß, als Milan mich zu sich winkte und ich seiner Einladung folgte.

King, die drüben am Tisch der anderen saß, lächelte vor sich hin. War sie etwa froh darüber, dass ich meine Kontakte innerhalb der Gewogenen jetzt schon pflegte?

Während ich dasaß und nichts zu mir nahm, ebenso wenig wie mein Gegenüber, überlegte ich fieberhaft, wie ich Sam oder Leander benachrichtigen könnte. Aufschreiben wollte ich nichts. Die Gefahr war zu groß, dass man ihnen die Nachricht abnehmen oder sie in die falschen Hände geraten könnte.

Doch die rettende Idee kam mir, als die Klingel ertönte und das Frühstück zu Ende war.

Ich winkte Milan und ging davon.

Im Klassenzimmer angekommen packte ich sofort meine Materialien auf den Tisch und breitete die Karten vor mir aus. Mittlerweile kannte ich ihre Bedeutungen und legte mir das, was ich brauchte.

Als die Majorin erschien und uns bellend einen guten Morgen wünschte, erwiderten wir mit derselben Lautstärke ihren Gruß. Dann durften wir uns setzen.

»Wie viele von Ihnen wissen, haben wir nach Ihrer Dante-Phase, Wright, den Fall an ein erfahrenes Team übergeben. Ich wollte

Sie alle darüber in Kenntnis setzen, dass wir den Fall erfolgreich bearbeiten konnten.« Majorin Mercedes bedachte mich mit einem freundlichen Lächeln.

Auch wenn Merle mich mit Blicken löcherte und offenbar versuchte, mich damit zu erdolchen, musste sie nach kürzester Zeit einsehen, dass es dieses Mal nichts bringen würde. Sie gab auf und wandte ihren Kopf wieder nach vorn. Hannah neben ihr schaute mich mit traurigen Augen an.

Sie vermisste mich vielleicht ebenso sehr wie ich sie. Ich schenkte ihr ein Lächeln und für einen Augenblick war alles wieder wie vorher.

Meine Idee fiel mir ein und ich hob die Hand.

»Ja, Wright?«, fragte die Majorin.

»Ich habe hier eine Legung, die für mich nicht ganz eindeutig ist. Hier liegt ein verpasstes Treffen, denn etwas anderes ist dazwischengekommen. Es wird aber beiden Parteien zugutekommen, wenn dieses Treffen nicht zustande kommt, sondern dieses andere. Auch wenn ich noch nicht weiß, womit ich es hier zu tun habe«, erklärte ich so laut, dass es auch Sam hörte.

Majorin Mercedes kam schnellen Schrittes auf mich zu.

»So eine Legung hatten wir, seit Sie hier bei uns sind, tatsächlich noch nicht. Sollte so eine noch einmal erscheinen, können Sie neu mischen. Dann fällt dies nicht in unseren Einflussbereich.«

Ich dankte ihr und wandte mich verstohlen zu Sam um.

Ein leises Lächeln trat kurz auf seine Lippen und verschwand ebenso jäh, wie es gekommen war. Er hatte verstanden. Und ich konnte endlich aufatmen.

So schön es war zu wissen, dass Sam und Leander nun zumindest etwas informiert waren, so schwer war es, das grummelnde Geräusch meines rebellierenden Magens zu übertönen.

Sowohl beim Mittag- als auch Abendessen saß ich da und unterhielt mich mit Milan.

Er plauderte so munter vor sich hin, dass es mir vorkam, als wollte er all die verpassten Gespräche der letzten Monate in einer einzigen Mahlzeit unterbringen. Zu seinem Glück mussten wir fasten, andernfalls hätte er für all die Worte nicht genügend Zeit gehabt.

»Ich hab letztens mitbekommen, wie der Gevatter mit Majorin Mercedes geredet hat. Die beiden sprachen in höchsten Tönen von dir. Und auch wenn wir ... Na, du weißt schon ... Nicht miteinander gesprochen haben, war ich stolz auf dich«, erklärte er und sah einem anderen Mädchen dabei zu, wie es sich noch etwas vom Kartoffelbrei auftat.

Auch ich beobachtete sie. Gleichzeitig war ich froh, dass sie uns beide nicht bemerkte, andernfalls hätte sie sich vermutlich ziemlich unwohl gefühlt, wenn unser beider Blick tief in ihrem Teller hing.

»Es dauert nicht mehr lange«, raunte ich ihm zu, woraufhin er sich mir zuwandte. »Und ... danke!«

Er lächelte mich an und begann dann von Neuem zu erzählen. Sosehr ich ihn als Freund auch vermisst hatte, erkannte ich, dass etwas anders zwischen uns war. Es fühlte sich an, als wäre etwas verschoben, nicht mehr an seinem Platz. Und je länger ich darüber nachdachte, desto eher wusste ich, dass ich es war, die sich verändert hatte. Und gerade verhielt ich mich unausstehlich, denn er freute sich einfach, dass wir wieder Freunde waren.

So in der Art jedenfalls, wenn ich es von meinem Standpunkt aus betrachtete. Schließlich gehörte zu einer Freundschaft Vertrauen. Und so, wie ich Leander und Sam vertraute, würde ich es wohl niemandem hier je schenken.

Ich kam mir unheimlich schäbig vor, ihm eine Freundschaft vorzugaukeln, obwohl es nie wieder so sein würde wie zuvor.

Einen zerbrochenen Krug konnte man zusammenkleben, aber die Risse würde man immer sehen.

Als wir uns letztendlich auf den Weg in den verborgenen Teil der Akademie machten, fühlte ich mich erst recht schlecht. Natürlich kam das auch von dem Fasten, aber vorwiegend von meinen Schuldgefühlen. Wie verdammt schrecklich konnte man sein? Ich führte mich ihm gegenüber so auf, wie ich nie behandelt werden wollte. War ich denn wirklich so verkommen geworden?

»Was hast du?«, fragte er leise, als wir den Verbindungsgang mit den hohen Bogenfenstern zu beiden Seiten entlanggingen.

Kyla, die bislang geschwiegen hatte, sah neugierig auf.

»Nichts«, erklärte ich, doch entschied mich dann um. »Ich … Es ist nur …« Ich seufzte. »Irgendwie hab ich Angst, als Gewogene zu versagen. Was, wenn ich nicht gut genug bin? Was, wenn sie mich ins Niemals stoßen müssen?«

»Wenn du glaubst, dass sie nicht zumindest in deine Zukunft geschaut haben, dann irrst du dich«, erwiderte Milan.

Ja, und genau das macht mir Angst, verbot ich mir zu sagen. Ich nickte.

»Die wissen, was du draufhast. Schließlich hast du mich als Klassenbeste überholt«, warf Kyla ein und reckte einen Daumen in die Höhe. Doch so ganz schien ihr das nicht zu passen, wie es aussah. Aber ich erwiderte nichts, sondern lächelte sie bloß an. »Und jetzt komm! Ich sterbe gleich vor Hunger«, sagte sie und rieb sich den Bauch. Als wäre es eine Antwort darauf, grummelte auch meiner munter drauflos.

Heute sah der Saal anders aus. Lange Tafeln standen im Mittelschiff bereit. Einige der Adepten flanierten noch schwatzend durch die Seitenschiffe, während sich andere in die Ecken drängten und versuchten, das Geschehen zu überblicken.

»Guten Abend!«, gellte Samjatins Stimme durch den Raum und sie klatschte dreimal in die Hände.

Aller Augen richteten sich auf sie und wir traten näher.

»Unsere Neuankömmlinge werden sich nun ihrer ersten Prüfung als Gewogene unterziehen. Alle anderen nehmen bitte Platz«, erklärte sie und bat uns nach vorn.

Alarmiert sah ich die anderen beiden an und zischte: »Davon habt ihr mir aber nichts erzählt!«

»Zu deinem Besten. Es ist nichts, weshalb man schon im Vorfeld aufgeregt sein müsste«, flüsterte Milan zurück und legte mir eine Hand auf den Rücken. Zu tief meiner Meinung nach. »Mach dir keine Sorgen.«

Wir folgten ihr wie schon am Vorabend in den anderen Raum, der dieses Mal erleuchtet war. Aus ihm führte nicht nur eine weitere Tür hinaus, sondern insgesamt sechs.

An den beiden Längsseiten waren jeweils zwei Türen angebracht, vor denen die Professoren Stellung bezogen hatten.

Die Majorin lächelte mich an und versuchte, so viel Wärme wie möglich in ihren Blick zu legen, doch schien es mir, als würde dies ihr Gesicht bloß auf unansehnliche Art und Weise verzerren.

»Wächter, nehmt eure Schützlinge und unterzieht sie ihren Prüfungen«, sagte Samjatin mit einem ganz und gar nicht freundlichen Lächeln. Der Wolf war wieder da und gierte danach, ein Schäfchen zu reißen.

Sie würde es nur zu gern begrüßen, einen von uns noch zu Lebzeiten ins Niemals zu stoßen. Irgendetwas an ihrem Gesichtsausdruck sagte mir, dass ich mit dem Gedanken nicht falschlag.

Ich ging auf die Majorin zu, die ihren Arm schon nach mir ausgestreckt hatte. Der Raum hinter der Tür hatte keine Fenster. Am Boden lagen zwei Sitzkissen unweit voneinander, auf denen wir Platz nahmen.

»Ich bin unglaublich stolz, Sie heute vor mir zu haben«, sagte Majorin Mercedes.

Mittlerweile konnte ich es nicht mehr hören. Menschen, die mir nie etwas bedeutet hatten und denen ich vermutlich auch nie etwas bedeuten würde, bekundeten mir ihre Gefühlsregungen. Und dann war da noch zu allem Überfluss Milan, dem gegenüber ich mich schuldig fühlte und gleichzeitig überhaupt nicht, denn ich war es schließlich nicht, die sich mit Leib und Seele dem Teufel als Institution höchstpersönlich verschrieben hatte. Doch davon wollte ich mich jetzt nicht ablenken lassen und schob all diese Gedanken beiseite.

Ich lächelte, auch wenn mir nicht danach war.

»Sie werden heute eine neue Technik erlernen«, fuhr sie fort, als ich schon begann, mich umzusehen, »für die Sie keinerlei Hilfsmittel benötigen.«

Als ich nichts erwiderte, sondern weiterhin unentwegt sie ansah, hob sie wieder zum Sprechen an: »Sie lernen nun, richtig zu atmen.«

Beinahe hätte ich laut aufgelacht und den für sie wohl sehr feierlichen Moment zerstört. Vielleicht war ich all die Zeit ein Goldfisch gewesen und hatte durch meine unsichtbaren Kiemen geatmet.

»Diese Atemtechnik wird es Ihnen erlauben, in andere Sphären einzutauchen und Dinge vorherzusehen, ohne dass Sie auch nur eines Ihrer Materialien verwenden müssen«, sagte sie. »Lassen Sie uns gleich anfangen, über alles andere können wir plaudern, sobald Sie diese erlernt haben.« Immer noch lächelte sie und ich fragte mich, ob ihr Gesicht eingefroren war, weil es sich keinen Millimeter bewegte.

Ich nickte und hoffte, dass mir diese Atemtechnik erlaubte, ihr Antlitz für kurze Zeit nicht mehr ertragen zu müssen, denn langsam flößte sie mir Angst ein.

»Ich erwarte nicht von Ihnen, dass Sie diese heute schon beherrschen«, sagte sie dann. »Gut. Sobald wir beginnen, werden Sie sich die Augen verbinden und hinlegen. Atmen Sie einmal langsam durch den Mund ein und doppelt so schnell wieder aus. Machen Sie zwischen den Atemzügen keine Pause, bis ich Ihnen mit Handauflegen bedeute, dass diese Phase nun zu Ende ist.

Im Anschluss können Sie Ihren Gefühlen und Energien Raum geben. Möglicherweise werde ich an bestimmten Stellen Druck auf Ihren Körper ausüben, um dies zu verstärken.«

Sie fragte mich, ob ich all das verstanden hätte, und ich wiederholte es.

Ich wusste nicht, was passieren würde, wusste nicht, ob es klappen würde, aber ich hatte keine andere Wahl, als es zu versuchen.

Der erste Atemzyklus dauerte ewig an. Mir schien, als wäre ein halbes Jahrhundert vergangen, seit ich begonnen hatte, *richtig* zu atmen.

Als die Majorin mir ihre Hand auflegte, war mir nicht klar, was ich machen sollte. Welches Geräusch machten meine Gefühle?

Ich entschloss mich dazu, ein Zischen von mir zu geben, als würde man einen Reifen aufstechen und darauf warten, dass die Luft entwich. Mein Kopf fühlte sich leer an. Doch mein Körper war noch immer bleiern und zog mich nach unten, als wäre die Schwerkraft hier drin um ein Vielfaches stärker. Mit der gesunden Faust schlug ich auf den Steinboden ein und merkte schon bald, dass sie zu schmerzen begann. Aber ich konnte nicht aufhören. All der Stress, all die Wut und all die Verzweiflung, die sich in mir aufgestaut hatten, denen ich keinen Raum gegeben hatte, drangen mit einem Mal aus mir heraus. Ich schlug auf etwas Nasses unter mir und wusste, dass meine Haut aufgeplatzt sein musste.

Da fühlte ich die Hand der Majorin, die mir sanft, aber bestimmt in den Solarplexus drückte.

Ein tiefes Grollen entwich meiner Kehle, als wütende Tränen ihren Weg über meine Wangen suchten. Mein Kiefer presste sich zusammen, doch es half nichts. Die Laute, die meinem gequälten Geist eine Stimme gaben, fanden trotzdem ihren Pfad durch meine Zähne hindurch.

Der Druck auf meine Mitte verstärkte sich und da öffnete sich plötzlich die Dunkelheit. Sie gab ein kleines Sichtfeld frei, als würde man ein verrußtes Fenster betrachten und es ein wenig putzen, um die Welt dahinter zu sehen.

Doch was ich sah, war ein Scherbenhaufen, der sich schneller bewegte, als mir lieb war. Jede Scherbe schien einen anderen Filmausschnitt in unterschiedlichen Geschwindigkeiten zu zeigen. Der eine war schneller vorbei, als ich hinschauen konnte, der andere hatte sich nach einer gefühlten Ewigkeit noch immer nicht bewegt.

Hände, die sich hielten. Sams triumphales Gesicht. Das in Tücher gewickelte Kind von Fia, das glückselig nach oben lächelte. Ein metallisch klingender Fuß, der die Korridore entlanglief und mit Sicherheit zu Leander gehörte. Tanzende Menschen in Masken im Antiken Salon. Zusammengekniffene Augen, aus denen eine Träne kullerte. Nora D. Samjatin, die mit verbissener Miene durch die Gänge rannte wie ein wilder Stier. Asche.

Irgendwo – war es in meinem Kopf oder in dem Raum, in dem ich mich befand – begann Musik zu spielen. Auch wenn sie leise, kaum hörbar war, erfüllte sie nach und nach jede Faser meines Körpers. Sie begann dort, wo ich immer noch den Druck der kleinen Hände der Majorin spürte. Wie ein Stoff, der sich mit Wasser vollsog, breitete sich die Musik über und in mir aus.

Als die Violinenklänge schneller und fordernder wurden, fühlte ich mich, als würde sich alles in mir zusammenziehen, als wäre ich eine menschliche Ziehharmonika, bereit, ihren Ton in die Welt hinauszuschreien.

›Was siehst du?‹, fragte eine Stimme, die offenbar meine eigene war.

›Alles und nichts. Tod und Leben. Gewinn und Verderben. Es ist da und es ist fort‹, antwortete eine zweite Stimme, die auch meine war und doch so anders klang als die erste.

›Du musst sterben. Damit andere leben können.‹ Eine dritte Stimme flüsterte, als hätte sie etwas zu verbergen.

Immer noch sah ich auf die Scherben vor mir und fragte mich, ob es sich so anfühlte, wenn man verrückt wurde.

›Ich will nicht sterben‹, antwortete die erste Stimme angsterfüllt.

›Das –‹

Doch dazu kam sie nicht mehr, denn die Scherben zerbrachen und schossen wie Pfeile auf mich zu. Ich duckte mich. Ein höllischer Schmerz durchzuckte meine Stirn.

»Haben Sie sich wehgetan?«, fragte Majorin Mercedes besorgt und drehte mich mit dem Gesicht nach oben.

Meine Sicht klärte sich nach einer Weile, in der ich sie bloß anblinzelte und nichts sagte. Hatte sie auch gehört, was die Stimmen geflüstert hatten?

»Hören Sie mich, Wright?«

»Mhm«, murmelte ich. Mir war, als hätte ich mich nach einem üppigen Mahl schlafen gelegt und würde nun erwachen. Alles an mir war schwer. Mein Körper, meine Gedanken zogen mich eisern hinunter. »Ja.«

Die Majorin half mir, mich aufzusetzen. »Trinken Sie etwas«, erklärte sie.

Mein Magen brummte daraufhin. Ich dachte daran, dass es Menschen gab, die niemals genug zu essen hatten, und ich fühlte mich schwächlich, weil ich einmal einen Tag fasten musste. Genervt über mich selbst schüttelte ich den Kopf.

»Sie wollen nichts?«, fragte sie, ein Glas Wasser erhoben.

»Doch, doch, bitte«, erwiderte ich erleichtert.

Ich hob das Glas an die Lippen und ließ die eisig kalte Flüssigkeit in meine Kehle perlen. Und da war die Erinnerung wieder. All die Last fiel von mir ab, gerade so, als würde ein Nadelbaum sein Kleid abwerfen.

Hatte ich das Ende der Akademie vorausgesehen? Hände, die sich hielten. Sams Gesicht, das vor triumphaler Begeisterung glühte.

»Danke«, flüsterte ich und fühlte mich wie poliertes Glas. Neu und unverbrauchten Geistes, mit klarer Sicht auf die Dinge, die mich umgaben und umgeben würden.

»Haben Sie etwas gesehen?«, fragte die Majorin.

»Haben Sie nicht gehört …«, antwortete ich verwirrt und fragte mich, ob bloß ich die Stimmen wahrgenommen hatte. Waren sie meiner Einbildung entsprungen oder hatte mein Unterbewusstsein zu mir gesprochen? Je länger ich darüber nachdachte, desto weniger Unterschied machte es. War denn nicht beides ein und dasselbe?

Ich bekam gerade noch so mit, dass die Majorin selig lächelnd den Kopf schüttelte. »Brauchen Sie noch einen Moment? Oder können wir zurück zum Fest? Ich denke, wir werden schon sehnlichst erwartet.«

Nun war es an mir, den Kopf zu schütteln. Ich stemmte mich hoch und merkte, wie alles zu verschwimmen begann. Doch nur für einen Moment, dann war ich wieder klar.

»Hast du was gesehen?«, fragte Milan aufgeregt und hatte nicht einmal darauf gewartet, dass ich mich gesetzt hatte.

Auch King wandte sich uns interessiert zu und ließ die Haarsträhne fallen, die sie bearbeitet hatte. Daran hatte sich wohl noch immer nichts geändert.

»Nein und ja. Irgendwie war da so viel, aber ich kann keines der Bilder zuordnen«, erklärte ich nicht ganz gelogen. Immerhin war ich mir nicht im Klaren darüber, ob manche der Szenen bereits passiert waren oder nicht. Fia und ihr Kind waren schließlich auch vorgekommen.

»Schwestern und Brüder«, verkündete Nora D. Samjatin und stand auf. Sie breitete ihre Arme aus und auf ihrem Gesicht erschien einmal mehr das wölfische Grinsen, von dem sie offenbar dachte, es würde einladend wirken.

Stille legte sich über die Köpfe der Anwesenden. Nicht einmal unsere Mägen wagten es, diese zu durchbrechen.

»Es ist mir eine außerordentliche Freude, unsere neuen Mitglieder begrüßen zu dürfen.« Ihr Ausdruck ängstigte mich. War es Gier oder Mordlust, die für einen Moment in ihren Augen aufblitzte?

Die Professoren standen auf und zogen etwas Goldenes hervor. Ein kleiner Pin in Form einer Schlange, den sie uns nacheinander ansteckten.

Samjatin erhob noch einmal das Wort: »Lasst uns nun gemeinsam das Brot brechen.«

Sie setzte sich und da schossen schon die mechanischen Mitarbeiter des Vortags heran, die das dampfende Essen servierten. Für längere Zeit herrschte Ruhe, in der wir alle aßen. Seit ich an die Akademie geholt worden war, hatte ich nie schlechtes Essen bekommen. Manchmal waren es schlichte Gerichte, aber dennoch immer köstlich. Das jedoch, was uns hier aufgetischt wurde, war einfach nicht zu vergleichen.

Braten mit Preiselbeersoße, Kartoffelbrei, Rotkraut, Knödel, Butterbohnen, ein Berg an Ofengemüse. Als ich über die reich gedeckte Tafel und das silberne Geschirr blickte, kam es mir vor, als würde ich in Hogwarts speisen.

Nach einer Weile brummte mein Magen zufrieden und ich wusste, dass ich nichts mehr hineinkriegen würde. Ich legte das Besteck ab und lehnte mich nach hinten. Ich war versucht, den obersten Knopf meiner Hose zu öffnen, entschied mich aber dagegen.

Auch Milan schien sein Mahl beendet zu haben, denn er tat es mir gleich und grinste mich glückselig an.

King indes verdrückte immer noch Unmengen und ich fragte mich wirklich, wo sie das alles hintat, schließlich hatte sie den zierlichsten Körper von uns allen.

»Gewöhn dich bloß nicht dran, solche Feste feiern wir nur, wenn neue Gewogene aufgenommen werden«, erklärte Milan und wandte sich mir zu.

Ich blickte auf die Tafel vor mir. Obwohl die meisten schon satt waren, standen immer noch prall gefüllte Schüsseln und Teller vor uns, die nur darauf warteten, dass man von ihnen nahm. Als ich mich wieder zu ihm drehte, grinste auch ich. »Ist die Initiation jetzt eigentlich abgeschlossen?«, fragte ich und gähnte. So viel Essen machte mich immer so müde. Am liebsten hätte ich mich sofort auf den Weg ins Zimmer gemacht, um schlafen zu gehen.

Doch Milan zerstörte meine Hoffnung auf eine frühzeitige Ruhe: »Ja. Aber auch wenn es nicht zum offiziellen Teil dazu gehört, lassen die Wächter die Neuen nie ohne einen Tanz gehen.«

Ist nicht dein Ernst?!, wollte ich schon erwidern, aber hielt mich zurück. Ich hatte keine Lust auf Tanzen. Um ehrlich zu sein, vermisste ich es, die Abende, verborgen vor den Blicken aller, mit Leander und Sam zu verbringen. Doch ich musste meine Maskerade aufrechterhalten. So lächelte ich und antwortete bloß: »Aber natürlich. Auch wenn ich die wohl schlechteste Tänzerin bin, die die Akademie je gesehen hat.«

Wobei das nicht ganz stimmte. Ich wusste nicht, wie ich tanzte. Meine einzigen Hoffnungen damals am Schulball waren von Leander zerstört worden.

»Keine Sorge, solange dein Partner gut tanzt, wird es kein Problem sein«, sagte Milan aufmunternd.

»Wie siehst du das, King?«, fragte ich dann an sie gewandt.

Sie hatte noch den Mund voll und beeilte sich, so schnell wie möglich alles auf einmal hinunterzuschlucken, bevor sie mir atemlos antwortete: »Ah, mir isch dasch – besser! – eigentlich total egal. Ich tanze nur das, was unbedingt notwendig ist und das war's. Den restlichen Abend bringe ich damit zu, mich zu betrinken.« King lachte auf und verschluckte sich. Hustend langte sie nach ihrem Glas und trank es in zwei Zügen leer.

»Ich hoffe, dass wenigstens du etwas geselliger bist als unsere Königin der Nacht.« Milan lachte über seinen eigenen Witz mehr als wir, aber das schien ihn nicht zu stören.

»Mal sehen«, flüsterte ich und die Anspannung wuchs.

Wenig später, als das Mahl beendet war, lud Nora D. Samjatin zum Tanz. Da sich alle am Tisch erhoben, tat ich es ihnen nach und hoffte, nicht gleich aufgefordert zu werden.

Doch die Rechnung hatte ich ohne Milan gemacht, der sofort heran war und mich in die Mitte des Saals führte.

Ich sah mich nach King um, die mir ein spöttisches Lächeln zuwarf und ihr mittlerweile wieder gefülltes Glas hochhob. Der Tanz begann und ich trat ihm bereits zweimal auf die Zehen, bevor er mich enger zu sich zog. Nun ging es bedeutend besser, aber trotzdem fühlte ich mich unwohl.

Das lag nicht zuletzt daran, dass ich Milan sowohl vor unserem Streit als auch danach nie so nah gewesen war. Ich fühlte jede Bewegung, die durch seinen Körper ging.

Ich sah zu ihm auf und erkannte sein nachdenkliches Gesicht, das meinen Blick noch nicht bemerkt hatte.

Langsam hatte ich mich an den Tanz gewöhnt und meine Füße

taten, was sie sollten. Aber dennoch war ich gestresst und völlig außer Atem, als wir schließlich endeten.

Milan senkte den Kopf und sah mir direkt in die Augen. Das wäre einer der Momente gewesen, in denen sich die Protagonisten in Liebesromanen küssten. Ein wundervolles Essen, ein Tanz und der große Augenblick. Ich sah es in seinen mintgrünen Augen, dass er kurz davor war, eine Dummheit zu begehen.

»Bruder Novak, ich werde Ihnen Ihre Tanzpartnerin leider entführen müssen«, erklärte die Stimme des Gevatters, der an diesem Abend elegant wie immer gekleidet war. Während wir unsere Schuluniformen trugen, konnten alle anderen schließlich anziehen, was sie wollten. Der Gevatter, der offenbar ganz genau wusste, was ihm stand, hatte sich für eine dunkelgraue, in Fischgrätmuster gehaltene Anzughose mit passender Weste entschieden, darunter trug er ein hellblaues Hemd. Und wie immer war seine Taschenuhr zu sehen. Er streckte seine Hand nach mir aus und musterte mich.

Vom Regen in die Traufe. *O nein*, dachte ich und wandte mich dennoch lächelnd um. Ich reichte ihm meine Hand und hoffte, der Tanz würde ein kurzer sein.

Aus dem Augenwinkel beobachtete ich, wie Milan zu Kyla trottete und sich angeregt mit ihr unterhielt.

Doch da zog mich der Gevatter schon zurück auf die Tanzfläche und begann einen viel zu schnellen Tanz für meine Beine. Er merkte rasch, dass ich nicht mitkam und verringerte seine Geschwindigkeit.

»Tut mir leid, ich bin leider keine gute Tänzerin«, hatte ich das Bedürfnis zu sagen.

»Machen Sie sich keine Sorgen, Wright«, erwiderte er. »Ich kann gut genug für uns beide tanzen.« Auch er hatte ein wölfisches Grinsen aufgesetzt und langsam fragte ich mich, ob das wohl das Erkennungszeichen unter den leitenden Angestellten war.

Er würde recht behalten, er führte tatsächlich besser als Milan und doch stieg ich ihm das ein oder andere Mal auf die Füße, was er mit einem missbilligenden Blick quittierte.

»Ich würde Ihnen raten, sich zukünftig an Novak zu halten, wenn Sie Fragen haben. Doch auch, was das Verhalten anbelangt. Majorin Mercedes mochte zwar über Ihre Aktivitäten großzügig hinweggesehen haben, als Sie noch nicht als Anwärterin nominiert waren, doch nun sollten Sie sich besser den Statuten der Akademie gemäß verhalten«, sagte er dann und da wusste ich, dass es wohl ein sehr, sehr langer Tanz würde.

Das Lied verklang, doch er tanzte einfach weiter. Als die Musik von Neuem zu spielen begann, passte er unsere Geschwindigkeit bloß ein wenig an. Wir wurden langsamer.

Ich fühlte seinen eisernen Griff und alles in mir schrie danach, die Flucht zu ergreifen. Immer lauter hörte ich die Signale meines Körpers, die sich scheinbar an das Crescendo der Musik im Hintergrund anpassten.

Doch je verzweifelter ich versuchte, die Stimme niederzukämpfen, um nicht aufzufallen, desto hartnäckiger schien sein Griff zu werden.

»Ich werde meine Rolle als Gewogene ernst nehmen, falls Sie das meinen«, erklärte ich leise. Und auch wenn ich möglicherweise Angst haben sollte, verspürte ich plötzlich nichts als Kampfeslust.

Sein wölfisches Lächeln verzog sich allmählich zu einer Fratze, bevor er mich nah zu sich zog, um mir ins Ohr zu flüstern: »Genau so wünsche ich mir unsere Gewogenen. Willensstark und kämpferisch. Aber vergessen Sie nicht, wem Ihre Treue gebührt.«

Ein Schaudern ging durch meinen Körper, das wohl auch ihm nicht gänzlich entgangen war. »Jawohl«, antwortete ich erstickt. Hatte er mich durchschaut? Oder hielt er so eine Ansprache jedem der Neulinge?

Der Gevatter vollführte eine elegante Drehung mit mir. Als ich ihm erneut viel zu nah für meinen Geschmack war, fügte er an: »Seien Sie vorsichtig, wem Sie Ihre Zeit schenken.« Er sah mir bedrohlich in die Augen.

Ich hatte nun erst gemerkt, wie dunkel sie tatsächlich waren. Damals, als er uns mitgenommen hatte, war mir das nicht aufgefallen, doch da gab es bei Gott andere Dinge, die mich beschäftigt hatten. Nun aber waren mir diese Augen so nahe. Sie wirkten wie zwei Höllenschlunde, die sich vor mir auftaten, um meine Seele zu fressen.

Ich schluckte, was ihm offenbar entging und antwortete: »Bruder Novak wird mir zur Seite stehen, da bin ich mir sicher. Und auch Schwester King wird sich meiner Anwesenheit wohl nicht mehr entziehen können.«

»Vergessen Sie nicht, nun gehören Sie zur Familie.« Und damit endete der Tanz. Der Gevatter verbeugte sich. So schnell er gekommen war, so rasch verschwand er auch.

Unschlüssig stand ich da und verarbeitete das Gespräch, bis King plötzlich an meiner Seite war und mich von der Tanzfläche holte.

»Das macht er mit jedem«, zischte sie mir zu. Doch so ganz glauben konnte ich es nicht. Er musste mich genau beobachtet haben und wusste von unseren nächtlichen Abenteuern im Observatorium. Sie alle schienen darüber informiert zu sein. »Ich weiß nicht«, erwiderte ich langsam und sah mich hilfesuchend nach Milan um, der just in dem Augenblick mit Getränken um die Ecke kam.

Er drückte mir eines der Gläser in die Hand. »Na, hat er dich aus seinen Fängen entlassen?«, fragte er dann.

»Du wusstest, dass er das machen würde?«, hakte ich aufgebracht nach und war so knapp davor, mit dem Fuß aufzustampfen.

»Na ja … ja«, sagte Milan dann und setzte ein Gesicht auf, als wüsste er, dass ihm nun gewaltiger Ärger blühte. »Ich hätte dich nicht groß vorwarnen können. So eine Rede hält er jedem. Daher ist er auch der Einzige der Professoren, der mit den Neuen tanzt. Und glaub mir, wenn ich dir sage, dass er wirklich mit jedem tanzt.«

Ich legte den Kopf schief und fragte mich, was er meinte.

»Das hätte ich zu gern gesehen.« Lachend nahm King noch einen Schluck. Sie schien mittlerweile schon etwas angetrunken zu sein und genoss die Stimmung sichtlich.

Erst da ging mir ein Licht auf. »Nein!«

»Doch.«

Ich vermied es, mich noch einmal zu wiederholen, auch wenn ich es zu gern getan hätte. Laut losprustend hätte ich fast mein Getränk fallen lassen. »Der Gevatter hat –«, japste ich und hatte Mühe, Luft zu holen, »– nicht. Dein. Ernst! O nein, mein Bauch, ich kann nicht mehr!«

»Ist ja schon gut, ihr könnt aufhören«, hatte Milan eine Zeit lang geraunt, in der King und ich uns kaum von einem Lachanfall erholen konnten, bis er es irgendwann aufgab und wartete.

Als wir uns schließlich beruhigt hatten und uns die schmerzenden Bäuche hielten, hatte er sich schon zum zweiten Mal ein neues Getränk geholt und war nun offenbar bester Laune.

»Na, alles wieder gut?«, fragte er.

Wir nickten, aber hatten immer noch Tränen in den Augen.

»Ich bin gleich wieder da«, entschuldigte sich King, stellte ihr Glas auf den Fenstersims neben uns und verschwand in der Menge.

Nun hörte ich mein Herz lauter schlagen. Wir waren allein und ich wusste nicht, was passieren würde.

»Mach dir keine Sorgen, noch mal geh ich nicht mit dir tanzen«, sagte Milan sanft. Er zog einen Mundwinkel hoch. Das Lächeln, das er mir schon so oft geschenkt hatte, wirkte immer noch. Sofort breitete sich ein Wohlgefühl aus.

»Das ist aber sehr nett von dir, Bruder Novak«, zog ich ihn auf.

»Da siehst du mal, wozu ich bereit bin. Ein selbstloser Ritter in schwarzer Rüstung«, erklärte er stolz und tat so, als würde er ein unsichtbares Schwert ziehen.

Ich sah ihn an und wusste nicht, was ich erwidern sollte.

Ganz in seiner Rolle bleibend steckte er das Schwert zurück in die Scheide und räusperte sich. »Tut mir leid, wenn unsere Gespräche manches Mal noch etwas unangenehm sind. Ich war noch nie in so einer Situation. Ich … habe schon Menschen verloren, aber bislang habe ich keinen davon wiedergefunden. Es ist schwierig für mich, damit umzugehen. Ich weiß nicht, wie ich mich verhalten soll.«

Ja, dass er Menschen verloren hatte, wusste ich bereits und es betrübte mich, dass ich über dieses Detail seines Lebens gestolpert war, ohne es zu wollen.

»Mir geht es genauso«, sagte ich plötzlich mit einer merkwürdig belegten Stimme.

»Lass es uns einfach versuchen«, erwiderte er und ich war mir nicht sicher, was er meinte.

Er ergriff meine Hand und drückte sie sanft. Mein Herz schlug mir bis zum Hals.

Sam. Ich liebe Sam.

Und doch konnte ich mich Milans Blick nicht entziehen, der auf mir ruhte. Faszination mischte sich mit der Angst, was geschehen würde.

Eine innere Unruhe ergriff Besitz von mir und ließ jeden noch so kleinen Teil meines Körpers in Aufregung vibrieren.

»Kann ich eigentlich irgendwas für dich tun?«, fragte er das wohl Unwahrscheinlichste, das ich mir vorgestellt hatte.

»Ich … Wie meinst du das?«

»Du hast vor Kurzem erfahren, dass du dich all dem hier anschließen sollst. Deine Freunde haben sich von dir abgewandt und auch dein Freund will nichts mehr mit dir zu tun haben. All das muss dich doch sehr belasten, nicht?«, antwortete er und ich wusste, dass ich so einen Freund wie ihn nicht verdient hatte.

Er hatte sich mit uns angelegt, weil er allen voran auf mich achtgeben wollte. Und nun, nach der ganzen Zeit, in der er mit uns im Streit gelegen war, war das seine Frage.

Ich fiel ihm schneller in die Arme, als er mich auffangen konnte, und krachte recht ungelenk in seine Schulter. »Jemanden wie dich hab ich nicht verdient.«

»Ich will dir nur ein guter Freund sein, das ist alles.«

Kurz hatte ich überlegt, ob ich nach dem Fest Leander aufsuchen sollte oder ob es zu gefährlich war, nach allem, was der Gevatter zu mir gesagt hatte.

Doch wenn ich ehrlich war, würde er mich ab sofort vermutlich ohnehin im Auge behalten, also musste ich vorsichtig sein, egal wann.

Ich wartete. Vielleicht war es eine Stunde, vielleicht weniger. Dann schlich ich durch die stockdunklen Gänge und versuchte, die Ruhe nicht zu stören. Ich hatte mir die Schuhe ausgezogen, um keinen Mucks zu machen. Endlich erreichte ich Leanders Zimmer, drückte die Klinke nach unten und trat ein.

Früher hätte ich mich nicht dabei wohlgefühlt, durch die Finsternis zu wandeln und verbotenerweise nachts umherzustromern, aber das war auch die Zeit, in der ich einen Freund wie Milan nicht so schamlos belogen hätte. Hier an der Akademie hatte sich so einiges für mich geändert und immer noch war ich mir nicht im Klaren darüber, ob ich alles davon gut fand.

Als ich die Tür öffnete, ging das Licht im Zimmer aus und ich hörte etwas rascheln. Sekunden später dann Stille, die Tür hinter mir fiel ins Schloss.

»Leander?«, fragte ich in die Dunkelheit hinein.

Das Licht ging wieder an und hüllte das Zimmer in einen orangegelben Schein.

»Na, schon zurück von deiner Feier?«, wollte er wissen und setzte sich auf.

»Schon seit einer Stunde, aber ich hab mich nicht getraut, sofort herzukommen«, erwiderte ich.

»Schade, du hast Sam gerade verpasst«, meinte er betont lässig und schwang die Beine aus dem Bett. Er stand auf, rieb sich über seine in alle Richtungen abstehende Mähne und blinzelte mich verschlafen an.

»Verdammt!«, fluchte ich. »Ich muss das jetzt trotzdem loswerden.« Und dann erzählte ich ihm alles. Angefangen am Abend zuvor, der Entdeckung, was mit Camus passiert war, von der Vision, über das Festessen, die Worte des Gevatters und vor allem die Gespräche mit Milan.

Irgendwie war ich froh, dass Sam bereits gegangen war. Natürlich würde ich ihm davon erzählen, aber trotzdem wollte ich zuerst Leanders Meinung einholen.

»Pass dir bloß auf mit dem«, meinte er. »Ich an deiner Stelle würde Sam vielleicht vorerst nichts sagen. Was, wenn er wütend wird und wieder eine Prügelei mit Milan beginnt?«

Da hatte er recht. »Mhm, stimmt schon. Aber ich fühle mich nicht wohl dabei, ihm das zu verschweigen.«

»Musst du wissen.« Er umrundete mich und setzte sich neben mich. »Ich für meinen Teil weiß nicht so recht, was ich sagen soll. So ein Gespräch musste ich bislang noch nicht führen und schon gar nicht mit jemandem, mit dem ich so eine turbulente Vorgeschichte hatte wie mit dir.« Er zog die Knie an und sah mich aus großen Augen an. »Ich kann dir nicht wirklich helfen.«

»Ist schon gut. Zuhören ist Hilfe genug.« Ich verzog den Mund zu einem Lächeln.

»Das ist der Pin?«, fragte er und zeigte auf meine Weste.

Überrascht sah ich an mir herunter und nickte. »Ja.«

»Das ist der Ouroboros«, sagte Leander.

»Der was?«

»Der kam schon bei den alten Ägyptern vor. Das ist eine Schlange, die sich selbst in den Schwanz beißt und so einen vollkommenen Kreis bildet. Er steht als Sinnbild für den ewigen Kreis von Leben, Tod und Wiedergeburt. ›Eins ist alles‹, sagt man. Trifft sich doch gut mit dem, was die Gewogenen da so treiben«, erklärte er.

»Woher weißt du so viel darüber?«, fragte ich und runzelte die Stirn.

»Ich interessiere mich für alte Hochkulturen und ihre Technik«, antwortete er schulterzuckend.

Eine Weile sagte niemand von uns beiden etwas, bis ich die Stille brach. »Wie gehen wir jetzt weiter vor? Unsere Treffen könnten jederzeit überwacht werden.«

»Ich rede mit Sam und lasse dir eine Nachricht zukommen.«

»Und wie wollen wir das anstellen, ohne erwischt zu werden?«

»Es gibt ein paar Möglichkeiten, unsichtbar zu schreiben.« Leander zwinkerte mir zu.

»Und für welche entscheidest du dich?«, fragte ich.

»Sagen wir's mal so: Wasch dir danach die Hände.«

Ich musste ihn wohl hochgradig verwirrt angesehen haben, als er meinte: »Urin. Man schreibt mit Urin.«

»Warum überrascht mich in diesem Laden eigentlich noch irgendwas?«, fragte ich eher mich selbst als ihn, bevor ich mich von ihm verabschiedete und zur Tür hinausschlüpfte.

Ich erwachte früh am nächsten Morgen und setzte mich, wie schon die Tage zuvor, zu Milan.

Während Merle wie gewohnt in Hasstiraden versank, warf Hannah mir immer wieder Blicke über die Tische hinweg zu, die ich ebenso traurig erwiderte. Immer noch hatte ich keine Gelegenheit gehabt, mit ihr zu sprechen.

Als ich vor dem Unterricht noch kurz auf die Toilette ging, huschte dicht gefolgt Hannah herein und versperrte die Tür. »Lass uns reden.«

»Klar, gern«, erwiderte ich perplex und wusste nicht, was ich sagen sollte.

Umso erleichterter war ich, als sie tief Luft holte und herunter ratterte: »Ich hab nichts gegen dich, aber Merle gibt das Kommando an. Islington, der verliebte Trottel, folgt ihr aufs Wort und Sam scheint einfach nur deprimiert zu sein, wegen dem, was passiert ist. Bitte sei ihm nicht böse, das Ganze scheint ihn sehr mitzunehmen.«

»Ach Hannah.« Ich wartete nicht auf ihre Zustimmung, sondern fiel ihr um den Hals, wie ich es auch schon bei Milan getan hatte, doch dieses Mal weit weniger schmerzhaft. »Ich danke dir.« Tränen standen mir in den Augen, die ich versuchte wegzublinzeln.

»Ich vermisse dich«, flüsterte sie in meinen Nacken. »Aber wenigstens hast du King, die dir zur Seite steht, und Milan, der endlich wieder mit dir redet. Ich kann die anderen nicht aufhalten, dafür setze ich mich zu wenig durch. Aber ich hoffe, du weißt, dass ich es tun würde, wenn ich es denn könnte.«

»Du weißt gar nicht, wie viel mir das bedeutet.« Und das tat es wirklich. Mir war klar, dass Hannah nie etwas ausrichten würde, so war sie einfach nicht. Sie passte sich immer an die stärkste Strömung an und daran fand ich nichts Schlechtes, solange niemand zu Schaden kam.

Als ich dann schließlich gemeinsam mit Kyla in der Bibliothek erschien, war mir das Herz nicht mehr so schwer und ich lächelte. Auch als Sam hereinkam und mich, um die Tarnung nicht auffliegen zu lassen, geflissentlich ignorierte und zu den anderen trottete.

Kyla und ich lasen ein wenig. Wir hatten Bücher aus der Bibliothek der Gewogenen mitgenommen, in der es sogar Romane gab! Wir hatten den Einband getauscht, damit niemand bemerkte, was wir da hatten, und verbrachten so den halben Vormittag in dem Licht der einfallenden Sonne.

Natürlich hätten wir unseren Tag auch in der Bibliothek der Gewogenen verbringen können, doch wollte ich Milan, der sich in letzter Zeit häufig dort aufhielt, gerade nicht begegnen.

Ich legte mein Buch zur Seite, seufzte und stand auf. »Bin gleich wieder da«, erklärte ich und ging weiter hinten zu den Regalen der Numistoriker.

Dabei musste ich freilich an den anderen vorbei. Merle warf mir böse Blicke zu, während Islington kräftig nickte. Leander sah zu Boden ebenso wie Sam, der die Fäuste ballte.

Als dann ein Buch in meine Richtung flog, donnerte Huxley plötzlich: »Es reicht, Merle! Es reicht!«

Er war aufgestanden und ich zur Salzsäule erstarrt. Das Buch hatte mich nicht getroffen und lag traurig mit nach oben gekehrtem Umschlag am Boden.

Merle, wie vom Donner gerührt, schaute zu Sam auf, der sie um eine halbe Körperlänge zu überragen schien.

»Lass es endlich sein. Wenn du nicht darüber hinwegkommst, dass sie offenbar anders behandelt wird als wir, dann bitte doch auch um eine Sonderbehandlung, aber lass sie endlich in Ruhe!«

Leander, der versuchte, Sam zu beschwichtigen, ließ es wieder sein, als er merkte, dass es keinen Unterschied machte.

»Ich find's auch nicht toll. Islington hat dir sicherlich von meiner Familie erzählt, aber das gibt dennoch keinem von uns das Recht, sich so aufzuführen!«, brüllte er weiter, sodass sich einige der anderen Adepten zu uns umdrehten.

»Und jetzt verteidigst du dieses Aas auch noch? Sie hat –«

»Es ist mir verdammt noch mal egal, was du denkst, dass sie gemacht hat oder nicht! Sie ist nicht mehr Teil unserer Gruppe, das muss dir ab jetzt reichen! Hör auf, dich aufzuführen wie ein Kleinkind!«, unterbrach er Merle und ich war ihm so unglaublich dankbar dafür.

Ihren Gesichtsausdruck damit zu beschreiben, dass sie aussah, als hätte sie gerade in eine besonders saure Zitrone gebissen, wäre untertrieben gewesen. Sie wirkte, als würde sie Sam gleich an die Gurgel gehen. An ihrer Schläfe pochte gefährlich eine tiefblaue Ader, die ich dort noch nie zuvor entdeckt hatte.

Nun war es an ihr, die Fäuste zu ballen und all ihre Gemeinheiten, die sie mir an den Kopf werfen wollte, hinunterzuschlucken. Sie linste böse von Sam zu mir und wieder zurück – ohne ein Wort.

»Geht doch«, meinte er und da war ich mir sicher, sie würde explodieren. Dann wandte er sich zu mir um. »Und du … wirst dich von nun an von uns fernhalten.«

Ich klappte den Mund auf. Nicht weil ich etwas sagen wollte. Darauf hatte ich nichts zu erwidern. Doch war ich so überrascht davon, dass er mit solch einer Abscheu in der Stimme das Wort an mich richtete, dass ich einfach nur offenen Mundes wie ein dummer Fisch dastehen konnte.

Lange genug, als dass es peinlich war, aber noch nicht lächerlich wurde, war ich erstarrt, bevor ich mich wieder in Bewegung setzte und im hinteren Teil der Bibliothek verschwand. Ich wusste, dass er es nicht ernst meinte, dass er das nur sagte, um die Geschichte, die wir uns so schön ausgelegt hatten, aufrechtzuerhalten. Und trotzdem konnte ich die Tränen nicht zurückhalten, als ich endlich hinter den Regalen verschwunden war.

Ein Loch hatte sich in mir aufgetan. Nicht dort, wo mein Herz war, sondern da, wo die Schmetterlinge flogen. Sie alle waren nun fort. Zurück blieb eine schwarze Leere, die mich von innen her aufzufressen versuchte. Ich zog meine Beine an, um das Loch zu verschließen, doch es half nur wenig. Die Tränen liefen mir übers Gesicht, als würde ich im Starkregen stehen. Innerhalb kürzester Zeit waren meine Wangen und mein Kragen durchnässt.

Um die Schluchzer, die meiner Kehle entwichen, zu unterdrücken, biss ich mir auf die Lippen, bis ich Blut schmeckte, doch selbst das konnte mich nicht auf andere Gedanken bringen. Warum nur tat es so weh? Warum war der Ausdruck in seinen Augen so echt gewesen? Irgendwo tief in ihm musste es seine Wahrheit gewesen sein. So ein herausragender Schauspieler war er nicht, das musste heißen, dass das, was er gesagt hatte, zumindest zum Teil der Wahrheit entsprach.

Hasste er mich denn und wollte es sich nur nicht eingestehen?

Ich konnte noch nicht wieder hervorkommen. Die anderen würden früh genug sehen, dass ich hier hinten geweint hatte. Sie würden es an meinen roten Augen erkennen und dem aufgequollenen Gesicht. Doch noch hatte ich mich nicht wieder gefangen. Ich konnte mich ihren bohrenden Blicken nicht stellen.

Noch nicht.

Nur langsam beruhigte ich mich wieder, das Loch in mir blieb jedoch so groß, wie es war.

Als wäre das in einem anderen Leben geschehen, erinnerte ich mich an die Atemübungen, die ich am Abend zuvor gemacht hatte. Zwar hatten sie mich in eine Vision gelockt, doch vielleicht half es, wieder zur Ruhe zu kommen.

Einatmen.

Zweimal so schnell ausatmen.

Einatmen.

Ich hatte nicht bemerkt, dass King gekommen war, um nach mir zu sehen. Auch hatte ich nicht mitbekommen, dass sie sich zu mir heruntergebeugt hatte, so sehr war ich mit meinen Atemübungen beschäftigt.

Als sie mir dann an die Schulter fasste, war mir, als würde ich einen Satz vorwärts machen.

Und zwar mitten in eine Feuerhölle.

Ich stand etwas erhöht auf dem Dach des Gangs, durch den wir zu den Festen der Gewogenen gelangten.

Geradeaus vor mir hätte das Gebäude stehen müssen, in dem wir am Vorabend noch getanzt hatten. Doch ich machte nur noch das klägliche Gerippe des Baus aus, das umgeben war von unbarmherzig züngelnden Flammen.

»Was ist hier geschehen?«, fragte ich und starrte fassungslos auf die Szene vor mir.

Die zinnerne Balustrade des oberen Stockwerks hing drohend nach unten, bevor sie abbrach und zu Boden krachte, dass Feuer und Funken himmelwärts stoben. Sie begrub zwei Körper unter sich, die offenbar zuvor schon dort gelegen hatten.

Ich schirmte meine Augen vor der Hitze ab und trat über die Schindeln hinweg näher. Ein Blondschopf war es, der dort unten …

Sam.

Und neben ihm lag Leander. Beide waren sie verkohlt, beide hatten beinahe jegliches Haupthaar verloren. Ihre Haut war schwarz und verbrannt, doch das machte nun auch keinen Unterschied mehr.

Sie waren tot.

Und wir erfolgreich.

Ich sah also gerade, wie unser Erfolg aussehen würde. Traurig und einsam.

Irgendwo da unten musste auch ich liegen und ich war froh, es nicht zu wissen. Es nicht mitansehen zu müssen.

Mir reichte es schon, die zwei zu erblicken. Sie wirkten beide trotz ihrer Größe so klein und zerbrechlich.

Wir hatten es geschafft.

Ich fühlte die Tränen auf meiner Haut. Ob ich weinte, weil ich wusste, dass wir siegreich sein würden, oder ob ich verdammt noch mal heulte, weil die beiden Menschen, die mir so wichtig geworden waren wie sonst niemand hier an der Akademie, gemeinsam mit mir sterben würden, vermochte ich nicht zu sagen.

Die Augen zusammenkneifend begann ich zu zittern. Den Kampf hatte ich verloren, ich sank auf die Knie, wo ich unkontrolliert schluchzte.

Ich hätte nicht gedacht, dass dieser Sieg so grausam wäre. Er hätte mich nicht geschmerzt, hätte ich das hier nicht gesehen. Schwer atmend hielt ich nichts mehr zurück. Tränen der Wut mischten sich mit der Trauer und Enttäuschung darüber, dass wir kein anderes Ende hätten herbeiführen können. Es war alles oder nichts. Die einzige Möglichkeit hier an der Akademie.

Und wir hatten uns für das Nichts entschieden. Alles war so gekommen, wie wir es uns erträumt hatten.

Doch zu sehen, dass wir es geschafft hatten oder geschafft haben würden, tat dennoch so unendlich weh. Ich wandte meinen Blick ab und sah gen Himmel.

Die Niemalswolken drangen hervor wie eine Meute gefräßiger Raupen. Langsam senkten sie sich ab und bedeckten bereits Teile der höher liegenden Gebäudeteile.

Die Flammen stoben weiterhin hoch, doch auch diese wurden von den weißen Wolken unaufhaltsam aufgefressen, die sich unbarmherzig nach unten arbeiteten. Auch den schwarzen Rauch, der von dem zerstörten Gebäude aufging, verschluckten sie.

Dort unten musste also die Kontrolleinheit sein, die alles steuerte. Da, wo wir unsere Bombe gezündet hatten, die uns schlussendlich alle drei getötet hatte.

Das Gefühl, sich selbst zu sehen, nachdem man seine Aufgabe

erledigt hatte, erfüllte mich mit grimmiger Gewissheit. Doch damit war auch eingetroffen, was wir von Anfang an gewusst und geplant hatten: unser aller Tod.

Wäre ich allein dort unten gewesen, so hätte es mich wohl mit gebührendem Stolz erfüllt. Vielleicht auch mit einer gewissen Genugtuung, dass die Akademie nicht einfach damit weitermachen konnte, was sie taten.

Aber es waren auch Leander und Sam, deren gebrochene Körper dort unten lagen. Flammen leckten über ihre geschundenen Leiber, doch selbst das machte keinen Unterschied mehr. Es war vorbei.

Ich rief ihre Namen, rief nach ihnen, als könnten sie aufstehen und davongehen. Doch das würde niemand von uns können. Keiner von uns würde je von hier fortkönnen, zurück zu unseren Familien.

Das einzige Haus, in dem wir leben konnten, hatten wir nun zerstört.

Die heißen Tränen mischten sich mit dem Rauch, der bereits in meinen Lungen zu kratzen begann. Die Feuerzungen schlugen höher und erreichten nun auch das Dach.

Als ich an den Rand trat, sah ich hinunter auf das Mosaikmuster des Bodens im Antiken Salon. Ein riesiges Loch klaffte in ihm und offenbarte den tiefschwarzen Raum, aus dem Rauch und Flammen immer noch unaufhörlich stoben.

Ich warf einen Blick nach rechts, wo die beiden lagen und vermutlich auf ewig liegen würden, zumindest bis die Wolken sie erreichten. Dann würden sie sich auch noch den Rest von Leander holen. Und uns.

Eine Schindel löste sich und fiel in die Tiefe, wo sie geräuschvoll auf dem Boden zerschellte.

Es war gespenstisch ruhig, nur das knackende Feuer und ich.

Eigentlich hatte ich alles gesehen, was ich sehen musste. Vielleicht sogar mehr, als ich im Leben je verkraften könnte. Aber es würde vorbei sein. Bald schon.

»Mara! Mara!«, hörte ich.

Der Rauch löste sich auf, die Mauerreste, die gerade verschlungen wurden, verschwanden. Ich war zurück in der Bibliothek. »Wie lange war ich weg?«, fragte ich und sah in die weit aufgerissenen Augen Kylas, die sich neben mich gekniet hatte.

»Ich bin gerade erst gekommen«, erwiderte sie mit einer wegwerfenden Geste. »Hast du denn wieder einen Trank ausprobiert?«

Ich schüttelte den Kopf. »Ich wollte die Atemtechnik verwenden, um mich zu beruhigen.«

»Was hast du –« Ihre aufgeregt klingende Stimme brach und es brauchte ein wenig, bis sie sich wieder gefangen hatte. »Was hast du gesehen?«

Ich wischte mir mit dem Ärmel über das tränennasse Gesicht, seufzte und sah wieder auf. »Den Tod meiner Eltern. Bitte befrag mich nicht dazu. Ich will ni-hicht d-drüber r-reden.« Ein neuerlicher Weinkrampf schüttelte mich, denn jetzt erst realisierte ich, was es bedeutete, unsere Mission durchzuziehen. Ich entschuldigte mich geschwind bei Kyla, die verstand, dass ich den restlichen Tag für mich brauchen würde.

Als ich in mein Zimmer kam, lag ein Zettel auf dem Boden. Bevor ich ihn entfaltete, schloss ich die Tür hinter mir und tat damit etwas, das ich hier schon so lange nicht mehr gemacht hatte. Ich hatte es ja schließlich nicht benötigt.

Einzig das Geräusch des sich entfaltenden Papiers begleitete mich zu der Feuerstelle, wo ich erst einmal Flammen entzündete. Es dauerte, bis sie flackerten und ich die Botschaft wieder zu mir zog.

Ich hielt sie über das Feuer und Leanders eng gekrakelte Handschrift erschien.

Heute um 8 bei mir. Sei pünktlich.

Zum Teil nahm ich es ihm übel, dass er diese Nachricht verwendete, um mich zu tadeln, weil ich es mit der Pünktlichkeit nicht immer genau nahm. Andererseits hatte er ja recht.

Die Zeit bis acht wollte ich noch nutzen. In meinem Zimmer war nichts zu tun und schlafen hätte ich sowieso nicht können. Also langte ich nach der Tasche und machte mich auf in Richtung Trakt der Gewogenen.

Ich hätte vorher noch einmal in den Spiegel sehen können, denn dann hätte ich die Verwüstung beseitigen können, die die Tränen in meinem Gesicht angerichtet hatten.

Doch offenbar hatte ich lieber auf Milan gewartet, der mir über den Weg lief. Entsetzt kam er näher und fasste in mein Gesicht. »Was ist denn mit dir geschehen?«, fragte er.

Ich schüttelte den Kopf, wusste aber gleich, dass er sich dadurch nicht abwimmeln lassen würde. »Ich hab den Tod meiner Eltern gesehen.« Die heisere Stimme und die Tränen, die erneut in meinen Augen aufwallten, waren dennoch wahr, auch wenn die Geschichte, die ich ihm deshalb erzählte, gelogen war.

»Tut mir leid«, wisperte er und drückte meine Hand. »Kann ich dich vielleicht auf andere Gedanken bringen?«

Ich blickte auf.

»Lass uns einen Streifzug durch den Trakt der Gewogenen machen«, erwiderte er flüsternd und sah dabei aus, als wäre dies das Aufregendste, das man sich vorstellen konnte.

»Ich denke, ich sollte davor noch …« Ich zeigte auf mein Gesicht.

»Klar«, erwiderte er.

Die Bibliothek umgingen wir dieses Mal.

Er führte mich durch weitere, endlos lange Korridore, die wie ein Labyrinth angeordnet waren. Anfangs noch versuchte ich, mir zu merken, wo wir lang marschierten, doch schon nach kürzester Zeit gab ich auf. Ich fragte mich, ob ich, wenn es darauf ankam, wohl zurückfinden würde.

Als wir durch einen schwach beleuchteten, gedrungenen Gang kamen, der so gar nicht zum restlichen Bau des Gewogenentraktes passen wollte, hatte ich die Orientierung völlig verloren.

Milan grinste mich an, denn auch er schien das bemerkt zu haben. »Na, weißt du, wo wir sind?«, wollte er wissen.

Ich schüttelte den Kopf und sah ihn mit großen Augen an. »Keine Ahnung.«

»Hast du bemerkt, dass der Gang leicht abfällt?«

Überrascht wandte ich mich um und erkannte, dass er kaum merklich, aber doch, nach oben führte. Auf dem Absatz kehrtmachend schaute ich in sein breit grinsendes Gesicht. »Wo sind wir hier?« Ich hob eine Braue und konnte mir beim besten Willen keinen Reim darauf machen, wohin er mich führte.

»Ich werde dir das Herzstück der Akademie zeigen.«

Der Kontrollraum, schoss es mir durch den Kopf und mein Puls raste. Würde er mir den Weg zum Innersten der Akademie weisen? Würde er sich hassen, wenn ich mein wahres Gesicht erst offenbarte? Ganz sicher konnte ich jetzt bereits behaupten, dass er mich hassen würde. Verärgert darüber, dass ich mir den Weg nicht gemerkt hatte, fluchte ich stumm.

Milan führte mich weiter durch den düsteren Korridor, der nun von hoch oben hängenden Lampen beleuchtet war und nichts mit der architektonischen Schönheit vom Rest des Gebäudes gemein hatte.

Wir bogen um eine Ecke und erblickten eine Stahltür, die vom Boden bis zur Decke wohl ganze fünf Meter maß.

»Wie sollen wir denn da reinkommen?«, fragte ich und klopfte gegen die Tür. Hart, unnachgiebig und gefühlt so dick wie hoch.

»Mit dem Fingerabdruck, wie denn sonst?« Lachend wandte er sich zur Wand daneben, in die ein Bedienfeld eingelassen war. Er hielt die Hand darüber, dann klickte es elektronisch.

Plötzlich verschwand die Tür nach oben und gab einen Durchgang frei. Dahinter erblickte ich einen Raum, der komplett in Weiß gehalten war und im krassen Gegensatz zu den grauen, dunklen Wänden hier draußen stand.

Der Boden war in demselben Weiß gehalten, durchbrochen wurde er bloß vom Gräulich-Gelb der Fugen zwischen den Fliesen. An den Wänden standen Kontrolleinheiten, über denen die kolossalsten Bildschirme hingen, die ich je gesehen hatte.

»Hier sieht es anders aus als in der restlichen Akademie«, sagte ich bloß.

»Das liegt daran, dass das der älteste Trakt ist«, erklärte Milan. Er ging zwei Schritte, nur um dann stehen zu bleiben und sich zu mir umzudrehen. »Hier werden die Netze überwacht, die die Akademie davor bewahren, vom Niemals aufgefressen zu werden.«

Mir kamen die Bilder meiner Vision wieder in den Sinn. Die Wolken, die aus dem Loch im Netz hervorquollen und sich langsam, unaufhaltsam daranmachten, das Gebäude Stück für Stück zu verschlingen.

Das Licht flackerte und hüllte uns in seinen Neonschein. Milan legte den Kopf schief und betrachtete mich, als gäbe es wohl nichts Schöneres als einen Menschen, der von künstlichem Licht beschienen wurde. Ich wusste, dass mein Gesicht noch immer ein wenig aufgequollen war.

»Hier herrscht eine ganz eigenartige Atmosphäre«, stellte ich leise fest und kam mir unglaublich dämlich vor. Fiel mir denn wirklich nichts Besseres ein?

Milan verzog den Mund und zuckte die Schultern. Auch er schien keine Antwort darauf zu wissen.

»Warum ist hier eigentlich niemand?«, fragte ich und sah mich um. Es war mir vorhin schon seltsam vorgekommen, doch nun, da wir weiter in die Mitte des Raums vordrangen, in dem alle Stühle leer standen, verwunderte es mich umso mehr.

»Die Maschinen werden stündlich überprüft. Sie haben Sicherheitssysteme eingebaut. Du kannst es dir wie ein Auffangnetz beim Zirkus vorstellen. Wenn etwas versagen sollte, gibt es einige Einstellungen, die dafür Sorge tragen, dass zumindest bis zur nächsten Überprüfung alles so weiterläuft, wie es soll, um die Sicherheit der Akademie und ihrer Bewohner zu bewahren.«

Ich nickte und sah mich noch einmal um. Keine Kameras. Doch dass man den Raum hier überwachte, stand außer Zweifel. Vorsichtig ging ich auf die mir am nächsten gelegenen Kontrollbänke zu.

Die Tastatur zeigte Symbole, auf die ich mir keinen Reim machen konnte. »Weißt du, was das alles hier bedeutet?«

»Nein, auch ich kenne noch nicht alle Befehle«, antwortete Milan und war mir plötzlich so nah, dass ich seinen Atem in meinem Nacken spürte.

Ich schauderte und versuchte, der Nähe keinerlei Beachtung zu schenken. Ein paar Schritte ging ich weiter und stellte erleichtert fest, dass er stehen geblieben war. »Das sieht so unglaublich kompliziert aus.«

»Das ist es. Nur wenige Heuretiker kennen sich mit diesen Maschinen aus. Jeder, der die Abteilung der Heuretik einmal geleitet hat, hat bislang etwas hinzufügen lassen. So stellen sie sicher, dass die klügsten Köpfe der Akademie ihren Teil dazu beitragen. Jeder, der etwas Bedeutsames geleistet hat, war ein Gewogener. Ausnahmslos. Und auch ich strebe danach, eines Tages dem Gevatter nachzufolgen«, erklärte er und in seiner Stimme schwang unglaublich viel Stolz mit.

Ich wünschte ihm, dass er seinen Traum erfüllen konnte, doch wusste gleichsam, wenn sich meine Vision bewahrheiten würde, würde er niemals die Gelegenheit dazu bekommen.

»Hat der Gevatter seinen Beitrag schon geleistet?«, fragte ich, um auf andere Gedanken zu kommen.

Milan schüttelte den Kopf. »Aber ich hab schon gehört, dass er bereits ein Konzept ausarbeitet. Deshalb ist er, glaube ich, oft so mies gelaunt.«

»Vielleicht liegt es aber auch daran, dass meine Adepten immer wieder hierherkommen, in der Hoffnung, mit ihren Liebsten ungesehen ein Schäferstündchen verbringen zu können«, knurrte eine tiefe Stimme.

Es war der Gevatter. Er trat aus einer Nische hinter uns hervor, die ich zuvor nicht gesehen hatte. Sich auf die Kante der Kontrolleinheit stützend linste er uns streng an. »Raus hier!« Mit seiner freien Hand machte er eine unwirsche Bewegung Richtung Tür.

Wir nahmen die Beine in die Hand und hatten gar nicht gemerkt, dass wir die Hälfte des dunklen Korridors zurückgelaufen waren, bevor wir schwer atmend stehen blieben, um uns zu sammeln.

»Das war knapp«, japste ich und hielt mir die Seite. Ich war weder so sportlich wie Leander oder Sam, noch hatte ich erwartet, einen Sprint hinlegen zu müssen. Dementsprechend rebellierte mein Körper.

»Mhm«, machte Milan mit grimmiger Miene.

»Was meinte er mit Schäferstündchen? Kommen hier oft Adepten runter?«, wollte ich wissen und schaffte es endlich, meinen Atem unter Kontrolle zu bringen.

Milan lachte auf.

»Ich weiß, was Schäferstündchen sind, falls du das meinst«, gab ich tonlos von mir.

»Manche kommen hierher. Ich hab das noch nie … Also …« Er fummelte nervös an seiner Jacke herum und vermied es, mich anzusehen.

»Ich würde dich auch nicht verurteilen, selbst wenn es so wäre«, sagte ich.

»Ich hätte auch nicht vorgehabt, jetzt … Also mit dir … Also«, stammelte er weiter.

»Schon gut, Milan, es ist alles gut«, meinte ich, aber das schien ihn von seiner Nervosität nicht wirklich zu erlösen. An die Wand lehnend versuchte ich, meine Gedanken zu ordnen.

Merk dir den Weg zurück.

Stündlich kommt jemand, um die Maschinen zu überprüfen. Finde heraus wann. Halbstündlich? Zur vollen Stunde? Oder um genau sechzehn Komma fünf Minuten nach der vollen Stunde, um Leute wie uns zu verwirren?

Und vor allem: Sei vorsichtig, lass deine Deckung nie fallen!

Ich sah zu Milan, der nicht bemerkt hatte, dass ich in meinen Gedanken festhing. Denn ihm ging es genauso.

Er schien noch zu überlegen, was er mir antworten sollte, während er offenkundig versuchte, seine Nervosität niederzukämpfen.

»Milan.« Ich tippte ihm an die Schulter.

Erschrocken sah er hoch und wirkte, als wollte er etwas sagen. Auf dem Weg zum Mund schienen ihm seine Worte jedoch verloren gegangen zu sein.

»Lass uns zurückgehen, bevor wir hier auch noch verjagt werden«, meinte ich.

Milan nickte, doch führte er mich nicht durch den Korridor, durch den wir gekommen waren, sondern nahm auf halbem Weg eine Abkürzung. Er blieb vor einer Wand stehen. Sie war getäfelt wie der Rest der Mauerwerke hier. Die Lampen, die zu beiden Seiten des Gangs angebracht waren, verströmten einen unpersönlichen dreckig-gelben Schein, der mir die Sicht eher zu nehmen schien, als sie mir zu geben.

Ich wartete, während er die Wand studierte. Wonach er wohl suchte?

Just in dem Moment schien er das gefunden zu haben, weshalb er stehen geblieben war. Er langte nach einer der Lampen und ich wollte schon einen Scherz über Geheimgänge machen, als sich wirklich einer auftat. »Das ist nicht dein Ernst«, stieß ich aus.

»Ein geheimer Trakt erfordert natürlich auch einen versteckten Zugang. Wie enttäuschend wäre es, wenn es das nicht gäbe?« Er grinste mich breit an.

Mein Puls schlug schneller. Es fühlte sich aufregend und weniger beängstigend an, ihm willentlich in die Finsternis zu folgen.

Er marschierte voran und suchte etwas links an der Wand. Als er es gefunden hatte, erhellten dieselben dreckig-gelben Lichter wie draußen am Korridor den Weg und leuchteten einen engen, steinernen Durchgang aus, der geradeaus führte und sich dann in einer Biegung verlor.

»Das hier ist eine Abkürzung in die Bibliothek der Gewogenen«, flüsterte er. »Warum flüstere ich?«

»Das muss wohl die Stimmung hier drin sein«, erwiderte ich wispernd.

Der Gang endete abrupt und ich wäre beinahe in Milan hineingelaufen. Auf die Fersen war ich ihm jedoch getreten, wofür ich mich umständlich entschuldigte.

»Schon gut«, meinte er und richtete seine Schuhe, während er durch etwas nach draußen sah, das einem Türspion ähnelte. »Die Luft ist rein, lass uns rausgehen.«

Neben der vermeintlichen Wand betätigte er einen versteckten

Schalter. Sie schwang nach außen und plötzlich waren wir wie geblendet vom Weiß der Bibliothek.

Schnell schlüpften wir hinaus und verschlossen den Gang. Ich wandte mich der Wand zu, die auf dieser Seite ein Bücherregal war.

Klassisch, dachte ich bei mir und lächelte in mich hinein. Auch das Wissen darüber würde mir einen erheblichen Vorteil verschaffen. »Auf dieser Seite betätigt man ihn über den Band hier«, sagte Milan. Er deutete auf den schwarz-weißen Einband eines mir durchaus bekannten Buches: »Schöne neue Welt«.

Offenbar hatte er meinen Blick verfolgt, schien sich aber nicht weiter zu wundern.

Ich hatte mich unter einem Vorwand von Milan verabschiedet. Dass ich müde sei und fürs Erste auf mein Zimmer gehen wolle, bevor das Abendessen begann. Es war noch einige Zeit hin bis zu dem Treffen mit Leander und Sam.

Sam.

Den Gedanken an ihn hatte ich vornehmlich beiseitegeschoben. Den Ausdruck in seinen Augen würde ich wohl kaum vergessen können, auch wenn ich es noch so sehr versuchte.

Ich wollte die restliche Zeit damit verbringen, mich abzulenken. So zog ich eines meiner Bücher zu mir, in denen ich über Tränke und deren Auswirkungen auf Psyche und Körper lesen wollte. Vor allem studierte ich zum ersten Mal auch einige der Seiten, die Majorin Mercedes mir nicht markiert hatte.

In diesem Buch fanden sich wundervolle Rezepte für Ablenkungsmanöver. Ob das Zufall war oder nicht, wagte ich nicht zu behaupten. Doch hilfreich war es allemal. Ich beschloss, den dicken Wälzer am Abend mitzubringen. Auch wenn ich mir vermutlich einen Leistenbruch beim Tragen zuziehen würde.

Ich besah mir meine eingegipste Hand und war mir sicher, dass ich nicht noch mehr Verletzungen brauchen konnte, vor allem, da ich nicht wusste, wann unser Sturm auf die Akademie starten würde. Und da keiner von ihnen zu mir kommen konnte, musste das Buch irgendwie zu ihnen gelangen.

Ein wenig blätterte ich noch und las mich in zwei der Rezepte etwas besser ein. Wermut hatte ich im Garten in Hülle und Fülle vorgefunden. Dieser würde wohl die hauptsächliche Geschmacksnote des Trunks darstellen zusammen mit einem Hauch von Zitrone. Auch den benötigten Baldrian hatte ich vorrätig.

Ich stand auf, den schweren Wälzer in der Hand, und trat vor die Tür zum Garten, der zwar etwas versteckt lag, aber von dem aus man die restlichen Bereiche außerhalb der Akademie mühelos erreichen konnte. Die nicht vorhandene Sonne tat gerade so, als würde sie untergehen und hüllte die Akademie und ihr Gelände in ein orange-rosa Licht, das romantisch gewirkt hätte.

Echtes Johanniskraut war die nächste Zutat auf meiner Liste. Verbissen suchte ich nach der Pflanze mit den gelben Blüten. Ich hatte fast schon aufgegeben, als ich sie hinter einem besonders üppigen Kamillenstrauch, dem nächsten Punkt auf der Zutatenliste, entdeckte.

Den Stechapfel, dessen Samen man räuchern sollte, fand ich nach einiger Suche in den Schränken. Er würde zusätzlich dabei helfen, Traumbilder hervorzurufen und die Sinne zu benebeln. Eine Alternative dazu wäre gewesen, einzelne Samen in einem alkoholischen Getränk ausziehen zu lassen, doch ich wollte keineswegs jemanden vergiften. Das könnte bei falscher Dosierung nämlich durchaus passieren und machte mir, gelinde gesagt, etwas Kopfschmerzen.

Ein jähes Ende würde ohnehin jeder hier, der sich zum Zeitpunkt unseres Sturms an der Akademie befand, erleiden.

Die Bilder der Vision tauchten abermals in meinen Gedanken auf, doch dieses Mal war ich erfolgreich darin, sie zu verscheuchen.

Ich hatte alles, was es benötigte, um den Trank herzustellen, der die Gesellschaft abhalten würde, uns zu folgen und aufzuhalten.

Vielleicht würde dann noch etwas für uns übrig bleiben, um das Ende nicht aktiv miterleben zu müssen. Ein Stich in meinem Herzen erinnerte mich daran, dass es nicht an der Zeit war, über solcherlei Dinge nachzudenken.

»Hallo«, flüsterte ich, als ich eine Minute vor acht in Leanders Zimmer schlüpfte.

Die beiden lungerten in den Sesseln und ich kam nicht umhin zu bemerken, dass Sam verboten gut aussah, wie er lässig nach hinten gelehnt war und die Ärmel seines Hemds nach oben gekrempelt hatte.

Er hatte meinen Blick bemerkt, den er offen erwiderte. »Guten Abend, o Königliche!«, sagte er grinsend und vollbrachte eine halbherzige Verbeugung, ohne sich zu erheben.

»Halt die Klappe, Sam«, erwiderte ich lachend und ließ mich aufs Bett fallen.

»Dir ist niemand gefolgt?«, fragte nun Leander.

Ich schüttelte den Kopf, war mir aber nicht sicher. Schließlich hatte ich meinen Gedanken nachgehangen und nicht sonderlich gut aufgepasst. Im Nachhinein ärgerte ich mich über dieses rücksichtslose Verhalten und versprach mir selbst Besserung.

Als der schwarzhaarige Junge nickte, wollten sie alles über den Abend zuvor wissen. Ich war Leander dankbar, dass er so tat, als hätte ich nicht mit ihm gesprochen. Anscheinend hatte er auch Sam gegenüber kein Sterbenswörtchen erwähnt.

»Einer von euch muss mir das Tanzen beibringen. Es ist mir wirklich verdammt peinlich, den anderen ständig auf die Füße zu treten«, schloss ich dann.

»Welch Schande wäre es wohl, wenn du den leitenden Angestellten durch deine nicht vorhandenen tänzerischen Fähigkeiten einige gravierende Verletzungen zufügen würdest?«, fragte Sam ironisch und tat so, als würde er sich wirklich Gedanken machen.

»Ja, oder sie sogar töten«, flötete Leander und stieg mit ein.

»Hört auf«, bat ich und massierte mir die Schläfen. An jedem anderen Tag hätte ich wohl genauso darüber gelacht wie die beiden, doch heute schien alles anders zu sein. Die Auseinandersetzung, Sams Gesichtsausdruck, die Vision, die Kontrolleinheit.

Die Kontrolleinheit!

In all der Aufregung hätte ich beinahe vergessen, ihnen vom heutigen Tag zu erzählen! »Ich weiß jetzt übrigens, wo die Kontrolleinheit steht«, sagte ich dann, während die beiden noch über ihre Witze lachten und sich immer weiter hineinsteigerten.

Abrupt sahen sie auf. In Sams Miene zeigte sich Überraschung, Leanders Gesichtsausdruck konnte ich nicht deuten.

Letzterer sagte dann jedoch: »Ich dachte, nur Heuretiker hätten Zugang dazu.«

Sam setzte sich auf.

»Milan hat mich dort hingeführt.«

»Milan«, knurrte Sam und sah dabei aus wie ein gefährlicher weißblonder Bär – jederzeit bereit anzugreifen. Er ballte seine Fäuste, sein Kiefer spannte sich an. »Was will er ständig von dir?«

»Er wollte mich nach dem, was heute in der Bibliothek passiert ist, auf andere Gedanken bringen.«

»Ich dachte, du wärst mit King unterwegs gewesen«, erwiderte er und gab mir langsam das Gefühl, in einem Verhörraum zu sitzen.

»Ja, auch. Später dann wollte ich in den Trakt der Gewogenen, um ein wenig Abstand von meinen Gedanken zu bekommen und da lief er mir über den Weg«, erklärte ich.

»Wie überaus praktisch, dass unser lieber Milan ständig zur Stelle ist«, spuckte Sam und verzog wütend den Mund.

»Wenn sich Merle besser unter Kontrolle hätte, müsste ich nicht ständig abhauen«, konterte ich.

»Beruhigt euch«, sagte Leander, doch keiner von uns schenkte ihm Beachtung.

»Sei nicht so empfindlich, ich hab dich schließlich verteidigt!« Sam warf die Arme hoch.

Mein Gesichtsausdruck versteinerte und ich hatte keine Chance, das zu verhindern. Ich ließ die Schultern hängen und seufzte. »Ist ja auch egal. Ich hatte in der Bibliothek eine Vision.«

»Es ist nicht egal. Was ist jetzt auf einmal los mit dir?«, forderte Sam zu wissen und stand auf.

»Es laugt mich aus. Vergiss es einfach«, sagte ich, doch auch damit schien er sich nicht beschwichtigen zu lassen.

Mit zwei großen Schritten durchmaß er den Abstand zwischen uns, baute sich vor mir auf und hob mein Kinn. »Was ist los mit dir?«

Seine stahlblauen Augen waren weit geöffnet und mir war, als könnte ich in seine aufrichtige Seele blicken. Er wollte mir nichts Böses. Niemals.

»Ich habe den Ausdruck in deinen Augen heute gesehen, als du mich verteidigt hast. Es fühlte sich so an, als würdest du einen Teil davon ernst meinen. Es fühlte sich an, als würdest du im Grunde deines Herzens zumindest etwas davon so empfinden«, gab ich zu und sah zu Boden. Ein tiefschwarzer Schlund tat sich in mir auf und drohte, mich zu verschlingen. Auch wenn ich alles daransetzte, um ihn so klein wie möglich zu halten, fraß er mich langsam auf.

»Vielleicht habe ich die Trauer über den Verlust meiner Familie noch nicht überwunden. Aber ich würde es dir nicht vorhalten. Du kannst schließlich nichts dafür«, erwiderte er. Er sagte nicht vollauf die Wahrheit. Er wollte, dass seine Worte wahr waren. Wir wussten beide, dass es nicht so war.

Aber ich würde mich nicht länger daran festhalten. Ich würde den deprimierenden Gedanken beiseiteschieben. Es gab wichtigere Dinge, als verletzt zu sein. Ich konnte nichts daran ändern genauso wenig wie er. Aber ich konnte ändern, wie ich es sah.

»Was hast du gesehen?«, fragte nun Leander, der sich endlich Gehör verschaffen konnte.

»Uns. Wir …« Die Bilder kamen erneut in mir hoch und versuchten, mich nach unten zu ziehen. »Wir haben es geschafft.«

»Warum siehst du dann drein, als hätte uns der Gevatter persönlich gehäutet?« Bei dem Gedanken daran schien es ihm zu vergehen und so lenkte er seine Aufmerksamkeit wieder auf mich.

»Alles war zerstört, aber ich stand da und hab euch beide dort in den Trümmern liegen gesehen«, antwortete ich und bevor ich es verhindern konnte, flossen die Tränen in Strömen über mein Gesicht.

»Mara …«, sagte Sam leise und zog mich in seine Arme. Ich spürte, wie sich die Muskeln in seinem Oberarm unmerklich anspannten, und lauschte dem Blutfluss darin.

»Es ist eine Sache zu sehen, dass man erfolgreich ist, aber eine andere, die Auswirkungen zu erleben.«

»Aber genau das wollen wir doch, oder? Wir wissen, seit wir beschlossen haben, das durchzuziehen, dass wir es nicht lebend rausschaffen werden«, erklärte Leander und schob sich in mein Gesichtsfeld.

»Und was, wenn wir es doch können?«, fragte ich. »Was, wenn wir es schaffen, zurück in die Welt zu kommen, aus der wir geholt wurden?«

»Die Tore können nur Abteilungsleiter öffnen. Dieses Wissen erlangt man erst, wenn man sich mit Leib und Seele der Akademie verschrieben hat«, antwortete Leander düster. »Das zumindest hat der Gevatter erzählt, als wir ihn danach gefragt haben.«

Damit war also auch diese Hoffnung zunichtegemacht. Bis es einer von uns in den innersten Kreis schaffen würde, würde noch viel Zeit verstreichen. Zeit, die keiner von uns mehr geben wollte.

»Es wird sich wohl nichts ändern lassen«, schloss Leander und sah aus, als würde er mich aufrichtig bedauern.

»Ich muss mit den Bildern leben lernen«, flüsterte ich über Sams Oberarm hinweg. Immer noch hatte er mich fest umklammert und nahm mir zumindest ein wenig meine Hilflosigkeit. Der Schlund schien, sich zu schließen. Hier fühlte ich mich sicher.

»Also werden wir es schaffen?«, fragte Leander und Hoffnung erglühte in seinen grauen Augen.

»Zeit ist für gewöhnlich wandelbar. Was du heute gesehen hast, kann mittlerweile schon wieder ganz anders aussehen«, erklärte Sam und ich fühlte die Vibration seiner düsteren Worte in meiner Brust. Er machte sich von mir los, um sich zu Leander umzudrehen. »Wir müssen weiterhin vorsichtig sein.«

»Wenn es so weit ist, habe ich einen Trank in petto, der uns helfen könnte.« Grinsend zog ich den Wälzer hervor und schlug ihn auf.

»Du willst sie einschläfern, vielleicht im besten Fall vergiften?«, fragte Sam und erwiderte mein Grinsen. Er reckte beide Daumen in die Höhe. »Gefällt mir.«

»Wenn wir den Kontrollraum stürmen, können wir es nicht gebrauchen, dass ein Haufen Gewogener rumläuft, um uns aufzuhalten. Wir sollten also einen Abend wählen, an dem ein Fest stattfindet. Wir müssen dafür sorgen, dass sie das alle trinken«, führte ich aus. »Dort drin verteilen mechanische Mitarbeiter Getränke und Essen. Es wäre für dich sicherlich nicht schwer, sie zu manipulieren, Leander.«

»Es ist schön, welches Vertrauen du in meine Fähigkeiten setzt, Wright«, erwiderte er und strich sich bedächtig übers Kinn. »Ich müsste wissen, wo sie die abstellen, um an sie heranzukommen.«

Ich nickte. »Ich werde sehen, was ich tun kann, um es herauszufinden.«

»Mach diesem Wurm Milan bloß keine Hoffnungen, wo keine sind, auch wenn er unsere Hauptinformationsquelle ist«, knurrte Sam und ballte ein weiteres Mal die Fäuste. »Dass du ihm eine Freundschaft vorspielst, muss ihm genügen.«

»Glaub mir, ich fühle mich keineswegs gut dabei. Aber wenn ich den Machenschaften der Akademie ein Ende setzen will, dann darf ich meine Deckung nicht aufgeben«, sagte ich und fühlte, wie mein Herz wieder schwer wurde. Milan war schließlich einmal mein Freund gewesen.

»Er soll sich trotzdem keine Hoffnungen machen, bei dir landen zu können.«

»Versetz dich mal in seine Lage. So, wie er die Sache sieht, denkt er, ich sei nun frei für ihn. Dass ich ihn nur als Informationsquelle nutze, kann er nicht wissen«, sagte ich dann und meine Eingeweide quetschten sich zusammen. »Ich hasse es, das tun zu müssen. Genau so ein Verhalten verabscheue ich mehr als alles andere.«

»Denk daran, es ist wichtig, es zu tun. Nur so können wir das Ende der Akademie gewährleisten«, warf Leander nun ungewohnt sanft ein, stand auf und ergriff meine Hände.

Ich erhaschte einen Blick auf Sams Gesicht, der mit sich rang, aber sich offenbar bewusst machte, dass hier nur seine Eifersucht aus ihm zu sprechen versuchte.

»Nur, wenn jeder seinen Part spielt, können wir sie besiegen. Sam muss seine Kontakte spielen lassen und diese Bombe richtig bauen. Ich muss alles tun, um herauszufinden, wie die Kontrolleinheit aufgebaut ist und die Akademie überwachen. Und du, du musst weiterhin Informationen aus dem Innersten besorgen«, sagte Leander und zwang sich zu einem Lächeln.

Ich seufzte und wusste, dass er recht hatte.

»Was mich zum nächsten Punkt bringt. Du musst das hier«, er hob etwas hoch, das aussah wie ein USB-Stick, »beim nächsten Mal unauffällig für etwa eine Minute in die Kontrolleinheit stecken. Ich brauche die Daten und hab das Ding vorbereitet, für den Fall, dass du die Kontrolleinheit findest.«

Mein Herz schlug schneller bei dem Gedanken. Wie sollte ich das denn anstellen? Milan würde mich dauerhaft beobachten und auch der Gevatter schien immer wieder dort aufzutauchen, wo ich mich gerade befand.

»Es geht nicht anders. Nur so kann ich die Daten richtig auslesen. Wir müssen einen Überblick über die Arbeitsweise der Sicherheitsvorkehrungen bekommen, die über diese Kontrolleinheit gesteuert werden«, sagte er.

»Vielleicht brauche ich meinen Trank etwas früher als geplant«, erwiderte ich und die Aufregung ergriff bereits jetzt schon Besitz über meine Eingeweide.

»Dann können wir ihn auch gleich testen und sehen, ob er im Ernstfall stark genug ist«, erklärte Sam und lächelte mich an. Der Ärger, der vorhin offen in seinem Gesicht zu sehen war, schien gänzlich verpufft.

Ich nickte. »Ich mach mich gleich dran, ihn zu brauen, um ihn bei nächster Gelegenheit einzusetzen.«

»Dann hoffen wir mal, dass sie nicht misstrauisch werden und alles umso genauer beobachten«, sagte Leander und kreuzte die Finger.

Der nächste Morgen brach schneller an als erhofft. So saß ich mit hängenden Augenlidern und tiefen Ringen darunter im Unterricht. Auch wenn ich mich kaum konzentrieren konnte, schien das die Majorin nicht wirklich zu interessieren.

Stattdessen hackte sie lieber auf Merle herum, die offenbar zu wenig intensiv mit ihren Materialien gearbeitet hatte. Während die Majorin das Mädchen anbrüllte und ihm einen Vortrag hielt, warum es wahnsinnig wichtig war, dass jeder von uns seine Arbeit ernst nahm, flackerte das Feuer munter vor sich hin, als würde es sich an den Wutausbrüchen erfreuen.

Ich musste gestehen, dass es mich nicht sonderlich freute, dass Merle endlich Gerechtigkeit für ihre Gemeinheiten erfuhr. Sie tat mir leid und das hätte ich ihr gern gesagt. Doch schon kurz nachdem die Majorin mit ihr fertig war, zeigte sie mir eine ziemlich rüde Geste ihrer Hand, verzog ihr Gesicht zu einer Fratze und vergrub sich dann in ihren Aufzeichnungen.

»Mach dir nichts draus, wenn sie mies drauf ist, dann führt sie sich immer so auf«, raunte King mir zu, sodass nur ich es hörte.

»Na, das macht die Sache doch schon um ein Vielfaches besser«, flüsterte ich sarkastisch zurück.

Gerade, als Kyla etwas entgegnen wollte, wandte sich die Majorin abrupt um und beendete unser Gespräch. »Wright! Was haben Sie heute für uns?!«, bellte sie und schritt eilig auf uns zu.

»Ich«, begann ich, doch wusste, dass mich eine Lüge wohl kaum aus dieser Misere herausführen würde. Tief seufzte ich. »Ich hab mich am Wochenende weit weniger mit meinen Materialien beschäftigt, als ich sollte. Bitte entschuldigen Sie, das wird nicht mehr vorkommen.«

»Es ist das erste Mal, dass Sie so nachlässig mit Ihrer Arbeit sind, also will ich einmal Milde walten lassen. Aber! …« Und dann verlor sie sich in einem langen Sermon darüber, dass man die wundervolle Arbeit, die die Akademie leiste und an die wir alle gebunden seien, nicht einfach so auf die leichte Schulter nehmen solle. Schließlich würden wir dafür sorgen, dass Ereignisse an manchen Orten rückgängig gemacht wurden. Zumindest, wenn diese Orte für die Menschheit noch einmal wichtig würden. Und da könne man es bei Gott nicht gebrauchen, wenn eine Horde hormongesteuerter junger Erwachsener ihre Pflicht nicht ernst nehme!

Mir war klar, dass wir eine ordentliche Portion Glück hatten, von Majorin Mercedes unterrichtet zu werden und nicht etwa vom Gevatter, der sicherlich ein strengeres Regiment führte.

Kyla verdrehte die Augen, ohne dass es die Majorin sah. Mir wäre das zu riskant gewesen, aber ich war auch kaum so unauffällig wie sie, wenn es um solcherlei Dinge ging.

Wir hatten den Vormittag mehr schlecht als recht hinter uns gebracht, denn offenbar war die Majorin unsäglich übellaunig. Merle und ich waren nicht die Einzigen, die einen Tadel über uns hatten ergehen lassen müssen, auch wenn der meine noch der angenehmste war. Hannah, die verschüchtert den Kopf eingezogen hatte, wurde sogar mit Spucke besprüht, als die Majorin zu einem weiteren verbalen Schlag ausholte. Das Mädchen war puterrot angelaufen und hatte Tränen in den Augen, doch das schien die ältere Frau nur umso mehr anzustacheln. »Sie können nicht immer nur an sich denken, Peters!«, brüllte die Majorin und auch ihr Gesicht nahm langsam eine ungesunde Farbe an.

»Es tut mir leid«, quetschte Hannah zwischen ihren zusammengepressten Zähnen hervor.

Majorin Mercedes rauchte und es hätte mich nicht gewundert, wenn Qualm aus ihren Ohren entwichen wäre, aber sie beruhigte sich langsam und so war es dann das Klingeln, das uns endlich erlöste.

»Wartet auf mich!«, ertönte die außer Atem gekommene Stimme von Milan hinter uns, als wir Richtung Bibliothek gingen.

Kyla warf elegant wie immer den Kopf in den Nacken und fiel in ein helles Lachen ein, ohne ihr Tempo zu verringern. »Beeil dich, du lahme Ente.«

Ich war stehen geblieben, um mich zu Milan umzudrehen. Wir nahmen die Beine in die Hand, um unsere Freundin, die bereits um die nächste Ecke gebogen war, einzuholen.

»Für heute sollten wir wirklich an Vorhersagen arbeiten«, erklärte King lächelnd. Sie hatte sich bereits in der Bibliothek breitgemacht und die Füße übereinandergeschlagen.

»Ich weiß, aber unbedingt Lust dazu hab ich nicht«, erklärte ich und ließ mich in den Sessel neben ihr fallen.

»Ich setze mich dann wohl an die technischen Details unseres aktuellen Projekts.« Seufzend nahm Milan ebenfalls Platz.

Niemand von uns schien so wirklich motiviert zu sein. Es überraschte mich aber vor allem, dass Milan auch eher halbherzig in seinen Unterlagen herumblätterte und mal hier, mal da eine Notiz machte.

Während ich mich mit meinen Karten beschäftigte, schielte ich immer öfter zu ihm und verlor mich in den verwirrenden, höchst aufwendigen Zeichnungen, die er angefertigt hatte.

Seitenweise Berechnungen fanden sich in seinen Unterlagen, die ich vermutlich nicht einmal verstanden hätte, wenn ich sie richtig herum gelesen hätte. Über Kopf ergab es sogar noch weniger Sinn.

Er bemerkte meinen Blick und sah auf. »Es ist viel einfacher, als es aussieht.«

»Klar«, sagte ich und besah mir ein weiteres Mal seine Notizen. Eng gekrakelte Rechnungen machten beinahe die komplette Seite aus, die er mir nun zugeschoben hatte. »Keine Ahnung, wie ihr das schafft.« Ich seufzte und fühlte, dass sich schon erste Kopfschmerzen breitmachten. Ich rieb mir die Schläfe und schob ihm das Papier zurück. »Da bin ich froh, dass ich mich mit meinen Karten beschäftigen kann«, erklärte ich. »Ihr habt doch gesagt, dass es hier auch Bücher für die vertiefenden Studien gibt, oder?«

King sah gar nicht erst auf, es war Milan, der mir antwortete. »Ja, hier drüben. Komm mit, ich zeig dir, wo du lang musst.«

Wir erhoben uns und ließen eine desinteressiert guckende Kyla zurück, die mal wieder mit ihren Haaren spielte, während sie in ihrem Notizbuch blätterte. Ihre Kristallkugel hatte sie nicht einmal hervorgeholt und ich war mir nicht sicher, ob sie das noch tun würde.

Milan führte mich zu einer der größeren Regalreihen und streckte den Arm aus. »All das hier ist für euch Numistoriker.« Er lächelte und ging ein paar Schritte nach rechts, bevor er erneut anhielt. »Hier sind alle Bücher über Karten gemeinsam mit jenen über Runen.«

Mit der Hand fuhr ich über die verschiedenen Titel, von denen die meisten in einer Schrift geschrieben waren, die für mich kaum lesbar war. Ich hoffte, dass die Inhalte in einer anderen Schriftart gehalten waren, andernfalls würde ich Monate brauchen, um die Bücher zu verstehen.

Während ich die Titel überflog, nahm ich aus dem Augenwinkel wahr, dass Milan mich beobachtete. Das Lächeln auf seinen

Lippen war ehrlich, aber auch gierig. Ich wusste, worauf er spekulierte und solange er keinen Versuch unternahm, würde ich der Sache keinerlei Beachtung schenken. Doch tief in mir drin fürchtete ich den Moment ebenso sehr, wie ich mich dafür hasste, dass ich ihm etwas vorspielte. Die Freundschaft zwischen uns war einmal echt gewesen und sie wäre es noch, wäre ich nicht in einer verkorksten Art eines Geheimbundes gefangen.

»Ich lass dich dann mal in Ruhe stöbern«, sagte er sanft und ging, aber nicht, ohne mir noch einmal die Hand auf den Rücken zu legen.

Als er in einigem Abstand zu mir war, erlaubte ich mir zu erschaudern. In einer anderen Welt, in einer anderen Zeit wäre es etwas anderes gewesen. Da wäre all das vielleicht nicht so verlaufen. Ich hätte mich möglicherweise für den charmanten, sanften Milan, der obendrein noch gut aussah, entschieden und alles wäre anders gekommen. Vielleicht wäre sein Verhalten dann auch nie so widerlich geworden. Vielleicht wäre nicht alles gut gewesen. Immerhin hätte es die Akademie und ihre Machenschaften immer noch gegeben. Aber es wäre anders gewesen.

Doch ich war hier und hatte mich für Sam entschieden und wusste, dass es die beste Wahl war. Ich sah zu Boden und seufzte. Was brachte es einem, wenn man mit jemandem zusammen war, den man nur im Geheimen treffen konnte? Und wenn die Zeit, die man miteinander verbrachte, von Tag zu Tag knapper wurde?

Noch vor ein paar Tagen hätte ich unseren Sturm auf die Akademie voll befürwortet, doch nun, da ich die beiden in meiner Vision gesehen hatte, schwankte die Entschlossenheit. Aber das hatte ich mit mir selbst auszumachen.

Als ich zu den beiden zurückkehrte, hatte King endlich ihre Kugel herausgeholt und Milan sich in eine neuerliche Rechnung vertieft, die bereits zwei Seiten lang war. Er kritzelte unentwegt und das in einer Geschwindigkeit, in der ich vermutlich nicht einmal rechnen konnte.

Ich schüttelte den Kopf und versuchte, auf andere Gedanken zu kommen. Der Band, den ich mitgenommen hatte, kam mir da gerade recht.

»Versteckte Bedeutungen des Tarots«, las ich in goldenen Lettern.

In dieser Ausgabe lernen Sie, die verborgenen Bedeutungen des Tarots zu erkennen und für tiefergehende Legungen zu nutzen. So wie das Endloswort T-A-R-O viele verschiedene Möglichkeiten der Interpretation gibt, so sollten auch Sie, Leser, offenen Geistes vielerlei Bedeutungen bedenken …

Ich begann, darin zu blättern. Neben vielen schönen Illustrationen der Karten und versteckten Attributen, die ich nun, da ich sie im Großformat sah, zum ersten Mal richtig erkennen konnte, waren auch einige Beschreibungen genau dieser, die halfen, die Ereignisse zu verstehen.

Mir war klar, dass es einige Zeit dauern würde, bis ich diese in meine Praktiken einbringen könnte, aber sie würden mir einige neue Erkenntnisse bringen. Wenn mir denn noch so viel Zeit bleiben würde.

Ich holte meine eigenen Karten hervor und besah sie mir. Die darauf abgebildeten Attribute waren schwer auszumachen, da wunderte es mich nicht weiter, dass so ein Band, der bessere Einsichten versprach, in dieser Bibliothek zur Verfügung stand. Eine Weile beschäftigte ich mich mit dem Vergleich der Karten zu den großen Darstellungen, während ich Milans munteres Gekritzel im Ohr hatte.

An diesem Tag waren nicht viele andere Adepten hier und wenn, dann verließen sie die Bibliothek schnell wieder.

»Ich glaube, ich sollte mich noch ein wenig hinlegen«, erklärte ich dann und schlug das Buch zu. »Das Wochenende hat mich echt geschafft.«

Und das hatte es wirklich. In all der Zeit hatte ich trotz der vielen Abende mit meinen Freunden und den ein oder anderen kurzen Nächten, die daraus folgten, keine solche Müdigkeit verspürt wie an diesem Nachmittag. Vielleicht lag das aber auch an den gemütlichen Sesseln, die sich an meinen Körper schmiegten.

»Dann sehen wir uns später beim Abendessen.« King winkte mir, bevor sie sich wieder ihren Haaren widmete.

»Bis später«, sagte Milan und wirkte ein wenig geknickt.

Ich schob das Buch zurück in die Lücke, die ich im Regal hinterlassen hatte, und verließ die Bibliothek.

Stille umfing mich, als ich durch die Korridore lief. Sie wurde nur durch das unablässige, regelmäßige Klackern meiner Schuhe durchbrochen.

Als schließlich meine Tür hinter mir zufiel, seufzte ich schwer und schloss die Augen.

»Was ist denn mit dir los?«

Beinahe hätte ich laut losgeschrien, konnte mich im letzten Moment aber noch bremsen.

Sam lag breit grinsend in meinem Bett.

»Hast du schon die ganze Zeit hier gewartet?«, fragte ich.

Er schien kurz nachzudenken, entschied sich aber offenbar für die Wahrheit. »Ja. Ich hab dich vermisst und wollte ein wenig Zeit mit dir verbringen.«

»Wenn ich das gewusst hätte, wäre ich früher abgehauen«, sagte ich, versperrte die Tür und kam näher.

Er rückte ein wenig nach hinten, um mir Platz zu machen.

»Ist doch jetzt auch egal. Dein Bett ist sowieso viel bequemer als meines. So konnte ich einen angenehmen Nachmittagsschlaf hinter mich bringen«, erwiderte er und sein Grinsen wurde breiter.

Ich nahm neben ihm Platz und sah ihn eine Weile einfach nur an. »Das hier hat mir wirklich gefehlt.«

»Mir auch«, hauchte er und zog mich zu sich.

Seine Lippen endlich wieder auf den meinen zu spüren, erweckte die Schmetterlinge in meinem Bauch aufs Neue zum Leben.

Er streichelte mir über die Arme, bevor er mich enger zu sich zog. Ein behaglicher Schauer überkam mich, als ich seinen Duft nun stark wahrnahm.

Es bedurfte keiner Worte. Wir genossen die Nähe des anderen und gaben uns den Eindrücken hin. Mir war, als wäre eine halbe Ewigkeit vergangen, seit wir uns das letzte Mal so nah waren.

Sam.

Jeden Zentimeter seines Körpers wollten meine Hände erkunden und schienen auch bei ihm ein gutes Gefühl auszulösen. Ein wohliges Seufzen entfuhr seinen Lippen, die umso fordernder wurden.

Ich knöpfte sein Hemd mit zittrigen Fingern auf, als er seine in meinen Haaren vergrub. Alles in mir schrie nach ihm und ihm schien es nicht anders zu gehen.

Seine warme Haut schmiegte sich an die meine und ließ die Schmetterlinge fliegen.

Wir lagen noch lange Zeit danach nebeneinander. Mein Kopf lag auf seiner Brust und ich genoss die Hitze, die sein Körper ausströmte. Ich fühlte mich im Vergleich zu ihm fast kalt an.

»Ich habe dich aber nicht deshalb vermisst«, sagte er mit belegter Stimme und streichelte mir über den Rücken.

Mein Lächeln auf seine Brust drückend erwiderte ich: »Das

weiß ich doch.« Ein weiteres Mal kuschelte ich mich fest an ihn und fühlte seine muskulösen Arme, die sich um mich schlangen. Hier würde mir niemals etwas geschehen. Hier würde ich immer beschützt werden.

»Wie spät ist es eigentlich?«, fragte er dann und holte mich wieder zurück in die harte Wirklichkeit der Akademie.

»Warum muss dieser schöne Nachmittag schon wieder vorbei sein?« Seufzend hob ich den Kopf und sah zu dem kleinen Wecker, der auf dem Schreibtisch stand. »Wir sollten uns langsam fertig machen, ich möchte keine Strafarbeit kassieren.« Ächzend stand ich auf und merkte, dass er mich noch immer ansah. Ich wusste, was er sagen wollte und es sich doch verbot.

»Hör zu: Ich weiß, was du sagen willst«, erklärte ich, während ich in meine Kleidung schlüpfte. »Ich kann nicht sagen, ob sie mich bestrafen oder verschonen würden, aber ich will es nicht herausfinden. Vor allem deshalb nicht, weil ich mir sicher bin, dass sie in deinem Fall sicherlich keine Gnade walten lassen.«

Er brummte, sagte aber nichts. Sam schien zu wissen, dass ich recht hatte.

Etwas widerwillig langte er nach seinem Hemd, setzte sich auf und begann, sich anzuziehen. »Ich wünschte, es wäre alles so wie früher. Als ich mich noch nicht zu dir schleichen musste, um Zeit mit dir zu verbringen«, meinte er dann.

Nickend stimmte ich ihm zu, doch ich hätte ihm keine Worte des Trosts spenden können. Uns beiden nicht. Denn wir beide wussten, wenn die Zeit gekommen war, in der diese Heimlichkeiten ihr Ende fanden, würden auch wir eines finden. Kein rühmliches. Kein schönes. Nur ein Ende.

Gerade so, als würden wir noch immer im Streit liegen, betraten wir getrennt voneinander den Speisesaal. Dieses Mal hatten wir darauf geachtet, dass keiner von uns ein falsches Kleidungsstück trug, das uns verraten würde.

Ich trottete zu meinem Platz neben King und Milan, die mich bereits erwarteten.

»Sonderlich ausgeruht siehst du ja nicht aus«, merkte der Junge an und runzelte die Stirn.

So unschuldig wie möglich dreinblickend stellte ich mich hinter meinen Stuhl und wartete. »Ich hatte sehr unruhige Träume.« Mehr wollte ich nicht dazu sagen. Das Klingeln erlöste uns schließlich von der Anspannung, die über uns gefallen war.

Mit einem letzten Blick auf Sam, der mich ebenso im Auge hatte, setzte ich mich dann und verwickelte die beiden vor mir in ein Gespräch darüber, was sie so am Nachmittag getrieben hatten. Milan schien sich über mein plötzliches Interesse an seinen Berechnungen zwar zu wundern, sagte aber nichts weiter dazu.

King hingegen schien gar nicht zuzuhören und widmete sich voll und ganz ihrem Teller.

»Aber jetzt erzähl doch mal: Was hast du denn geträumt?«, spielte Milan nun den Ball zurück, nachdem er sich in seinen Erklärungen zunächst verloren hatte.

Ich schrak auf, überrascht von der plötzlichen Frage. »Ich … ah! Feuer. Ich stand zuerst inmitten einer Stadt und bin durch die Gassen geschlendert. Doch von einem auf den anderen Moment brannte alles.«

Ja, vielleicht hatte ich einige der Bilder meiner Vision von Florenz entlehnt. Aber das musste ich ihm nicht auf die Nase binden.

Milan rieb sich das Kinn. »Vielleicht eine Vorhersage?«

Die Achseln zuckend sah ich ihn an. »Weiß nicht. Wirkte nicht so, als wäre mehr dahinter …« Ich verzog den Mund und blies die Backen auf. »Ich werde es auf jeden Fall mit meinen Karten nachprüfen. Dann werden wir ja immer noch sehen.«

»Was werden wir sehen? Kommst du nicht?«, fragte nun auch King, die aus ihrer Trance erwacht zu sein schien. Sie setzte sich abrupt auf und sah uns mit ihren großen grünen Augen an. Umrahmt von ihrem schwarzen Haar wirkten sie zum ersten Mal wie kleine Lämpchen in der Dunkelheit.

»Wovon sprichst du?«, wollte ich wissen.

»Ich hab's ihr doch noch gar nicht erzählt!«, meinte Milan und zog eine Braue hoch. Dann wandte er sich flüsternd an mich. »Der Gevatter kam, einige Zeit, nachdem du gegangen warst, in die Bibliothek und hat uns erzählt, dass am Donnerstag eine Trauerveranstaltung im Antiken Salon stattfindet, an der wir alle teilnehmen sollen.«

»Was ist denn zu betrauern?«, fragte ich.

»Der dreiunddreißigste Todestag einer Gewogenen, die später zur Wächterin wurde, steht an. An solche Festlichkeiten wirst du dich gewöhnen müssen«, antwortete Milan und King nickte beflissen.

»Muss ich dabei etwas beachten?«, wollte ich dann wissen.

Die beiden schüttelten die Köpfe. »Halte dich einfach an alles, was sie sagen. Ein Trauergewand wird dir noch am Eingang überreicht«, erklärte Kyla.

Natürlich. Als ob unsere schwarzen Uniformen nicht schon traurig genug wären.

Ich hatte soeben die Tür hinter mir geschlossen und war froh, endlich von der Stille meines Zimmers empfangen zu werden, als es klopfte.

Nur einen Spaltbreit öffnete ich die Tür, die sofort aufgestoßen wurde und mir fast an den Kopf schlug, als Sam voller Elan eintrat.

»Komm schnell rein«, zischte ich, während ich mich beeilte, die Tür zu schließen.

»Da scheint mich wohl jemand *wirklich* vermisst zu haben«, sagte er anzüglich grinsend und begann, sein Hemd aufzuknöpfen.

Ich warf ihm einen strengen Blick zu, der ihn scharf einatmen ließ. »Wenn wir nicht aufpassen, dann fliegen wir auf.«

Er sah mich lange an, schwieg, bevor er antwortete: »Ich weiß. Doch seit wir uns wieder sehen, wünsche ich mir nichts sehnlicher, als dass es endlich wieder normal wird zwischen uns.« Sam ballte seine große Faust und sah mich verbissen an.

Ich wünschte es mir doch auch. Nichts mehr als das. Konnte ich mich dieser einen letzten Freude hingeben, ohne dass ich den Blick auf unser Ziel verlor? Darauf, wo wir seit Beginn an hinsteuerten?

Tränen wallten in meinen Augen auf und brannten, doch ich blinzelte sie nicht weg. Er sollte sie sehen. Meine Unterlippe zitterte und ich war mir nicht sicher, ob er mich verstehen würde. »Am liebsten würde ich noch Jahre mit dir verbringen. Doch je näher wir unserem Ziel kommen, desto eher erkenne ich unser aller Sterblichkeit. Und je mehr ich mich an die gemeinsame Zeit, die wir haben, klammern möchte, umso schneller scheint sie zu verrinnen. Wie Sand, den man festzuhalten versucht.«

Sam legte seine Hände an mein Gesicht, um mich leidenschaftlich zu küssen. Es lag der Schmerz und das Verlangen darin, das auch mich quälte. »Ich will sie dafür brennen sehen, dass sie uns Zeit gegeben und wieder genommen haben, als wäre die Akademie die Herrscherin über alles und jeden«, knurrte er in unseren Kuss hinein.

Der Ärger, der schon lange wie ein kleines Feuer in mir geschwelt hatte, hatte diesen Zunder benötigt, um lichterloh zu brennen. »Das wirst du. Wir werden es nicht mehr sehen, aber die Akademie wird nicht mehr sein, wenn wir mit ihr fertig sind.«

Der glühende Blick, den er mir zuwarf, war der letzte Beweis, den ich gebraucht hatte, um zu wissen, dass es die richtige Entscheidung gewesen war, ihn in unser Himmelfahrtskommando zu holen.

»Du weißt gar nicht, was es mir bedeutet, mich dafür rächen zu können, dass sie …« Er brach ab, doch der harte Blick, den er immer noch auf mich gerichtet hatte, blieb unverändert.

»Ich weiß nicht, wie es sich für dich anfühlt, aber ich weiß, dass es richtig ist«, hauchte ich.

Ein Poltern erschreckte uns, dann ertönte ein Zischen, das keiner von uns entziffern konnte.

War das Leander?

»Einen Moment«, sagte ich laut und versuchte dabei, so schläfrig wie möglich zu klingen.

Ich bedeutete Sam, er solle sich schleunigst nach draußen in den Garten begeben, während ich so tat, als würde ich den Schlüssel nicht finden.

Als sich die Tür nach draußen leise schloss, öffnete ich.

Milan.

»Hab mir Sorgen gemacht, weil du so schnell weg warst nach dem Abendessen«, nuschelte er und machte Anstalten, sich an mir vorbei zu drängen.

Doch so schnell würde ich ihm nicht Einlass gewähren, vor allem dann nicht, wenn Sam im Garten stand und darauf wartete, dass der Störenfried wieder abzog. »Ich wollte mich hinlegen, damit ich für den Unterricht morgen wieder fit bin«, erwiderte ich. »Ich danke dir dafür, dass du so gedankenvoll bist.«

»Gern doch«, sagte er lächelnd, doch mir schien, als würde er es nicht ganz ehrlich meinen. »Aber warum trägst du noch deine Uniform, wenn du doch eigentlich schlafen gehen wolltest?«

Ertappt sah ich an mir runter. »Ich … Das ist mir nicht mal aufgefallen.« Dass ich mein Bett, nachdem Sam am Nachmittag bei mir aufgekreuzt war, nicht mehr gerichtet hatte, kam mir bei dieser Lüge gerade recht.

Milan versuchte, an mir vorbeizusehen. Er hatte offenbar bemerkt, dass ich etwas zu verheimlichen hatte.

»Ich werde mich wieder hinlegen, ich hoffe, du verstehst das. Wollen wir uns morgen früh für einen Spaziergang treffen, bevor wir frühstücken?« Ich hoffte, ihn dadurch auf andere Gedanken zu bringen.

Überrascht, aber erfreut lächelte er mich an und antwortete: »Sehr gern.« Damit verabschiedete er sich und erneut schloss ich die Tür.

Als Sam den Schlüssel hörte, betrat er das Zimmer. »Wollen wir uns morgen früh für einen Spaziergang treffen? Sag mal –«, wollte er bereits zu einer Schimpftirade ansetzen, die ich aber sofort unterbrach.

»Stopp! Ich wollte ihn nur daran hindern, ins Zimmer zu kommen. Früher oder später wäre er draufgekommen, dass ich nicht allein bin. Wenn der Preis für unsere Deckung der ist, dass ich Milan morgen früh auf einen Spaziergang begleiten muss, dann soll es so sein!«

Sam schien verärgert zu sein, aber er verstand es wenigstens.

»Mir gefällt es genauso wenig, meine Freizeit zu prostituieren, aber es geht nun mal nicht anders. Wenn er uns auf die Schliche kommt, dann sind wir geliefert!«

Er setzte sich. »Hast ja recht.«

»Ich denke, Milan wird noch einige Zeit dort draußen rumlungern, bevor er aufgibt. Ich glaube nicht, dass er mir abgenommen hat, dass hier niemand ist«, erklärte ich.

Sam nickte. »So wie ich ihn kenne, wird er vermutlich die nächste Stunde da draußen verbringen, nur um ganz sicherzugehen, dass du keinen unsittlichen Besuch hast.« Ein aufreißerisches Grinsen blitzte auf, bevor er bellend lachte.

Ich stimmte mit ein. »Wohl wahr. Dann sollten wir unsere Zeit hier drin gut nutzen.«

»Hast du nicht gesagt, du willst tanzen lernen für eure komischen Veranstaltungen?«, fragte er dann das vermutlich Unwahrscheinlichste, das er in dieser Situation hätte fragen können.

»Wie bitte?«

»Tanzen.«

»Ich … Ja.« Mit einem Mal war es mir furchtbar peinlich, meine Unkenntnisse vor ihm auspacken zu müssen. Vermutlich würde er danach sowieso nicht mehr so schnell hier wegkommen, sobald ich ihm ein paarmal kräftig auf die Füße getreten war.

Er breitete die Arme aus und grinste mich herausfordernd an. »Dann komm mal her.«

Ich seufzte tief und versuchte, das aufgeregte Grummeln in meiner Magengegend zu ignorieren.

Als ich noch etwa einen Meter vor ihm stand und unschlüssig von einem Bein aufs andere trat, streckte er kurzerhand die Arme aus und zog mich zu sich.

»Das hätte sonst noch ewig gedauert. Wovor hast du so fürchterliche Angst?«, wollte Sam doch tatsächlich wissen.

»Das fragst du noch?« Meine Stimme wurde eine Oktave höher. »Weißt du, dass Leander seinen Fuß an die Niemalswolken verloren hat, ist eine Lüge. Er musste mit mir tanzen und danach mussten sie ihm das Bein amputieren.« Ich lachte wie eine Irre über meinen eigenen Witz, um den Beginn der Tanzstunde noch etwas hinauszuzögern.

Doch er sah mich wenig beeindruckt an. »Klar.« Sam hob eine Augenbraue so hoch, dass sie beinahe in seinem Haaransatz verschwand. Er legte eine Hand an meinen unteren Rücken und drückte mich fester an sich.

Nun würde es kein Entrinnen mehr geben. Das Grummeln in meinem Magen begehrte noch einmal auf. »Geht das überhaupt ohne Musik?«, fragte ich dann, als er gerade loslegen wollte.

»Natürlich. Und jetzt schalte endlich deinen Kopf aus, hab keine Angst und vertrau mir«, antwortete er.

»Dir vertraue ich ja. Meinen Füßen aber nicht«, murmelte ich.

Er erklärte mir, wie die ersten Schritte gemacht wurden. Wenn er mit dem rechten Fuß nach vorn ging, würde ich mit dem linken nach hinten treten.

So weit, so gut.

Sein linker Fuß zog diagonal nach, ich mit dem rechten ebenfalls diagonal zurück.

Noch war nichts passiert und ich war heilfroh.

Sein rechter Fuß schloss zum linken auf.

»Jetzt machen wir dasselbe noch einmal, aber beginnen mit dem anderen Fuß. Und das wiederholt sich einfach den ganzen Tanz über«, erklärte er und hob wieder zu einem Schritt an, doch da passierte es.

Er trat mir auf die Zehen, während ich noch überlegte, wie ich nun gehen musste.

»Verdammt!«, fluchte er. »Tut's sehr weh?«

»Nein, ehrlich gesagt, bin ich sogar froh«, erwiderte ich lachend.

»Warum?«

»Weil es nicht ich war, die dir auf die Füße gestiegen ist«, kicherte ich.

Sam sah mich mit einer säuerlichen Miene an.

»Entschuldige, ich weiß ja, dass ich eigentlich schuld daran bin«, sagte ich dann.

»Ich will nur nicht, dass du Schmerzen hast. Schließlich weiß ich, dass ich schwerer bin als du.« Seufzend zog Sam mich näher zu sich.

»Alles in Ordnung«, versicherte ich ihm und hauchte ihm einen Kuss auf die Lippen. Wir versuchten es noch einmal und auch wenn ich einige Male zu weit oder zu eng trat, hatte ich mich nach kurzer Zeit an den Tanz gewöhnt.

»Das geht doch schon ganz wunderbar«, rief Sam erfreut aus und verfiel in sein donnerndes Lachen.

Ich fiel mit ein. »Ich hätte nicht gedacht, dass ich das noch mal lerne!«

Es klopfte.

Sam und ich sahen uns alarmiert an.

Erneut musste ich ihn vor die Tür schicken, bevor ich öffnete. Immer noch trug ich meine Schuluniform und ärgerte mich darüber. Falls das noch mal Milan wäre, würde er mir meine Lüge wohl kein zweites Mal abnehmen!

Deshalb öffnete ich einen Spaltbreit und lugte nach draußen in die Dunkelheit. Weil wir hier drin Licht angemacht hatten, konnte ich in der Finsternis nichts ausmachen und wartete darauf, dass sich meine Augen daran gewöhnten.

Doch da schob sich schon Leanders Gesicht direkt vor das meine. »Bist du allein?«

Ich schüttelte den Kopf, trat zurück und ließ ihn eintreten.

Während Leander die Tür versperrte, holte ich Sam aus dem Garten.

Dieser sah finster drein, nachdem er nun bereits zum zweiten Mal an einem Abend verstecken spielen musste. Er knackte mit den Knöcheln und ging auf Leander zu.

»Ihr hättet mir auch sagen können, dass ihr euch trefft«, murmelte der schwarzhaarige Junge düster.

Sam, der weniger als eine Armlänge von ihm entfernt stehen blieb, musterte ihn grimmig. »Wright und ich haben uns deshalb allein getroffen, weil sie immer noch meine Freundin ist und ich auch mal Zeit mit ihr verbringen will. Es gibt Dinge, die ich gern ohne dich mit ihr machen würde. Der Sturm auf die Akademie ist nicht alles.«

»Aber das, worauf wir hinarbeiten. Ich schwöre dir, wenn du sie davon abbringst, die Sache ernst zu nehmen, dann setzt's was!«, knurrte Leander und für einen Augenblick nahm seine Iris einen dunkleren Ton an, wie mir schien.

Mein Herz setzte einen Moment aus, denn was würden wohl beide sagen, wenn sie wüssten, dass mir Zweifel gekommen waren, nachdem mich die Bilder meiner Vision nicht mehr losließen.

Die beiden starrten sich bitterböse an.

»Von allen Menschen, die sie von dieser Mission abbringen könnten, bin ich wohl der Letzte, den du verdächtigen solltest. Da sollten wir wohl bei ihrem neuen, alten Verehrer Novak ansetzen«, raunte Sam und ballte die Fäuste.

Leander, der offenbar froh war, sich nicht mit dem hünenhaften, muskulösen Sam anlegen zu müssen, sprang sofort auf die Hasstiraden gegen Milan an und so musste ich kopfschüttelnd mit anhören, wie sich die beiden die nächsten paar Minuten über ihn ausließen.

»Können wir heute auch noch mal über was anderes als Milan reden?«, fragte ich und war erstaunt, dass sich die beiden tatsächlich zu mir umwandten und kein Wort mehr über ihn verloren.

»Am Donnerstag ist eine Todesfeier der Gewogenen«, sagte ich dann, als wir uns gesetzt hatten.

»Eine Todesfeier für euren freien Willen?«, fragte Leander. Sam und er klatschten sich ab, um sodann in ein Lachen auszubrechen.

Ich brummte. Fast war mir lieber gewesen, als sich die beiden übellaunig angestarrt hatten. Während sich die zwei noch kugelten vor Lachen, saß ich mit verschränkten Armen da und wartete.

Als sie sich dann endlich beruhigt hatten, baten sie mich fortzufahren.

»Am Donnerstag ist die Trauerfeier. Ich hab keine Ahnung, wie das ablaufen wird, aber ich könnte den Versuch wagen, die Daten, die du benötigst, zu bekommen«, sagte ich an Leander gewandt.

Er nickte.

»Bist du dir sicher? Oder brauchst du noch mehr Zeit für die Vorbereitung?«, fragte Sam und runzelte die Stirn. Er ergriff meine Hände und drückte sie sanft.

»Keine Sorge. Schließlich weiß ich ja auch nicht, wann wir das nächste Mal die Möglichkeit dazu haben werden. Es wäre besser, sie zu nutzen«, erwiderte ich ungewohnt hart.

»In Ordnung. Aber sei vorsichtig.«

Nun war es an mir zu nicken.

Leander verfiel in eine merkwürdige Starre und sagte lange Zeit nichts. Sam und ich sahen uns indes an und wussten nicht recht, was da gerade passierte.

»Bist du noch da, Mann?«, fragte Sam und schüttelte Leander an der Schulter.

Dieser schien endlich zu erwachen und meinte erschrocken: »Ja klar, alles gut. Ich hab nur eben nachgedacht.«

»Das ist uns auch aufgefallen«, meinte Sam.

Bevor die beiden, die sich schon wieder böse anlinsten, erneut in einen Streit ausbrachen, sagte ich bestimmt: »Also werden wir hoffentlich am Donnerstag die Informationen auswerten können. Oder wie lange dauert so was?«

Leander erklärte uns, dass es zwar noch Zeit brauche, da sein selbst zusammengebastelter Computer nicht die Leistung eines High-End-Produktes habe, aber es war besser als nichts. So würden wir am Abend nach der Feier wohl hoffentlich wissen, wie wir die Sache anzugehen hatten.

»Wirst du lange brauchen, um den Sud herzustellen?«, fragte Sam und warf einen Blick zu meinem Kessel, der ohne Feuer sehr traurig und kalt aussah.

»Nein. Das Rezept besagt, dass ich den Baldrian, die Kamille und das Johanniskraut zuerst über zwei Stunden lang auskochen soll, bevor Wermut und Zitrone noch für den Geschmack dazukommen. Ich muss nur zusehen, dass ich herauskriege, wo sie das Essen für das Fest lagern. Andernfalls kann ich mir den Trunk sparen«, sagte ich. »Morgen Abend treffen wir uns bei Sam so gegen neun. Ich bin mir sicher, dass ich finden werde, wonach ich suche.«

»Vielleicht sollte ich auch noch mal die Daten durchgehen, die ich von der Ameise hab. Wenn der Hausmeister für das ganze Haus zuständig ist, wird es wohl auch Aufzeichnungen darüber geben, wo die Dinger stehen«, sagte Leander dann. »Darüber hab ich im Übrigen vorhin nachgedacht. Sobald ich wieder in meinem Zimmer bin, mache ich mich auf die Suche und lasse dir die Information auf dem üblichen Wege zukommen.« Er sah mich streng an.

Sam, der offenbar nicht wusste, wovon der schwarzhaarige Junge sprach, sah zwischen uns hin und her.

»Wir sollten uns echt langsam ein anderes System überlegen«, meinte ich angewidert. Ich ging zu Sam und erklärte ihm flüsternd die Art der Nachrichtenübermittlung, über die er bloß die Nase rümpfte, aber nichts weiter sagte.

Nachdem die beiden gegangen waren, saß ich noch über dem Rezept. Ich wollte sichergehen, dass ich alles hatte, und prüfte vermutlich bereits zum fünften Mal, ob das Johanniskraut wohl die beschriebene Höhe erreicht hatte, ab der man es abernten konnte, bevor ich aufgab und mich ins Bett legte.

Lange Zeit konnte ich nicht einschlafen, zu groß war die Furcht davor, etwas falsch zu machen. Gar alles konnte schiefgehen: Was, wenn ich die Roboter nicht fand, die das Essen servierten? Die Dosierung des Trankes könnte falsch sein. Wenn diese zu schwach wäre, würde man mich entdecken, bevor ich meine Mission erledigt hatte. Wenn die Dosierung zu stark wäre, dann müsste ich wohl eine längere Zeit so tun, als hätte es mich auch erwischt. Oder den Trunk selbst nehmen, um nicht aufzufallen. Das würde davon abhängen, ob die anderen noch atmeten, wenn ich aus dem Kontrollraum zurückkehrte.

Man könnte uns aber trotz alledem erwischen, darüber war ich mir im Klaren. Und selbst wenn das alles klappen, ich keinen Fehler begehen würde, dann könnten wir noch immer Pech mit den Daten haben.

Die Bedenken quälten mich so lange, bis ich endlich einschlief.

Am nächsten Morgen erwachte ich und war wie gerädert. Ich machte mir gedanklich eine Notiz, dass ich demnächst unbedingt darauf achten sollte, dass ich besser schlief. Vielleicht fand sich auch für so etwas ein Buch in der Bibliothek der Gewogenen.

»Guten Morgen«, sagte ich und erschrak darüber, wie heiser meine Stimme klang.

Milan hob eine Augenbraue, erwiderte aber nichts. Erst als er sich Eier und Toast auftat, räusperte er sich. »Schlecht geschlafen?«, wollte er wissen. Er legte sein Besteck beiseite und musterte mich über den Tisch hinweg.

»Mhm«, machte ich und kaute lustlos auf meinem Brot herum.

»Du hast einen Garten voller Kräuter und willst mir sagen, dass du noch nie auf die Idee gekommen bist, auch nur eines davon für deinen Schlaf zu verwenden?« Er lehnte sich ein wenig nach vorn und hätte sein Hemd fast in den Dotter gehängt.

»Was soll ich sagen?«, fragte ich. »Manchmal übersehe ich das Wesentliche.«

Er runzelte die Stirn. »Du hast nicht mal mein Klopfen gehört. Ich hätte mich über unseren kleinen Spaziergang gefreut.«

Der Spaziergang! Siedend heiß fiel mir ein, was ich ihm versprochen hatte und fühlte mich augenblicklich schlecht. Und auch Entschuldigungen halfen dabei recht wenig.

King, die sich so früh am Morgen für nichts außer ihrem Essen interessierte, benötigte noch weitere zehn Minuten, bevor sie zu sprechen begann. »Bin gespannt, ob es heute im Unterricht besser läuft als gestern.«

Ich nickte grimmig. Davor hatte ich schon etwas Angst, da die Majorin am Tag zuvor unfassbar schlechte Laune gehabt hatte.

Doch meine Furcht war unbegründet. Weshalb auch immer schien sie ausgezeichneter Laune zu sein, während sie einen Vortrag über die Geschichte Großbritanniens und seine politischen Verbindungen zu anderen Ländern abhielt. So verging der Vormittag recht schnell und auch der Nachmittag neigte sich rasch seinem Ende zu. Bevor ich mich versah, war die Sonne dabei unterzugehen und wir auf dem Weg zum Abendessen.

King raunte mir zu, dass das Festmahl auf einer Todesfeier besonders gelungen sei und ich bloß vorher nichts essen solle. So saßen wir drei einander gegenüber und starrten auf die leeren Teller, während wir verzweifelt versuchten, unsere Mägen im Zaum zu halten, die mehr mit einem sibirischen Braunbären gemein hatten als je zuvor.

Gerade, als wir uns erhoben, um noch auf unsere Zimmer zu gehen, schien ich Merle mal wieder verärgert zu haben. Sie hielt den Mund, denn die anderen behielten sie immer dann sorgfältig im Auge, wenn sie an mir vorbeiging.

Sie verpasste mir eins mit ihrem Ellbogen in die Rippen und war schon wieder in der Menge der hinausströmenden Studenten verschwunden, als ich zischend Luft holte.

»Was ist passiert?«, fragte Kyla besorgt und beugte sich zu mir herunter.

Ich krümmte mich vor Schmerz, während ich offenbar alle aufhielt und einige hinter uns schon begannen, sich darüber aufzuregen, dass es nicht weiterging.

Ich stützte mich auf King ab und drückte sie sofort an die Seite, als wir das Portal auf den Gang hinaus passiert hatten.

Milan, der direkt hinter uns stand, winkte all die Schaulustigen vorbei und drehte sich immer mal wieder zu uns um.

Als ich endlich Luft bekam, japste ich: »Merle. Hegt wohl wieder irgendeinen Groll gegen mich. Vielleicht hatte ich ja falsch dagesessen.«

»Das ist nicht witzig, Mara«, zischte Milan und sah mich scharf an.

»Sehe ich aus, als würde ich scherzen?«, fragte ich und hielt mir immer noch die Seite, konnte mich aber aufrichten. »So einen Haken hab ich nicht mal von meiner Schwester bekommen und die hatte Ellbogen, die seltsamerweise genau zwischen meine Rippen passten.« Lexie. So lange hatte ich nicht mehr an sie gedacht. So lange schon. Die Tränen in meinen Augen hatten nichts mit meinen Rippen zu tun, doch war ich froh, mich nicht erklären zu müssen.

»Ganz ehrlich, Merle erträgt es einfach nicht, dass sie nicht als Gewogene aufgenommen worden ist«, erklärte King.

»Ja, das muss es sein«, meinte ich abwesend, bis ich bemerkte, was sie da eigentlich sagte. »Wie? Als Gewogene aufgenommen?«

»Na …« King lehnte sich verschwörerisch zu mir und begann zu flüstern, sodass nicht einmal Milan verstand, was sie sagte: »Merle hätte eine Gewogene werden sollen. Aber man hat sie dann doch nicht aufgenommen. Man hat ihr neue Materialien zur Verfügung gestellt und wollte sie beobachten. Offiziell weiß sie nicht, dass es die Gewogenen gibt. Aber ich denke, so oft wie sie sich über die ›Günstlinge‹, wie sie sie nennt, auslässt, muss sie zumindest irgendwas wissen. Und das wird sie verdammt noch mal ärgern, denn ich glaube, sie vermutet auch, dass du nun eine von uns bist.«

»Warum hat sie es auf dich nicht abgesehen?«, fragte ich.

»Was weiß ich.« Kyla zuckte die Schultern und wandte sich um. »Geht's wieder? Dann sollten wir uns nämlich beeilen. Wir treffen uns in zwanzig Minuten vor der Bibliothek der Gewogenen.«

Milan und ich nickten, bevor wir alle in unterschiedliche Richtungen ausströmten.

»Na endlich, wir dachten schon, du kommst gar nicht mehr«, sagte ich zu Milan, der angerannt kam und schlitternd vor uns hielt.

»Ich weiß, ich weiß. Entschuldigt«, erwiderte er, doch warum er so lange auf sich hatte warten lassen, erklärte er uns nicht.

King, die das nicht zu interessieren schien, zupfte gelangweilt an ihren Haaren herum und setzte sich in Bewegung.

Als wir den Antiken Salon betraten, herrschte dort schon reges Geplapper. Uns wurden schwarze Umhänge überreicht, deren Kapuzen wir wie alle anderen sogleich aufsetzten. So würde ich unerkannt bleiben. Das Fläschchen mit dem Trunk enger an mich drückend suchte ich mit den Augen die Menge ab.

Die Majorin war bereits anwesend und hatte ihre übliche Garderobe gegen eine in Schwarz getauscht. Der Gevatter war ebenfalls schon da. Er schien etwas zu suchen. Oder jemanden.

»Ich glaub, ich muss noch mal aufs Klo«, log ich und stahl mich davon, bevor einer meiner beiden Begleiter auch nur ein Wort sagen konnte.

Ich tauchte unter der Menge weg und war sofort in der beruhigenden Masse von schwarz gekleideten Kapuzenträgern verschwunden. Einige Gesichter sahen mich stirnrunzelnd an, als ich mich vorbeizwängte und nach hinten ging, wo zuletzt einer der Roboter mit den Getränken gestanden hatte.

Am Rande der Menge wartete ich noch kurz und sah mich um. Wurde ich verfolgt? Spähte man mir nach? Ein paar Minuten vergingen und als nichts passierte, hielt ich es für sicher, meinen Weg fortzuführen.

Ich hatte Glück, denn einige der Roboter beobachteten regungslos die Szene vor ihnen. Nein. Sie beobachteten nicht, sie standen bloß da. Ich erkannte nicht einmal, ob sie schon eingeschaltet waren.

Hinter ihnen vorbeihuschend stahl ich mich weiter und erwartete, eine große Küche zu sehen, in der sich Roboter gegenseitig anbrüllten und Pfannen nacheinander pfefferten. Doch nichts. Ein langer Gang, in dem schön aufgereiht Servierwägen standen, nur darauf wartend, dass man sie nach draußen schob.

Ich hatte gelesen, dass man bloß den Zitronengeschmack aus dem Trank wahrnehmen würde, also sollte er … Ich suchte die paar Wägen ab und fürchtete schon, ich würde nichts mehr finden, als ich den Karren mit den Getränken entdeckte.

Dort stand Rotwein in Karaffen, um zu atmen, bevor man ihn ausschenkte. Ich leerte den Trunk in die meisten der Krüge mit der dunklen, verheißungsvollen Flüssigkeit, ergriff den Hals jeder Flasche und schwenkte sie. Einige wenige verstaute ich auf der unteren Etage eines Servierwagens und ließ das Tischtuch, das man darüber gelegt hatte, wieder fallen.

Das Geplapper im Hauptraum des Antiken Salons wurde stetig weniger. Ich musste mich beeilen!

Schnell stellte ich die letzte Flasche hin, verstaute das leere Fläschchen des Trunks in der Tasche und machte mich auf den Weg zurück zu den anderen.

Mein Herz klopfte wie wild, als ich mich wieder unter die Menge mischte. Offenbar hatte mich keiner gesehen und auch mein Verschwinden war unbemerkt geblieben.

»Wo warst du denn so lange?«, fragte King genervt und funkelte mich an.

»Ich hab die Toilette nicht gefunden und wollte dann nicht noch einmal zurück, um nach dem Weg zu fragen. Ich dachte, ich finde sie schon. Hat dann aber doch länger gedauert als gedacht«, erklärte ich.

»Es beginnt gleich, hört auf zu quasseln«, zischte Milan ungewohnt scharf und sandte uns den passenden Blick gleich hinterher.

Augenblicklich verstummten wir und das keine Sekunde zu spät. Das Portal hinter dem Antiken Salon wurde aufgestoßen und Nora D. Samjatin erschien. Sie trug ein eng anliegendes, hochgeschlossenes Kleid mit Bleistiftrock, das vor der Brust einen monströsen blauen Stein eingefasst hatte. Beinahe war mir, als würde er von innen heraus leuchten.

Sie breitete die Arme aus und begann ihre Rede, die ich nicht recht mitbekam, denn der Gevatter, der neben ihr stand, beäugte mich durchdringend. Er schien seinen Blick keine Sekunde von mir zu nehmen und ich hielt ihm stand. Offenbar hatte er mich trotz Kapuze und Maske aus der Menge heraus erkannt und ich fragte mich warum.

»... es mich außerordentlich, die Todestagsfeier unserer Schwester Ray-Marie Atwood in einem solch großen Kreise zu feiern. Bitte, Brüder und Schwestern, folgt mir.« Sie wandte sich um und schritt voraus durch das Portal in den dunklen Saal, der wie immer verhangen war.

Wie auch beim letzten Mal gingen wir hindurch und fanden uns schon bald in dem Raum wieder, der den Wasserfall beherbergte. Nur, dass dieses Mal kein solcher zu sehen war. Nirgends.

Stattdessen befand sich inmitten des Raums, direkt auf dem Rasen, ein riesiger Steinblock mit nur einem Eingang.

Nora D. Samjatin führte uns hinein und als auch wir die Pforte passierten, wusste ich, was das hier war: Die Grabkammer einer Pyramide.

Nicht wenigen stockte der Atem und auch ich war völlig überwältigt. Die Luft war stickig und heiß. Im ersten Moment konnte ich kaum atmen und fragte mich, wie ich es hier wohl die Feier über aushalten sollte.

Die Luft fühlte sich so heiß in meinen Lungen an, dass ich das Gefühl hatte, sie würde beim Einatmen bereits das verbrennen, was ich zum Überleben benötigte.

»Achte auf deinen Atem und versuche, ihn regelmäßiger werden zu lassen«, hörte ich Milan flüstern und spürte seine Hand auf meiner. Er drückte sie kurz. »Mir ging es anfangs gleich. Aber mit der Zeit gewöhnst du dich daran.«

Ich nickte dankend und konzentrierte mich auf meine Atmung.

Damit verpasste ich wieder einmal den Anfang der Rede, die die Magnifizenz feierlich sprach.

Nur so viel konnte ich hören: Ray-Marie war ein hochgeschätztes Mitglied der Gewogenen gewesen, eine Heuretikerin, die verantwortlich war für die Planung und den Bau der Maschine, die ich in Seattle beobachtet hatte.

Auch wenn mich ein Schwall Übelkeit überrollte, kam ich nicht umhin, sie für ihre Arbeit zu bewundern. Mittlerweile bekam ich endlich wieder Luft und wunderte mich, warum es mir vorhin so schwergefallen war.

An einigen der Stelen, auf denen große Kerzen angebracht waren, waren zusätzlich schwarze Tücher drapiert, sodass es aussah, als würde sich über drei der vier Wände im Inneren der Grabkammer ein durchgängiges Band spannen.

Nora D. Samjatin entzündete eine Kerze und reichte das Licht an die Kerzen der vier Wächter weiter. Sie brachten alle zum Brennen, die auf den Stelen bereitstanden, und hüllten die Grabkammer in ein eigenartig deprimierendes Licht.

Die Stimmung schien auf alle Gäste überzuschwappen, denn das Schweigen, das zuvor zappelig und unstet wie ein Fisch an Land über uns lag, wurde nun gänzlich still, als hätte das Wassertier seinen letzten verzweifelten Versuch unternommen zu atmen.

»Der Tod begleitet jeden von uns«, sagte Nora D. Samjatin, während die Wächter die letzten vier Kerzen an jeder Ecke des Sarkophags, der den Raum beherrschte, entzündeten. »Es scheint, als würde er uns vom ersten Schrei an wie ein unsichtbarer, geflügelter Bote auf den Fersen sein und nur darauf warten, uns hinfort aus dieser Welt zu zerren. Die Akademie hat es sich zur Aufgabe gemacht, Adepten auszubilden, die dem Boten immer einen Schritt voraus sind und sich ihm in den Weg stellen.

Doch sosehr wir gegen ihn arbeiten, eines Tages entbietet er auch uns seinen Gruß, um uns mitzunehmen, in das Reich danach. Unsere geliebte Schwester hat er vor dreiunddreißig Jahren mit sich genommen und ihrem Wirken frühzeitig ein Ende bereitet. Doch werden wir ihren brillanten Geist in Ehren halten, wie wir all unsere gewogenen Brüder und Schwestern in Ehren halten werden bis zu dem Tag, an dem der Bote uns erscheint.«

Alle Versammelten hatten den Atem angehalten. Auch ich konnte mich dem Zauber ihrer Rede nicht entziehen. Ergriffen davon hatte ich ganz vergessen, warum ich eigentlich hier war.

Zu King linsend sah ich, dass sie die Hand sichtlich bewegt an die Brust hielt und den Blick von Nora ebenso wenig lösen konnte wie Milan, der leicht geöffneten Mundes dastand. Ich hätte gelogen, hätte ich nicht zugegeben, dass auch ich vollkommen gerührt von ihren Worten war.

»Wir sind imstande, den Tod wissenschaftlich zu erklären und als Adepten der Akademie darüber hinaus fähig, ihn so manches Mal zu verhindern. Doch was der Tod mit uns im Reich danach macht, was mit uns und unseren Seelen passiert, das vermag niemand von uns zu sagen«, erklärte sie und drehte sich dann um. Sie stand mit dem Rücken zu uns und wandte sich an den symbolischen, ebenso schwarz verhangenen Sarkophag, dessen steinerne, raue Oberfläche ihr erbarmungslos entgegensah. Nora D. Samjatin strich darüber, als würde sie einen alten Freund grüßen. »Ray-Marie, wir gedenken deiner und unserer eigenen Vergänglichkeit.«

Der Gevatter war um den Sarkophag herumgegangen, als alle die Köpfe senkten und so auch ich.

Noch während ich überlegte, was danach geschehen könnte, ertönte ein Glockenschlag. King sah nach vorn und setzte sich in Bewegung.

Ich wollte es ihr nachtun, als Milan mich an der Hand festhielt und stumm den Kopf schüttelte. Ein weiteres Mal senkte ich, seinem Beispiel folgend, das Haupt.

Ein zweiter Glockenschlag ertönte in der Stille. Nun war es Milan, der nach vorn ging.

Klong. Irgendwo rechts von mir raschelte eine Robe, kurz darauf wieder Stille.

Ein letzter Glockenschlag. Linker Hand vernahm ich eine Bewegung.

»Wenn das Reich danach die seinen zu sich holt, so wollen wir nicht länger im Wege stehen. Wir gedenken ihrer und lassen sie ziehen, dorthin, wo sie hingehören, wo auch wir einst hingehören werden«, schallte Samjatins Stimme von den Wänden.

Ich wagte einen Blick nach vorn und bemerkte, dass auch alle anderen wieder aufgesehen hatten. Die vier Adepten hatten sich an der Seite ihrer Wächter aufgestellt und sahen uns mit steinernen Mienen entgegen.

»Ich erbitte das Symbol für Licht und Hoffnung selbst im Tode«, sagte die Stimme der Majorin, die nach der langen Ansprache der Magnifizenz weit weniger feierlich oder würdevoll klang.

King trug eine weiße Lilie und legte sie auf den Sarkophag. Dann stellte sie sich wieder brav neben ihre Wächterin.

»Ich erbitte das Geleit für den Übergang und den Kontakt mit den Vorangegangenen«, dröhnte die tiefe Stimme des Gevatters unheilvoll durch die Grabkammer.

Milan, unverkennbar nervös, schwenkte den Räucherkessel mit einer Wacholdermischung darin hin und her, während er dreimal gegen den Uhrzeigersinn um den Sarkophag ging.

»Ich erbitte das Symbol für den Frieden, den wir mit unser aller Vergänglichkeit und mit uns selbst machen«, ertönte die Stimme des Wächters der Mediziner.

Ein rothaariger Junge, der aussah, als wüsste er nicht, was er hier tat, tauchte einen Haselzweig in Wasser und besprenkelte zuerst den Sarkophag damit und dann die Menge.

Die Wassertropfen fühlten sich kühl auf meiner Haut an. Auch die Kapuze wurde ein wenig feucht, doch das störte mich nicht weiter.

Der Junge legte den Haselzweig quer über die Lilie.

»Ich erbitte das Symbol der Ewigkeit, der niemand von uns entrinnen kann und will«, sagte nun der letzte Wächter mit einer ungewohnt hohen Stimme.

Ein verängstigt dreinblickendes Mädchen zog zitternd eine Schlange hervor, die sich selbst in den Schwanz biss. Der Ouroboros. Sie legte die Schlange um die Lilie und den Haselzweig herum und trat wieder zurück.

Einige der Adepten begannen leise, ein Lied zu singen, dessen Worte ich nicht verstand. Doch es erfüllte die Grabkammer und schien sie in Ehrerbietung vibrieren zu lassen.

»Ray-Marie Atwood, geh nun hin ins Reich danach, bis wir deiner erneut gedenken. Es ist vollbracht. Brüder und Schwestern, vergesst auch an Tagen des Lichts nicht die Dunkelheit, die euch einst am Übertritt erwarten wird und euch auf mächtigen Schwingen auf eurer letzten Reise begleiten wird.«

Damit schien die Feier beendet zu sein.

Nora D. Samjatin, die die Trauerrede mit einem letzten Glockenschlag ausklingen ließ, ging auf den Eingang zu, der gleichsam auch der Ausgang war.

Die Adepten traten zurück, um eine Gasse zu bilden, durch die sie schreiten konnte. Ihr folgten die Wächter und ihre direkt unterstellten Adepten. Erst als diese verschwunden waren, verließen auch wir anderen den Raum. Hinter mir war bloß noch ein Mädchen, das die Kerzen löschte und sich dann schnellstmöglich aus dem Staub machte.

Die Prozession – anders konnte man sie nicht bezeichnen – zurück zur Tafel war eine schweigsame. Man hörte bloß das Flackern

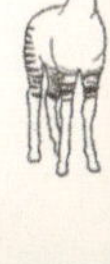

der Kerzen, die immer noch entzündet waren und von den Wächtern gehalten wurden, sowie unsere Schritte, die beinahe klangen wie ein einziger.

An der Tafel nahmen wir nun Platz und ich musste mir ein höhnisches Lächeln verkneifen, als ich die Karaffen mit Rotwein auf dem Tisch verteilt stehen sah.

»Ich trinke auf die Vergänglichkeit der Welt. Lasst uns nun speisen«, sagte Samjatin, die ein Glas Rotwein, das zuvor schon für sie gefüllt worden war, in der Hand hielt, uns zuprostete und sich setzte, ohne ein weiteres Wort zu verlieren.

Wir taten es ihr nach und warteten darauf, dass sie sich Essen auftat.

Ich wusste, dass der Trank erst einige Minuten brauchen würde, bis er seine Wirkung entfaltete, und dennoch schaute ich den anderen gespannt zu, wie sie tranken, während ich selbst so tat, als würde ich daran nippen.

Dann endlich begannen alle um mich herum zu essen und schwatzten munter drauflos.

Ich beobachtete den Gevatter, der sich in ein angeregtes Gespräch mit der Majorin vertieft hatte und immer mal wieder seinen Blick über die Tafel schweifen ließ.

Schnell zog ich den Kopf ein und beugte mich über den Braten mit Soße und Gemüse, der vor mir auf dem Teller lag. Ich aß rasch, da ich wusste, dass mir nicht viel Zeit bleiben würde.

Gerade, als ich das letzte Stück Fleisch mit Butterbohnen in die Soße tunkte, fielen die ersten Köpfe auf ihre Teller und ich war froh, dass keiner von ihnen eine Suppe vor sich stehen hatte. Andernfalls hätte ich wohl einige meiner Kollegen bereits jetzt auf dem Gewissen.

Schnell stopfte ich mir das letzte Stück in den Mund, sah mich um und fragte noch kauend: »Was?«, bevor auch ich mein Gesicht in den Teller fallen ließ. Die Soße, die mir im Haar klebte, ließ mich erschaudern. Ich hasste es, wenn ich etwas Klebriges im Gesicht hatte, und hoffte darauf, mich so schnell wie möglich waschen zu können.

Einige andere stießen Laute des Erstaunens aus, doch es war schon zu spät. Jeder von ihnen hatte getrunken und es reichte eine kleine Dosis, um das zu erreichen, was ich nun vor mir sah, als ich den Kopf hob.

Niemand rührte sich. Der Trank würde etwa drei, vielleicht auch vier Stunden wirken, doch ich wollte keinerlei Risiko eingehen.

Langsam ging ich auf den Gevatter zu und ließ ihn keine Sekunde aus den Augen, auch wenn er bereits schnarchte wie ein Bär. Doch mein Herz schlug so laut und so schnell, dass ich das Gefühl hatte, allein deshalb müsste er schon wach werden.

Aus den vielen Agentenfilmen, die mein Vater so sehr liebte, hatte ich aufgeschnappt, was zu tun war. Auch wenn dazu eine gehörige Portion Glück und Mut nötig war.

Ich griff nach seiner linken Hand, von der ich wusste, dass es seine dominante war. Niemals hätte ich für diese Mission Milan in Gefahr gebracht, dessen Fingerabdruck genauso gut gewesen wäre, um die Tür zu öffnen. Doch damit hätte ich sein Todesurteil unterschrieben, denn man hätte es ihm in die Schuhe geschoben.

Ich brachte den Kleber, den ich ebenfalls in der Tasche hatte, auf seinen Daumen und den Zeigefinger auf – nur zur Sicherheit. Als alles fest war, zog ich ihn ab. Erst jetzt erlaubte ich mir, wieder zu atmen.

Ich war froh, mir den Weg gemerkt zu haben. Die Gänge waren menschenleer, denn jeder, der hier sein könnte, saß schließlich schlafend mit dem Gesicht in einem Teller an der Tafel.

Während ich pfeifenden Atems die Korridore entlang hastete, sah ich mich immer wieder besorgt um, auch wenn es unnötig war. Doch wollte ich unsere Mission nicht aufs Spiel setzen.

Den USB-Stick umklammernd fand ich schließlich den Zugang zum Kontrollraum. Ich holte die beiden Abdrücke hervor und besah sie mir. Ich für meinen Teil würde eher den Zeigefinger verwenden, also entschied ich mich dafür. Den Abdruck ins Bedienfeld haltend wartete ich, doch nichts passierte. Weder ging die Tür auf noch ertönte ein Alarm. Nichts.

Ich verharrte einige Sekunden in der Position, falls sich doch ein leises Klicken ergeben sollte, das meinem Erfolg ein Geräusch geben würde. Nichts.

Ich steckte den Zeigefingerabdruck wieder zurück und zog den Daumen hervor. Er unterschied uns von Tieren. Vielleicht hatte sich das auch der Gevatter gedacht.

Und da endlich öffnete sich die Tür. Ich zog die Kapuze noch einmal tiefer ins Gesicht, humpelte ein wenig, als ich reinkam, falls es hier Kameras geben sollte, und steckte den Stick in die Kontrolleinheit, als ich sie erreicht hatte.

Mit einer Uhr wäre es leichter gewesen zu sagen, wie viel Zeit bereits verstrichen war. So musste ich in Gedanken den Titelsong aus meinem Lieblingsdisneyfilm singen, um die Zeit in etwa abschätzen zu können.

Als ich geendet hatte – ich gab mir innerlich Applaus für meine formidable Performance – zog ich den Stick heraus und wandte mich um.

Fast schon hätte ich erwartet, dass plötzlich jemand hinter mir auftauchen und das Abenteuer ein jähes Ende nehmen würde. Aber ich hatte mich zu meiner Erleichterung getäuscht.

Ich rannte zurück und hoffte, dass noch niemand wach war. Doch es war nicht genügend Zeit vergangen, als dass auch nur einer von ihnen hätte aufwachen können. Ich packte die Krüge voll Rotwein und öffnete ein Fenster, um sie auszuleeren, auch wenn das mit meiner verletzten Hand durchaus dauerte. Schließlich mussten meine Spuren verwischt werden. Denn falls man draufkommen würde, dass etwas im Essen war, würde ich ziemlich sicher verdächtigt werden.

Auch die Gläser leerte ich aus und füllte sie mit dem vorbereiteten, unberührten Rotwein auf.

Ohne zu wissen, wie lange ich gebraucht hatte, war ich froh, als alles erledigt war, und verstaute all die Dinge, die mich verraten könnten, in meinem BH. Dort würde man vermutlich nicht auf die Idee kommen, nach verdächtigen Beweisen zu suchen. Zumindest hoffte ich das und verdrängte den Gedanken sehr schnell, dass man mir in die Unterwäsche fassen würde, um mich zu überführen.

Als ich mich setzte, ergriff ich mein unberührtes Glas, das ich noch nicht getauscht hatte. Ich prostete der schlafenden Gesellschaft mit einem triumphalen Grinsen zu, trank es in einem Zug leer und wartete.

Es wäre ein schönerer Effekt gewesen, gleich einzuschlafen, so saß ich noch ein paar Minuten da und wartete. Immer noch klebten meine Haare und gerade, als ich versuchte, ein Pfefferkorn aus einer Strähne zu ziehen, spürte ich, wie mir die Lider schwer wurden und die Welt nach vorn fiel.

Der Stechapfel, den ich in die Räucherschalen geworfen hatte, entfaltete seine Wirkung und zog mich in eine surreale Traumwelt.

Ich saß noch immer an der Tafel, jedoch unter gedämpftem Licht. Gerade so, als würde aus der Mitte des Raums kein Licht scheinen, sondern Dunkelheit herrschen.

Träge und mit schwerem Kopf sah ich umher.

Milan und King saßen da und starrten mich an.

»Wo warst du so lange?«, fragte mich die hohle Stimme Kylas und mir war, als würde sie von einer anderen Sphäre her tönen.

»Was meinst du?«, erwiderte ich.

»Wir sind schon so lange hier«, antwortete Milan. »Es fühlt sich an wie Jahre. In diesem Labyrinth aus Gängen, die wir doch eigentlich kennen sollten. Jedes Mal, wenn wir aus ihm entfliehen möchten, dann …« Er sah sich ängstlich um.

»Dann was?«, hakte ich nach und folgte seinem Blick, der fahrig hin und her schwenkte und nichts fokussierte.

»Dann wird *er* dich holen. Wir sind nur hier sicher«, flüsterte Kyla und auch ihre Miene war vor Furcht entstellt.

Ich ließ meinen Blick über die Menge schweifen. Ein Großteil von ihnen saß immer noch auf seinem Platz, stur vor sich hinstarrend, Messer und Gabel in den Händen haltend.

Ein dumpfes Muhen ertönte, das mir das Blut in den Adern gefrieren ließ. Irgendetwas daran ließ mich ahnen, dass es sich hierbei nicht um ein verirrtes, gutmütiges Kälbchen handelte. Der Schrei verhieß Kraft und Wut.

»Was ist das?«, wisperte ich.

»Der Minotaurus.«

Ich hielt den Atem an. Hatte ich ein so mächtiges Traumbild erschaffen, in dem wir uns alle befanden, beherrscht von einem bösartigen Minotaurus, der unser aller Tod wollte?

»Das heißt, wir sind nur im Salon in Sicherheit?«, fragte ich.

Milan und Kyla nickten stumm.

Sollte ich hier in Angst verbringen, bis mich dieses vermaledeite Kraut wieder aufwachen ließ? Irgendetwas in mir sträubte sich dagegen, mich meinem Schicksal so widerstandslos zu ergeben. Das war nicht mehr ich. Ich war eine Kämpferin geworden.

Doch als ich aufstehen wollte, spürte ich, wie mich eine unsichtbare Kraft auf meinem Platz hielt. Ich konnte keinen Finger rühren. Zuvor noch hatte ich den Kopf drehen können. Doch nun war nicht einmal mehr das möglich.

Nicht erkennbare Fingernägel gruben sich überall in mein Fleisch und zerrten daran, als wollten sie es zerreißen.

Ein Schlag gegen Stein ertönte, dann das Geräusch von bröckelndem Gestein und Stille. Noch einmal. Und noch einmal. Ein viertes und letztes Mal und die Säulen, die die Tür zum dunklen Raum hinter dem Salon flankierten, zersprangen in Tausend kleine Stücke, sprühten Geröll und feinen Staub auf die Tafel. Die hölzernen Türen fielen mit einem widerhallenden Aufprall auf den Mosaikboden.

Noch immer saßen wir alle unbewegt am Tisch.

Im Dunkel hinter dem zerstörten Portal regte sich etwas. Es hörte sich an wie knackende Zweige und ein Rauschen im Hintergrund.

Mir schnürte sich der Hals zu. Ich glaubte zu wissen, was das für ein Geräusch war.

Es wurde lauter. Eine menschliche Hand, die dreimal so groß war wie Sams, legte ihre ungewöhnlich langen Krallen um eine der zerstörten Türangeln. Und ein Feuer loderte auf, das sich mir in die Netzhaut brannte.

Ich wollte die Augen schließen, aber konnte es nicht.

Der monströse Kopf des brennenden Minotaurus erschien und brüllte noch einmal seinen markerschütternden Schrei. Alles um ihn herum schien von der Dunkelheit verschluckt zu werden. Er war die einzige Lichtquelle, die mit einem gierigen Glimmen in den Augen auf die Tafel starrte.

Er neigte sein Haupt und ich erkannte eine Krone, die unten rot und oben weiß war. »Ich bin der Schöpfer und Schützer der Toten«, dröhnte seine Stimme und hallte an den Wänden und in mir wider. »Empfangt mein Urteil, Sterbliche.«

Meine Nackenhaare stellten sich auf. Auf dem ganzen Körper hatte ich eine Gänsehaut. Hätte ich mich bewegen können, hätte ich wohl spätestens in diesem Moment keinen Finger mehr rühren können.

Noch einmal brüllte er los, sodass die Kronleuchter über der Tafel gefährlich wackelten. Weiteres Gestein bröckelte auf uns hernieder und berieselte uns mit feinem Staub. Aber das würde wohl keinen Unterschied mehr machen.

Der Minotaurus machte einen Schritt nach vorn und zerstörte die ersten Mosaike, die unter seinem enormen Gewicht zersprangen, als wären sie Spielsteine. Weiter und weiter ging er auf die Tafel zu. Er packte Nora D. Samjatin und schleuderte sie hinter sich. Ihr regungsloser Körper krachte auf den steinernen Boden und blieb dort liegen.

Über ihren Stuhl hinweg stieg er auf den Tisch, der sein Gewicht offenbar besser zu tragen schien als der Boden, auch wenn er ächzte und krachte.

Dort, wo ihn Gegenstände, die auf dem Tisch standen, berührten oder seine langen Beinhaare darüberstrichen, loderte augenblicklich ein verschlingendes Feuer. So zog er seine Bahn über die lange Tafel, die nach und nach zu brennen begann. Immer noch schien er nicht am Ziel zu sein und langsam vermutete ich, wohin er wollte.

Als er dann vor mir, Milan und King hielt, wusste ich, dass er meinetwegen gekommen war.

Für Angst war es nun zu spät. Alles, was ich empfand, war die lähmende Gewissheit, dass dies mein Ende war. Kein Sieg über die Akademie. Kein unrühmlicher Abgang.

Er stand da und beobachtete mich aus seinen glühenden Augen, während das Feuer munter vor sich hin flackerte.

Mein Puls ging nach oben und schien mir durch den Hals davonrennen zu wollen.

Die Flammen schlugen ein weiteres Mal hoch und hüllten ihn gänzlich ein. Kurz sah ich nur noch das über seinen behaarten Körper leckende Feuer, das auch ihn zu verschlingen drohte. Allmählich verkleinerte sich seine Silhouette, bis nur noch ein Ring aus Feuer vor mir in der Luft schwebte. Der Rest von ihm hatte sich aufgelöst und war in den Flammen aufgegangen. Zerstört.

Ich atmete auf.

Doch da ertönte seine unheilschwangere Stimme erneut, die Flammen schwanden und vor meinem Auge war der Ouroboros zu sehen: der Ring, der zuvor von Feuer umfangen gewesen war.

Erschrocken riss ich die Augen auf, doch es war schon zu spät. Die Schlange schoss auf mich zu und schlang sich um meinen Hals, während sie sich immer enger zuzog.

Als wäre sie ein Portal in eine andere Welt, war mein Kopf plötzlich von einer undurchdringlichen, kühlen Dunkelheit umschlossen, die nichts gemein hatte mit der warmen Umgebung, in welcher der Rest von mir steckte.

Ich würgte. Der Druck auf meinen Hals wurde immer unbarmherziger und ich spürte, dass ich bereits jetzt schon keine Luft mehr bekam.

Die Augen schließend wartete ich darauf, dass es ein Ende nahm. Ich würde hier nicht mehr lebend rauskommen. Unsere Mission war also beendet. Und das nur, weil ich es nicht geschafft hatte. Tränen, die nicht hätten sein dürfen, rannen meine Wangen hinab und benetzten auch die schuppige Haut der Schlange.

»Lass mich leben. Ich muss es zu Ende bringen«, flehte ich mit dem letzten Atemzug, als die Lichter auf meinen Lidern anfingen zu flackern wie Tausend Sterne in der Nacht. Und dann war da nur noch Dunkelheit. Nichts als kühle Dunkelheit, die mich umfing.

»… zu dir, bitte«, hörte ich Milans Stimme und ein Schütteln ging durch meinen Körper. »Bitte.«

Jemand schluchzte neben mir.

Langsam öffnete ich die Lider. Milan hatte sich über mich gebeugt und war mir ganz nah. King war diejenige, die neben mir auf ihrem Stuhl vor und zurück wippte, die Arme um die Knie geschlungen und schluchzte.

»Was ist geschehen?«, fragte ich kraftlos und fühlte die Worte über meine Stimmbänder kratzen.

»Ich weiß es nicht. Wir alle sind entschlummert und es schien, als hätte sich uns allen ein Stier im Traum gezeigt«, antwortete Milan und so langsam ordneten sich die Bilder.

Ich war nicht tot. Meine Mission würde fortgeführt werden können. Und was noch wichtiger war: Ich hatte Erfolg gehabt!

»Der Minotaurus«, sagte ich mit zarter Stimme und fühlte mich, als hätte ich seit einer Woche mit Fieber im Bett gelegen. Plötzlich war alles so schwer. Sprechen, den Kopf heben, die Augen offen halten ...

Mein Bewusstsein entglitt mir. Als würde es mich aus meinem Körper herausziehen.

»Kyla!«, rief Milans Stimme und ich spürte, wie ich unsanft gepackt wurde.

Was war geschehen? Warum war ich hier? Ich begann zu zittern, mein gesamter Körper bebte. Ein Schwall Übelkeit rollte über mich und verschwand so schnell, wie er gekommen war. Hitze stieg in mir hoch und so langsam versperrten schwarze Flecken zusehends meine Sicht. Was war geschehen? Wo war ich?

»Kyla, schnell!« Jemand setzte mir ein Glas Wasser an die Lippen. Ich versuchte zu trinken, doch die kostbare Flüssigkeit benetzte bloß meine Kleidung. Das bisschen, das auf meinen Lippen hängen blieb, kühlte mein mittlerweile glühend heißes Gesicht zumindest ein wenig.

Ich musste wieder wach werden! Gerade hier durfte ich nicht

ohnmächtig werden. Niemand wusste, was sie mit mir tun würden, vielleicht würden sie mich durchsuchen.

»Bringt sie in den Krankenflügel«, knurrte die Stimme des Gevatters.

Mir wurde schlecht. Nein, o nein, bitte nicht er!

Doch da wurde ich schon hochgehoben und fortgetragen.

In diesem Moment wurde mir einmal mehr schmerzlich bewusst, dass ich in diesem Teil meines Daseins trotz Freunden allein war. Keinem von ihnen konnte ich so vertrauen wie Sam oder Leander.

Würde man mir meine Sachen abnehmen? Würde ich durchsucht?

Ich wünschte, ich könnte ihnen eine Nachricht zukommen lassen, doch das würde in dem Zustand nicht möglich sein.

»Hierher«, hörte ich die Krankenschwester sanft sagen, bevor ich in eines der Betten bugsiert wurde.

Sie ließ sich kurz von Milan, der mich offenbar hergetragen hatte und stärker zu sein schien, als ich gedacht hatte, erklären, was geschehen war.

An ihrem Tonfall erkannte ich, dass sie besorgt war. Sie scheuchte Milan und Kyla hinaus, bevor sie sich mir widmete.

Immer noch war meine Sicht nicht wiedergekehrt. Wie lange würde es wohl andauern?

»Dann ziehen wir dir mal deine Sachen aus«, sagte die Krankenschwester freundlich, aber bestimmt und begann damit, an meiner Robe, die ich noch immer trug, zu zerren.

»Nein, bitte nicht. Mir ist so kalt«, sagte ich schwach und musste feststellen, dass es nicht einmal eine Lüge war.

Augenblicklich ließ sie den Stoff los und deckte mich zu. »Du glühst ja«, stellte sie fest, als sie meine Stirn mit der flachen Hand berührte. »Ich frage mich, wer euch da etwas Böses wollte.«

Also wusste sie von den Gewogenen. Natürlich. Vermutlich war sie auch einmal eine gewesen. Warum hatte ich mir nie Gedanken darüber gemacht, was mit den Adepten passierte, die älter, aber keine Professoren wurden? Was geschah mit ihnen?

»Ich denke, es wird das Beste sein, wenn du ein wenig schläfst«, sagte sie dann. Offenbar wusste auch sie nicht, wie sie mir helfen sollte. Sie murmelte: »Abwarten«, bevor sich ihre Schritte entfernten.

Ja, mehr würde mir wohl nicht übrig bleiben. Doch schlafen hätte ich nicht können. Zu aufgewühlt und angsterfüllt war ich. Aufgeregt, weil ich am liebsten aufgesprungen wäre, um Leander den Datenträger zu bringen, voller Furcht, weil ich noch immer nicht sehen konnte und auch nicht wusste, ob man mich beobachtete. Hatte mich der Gevatter im Visier? Ahnte er, dass ich es gewesen war, die für all das verantwortlich war?

Ich wusste nicht, wie viel Zeit seither vergangen war, doch hatte ich alle paar Herzschläge die Augen kurz geschlossen, nur um sie wieder aufzureißen und zu sehen, ob meine Sicht zurückgekehrt war. So ging das – wie es mir erschien – für Stunden, bis ich endlich ein silbriges Licht erblickte, das den Raum auf mystische Art und Weise erhellte. Es war still auf der Station und ich war offenbar die Einzige hier.

Meine Hand fand zu meiner Stirn, die nicht mehr heiß war, wie ich erleichtert feststellte. Und auch wenn ich mich noch immer wackelig fühlte, ging es mir besser.

Ich glitt aus meinem Bett und griff nach dem Stick, der noch dort war, wo ich ihn verstaut hatte. Jetzt oder nie, ich musste zu Leander und ihm das Teil bringen. Egal, was es mich kosten würde.

Die Gänge lagen ebenso still vor mir wie die Krankenstation zuvor. Beinahe gespenstisch wirkte die Akademie in dieser Nacht.

Hätte es hier Geister gegeben, hätte ich wohl nicht an ihrer Existenz gezweifelt. Schritt für Schritt wagte ich mich in die nur teilweise von Mondlicht erleuchtete Dunkelheit vor und hielt mich immer wieder an Büsten oder der Wand fest.

War mir die Zeit, in der ich darauf gewartet hatte, dass ich wieder sehen konnte, schon lange vorgekommen, so war es nichts gegen den Aufstieg zu Leanders Zimmer. Wie hätte ich mir gewünscht, dass es im Erdgeschoss lag!

Während ich Stufe für Stufe hart erkämpfte, hielt ich die Ohren gespitzt, doch kein verräterisches Geräusch ertönte. Nichts, um ehrlich zu sein, was mich umso angespannter machte.

Als ich Leanders Tür erreichte und anklopfte, fürchtete ich, ich würde die ganze Akademie damit wecken. Es schien, als würde das Klopfen das fragile Band der Stille zerreißen.

Doch nachdem ich keine Antwort erhielt, fragte ich mich einmal mehr, warum ich überhaupt geklopft hatte.

Ich trat ein und schloss die Tür sofort hinter mir. »Leander«, zischte ich.

Im Bett bewegte sich etwas. Das Licht ging an.

»Wo warst …«, wollte er verärgert ausstoßen, fing sich aber, als der Schein der Lampe auf mich fiel. »Wie siehst du denn aus?«

Beim Bett angekommen setzte ich mich zuerst und atmete durch, bevor ich ihm antwortete.

»Warum zur Hölle siehst du jedes Mal so aus, als ob man dich durch einen Fleischwolf gedreht hätte, wenn du zu mir kommst?«, fragte er dann.

»Das würde ich auch gern wissen.« Ich schenkte ihm ein müdes Lächeln. »Ich hab die Dosis unterschätzt und selbst zu viel davon getrunken, um meine Spuren zu verwischen.« Ich holte den Stick hervor. »Hier sind deine Daten.«

Dankend nahm er ihn entgegen. »Erzähl mir von dem Abend.«

»Haben du und Sam auf mich gewartet?«, fragte ich.

Er nickte.

»Ich muss bald wieder zurück in die Krankenstation, bevor man mich vermisst. Ich erzähl dir kurz, was passiert ist. Versprich mir, Sam zu sagen, wo ich bin und dass er sich keine Sorgen machen muss.«

Ein weiteres Mal nickte er.

Der Weg zu Leanders Zimmer war schon anstrengend gewesen, doch nichts im Vergleich zum Rückweg. Ständig hatte ich Angst vorzufallen. Nach einer weiteren halben Ewigkeit sah ich vor mir den Korridor zur Krankenstation. Mein Herz klopfte ein wenig lauter.

Hier gab es keinen Schutz. Wenn man mich erwischte, so würde es kein Entrinnen und kein Versteck geben. Ich beschleunigte den Schritt, doch quittierte das mein Körper mit einem augenblicklichen Schwindelanfall.

Bevor ich zu Boden ging, konnte ich mich gerade noch an der Wandvertäfelung festhalten, in die ich mit der Schulter krachte. Ein siedend heißer Schmerz schoss durch meine bereits verletzte Hand und ich fiel.

Hämmernden Herzens blieb ich liegen und lauschte. Hatte mich jemand gehört? Näherten sich Schritte?

»Wohin des Weges?«, fragte da jemand und ich wusste, dass dies die letzte Person war, der ich begegnen wollte.

Unsanft wurde ich gepackt und hochgezogen. »Wohin des Weges?, habe ich gefragt«, wiederholte der Gevatter scharf und sein Atem, der nach Alkohol stank, wehte mir ins Gesicht.

Ich getraute mich nicht, eine Miene zu verziehen, so nah war er mir. »Ich wollte kurz auf die Toilette. Sir, ich dachte, ich hätte meine Periode bekommen und –« Das Thema war offenbar keines, das er mit mir besprechen wollte, denn er bedeutete mir mit einer unwirschen Handbewegung, dass ich leise sein solle.

»Rein da mit dir. Lass dich nicht noch mal hier draußen erwischen. Du sollst schließlich wieder gesund werden«, erklärte er und ein wölfisches Grinsen legte sich auf sein Gesicht.

»Jawohl, Sir«, sagte ich schnell und hoffte, dass er die Schuld, die ich brennend in mir spürte, nicht wahrnahm. Er schien sie sonst wie ein Raubtier wittern zu können.

Ich ging zurück in die Krankenstation und legte mich auf mein Bett. Jetzt, wo ich darüber nachdachte, hatte ich schon seit Langem keine Periode mehr gehabt. Ich hatte es schlicht und einfach vergessen.

Am nächsten Morgen erwachte ich und sah in das strahlende Gesicht von Milan, der es sich nicht hatte nehmen lassen, mich bereits jetzt zu besuchen.

»Wie geht's dir?«, fragte ich.

»Das sollte ich dich eigentlich fragen«, meinte er und sah mich besorgt an.

»Besser. Das gestern war wohl etwas zu viel«, erklärte ich.

»Sie wissen auch schon, was passiert ist.«

Mein Magen machte einen Satz. Plötzlich hatte ich kein Gefühl mehr in den Fingerspitzen und versuchte, mir meine Angst nicht anmerken zu lassen. »Ach ja?«, fragte ich und bemerkte, dass meine Stimme hohl und dünn klang.

»Ja. Die bediensteten Roboter sind nicht nur dazu da, um die Speisen und Getränke zuzubereiten und aufzutragen, sondern auch dazu, den Raum vorzubereiten. Und dazu gehören die Räucherschalen. Wahrscheinlich ist bei der Programmierung etwas schiefgelaufen. Der Befehl, den einer der Neuen eingegeben hatte, war ›Datura placidus‹, eine Stechapfelsorte, die hier an der Akademie gezüchtet wurde und für eine angenehme Atmosphäre sorgt, wenn man sie räuchert. Stattdessen hat sich der Roboter offenbar vergriffen, da beide ziemlich gleich aussehen und man sie nur am Aroma, das sich nur minimal unterscheidet, auseinanderhalten kann.«

Ich ließ es mir nicht anmerken, aber innerlich atmete ich erleichtert auf. »Ich weiß nur vom Gemeinen Stechapfel, aber seine Wirkung kenne ich nicht«, log ich und versuchte, dabei nicht rot zu werden.

»Solltest du mal nachlesen. Unglaublich giftiges Zeug.« Milan schüttelte den Kopf. »Aber dem Anschein nach hat es niemanden ernstlich getroffen. Außer dir ist keiner im Krankenflügel gelandet.«

»Da bin ich aber erleichtert.« Dieses Mal war es keine Lüge. Der Einzige, dem ich so eine Nacht gewünscht hätte, war der Gevatter, aber sicherlich nicht, solange ich hier festsaß. »Hast du etwa die ganze Nacht nachgeforscht, was es mit dem Vorfall auf sich hatte?«

»Natürlich. Der Gevatter hat uns Vertreter der vier Abteilungen gebeten zu bleiben, um den Vorfall zu ermitteln. Es hätte ja schließlich sein können, dass es jemand auf uns Gewogene abgesehen hat«, erwiderte er.

So hatte ich das noch gar nicht gesehen. Ich nickte.

»Warte nur, bis du King siehst. Die ist furchtbar schlecht gelaunt, weil sie nicht auf ihre acht Stunden Schlaf kam.« Er lachte ein wenig zu gehässig.

Doch bevor ich etwas antworten konnte, kam die Krankenschwester hereingeschritten und sah ihn böse an. »Adept Novak, was wollen Sie zu so früher Stunde bereits hier?« Sie versuchte, ihn wegzuscheuchen, doch er blieb stehen. Verwirrt linste sie ihn an.

»Ich bin hier, um Adeptin Wright zu holen. Der Gevatter meinte, er habe sie gestern Nacht gesehen und es ging ihr gut. Daher soll sie am Unterricht heute wieder teilnehmen.«

Mein Mut sank. Er hatte mich im Auge.

Nun war ich es, die böse angeschaut wurde. »Stimmt das? Sie haben sich ohne meine Erlaubnis aus der Bettruhe begeben?«, fragte sie.

»J-Ja«, antwortete ich stotternd, »ich dachte, ich hätte meine Periode bekommen und –«

Auch sie schien nicht sonderlich erpicht darauf, Einzelheiten zu hören, vermutlich aber eher deshalb, weil sie wusste, dass solcherlei Dinge oftmals ungeplant kamen. Sie glaubte mir. »Na dann, schu-schu, beeilen Sie sich! Das Frühstück beginnt bald!« Damit verschwand sie und ließ sich nicht wieder blicken, bis Milan und ich die Station verließen.

»Du solltest vielleicht noch deine Robe loswerden«, erklärte Milan. »Ich warte hier auf dich.« Er wies mit dem Kopf den Gang zu meinem Zimmer hinab und ich beeilte mich.

Auf dem Weg dorthin begegnete mir niemand. Als ich die Tür erreichte, zog ich mir die Robe vom Kopf und wollte sie eigentlich nur durch die geöffnete Tür werfen, um gleich wieder loszupreschen, als ich einen Brief am Boden liegen sah.

Leander.

Schnell verstaute ich den Zettel in meiner Tasche und hastete zurück.

Bevor ich ins Klassenzimmer ging, wollte ich den Brief lesen und versteckte mich im Klo. Ich riss ihn auf und hätte es mir eigentlich denken können. Das Blatt war leer!

Ich hoffte, dass es damit auch funktionieren würde, und hauchte für ein paar Minuten wie eine Blöde auf das Papier, bevor ich endlich Leanders Handschrift erkannte.

Wir müssen uns ein anderes System überlegen. Falls du noch dein Handy hast, leg es heute um drei in den Topf der großen Wedelpflanze im Gang vor der Bibliothek. Ich lass es dir wieder zukommen, sobald ich es präpariert habe. L

Monstera. Die Pflanze hieß Monstera.

Als der Unterricht zu Ende war, hastete ich schnell in mein Zimmer, um das Telefon noch vor dem Essen zu holen und dorthin zu legen. Ich würde es in eines der Papiertütchen geben, in denen ich meine Samen aufbewahrte, und mit Erde bewerfen, sodass er es finden könnte.

»Wollen wir danach in die Bibliothek gehen?«, fragte Milan, als ich mich an den Tisch setzte und hoffte, dass ihm nicht aufgefallen war, dass ich gerannt war. Der Weg von der Bibliothek zum Speisesaal war schließlich länger als von meinem Zimmer aus.

»Gern. Nach gestern kann ich ein wenig Unterhaltungsliteratur gut gebrauchen«, raunte ich.

Er grinste, während King so dreinsah, als ob sie gleich einschlafen würde.

»Seid mir nicht böse, ich werde mich nach dem Essen hinlegen. Ich brauche meinen Schlaf«, klagte sie und sagte für den Rest der Mahlzeit nichts mehr.

Auch Milan war ungewohnt still und in Gedanken versunken.

Das machte mich, um ehrlich zu sein, etwas stutzig. Vermutete er etwas? Hatte der Gevatter ihm aufgetragen, mich im Auge zu behalten? Zutrauen würde ich es ihm.

Ich warf Sam und Leander einen Blick zu, der anderen möglicherweise bloß als sehnsüchtig aufgefallen wäre. Doch die beiden schienen bemerkt zu haben, dass ich das Handy dort platziert hatte, wo sie es haben wollten. Unmerklich nickten sie, als sie nach draußen gingen. Nicht in meine Richtung, aber zumindest so, dass ich mir sicher war, dass sie verstanden hatten.

Dann folgte ich Milan in den Trakt der Gewogenen und hing weiter meinen Gedanken nach, während er mich durch die menschenleeren Korridore führte.

»Das gestern muss dir schon sehr zugesetzt haben«, erklärte Milan und wandte sich traurig dreinsehend zu mir um.

Ich sah auf. »Mhm«, machte ich, doch er ließ nicht locker.

»Irgendwas ist da doch noch, nicht wahr?«

Unwirsch schüttelte ich den Kopf. »Ich bin nur immer noch etwas erschöpft von der Anstrengung.«

Damit schien er sich vorerst zufriedenzugeben und ging wieder voran in die Bibliothek. Er stieß das Portal auf.

Ich sprang zur Seite. Zu sehr erinnerte es mich an den Minotaurus, der in meinem Traum am Abend zuvor die Tür aufgestoßen hatte und rot glühend, von Flammen umgeben, auf mich zu gestapft war.

»Was ist?« Milan kam aus der Bibliothek gerannt und runzelte die Stirn. »Meinst du nicht, du solltest den Tag besser auf der Krankenstation verbringen?«

Ich lachte trocken auf. »Dort liege ich doch nur rum und warte, bis die Zeit verstreicht. Ich brauche etwas, um auf andere Gedanken zu kommen. Da kommt mir ein Ausflug in fremde Welten gerade recht.«

Ein Lächeln trat auf sein Gesicht und er reichte mir die Hand, die ich zaghaft ergriff.

Wir suchten uns einen Platz am Fenster und ließen uns nieder. »Ich denke, ich werde mich heute mit etwas Technischem beschäftigen.« Milan rieb sich das Kinn und sah nach draußen dem Sonnenschein nach, der sich im Fensterglas brach.

»Ich brauche etwas Sanftes.« Ich lachte und der Blick, den er mir zuwarf, war für mich nicht zu deuten. Beinahe war mir, als wollte er mir sagen, dass er doch sanft genug wäre.

Als wir schließlich mit unseren Büchern zurück am Platz waren und uns darin vergruben, war er schon bald in wildes Gekritzel verfallen, während ich krampfhaft versuchte, mich auf den Roman zu konzentrieren.

Ich wollte mir nichts anmerken lassen, aber meine Gedanken kreisten ständig um den Gevatter. Der Mann machte mir Angst und das nicht zu knapp. Seine Drohungen schossen mit Sicherheit nicht bloß ins Blaue. Irgendetwas wusste er. Aber möglicherweise konnte er sich keinen Reim darauf machen und wartete, dass ich mich verriet, wenn er mir nur genug Angst einjagte.

Während ich mich in wüsten Theorien verlor, dachte ich darüber nach, warum der Gevatter so geworden war. Er war sicherlich nicht immer so, vielleicht sogar wie Milan gewesen.

In der gleichen Situation, vielleicht von Schuldgefühlen geplagt, die ihn geradewegs in die Arme der Akademie getrieben hatten, wo er dankend aufgenommen und ausgebildet worden war. Um nicht zu sagen, dass man ihm dort sein Hirn gewaschen hatte, um ihn wie eine Marionette bedienen zu können.

Ich warf Milan einen Blick über mein Buch hinweg zu, den er offenbar nicht bemerkte. Er war gut in dem, was er tat. Aber geschah es denn immer zum Wohle der Menschheit, wie die Akademie behauptete?

»Milan ...« Ich räusperte mich.

Er ließ den Stift fallen und sah mich über den Tisch hinweg an. »Ja?«

»Was hat die Akademie eigentlich davon, dass sie den Menschen hilft? Also außer ein gutes Gefühl, weil man eine Arbeit verrichtet, die sonst keiner kann und die wertvoll für uns alle ist?«

Ein leises Lächeln trat auf seine Lippen. »Das Wissen ist den Gewogenen vorbehalten und ich bin froh, dass du mich fragst«, erwiderte er. »Die Akademie bietet ihre Dienste den Staatsoberhäuptern jeden Landes an. Diese können entscheiden, ob sie für ihre Amtsperiode den Obolus zahlen möchten, den die Akademie verlangt.«

»Wir werden bezahlt dafür?«, wollte ich mit großen Augen wissen. Das war mir neu. Und warf ein komplett anderes Licht auf die Akademie, die sich bislang immer als heilige Institution mit der Mission der Rettung der Menschheit hingestellt hatte.

»Natürlich. Andernfalls wäre es nicht möglich, die Ressourcen für die Maschinen zu kaufen. Wir hantieren zwar mit der Zeit, aber Diebe sind wir nicht.« Er lachte auf. »Doch trotzdem muss man anmerken, dass die Akademie immer noch ihr Veto einlegen kann. Wenn ein Ereignis eintritt, das für das Wohl der Menschheit besser ist, als es zu verhindern, dann wird sich die Akademie nicht einmischen und es geschehen lassen.«

»Also zahlen die dann und es passiert trotzdem ein Unglück? Ist das nicht ...« Ich sah mich um. »Betrug?« Ein ungutes Gefühl beschlich mich, als würde der Gevatter höchstselbst hinter mir stehen. Meine Nackenhaare stellten sich auf. Sicherheitshalber wandte ich mich kurz um, nur um festzustellen, dass niemand hier war. Wir waren allein und ich seufzte erleichtert auf.

Milan machte eine wegwerfende Handbewegung. »Nein, die Staatsoberhäupter wissen um diese Bedingung. Sie ist vertraglich geregelt und jeder von ihnen stimmt mit seiner Unterschrift zu.«

»Das wusste ich nicht.«

»Hättest du auch nicht können, so etwas sagt man den anderen Adepten nicht«, erklärte er verschwörerisch.

So war das also. Man ließ sich für seine Dienste bezahlen und wenn es dem größeren Wohl nicht zuträglich war, würde man auch eine nukleare Katastrophe über ein Land ergehen lassen.

Ein Schauer überkam mich, den ich eine Zeit lang nicht abschütteln konnte. Ich vergrub mich wieder in mein Buch, doch diese neuen Informationen über die Akademie machten es mir unmöglich, mich zu konzentrieren. Wir mussten all dem ein Ende setzen. Oder?

Erste Zweifel kamen mir. Nicht wegen der Vision, die ich hatte. Aber wir verurteilten eine Institution, die schreckliche Ereignisse ungeschehen machten konnte und über das Schicksal vieler Menschen eigenmächtig bestimmte. Dabei waren wir selbst nicht anders. Auch wir würden das Schicksal vieler Menschen beeinflussen. Doch nur, weil wir zornig waren. Und auf Rache sannen.

Zurück in der Stille meines Zimmers setzte ich mich erst mal, bevor ich irgendetwas anderes tun konnte.

Diese neuen Informationen und der Tag zuvor hatten mir viel Kraft abverlangt. Was war bloß los?

Ich schüttelte den Kopf. So lange war ich von Rachefantasien geleitet gewesen und nun, da das Ziel zum Greifen nah war, schlichen sich Gewissensbisse ein? Irgendwie hatte ich Angst, mit den anderen darüber zu sprechen, doch ich sollte meine Bedenken äußern. Vielleicht konnten die beiden sie zerstreuen.

Als mein Gedankenkarussell endlich wieder zum Halten gekommen war, sah ich den Brief, der am Boden lag. Wie immer würde ich mir danach wohl die Hände waschen müssen.

Hol es dort, wo du es hingelegt hast. L

Er klang in seinen Botschaften stets freundlich und führte seine Anweisungen blumig aus. Aber vielleicht hatte er auch Angst, dass irgendjemand ins Zimmer kommen und den Brief entdecken könnte.

Seufzend erhob ich mich und ging zur Tür hinaus. Ich hastete den menschenleeren Gang entlang, denn ich wusste, dass das Abendessen nicht mehr lange auf sich warten lassen würde.

Ich schnappte mir das immer noch im Tütchen befindliche Handy und steckte es schnell weg, bevor jemand kam. Doch es war niemand zu sehen und so machte ich mich auf den Weg zurück zum Speisesaal.

Gerade, als ich mich hinter meinen Stuhl stellte, klingelte es.

»Konntest du dich ein wenig erholen?«, fragte Milan, mein Gegenüber, und lächelte.

Ich nickte träge und setzte mich.

Sam, den ich aus den Augenwinkeln beobachtete, hatte die Zähne aufeinandergepresst und schien wütend Essen in sich hineinzuschaufeln.

Ich hasste es, ihn so zu sehen.

Und so verzog ich mich nach der Mahlzeit recht schnell auf mein Zimmer und schaltete das Handy ein.

Ping!

das ist deine erste nachricht wie das ganze funktioniert werde ich dir heute abend erläutern triff uns dafür im abgelegenen teil der bibliothek in dem wir damals das verzeichnis entdeckt haben acht uhr sei pünktlich l

Ich meinte, nicht richtig zu sehen. Hatte er mir da gerade eine Nachricht übermittelt? Wie? Und vor allem … Konnte die Akademie die Nachrichten abfangen? Und warum hatte er auf Punkt und Komma völlig verzichtet?

Mein Herz schlug schneller, als ich auf die Buchstaben sah. Unglaublich. Er hatte es geschafft. Als meine Augen tränten, blinzelte ich und machte mich daran, eine Antwort zu tippen.

alles klar. M

Wenn er sich kurzfassen konnte, konnte ich das schon lange. Ich grinste und schickte es ab. Doch anstatt als Nachricht auf meinem Bildschirm als versandt angezeigt zu werden, ergaben die wenigen Wörter, die ich geschrieben hatte, plötzlich gar keinen Sinn mehr.

Die Zeichen waren merkwürdig falsch, gerade so, als wären sie einer anderen Sprache entsprungen. Ich schüttelte den Kopf und steckte das Telefon weg. Ich würde ihm das später sicher noch erzählen können.

Acht Uhr kam schneller als erwartet und so war ich – zu meiner eigenen Verärgerung – später dran, als ich wollte.

Es war eine Sache, sich darüber aufzuregen, dass Leander mir immer wieder vorhielt, dass ich unpünktlich war, aber eine völlig andere, wenn ich ihm durch meine Taten recht gab.

Als ich schlitternd und schwitzend im Raum des Adeptenverzeichnisses ankam, wandten sich beide alarmiert zu mir um. Doch als sie mich erblickten, änderten sich ihre Mienen schlagartig. Sam war erleichtert, mich zu sehen, und schloss mich sofort in eine innige Umarmung, wohingegen ich Leanders wütenden Blick erkannte, der sodann durch Sams Oberarm verdeckt war.

»Du bist zu spät«, brummte der Heuretiker.

»Ich weiß. Tut mir leid.«

»Das ändert trotzdem nichts daran, dass du mich beinahe zu Tode erschreckt hast«, erwiderte er immer noch miesepetrig.

»Sind wir nicht eigentlich wegen etwas völlig anderem hier?«, mischte sich nun auch Sam ein. Gegen das hatte keiner von uns etwas einzuwenden, so legte Leander mit seinen Ausführungen los.

»Du bist sicherlich schon dahintergekommen, was ich mit den Telefonen angestellt habe«, sagte er triumphal und zog seines breit grinsend hervor, als wäre dies eine Werbesendung. Dafür sah es arg mitgenommen aus. Fast liebevoll strich er darüber.

»Nein. Aber du wirst es mir sicher gleich erzählen«, meinte ich bissig. Ich hasste es, von ihm so vorgeführt zu werden.

Er lehnte sich lässig gegen eines der Regale, was eine riesige Staubwolke aufgehen ließ. Leander hustete und fluchte. Das be-

sänftigte mich ein wenig und erfüllte mich mit einer grimmigen Genugtuung. Nun konnte ich ihm ohne Vorbehalte zuhören.

»Also«, er hustete noch einmal, bevor er fortfuhr, »ich habe die letzten Monate versucht, eine Art Netz überall in der Akademie anzubringen, das nicht nachverfolgt werden kann. Und du kannst mir glauben, wenn ich dir sage, dass das nicht gerade einfach war.«

Ich versuchte gar nicht erst zu verstehen, wie so etwas funktionierte. Als wollte ich den Gedanken daran loswerden, schüttelte ich den Kopf und wandte mich wieder den beiden zu.

»Mit den technischen Details langweile ich dich nicht, keine Sorge.« Er lachte rau und rieb sich den Hinterkopf. Dachte er denn wirklich, dass ich sie verstehen würde, selbst wenn er mir sie erklärte? »Nachdem ich die Lösung dafür endlich gefunden hatte, musste ein System her, durch das wir kommunizieren können. Daher habe ich drei Speicherkarten programmiert. Ich hab sie mit Punkten versehen. Gelb, rot und blau. Wir werden die Speicherkarten jeden Tag wechseln. Falls man uns auf die Schliche kommt, wird es dauern, bis sie unsere Nachrichten entziffern können, selbst wenn sie diese abfangen.«

Überwältigt sah ich ihn an. Hatte er sich das in all der Zeit ausgedacht? Wie konnte der Junge, der sich früher als solch ein Arsch aufgeführt hatte, so ein kreatives Genie sein? Ich fragte mich, ob bei den Heuretikern alle so klug waren wie er.

Während ich noch in meinen Gedanken festhing, beobachtete er mich amüsiert, was ich nicht sofort bemerkte.

»Du kannst den Mund wieder schließen. Es geht noch weiter.«

Völlig perplex folgte ich seiner Aufforderung und sah Sam aus dem Augenwinkel, der sich vor Lachen stumm schüttelte. »Hast du davon gewusst?«, fragte ich an ihn gewandt. Ein gemeines, kleines Gefühl in mir, dessen nervige Stimme mir von früher sehr bekannt erschien, begann damit, mir einzureden, dass die beiden sowieso lieber ohne mich seien. Dass es ihnen ohne meine Wenigkeit viel besser ergehe und ich ja ohnehin nur dabei sei, weil ich die letzten Informationen beschaffen könne, zu denen sie keinen Zugang hatten. Die Worte der Stimme taten weh, doch es war schwer, sie zu ignorieren.

»Nachdem du zu spät gekommen bist, hat er mir schon einmal alles erläutert und … was soll ich sagen? Ich hab genauso dreingesehen wie du. Deshalb finde ich es so urkomisch, da ich jetzt weiß, wie ich dabei ausgesehen hab«, erwiderte er und ergriff meine Hand. »Tut mir leid. Ich wollte nicht lachen.«

Hatte er bemerkt, dass meine inneren Dämonen zu mir gesprochen hatten? Die darauf trainiert waren, mir das Gefühl zu geben, ich sei wertlos? Die mir ständig Dinge einredeten, von denen ich wusste, dass sie Stuss waren und dennoch versucht war, auf ihre Gemeinheiten zu hören?

Ich schüttelte den Kopf und sah zu Leander. Der schien meinen Kampf mit mir selbst mitbekommen zu haben, schließlich hatte er ihn schon oft genug erlebt. Er formte lautlos ein ›Tut mir leid‹, bevor er fortfuhr: »Die Punkte sehen in jedem System gleich aus. Wir verwenden sie aber in unseren Nachrichten nicht. Das musst du dir unbedingt merken. Keine Punkte in den Nachrichten selbst. Wenn ich einen Punkt sende, dann wird gelb gewählt. Bei zwei Punkten rot. Bei drei Punkten blau. Auch das ist unerlässlich für die Entschlüsselung der Nachricht.«

Ich nickte.

»Daraufhin legst du die richtige Speicherkarte ein. Damit kannst du meine Nachrichten empfangen und lesen. Wenn du jedoch mir eine Nachricht schickst, wird diese verschlüsselt auf deinem Telefon angezeigt. Das ist eine weitere Schutzmaßnahme, damit sie nicht sofort alles wissen, sollte einer von uns geschnappt werden«, erklärte Leander.

»Hat dich die Ausarbeitung des Systems echt so lange gekostet?«, fragte ich dann und kratzte mich am Kopf.

»Nein. Aber ich hatte nicht die notwendigen Ressourcen«, sagte der schwarzhaarige Junge. »Doch dafür haben wir ja jetzt unseren Mann mit den Kontakten.« Er klopfte Sam freundschaftlich auf die Schulter.

Dieser grinste verlegen in die Runde, als wäre es ihm unangenehm. Er rieb sich den Nacken und seufzte. »Ich muss ja schließlich auch was beitragen.«

»Apropos, wie weit bist du denn mit ... Du weißt schon«, raunte ich und sah mich verstohlen um.

»Wir sind hier allein, keine Sorge«, erwiderte Sam. »Ich hab bald alles. Und dafür werden wir auch die hier brauchen.« Er hielt sein eigenes Telefon hoch.

Mir war, als würde ich in einer Achterbahn sitzen, die zum ersten Mal schnell nach unten fuhr, um sich genug Geschwindigkeit für den nächsten Looping zu holen. Mein Magen sackte gen Boden und ich hatte das Gefühl, als müsste ich mich übergeben. Lange hatten wir also nicht mehr. Lange würde dieser Frieden nicht mehr währen. Hatte ich mit meinem Leben abgeschlossen? Hatte ich alles getan, was ich je tun wollte? Würde ich etwas bereuen?

Ich war dankbar dafür, hier so viel gelernt zu haben. Doch nicht dafür, warum ich das musste. Der Verlust meiner Familie saß noch immer tief. Mein altes Leben, in das ich niemals wieder zurückkehren konnte. Ich trauerte diesem Leben nach, vor allem aber verpassten Gelegenheiten.

Hätte ich studieren wollen? Ja, vielleicht. Irgendwo an einem Campus am anderen Ende des Landes, fernab von allem, wo ich mich als Person neu erfinden konnte, nur um zurückzukehren und vor denselben Problemen zu stehen wie zuvor.

Hätte ich heiraten wollen? Wer weiß. Hätte ich ihn kennengelernt, hätte ich mir sogar vorstellen können, Sam zu heiraten. Aber der wäre ja schließlich erst geboren worden, wenn ich bereits mitten im Leben gestanden hätte. Das wäre also auch flachgefallen.

Doch Kinder hätte ich gern gehabt. Eines Tages in einem kleinen Häuschen in einem Vorort zu leben und dort meine Kinder großzuziehen war etwas, das ich mir sehr wohl vorstellen hätte können. Ich seufzte.

Und eines Tages wäre ich gern alt geworden. Hätte Kekse für meine Enkel gebacken, ihnen Pullover in fragwürdigen Farben mit viel Liebe gestrickt, die sie nur in den Ferien tragen würden, an Tagen, an denen niemand sie sah. Ich wäre gern alt geworden und hätte die Welt gesehen und erlebt. Neue Gerichte probiert und ferne Länder erkundet. Doch das alles war mir verwehrt geblieben. »Also werden wir unsere Mission bald ausführen?«, fragte ich schließlich, als ich mich meinen Gedanken entrissen hatte.

An ihren Augen erkannte ich, dass auch sie offenbar gefangen waren in ihren eigenen Überlegungen, die den meinen vielleicht gar nicht so unähnlich gewesen waren.

Sam nickte mit düsterem Gesicht.

Leander hingegen antwortete knapp: »Sobald die Auswertungen der Kontrolleinheit durch sind. Das wird noch ein wenig Zeit in Anspruch nehmen. Es ist eine große Datenmenge vorhanden.«

Zu gern hätte ich die beiden gefragt, ob es etwas gab, das sie bereuten oder noch erleben wollten. Doch die Stimmung war bereits gedrückt genug.

So beschlossen wir, auf unsere Zimmer zu gehen.

»Oh! Beinahe hätte ich was vergessen!« Ich wandte mich wieder um, nachdem ich eigentlich als Erste gehen wollte.

Leander runzelte die Stirn und stemmte die Arme in die Hüften.

»Als ich gestern, nachdem ich dir erzählt hab, was vorgefallen ist, wieder zurück zur Krankenstation bin, hat mich der Gevatter abgefangen.«

Sam sog zischend den Atem ein. »Nicht dein Ernst!«

»Doch«, erwiderte ich. »Er hat mich erwischt, als ich kurz vor der Station war. Hatte eine ziemliche Fahne, aber ich denke, er wird sich dennoch dran erinnern.«

»Wie bist du ihn losgeworden?«, wollte Leander wissen und lehnte sich nach vorn, als würde er dadurch mehr von der Geschichte erfahren. »Hat er dich gehen lassen?«

»Ja, ja. Hab ihm erzählt, ich hätte meine Periode bekommen.« Ich warf einen Blick auf Sam, der überrascht eine Braue hochzog. »Was nicht stimmt, und konnte ihn so abschütteln. Aber ich werde den Verdacht nicht los, dass er mich manchmal etwas zu genau im Auge hat, wenn ich ihm über den Weg laufe.«

»Na, hoffen wir, dass er dich sonst nicht im Auge behält«, brummte Sam, der sich wieder entspannt hatte.

Ich nickte schwach, bevor ich mich verabschiedete und ging.

In meinem Zimmer angekommen fragte ich mich, warum ich die Zeit nicht genutzt hatte. Schließlich würde uns nicht mehr viel davon bleiben.

Und genau das schrieb ich ihm nun, da wir Telefone zur Verfügung hatten.

Ping!

Bitte bei allem was euch heilig ist schreibt keinen schmuddelkram hier in die nachrichten wir empfangen die alle und ich will das nicht lesen l

Ich spürte, wie die Hitze in mir aufstieg. Er hätte doch mal in all seinen Ausführungen erwähnen können, dass die Nachrichten jeder von uns bekam!

Fiebrig überlegte ich, eine weitere Nachricht zu tippen, die die Sache etwas beschönigen könnte, aber da klopfte es schon.

Sam.

Er schlich zur Tür herein und schloss sie beinahe geräuschlos, bevor er sich zu mir legte und mich in den Arm nahm. »Hast du Angst?«, fragte er.

»Wegen Leander?«, antwortete ich.

Er schüttelte bellend lachend den Kopf und strich mir eine Haarsträhne aus dem Gesicht. »Ach, Wright«, sagte er. »Nein. Wegen dem, was uns bald bevorsteht.«

»Erinnere mich nicht daran, bitte«, flüsterte ich und spürte Tränen in mir aufwallen. Ich wollte mich nicht damit beschäftigen und schon gar nicht jetzt, in seinen Armen liegend, wo mir normalerweise nichts auf der Welt etwas ausmachen konnte. Doch ich wusste, dass das die einzige Ausnahme bilden würde. Ich kuschelte mich näher und schwieg.

Aber Sam ließ sich davon nicht abbringen. »Ich habe auch Angst«, gab er zu.

Überrascht hob ich den Kopf und sah ihm in die Augen, die er zusammengekniffen hatte.

»Tu nicht so überrascht«, sagte er und versuchte sich an einem halbherzigen Lächeln. Doch das erstarb schon nach wenigen Sekunden und er wurde wieder ernst. »Das, was wir vorhaben, ist nichts, was man auf die leichte Schulter nimmt. Ihr seid zwar schon länger damit beschäftigt, aber ich glaube nicht, dass ihr besser mit der Sache abgeschlossen habt als ich. Es ist eine Sache, etwas zu Ende zu bringen. Aber eine völlig andere, *so etwas* zu Ende zu bringen.«

Eine Zeit lang schwiegen wir beide und überlegten, was wir sagen sollten. Seine Worte lagen schwer in meinem Magen und ich wusste, dass es ihm ebenso erging. »Das stimmt«, gab ich zu.

»Aber da ist noch etwas. Ich spüre es, aber kann es nicht benennen. Irgendetwas in dir hat sich verändert«, erklärte er und es traf mich wie ein Blitz. Er hatte es doch bemerkt.

Leugnen würde nun nichts mehr bringen. Vielleicht nur das Gegenteil von dem, was ich eigentlich erreichen wollte. »Es ist …«, begann ich und seufzte. Ich fühlte seine Hand auf meiner Schulter, die er beruhigend streichelte. »Sam, ich habe euch sterben gesehen in dieser Vision. Ja, wir waren erfolgreich, aber es hat sich nicht gut angefühlt. Ihr habt dort gelegen, begraben unter Schutt und Gebäudeteilen und es fühlte sich weder glorreich noch wundervoll an. Alles, was ich verspürt habe, war eine gewisse Reue, obwohl wir es noch nicht einmal getan haben. Wollen wir denn wirklich die gleiche Vorgehensweise wie die Akademie als die unsere annehmen? Wollen wir wirklich über den Kopf vieler über deren Leben oder Sterben entscheiden?«

Ich drehte mich um, um in sein Gesicht zu sehen, doch es war, wie auf ein Buch mit sieben Siegeln zu starren. Beim besten Willen konnte ich nicht ausmachen, was er dachte.

Als er sich dann schließlich bewegte und mich ein wenig von sich schob, sah ich die Schuld auch in seinen Augen.

»Ich glaube, es geht längst nicht mehr darum, ob wir über Leben und Sterben entscheiden wollen. Die Akademie zeigt vordergründig, welch noble Ziele sie hat, doch im Grunde genommen opfert sie für diese Ziele Unschuldige und deren Zukunft«, sagte er. »Und wer weiß, ob ihre Absichten wirklich so gut sind, wie sie behaupten.« Sam biss sich auf die Unterlippe und schwieg danach.

»Ich denke, dass sie das nicht sind. Milan hat etwas erwähnt«, begann ich, doch Sam brummte schwer. Hätte ich seinen Namen nur nicht erwähnt. Schließlich wusste ich doch, dass ihm meine Freundschaft mit Milan ein Dorn im Auge war. »Hör zu, ich weiß, was du von ihm hältst. Aber trotzdem müssen wir den Schein wahren. Und ohne ihn und Kyla komme ich an gewisse Informationen einfach nicht ran, so ist das nun mal.«

Mit einem verbissenen Gesichtsausdruck sah er zurück, sagte aber nichts.

Ich fuhr fort: »Er erzählte mir, dass sich die Akademie von Staatsoberhäuptern bezahlen lässt für die Dauer ihrer Amtsperiode. Sie halten vertraglich fest, dass sie bei einem katastrophalen Ereignis entscheiden dürfen, ob sie eingreifen oder nicht. Je nachdem, ob es sich für die restliche Menschheit lohnt, etwas zu tun.«

»Abstoßend«, spuckte Sam hervor und ich konnte es ihm nicht verübeln. Mir war es genauso ergangen, als ich das gehört hatte. »Also können sie trotz Vertrags und Bezahlung entscheiden, sich zurückzulehnen und die Apokalypse geschehen zu lassen?«

Ich nickte mit düsterer Miene und die seine verfinsterte sich schlagartig noch mehr.

»Wie um alles in der Welt kannst du dann noch Gewissensbisse bekommen?«, fragte er. »Niemals können sie das ganze Ausmaß errechnen. Das ist nicht möglich. Wir rechnen hier mit der wahrscheinlichsten Zukunftsversion, nicht mit der gesicherten! Es kann sich also jederzeit etwas ändern. Dinge, die wir nicht gesehen haben. Dinge, von denen wir nicht ahnten, dass sie passieren würden.«

So hatte ich das noch nie gesehen und auch die Majorin hatte es nie erwähnt. Und das sagte ich ihm.

»Denkst du wirklich, dass sie solche Informationen im Unterricht weitergeben? Nein.« Er lachte bitter auf. »Das behalten sie schön für sich. Aber als ich gemeinsam mit Islington in den Aufzeichnungen über all die Ereignisse, die bearbeitet wurden, geblättert habe, ist mir aufgefallen, dass manche nach genau dem Schema ablaufen. Es muss sich nur eine kleine Stellschraube ändern. Und die Akademie fühlt sich dann schon nicht mehr zuständig.« Er schüttelte den Kopf.

»Also quasi wie wenn ein Verdächtiger in einem Mordfall nicht schuldig gesprochen wurde, im Nachhinein aber weitere Beweise auftauchen, die ihn eindeutig als Mörder identifizieren. Er kann dann für das Vergehen trotzdem nicht mehr eingesperrt werden«, schloss ich und etwas in mir verfinsterte sich.

Sam nickte schwer. »Ja.«

»Ich weiß nicht, wie ich das finden soll«, sagte ich dann.

»Denk das nächste Mal daran, sollten dir Zweifel kommen«, erwiderte er und zog mich ein weiteres Mal fest in seine Arme. »Denk daran und an Fia.«

Ich spürte seinen Herzschlag und die Wärme, die er ausstrahlte, und fühlte mich nicht mehr ganz so allein.

Einige Zeit schwiegen wir und lagen da, genossen die Nähe des anderen und hingen unseren eigenen Gedanken nach. Die meinen waren längst nicht mehr so düster wie zuvor, doch der Hass auf die Akademie war auf ein Neues entflammt. Wie nur hatte ich vergessen können, was alles geschehen war, und mich benebeln lassen? Schließlich war ich es doch gewesen, die Fias Ende hautnah erlebt hatte.

Als ich ein weiteres Mal zu sprechen begann, fühlte sich meine Stimme kratzig an, gerade so, als hätte ich sie schon seit Jahren nicht mehr benutzt. »Gibt es eigentlich irgendetwas, das du bereuen wirst, nicht getan zu haben?« Meine Stimme schien die Stille, die sich über uns gesenkt hatte, zu zerreißen. Einige Zeit sah ich ihm dabei zu, wie er nachdachte und die Stirn runzelte.

Schließlich räusperte er sich doch: »Es wird sicherlich einiges geben, das ich zu einem späteren Zeitpunkt in meinem Leben noch hätte machen wollen. Das, was ich jedoch wirklich bereuen werde, ist, dass ich nicht die Chance hatte, einfach zu leben und es auf mich zukommen zu lassen. Ich bin niemand, der vielerlei Pläne um sich selbst schmiedet, denn ich weiß, dass das Leben oft genug einen Strich durch deine Rechnung machen wird. Aber ich hätte gern die Möglichkeit gehabt zu sehen, was es für mich bereithält. Ohne die Akademie. Ohne diese Last auf meinen Schultern.«

Er sah mir tief in die Augen und es schien, als würden die seinen in der Dunkelheit plötzlich leuchten. »Ich hätte mir einfach mehr Zeit mit meiner Familie gewünscht.«

»Ich mir auch«, sagte ich betrübt und merkte, wie sich die Traurigkeit wie ein Gift erneut in mir breitzumachen versuchte. Doch ich wehrte mich dagegen. Diese Schwermütigkeit machte mich angreifbar und schwach. Und das war das Letzte, das ich gebrauchen konnte.

»Gibt es sonst etwas, das du dir gewünscht hättest, erlebt zu haben?«, fragte er dann.

»Mhm«, machte ich. »Ich hab es nicht so poetisch ausgedrückt wie du, aber ich wäre doch sehr gern alt geworden und hätte auf ein Leben zurückgeblickt, das ich selbst bestimmt habe. In dem ich meine Entscheidungen getroffen habe und mit den Konsequenzen, egal ob gut oder schlecht, gelebt hätte. Ich hätte sehr gern einmal eine große Familie gehabt.« Oh, da war sie wieder, diese giftige Trauer, die mich lähmte.

Sam drückte mich enger an sich und ich hatte das Gefühl, er versuchte die Leere, die sich gerade in mir auftat, zu verschließen, indem er mich fest an sich presste. Ich liebte ihn dafür. Dafür, dass er immer da gewesen war. Und es sein würde, bis wir es zu Ende brachten.

Dankbar nahm ich seine Wärme an.

Ein unscheinbares *Ping!,* riss uns aus unseren Gedanken.

»Er würde nicht schreiben, wenn es nicht dringend wäre«, sagte ich dann und Sam brummte genervt.

Er langte nach seinem merkwürdig rundlichen Telefon und hielt es so, dass wir beide die Nachricht lesen konnten.

Die daten sind unvollständig es gab einen fehler aber ich konnte sie soweit auswerten als dass ich nun weiß wie der käfig funktioniert uns fehlt also nun nur mehr die beigabe von s

Mein Herz setzte einen Moment aus. Ich starrte so lange auf die Nachricht, dass meine Augen zu tränen begannen, getraute mich nicht zu blinzeln. Das war es nun also. Wir würden bloß noch darauf warten, dass Sam alles beisammen hatte, um die Bombe zu bauen.

Ich spürte, wie das Gefühl meine Beine verließ und auch Sam hatte sich merkwürdig versteift. Die Endgültigkeit, mit der wir auf das Ende zurasten, traf mich und schmerzte genauso sehr, als wäre es unerwartet gekommen.

»Noch ist Zeit. Es wird nicht sofort geschehen«, sagte Sam mit belegter Stimme, doch wir wussten beide, dass das nicht stimmte. Es würde nicht mehr lange dauern. Und er konnte sich nicht ewig Zeit lassen, das Ding zu bauen. Immerhin schien die Akademie Augen und Ohren überall dort zu haben, wo wir sie nicht erwarteten. Selbst der Gedanke daran machte mir Angst. Der Schwindel, der mich erfasste, ließ das Zimmer in die eine und mich selbst in die andere Richtung drehen.

Die Tage flogen nur so dahin. Ich konnte kaum dem Unterricht folgen, denn ständig dachte ich daran, was mich erwarten würde.

Sam hielt sich damit zurück, uns mitzuteilen, wie weit er war. An den Abenden, die wir gemeinsam verbrachten, war er meist in sich gekehrt und nicht wie sonst.

Es vergingen zwei Wochen, in denen ich ständig über die Schulter sah, in der Angst, der Gevatter würde mich beobachten. Doch ich hatte ihn seit meinem Aufenthalt in der Krankenstation nicht mehr gesehen. Selbst an den zwei Abenden, an denen eine weitere Feierlichkeit der Gewogenen anstand, hatte er mit Abwesenheit geglänzt. Und gerade das machte mich nervöser als alles andere. Natürlich hatte ich mit Leander und Sam darüber gesprochen, aber die beiden schienen das nicht so eng zu sehen. Leander, der ihn ohnehin jeden Tag im Unterricht zu Gesicht bekam, meinte, er habe nichts Verdächtiges beobachten können. Sam mochte sich dadurch besänftigen lassen, doch mein Gefühl sagte mir, dass wir aufpassen sollten. Und dann stand noch eine weitere Feier an, auf der ich wieder achtgeben musste, nichts falsch zu machen. Jeder Fehltritt könnte fatal enden.

Dazu kam, dass Milan meine Nähe mehr denn je suchte, was Sam schier zur Weißglut brachte. Abend für Abend ließ er sich über den Jungen aus und ich konnte nichts weiter tun, als es über mich ergehen zu lassen. Wir wussten beide, dass wir Milan brauchten. Ich durfte unsere Deckung nicht aufgeben.

Doch es war nicht nur das. Mir schien, als wäre ich seit Kurzem ständig müde und auch der Schwindel kam immer wieder.

»Vielleicht ist es eine beginnende Depression«, hatte Sam an einem Abend gesagt, woraufhin ich zuerst lauthals protestiert hatte.

»So schlimm ist es nicht! Verharmlose Depressionen nicht, du weißt gar nichts!«, hatte ich getobt.

Aber er hatte mir erklärt, dass eine beginnende Depression oft unbemerkt komme und einen erst später überrolle. Außerdem meinte er, dass er sich bloß Sorgen um mich mache. Vor allem nach unserem letzten Gespräch.

Ich wusste genau, welches er meinte. Und natürlich hätte es eine sein können. Aber den Ausbruch dieser Depression, wenn es denn eine war, würde ich wohl nicht mehr erleben. Darüber war ich zumindest zum Teil ein wenig froh.

Leander, dem sein eigenes Ende offenbar gar nichts ausmachte, wollte ich heute endlich allein erwischen. Sam hatte sich mit Islington und den anderen verabredet, während der schwarzhaarige Junge die Zeit eigentlich für sich nutzen wollte.

Ich schrieb ihm und tatsächlich: Er folgte meiner Aufforderung, wenn auch anders als geplant. Als die Tür in den Garten aufging und er von dort kam, fragte ich mich, warum wir das nicht schon öfter gemacht hatten.

»Wie geht's dir?«, fragte ich, als er die Tür geschlossen hatte.

»Dafür hast du mich hergebeten?«, antwortete er und runzelte die Stirn.

»Nein«, gab ich zu. »Ich mach mir Sorgen um dich.« Ich sah ihn an, doch seine Augen weiteten sich nur. War er überrascht?

»Um mich?«, wollte er ungläubig wissen.

Ich nickte. »Sam und ich reden viel über das, was uns bevorsteht. Ich habe große Angst davor. Immer noch. Und ich frage mich, ob es dir genauso ergeht.«

Er seufzte. »Natürlich. Aber ich bin niemand, der das mit anderen bespricht. Ich muss das mit mir selbst ausmachen.«

»Aber das m-«

»Doch«, schnitt er mir das Wort ab. »Ich bin nicht der Typ Mensch, der über solcherlei Dinge mit anderen reden will. Ich will gar nicht darüber reden. Vor allem nicht, wenn es sich dabei um etwas wie das hier handelt.« Noch immer hatte er sich nicht gesetzt. Er stand neben der Tür wie ein verschrecktes Reh, das jederzeit fliehen wollte. »Aber du kannst dir sicher sein, dass ich dir zuhören werde, wenn du darüber reden willst.«

Ich bedankte mich bei ihm. »Willst du dich nicht endlich setzen? Du machst mich nervös«, gestand ich, woraufhin er schließlich Platz nahm.

»Ich denke, dich machen andere Dinge bedeutend nervöser«, sagte er lachend. Er rieb sich den Nacken. »Aber mich auch. Der Gevatter verhält sich zwar im Unterricht völlig normal, aber er kommt mir dennoch ... vorsichtiger vor, wenn du weißt, was ich meine.«

»Mhm«, sagte ich und schluckte. Der Kloß, der sich gerade in meinem Hals gebildet hatte, war dicker als je zuvor. Mein Magen rebellierte. »Weißt du, das macht es für mich nicht unbedingt besser.«

»Ich weiß«, flüsterte er und es schien, als würde es ihm leidtun.

Ping!

Sam.

Beinahe gleich hastig zogen wir unsere Telefone hervor. Zwei Punkte.

Wir beeilten uns, die Karten zu wechseln.

Es ist so weit ich habe alles und werde es vorbereiten morgen ist der tag der rache gekommen s

Meine Nasenspitze brannte und bevor ich es aufhalten konnte, begann ich, haltlos zu weinen. War es aus Angst oder aus Erleichterung, dass es bald vorbei wäre? Ich hätte es vermutlich nie sagen können. Ich war froh, dass das ständige Versteckspiel endlich ein Ende haben würde. Aber das bedeutete auch das unsere.

Leander nahm mich in den Arm und drückte mich fest an sich. Er schwieg, während ich vor mich hin weinte.

Erst als ich kraftlos damit aufhörte, meine Augen rot geweint waren und mein Gesicht aufgequollen war, räusperte er sich. »Ich wünschte, ich könnte es ein wenig erträglicher für dich machen.«

»Eigentlich sollte es das sein.« Schniefend wischte ich mir mit dem Ärmel über die Augen. Ich lachte trocken. »Eigentlich sollte es das sein, nachdem ich nun endlich meine Rache kriege, auf die ich so lange gesonnen habe für all das, was mir diese Bastarde angetan haben. Für all das, was sie uns angetan haben. Und Fia.«

Leander nickte, doch sagte er nichts darauf.

»Fühlst du dich denn bereit, unseren Plan morgen auszuführen? Fühlst du dich bereit dazu, uns in den geheimen Trakt zu führen?«, fragte er nach einer Weile, in der er mich immer noch nicht losgelassen hatte.

»Ich werde mich wohl nie bereit dazu fühlen, über den Tod so vieler zu bestimmen. Doch weiß ich, dass ich hier nicht länger sein will. Dass ich nicht länger dabei zusehen will, wie sie mein Leben beherrschen und damit auch meinen Tod. Ich will mich wehren. Morgen soll der Tag sein, an dem ich mich für mich entscheide. Auch wenn das heißt, dass ich damit über das Leben anderer bestimme. Ich werde vielleicht viele davor bewahren, das gleiche Schicksal zu erleiden wie wir – einer grausamen Institution ausgeliefert zu sein, die dir nie die Wahl gelassen hätte«, sagte ich, plötzlich merkwürdig beflügelt.

»Wir werden ihnen einen Arschtritt in eine andere Galaxie

verpassen. Einen, den sie nie erwartet haben«, erklärte Leander euphorisch und stieß eine Hand in die Luft.

Wenn du nur recht behältst, dachte ich.

Sam hatte sich an diesem Abend zurückgezogen, um die restlichen Vorbereitungen zu treffen. Ich hatte mich in der Bibliothek der Gewogenen verschanzt. Zum einen, weil ich später einen Teil des Weges noch einmal abgehen wollte, zum anderen, weil ich hoffte, vielleicht noch etwas Hilfreiches zu finden.

Doch meine Hoffnungen waren umsonst. Ich hatte einige der Bücher durchgeblättert, in denen ich geglaubt hatte, etwas zu finden. Aber schon bald musste ich einsehen, dass das wohl nichts mehr werden würde. Für den Fall der Fälle musste ich also erneut einen Trank brauen wie jenen, den ich auf der Todesfeier benutzt hatte.

Auf dem Weg zurück in mein Zimmer begegnete ich Milan. »Noch am Lesen zu so später Stunde?«, fragte er betont lässig und blieb stehen.

»Ich schlafe in letzter Zeit oft sehr schlecht, da tut es gut, ein wenig runterzukommen«, antwortete ich beiläufig und wollte mich schon wieder in Bewegung setzen, als er mir den Weg versperrte.

»Du solltest auf dich achtgeben.« Mit einem durchdringenden Blick aus seinen mintgrünen Augen sah er mich an. Beinahe flehend, wie mir auffiel.

Ich wollte ihn schon erschrocken fragen, was er damit meinte, als mich ein Räuspern aus den Gedanken riss.

»Adepten, selbst Gewogene sollten sich nicht zu allzu später Stunde in den Gängen herumtreiben, vor allem dann nicht, wenn sie am nächsten Tag an einer wichtigen Veranstaltung, nicht zu erwähnen auch am Unterricht, teilnehmen sollten«, sagte die düstere

Stimme des Gevatters und brach in ein kaltes Lachen aus. Seine wie immer gut gekleidete Gestalt bog um die Ecke und war nun endlich auch für uns sichtbar.

Hatte er mich beobachtet? Wie lange war er schon hinter mir? Hatte er gesehen, dass ich einen Teil des Weges zur Kontrolleinheit abgegangen war? Aber selbst wenn, es könnte ihm doch –

»Novak, haben Sie nichts zu tun? Gehen Sie auf Ihr Zimmer!«

Augenblicklich setzte sich Milan in Bewegung und auch ich wollte bereits gehen, doch der Gevatter legte mir seine behandschuhte Hand auf die Schulter. »Von Ihnen habe ich nicht gesprochen, Wright.«

Ich schluckte. Sosehr ich es versuchte, ich konnte ein Zittern nicht unterdrücken.

Milan, der der Aufforderung des Gevatters sofort gefolgt war, bog gerade um die Ecke, als sich seine Finger in meine Schulter bohrten.

Ein siedender Schmerz schoss durch mich, doch war er nichts gegen die Angst, die ich kochend heiß im Magen spürte.

Er drehte mich zu sich. Plötzlich war ich ihm ganz nah und das ängstigte mich mehr als je zuvor. Ich sah in seine Augen, die mir kalt entgegen starrten. »Die Magnifizenz hat mich gebeten, Sie zu ihr zu bringen.« Er ging los und nachdem er seine Finger noch immer in mein Fleisch gegraben hatte, blieb mir gar nichts anderes übrig, als ihm zu folgen.

Im Büro von Nora D. Samjatin angekommen, war ich wieder erstaunt darüber, wie feminin sie angezogen war im Gegensatz zu all den militärisch gekleideten Bewohnern der Akademie. Sie allein schien es sich vorzubehalten, florale Muster zur Schau zu stellen.

Der Gevatter blieb hinter mir stehen und grub die Finger noch ein wenig tiefer in meine Schulter.

Die Magnifizenz erhob sich. »Wright, ich möchte nicht um den heißen Brei herumreden«, begann sie zu sprechen und erneut breitete sich ein wölfisches Grinsen auf ihrem Gesicht aus. Bedächtig rieb sie sich die Hände, bevor sie wieder aufsah und wie ein Raubtier wirkte, das sich zum Absprung bereit gemacht hatte. »Sie sollen die Repräsentantin unseres jährlichen ›Fests der Hypatia‹ sein.«

Ich war erstarrt, unfähig, mich zu bewegen. Bis ihre Worte und deren Sinn dahinter mein Gehirn erreichten, hatte sie bereits weitergesprochen.

»Dieses Fest ist eine Zeremonie der Gewogenen, eine Feier zu Ehren der Akademie und ihrer Arbeit, aber vor allem bezogen auf das Wirken und die vorzügliche Ausbildung unserer Adepten«, erklärte sie. »Dafür wird eine Adeptin, die Hypatia während des Festes personifizieren soll, die Zeremonie eröffnen und den Wein an die anwesenden Gewogenen ausschenken.«

Ich blinzelte sie an. Ich war also gar nicht hier, um eine Bestrafung zu erhalten! Die Akademie spielte uns in die Karten, und zwar mehr, als ich mir je hätte erhoffen können.

»Sehen Sie sich darüber hinaus?«, fragte sie scharf und ihre Augen blitzten gefährlich auf.

»I-Ich denke, ja«, antwortete ich stotternd, fasste mich dann aber und fügte hinzu: »Natürlich, Magnifizenz.«

»Sie sollten dazu morgen bereits eine halbe Stunde früher im Trakt der Gewogenen erscheinen. Ich empfange Sie hier in meinem Büro. Dann besprechen wir alles Weitere!«, sagte sie und stand auf.

Damit war ich entlassen. »Vielen Dank, Magnifizenz!«, erwiderte ich schnell, erhob mich ebenfalls ruckartig und hatte ihr schon den Rücken zugewandt, als mich ihre Stimme noch einmal erreichte.

Sie klang wie eine Totenglocke in einer klaren, klirrend kalten Nacht, die den düsteren schwarzen Vorhang der Stille zerriss.

»Passen Sie auf sich auf. Es gab bereits einige, die die Ehre der Hypatia für sich beanspruchen wollten und …« Sie machte eine kurze, aber wirkungsvolle Pause, in der sie schwer seufzte, sich ihre Brust dramatisch hob und senkte und sie bedächtig mit ihren langen Fingern über ihren Unterarm strich. »… es zu bedauernswerten Unfällen gekommen ist. Bitte, versprechen Sie mir, dass Sie auf sich achtgeben.«

Ich nickte und hatte Angst, ihr noch einmal den Rücken zuzuwenden. Das war keineswegs eine lieb gemeinte Warnung. Die Akademie war mir auf den Fersen. Vermutlich wussten sie noch immer nicht genügend, um gegen mich vorzugehen, und vielleicht hatte sich der Verdacht noch nicht erhärtet. Aber darauf würde ich es nicht ankommen lassen.

Mit einem mulmigen Gefühl in der Magengrube verabschiedete ich mich schließlich und eilte zurück in mein Zimmer, bedacht darauf, schnurstracks dorthin zu gehen, um nicht verdächtig zu wirken.

Der Gevatter hatte mir beim Hinausgehen noch einen durchdringenden Blick aus seinen kalten Augen zugeworfen, ein wölfisches Grinsen auf seinen Lippen.

Erst als ich meine Tür geschlossen hatte, erlaubte ich mir ein Schaudern, das die ganze Zeit über in mir geschlummert hatte.

Sie beobachteten mich also tatsächlich. Ich holte mein Telefon hervor und tippte eine kurze Nachricht an die beiden Jungs. Sam und Leander sollten sich vorbereiten, ich würde das Meinige tun. Einen Plan des Trakts der Gewogenen würde ich bei der Monsterapflanze hinterlassen. Sobald ich bereit war und alle schlafend gestellt hatte, würden sie eine Nachricht von mir erhalten.

Ich würde sie bis morgen nicht mehr sehen können. Nicht so. Nicht, wenn mich der Gevatter höchstpersönlich im Auge zu haben schien. Das war mir zu gefährlich.

Dann schloss ich die Tür, um den Trank zu brauen, mit dem ich bereits Erfolg gehabt hatte. Die Samen des Stechapfels würde ich der Räucherschale hinzufügen, sobald alle in Morpheus' Armen ruhten.

Erst spät an diesem Abend kam ich zu Bett, doch selbst dann wollte der Schlaf nicht kommen.

Als ich nach über einer Stunde immer noch wach lag, machte ich mich auf den Weg in die Bibliothek der Gewogenen. Ich wollte etwas über Hypatia lesen. Wenn morgen schon der Tag war, an dem wir all dem ein Ende setzten, dann würde wohl keine Zeit mehr sein, Bücher fertig zu lesen, die ich angefangen hatte. Auch wenn mich schon interessieren würde, wie ›Der Wüstenplanet‹ endete. Aber das würde ich nun nicht mehr erfahren. Für den Fall, dass ich nicht schlafen konnte, packte ich das Buch dennoch ein.

Die Korridore der Akademie lagen geisterhaft vor mir. Nichts regte sich in der vom Mondlicht getränkten Dunkelheit.

Sosehr ich auch versuchte, keinen Laut zu machen, so geräuschvoll ertönten meine Schritte. Das Blut rauschte mir in den Ohren und ich war froh, als ich endlich die Bibliothek der Gewogenen erreichte. Nun hatte ich Mühe, den Schwall Atem, den ich vorher unterdrückt hatte und der sich nun ergoss, zu kontrollieren.

Nach ein paar Minuten hatte ich mich erholt und konnte endlich die Bibliothek durchforsten.

Sie lag hell erleuchtet da, doch hatte sie etwas Gespenstisches an sich. Darum beeilte ich mich, ein Buch über Hypatia zu finden. Und tatsächlich, ich machte einen Band über die Feiern an der Akademie aus. Geschrieben von der Majorin! »*Majorin C. Mercedes*« stand dort in goldenen Lettern.

Ich klemmte mir das Buch unter den Arm und wollte bereits wieder loslaufen, als mich ein metallisches Geräusch erschrocken herumfahren ließ. Direkt unter einer der Lampen stand der Hausmeister. Vollkommen in sich gekehrt – wenn man das bei einem Roboter denn so sagen konnte – wischte er vor sich hin und hinterließ Spuren wie eine Schnecke.

Als sein Blick auf mich fiel, leuchteten seine Lampenaugen für einen Moment auf, bevor er sich wieder seiner Arbeit widmete und verschwand.

Zurück in meinem Zimmer versperrte ich die Tür auf ein Neues und verschanzte mich im Bett. Hypatia war eine Philosophin, Mathematikerin und Astronomin in Alexandria gewesen, die trotz der übermäßig christlichen Bevölkerung dort als Heidin lehren durfte. Doch eines Tages streute man Gerüchte um sie, woraufhin sie von einem wütenden Mob von religiösen Fanatikern getötet, zerstückelt und verbrannt wurde.

Ich war sprachlos. Wie konnten Menschen nur …?

Doch da fiel mir die Akademie wieder ein. Ihr Wirken und ihr skrupelloses Handeln. Ich wusste, wie Menschen das tun konnten, war ich schließlich von vielen solcher umgeben. Aber machte es das keineswegs verständlicher. Das war barbarisch und falsch. Ich klappte das Buch zu und legte es weg.

Morgen Abend also würde ich eine Gelehrte darstellen, die als Patronin der Akademie galt und auf brutalste Weise von Menschen umgebracht worden war. Ich schluckte, denn ich fragte mich, wie weit die Darstellung der Hypatia gehen würde. Immerhin sprachen wir hier nicht von einem entschärften Schultheaterstück, sondern von der Akademie, die zuweilen äußerst brutal vorging. So, wie ich die Magnifizenz und die Wächter kannte, konnte ich mir vorstellen, dass ein ritueller Mord nicht gänzlich ausgeschlossen war.

Ich erschauerte. Noch einmal warf ich einen Blick auf den düster wirkenden Einband, dessen goldene Lettern mir entgegen blitzten. Morgen würde ich mehr wissen. Ich musste auf jeden Fall verhindern, dass man die Pläne unserer Mission durchkreuzte.

Der nächste Tag verflog schneller als erwartet. Gleich nach dem Unterricht ließ ich den Zettel mit der Wegbeschreibung im Vorbeigehen hinter der Monstera verschwinden.

Den Nachmittag wollte ich in meinem Zimmer verbringen, um mich zu sammeln. Doch dieser verging ebenso rasch wie der Vormittag und so warf die untergehende Sonne bereits lange Schatten in mein Zimmer, als ich mich schließlich erhob, um am Abendessen teilzunehmen.

Milan und King ein letztes Mal gegenüber sitzend konnte ich mich kaum darauf konzentrieren, was die beiden sagten. Sie schienen munter vor sich hin zu schwatzen, denn offenbar war das Fest das schönste, das die Akademie feierte.

Ich hingegen hing in meinen Gedanken und starrte vor mich hin. Immer mal wieder versuchte ich, mich an den Gesprächen zu beteiligen, aber ich hatte wenig Erfolg damit.

»Was ist denn heute mit dir los?«, fragte Kyla und legte den Kopf schief. Sie ließ ihre Haarsträhne, die sie bearbeitet hatte, fallen.

»Ich bin als Hypatia heute vorgesehen und das macht mich unglaublich nervös«, sagte ich bloß. Die sollten ruhig denken, dass mich die Rolle an sich zappelig machte und nicht etwa die Möglichkeit, was die Akademie alles mit mir anstellen könnte, nachdem ich die Geschichte der Patronin nun kannte.

Hätte Kyla eine Gabel gehalten, so wäre sie vermutlich klirrend in den Teller gefallen und alle hätten sich zu uns umgewandt. Die beiden sahen mich mit offenen Mündern an.

»Nicht dein Ernst«, brach Milan das Schweigen.

Mein Puls ging nach oben. Ihre Reaktion schürte das Feuer der Angst und mir war, als würde eine Stichflamme züngelnd durch meinen Körper ziehen. »Wa-Was meinst du damit?«, stammelte ich und hatte Mühe, kühl zu bleiben. Ich hörte meinen Herzschlag nun lauter denn je und schluckte schwer.

Die Antwort, die Milan gab, schien ewig auf sich warten zu lassen. »Das ist die größte Ehre, die dir die Akademie zuteilwerden lassen kann!« Er keuchte ehrfürchtig, bevor sich Kyla träumerisch zu Wort meldete.

»Ich durfte das auch schon einmal machen. Es ist einfach wundervoll. Du trägst eine Tunika, während all die anderen in ihren weißen Roben auf dich und den Wein warten. Aber keine Angst, man wird dich anleiten!«, sagte sie schnell, als sie in mein überraschtes Gesicht sah. »Du entzündest das Licht der Weisheit in der Mitte des Raums, bevor du den Wein darüber hältst und ihn dann an die Leute austeilst. Die Stimmung ist einfach wundervoll!«

Und ich würde nicht zerstückelt, so viel war mir klar. Das beruhigte mich. Auch wenn die Erleichterung nur von kurzer Dauer war, denn wie mir einfiel, würde ich das vermutlich doch, wenn wir unsere Bombe zündeten. Dann würde all das eintreffen, was Hypatia widerfahren war. Zerstückelt und verbrannt im Feuer einer Explosion. Erst danach würden die Niemalswolken langsam auf die Akademie zukriechen und sie verschlingen.

Als das Essen zu Ende war, beeilte ich mich, in mein Zimmer zu kommen. Ich wollte noch eine letzte Sache tun.

In der Nacht zuvor hatte ich einen Brief geschrieben. Falls wir scheiterten, würden Adepten eines Tages vielleicht mein Vermächtnis finden, so wie ich jenes von Fia gefunden hatte. Ich hatte mich jedoch nicht ganz so kryptisch gehalten wie sie. Jemand würde von meinen Hoffnungen und Ängsten lesen. Vielleicht nützte es etwas, wenn ich nur fest daran glaubte, es fest genug wollte. Auch wenn ich mit unserem Erfolg rechnete, so hatte mir die Akademie doch eines gezeigt: dass es selten so kam, wie man es sich wünschte.

Mein Brief enthielt all meine Entdeckungen über die Akademie, die Gewogenen und das, was einem Adepten sonst an Wissen verwehrt bleiben würde. Auch von den Simulationen erzählte ich, die eigentlich keine waren. Und von meinen Eltern, Sams Familie und Leanders. Man sollte wissen, was die Akademie uns angetan hatte. Was passiert war, für den Fall, dass wir gefasst würden. Ich eilte zur Bibliothek und versteckte den Brief in einem Buch über die Zukunftsdeutung aus dem Feuer, was Merle beherrschte. Falls sie ihn finden würde, würde sie vielleicht verstehen, warum das alles geschehen war. Vielleicht würde sie fortführen, was wir nicht hatten beenden können. Wenn wir denn nicht erfolgreich wären.

Einen letzten Blick auf die Bibliothek werfend verließ ich sie und machte mich auf den Weg ins Büro der Magnifizenz, die mich bereits erwartete.

An diesem Abend trug sie ein blutrotes Kostüm, das ihre platinblonde Föhnfrisur förmlich leuchten ließ. Sie sah mich streng aus ihrer Katzenaugenbrille an und verzog ihren dünnen Mund zu einem Lächeln.

Einmal mehr schrie alles in mir nach Flucht. Doch ich unterdrückte es und harrte aus.

»Ah, Wright.« An die Schärfe in ihrer glockenhellen Stimme würde ich mich wohl nicht mehr gewöhnen.

»Guten Abend, Magnifizenz«, sagte ich höflich und wartete.

»Setzen Sie sich!« Sie wies auf den Stuhl vor ihrem Schreibtisch, bevor sie selbst Platz nahm. Erst als ich saß, reichte sie mir ein zusammengefaltetes Stoffbündel.

Ich nahm es entgegen und erwartete, dass es das Kleid war, das die Hypatia trug. Bereits jetzt sah ich, dass die in Weiß gehaltene Tunika reich mit Gold bestickt worden war.

Die Glasphiole mit dem Trunk darin sowie das Säckchen mit den Stechapfelsamen hatte ich vorsorglich in meinem BH verstaut wie schon beim letzten Mal. Und das war gut so, denn die Magnifizenz bat mich, mich in einem Nebenraum umzuziehen, meine Kleider könne ich hierlassen.

Als ich wieder zurück in ihrem Büro war, umrundete sie in drei schnellen, klackernden Schritten ihren Schreibtisch und kam mir entgegen. »Lassen Sie uns gleich gehen!«, erklärte sie.

Mit einem flauen Gefühl im Magen ließ ich meine Uniform zurück. Es würde das letzte Mal sein, dass ich sie sah.

Wir betraten den Antiken Salon von der anderen Seite und hörten bereits, wie die Gewogenen aufgeregt miteinander tuschelten. Sie klangen wie ein aufgeregter Schwarm Bienen. Ihre Aufregung schwappte auf mich über.

»Wright, gehen Sie nach hinten und lassen Sie sich den Wein geben. Man wird Sie an Ihrer Tunika erkennen. Sobald Sie das Stichwort ›Leuchtfeuer der Weisheit‹ hören, werden Sie mit dem Wein hereinkommen. Sie werden angeleitet werden, sobald Sie hier sind, keine Angst!«, erklärte sie und verzog den Mund zu einem raubtierhaften Lächeln.

Da war er wieder. Der Wolf, der den Schafen an den Pelz wollte. Mir schauderte, doch ich nickte bloß und verabschiedete mich.

Hinten angekommen kam mir augenblicklich ein Roboter entgegen und hielt mir einen Tonkrug hin, den ich ihm abnahm. Dann war er auch schon wieder weg und ich damit allein.

Das war meine Chance!

Ich fummelte an der Tunika herum, die weitaus besser war, um versteckte Gegenstände darunter hervorzuziehen, und begann damit, den Inhalt des Fläschchens in den Wein zu kippen, während ich mich verstohlen umsah.

Wenn nun jemand um die Ecke biegen würde, so würde man mich sofort entdecken. Aber ich hatte Glück.

Als ich die Phiole gerade wieder in meinem BH verstaut hatte, hörte ich, wie die Magnifizenz draußen ihre Stimme erhob.

Ich verstand nicht, was sie sagte, also griff ich mir den Krug und trat näher.

»... Hypatia von Alexandria. Wie viele von euch wissen, wurde sie brutal ermordet, doch wir gedenken ihrer einmal im Jahr. Sie war wie ein Leuchtfeuer der Weisheit, welches auch heute noch die Geister von so vielen entzündet und erhellt.«

Ich trat hervor und spürte augenblicklich die Ehrfurcht, die die Menge empfand, als sie mich erblickte. Bedächtig schritt ich in ihre Mitte und nahm den Platz neben der Magnifizenz ein, die mich lächelnd erwartete.

»Hypatia von Alexandria, Patronin dieser Institution, entzünde für uns Wissbegierige das Feuer, auf dass unser aller Geist erleuchtet sein möge im nächsten Jahr«, verkündete die Magnifizenz und nahm mir den Krug ab.

Der Gevatter, der neben der großen, unförmig wirkenden Stumpenkerze Stellung bezogen hatte, überreichte mir eine Streichholzschachtel. Die Kerze war halb so hoch wie ich und ruhte auf einem Steinsockel. So war der Docht auf meiner Augenhöhe.

Ich besah sie mir, als ich nah genug war, denn das Licht hatte nicht ausgereicht, um Details von einiger Entfernung zu erkennen. Sie war nicht unförmig, wie ich angenommen hatte. Die Züge Hypatias zierten die Kerze. Auf der einen Seite lehrte sie eine Anhängerschaft, während über ihr der Mond kreiste. Auf der anderen Seite machte ich ihr ängstlich verzerrtes Gesicht aus und Tonscherben, die auf sie einstachen.

Schnell löste ich mich von dem Anblick, der mir einen Schauer über den Rücken jagte, und lenkte meinen Blick wieder dem Docht zu. Gerade, als ich das entzündete Streichholz zum Ziel

führte, sah ich das wölfisch grinsende Gesicht des Gevatters, der mich genau beobachtete.

Doch darüber würde ich mir später Gedanken machen müssen. Nun war keine Zeit. Weder zum Grübeln noch zum Zögern.

Das Licht erhellte unsere Gesichter. Die Flamme schoss in die Höhe, als sie den Docht entzündete, und ich trat schnell einen Schritt zurück.

Der Gevatter nahm mir die Streichhölzer ab, während mir die Magnifizenz den Krug erneut reichte. Im Hintergrund begann jemand, eine Flöte zu spielen. Ich kannte das Lied, aber erinnerte mich weder an den Titel noch an den Komponisten. Das Herz wurde mir plötzlich so leicht, gerade so, als würde das Lied all meine Sorgen magisch zerstreuen.

»Wir sind keine Unwissenden, keine religiösen Fanatiker, wir wollen dir, Hypatia, den Respekt zollen, der dir gebührt, der dir immer schon zugestanden hätte«, erklärte der Gevatter und tauchte den Zweig eines Ölbaumes in Wasser, mit dem er mich und dann die Menge besprenkelte. Die silbernen Blätter glänzten unter den Tropfen, die hängen blieben.

»Wir wollen das Wissen empfangen, das du uns als Gabe schenktest«, sagte die Majorin und tat es ihm nach.

Auch die anderen beiden Wächter traten heran und besprenkelten mich und dann die Anwesenden.

»Wir wollen dir unser Ohr und unser Herz leihen, auf dass wir deinen Segen empfangen, Hypatia, Hüterin des Wissens«, erklärte der eine.

»Jetzt und auf alle Zeit seist du an unserer Tafel und in unserem Heim willkommen«, sagte der andere.

Die Melodie schwoll an und hatte nun auch die Letzten im Raum erfasst. Die Stimmung war gespenstisch und atemberaubend schön. Das Herz eines jeden von uns schien im Gleichklang mit der Musik zu schwingen und gab sich der Feier hin. Jetzt wusste ich, was Kyla gemeint hatte.

»Das Licht möge uns die noch so dunkelsten Wege des Wissens erhellen und uns neue Weisheiten schenken. Doch nun lasst uns trinken, Hypatias Wein reifte, wie unsere Weisheit reifen soll. Lasst uns trinken.« Die Magnifizenz nickte mir zu und ich begann, den Anwesenden auszuschenken, die bereits alle ihre Kelche erhoben hatten.

Als ich ihnen eingegossen hatte, reichte mir die Majorin einen weiteren Kelch. Ich stellte den Krug neben dem Sockel auf den Boden und wartete darauf, dass jemand was sagte.

»Der erste Schluck gebührt Hypatia«, erklärte die Magnifizenz und grinste mich an. Wenn sie wussten, dass ich es gewesen war, die das letzte Mal ihre Finger im Spiel hatte, dann hatten sie nun einen Vorwand, um mich in die Falle zu locken. Und ich war geradewegs hineingelaufen.

Aber da musste ich nun durch. Ich würde den kleinstmöglichen Schluck nehmen müssen und darauf hoffen, dass er mich nicht allzu sehr beeinträchtigte.

Ich hob den Kelch, prostete ihnen zu und führte ihn mit hämmerndem Herzen zum Mund. Dann trank ich.

Die Anwesenden begannen zu jubeln und zu johlen, bevor sie alle den Wein die Kehle hinunterstürzten, als gäbe es kein Morgen.

»Komm, Hypatia, sei Gast an unserer reich gedeckten Tafel!«, erklärte Samjatin und führte mich zu einem Ehrenplatz zwischen ihr und dem Gevatter.

Als wir zu essen begannen – was für eine Schande, dass dieses wundervolle Mahl vermutlich keine Mägen mehr zu füllen vermochte –, sahen schon die ersten aus müden Augen umher.

Auch ich spürte die Müdigkeit in mir kitzeln und hoffte, dass ich nicht zu viel getrunken hatte. Jeder Fehler würde fatal sein.

»Vorzüglich«, knurrte der Gevatter neben mir und seine Augen blitzten mich von der Seite an. Er rammte seine Gabel in das Fleisch, dass der Saft nur so daraus hervorquoll, und schnitt sich ein Stück ab. Der Saft troff ihm vom Kinn, als er es kaute, doch das schien ihn nicht zu stören. Nein, er grinste mich mit rötlich gefärbten Zähnen an und einmal mehr erinnerte er mich eher an ein Raubtier als an einen Menschen.

»Die Ehre, die Hypatia zu mimen, gebührt nicht jedem. Wie es auch eine Ehre ist, als Gewogene einen höheren Weg zu beschreiten. Nicht alle Adepten sind hierfür auch bereit, sehr zu meinem Bedauern, muss ich gestehen«, sagte die Magnifizenz dann und ich war dankbar, dass sie mich von dem fürchterlichen Anblick des Gevatters ablenkte.

»Ich … glaube … Denke, dass nicht alle bereit dafür sind, die Arbeit der Akademie verstehen zu wollen«, erwiderte ich vorsichtig und sah auf in ein stolzes Lächeln.

»Da haben Sie recht, Wright. Und ich bin froh, dass Sie das so sehen. Es gab bereits in der Vergangenheit eine Adeptin, von der ich angenommen hatte, Sie würde einst mein Erbe antreten und meinen Namen annehmen.« Samjatin machte eine lange Pause, in der sie mich schweigend ansah, bevor sie sich ein weiteres Mal räusperte. »Die Adeptin wäre wunderbar vorbereitet gewesen. Sie sollte die Welt sehen und dort aufwachsen, um ein anderes Gespür dafür zu entwickeln, wie die Akademie arbeitet. Doch im Louisiana der Sechzigerjahre ist sie eine andere geworden, als wir es für sie vorgesehen haben.«

Merle.

Am liebsten hätte ich den Atem angehalten, aber das wäre aufgefallen. Es war also kein dummer Scherz oder ein Gerücht. Merle hätte nicht nur eine Gewogene werden sollen, sondern die nächste Magnifizenz. Und dass sie für beides nicht infrage gekommen war, zeigte, dass sie ein besserer Mensch war als wir alle hier. Den Gedanken beiseiteschiebend sah ich die Magnifizenz an und hoffte, dass meine Worte aufrichtig genug klangen. »Das tut mir leid.«

»Lassen Sie uns nicht über solch traurige Dinge sprechen! Der Abend ist jung und das Fest der Hypatia das schönste überhaupt!

»Jawohl, Magnifizenz. Es war mir eine besondere Ehre, die Hypatia sein zu dürfen«, erklärte ich.

»Die Feier ist noch nicht zu Ende. Ein paar Aufgaben haben wir noch für – oh«, sagte sie und da fiel ihr Kopf schon in den Salat.

Ich wandte mich gar nicht um, um zu sehen, ob auch noch andere eingeschlafen waren. Das wäre zu auffällig gewesen. Auch ich ließ meinen Oberkörper nach vorn fallen und landete mit dem Gesicht im Fleisch. Ich war froh, den Kartoffelbrei dieses Mal beiseitegelassen zu haben.

Ich wartete. Einer nach dem anderen schien einzuschlafen. Als nach einigen Minuten kein Geräusch mehr zu vernehmen war, linste ich vorsichtig von meinem Teller hoch. Ein Seitenblick auf die Wächter und die Magnifizenz, der mir versicherte, dass sie schliefen, wog mich in Sicherheit.

Ich stand auf und wiederholte die Prozedur, die ich bereits beim ersten Mal vollzogen hatte. Doch jetzt – schließlich war ich mir nicht sicher, ob man mir dahintergekommen war – nahm ich Milans Fingerabdruck und den der Magnifizenz. Dann benachrichtigte ich meine beiden Freunde, dass sie sich in Bewegung setzen sollten. Ich fühlte, wie die Müdigkeit über mir hereinzubrechen versuchte, und kämpfte sie zurück. Dafür hatte ich nun keine Zeit!

»Was hast denn du für einen Fummel an? Sehen eure Partys denn echt so aus, dass ihr euch lustig verkleidet und euch betrinkt? Wenn ja, dann wäre ich auch jederzeit bereit gewesen, als Gewogener einzuspringen.« Leander lachte, als er meine Tunika sah.

Ich entschied, ihn zu ignorieren.

Sam, der mich mit einem besorgten Blick bedachte, trug den Sprengstoff. Er sah genauso aus, wie ich erwartet hatte. Mein Magen drehte sich ein wenig um.

»Du siehst aus, als hättest du ein Schwein geschlachtet«, sagte er und wies auf meine Tunika, die Spritzer des Fleischsaftes auf der Brust verteilt hatte.

»Ich weiß. Aber ich musste auch so tun, als würde ich einschlafen«, erklärte ich und sah an mir runter. Den besorgten Blick verstand ich nun. »Beeilen wir uns lieber.«

Der Kloß, den ich im Hals hatte, wurde von Minute zu Minute größer. Als wir durch den Geheimgang in den Korridor zur Kontrolleinheit traten, dachte ich noch einmal über mein Leben nach.

Ich hätte keine Chance gehabt, mich anders zu entscheiden. Die Entscheidungen wurden mir abgenommen bis zu dem Zeitpunkt, an dem ich mich an der Akademie wiedergefunden hatte.

Unsere Schritte hörte ich nicht, auch wenn sie laut an den Wänden widerhallen hätten sollen. Alles, was ich wahrnahm, war mein immer noch hämmerndes Herz und die Tränen, die mir bereits jetzt über die Wangen liefen.

»Mara, alles in Ordnung?«, fragte Leander, der sich zu mir umgedreht hatte.

Sam blieb ebenfalls stehen.

»Ja. Es ist nur … Die Endgültigkeit ist so … So niederschmetternd.« Ich konnte kaum sprechen. So, als würden mir nach und nach all meine Sinne den Dienst versagen. Der Trunk! »Ich musste vorhin einen Schluck von meinem Trank nehmen, um nicht aufzufallen. Falls ich einschlafen sollte, geht ohne mich weiter. Die Zugangsabdrücke sind hier.«

Ich reichte sie an Leander weiter.

»Nein, wir gehen nicht ohne dich.«

»Unsere Mission ist wichtiger als ein Einzelner von uns«, erklärte ich bestimmt.

Sam nickte, doch Leander hatte sich noch immer nicht überzeugen lassen.

»Wir sind nicht so weit gekommen, um uns davon nun aufhalten zu lassen«, sagte ich. »Jeder von uns hat seinen Part gespielt. Wenn ich es nicht zu Ende bringen kann mit euch, dann müsst ihr es tun. Das Ergebnis wird dasselbe sein, egal ob wir es zu dritt machen oder zu zweit.« Die Tränen hatten immer noch nicht aufgehört, über meine Wangen zu strömen.

»Wir haben uns geschworen, es gemeinsam zu machen, Mara Wright, du wirst nun nichts an diesem Plan ändern, hast du das verstanden?«, fragte Leander und packte mich am Handgelenk. »Und wenn ich deinen schlafenden Körper dahin schleifen muss, ich lasse dich nicht hier allein zurück!«

»Danke«, hauchte ich und drückte mein tränennasses Gesicht an das seine. So nah war ich ihm noch nie gewesen. Doch als er seine Arme um mich schlang, um mich kurz zu drücken, wusste ich, dass es richtig war.

Ich machte mich von ihm los und sah Sam an. Er hatte den Kopf schief gelegt und versuchte sich an einem Lächeln, aber ich wusste, dass er innerlich genauso zerrissen war wie ich.

Doch ein Zaudern kam nicht mehr infrage.

Wir setzten uns wieder in Bewegung. Jeder in seinen Gedanken gefangen, während ich Schwierigkeiten hatte, die Müdigkeit niederzukämpfen.

Schließlich erreichten wir die Tür zum Kontrollraum. Mit einem Mal war mein Herzschlag ganz laut und es wunderte mich, dass die anderen ihn nicht hörten. Die Zähne aufeinanderpressend wartete ich, dass Leander den ersten Fingerabdruck auf das Lesegerät legte.

Das altvertraute Geräusch ertönte und die Tür öffnete sich. Wir befanden uns unter dem Antiken Salon. Ich erinnerte mich an meine Vision.

Der zerstörte Turm, der Teil des Balkons hoch über uns, der auf Sam und Leander nieder krachte und sie unter sich begrub. Wo auch immer ich gewesen war. Wir hatten Erfolg gehabt. Und würden ihn auch dieses Mal haben.

Sam steuerte auf die Kontrolleinheit zu, dicht gefolgt von Leander. Gemeinsam brachten sie den Sprengsatz an.

Ihre Stimmen klangen plötzlich so weit weg. Ein Windhauch umfing mich. Er verfestigte sich und ich erkannte meine Mutter.

»Mom.«

Sie nickte mir zu, als sich ein weiterer Hauch verfestigte. »Dad.«

Er hielt sie fest in seinem Arm. Beide sahen mich mitleidig an. »Wie konnte es nur so weit kommen?«, fragten sie im Chor und ihre Stimmen klangen, als würden sie von weit her tönen.

»Wo ist Lexie?«, wollte ich wissen.

Sie nickten in meine Richtung und ich wandte mich um. Bereits jetzt merkte ich, dass ich sehr langsam wurde. Lexie. Da stand sie, genau so, wie ich sie in der Simulation gesehen hatte. »Nun bist du nicht mehr die kleine Schwester«, sagte ich und versuchte mich an einem Lächeln, das mir zusehends schwerfiel. Mir schien keiner meiner Sinne mehr richtig zu gehorchen.

»Ich bin froh, dich noch ein letztes Mal zu sehen«, erklärte sie.

»Ich auch«, erwiderte ich und konnte die Tränen nicht mehr halten. »Ich habe euch so vermisst.«

Sie schlossen mich in eine enge Umarmung und für einen Moment fühlte es sich an, als würden sie wirklich hier sein. Eigentlich wusste ich, dass sie nur meiner Einbildung entsprungen waren, nichts als Bilder der Gedanken, die mir diesen letzten Gang leichter machen sollten.

Meine Wangen begannen zu kribbeln. Bald schon war das Gefühl aus ihnen gänzlich verschwunden. War mein Körper noch da? Ich sah meine Hände, blickte hinunter auf meine Beine, aber es fühlte sich nicht so an, als ob sie noch zu mir gehören würden.

Da war mein Herzschlag. Und etwas, das sich anhörte wie ein zweiter. Doch das war nicht möglich. Nahm ich den Herzschlag von Lexie, die mir am nächsten stand, wahr? Aber sie war doch nur eine Einbildung, oder?

»Mara, alles in Ordnung?«, fragte Sam, der plötzlich vor mir stand und meine Traumbilder verschwinden ließ.

Einen Moment hasste ich ihn dafür, dass er mir die Verabschiedung von meiner Familie genommen, sie frühzeitig beendet hatte. »Ich …«, sagte ich kraftlos, »… denke, der Trank wirkt langsam.«

Er nickte und hob mich hoch. »Ich bin bei dir. Wir beide. Hab keine Angst, bald ist es vorbei.«

Der zusätzliche Herzschlag war noch immer da. Und er war lauter als zuvor, als wollte er mich davon überzeugen, dass er leben wollte. War es Sams? Wollte er das alles hier eigentlich gar nicht? Nein … das hätte er gesagt.

»Ich liebe dich.«

Ich sah ihm in die Augen und in dem Moment zählte nichts als das. Der Kontrollraum um uns schien zu verschwinden. Seine Augen leuchteten in der Dunkelheit.

»Ich dich auch.«

Ein lautes Krachen ertönte und Funken stoben. Leander hatte mit dem Stuhl auf die Kontrolleinheit eingeschlagen. Die Funken entzündeten sich und schneller, als ich schauen konnte, loderte eine Stichflamme hoch, die sich langsam, aber sicher in Richtung Sprengstoff vorarbeitete.

»Es ist bald vorbei. Entweder wird die Elektrizität den Sprengstoff entzünden oder die Hitze«, erklärte Sam, als sich Leander neben uns stellte.

Ich sah mich und Lexie über eine Wiese laufen. Sie jagte mich, doch ich war schneller. Schließlich war ich so viel älter als sie und meine Beine länger. Wir lachten und sie johlte, während wir durch das hohe Gras tollten.

Ich konnte mich nicht daran erinnern, das jemals mit ihr getan zu haben. Aber es freute mich, das mit ihr erleben zu dürfen. »Bitte lass mich runter.«

Sam folgte meiner Bitte und ich ergriff seine Hand. Der Kontrollraum verschwand, das Licht pulsierte. Dann langte ich nach Leanders Hand.

»Wir haben es geschafft. Ich sehe euch auf der anderen Seite wieder.«

Die Flammen leckten weiter über die Kontrolleinheit. Selbst ich spürte die Hitze schon und fragte mich, wie viel davon der Sprengstoff brauchte, um sich zu entzünden.

Das Licht pulsierte ein letztes Mal. Dann sank ich zu Boden. Wir hatten es geschafft. Das Letzte, das ich spürte, war ein Lächeln auf den Lippen und Sam und Leander, die sich zu mir nach unten beugten. Schritte, die von hier fortführten. Meine? Wer wusste es schon? Und wen interessierte das?

Man kann vielleicht nicht die Zeit zurückdrehen, aber die Akademie hat mir gelehrt, dass Dinge ungeschehen gemacht werden können. Jemand, der nie geboren worden ist, ist sehr wohl völlig lebendig – zumindest hier an der Akademie. Jene Akademie, die nicht mehr lange sein wird.

Es ist vorbei. Sie wird brennen. Genau so, wie ich mir immer geschworen habe. Sie werden niemandem mehr das Leben stehlen. Niemandem mehr seine Zukunft und Vergangenheit nehmen. Es ist vorbei.

Für immer.

Epilog

Ich hatte die Akademie noch nicht sehr oft verlassen. Manches Mal hatte mich die Magnifizenz mit in einige der Simulationen genommen. Doch das war noch lange nicht ausreichend, um die Welt zu kennen. Oder zu wissen, wie sie funktionierte, selbst wenn man das Beste versuchte, um mir die Geschichte der Menschheit näherzubringen.

Noch wusste ich nicht, in welche der vier Abteilungen ich einst kommen würde, denn in mir schlummerten, so die Professoren, vielerlei Talente. Auch wenn mir persönlich die Heuretiker am besten gefielen. Aber es war nicht an mir zu entscheiden, wo ich ausgebildet würde.

»Sitz gerade! Eine zukünftige Magnifizenz hat in der Öffentlichkeit stets den besten Eindruck zu machen!« Der Stock, den Nora D. Samjatin hielt, sauste auf den Tisch neben mir nieder und schlug mit einem lauten Peitschen auf die Platte. Sie hatte meine Finger nur um ein paar Millimeter verfehlt. Es war kein Versehen gewesen.

»Jawohl!«, gab ich zurück und setzte mich augenblicklich gerade hin.

»So ist's gut, meine Liebe«, sagte sie nun fast mütterlich. Sie schenkte mir einen warmen Blick aus ihren kalten Augen, die mich an ein Raubtier erinnerten. Doch das mussten die Jahre an der Spitze der Akademie mit ihr gemacht haben. Sie hatte sich immer behaupten müssen, hatte immer zusehen müssen, dass sie alles im Griff hatte und überblickte. Man konnte es ihr also nicht verübeln, dass in ihren Zügen eine gewisse Härte lag, die nicht zu ihrem Alter passte.

Wie immer, wenn sie mich so ansah, fragte ich mich, wer meine Eltern waren. Viel hatte man mir nicht über sie erzählt. Nur, dass sie einst hier an der Akademie gewesen waren. Doch den Umstand, durch den sie sie verlassen hatten, hatte man mir nicht verraten. Es musste etwas sehr Schlimmes gewesen sein.

Bei dem Gedanken daran schauderte mir. Die Menschen, die hier an der Akademie beschäftigt waren, waren gut. Schließlich waren sie es, die viele vor einem schrecklichen Schicksal bewahrten.

»... 2056, dass mehrere große Lawinen auf das ...«, hörte ich die Magnifizenz sagen, doch ich konnte mich nicht von meinen Tagträumen losreißen. Denn in den letzten Tagen hatte ich immer wieder davon geträumt, meine Eltern kennenzulernen. Man sagte mir, dass ich die Augen meiner Mutter habe, und das konnte ich mir vorstellen. Schließlich hatte ich solche Augen sonst noch nie gesehen. Ein blaues und ein braunes. Niemand hier hatte das. Sie alle hatten bloß eine Farbe, auch wenn sie bei den meisten genauso faszinierend war.

Und von meinem Vater, das war das Einzige, was man über ihn sagte, hatte ich meinen hohen Wuchs und das beinahe weißblonde Haar. Bereits jetzt war ich ungewöhnlich groß für mein Alter, so viel hatte ich bereits während meiner Ausflüge in die Simulationen erfahren, selbst wenn ich mich mit den Kindern dort nie richtig unterhalten durfte. Schließlich, so sagte man mir, trainiere man in diesen Simulationen für den Ernstfall. Und wenn dieser eintreten würde, dürfe man niemandem, wirklich niemandem von der Existenz der Akademie erzählen.

Ebenso, wie ich niemals jemandem von meinen zukünftigen Kollegen unter den Adepten von den Gewogenen erzählen durfte. Keiner durfte davon wissen, der nicht eingeweiht war.

Aber von diesen zukünftigen Kollegen hatte ich ohnehin noch nie einen zu Gesicht bekommen. War die Akademie schon eine von der Welt abgeschottete Festung, so war der Trakt der Gewogenen noch einmal besser behütet. Der Ort, wo ich wohnte und ausgebildet wurde, war wie das Allerheiligste im Vatikan. Niemand durfte hier herein, außer diejenigen, die mich unterrichteten. Und das waren bloß die Magnifizenz und die vier Wächter. So sorgten die Ausflüge für frischen Wind, denn ansonsten hatte ich noch nie Kontakt zu Gleichaltrigen gehabt, auch wenn ich nicht sagen konnte, dass es mir hier an etwas fehlte.

»Was ist denn heute los?«, fragte die Magnifizenz und klatschte in die Hände.

Erschrocken sah ich auf und in ihre vor Ärger zusammengekniffenen Augen. Ihr Mund war plötzlich schmal geworden, als sie die Hände vor der mit einer blumenbestickten Seidenbluse bedeckten Brust verschränkt hatte.

»Es … Es tut mir leid, Magnifizenz!«, stammelte ich, doch das besänftigte sie nicht im Mindesten. Nein, es war, als würde ich Öl in ein bereits munter flackerndes Feuer kippen.

Augenblicklich ging sie an die Decke. »Dieser Unterricht ist ausgesprochen wichtig! Eines Tages wirst du die Akademie leiten, Pandora! Du kannst dich nicht den ganzen Tag in Träumereien und damit das Wichtigste aus den Augen verlieren!« Sie tobte und ließ ihren Stock auf die Möbel niederfahren.

Ich stand auf. »Es tut mir leid, Magnifizenz! Ich kam nur gerade nicht umhin, einmal wieder über meine Eltern nachzudenken. Der Gedanke quält mich, dass ich nicht weiß, wer sie sind.«

Erschrocken sah sie auf und hielt inne. Sie leckte sich über die immer noch zu einer schmalen Linie verzogenen Lippen, strich bedächtig über den Stock und legte ihn dann beiseite. Mit klackernden Schritten kam sie auf mich zu.

Es war das einzige Geräusch, das ich in dem Moment wahrnahm, nicht einmal das Blut in meinen Ohren hörte ich rauschen. Mein Herz schlug schneller und ich getraute mich kaum zu atmen.

Kurz vor mir blieb sie stehen und sah mir tief in die Augen. »Liebst du die Akademie? Schätzt du ihre Arbeit?«, fragte sie leise.

Ich dachte, ich hätte mich verhört. Ungläubig schüttelte ich den Kopf. »Wie bitte?«

»Liebst du die Akademie? Schätzt du ihre Arbeit?«, wiederholte sie.

»Natürlich!«, sagte ich sofort wie aus der Pistole geschossen.

»Deine Eltern taten dies nicht. Deine Eltern wollten die Akademie zerstören. Sie wollten unserer Arbeit ein Ende setzen. Ich kann dir nicht sagen warum. Das haben sie nie erzählt, doch sollst du wissen, dass dieses schändliche Vergehen ihren Preis hatte. Wir konnten sie aufhalten, denn wir hatten in ihrer Zukunft gesehen, wonach sie sannen. Doch mussten wir dafür auch unsere weißen Westen beschmutzen. Ich sage nicht, dass das, was wir getan haben, gut war. Aber nur so konnten wir die Akademie und schließlich auch dein Leben retten. Hätten wir nicht verhindert, dass sie die Akademie zerstören, könnten wir unsere wundervolle Arbeit nicht weiterführen und du wärst niemals geboren worden. Ich habe bereits damals Großes in deiner Zukunft gesehen und wusste, dass du leben musst. Auch wenn es bedeutete, dass wir deine Mutter nach ihrem Verrat in einen Schwebezustand versetzen mussten, um deine Geburt zu sichern.

Doch höre mir gut zu, Pandora: Das Wohl vieler wird hier über das Wohl des Einzelnen gestellt. Die Gemeinschaft ist das wichtigste Gut, das uns bleibt. Wenn du je Bedenken über etwas hast, das hier passiert, dann sprich mit mir. Ich möchte nicht, dass dir einst Flausen in den Kopf gesetzt werden, wie sie deinen Eltern in den Kopf gesetzt wurden. Denn das ist der einzige Grund, warum dieser bedauerliche Vorfall überhaupt stattgefunden hat. Ich bin froh, dass der Gevatter so geistesgegenwärtig war und sie im allerletzten Moment noch davon abhalten konnte, die ganze Akademie in die Luft zu jagen.« Sie betupfte ihre Augen mit einem seidenen Taschentuch. Als sie mich wieder ansah, war da keine Spur von Traurigkeit. Nur eine Bestimmtheit, die ich von ihr erwartet hatte. Die, die ich von ihr kannte.

»Jawohl, Magnifizenz. Auch ich möchte, dass die Arbeit der Akademie fortgeführt werden kann. Es ist mir ein Anliegen, die Welt weiterhin in solch fähigen Händen wie den unseren zu wissen.«

Doch irgendetwas ließ mich nicht los. Irgendetwas hinderte mich daran, ihrer Aussage vollends Glauben zu schenken. Nicht weil sie mich schon einmal belogen hätte. Das hatte sie nämlich noch nie. Vielleicht war es auch, weil ich mir in meinem tiefsten Herzen nicht vorstellen konnte, dass meine Eltern böse Menschen waren. Denn was hätte das aus mir gemacht?

Der Spross des Bösen konnte nicht einfach mit einer Ausbildung zu einem guten Menschen werden. Wenn sie böse waren, dann war dieser Teil auch in mir. Und er würde wachsen, er würde heranreifen und mich vielleicht eines Tages genauso vergiften, wie er sie vergiftet hatte.

Ja, sollte es einmal so weit sein, dass mir schlechte Gedanken kommen würden, so würde ich mit der Magnifizenz darüber sprechen. Ihr konnte ich mich anvertrauen. Denn sie war es schließlich, die mir wie eine Mutter war, nachdem die meine gemeinsam mit meinem Vater beschlossen hatte, dass es wichtiger wäre, der Akademie ein Ende zu setzen und damit auch mir, noch bevor ich die Chance hatte zu leben.

Und eines Tages würde ich herausfinden, was passiert war. Ob sie tot waren oder noch irgendwo lebten. Oder ob sie wie alle Verräter ins Niemals gestoßen worden waren, wie sich viele hier flüsternd erzählten.

Danksagung

Viele Jahre ist es her, da mir die ursprüngliche Idee zur Akademie im Niemals kam. Bereits damals gab es Menschen in meinem Leben, die an mich und meine Bücher geglaubt haben. Nicht alle davon kann ich heute erwähnen, doch möchte ich mich bei den wichtigsten bedanken:

Meiner Familie, die mich nicht nur mit Buchkäufen unterstützt, sondern auch auf Events begleitet und mir mit lieben Worten das Gefühl gibt, dass ich immer schon auf dem richtigen Weg war. Vor allem meine Eltern bereichern mein Autoren-Dasein aus zwei völlig unterschiedlichen Richtungen mit ihrer Unterstützung!

Doch ich meine mit Familie auch jene Menschen, die mir in den letzten Jahren so sehr ans Herz gewachsen sind, allen voran mein Golden Trio.

An dieser Stelle sei auch mein höchster Dank an meine Freundin Martina ausgesprochen, mit der ich mich stets über Bücher und das Schreiben an sich austauschen kann!

Auf dem Weg zum Verlag waren aber auch meine Testleser:innen unumgänglich. Sie alle haben mir ihre wundervollen Gedanken zur Geschichte mitgegeben und geholfen, sie besser zu machen. Dabei sei Roxi zu nennen, die mir mit ihrem Wissen zur Seite gestanden hat, ebenso wie Irene, die meine Geschichten schon seit über zwanzig Jahren begleitet, und Anna, der ich gern

Textabschnitte schon vorab schicke, weil sie über meine Bücher bald besser informiert ist als ich selbst. Und Carina, meiner Freundin und Anlaufstelle für medizinische Belange gebührt ebenso der höchste Dank! Ohne dich wären die Krankenhausszenen nur halb so gut geworden!

Der lieben Jay vom Bookapi-Verlag möchte ich natürlich auch danken. Als mich ihre E-Mail damals erreicht hat, dass mein Buch verlegt wird, hat nicht nur wilde Freude, sondern auch ein kleines Tänzchen in mir ausgelöst. Danke, dass du an mich und meine Geschichte geglaubt hast!

Auch meiner Lektorin Jacky sei meine ewige Dankbarkeit sicher, denn sie war es schließlich, die meine Geschichte verfeinert hat und ihr wie eine gute Fee „Silbenglanz“ verliehen hat.

Schließlich möchte ich mich noch bei meinem Sam bedanken. Meinem Mann, dessen Charakter so viel Einfluss auf Akademie-Sam genommen hat, dass ich ihn kurzerhand deshalb auch so benannt habe. Danke, dass du immer an mich glaubst und jeden noch so kleinen Sieg mit mir feierst, als wäre es ein großer.

Und zuletzt noch mein Dank an Dich, dass Du dieses Buch gelesen und die Geschichte mit mir gemeinsam erlebt hast. Ohne Leserschaft wären Bücher nur traurige Papierbündel, die in der Ecke liegen. Ohne Leserschaft wäre ich nur eine Verrückte, die über fünfhundert Seiten schreibt, die niemals jemand lesen würde. Deshalb auch meine Bitte an Dich: Wenn dir die Akademie im Niemals gefallen hat, dann freue ich mich, wenn Du mit anderen darüber sprichst oder eine Rezension schreibst. Danke!

DIE AUTORIN

Catherine Snow

Catherine Snow, 1991 geboren, lebt mit ihrer Familie in Innsbruck. Im Februar 2020 erschien ihr Debüt »Viridis – Der Seelenfänger«, im Januar 2021 folgte der Auftakt zu ihrer phantastischen, dreiteiligen Kurzgeschichten-Reihe »Das Amulett der Zeitreisenden« um die junge Archäologin Penelope Pope. Im Dezember 2021 erscheint ihr dystopischer Fantasyroman »Die Akademie im Niemals« beim Bookapi Verlag. Die Autorin studiert Primarpädagogik und bereist in ihrer Freizeit gern die Welt – in der Realtität, aber gerne auch zwischen zwei Buchdeckeln.